Rastros de sangue

Da autora:

Domínio sombrio
Sombras de um crime
O canto das sereias

VAL McDERMID

Rastros de sangue

Tradução
Marcelo Hauck

1ª edição

BERTRAND BRASIL
Rio de Janeiro | 2017

Copyright © Val McDermid 1997
Publicado originalmente na Grã-Bretanha pela HarperCollins*Publishers* em 1997.
Os direitos morais da autora foram assegurados.

Título original: *The Wire in the Blood*

Texto revisado segundo o novo
Acordo Ortográfico da Língua Portuguesa

2017
Impresso no Brasil
Printed in Brazil

CIP-BRASIL. CATALOGAÇÃO NA PUBLICAÇÃO
SINDICATO NACIONAL DOS EDITORES DE LIVROS, RJ

McDermid, Val, 1955-

M429r   Rastros de sangue / Val McDermid; tradução de Marcelo Hauck. –
1ª ed. – Rio de Janeiro: Bertrand Brasil, 2017.
23 cm.

Tradução de: The wire in the blood
ISBN 978-85-286-2164-8

1. Ficção escocesa. I. Hauck, Marcelo. II. Título.

16-37086   CDD: 828.9913
                                                     CDU: 821.111(411)-3

Todos os direitos reservados pela:
EDITORA BERTRAND BRASIL LTDA.
Rua Argentina, 171 – 2º andar – São Cristóvão
20921-380 – Rio de Janeiro – RJ
Tel.: (21) 2585-2000 – Fax: (21) 2585-2084

Não é permitida a reprodução total ou parcial desta obra, por
quaisquer meios, sem a prévia autorização por escrito da Editora.

Atendimento e venda direta ao leitor:
mdireto@record.com.br ou (21) 2585-2002

Agradecimentos

É difícil imaginar como eu conseguiria escrever este livro sem a ajuda de diversas pessoas. Pelo seu conhecimento como especialistas e pela disposição em fornecerem sua expertise de maneira tão generosa, gostaria de agradecer a Sheila Radford, dr. Mike Berry, Jai Penna, Paula Tyler e dra. Sue Back. Devo desculpas a Edwina e Lesley, que correram como galinhas sem cabeça à procura de algo que foi perdido durante as revisões. Sem Jim e Simon, da Thornton Electronics, Mac e Manda, muito provavelmente eu teria sofrido um colapso nervoso quando o disco rígido estragou. A perseverança e perspicácia de três mulheres em particular me levaram até o final. Por essa razão, este livro é para

Julia, Lisanne e Brigid
Com amor

O vibrante fio metálico no sangue
Canta sob cicatrizes crônicas
Arrefecendo guerras há muito olvidadas

Quatro quartetos,
Burnt Norton
T.S. Eliot

Prólogo

O assassinato era como mágica, pensou ele. A velocidade da sua mão sempre ludibriava o olho, e continuaria a ser assim. Ele era como o carteiro que faz uma entrega em uma casa na qual, depois, jurariam jamais ter recebido qualquer visitante. Esse conhecimento estava alojado em seu interior como um marca-passo em um paciente cardíaco. Sem o poder da sua mágica, ele estaria morto. Ou quase.

Só de olhá-la, sabia que ela seria a próxima. Mesmo antes do contato visual, ele sabia. Sempre havia uma associação específica perfeita no seu vocabulário de sentidos. Inocência e maturidade, cabelo castanho escuro, olhos que dançavam. Até então nunca tinha errado. Era um instinto que o mantinha vivo. Ou quase.

Ele a observava observá-lo e, sob o insistente murmúrio da multidão, escutou ecoar na sua cabeça a música: "Jack e Jill subiam a montanha para buscar um balde d'agua. Jack caiu, quebrou a cabeça..." A harmoniosa canção cresceu e explodiu, espancando seu cérebro como uma maré de sizígia contra o quebra-mar. E Jill? E quanto a Jill? Ah, ele sabia o que tinha acontecido com Jill. Várias e várias vezes, repetidamente como os bárbaros versinhos infantis. Mas não era suficiente. Ele não estava satisfeito. Achava que o castigo não era compatível com o crime cometido.

Por isso deveria haver mais um. E ali estava ele, vendo como ela o observava mandar mensagens com os olhos. Mensagens que diziam: "Eu te notei. Dê um jeito de chegar até mim que vou te notar um pouco mais." Ela o compreendeu. Compreendeu-o perfeitamente. Era tão óbvia; a vida ainda não tinha marcado suas expectativas com interferências. Um desajeitado sorriso de compreensão se formou no canto da sua boca, e ela deu o primeiro passo na longa e, para ele, excitante jornada de exploração e dor. A dor, até onde sabia, não era a única necessidade, mas sem dúvida era uma delas.

Ela começou a caminhar em direção a ele. O caminhar variava, ele percebera. Às vezes as mulheres eram diretas, destemidas; às vezes tinham um pouco de meandro, cautela para o caso de terem errado na interpretação daquilo que achavam que os olhos dele estavam dizendo. Aquela ali preferiu o caminho em espiral, circulando sempre para o interior como se seus pés estivessem seguindo a concha de um caracol gigante, uma miniatura da Galeria Guggenheim compactada em duas dimensões. Seus passos eram medidos, determinados, os olhos não se desgrudando dos dele, como se não houvesse ninguém entre os dois, nenhum obstáculo ou distração. Mesmo quando ela estava às suas costas, ele conseguia sentir o olhar dela, que era precisamente como achou que seria.

Era uma abordagem que lhe dizia algo sobre aquela pessoa. Ela queria saborear aquele encontro. Queria vê-lo de todos os ângulos possíveis, registrando-o eternamente na memória, porque achava que aquela seria a única chance para um escrutínio tão detalhado. Se alguém a tivesse contado o que o futuro realmente lhe guardava, estremeceria a ponto de desmaiar.

Por fim, sua órbita decrescente a levou a dele. Apenas o círculo imediato de admiradores entre eles, uma ou duas pessoas os separando. Capturou os olhos dela, injetou charme na maneira como a encarou e, com um educado aceno de cabeça para aqueles ao seu lado, deu um passo na sua direção. Os corpos se separaram obedientemente e ele disse:

— Com licença? Encantado em conhecê-la.

Uma incerteza esvoaçou pelo rosto da menina. Deveria se movimentar como os outros ou ficar no âmbito daquele olhar hipnotizante? Não era uma competição; nunca era. A menina estava fascinada, a realidade daquela noite superava todas as suas fantasias.

— Oi — cumprimentou ele. — Qual é o seu nome?

Momentaneamente sem fala por nunca ter ficado tão próxima de uma celebridade, estava deslumbrada por aquele espetacular sorriso, todinho para ela. Nossa, que dentões você tem, pensou ele. São pra te morder melhor.

— Donna — gaguejou ela. — Donna Doyle.

— É um nome bonito — elogiou gentilmente.

O sorriso que ele ganhou em resposta era tão brilhante quanto o dele. Às vezes, aquilo tudo parecia fácil demais. As pessoas escutavam o que queriam escutar, especialmente quando o que ouviam parecia ser um sonho se tornando realidade. Total suspensão de descrença, era isso o que conseguia toda vez. Elas iam a esses eventos querendo que Jacko Vance e todos conectados ao grande homem fossem exatamente como o que viam na TV. Por associação, qualquer um que fizesse parte da comitiva das celebridades possuía o mesmo brilho dourado. As pessoas estavam tão acostumadas com a sinceridade de Vance, tão familiarizadas com a sua probidade pública que nunca lhes passava pela cabeça desconfiar da armadilha. Por que deveriam, já que Vance tinha uma imagem popular que fazia o Bom Rei Venceslau parecer o Scrooge? Otários escutavam o que dizia e ouviam João e o Pé de Feijão — da sementinha que Vance e seus subordinados plantavam, imaginavam o desabrochar da flor burguesa que era a vida no topo da árvore bem ao lado dele.

Nesse aspecto, Donna Doyle era igualzinha a todas as outras. Era como se a jovem estivesse trabalhando em um roteiro que ele escrevera para ela. Levou-a estrategicamente para um canto e fez um movimento que deu a entender que lhe entregaria uma foto autografada de Vance, a superestrela. Então, encarou-a novamente com uma naturalidade tão primorosa que poderia ser parte do repertório de De Niro.

— Meu Deus — sussurrou ele. — É claro, é claro! — A exclamação era o equivalente verbal de uma batida na testa com a palma da mão.

Ao esticar o braço para pegar o que estava muito próximo de lhe ser oferecido, seus dedos ficaram a centímetros dos dele e ela, sem entender, franziu as sobrancelhas e perguntou:

— O quê?

Ele curvou os lábios para baixo, demonstrando ter desistido do que havia pensado e respondeu:

— Esquece. Desculpa, tenho certeza que você tem planos muito mais interessantes pro seu futuro do que qualquer coisa que nós, apresentadores de programas, possamos sugerir.

A primeira vez que usou essa fala, com as mãos suando, o sangue pulsando nos seus ouvidos, achou que era tão piegas que não enganaria nem um bêbado em coma alcoólico. Mas estava certo de ter confiado em seus instintos, mesmo que eles o levassem pelo caminho da breguice criminal.

Essa menina, assim como a primeira, entendeu instantaneamente que algo estava sendo oferecido a ela, e não às outras pessoas insignificantes com quem estivera conversando mais cedo.

— O que quer dizer? — perguntou sem ar, hesitante, não querendo admitir que poderia ter entendido errado e que se preparava para o quente rubor da vergonha que viria à tona pelo equívoco.

Ele deu de ombros da maneira mais débil possível, de uma forma que o movimento dificilmente perturbaria o impecável caimento do seu terno.

— Esquece — disse ele, abanando a cabeça de maneira quase imperceptível. Havia um desapontamento no triste olhar que lançou para ela e seu sorriso reluzente tinha desaparecido.

— Não, me conta.

Agora havia uma pontinha de desespero, porque todo mundo queria ser uma estrela, independentemente do que falassem. Ele realmente arrancaria dela aquele quase vislumbrado voo no tapete mágico capaz de alçá-la para fora da sua vida desprezível e levá-la até o mundo dele?

Depois de uma rápida olhada para os dois lados, certificando-se de que ninguém o ouviria, soltou sua voz macia e intensa:

— Estamos trabalhando em um projeto novo. Você tem o visual certo. Seria perfeita. Assim que te vi direito, soube que era você. — Sorriu, pesaroso. — Agora pelo menos tenho a sua imagem para carregar na cabeça enquanto entrevisto centenas de esperançosas que os agentes nos mandam. Talvez a gente tenha sorte... — Sua voz desvaneceu, os olhos marejaram, desolados como os de um cão sem dono.

— Eu não poderia... quer dizer, é... — A esperança iluminou o rosto de Donna, depois, surpresa com o atrevimento, ficou desapontada; travou e não disse outra palavra.

Ele abriu um sorriso indulgente. Um adulto o teria identificado como condescendente, mas ela era jovem demais para perceber o tom paternalista.

— Acho que não. Seria assumir um risco enorme. Um projeto desses, numa fase tão delicada... uma palavrinha no ouvido errado poderia arruiná-lo comercialmente. E você não tem nenhuma experiência profissional, tem?

Essa provocadora espiada naquilo que poderia ser o seu futuro destampou um vulcão de turbulenta esperança e as palavras trombavam umas nas outras como rochas no fluxo da lava. Prêmios de karaokê no clube de jovens, uma ótima dançarina de acordo com todo mundo, no colégio interpretou a Ama em *Romeu e Julieta*. Ele imaginara que as escolas tinham criado mais juízo e parado de agitar as tumultuosas águas do desejo adolescente com um drama incitante como aquele, mas estava errado. Eles não aprendiam, os professores. Bem como seus pupilos. Crianças podiam assimilar as causas da Primeira Guerra Mundial, mas não entendiam que clichês eram criados porque refletiam a realidade. Antes o diabo conhecido. Não aceite doce de estranhos.

Advertências que nunca devem ter vibrado o tímpano de Donna Doyle, algo muito visível na sua expressão de incontrolável avidez. Ele abriu outro sorrisão e disse:

— Está bem! Você me convenceu!

Ele abaixou a cabeça e capturou o olhar dela. Sua voz se tornara conspiradora:

— Mas consegue manter segredo?

Donna assentiu com a cabeça como se sua vida dependesse disso. Ela não tinha como saber que realmente dependia.

— Consigo, sim — respondeu, os olhos azuis cintilando, os lábios separados e a linguinha rosa bruxuleando entre eles. Ele sabia que a boca dela estava ficando seca. Sabia também que o fenômeno contrário estava acontecendo em outras partes do seu corpo.

Ele lançou um olhar ponderado e calculado, uma óbvia avaliação que ela recebeu com apreensão e desejo, que se misturavam como gelo e uísque.

— Estou pensando... — disse ele, com uma voz que era quase um sussurro. — Pode se encontrar comigo amanhã de manhã? Às nove horas?

Ela franziu as sobrancelhas momentaneamente, depois seu rosto se iluminou, e os olhos se encheram de determinação.

— Posso — disse ela, pois faltar aula era irrelevante. — Posso, sim. Onde?

— Conhece o Plaza Hotel?

Ele tinha que se apressar. As pessoas começavam a se mover em direção a ele, desesperadas para recrutarem a influência dele para suas causas.

Ela assentiu.

— Eles têm um estacionamento subterrâneo. Você entra lá pela Beamish Street. Vou te esperar no nível dois. E nenhuma palavra com ninguém, ok? Nem com sua mãe, nem com seu pai, nem com sua melhor amiga, nem mesmo com o cachorro.

Ela deu uma risadinha.

— Consegue fazer isso? — indagou ele, encarando-a com aquele olhar curiosamente íntimo de profissional de TV; aquele que convence os mentalmente perturbados de que os apresentadores de programas estão apaixonados por eles.

— Nível dois? Nove horas — confirmou Donna, determinada a não estragar a única chance de escapar da rotina monótona. Ela nunca poderia ter imaginado que, no final da semana, estaria chorando e gritando e implorando por monotonia. Estaria desejando vender o que restava da sua imortal alma por monotonia. E, mesmo que alguém lhe tivesse dito isso naquele momento, não teria compreendido. Ali, o deslumbramento e o sonho do que ele podia oferecer eram tudo que restava. Qual perspectiva poderia ser melhor?

— Nenhuma palavra, promete?

— Prometo — disse ela solenemente. — Não conto pra ninguém, nem morta.

Parte Um

Capítulo 1

Tony Hill estava deitado na cama e observava uma longa tira de nuvem deslizar por um céu cor de casca de ovo. Se alguma coisa o conquistara naquela apertada casa de dois andares sem quintal foi o sótão, com suas paredes de ângulos esquisitos e duas claraboias que davam a ele algo para olhar quando acordava no meio da noite. Uma casa nova, uma cidade nova, um novo começo, e ainda assim era difícil se desligar por oito horas ininterruptas.

Não era de se surpreender que não dormira bem. Este era o primeiro dia do resto de sua vida, lembrou a si mesmo com um sorriso irônico que enrugava a pele ao redor de seus fundos olhos azuis, transformando-a em um ninho de rugas que nem seu melhor amigo poderia chamar de linhas de expressão. Não havia rido tanto assim para tê-las. E transformar crimes em profissão lhe dava a certeza de que nunca riria.

A profissão sempre foi a desculpa perfeita, é claro. Durante dois anos, trabalhara pesado para o Ministério do Interior em um estudo para checar a possibilidade de instituir uma força-tarefa nacional de criadores de perfis criminais psicológicos, um esquadrão capaz de lidar com casos complexos e trabalhar com as equipes de investigação para melhorar o índice e a velocidade com que os casos eram solucionados. Um trabalho que requerera toda a habilidade clínica e diplomática que Tony desenvolvera ao longo dos anos como psicólogo em instituições mentais de segurança máxima.

Isso o manteve fora das repartições, mas o expôs a outros perigos. O perigo do tédio, por exemplo. Cansado de ficar enfurnado atrás de uma mesa ou em intermináveis reuniões, deixou-se seduzir pela tentadora oferta de envolvimento em um caso que, mesmo à distância, dava a impressão de ser algo muito especial, e se afastou do trabalho que conduzia. Nem mesmo em seus mais desvairados pesadelos poderia ter imaginado o quão excepcional aquilo seria. Nem quão destrutivo.

Cerrou os olhos momentaneamente contra as memórias que sempre o perseguiam no limiar da sua consciência, aguardando que ele baixasse a guarda e as deixasse entrar. Essa era outra razão pela qual dormia mal. Pensar no que seus sonhos poderiam fazer não era nenhum atrativo para que se distraísse e entregasse o controle ao subconsciente.

A nuvem saiu do seu campo de visão como um peixe, Tony rolou da cama e desceu até a cozinha sem fazer barulho nas escadas. Colocou água na parte inferior da cafeteira, preencheu a do meio com um pó de fragrância esquisita que pegou no freezer, atarraxou a parte de cima e acendeu o fogo. Pensou em Carol Jordan, como fazia provavelmente em uma a cada três manhãs enquanto preparava o café. Fora ela quem lhe dera a pesada cafeteira italiana de alumínio quando ele saiu do hospital e voltou para casa depois do fechamento do caso. "Você não vai caminhar até a cafeteria por um tempo", dissera ela. "Com isso pelo menos vai poder fazer um expresso decente em casa."

Já fazia meses que vira Carol. Eles sequer tiveram a oportunidade de comemorar a promoção dela a detetive inspetora-chefe, o que demonstrava o quanto haviam se distanciado. Inicialmente, depois de ter recebido alta do hospital, ela o visitava sempre que o ritmo frenético do trabalho permitia. Gradualmente, tomaram consciência de que, toda vez que estavam juntos, o espectro da investigação se erguia entre eles, obscurecendo qualquer possibilidade que estivesse à disposição. Entendeu que Carol era mais bem preparada do que a maioria das pessoas para interpretar o que via nele. Mas simplesmente não podia encarar o risco de se abrir para alguém que pudesse o rejeitar quando percebesse o quanto fora infectado pelo trabalho.

Se isso acontecesse, ele duvidava da sua capacidade de fazer dar certo. E, se não desse certo, não conseguiria fazer o seu trabalho. E isso era muito importante para ser posto de lado. O que ele fazia salvava a vida de pessoas. Era bom nisso, provavelmente um dos melhores, porque compreendia de verdade o lado obscuro. Colocar o trabalho em risco seria a coisa mais irresponsável que poderia fazer, especialmente agora que a recém-criada Força-Tarefa Nacional de Criação de Perfis Criminais estava em suas mãos.

O que algumas pessoas percebiam como sacrifícios eram, na verdade, dividendos, disse a si mesmo com firmeza enquanto servia seu café. Era-lhe permitido fazer exatamente aquilo que ele fazia soberbamente, e lhe pagavam por isso. Um sorriso cansado atravessou o seu rosto. Meu Deus, como era sortudo.

Shaz Bowman compreendia perfeitamente por que as pessoas cometiam assassinatos. Essa revelação não tinha nada a ver com a mudança para uma cidade nova ou com o trabalho que a levara até ali, mas sim com os picaretas que instalaram o encanamento quando a mansão de um ex-dono de uma fábrica na era vitoriana fora convertida em apartamentos. Os empreiteiros fizeram um trabalho cuidadoso, preservando características originais e evitando divisões que arruinassem as ótimas proporções dos cômodos espaçosos. Para olhos descuidados, o apartamento de Shaz tinha ficado perfeito, com as portas-balcão que levavam ao jardim do quintal, domínio exclusivo dela.

Anos dividindo espeluncas estudantis com carpetes grudentos e banheiras nojentas, seguidas de um alojamento para policiais e uma quitinete alugada por um preço absurdo em West London deixaram Shaz desesperada pela oportunidade de verificar se proprietária de imóvel era uma categorização com a qual conseguiria viver. A mudança para o norte lhe dera a primeira chance de ter condições de pagar por isso. Mas o idílio se despedaçou na primeira manhã em que teve que levantar cedo para ir trabalhar.

Com os olhos turvos e semiconsciente, abrira o chuveiro tempo suficiente para que a temperatura da água ficasse boa. Entrou debaixo da poderosa ducha, levantando as mãos sobre a cabeça num gesto estranhamente respeitoso. Seu gemido de prazer se transformou abruptamente em um grito quando a água de um morno amniótico se transformou em dispersas e escaldantes ferroadas hipodérmicas. Atirou-se para fora do boxe, torcendo o joelho ao escorregar no chão do banheiro, xingando com a fluência adquirida em seus três anos na Polícia Metropolitana de Londres.

Sem mais palavras, olhou para a nuvem de vapor no canto do banheiro onde estivera momentos antes. Então, abruptamente, ele se dissipou. Estendeu uma mão com cautela, colocando-a debaixo da água. A temperatura voltara a ficar como deveria. Titubeando centímetro a centímetro, movia-se para debaixo da água. Deixando escapar a respiração inconscientemente presa, esticou o braço para pegar o shampoo. Tinha feito uma aura branca de espuma quando agulhas geladas como chuva de inverno cascatearam em seus ombros. Dessa vez, inspirou e, junto do ar veio espuma, adicionando ânsia de vômito aos efeitos sonoros da manhã.

Não foi preciso refletir muito para concluir que seu martírio era resultado da ablução sincrônica de outra pessoa. Ela era detetive, afinal de contas. Mas tal descoberta não a deixou nem um pouco mais feliz. No primeiro dia no trabalho novo, em vez de se sentir calma e com os pés no chão depois de um longo e reconfortante banho, estava furiosa e frustrada, com os nervos à flor da pele e os músculos da nuca enrijecidos prometendo uma dor de cabeça.

— Que beleza — rosnou ela, lutando contra as lágrimas que tinham mais a ver com emoção do que com o shampoo nos olhos.

Shaz avançou para o chuveiro uma vez mais e o desligou com um giro de punho violento. A boca apertada se transformara em uma linha e ela começou a encher a banheira. Tranquilidade não era mais uma opção para o dia, mas ainda precisava tirar a espuma do cabelo se não quisesse chegar à sala de operações da novíssima força-tarefa parecendo algo com que nem um gato respeitável iria querer arrumar confusão. Já seria intimidador o bastante sem ter que preocupar com o seu visual.

Enquanto se agachava na banheira e mergulhava a cabeça na água, tentava restaurar o entusiasmo da expectativa.

— Você tem sorte de estar aqui, garota — afirmou para si mesma. — Aquele monte de idiotas se candidatou e você não precisou nem preencher o formulário para ser escolhida. Escolhida a dedo, elite. Fez todo aquele trabalho de merda valer a pena, todos aqueles sapos engolidos. Todos aqueles escrotos que viviam na cantina não vão a lugar nenhum tão cedo, são eles que vão ter que engolir merda agora. Não são como você, detetive Shaz Bowman. Policial Bowman, da Força-Tarefa Nacional de Criação de Perfis.

Como se isso não fosse o bastante, ela trabalharia ao lado do renomado mestre da combinação arcana entre instinto e experiência. O dr. Tony Hill, com graduação pela Universidade de Londres e doutorado em Oxford, o maior criador de perfis criminais e autor do manual definitivo sobre serial killers. Se Shaz fosse uma mulher dada a venerar heróis, Tony Hill seria um dos primeiros da sua lista, estaria lá no alto, junto ao panteão dos seus deuses pessoais. De certo modo, foi pela oportunidade de explorar os conhecimentos dele e aprender seus artifícios que ela alegremente se sacrificou. Contudo, ela não tivera que abrir mão de nada. A oportunidade simplesmente caíra no seu colo.

Enquanto enxugava seu curto cabelo escuro, avaliou a chance única que estava à sua frente, o que amansou sua raiva, mas não seus nervos. Shaz se esforçou para se concentrar no dia que teria pela frente. Pendurando a toalha cuidadosamente ao lado da banheira, ela se encarou no espelho, ignorando o arroubo de sardas ao longo das maçãs do seu rosto, a ponte do nariz macio, passou pelas linhas retas dos seus lábios finos demais para assegurar sensualidade e focou na característica que todas as pessoas notavam primeiro nela.

Seus olhos eram extraordinários. Íris azul-escuro rajadas por linhas de tonalidade intensa e pálida, que pareciam capturar a luz como as facetas de uma safira. Em um interrogatório, eram irresistíveis. Aqueles olhos tinham talento. O intenso encarar azul imobilizava as pessoas como uma supercola. Shaz tinha o palpite de que eles deixavam seu último chefe tão desconfortável que ele se deleitava com a imagem de despachá-la para bem longe, a despeito de seu índice de prisão e condenação, que seria extraordinário em se tratando de um experiente policial do Departamento de Investigação Criminal, que dirá de um novato.

Ela só encontrara com seu novo chefe uma vez. Por alguma razão, não achava que lidar com Tony Hill seria moleza. E quem sabia o que ele veria caso deslizasse para dentro daquelas frias defesas azuis? Com um calafrio de ansiedade, Shaz se desviou do seu olhar implacável no espelho e mordeu a pele na lateral do dedão.

A detetive inspetora-chefe Carol Jordan tirou o original da copiadora, pegou a cópia na bandeja e atravessou o espaço sem divisórias do Departamento de Investigação Criminal até a sua sala e, no caminho, não houve nada mais revelador do que um cordial "Bom dia, rapazes", para os dois detetives que madrugaram e já estavam em suas mesas. Presumiu que eles só estavam ali naquela hora porque queriam causar uma boa impressão. Coitadinhos.

Entrou, fechou a porta com firmeza e foi até a sua mesa. O relatório criminal original voltou para a pasta de documentos do período noturno e, em seguida, para a sua de despacho. A cópia se juntou a quatro outros despachos noturnos em uma pasta que vivia na sua maleta, quando não estava sobre sua mesa. Cinco, decidiu, era uma massa crítica. Hora de reagir. Olhou para o relógio. Mas não naquele exato momento.

O único outro item a ocupar a mesa dela naquele momento era um longo memorando do Ministério do Interior. Na sarcástica linguagem do serviço público, aquilo poderia capitular uma chatice estilo Tarantino, pois anunciava a inauguração formal da Força-Tarefa Nacional de Criação de Perfis Criminais. "Sob a supervisão do comandante Paul Bishop, a força-tarefa será liderada pelo psicólogo clínico do Ministério do Interior e analista criminal sênior, dr. Tony Hill. Inicialmente, a força-tarefa será constituída de seis experientes detetives que trabalharão subordinados ao dr. Hill e ao comandante Bishop, sob as diretrizes do Ministério do Interior".

Carol suspirou e cantou suavemente.

— *It could have been me. Oh yeah, it could have been me.*

Ela não havia sido formalmente convidada. Mas sabia que a única coisa que tinha que fazer era pedir. Tony Hill a quisera na equipe. Tinha visto seu trabalho de perto e lhe dissera mais de uma vez que ela tinha a mentalidade certa para fazer com que a nova força-tarefa fosse eficaz. Mas não era simples assim. O único caso em que tinham trabalhado juntos fora pessoalmente devastador e difícil para ambos. E seus sentimentos por Tony Hill ainda eram muito complicados para ela apreciar a possibilidade de ser o braço direito dele em outros casos que poderiam se tornar tão desgastantes emocionalmente e desafiadores do ponto de vista intelectual quanto a primeira batalha deles.

Contudo, ficara tentada. Depois outra coisa surgiu. Uma promoção precoce em uma força recém-criada não era uma oportunidade que ela achava que podia se dar ao luxo de perder. A ironia era que essa chance emergira da mesma caçada ao serial killer. John Brandon fora o chefe de polícia assistente em Bradfield que teve a coragem de convocar Tony Hill e de designar Carol como policial de ligação. Quando foi promovido a chefe de polícia da nova força, ele a quis a bordo. O timing dele não poderia ter sido melhor, ela pensou, e sentiu, contra a sua vontade, uma leve pontada de pesar. Levantou-se e deu os três passos necessários para atravessar sua sala e olhar para as docas lá embaixo, onde as pessoas se moviam com determinação, fazendo ela não sabia o quê.

Carol aprendera o serviço primeiro com a Polícia Metropolitana em Londres e depois com a Polícia Metropolitana de Bradfield, ambas os leviatãs alimentados pela perpétua onda de adrenalina gerada pela criminalidade dos centros urbanos. Mas agora estava fora, na ponta da Inglaterra, na Polícia de East Yorkshire onde, como seu irmão Michael zombou, o acrônimo da força era quase idêntico ao cumprimento tradicional do caipira de Yorkshire: "*Ey-up*". Ali, o trabalho do detetive inspetor-chefe não envolvia fazer malabarismos em inquéritos sobre assassinatos, passar correndo de carro por tiroteios, guerras de gangues, roubos à mão armada ou tráfico de drogas da pesada.

Nas cidadezinhas e vilas de East Yorkshire, o crime não era escasso. Mas eram delitos menores. Seus inspetores e sargentos eram mais do que capazes de lidar com eles, mesmo nas pequenas cidades de Holm e Traskham e no porto do Mar do Norte de Seaford, onde ela estava sediada. Seus subordinados não a queriam na cola deles. Afinal de contas, o que uma garota da cidade sabia sobre roubo de ovelhas? Ou de falsificação de notas de embarque de carga? Além disso, todos sabiam perfeitamente que, quando a nova detective inspetora-chefe aparecia nas ações de campo, não estava interessada em descobrir o que acontecia, mas que queria sacar quem realmente dava conta do recado e quem ficava encenando, quem gostava de tomar uma durante o expediente e quem curtia tirar um por fora. E estavam certos. Estava demorando mais tempo do que ela tinha previsto, mas gradualmente montava um painel que mostrava como era a sua equipe e quem era capaz de fazer o quê.

Carol suspirou novamente e bagunçou, com os dedos de uma das mãos, ainda mais o já despenteado cabelo louro. Era uma tarefa árdua, sobretudo porque a maioria dos homens rudes de Yorkshire com quem trabalhava estavam lutando contra o condicionamento de uma vida inteira ao levar a sério um chefe do sexo feminino. Não era a primeira vez que ela se perguntava se a ambição a tinha empurrado para um erro drástico e levado a sua próspera carreira a um beco sem saída.

Deu de ombros e se afastou da janela, depois tirou novamente a pasta da sua maleta. Ela pode ter optado por dar as costas para a força-tarefa de perfis criminais, mas trabalhar com Tony Hill havia lhe ensinado alguns truques. Sabia qual era a assinatura de um criminoso em série. Só desejava não precisar de uma equipe de especialistas para encontrar uma.

Uma das metades da porta dupla ficou momentaneamente aberta. Uma mulher com o rosto instantaneamente reconhecível em 78% das residências do Reino Unido (de acordo com a última pesquisa de audiência), usando um salto alto que glorificava suas belas pernas que poderiam muito bem servir de modelo para meia-calça, entrou com passos largos dentro do departamento de maquiagem, olhando de lado e falando:

— ... o que não me deixa nenhum espaço de manobra, então fala pro Trevor trocar o dois e o quatro na ordem de transmissão, OK?

Betsy Thorne a seguiu, concordando calmamente com a cabeça. Ela tinha uma aparência autêntica demais para ser qualquer coisa na TV, com seu cabelo de fios prateados irregulares presos para trás por um arco azul de veludo, deixando à vista um rosto que, de certo modo, era quintessencialmente inglês; os olhos inteligentes de um cão pastor, os ossos de um cavalo puro-sangue inglês de corridas e a tez de uma maçã do tipo Cox.

— Sem problema — disse com sua voz em todos os níveis tão cordial e carinhosa quanto a de sua companheira. Fez uma anotação na prancheta que carregava.

Micky Morgan, apresentadora e única estrela admissível de *Meio-dia com Morgan*, o programa de notícias de duas horas de duração do horário do almoço, considerado o carro-chefe dos canais comerciais, continuou seguindo em frente até aquela que obviamente era a sua cadeira habitual. Ela se acomodou, jogou o cabelo louro-mel para trás e deu uma crítica e rápida analisada em seu rosto no espelho enquanto a maquiadora a envolvia com uma capa protetora.

— Marla, você voltou! — exclamou Micky com o mesmo grau de deleite na voz e no olhar. — Graças a Deus. Rezava pra você estar fora do país e não ter que ver o que fazem comigo quando não está aqui. Eu te proíbo de sair de férias de novo!

Marla sorriu e brincou:

— Continua falando esse monte de merda, né, Micky?

— É pra isso que eles pagam a Morgan — disse Betsy, empoleirando-se no balcão ao lado do espelho.

— Está difícil conseguir bons funcionários hoje em dia — disse Micky, com os lábios cerrados assim que Marla começou a passar base sobre a pele dela. — Tem uma espinha brotando na têmpora direita.

— Pré-menstrual? — perguntou Marla.

— Eu achava que só eu conseguia perceber isso a um quilômetro de distância — disse Betsy arrastando as palavras.

— É a pele. A elasticidade muda — explicou Marla de maneira distraída, completamente envolvida na sua tarefa.

— *Tema do Debate* — disse Micky. — Dá uma passada nele de novo pra mim, Bets.

Ela fechou os olhos para se concentrar e Marla aproveitou a chance para trabalhar nas pálpebras.

Betsy consultou sua prancheta.

— Aproveitando as últimas revelações dos tabloides sobre mais um sub-secretário pego na cama errada, nós perguntamos: "O que faz uma mulher querer ser amante?"

Ela passava dos convidados para o tema enquanto Micky escutava atenciosamente. Betsy chegou ao último entrevistado e sorriu.

— Você vai gostar disto: Dorien Simmonds, sua romancista favorita. A amante profissional vai defender a tese de que, na verdade, ser amante não é apenas uma diversão maravilhosa, mas um serviço social positivo para todas aquelas esposas exploradas que têm que suportar sexo conjugal mesmo depois do tédio absoluto.

Micky soltou uma gargalhada e disse:

— Brilhante. Essa é a boa e velha Dorien. Acha que existe alguma coisa que Dorien não faria para vender um livro?

— Ela só está com inveja — opinou Marla. — Lábios, por favor, Micky.

— Ciúmes? — perguntou Betsy delicadamente.

— Se Dorien tivesse um marido igual ao da Micky, não estaria levantando a bandeira das amantes. Só está puta da vida porque nunca vai colocar a mão num partidão tipo o Jacko. Pensa bem, quem não estaria?

— Mmmm — murmurou Micky.

— Mmmm — concordou Betsy.

A máquina publicitária levou anos para gravar na consciência da nação o par Micky Morgan e Jacko Vance, com a mesma solidez que peixe com fritas e Lennon e McCartney. O casamento das celebridades era tão paradisíaco que jamais poderia ser dissolvido. Até mesmo os colunistas de fofocas tinham desistido de tentar.

A ironia era que fora o medo das fofocas que os juntara. Conhecer Betsy tinha virado a vida de Micky de cabeça para baixo no momento em que a carreira dela começara a fazer a curva em direção às alturas. Ascender na proporção e velocidade de Micky significava colecionar uma interessante seleção de inimigos que ia dos invejosos peçonhentos aos rivais que gradativamente perderam o lugar sob os holofotes que julgavam seu por direto. Como era difícil encontrar defeitos profissionais em Micky, concentravam-se no lado pessoal. Lá no início dos anos 1980, o *lesbian chic* ainda não havia sido inventado. Para as mulheres, mais do que para os homens, ser gay era uma das rotas mais rápidas para receber uma carta de demissão. Alguns meses depois de ter se apaixonado por Betsy e abandonado sua vida outrora heterossexual, Micky compreendeu como se sentia um animal sendo caçado.

Sua solução fora radical e extremamente bem-sucedida. Era a Jacko que Micky tinha que agradecer por isso. Tivera e ainda tinha sorte por estar com ele, pensou ela, ao olhar com aprovação para seu reflexo no espelho da sala de maquiagem.

Perfeito.

Tony Hill olhou ao redor da sala para a equipe que escolhera a dedo e por um momento sentiu pena. Eles achavam que estavam entrando naquele mundo novo e sombrio de olhos abertos. Policiais nunca pensavam em si mesmos como inocentes fora do seu mundo. Eles possuíam muita sabedoria das ruas. Já tinham visto de tudo, feito tudo e sabiam por experiência própria o que era ter a camisa mijada e vomitada. Tony estava ali para instruir meia dúzia de policiais que achavam que já conheciam todos os horrores inimagináveis que os fariam acordar aos berros durante a noite e os ensinariam a rezar. Não em busca de perdão, mas de cura. Ele sabia muitíssimo bem que, independentemente do que pensassem, nenhum deles se informara de verdade ao fazer a escolha pela Força-Tarefa Nacional de Criação de Perfis Criminais.

Nenhum deles, com exceção, talvez, de Paul Bishop. Quando o Ministério do Interior dera sinal verde para o projeto de criação de perfis criminais, Tony cobrara todos os favores que lhe deviam e outros que não lhe deviam para garantir que o representante da polícia fosse alguém que soubesse da gravidade do que estava empreendendo. Pendurou o nome Paul Bishop em frente aos políticos como uma cenoura em frente a uma mula empacada, lembrando-os sobre o quanto Paul se comportava bem diante das câmeras. Mesmo assim, titubearam até Tony salientar que mesmo os jornalistas cínicos demonstravam algum respeito pelo homem que chefiara a caçada bem-sucedida aos predadores apelidados de Estuprador do Passe Livre e Assassino de Metroland. Depois dessas investigações, Tony não tinha dúvida de que Paul sabia exatamente que tipos de pesadelo lhe aguardavam.

Por outro lado, as recompensas eram extraordinárias. Quando gerava resultado, quando o trabalho deles realmente prendia alguém, aqueles policiais conheceriam uma euforia como nenhuma outra que experimentaram até então. Era um sentimento poderoso saber que seus esforços ajudaram a encarcerar um assassino. Ainda mais gratificante era perceber quantas vidas provavelmente salvaram ao iluminar o caminho certo a ser percorrido por seus colegas. Era arrebatador, ainda que temperado com o conhecimento daquilo que o perpetrador já havia feito. De certa maneira, também tinha que transmitir essa satisfação para eles.

Paul Bishop estava falando naquele momento, dando as boas-vindas à força-tarefa e esboçando o programa de treinamento que ele e Tony planejaram juntos.

— Vamos fazer com que conheçam a criação de perfis, dando-lhes a informação histórica de que precisam para começar a desenvolver a habilidade por conta própria — disse ele.

Era um curso intensivo de Psicologia, inevitavelmente superficial, mas que cobria o básico. Se escolhessem com sabedoria, seus aprendizes seguiriam os caminhos da sua preferência, ampliariam suas leituras, procurariam outros especialistas e desenvolveriam a expertise em áreas específicas que os interessassem.

Tony olhou para seus novos colegas espalhados pela sala. Todos formados pelo Departamento de Investigações Criminais, todos menos um graduado. Um sargento, quatro detetives homens e duas mulheres. Olhos ávidos, cadernos abertos, canetas prontas. Esse grupo era inteligente. Sabiam que, se fizessem um bom trabalho e a unidade prosperasse, conseguiriam ascender até o topo por conta disso.

O olhar firme saltava de um para outro. Parte dele gostaria que Carol Jordan estivesse entre eles, compartilhando suas percepções aguçadas, as análises perspicazes, arremessando suas ocasionais granadas de humor para aliviar o clima sombrio. Mas sua mente sensível sabia que haveria problemas mais que suficientes pela frente sem esse complicador.

Se tivesse que apostar em alguém que se destacava a ponto de ter a capacidade de fazer com que ele parasse de sentir falta das habilidades de Carol, ficaria com aquela cujos olhos flamejavam fogo frio. Sharon Bowman. Como todos os bons caçadores, ela mataria se precisasse.

Do mesmo jeito que ele fizera.

Tony se livrou do pensamento e se concentrou nas palavras de Paul, aguardando pelo sinal. Quando Paul sinalizou com a cabeça, Tony assumiu com naturalidade:

— O FBI leva dois anos para treinar seus agentes em criação de perfis criminais — disse, recostando-se na cadeira numa atitude proposital de calma e descontração. — Nós fazemos as coisas de modo diferente aqui — declarou, com acidez na voz. — Aceitaremos nosso primeiro caso em seis semanas. Em três meses, o Ministério do Interior espera que cuidemos de uma quantidade significativa de casos. O que vocês têm que fazer durante este intervalo de tempo é assimilar uma montanha de teoria, aprender uma série gigante de protocolos, se familiarizar totalmente com o software que foi desenvolvido especialmente para a força-tarefa e cultivar uma compreensão instintiva em relação àqueles que são, como nós clínicos dizemos, totalmente fodidos. — Ele sorriu inesperadamente diante dos rostos sérios. — Alguma pergunta?

— Ainda dá tempo de desistir? — Os olhos elétricos de Bowman faiscavam o humor que faltava a seu tom inexpressivo.

— As únicas dispensas que aceitam são as certificadas pelo patologista.

A resposta jocosa veio de Simon McNeill. Formado em Psicologia em Glasgow, quatro anos a serviço da polícia de Strathclyde, lembrou Tony, reassegurando-se de que conseguia recordar os nomes e históricos sem muito esforço.

— Correto — disse ele.

— O que me diz de insanidade? — perguntou outra voz do grupo.

— Instrumento conveniente demais para que deixemos que escapem das nossas garras — respondeu Tony. — Embora me agrade que tenha trazido isso à tona, Sharon. É o fio condutor perfeito para que eu entre no primeiro tópico sobre o qual gostaria de falar hoje.

Seus olhos se moviam de rosto em rosto, aguardando até que sua seriedade estivesse espelhada em cada uma das faces. Acostumado a assumir qualquer personalidade e comportamento aceitável, não deveria ter ficado surpreso com o quanto era fácil manipulá-los, mas ficou. Se fizesse seu trabalho apropriadamente, isso seria muito mais difícil de conseguir dali a poucos meses.

Quando ficaram sossegados e concentrados, Tony soltou o bloco de anotações na mesa acoplada ao braço da sua cadeira e o ignorou.

— Isolamento — disse ele. — Alienação. As coisas mais difíceis de lidar. Seres humanos são gregários. Somos animais que se agrupam em rebanhos. Caçamos em bandos, celebramos em bando. Retire o contato humano de alguém, e o comportamento dele se distorce. Vocês vão aprender muito sobre isso nos próximos meses e anos.

Ele tinha capturado a atenção deles. Hora do golpe mortal.

— Não estou falando de serial killers. Estou falando de vocês. São todos policiais com experiência no Departamento de Investigação Criminal. São bem-sucedidos, se encaixaram e fizeram o sistema funcionar pra vocês. É por isso que estão aqui. Estão habituados com a camaradagem do trabalho em equipe, com o sistema de suporte que os apoia. Quando atingiram um resultado, tiveram um esquadrão do álcool para compartilhar a vitória com vocês. Quando alguma coisa deu errado, o mesmo esquadrão foi lá se solidarizar. É um pouquinho como uma família, só que nessa família não existe o irmão mais velho pra te azucrinar nem a tia que pergunta quando é que você vai casar.

Ele notou os gestos de cabeça e as expressões faciais que indicavam concordância. Como ele esperava, os das mulheres eram menos intensos que os dos homens.

Ficou em silêncio por um momento e se inclinou para a frente.

— Vocês acabaram de entrar em estado de luto coletivo. A família está morta e vocês nunca, nunca mais poderão voltar pra casa. Esta é a única casa que vocês têm, esta é a sua única família.

Ele os tinha fisgado de uma maneira que nenhum suspense jamais fizera. A sobrancelha direita de Bowman se levantou, formando um arco impressionante, porém, para além disso, estavam todos imóveis.

— Os melhores criadores de perfis provavelmente têm mais em comum com os serial killers do que com o restante da raça humana. Assassinos também precisam ser bons analistas criminais. Um assassino traça o perfil de suas vítimas. Ele tem que saber como olhar para um centro comercial cheio de gente e escolher a única pessoa que vai servir para ele. Se escolher a pessoa errada, já era. Ou seja, ele não pode cometer mais erros do que a gente. Como nós, ele começa fazendo uma seleção consciente a partir de critérios definidos, porém, gradualmente, se ele for bom, isso se transforma num instinto. E é assim que eu quero que todos vocês sejam.

Por um momento, seu controle perfeito lhe escapuliu quando imagens intrusas se aglomeram na superfície da sua percepção. Ele era o melhor, sabia disso. Mas pagara um preço alto para descobrir isso. A ideia de que a data de vencimento de outro pagamento poderia estar se aproximando era algo que ele era capaz de rejeitar enquanto se mantivesse sóbrio. Não por acaso Tony não bebeu praticamente nada durante quase um ano.

Recompondo-se, pigarreou e ajeitou o corpo na cadeira.

— Muito em breve suas vidas mudarão. Suas prioridades mudarão como Los Angeles em um terremoto. Acreditem em mim, quando passarem os dias e as noites se projetando dentro de uma mente programada para assassinar até que a morte ou o encarceramento a impeça, vocês repentinamente descobrirão que muitas coisas a que costumavam dar importância são completamente irrelevantes. É difícil ficar perturbado com a taxa de desemprego quando se contempla as atividades de alguém que tirou mais pessoas dos registros nos últimos seis meses do que o governo.

Seu sorriso cínico foi a deixa para que relaxassem os músculos que tinham permanecido tensos nos últimos dez minutos.

— As pessoas que nunca fizeram este tipo de trabalho não têm noção de como ele é. Todo dia você revisa as provas, reclassificando-as por ordem de importância em busca daquela pista fugidia que deixou escapar nas últimas 47 vezes. Observa, sem poder fazer nada, as pistas que achava que eram quentes ficarem mais frias que o coração de um viciado. Você tem vontade de sacudir as vítimas que viram o assassino, mas não se lembram de nada porque ninguém disse a elas de antemão que a pessoa que encheu o tanque no posto de gasolina numa noite há três meses era um assassino múltiplo. O detetive que acha que aquilo que vocês estão fazendo é pura merda e não vê razão para a porra da sua vida não ser tão miserável como a dele, por isso dá o seu telefone pra maridos, esposas, amantes, filhos, pais, irmãos, todos querendo de você uma migalha de esperança. E como se isso não fosse suficiente, a mídia fica no seu encalço. Aí o assassino age de novo.

Leon Jackson, que trilhou seu caminho de um gueto negro de Liverpool até a Polícia Metropolitana por meio de uma bolsa de Oxford, acendeu um cigarro. O estalo de seu isqueiro fez com que os outros dois fumantes pegassem os seus.

— Parece maneiro — disse ele, deixando um dos braços cair por trás da cadeira. Tony não conseguiu evitar uma pontada de pena. Quando mais duros na chegada, maior a queda.

— Ártico — disse Tony. — É assim que as pessoas fora deste Serviço veem você. E os seus ex-colegas? Quando trombarem com alguns deles, acreditem em mim, vão começar a notar que vocês ficaram um pouco esquisitos. Vocês não serão mais parte da galera, e vão começar a evitar vocês porque já não são mais os mesmos. Depois, quando estiverem trabalhando em um caso, serão transportados para um ambiente alienígena com pessoas que não os querem no caso. Inevitável. — Ele se inclinou para a frente novamente e ficou encurvado sob o gelado vento da memória. — E não terão medo de deixar você saber disso.

Tony leu superioridade no olhar desdenhoso de Leon. Por ser negro, ele raciocinou, Leon provavelmente imaginava que já tinha experimentado um pouco daquilo, e a rejeição, portanto, não lhe representava nenhum temor. O que ele muito provavelmente não percebia era que seus chefes tinham precisado da história de um negro bem-sucedido. Nem notara que deixaram isso claro para os policiais que controlavam a cultura, então era muito provável que ninguém pressionara Leon tanto quanto ele acreditara.

— E não achem que o pessoal do alto escalão vai apoiar vocês quando a merda estourar — continuou Tony. — Eles não vão. Vão amar vocês durante uns dois dias; depois, quando não tiverem acabado com a dor de cabeça deles, vão começar a odiá-los. Quanto mais demorar para resolver os crimes, pior fica. Os outros detetives os evitam porque vocês têm uma doença contagiosa chamada fracasso. A verdade pode estar lá fora, mas vocês não foram capazes de encontrá-la e, até que a encontrem, não passam de leprosos.

"E, por sinal — acrescentou ele, quase como se uma ideia tivesse acabado de lhe surgir —, quando finalmente pegarem o desgraçado graças ao seu trabalho pesado, não vão sequer convidá-los pra festa."

O silêncio era tão intenso que Tony conseguia escutar o barulhinho do tabaco queimando enquanto Leon tragava. Ele se levantou e tirou da testa o cabelo preto ondulado.

— Vocês talvez achem que estou exagerando. Acreditem em mim, não contei nem um décimo sobre o quanto este serviço vai fazer com que se sintam mal. Se não acreditam que é pra vocês, se estão em dúvida sobre a decisão que tomaram, a hora de ir embora é agora. Ninguém reprovará vocês. Onde não há culpa, não há vergonha. É só dar uma palavrinha com o comandante Bishop. — Ele olhou para o relógio. — Coffee break. Dez minutos.

Pegou sua pasta e, de propósito, não olhou para eles enquanto empurravam cadeiras e seguiam desanimadamente até a porta e à área do café na maior das três salas que lhes haviam sido cedidas, a contragosto, por uma força policial carente de acomodações para seu próprio pessoal. Quando, por fim, levantou o olhar, Shaz Bowman estava de pé encostada na parede ao lado da porta, aguardando.

— Pensando melhor, Sharon? — perguntou ele.

— Odeio que me chamem de Sharon — retorquiu ela. — As pessoas que querem uma resposta preferem Shaz. Só queria dizer que não são só os criadores de perfis que são tratados como bosta. Nada do que você acabou de falar parece pior do que aquilo com que as mulheres têm que lidar neste trabalho.

— Foi o que me disseram — concordou Tony, pensando inevitavelmente em Carol Jordan. — Se isso é verdade, vocês terão uma vantagem inicial neste jogo.

Shaz abriu um sorriso e desencostou da parede, satisfeita.

— É só você ficar de olho — disse ela, dando meia-volta e passando pela porta com tanta flexibilidade quanto a de um gato selvagem.

Jacko Vance se inclinou sobre a mesa frágil e franziu a testa. Apontou para agenda de mesa.

— Você viu, Bill? Já me colocaram pra correr a meia maratona no sábado. E, depois disso, vou filmar na segunda e na terça, vou cobrir a inauguração de uma boate em Lincoln na terça à noite. Você, a propósito, vai estar lá também, não vai?

Bill confirmou com um gesto de cabeça e Jacko continuou:

— Tenho uma reunião atrás da outra na quarta-feira e terei que voltar dirigindo pra Northumberland por causa do trabalho voluntário. Simplesmente não sei como podemos encaixá-lo.

Jogou-se, suspirando, de costas no desconfortável sofá de tweed listrado do trailer da produção.

— Essa é a questão, Jacko — disse, com calma, o seu produtor, misturando leite desnatado em dois cafés que fazia na área da cozinha. Bill Ritchie produzia *Vance Visita* há tempo suficiente para saber que não fazia muito sentido tentar mudar a cabeça da sua estrela uma vez que ela já tivesse tomado sua decisão. Mas, dessa vez, ele estava sofrendo pressão suficiente dos seus chefes para que tentasse. — Esse documentário de curta metragem vai *supostamente* fazer com que você pareça ocupado, vai dizer "Aqui está este sujeito maravilhoso que, mesmo com uma vida profissional atarefada, *ele* encontra tempo para trabalhar para a caridade, então por que você não pode fazer a mesma coisa?"

Ele colocou os cafés na mesa.

— Desculpa, Bill, mas estou fora. — Jacko pegou seu café, e se horrorizou com o calor escaldante. De maneira afobada, colocou-o novamente na mesa. — Quando a gente vai ter uma cafeteira que funcione direito aqui?

— Se depender de mim, nunca — disse Bill, com um fingido olhar sério. — O café péssimo é a única coisa que garante que você se distraia de suas reclamações.

Jacko balançou a cabeça pesarosamente, admitindo que fora encurralado.

— Ok. Só que mesmo assim não vou fazer. Pra começar, não quero juntar uma equipe de filmagem no meu pé além de tudo o que já tenho que fazer. Em segundo lugar, não faço caridade para me exibir em maratonas televisivas de horário nobre para arrecadação de fundos. Em terceiro lugar, os coitados arruinados com quem passo minhas noites são doentes em estado terminal que não precisam de uma câmera enfiada nas suas gargantas macilentas. Vou fazer com prazer outra coisa pra esses programas de arrecadação de fundos, quem sabe alguma coisa com a Micky, mas não vou deixar que as pessoas com quem trabalho sejam exploradas só para que a gente angarie uma grana a mais por causa do sentimento de culpa dos espectadores.

Bill espalmou as mãos em sinal de derrota e falou:

— Por mim, tudo bem. Vai falar com eles ou falo eu?

— Você faz isso, Bill? Me poupa o aborrecimento? — O sorriso de Jacko era brilhante como um raio de sol atravessando uma nuvem de tempestade, cheio de promessas, como aquele antes de um primeiro encontro. Ele estava gravado na mente de seu público como uma memória genética. Mulheres faziam amor com seus maridos com mais desejo porque, por dentro das suas pálpebras, o que centelhava era o convite sexual dos olhos de Jacko, além da sua boca que pedia para ser beijada. Garotas adolescentes repentinamente encontravam o foco para seus vagos desejos eróticos.

Senhoras idosas eram loucas por ele sem se dar conta dos subsequentes sentimentos de frustração.

Os homens também gostavam dele, mas não porque o achavam sexy. Homens gostavam de Jacko Vance porque ele era, apesar de tudo, praticamente um amigo do grupo. Medalhista de ouro britânico, membro da Commonwealth e, além disso, detentor do recorde mundial de arremesso de dardo e inevitável queridinho dos cadernos esportivos dos jornais. Então, numa noite, voltando de um treino de atletismo em Gateshead, entrou com o carro em um denso nevoeiro na rodovia A1. Não foi o único.

Jornais matinais relataram um número entre 27 e 35 veículos envolvidos no engavetamento. A história em destaque, entretanto, não era a dos seis mortos. O grande destaque foi para o trágico heroísmo de Jacko Vance, o garoto de ouro inglês. Apesar das lacerações múltiplas e de ter quebrado três costelas no impacto inicial, Jacko saiu engatinhando de seu automóvel destroçado e resgatou duas crianças da parte de trás de um carro segundos antes de ele se incendiar. Depois de colocá-las no acostamento, voltou até o amontoado de metal retorcido e tentou libertar um caminhoneiro preso entre o volante e a porta amassada da cabine.

O ranger do metal tensionado se transformou em um berro quando a pressão acumulada aumentou sobre o caminhoneiro e o teto desmoronou. O motorista não teve chance de escapar. Nem o braço que Jacko Vance usava para arremessar. O bombeiro levou três agônicas horas para libertá-lo do peso esmagador do metal, que reduziu seu tecido muscular a carne crua e seus ossos a estilhaços. Pior, Vance estava consciente durante a maior parte do tempo. Atletas treinados eram especialistas em lidar com a barreira imposta pela dor.

A notícia sobre a medalha George Cross chegou um dia depois dos médicos encaixarem sua primeira prótese. Uma pequena compensação pela perda do sonho que havia sido o centro da sua vida por mais de dez anos. Mas a amargura não obscureceu sua perspicácia natural. Sabia o quanto a mídia podia ser volúvel. Ainda sofria com a memória das manchetes quando arruinou sua primeira tentativa de conquistar o título europeu. JACK, O VACILÃO! fora a mais gentil punhalada no coração do homem que, no dia anterior, havia sido JACK, NOSSA GRANDE CARTADA.

Ele sabia que tinha que tirar proveito da sua glória com rapidez ou em breve seria mais um herói esquecido, que rapidamente serviria apenas para matérias do tipo "Por onde eles andam?" Então cobrou alguns favores, renovou seu contato com Bill Ritchie e acabou como comentarista das Olimpíadas em que deveria estar subindo no pódio. Fora um começo. Simultaneamente, esforçou-se para consolidar sua reputação como sujeito que trabalhava incansavelmente para a caridade, um homem que jamais deixaria sua fama interferir na ajuda que fornecia aos menos afortunados.

Agora, era maior do que todos os idiotas que se dispuseram com tanto afinco a derrubá-lo. Com seu charme e lábia, abriu caminho até o topo do ranking dos apresentadores esportivos, colocando em prática uma operação que consistia em derrubar e queimar, alicerçada em uma malícia tão brutal que algumas das vítimas ainda não se deram conta de que tinham sido prejudicadas. Assim que consolidara esse papel, apresentou um programa de entrevistas que ficou no topo do índice de audiência do entretenimento light durante três anos. Quando, no quarto ano, caiu para o terceiro lugar, livrou-se do formato e lançou *Vance Visita*.

Programa esse que alegava ser espontâneo. Na verdade, a chegada de Jacko no meio do que sua publicidade chamava de "pessoas comuns vivendo vidas comuns" era invariavelmente orquestrado com todo o planejamento que antecede uma visita da realeza, porém sem nenhuma daquela publicidade que a acompanha. Caso contrário, ele atrairia multidões maiores do qualquer um dos desacreditados da Casa de Windsor. Especialmente se aparecesse com a esposa.

E ainda não era o suficiente.

Carol comprou os cafés. Era um privilégio da patente. Decidiu não torrar grana com biscoitos de chocolate confiando no fato de que ninguém precisava de três Kit Kats para enfrentar uma reunião com o seu detetive inspetor-chefe. Mas sabia que seria mal interpretada, então sorriu e assumiu a despesa. Levou a tropa que escolhera com cautela para um canto tranquilo separado do resto da cantina ao lado de uma fileira de palmeiras de plástico. O sargento Tommy Taylor, o detetive Lee Whitbread e a detetive Di Earnshaw a haviam impressionado pela inteligência e determinação. O futuro podia lhe mostrar que estava errada, mas esses três policiais eram a sua aposta pessoal para a central de Seaford do Departamento de Investigação Criminal.

— Não vou fingir que isto aqui é um bate-papo informal pra que a gente se conheça melhor — anunciou ela, distribuindo os chocolates. Di Earnshaw a observou com seus olhos que pareciam cerejas em uma torta de Natal e odiou o jeito como sua nova chefe conseguia ficar elegante em um terninho de linho mais amarrotado que roupa de sem-teto, enquanto ela estava horrorosa na sua camisa e jaqueta de loja de departamento perfeitamente bem-passadas.

— Graças a Deus por isso — disse Tommy, abrindo devagar um sorriso malicioso. — Estava começando a ficar preocupado com a possibilidade de termos uma chefe que não entende a importância de uma Tetley's Bitter pra boa condução de um Departamento de Investigação Criminal.

Em resposta, Carol deu um sorriso irônico e disse:

— Foi de Bradfield que vim, lembra?

— Por isso mesmo que a gente estava preocupado, senhora — respondeu Tommy.

Lee bufou ao reprimir uma gargalhada, transformou-a em tosse e balbuciou:

— Sinto muito, senhora.

— Você vai sentir — disse Carol de maneira amigável. — Tenho uma tarefa pra vocês três. Venho dando uma boa olhada nos relatórios noturnos desde que cheguei aqui, e estou um pouco preocupada com a alta incidência de incêndios sem explicação na nossa área. Identifiquei cinco incêndios que podem ter sido criminosos no último mês e, quando confirmei com alguns policiais, descobri que houve mais uma meia-dúzia que também estão sem explicação.

— Sempre acontece esse tipo de coisa nas docas — comentou Tommy, levantando despreocupadamente seus ombros grandes cobertos por um blusão largo de seda que saíra de moda alguns anos antes.

— Percebi isso, mas estou me perguntando se não há alguma coisa além disso. Concordo, é claro, que uma ou outra labaredazinha são vacilos rotineiros, mas estou imaginando se não há outra coisa acontecendo aqui.

Carol deixou aquilo pairando para ver quem ia falar primeiro.

— Um incendiário, é disso que a senhora está falando? — Era de Di Earnshaw a voz agradável, mas a expressão beirava a insolência.

— Um incendiário serial, sim.

Houve um silêncio momentâneo. Carol concluiu que sabia o que eles estavam pensando. A força de East Yorkshire podia até ser uma corporação nova, mas aqueles policiais tinham trabalhando naquela área sob o regime antigo. Sacavam o esquema, enquanto ela era a garotinha nova na cidade desesperada para se destacar às custas deles. E eles não tinham certeza se cooperavam com ela ou se a sabotavam. De alguma maneira, ela tinha que persuadi-los a entender que era nela que eles deviam colar se quisessem se dar bem.

— Há um padrão — disse ela. — Lojas vazias, primeiras horas da manhã. Escolas, estabelecimentos da indústria leve, depósitos. Nada muito impactante, nenhum lugar em que haja um vigilante noturno capaz de acabar com a brincadeira. Mas sérios. Grandes incêndios, todos eles. Causaram muitos estragos e as empresas de seguro devem estar tomando mais prejuízo do que gostariam.

— Só que ninguém falou nada sobre incendiários durante a confusão. — Tommy comentou calmamente. — Geralmente o bombeiro dá um toque pra gente se tem alguma coisa um pouquinho estranha rolando.

— Ou isso, ou o jornal local dá pra gente uma dor de cabeça daquelas — comentou Lee fazendo com que sua voz atravessasse o segundo Kit Kat que enchia a sua boca. Magro que nem um cão galgo, apesar dos biscoitos e dos três torrões de açúcar no café, Carol notou. Era bom ficar de olho nele por causa de hiperatividade nervosa.

— Podem me chamar de enjoada, mas prefiro isso enquanto montamos o nosso plano de trabalho do que jornalistas enxeridos ou bombeiros — afirmou Carol, com frieza. — Incêndio criminoso não é um delitozinho qualquer que pode ser feito nas coxas. Assim como assassinato, ele tem consequências terríveis. E, assim como assassinato, existe um monte de motivos. Fraude, destruição de provas, eliminação da concorrência, vingança e ocultação, isso na ponta "lógica" do espectro. Na ponta fodida, temos aqueles que fazem isso de onda ou por gratificação sexual. Como serial killers, eles quase sempre têm uma lógica interna própria e a confundem com algo que faz sentido para o restante de nós.

"Felizmente, pra nós, assassinatos em série são muito menos comuns do que incêndios criminosos em série. As seguradoras calculam que um quarto de todos os incêndios no Reino Unido foram iniciados de propósito. Imaginem se um quarto das mortes fossem assassinatos."

Taylor parecia entediado. Lee Whitbread a encarava inexpressivamente, a mão quase chegando ao maço de cigarros em frente a ele. Di Earnshaw era a única que parecia interessada em fazer alguma contribuição,

— Ouvi falar que a incidência de incêndios criminosos é um índice de prosperidade econômica de um país. Quanto mais incêndios criminosos, pior a economia está. Bom, a gente tem muito desemprego por aqui — comentou ela, com o tom de alguém que esperava ser ignorado.

— E isso é algo que não podemos esquecer — alertou Carol, aprovando o comentário com um gesto de cabeça. — Então, isto é o que eu quero. Um arrastão cuidadoso nos relatórios do período noturno do Departamento de Investigação Criminal e nos feitos pelos policiais das delegacias dos últimos seis meses, para ver o que descobrimos. Quero que as vítimas sejam interrogadas novamente para verificarmos se há algum fator comum óbvio, como a mesma companhia de seguros. Façam a distribuição entre vocês. Vou conversar com o comandante dos bombeiros antes de nós quatro nos reencontrarmos em... digamos, três dias? Ótimo. Alguma pergunta?

— Eu podia falar com o comandante dos bombeiros, senhora — disse Di Earnshaw com ansiedade. — Já tive que lidar com ele antes.

— Obrigada por se oferecer, Di, mas, quanto mais cedo eu fizer esse contato, mais satisfeita vou ficar.

Os lábios de Di Earnshaw pareceram se retrair em sinal de desaprovação, mas ela praticamente não movimentou a cabeça.

— Você quer que a gente largue os nossos outros casos? — perguntou Tommy.

Carol deu um sorriso mais afiado do que picador de gelo. Ela nunca foi muito com a cara de oportunistas.

— Ah, por favor, sargento — suspirou ela. — Sei a quantidade de casos em que está trabalhando. Como disse no começo desta conversa, foi de Bradfield que vim. Seaford pode não ser uma cidade grande, mas não é motivo para operarmos com passo de guardinha de vilarejo.

Ela se levantou, absorvendo o choque no rosto deles.

— Não vim pra cá pra me desentender com as pessoas. Mas vou fazer isso se for preciso. Se acham que sou uma pessoa difícil de se trabalhar, acertaram. Não importa o quanto vocês trabalhem pesado, vou acompanhar. Quero que sejamos uma equipe. E temos que jogar com as minhas regras.

E foi embora. Tommy Taylor esfregou o maxilar e disse:
— Ainda acha que ela é comível, Lee?
Earnshaw franziu sua boca fina e disse:
— Não, a menos que você goste de cantar em falsete.
— Não acho que você vai ter muita vontade de cantar — comentou Lee.
— Alguém vai querer o último Kit Kat?

Shaz esfregou os olhos e os desviou da tela do computador. Fora trabalhar cedo para que pudesse revisar rapidamente o que aprendera sobre o software nos dias anteriores. Encontrar Tony em um dos outros terminais fora um bônus. Ele se espantou ao vê-la passar pela porta logo depois das sete.
— Achei que fosse o único workaholic insone por aqui.
— Sou uma merda com computador — disse ela de maneira um pouco brusca, tentando encobrir sua satisfação em tê-lo apenas para si. — Sempre precisei trabalhar em dobro pra conseguir avançar.
As sobrancelhas de Tony pularam. Policiais geralmente não admitiam fraquezas para alguém que não faz parte da corporação. Shaz Bowman era ainda mais incomum do que avaliara inicialmente, ou então ele estava finalmente perdendo seu status de alienígena.
— Achava que todo mundo com menos de trinta anos fosse expert nessas coisas — comentou Tony delicadamente.
— Lamento te desapontar. Na hora da distribuição de habilidades eu não saí pra buscar a minha — respondeu Shaz. Ela se ajeitou em frente à tela e enrolou as mangas da blusa de algodão. — Primeiro se lembre da sua senha — murmurou, imaginando o que ele achava dela.
Duas forças fervilhavam sob a calma superfície de Shaz Bowman, alternando-se para tomar as rédeas. Por um lado, o medo de fracassar a corroía, minando tudo o que era e tudo o que alcançara. Quando olhava no espelho, nunca via seus pontos fortes, apenas a finura de seus lábios e a falta de definição do seu nariz. Quando reavaliava suas realizações, via apenas onde falhara, os níveis que não conseguira escalar. A força oposta era a sua ambição. De alguma maneira, desde quando começara a formular as ambições que a conduziam, tais objetivos restauravam sua deteriorada autoconfiança e continham suas vulnerabilidades antes que elas a aleijassem. Quando sua ambição ameaçava torná-la alguém arrogante, de alguma maneira o medo entrava em ação, mantendo-a humana.

A criação da força-tarefa coincidira de maneira tão perfeita com o rumo dos seus sonhos que ela não podia deixar de sentir a mão do destino naquilo. Isso não significava, contudo, que podia relaxar. O plano de longo prazo de Shaz para a sua carreira era brilhar mais do que qualquer um na força-tarefa. Uma das suas táticas para atingir isso era esmiuçar o cérebro de Tony Hill como um chaveiro profissional, extraindo todas as lascas de conhecimento que conseguisse vasculhar ali enquanto, simultaneamente, rastejaria para dentro das suas defesas para que, quando precisasse da sua ajuda, ele estivesse pronto para fornecê-la. Como parte da abordagem, e porque estava com muito medo de, sem fazer isso, ficar para trás e fazer papel de boba em um grupo em que estava convencida de que todos os integrantes eram melhores do que ela, Shaz voltava secretamente a todas as aulas em grupo para escutá-las repetidamente sempre que podia. E, naquele momento, a sorte deixou uma oportunidade extra no colo dela.

Então Shaz franziu as sobrancelhas, olhou para a tela, percorreu todo o caminho que envolvia o longo processo de preencher um relatório criminal e depois ativar a comparação dele com os detalhes dos crimes anteriores arquivados nos bancos de memória do computador. Quando Tony escapuliu da sua cadeira, ela registrou vagamente o movimento, mas se forçou a continuar trabalhando. A última coisa que queria era que ele pensasse que ela estava se insinuando.

A intensidade da concentração que se impôs foi suficiente para que não notasse quando ele entrou pela porta atrás da mesa dela, até seu subconsciente registrar um tênue aroma masculino que identificou como dele. Foi necessária toda a sua força de vontade para não reagir. Em vez disso, continuou atacando as teclas até que a mão dele surgiu na beirada da sua visão periférica e colocou um copo de café com um folhado ao lado dela na mesa.

— Hora de fazer uma pausa?

Só então ela esfregou os olhos e abandonou a tela.

— Obrigada.

— De nada. Tem dúvida em alguma coisa? Posso te ajudar, se quiser.

Continuou a se conter. Não se agarre a isso, advertiu a si mesma. Não queria gastar seu crédito com Tony Hill até que fosse totalmente necessário, e era preferível que isso não acontecesse antes que ela fosse capaz de oferecer algo útil em troca.

— Não é que não o entenda. É que não confio nele.

Tony sorriu, apreciando a teimosia defensiva dela.

— Você é um desses jovens que demandam provas empíricas de que dois mais dois são quatro?

Uma pontada de prazer por tê-lo entretido foi rapidamente reprimida. Shaz pôs o folhado de lado e tomou o café.

— Sempre fui apaixonada por provas. Por que acha que virei policial?

Tony deu um sorriso torto e sagaz.

— Eu poderia especular. Você ter escolhido este lugar aqui é quase um campo de provas.

— Na verdade, não. O campo já foi violado. Americanos têm feito isso por tanto tempo que não têm só manuais, têm filmes sobre isso. Vamos levar uma eternidade pra compreender tudo, como de costume. Mas você é uma das pessoas que tocou no assunto, então não resta mais nada pra gente provar. — Shaz deu uma mordida enorme no folhado e gesticulou com a cabeça, aprovando-o silenciosamente enquanto saboreava a cobertura de damasco sobre a massa.

— Você não vai acreditar — disse Tony ironicamente, voltando para o seu terminal. — A reação adversa está só começando. Demorou tempo demais pra fazer com que a polícia aceitasse que podemos fornecer ajuda útil. Os jornalistas pilantras que estavam nos tratando como deuses há uns dois anos agora caem matando em todas as nossas deficiências. Eles nos enalteceram exageradamente e agora nos culpam por não correspondermos a uma série de expectativas que eles mesmos criaram.

— Eu não sei — disse Shaz. — O público só se lembra dos grandes sucessos. Daquele caso em Bradfield que você solucionou no ano passado. O perfil estava certíssimo. A polícia sabia exatamente onde procurar quando o bicho pegou de verdade.

Desatenta em relação ao gelo que se formara no rosto de Tony, Shaz continuou com entusiasmo:

— Você vai fazer uma aula sobre ele. Ouvimos a versão boca a boca, mas não há praticamente nada na literatura, mesmo que seja óbvio que você tenha feito um compêndio sobre o perfil.

— Não vamos cobrir esse caso — informou ele, categoricamente.

Shaz levantou a cabeça de uma vez e se deu conta de onde a sua impetuosidade a levara. Tinha estragado tudo, sem dúvida.

— Desculpa — disse, em voz baixa. — Me deixei levar pelo entusiasmo e acabou que o tato e a diplomacia viraram fumaça. Eu não estava pensando.

Que anta, repreendeu-se severamente em silêncio. Se fizera a terapia necessária depois daquele pesadelo pessoal, a última coisa que ia querer seria expor os detalhes para evitar prurido, mesmo que aquilo estivesse mascarado de interesse científico legítimo.

— Não precisa pedir desculpas, Shaz — disse Tony com um tom cansado. — Você tem razão, é um caso-chave. O motivo pelo qual não vamos usá-lo é porque não consigo falar dele sem me sentir uma aberração. Todos vocês terão que me desculpar. Talvez um dia peguem um caso que os leve a se sentirem da mesma maneira. Para o bem de todos vocês, espero que não. — Ele baixou o olhar para o folhado como se este fosse um artefato alienígena e o empurrou para o lado; seu apetite estava morto, assim como deveria estar o seu passado.

Shaz desejou poder rebobinar a fita, retomar a conversa a partir do momento em que ele colocou o café na mesa dela e ainda havia a possibilidade de usar o momento para estreitar o relacionamento.

— Lamento muito, dr. Hill — desculpou-se inadequadamente.

Ele levantou o olhar e forçou um sorriso delgado.

— É sério, Shaz, não há necessidade. Podemos deixar de lado esse negócio de "dr. Hill"? Queria ter comentado isso no seminário de ontem, mas escapou da minha memória. Não quero que fiquem achando que sou o professor e vocês, a classe. Neste momento, sou o líder do grupo simplesmente porque faço isso há algum tempo. Depois de um curto período, estaremos trabalhando lado a lado, e não há porque termos barreiras entre nós. Então é Tony daqui pra frente, ok?

— Beleza, Tony.

Shaz procurou uma mensagem em seus olhos e nas suas palavras e, satisfeita por eles conterem um perdão genuíno, devorou o resto do folhado e voltou a se concentrar na tela. Era impossível fazer o que queria com ele ali, mas, na próxima vez que estivesse na sala dos computadores sozinha, pretendia entrar na internet, acessar os arquivos com os jornais e examinar todas as reportagens sobre o caso do serial killer de Bradfield. Ela lera a maioria na época, mas isso foi antes de conhecer o dr. Tony Hill e tudo tinha mudado. Agora, ela tinha um interesse especial. Ao terminar, saberia o suficiente sobre o mais público dos perfis de Tony Hill a ponto de poder escrever o livro que, por razões que ainda não conseguia entender, nunca fora escrito.

Afinal de contas, ela era uma detetive, não era?

Carol Jordan lutava com a complicada cafeteira cromada, um presente de casa nova dado por seu irmão Michael quando mudara para Seaford. Tivera mais sorte do que a maioria das pessoas pega pela crise no mercado imobiliário. Não precisara de muito esforço para encontrar um comprador para a sua metade do apartamento que dividia com o irmão; o advogado com quem ele vinha recentemente dividindo o quarto estava tão ávido para comprar a parte dela que Carol pensou que segurou muito mais vela do que imaginava.

Agora ela morava em uma casa de pedra ao lado de uma colina que se elevava acima do estuário quase exatamente oposto a Seaford; um lugar só dela. Quase, corrigiu-se, quando um crânio duro começou a dar cabeçadas em sua bochecha.

— Tá bom, Nelson — disse, curvando-se para acarinhar a parte de trás das orelhas do gato. — Estou te ouvindo.

Enquanto o café ficava pronto, encheu a tigela de comida de gato, gerando um ronronar seguido do som molhado de Nelson ingerindo o café da manhã. Andou até a sala para apreciar a vista do estuário com o arco de improvável fragilidade da ponte suspensa. Olhando para o outro lado do rio enevoado, para onde a ponte parecia flutuar sem conexão com a terra, ela planejava o encontro com o comandante dos bombeiros. Nelson entrou e, com o rabo ereto, pulou de uma vez no parapeito da janela, onde se espreguiçou, arqueando a cabeça na direção de Carol, demandando carinho. Carol passou as mãos pelo denso pelo e disse:

— Só tenho uma chance de convencer esse cara de que sei alguma merda sobre esse tipo de coisa, Nelson. Preciso dele do meu lado. Deus sabe que preciso de alguém do meu lado.

Nelson bateu na mão dela com a pata como se respondesse às palavras dela. Carol bebeu o resto do café e se levantou em um movimento tão suave quanto o do gato. Uma das vantagens da carga horária como detetive inspetor-chefe que rapidamente descobrira foi a de que conseguia ir à academia mais de uma vez por mês, e já sentia os benefícios de uma musculatura mais firme e um condicionamento aeróbico melhor. Seria recompensador ter alguém com quem compartilhar isso, mas não era esse o motivo pelo qual malhava. Fazia isso por ela mesma, porque a fazia se sentir bem. Orgulhava-se do seu corpo e estava satisfeita com sua força e mobilidade.

Uma hora depois, tolerando o tour pelo corpo de bombeiros, sentia-se feliz pelo seu condicionamento ao se esforçar para acompanhar o passo das pernas longas do chefe das operações locais, Jim Pendlebury.

— Parece que vocês são bem mais organizados aqui do que o Departamento de Investigação Criminal — disse Carol, quando finalmente chegaram à sala dele. — Vai ter que revelar o segredo da eficiência.

— Tivemos tanta redução de custos que tivemos que otimizar tudo o que fazemos — contou a ela. — Costumávamos ter todas as nossas unidades guarnecidas ininterruptamente com bombeiros, o que, em termos de custo, não era eficaz. Sei que muitos dos rapazes se queixaram, mas há alguns anos alteramos para uma mescla de bombeiros que trabalham meio expediente e em período integral. Foram necessários alguns meses para colocarmos isso em prática, mas tem sido uma enorme vantagem em termos de gestão.

Carol fez uma careta.

— Não é uma solução que funcionaria pra nós.

Pendlebury deu de ombros.

— Não sei. Você poderia ter um grupo principal de funcionários para lidar com as coisas rotineiras e um esquadrão especial para usar quando necessário.

— Isso é mais ou menos o que já temos — comentou ela, secamente. — O grupo principal de funcionários é chamado de turno da noite e o esquadrão especial são as equipes diurnas. Infelizmente, as coisas nunca ficam suficientemente tranquilas para que possamos abdicar de alguma delas.

Parte da mente de Carol traçava um perfil mental do comandante dos bombeiros enquanto falavam. Durante a conversa, suas sobrancelhas retas e escuras ondulavam e salientavam acima dos seus olhos azul-acinzentados. Considerando o tempo que ele passava com a bunda na cadeira atrás de uma mesa, sua pele era surpreendentemente castigada pelo clima, as rugas ao redor dos olhos se mostravam brancas quando não estava sorrindo ou franzindo a testa. Provavelmente um navegador ou pescador de fim de semana.

Quando inclinou a cabeça para validar algo que falara, Carol pôde ver alguns fios grisalhos se destacando nos seus cachos escuros. Provavelmente tinha passado dos trinta há alguns bons anos, pensou, revendo sua estimativa inicial. Ela tinha o hábito de basear as análises dos novos conhecidos em como as descrições deles apareceriam em um boletim policial. Na verdade, nunca tivera que fazer um retrato falado de alguém que tivesse encontrado, mas tinha confiança de que sua prática teria feito dela a melhor de todas as testemunhas possíveis para um desenhista da polícia.

— Agora que você viu a operação, creio que esteja um pouco mais tendenciosa a aceitar que, quando dizemos que um incêndio é criminoso, não estamos falando bobagem.

O tom de Pendlebury era leve, mas seus olhos a desafiavam.

— Nunca duvidei do que estavam nos falando — disse ela, com calma. — Minha dúvida é se nós estamos encarando isso com a seriedade que deveríamos.

Ela destrancou a sua maleta e retirou a pasta.

— Eu gostaria de examinar os detalhes desses incidentes com você, caso tenha tempo para fazer isso comigo.

Ele inclinou a cabeça e indagou:

— Você está falando o que eu acho que está falando?

— Agora que vi a maneira como conduz sua operação, não posso acreditar que a ideia de um incendiário em série ainda não tenha passado pela sua cabeça.

Ele deu uma puxada no lóbulo de uma orelha, ponderando. Por fim, disse:

— Estava me perguntando quando é que algum de vocês perceberia.

Carol soltou o ar com força pelo nariz.

— Teria sido útil se tivessem nos dado uma cutucada na direção certa. Vocês são os especialistas, afinal de contas.

— O seu antecessor não pensava assim — revelou Pendlebury. Ele podia estar fazendo um comentário até mesmo sobre o preço do peixe, pois todo o entusiasmo que demonstrara antes por seu trabalho desapareceu por trás de uma máscara impassível, deixando que Carol tirasse suas próprias conclusões. E elas desenhavam um cenário não muito bonito.

Colocou a pasta na mesa de Pendlebury e abriu-a.

— Isso era antes. Passado é passado. Vamos tratar do agora. Está me dizendo que tem incêndios criminosos anteriores a este aqui?

Ele olhou para a folha de cima na pasta e bufou.
— Quer começar quanto tempo atrás?

Tony Hill se sentou sozinho à mesa, preparando-se para o seminário do dia seguinte com os policiais da força-tarefa. Seus pensamentos, porém, vagavam bem longe desses detalhes. Pensava nas mentes psicopatas à solta e definia a natureza dos que causariam dor e miséria a pessoas que sequer conheciam ainda.

Há muito tempo existia uma teoria entre os psicólogos que desconsiderava a existência da maldade e que atribuía os piores excessos da maioria dos sociopatas sequestradores, torturadores e assassinos a uma série de circunstâncias e acontecimentos interconectados no passado deles, que culminava em um evento carregado de estresse que os catapultava para um estado de descontrole em relação ao que a sociedade civilizada tolerava. Isso, entretanto, não satisfazia inteiramente Tony. A teoria requeria que se perguntasse por que algumas pessoas com históricos quase idênticos de abuso e privação não se tornavam psicopatas, mas tinham vidas proveitosas e produtivas, integradas à sociedade.

Agora os cientistas falavam sobre resposta genética, uma fratura no código do DNA que poderia explicar tal divergência. De certa maneira, Tony achava essa resposta conveniente demais. Parecia uma desculpa, assim como a antiquada noção de que alguns homens eram simplesmente maus e pronto. Ela se esquivava da responsabilidade de uma maneira que ele achava repugnante.

Era um problema que sempre encontrava uma ressonância particular nele. Tony sabia a razão pela qual era tão bom no que fazia. Era porque aproveitava muitas das pegadas que suas presas deixavam ao percorrer seus próprios caminhos. Mas sempre alcançava o ponto em que nunca conseguia identificar que tinha chegado a uma bifurcação. Onde se tornavam caçadores primários, ele era um caçador secundário e os perseguia assim que ultrapassavam o limite. Porém, a vida de Tony ainda carregava os ecos das deles. As fantasias que os conduziam eram sobre sexo e morte; já as dele sobre sexo e morte eram chamadas de criação de perfil. Era de arrepiar o quanto eram parecidas.

Para Tony, às vezes parecia um problema como o do ovo e da galinha. Sua impotência começou porque temia que a desacorrentada expressão da sexualidade pudesse levá-lo à violência e à morte? Ou o conhecimento sobre a frequência com que o impulso sexual levava ao assassinato agiu em seu corpo para torná-lo sexualmente incapaz? Duvidava que algum dia saberia. Independentemente do sentido da trajetória nesse circuito, era inegável que o trabalho afetara profundamente a sua vida.

Sem razão aparente, recordou-se da centelha de entusiasmo descomplicado que via nos olhos de Shaz Bowman. Ele se lembrava de se sentir dessa maneira também, mas isso foi antes da fascinação ser mitigada pela exposição aos horrores que os humanos podiam infligir uns aos outros. Talvez pudesse usar o que sabia para dar à sua equipe uma armadura melhor do que a dele. Se não atingisse nada mais, só isso já valeria a pena.

Em outra parte da cidade, Shaz apertou o botão do mouse e fechou o software. Em piloto automático, desligou o computador e olhou para a tela que escurecia, mas a mente estava longe. Quando decidira que sua primeira estratégia seria explorar as fontes da internet para exumar o passado de Tony Hill, esperava se deparar com um punhado de referências e, se tivesse sorte, uma série de recortes em algum arquivo de jornal.

Em vez disso, quando digitou as palavras-chave "Tony, Hill, Bradfield, assassino" na ferramenta de busca, chocou-se com um tesouro obscuro de referências ao caso que colocara o rosto dele nas primeiras páginas um ano antes. Havia um punhado pavoroso de sites totalmente devotados a serial killers que mencionavam o famoso caso. Além disso, jornalistas e comentaristas haviam postado artigos sobre aquele caso específico em seus sites pessoais. Havia até mesmo uma galeria de vilões, uma montagem de fotografias dos rostos dos mais notórios serial killers do mundo. O alvo de Tony, chamado de Assassino de Bonecas, era retratado de mais de uma maneira na bizarra exposição.

Shaz fizera o download de tudo que conseguiu encontrar e passara o resto da noite lendo. O que começara como um exercício acadêmico para descobrir o que motivava Tony Hill a deixara com o coração apertado.

Os fatos não estavam em discussão. Os corpos nus de quatro homens foram largados em áreas gays de Bradfield. As vítimas tinham sido torturadas antes de morrer com uma crueldade que ia quase além da compreensão. Depois da morte, haviam sido mutiladas sexualmente, lavadas e abandonadas como lixo.

Como último recurso, Tony fora contratado como consultor e trabalhara com a detetive-inspetora Carol Jordan para desenvolver o perfil. Estavam se aproximando do alvo quando o caçador virou a caça. O assassino queria Tony para um sacrifício humano. Capturado e amarrado, ele estava prestes a se tornar a vítima número cinco, com os mecanismos de tortura prontos e seu corpo berrando de dor. Fora salvo no último segundo, não pela chegada da cavalaria, mas pelas próprias habilidades verbais, afiadas por anos de trabalho com criminosos mentalmente perturbados. Para salvar sua vida, teve que matar seu captor.

À medida que lia, o coração de Shaz se enchia de horror e os olhos, de lágrimas. Amaldiçoada com imaginação suficiente para criar uma imagem mental do inferno vivido por Tony Hill, foi tragada para dentro do pesadelo daquele confronto final em que os papéis de assassino e vítima estavam invertidos de maneira irrevogável. O cenário a fez estremecer de medo e pavor.

Como Tony conseguiu voltar a viver depois daquilo? Ela ficou admirada. Como dormia? Como conseguia fechar os olhos e não ser assaltado por imagens além da imaginação e da tolerância da maioria das pessoas? Não era de se estranhar que não estivesse preparado para usar o próprio passado para lhes ensinar a lidar com seus futuros. Era um milagre que ainda estivesse disposto a executar um trabalho que deve tê-lo levado à beira da loucura.

E como ela teria enfrentado aquilo se estivesse no lugar dele? Shaz tampou o rosto com as mãos e, pela primeira vez desde que ouvira falar da força-tarefa, se questionou se não teria cometido um erro terrível.

Betsy preparou um drinque para a jornalista. Pegou pesado no gin, leve na tônica, e completou com um pedacinho de limão espremido para que o azedo cortasse a doçura oleosa do gin e disfarçasse sua potência. A insistência de Betsy para que não confiassem em ninguém fora do trio que mantinha o seu segredo era uma das principais razões pelas quais a imagem de Micky sobrevivera intocada por escândalos. Suzy Joseph podia ser toda sorriso e charme, encher a arejada sala com o brilho do seu riso e a fumaça dos seus cigarros mentolados, mas era uma jornalista. Ainda que representasse a mais acomodada e bajuladora das revistas de famosos, Betsy sabia que, entre os seus parceiros de copo, havia mais de um jornalista de tabloide safado pronto para enfiar a mão no bolso e conseguir uma bela fofoca. Então a encheriam de bebida. Quando ela fosse sentar para almoçar com Jacko e Micky, sua visão afiada já estaria um pouco comprometida.

Betsy se empoleirou no braço de um sofá, cujas fofas almofadas engolfavam a jornalista de magreza anoréxica. Conseguia facilmente manter os olhos nela dali, enquanto Suzi tinha que fazer uma mudança de posição óbvia e proposital para colocar Betsy na sua linha de visão. Isso também tornava possível que Betsy, sem ser vista, sinalizasse para que Micky tomasse mais cuidado.

— Esta sala é tão adorável — disse Suzy de maneira efusiva. — Tão clara e fresca. Não é sempre que se vê algo com tanto bom gosto, tão elegante, tão... *apropriado*. E, pode acreditar em mim, já estive em mais mansões de Holland Park do que os corretores imobiliários daqui!

Virou-se desajeitadamente e falou para Betsy, com o mesmo tom que teria usado com um garçom:

— Você se certificou se o pessoal do bufê tem tudo de que precisa?

Betsy confirmou com um gesto de cabeça.

— Tudo sob controle. Ficaram encantados com a cozinha.

— Tenho certeza que ficaram. — Suzy se voltou para Micky e descartou Betsy novamente. — Você mesma projetou a sala de jantar, Micky? É tão estilosa! É muito, muito *você*! Tão perfeita pra *Junket with Joseph*. — Ela se inclinou para a frente para apagar o cigarro, e lançou um olhar de desprezo para Betsy que deixou à mostra uma ruga tão profunda que nem bronzeamento artificial nem tratamentos corporais caros poderiam disfarçar inteiramente.

Ser elogiada por seu bom gosto por uma mulher que sem nenhum indício de vergonha usa um arrogante terninho da Moschino vermelho e preto desenhado para alguém vinte anos mais novo e com um corpo completamente diferente era uma felicitação de duplo sentido, Micky pensou. Mas apenas sorriu novamente e disse:

— Na verdade, a maior parte foi inspiração da Betsy. Ela é quem tem bom gosto por aqui. Só lhe digo como quero o ambiente e ela resolve tudo.

O sorriso involuntário de Suzy não continha nenhuma cordialidade. Ele parecia dizer: "outro início desperdiçado; nada aqui que mereça ser citado". Antes que tentasse novamente, Jacko entrou na sala com seus passos longos, os ombros largos dentro de uma alfaiataria perfeita projetados para a frente, fazendo-o parecer uma formação militar. Ele ignorou o entusiasmo alvoroçado de Suzy e foi direto até Micky, abaixou-se, envolvendo-a com um braço e a aproximando de si, apesar de não beijá-la.

— Querida — disse, com sua voz pública profissional similar ao som de um acorde de violoncelo. — Desculpe pelo atraso.

Virou-se um pouco e se recostou no sofá, brindando Suzy com seu sorriso mais elegante.

— Você deve ser a Suzy — comentou ele. — Estamos entusiasmados por recebê-la aqui hoje.

Suzy ficou iluminada como o Natal.

— Estou entusiasmada por estar aqui. — Deixou escapulir numa voz ofegante que perdia o verniz e revelava o inconfundível sotaque das Midlands Ocidentais que ela se dedicara a enterrar. O efeito que Jacko ainda exercia nas mulheres nunca deixava de surpreender Betsy. Ele podia transformar a mais azeda das vadias em um doce Barsac. Até mesmo o cinismo cansado de Suzy Joseph, uma mulher que se relacionava com celebridades da mesma forma que besouros com esterco, não estava suficientemente blindada contra seu charme. — Não é sempre que a *Junket with Joseph* me dá a chance de passar um tempo com pessoas que genuinamente admiro — completou ela.

— Obrigado — agradeceu Jacko, todo sorridente. — Betsy, não deveríamos nos dirigir para a sala de jantar?

Ela olhou o relógio.

— Isso seria muito bom — respondeu. — O bufê não vai demorar a ser servido.

Jacko se colocou de pé num pulo e aguardou atenciosamente Micky levantar e se mover em direção à porta. Também conduziu Suzy diante de si, voltando-se para trás e revirando os olhos para Betsy em sinal de terrível tédio. Segurando uma gargalhada, ela os seguiu até a sala de jantar, observou-os se sentarem e os deixou lá. Às vezes havia benefícios claros em não ser o cônjuge oficial, ela pensou, acomodando-se com seu pão e seu queijo para ouvir o programa *The World at One*, na BBC.

Esse tipo de alívio não existia para Micky, que precisava fingir que nem percebeu o insípido flerte com seu marido. Micky ignorou o tedioso ritual de dança que acontecia ao seu lado e se concentrou em soltar os últimos bocados de lagosta de uma garra.

Uma alteração no tom de Suzy a alertou para o fato de que a conversa mudara de marcha. Hora de trabalhar, Micky se deu conta.

— É claro que li nos jornais como vocês se conheceram.

Suzy falou, segurando a mão verdadeira de Jacko. Ela não teria sido tão rápida para fazer o mesmo com a outra, Micky refletiu, com raiva.

— Mas preciso escutar dos seus lábios.

Então vamos lá, Micky pensou. A primeira parte do relato era sempre dela:

— Nós nos conhecemos no hospital.

Na segunda semana, a equipe inteira já se sentia em casa no escritório da força-tarefa. Não era por acaso que seis dos policiais escolhidos para o esquadrão eram solteiros e livres, de acordo tanto com seus registros quanto com a confirmação de histórico não oficial investigado de cabo a rabo pelo comandante Paul Bishop em cantinas e bares policiais no país. Tony intencionalmente queria um grupo de pessoas que, desenraizadas de suas vidas pregressas, seriam colocadas juntas e forçadas a desenvolver o espírito de equipe. Pelo menos isso era algo que parecia ter feito corretamente, pensava Tony ao olhar a sala de seminário onde seis cabeças estavam abaixadas sobre uma série de arquivos policiais fotocopiados.

Àquela altura, eles já tinham começado a formar alianças e, até então, evitaram bem o conflito de personalidades, capaz de estragar o grupo de maneira irrecuperável. Curiosamente, as parcerias eram flexíveis em vez de rígidas em pares fixos. Embora algumas afinidades fossem mais fortes que outras, não havia tentativa de fazer com que fossem exclusivas.

Shaz era a única exceção, de acordo com o que Tony percebera até então. Não que houvesse um problema entre ela e os outros. Era mais uma questão de ela evitar a intimidade fácil que aumentava entre os demais. Participava das piadas, tomava parte do brainstorming coletivo, mas, de certa forma, sempre se distanciava dos seus colegas. Ele sentia que ela possuía uma paixão pelo sucesso que faltava ao restante do esquadrão. Eram inegavelmente ambiciosos, mas a característica era mais profunda em Shaz. Era determinada e a sua necessidade queimava por dentro e consumia qualquer traço de frivolidade. Era sempre a primeira a chegar e a última a sair, agarrava com avidez toda oportunidade que tinha para ampliar seus conhecimentos com Tony sobre qualquer que fosse o assunto. Tal necessidade de sucesso, entretanto, tornava-a analogamente mais vulnerável ao fracasso. Aquilo que ele reconhecia como um desejo desesperado por aprovação era uma lâmina capaz de ser usada contra ela e teria um efeito devastador. Se não aprendesse a baixar a guarda para que pudesse usar a sua empatia, ela jamais atingiria seu potencial como criadora de perfis. Era trabalho dele encontrar, sem assumir o risco de causar muito dano, uma maneira de fazer com que ela relaxasse a própria vigilância.

Naquele momento, Shaz levantou a cabeça e cravou os olhos diretamente nos dele. Não havia constrangimento ou embaraço algum. Ela simplesmente o encarou por um tempo e depois voltou para o que estava lendo. Era como se tivesse invadido o banco de memórias dele em busca de uma informação que lhe faltava e, tendo-a encontrado, desconectou-se novamente. Ligeiramente desconcertado, Tony pigarreou.

— Quatro incidentes distintos de agressão sexual e estupro. Comentários?

O grupo já passara da fase dos silêncios constrangedores e das hesitações e opinava sem problema. Leon Jackson foi o primeiro a se aprofundar, o que já estava se tornando um padrão.

— Acho que a ligação mais forte está nas vítimas. Li em algum lugar que os estupradores em série tendem a agir dentro da sua própria faixa etária e todas essas mulheres estavam com vinte e poucos anos. Além disso, todas têm cabelo loiro curto e se esforçavam muito pra ficar em forma. Duas praticavam corrida, uma era jogadora de hóquei e a outra, remadora. Todas praticavam esportes que seriam difíceis de serem observados por um agressor esquisitão sem que ele chamasse a atenção.

— Obrigado, Leon. Mais comentários?

Simon, já designado o advogado do diabo do grupo, com seu sotaque de Glasgow e o hábito de encarar com um olhar perturbador que vinha de baixo das escuras sobrancelhas, ponderou:

— É possível argumentar que isso se dá porque a mulher que se dedica a essas modalidades de esporte é exatamente do tipo autoconfiante o bastante para ficar em lugares arriscados sozinhas, convencidas de que nunca vai acontecer algo com elas. Poderiam facilmente ser dois, três ou até quatro agressores. E, nesse caso, contratar um criador de perfis seria uma perda de tempo total.

Shaz negou, sacudindo a cabeça.

— Não são apenas as vítimas — declarou com firmeza. — Se ler as evidências, em todos os casos os olhos foram tampados durante o ataque. Em todos os casos o agressor abusava verbalmente delas sem parar enquanto as agredia. Isso é mais do que mera coincidência.

Simon não estava pronto para desistir.

— Qual é, Shaz? — protestou ele. — Qualquer camarada tão fraco a ponto de precisar recorrer a um estupro para se sentir bem consigo mesmo vai ficar se vangloriando durante a parada. E, com relação aos olhos cobertos... não há nada em comum nisso com exceção de que, na primeira e na terceira, ele usou a faixa de cabeça delas mesmas. Olha — ele balançou os papéis —, caso número dois, ele puxou a camisa da vítima, a colocou sobre a cabeça dela e deu um nó. Caso número quatro, o estuprador tinha um rolo de fita adesiva e enrolou a cabeça dela. É muito diferente.

Ele se encostou novamente com um sorriso amigável que neutralizava a força das suas palavras.

Tony sorriu.

— Discussão perfeita para nos conduzir ao próximo assunto. Obrigado, Simon. Hoje vou distribuir a primeira tarefa a vocês. O preâmbulo do guia do iniciante sobre assinatura versus MO. Alguém sabe do que estou falando?

Kay Hallam, a outra mulher da equipe, levantou a mão pouco mais de quinze centímetros e olhou interrogativamente para Tony. Ele acenou com a cabeça. Ela colocou seu cabelo castanho-claro atrás das orelhas com um gesto que ele reconheceu como seu principal mecanismo para parecer feminina e vulnerável e assim tentar neutralizar críticas, particularmente quando estava prestes a fazer uma afirmação da qual tinha certeza absoluta.

— O MO é dinâmico, a assinatura é estática — disse ela.

— É uma maneira de se colocar — concordou Tony. — Entretanto, provavelmente está técnico demais para os policiais entre nós — comentou ele com um sorriso, apontando o dedo para cada um dos outros cinco. Empurrou para trás sua cadeira e começou a se mover energicamente pela sala enquanto falava. — MO significa *modus operandi*. Latim. A maneira de se fazer. Quando usamos isso no contexto criminal, estamos nos referindo à uma série de ações executadas pelo criminoso no processo de atingir seu objetivo, o crime. Nos primórdios da criação de perfis, os policiais, e, em grande medida, os psicólogos, eram muito literais em relação à ideia que tinham sobre serial killers. Faziam basicamente as mesmas coisas todas as vezes para chegar basicamente aos mesmos resultados. Com a exceção de que eles geralmente apresentavam uma intensificação e passavam, digamos, da agressão a uma prostituta para arrancar o cérebro de uma mulher com uma marreta.

"Contudo, à medida que fomos descobrindo mais, percebemos que não somos os únicos a aprender com os nossos erros. Estávamos lidando com criminosos que eram suficientemente inteligentes e imaginativos para fazerem exatamente a mesma coisa. Isso significava que tínhamos que enfiar nas nossas cabeças a ideia de que o MO era algo que poderia mudar drasticamente de um delito para o próximo porque o criminoso achou que uma linha de ação em particular não era muito eficaz. Então ele adaptava. Seu primeiro assassinato poderia ser um estrangulamento, mas talvez o assassino ache que isso levou tempo demais, foi muito barulhento, o amedrontou demais, o estressou mais do que fez com que desfrutasse da realização. Na próxima vez, ele esmaga o crânio dela com um pé-de--cabra. Faz bagunça demais. Então, no crime número três, esfaqueia. E os investigadores os categorizam como três assassinatos distintos porque o MO é muito diferente.

"O que não muda é o que chamamos, pela necessidade de nomeação, de assinatura. ASS, abreviado" Tony parou de andar e se inclinou sobre o parapeito da janela. "A ASS não muda porque ela é a razão de ser do criminoso. É o que dá ao criminoso o sentimento de satisfação. Do que consiste a assinatura, então? Bem, todos os fragmentos de comportamento que excedem aquilo que é realmente necessário para se cometer o crime. O ritual do ataque. Para satisfazer o perpetrador, os elementos da assinatura têm que ser encenados toda vez que ele sai numa missão e têm que ser executados com o mesmo estilo todas as vezes. Podem ser exemplos da assinatura de um assassino coisas como: ele desnuda a vítima? Faz uma pilha organizada com as roupas da vítima? Usa os cosméticos na vítima depois da morte? Faz sexo com a vítima depois da morte? Realiza algum tipo de mutilação ritualística como cortar os seios, o pênis ou as orelhas?"

Simon parecia ligeiramente nauseado. Tony imaginava quantas vítimas de assassinato aquele policial já tinha visto. Ele precisava ficar mais calejado ou então se preparar para lidar com a zoeira dos colegas que se divertiriam vendo o criador de perfis despejar seu almoço sobre outra vítima profanada.

— Um criminoso em série precisa realizar atividades que são sua assinatura para se satisfazer, para fazer com que o ato seja significativo — continuou Tony. — Isso tem a ver com a satisfação de uma variedade de necessidades... dominar, infligir dor, provocar reações distintas, alcançar alívio sexual. Os meios podem variar, mas o fim se mantém constante.

Respirou fundo e tentou manter a mente afastada das variações muito particulares que vira em primeira mão.

— Para um assassino cujo prazer vem do ato de infligir dor e de ouvir as vítimas gritando, é imaterial se ele... — Sua voz titubeava devido às irresistíveis imagens que escalavam para dentro da sua cabeça. — Se ele... — Todos olhavam para Tony que, desesperadamente, lutava para parecer que tinha apenas perdido a concentração, e não que estava verdadeiramente abalado. — Se ele... as amarra e as corta, ou se ele...

— Se ele as chicoteia com arame — completou Shaz, com a voz casual e expressão reconfortante.

— Exatamente — disse Tony, recuperando-se rapidamente. — Bom saber que você tem uma imaginação tão meiga, Shaz.

— Típico de mulher, né? — comentou Simon, soltando uma gargalhada ruidosa.

Shaz ficou ligeiramente constrangida. Antes que a piada se alastrasse, Tony continuou:

— Ou seja, é possível haver dois corpos em condições físicas bem diferentes. Mas, quando se examina o cenário, foram feitas outras coisas além do ato de matar, e a gratificação final foi a mesma. É aí que está a assinatura.

Ele ficou em silêncio, seu controle firme novamente, olhou ao redor para conferir se todos o estavam acompanhando. Um dos homens parecia estar com dúvida.

— Para ser o mais simplista possível — retomou —, pensem em criminosos triviais. Você tem um ladrão de televisões. É a única coisa que ele quer, televisões, porque tem um receptador com quem consegue fazer um bom negócio. Ele furta em ruas onde não havia espaço lateral entre as casas e entrava pelo quintal. Mas aí ele lê no jornal local que a polícia está alertando as pessoas sobre o ladrão de televisões que entra pelo quintal, e que estão preparando equipes de vigilância para olhar com mais cuidado os becos atrás das casas. Então ele abandona esse tipo de casa, as troca por casas de dois andares, pois esse tipo de residência possui janela lateral na sala do andar de baixo. Ele mudou o MO. Mas ainda furta apenas as televisões. Essa é a assinatura dele.

O rosto daquele que estava com dúvida clareou. Tony o fizera compreender. Satisfeito, pegou uma pilha de papéis dividida em dois.

— Então temos que aprender a ser inclusivos enquanto estamos considerando a possibilidade de haver um criminoso em série. Optem por "fazer conexões pela similaridade" em vez de "desconsiderar pela diferença".

Ele se levantou novamente e caminhou em meio às carteiras, preparando-se para a parte crucial do seminário.

— Alguns policiais veteranos e criadores de perfis têm uma hipótese que é mais confidencial do que os segredos da Maçonaria — disse ele, capturando novamente a atenção. — Acreditamos haver pelo menos meia dúzia de serial killers não identificados que vêm operando no Reino Unido nos últimos dez anos. Alguns com, provavelmente, mais de dez vítimas. Graças à rede de estradas e à relutância histórica da força policial em compartilhar informação, ninguém se põe à disposição pra fazer as conexões cruciais. Assim que estivermos em pleno funcionamento, com o tempo e os funcionários disponíveis, isso é algo que levaremos em consideração. — Sobrancelhas erguidas e cochichos encheram o seu silêncio momentâneo.

— O que vamos fazer aqui é um teste simulado — explicou Tony. — Trinta adolescentes desaparecidos. Todos os casos são reais e foram selecionados de uma dúzia de distintos durante os últimos sete anos. Vocês têm uma semana pra examinar os casos durante o tempo livre. Depois apresentarão suas teorias sobre se alguns deles contêm similaridades suficientes a ponto de nos servir de base para suspeitarmos de que pode ser trabalho de um criminoso serial.

Entregou a cada um deles um maço de cópias e lhes deu um tempinho para que folheassem.

— Devo enfatizar que isso é um mero exercício — alertou-os enquanto retornava para sua cadeira. — Não há razão para supor que alguma dessas meninas e desses rapazes tenham sido sequestrados ou assassinados. Alguns deles podem estar mortos agora, mas isso provavelmente tem mais a ver com os atritos da vida na rua do que com violência criminal. O fator comum que os liga é que nenhuma das famílias desses garotos acredita que eles eram do tipo que fugiria de casa. Todas alegaram que os adolescentes desaparecidos eram felizes, que não houve nenhuma discussão séria e não tinham nenhum problema significativo na escola. Embora um ou outro tenha tido problema com a polícia ou o serviço social, não havia nenhuma dificuldade no momento dos desaparecimentos. Entretanto, nenhum dos jovens desaparecidos fez contato subsequente com sua casa. É possível que a maioria deles tenha ido buscar a vida urbana londrina.

Respirou fundo e se virou para encará-los.

— Mas pode haver outro cenário escondido nisso aí. E, se ele existe, será trabalho nosso encontrá-lo.

Como uma pequena queimação nas entranhas, Shaz começou a sentir uma excitação poderosa o bastante para turvar as memórias do que lera sobre o último confronto de Tony com um assassino. Era a sua primeira chance. Se havia vítimas de assassinato desaparecidas, ela as encontraria. Mais do que isso, seria sua defensora. E quem as vingaria.

Criminosos são frequentemente pegos por acidente. Ele sabia disso; assistira a programas na TV. Dennis Nilsen, assassino de quinze jovens sem-teto, foi descoberto porque os canos ficaram entupidos com carne humana; Peter Sutcliffe, o Estripador de Yorkshire, que despachou treze mulheres, foi capturado porque roubara várias placas para disfarçar seu carro; Ted Bundy, assassino necrófilo de mais de quarenta jovens, foi finalmente preso por passar em alta velocidade por um carro de polícia à noite com o farol desligado. Saber disso não o amedrontava, mas adicionava um *frisson* extra à onda de adrenalina que inevitavelmente acompanhava o ato de atear fogo. Os seus motivos poderiam ser bem diferentes dos deles, mas o risco era quase tão grande. As luvas de condução feitas de um couro que já fora macio estavam sempre ensopadas com seu suor de nervoso.

Em algum momento próximo da uma da manhã, ele estacionava o carro em um local cuidadosamente escolhido. Nunca o deixava em uma rua residencial, pois tinha consciência da insônia dos idosos e da rebeldia dos jovens na madrugada. Em vez disso, escolhia os estacionamentos das grandes lojas de material de construção. Os terrenos baldios perto de fábricas, os pátios de garagens fechadas à noite; revendas de carros usados eram os melhores; ninguém notava um carro a mais nelas por uma hora durante a madrugada.

Por achar que ficaria muito suspeito por causa da hora, também nunca carregava bolsa de viagem. Um policial que o visse não pensaria duas vezes antes de deduzir que ele estava ali para roubar casas. E, mesmo que um meganha entediado resolvesse passar o tempo o fazendo revirar os bolsos, não haveria muita coisa que levantasse suspeita. Um pedaço de barbante, um isqueiro fora de moda com uma capa de metal, um maço de cigarros faltando um ou dois, uma caixa de fósforos amassada quase acabando, um jornal do dia anterior, um canivete militar suíço, um lenço de bolso amarrotado e manchado de óleo, uma lanterna pequena, mas poderosa. Se isso fosse motivo suficiente para se efetuar uma prisão, as celas estariam cheias toda noite.

Ele caminhava pela rota que memorizara, mantinha-se próximo às paredes e se movia silenciosamente por ruas vazias; o sapato de boliche com a sola gasta não fazia barulho algum. Após alguns minutos, chegou a um beco estreito que levava à lateral fora de vista de um imóvel industrial no qual estava de olho há um tempo. Fora originalmente uma fábrica de cordas e consistia em um conjunto de quatro prédios de tijolo da virada do século recentemente adaptados para uso atual. Havia uma oficina elétrica ao lado de uma reformadora de estofados e, em frente, uma loja de encanamento e uma padaria que fazia biscoitos com uma receita que alegavam ser muito antiga. Ele avaliou que qualquer um que se dava bem cobrando aqueles preços ridículos por um pacote de biscoitos vagabundos e esfarelentos merecia ter a sua fábrica arruinada, mas não havia material inflamável suficiente ali para as necessidades dele.

Nessa noite, a reformadora de estofados iria pelos ares como fogos de artifício.

Mais tarde, ele vibraria com a imagem das chamas amarelas e carmesins enfiando seus longos ferrões nas nuvens de fumaça cinza e marrom que se elevariam do tecido, da madeira do assoalho e das vigas do prédio antigo em chamas. Mas, naquele momento, tinha apenas que entrar.

Preparara-se mais cedo naquele dia, quando deixara uma sacola de compras dento de uma lata de lixo perto da porta lateral da loja. Ele a pegou e tirou dela o desentupidor de pia e o tubo de supercola. Deu a volta pelo lado de fora do prédio até chegar à janela do banheiro e prendeu o desentupidor no vidro. Esperou alguns minutos para ter certeza de que a cola adesiva tinha endurecido, depois agarrou o desentupidor com as duas mãos, firmou o corpo, preparou-se e deu um puxão. O vidro quebrou fazendo um barulho baixinho, e os fragmentos caíram do lado de fora da janela, assim como teriam caído se tivesse explodido por causa do calor. Com inteligência, bateu o desentupidor na parede para espatifar o círculo de vidro, deixando sobrar apenas um anel fino colado à borracha. Isso não o preocupava; não havia razão para um especialista da perícia forense reconstituir o vidro e revelar que estava faltando um círculo dele no miolo dos cacos. Feito isso, precisou de poucos minutos para entrar. O lugar, ele sabia, não tinha alarme.

Sacou a lanterna e a ligou e desligou rapidamente para verificar onde estava, depois entrou no corredor que passava por trás da sala de trabalho principal. No final, ele lembrava, havia algumas caixas de papelão grandes com retalhos que artesãos locais informais compravam a preço de banana. Não havia razão para que investigadores de incêndio duvidassem de que aquele era um lugar onde trabalhadores se encontravam para relaxar.

Ele levava pouquíssimo tempo para construir seu dispositivo incendiário. Primeiro abria o isqueiro e esfregava o barbante com o feltro previamente encharcado com fluído de isqueiro. Depois, colocava o barbante no meio de uma meia dúzia de cigarros ajuntados frouxamente com um elástico. Posicionou seu explosivo de maneira que o barbante detonador ficasse junto da caixa de papelão mais próxima, depois colocou o lenço ao lado dele com um pouco de jornal amassado. Por fim, acendia os cigarros. Eles queimavam até a metade antes do barbante acender. O que, por sua vez, fazia com que demorasse um pouco até que as caixas de tecido começassem lentamente a queimar. Mas, no momento em que as chamas se firmassem, nada as impediria. Seria um incêndio daqueles.

Vinha postergando esse incêndio por um tempo, pois sabia que seria uma beleza. Recompensador, em vários sentidos.

Betsy olhou seu relógio. Mais dez minutos, depois ela acabaria com a festinha de Suzy Joseph, alegando que Micky tinha um compromisso. Se Jacko quisesse prosseguir com o galanteio, ficava por conta dele. Ela suspeitava que ele preferiria agarrar a oportunidade para fugir. Acabara de filmar o último *Vance Visita* na noite anterior e depois sairia para um dos seus compromissos de caridade em um dos hospitais em que trabalhava como conselheiro voluntário e assistente social. Deixaria a casa em paz para ela e Micky passarem o fim de semana sozinhas.

— Por causa de Jacko e da Princesa de Gales, aqueles que têm doença terminal hoje não conseguem ficar em paz — disse ela, em voz alta. — Eu é que tenho sorte — continuou, fechando a parte de cima da sua escrivaninha, deixando à vista apenas as gavetas depois de ter limpado a mesa e se preparado para um fim de semana sem culpa. — Não preciso escutar a Versão Autorizada pela milionésima vez. — Ela imitou a entonação alto-astral da encenação de Jacko. — "Eu estava deitado lá, contemplando a ruína dos meus sonhos, convencido de que não havia mais razão nenhuma para viver. Então, das profundezas da minha depressão, tive uma visão." — Betsy fez o gesto vívido e arrebatador que vira Jacko pôr em ação tantas vezes com seu braço. — "A própria imagem da beleza. Ali, de pé ao lado da minha cama de hospital, estava a única coisa que tinha visto desde o acidente que me fez acreditar que a vida merecia ser vivida.

Era um conto que não guardava quase nenhuma relação com a realidade que Betsy vivera. Lembrava-se do primeiro encontro de Micky com Jacko, mas não porque havia sido a colisão sensacional de estrelas encontrando suas equivalentes. A memória de Betsy era muito diferente e bem menos romântica.

Foi na primeira vez que Micky assumiu o papel de jornalista principal na transmissão de uma reportagem externa no jornal mais importante da noite. Ela estava levando a milhões de espectadores ávidos a primeira entrevista exclusiva com Jacko Vance, o herói da mais recente história humana na mídia. Betsy vira a transmissão sozinha em casa. Entusiasmada por ver sua amante sendo o centro das atenções de dez milhões de pares de olhos e se abraçando de alegria.

O deleite não durou muito. Celebravam juntas sob o brilho tremeluzente do replay quando o telefone interrompeu o prazer delas. Betsy atendera com a voz irradiando felicidade. A jornalista que a cumprimentou como namorada de Micky drenou toda a sua felicidade. Apesar das frias e veementes negações de Betsy e da ridicularizarão desdenhosa de Micky, as duas mulheres sabiam que o relacionamento delas se equilibrava na lâmina da exposição do pior tipo de tabloide.

O paciente esforço de Micky para bloquear as furtivas táticas dos pilantras era cuidadosamente planejado e executado de maneira implacável, bem como qualquer passo que já tinha dado na carreira. Toda noite, dois pares separados de cortinas eram fechados e as luzes eram acesas atrás delas. As lâmpadas eram apagadas em intervalos escalonados, a do quarto de hóspedes era controlada por um timer que Betsy ajustava para uma hora diferente toda noite. Todas as manhãs, as cortinas eram abertas, sempre pelas mesmas mãos que as tinham fechado. Os únicos lugares em que as duas se abraçavam eram atrás das cortinas fechadas, fora da linha de visão da janela ou no corredor, que era invisível pelo lado de fora. Se ambas saíam de casa juntas, separavam-se lá embaixo com um cordial tchauzinho e sem contato corporal.

Não dar aos supostos observadores nada para verem seria o suficiente para fazer com que a maioria das pessoas se sentissem seguras. Porém, Micky preferia uma abordagem mais proativa. Se os tabloides queriam uma história, ela lhes daria uma. Ela teria simplesmente que ser mais empolgante, mais crível e mais sexy que a história que achavam que tinham. Importava-se demais com Betsy para arriscar a paz de espírito da sua amante ou o relacionamento delas.

Na manhã depois do telefonema fatal, Micky tinha uma hora de folga. Ela foi de carro até o hospital em que Jacko era paciente e usou seu charme para conseguir vê-lo. Jacko pareceu satisfeito em vê-la, e não apenas porque ela fora até lá armada com um radinho AM/FM com fones de ouvido. Apesar de ainda estar tomando medicação forte para dor, estava alerta e receptivo a qualquer coisa que o desviasse do tédio da vida ali na ala onde estava. Micky passou meia hora batendo papo sobre tudo menos o acidente e a amputação, depois lhe deu um beijinho amigável na testa e foi embora. Não fora infortúnio algum; para sua surpresa, ela se viu afeiçoada a Jacko. Ele não era o machão arrogante que ela esperava, baseada na experiência pregressa com heróis do esporte. E, ainda mais surpreendente, ele não estava se chafurdando em autopiedade. As visitas de Micky podiam até ter começado como um interesse pessoal cínico, mas logo ela se viu envolvida primeiro pelo respeito que sentia pelo estoicismo de Jacko, depois pelo inesperado prazer que sentia quando estava na companhia dele. Ele podia estar mais interessado em si mesmo do que nela, mas pelo menos conseguia ser divertido e espirituoso.

Cinco dias e quatro visitas depois, Jacko fez a pergunta pela qual ela estava esperando.

— Por que você fica me visitando?

Micky deu de ombros e respondeu:

— Porque eu gosto de você?

As sobrancelhas de Jacko levantaram e abaixaram, como se afirmassem: "Não é só por isso."

Ela suspirou e fez um esforço consciente para conter seu olhar especulativo.

— Fui amaldiçoada por ter imaginação. E entendo a determinação para se obter sucesso. Ralei pra caramba pra chegar onde estou, fiz sacrifícios e, às vezes, tive que tratar pessoas de um jeito que, em outras circunstâncias, eu sentiria vergonha. Mas chegar aonde quero é a coisa mais importante da minha vida. Posso imaginar como me sentiria se uma cadeia de circunstâncias fora do meu controle me custasse esse objetivo. Acho que o que sinto por você é empatia.

— Que significa o quê? — perguntou ele, com uma expressão no rosto que não deixava transparecer nada.

— Compaixão sem pena?

Ele fez um gesto afirmativo com a cabeça, como que satisfeito.

— A enfermeira achava que era porque você estava a fim de mim. Sabia que ela estava errada.

Micky deu de ombros. Estava tudo correndo bem melhor do que previra.

— Não a desiluda. As pessoas não confiam em motivações que não conseguem entender.

— Você está certíssima — concordou ele com uma pontada de amargura na voz que ela ainda não havia escutado, apesar do motivo que a levava até ali. — Mas o entendimento nem sempre faz com que seja possível aceitar alguma coisa.

Havia mais, muito mais por trás das palavras dele. Mas Micky sabia quando deixar as coisas para depois, e ela teria um monte de oportunidades para mencionar aquele assunto outra vez. Quando foi embora naquele dia, fez questão de que a enfermeira a visse dando um beijo de despedida nele. Se sua história precisava ser crível, tinha que vazar, não precisava ser transmitida pela TV. E, por experiência jornalística própria, uma fofoca se espalha por um hospital mais rápido do que legionelose. Dali para uma comunidade mais ampla bastava um mensageiro.

Quando voltou, uma semana depois, Jacko parecia distante. Micky percebeu emoções violentas que ele mal conseguia conter, mas não teve como descobrir ao certo que sentimentos eram aqueles. Por fim, cansada de conduzir um monólogo em vez de uma conversa, perguntou:

— Vai me contar ou simplesmente vai deixar a sua pressão arterial subir até você ter um derrame?

Pela primeira vez naquela tarde, ele olhou diretamente para o rosto dela. Momentaneamente, Micky pensou que estivesse com febre, então percebeu que era uma fúria tão poderosa que ela não conseguia imaginar como ele conseguia contê-la. Jacko estava tão furioso que mal conseguia falar, algo que ela percebeu quando o viu lutando para encontrar as próprias palavras. Ele dominou sua ira com uma enorme força de vontade e rosnou:

— Minha suposta noiva.

— Jillie? — Micky torceu para ter dito o nome certo. Elas se encontraram rapidamente em uma tarde quando a jornalista estava indo embora. A impressão de Micky foi de uma bonita mulher de cabelo preto que, por um triz, era mais provocante do que vulgar.

— Puta — xingou ele entre dentes, com os tendões do pescoço tensionados como cordas debaixo da pele bronzeada.

— O que aconteceu, Jacko?

Ele fechou os olhos, respirou fundo, e seu enorme peito se expandiu, enfatizando a assimetria do seu corpo antes perfeito.

— Terminou comigo — conseguiu dizer por fim, a voz rouca de raiva.

— Não — sussurrou Micky. — Nossa, Jacko. Ela estendeu a mão e encostou os dedos no punho fechado dele. Conseguia sentir seu pulso batendo de tanta força que usava para apertar a mão. Era uma raiva fenomenal, Micky pensou, embora não parecesse que ele perderia o controle.

— Disse que não consegue lidar com isto. — E deu uma risada cínica e rouca. — Ela não consegue lidar com isto? Como acha que esta porra é pra mim?

— Sinto muito. — Foram as insuficientes palavras de Micky.

— Eu vi isso no rosto dela na primeira vez que veio me visitar. Não, soube antes disso. Porque ela sequer chegou perto de mim naquele primeiro dia. Levou dois dias pra chegar o rabo perto de mim. — A voz hostil e gutural deixava as palavras caírem como blocos de pedra. — Quando veio, não conseguia tolerar a minha imagem. Estava na cara dela. Só conseguia ver o que eu não era mais.

Jacko puxou o punho e deu um soco na cama.

— Idiota que ela é.

Ele abriu os olhos e a encarou com raiva.

— Não começa. Se tem uma coisa que não preciso é de mais uma puta me consolando. Já tenho aquela porra daquela enfermeira com toda aquela animação artificial pra cima de mim. Pode parar!

Micky não recuou. Vencera muitos confrontos com editores novos por causa disso.

— Você tem que aprender a reconhecer o respeito quando o vê — devolveu a ele. — Sinto muito que a Jillie não tenha o necessário pra ficar ao seu lado, mas é melhor descobrir isso agora do que mais na frente.

Jacko estava abismado. Há anos, a única pessoa que falara com ele de um jeito que não fosse com deferência nervosa era o seu treinador.

— O quê? —berrou ele, a fúria substituída por um espanto perplexo.

Micky continuou sem levar em consideração a resposta dele.

— Agora você só tem que pensar em como vai jogar esse jogo.

— O quê?

— Isso não vai ser um segredo entre vocês dois, vai? De acordo com o que você falou, a enfermeira já sabe. Então, lá pela hora do chá, vai ser o maior "Segura a primeira página". Se quiser, pode se contentar em ser o objeto de pena: a namorada termina com o herói porque ele não é mais um homem completo. Vai garantir o voto de compaixão e boa parte do público manipulado pela mídia vai cuspir na Jillie na rua. Por outro lado, pode conseguir sua retaliação antes e sair dessa por cima.

A boca de Jacko estava aberta, mas, por um momento, nenhuma palavra foi dita. Por fim, falou, em voz baixa, aquilo que os membros da equipe olímpica teriam entendido como um sinal para colocarem os coletes à prova de bala:

— Continue.

— É você quem decide. Depende de você querer que as pessoas o vejam como vítima ou como vencedor.

A firmeza do olhar de Micky parecia desafiá-lo mais do que qualquer outro que já enfrentara em competições.

— O que você acha? — rosnou ele.

— Estou te falando, cara, não tem nada mais *caipira* do que isto aqui — disse Leon, balançando uma *pakora* de frango com um gesto exagerado que parecia incluir não apenas o restaurante, mas também a maior parte de West Riding of Yorkshire.

— É óbvio que você nunca foi a Greennock sábado à noite — ironizou Simon. — Pode acreditar em mim, Leon, aquilo faz Leeds parecer totalmente cosmopolita.

— *Nada* consegue fazer com que este lugar seja cosmopolita — protestou Leon.

— Não é tão ruim assim — disse Kay. — É muito bom pra fazer compra.

Mesmo fora de sala de aula, Shaz notou que Kay assumia rapidamente o papel conciliatório e ficava alisando o cabelo do mesmo jeito que alisava as asperezas nas conversas.

Simon gemeu teatralmente e disse:

— Ai, por favor, Kay, você não precisa descambar pra essas coisas meigas de mulher. Vai em frente, faz a minha noite, conta como aqui em Leeds eles são bons em colocar piercing.

Kat mostrou a língua para ele.

— Se você não parar de encher o saco da Kay, nós mulheres podemos muito bem considerar fazer um piercing em alguma parte especial da sua anatomia com esta garrafa de cerveja — disse Shaz com doçura, brandindo sua cerveja.

Simon levantou as mãos.

— Tá bom, vou me comportar, desde que você prometa não me bater com um *chapati*.

Houve um momento de silêncio quando os quatro policiais atacaram suas entradas. O restaurante indiano de sábado à noite parecia estar se tornando uma característica regular do quarteto, enquanto os outros dois preferiam voltar para os lugares de onde vieram do que explorar sua nova base. Quando Simon fez a sugestão pela primeira vez, Shaz não tinha certeza se queria ter um relacionamento tão próximo com seus colegas. Mas Simon foi persuasivo e, além disso, o comandante Bishop tinha ficado de ouvido em pé e ela queria evitar ser rotulada como alguém que cooperava pouco. Shaz concordou e, para sua surpresa, divertiu-se, mesmo que tenha dado suas desculpas para escapulir da boate para onde os outros foram. Agora, com três semanas de trabalho, ela aguardava ansiosa para saírem à noite, e não só por causa da comida.

Leon foi o primeiro a limpar o prato, como sempre.

— O que estou querendo dizer é que este lugar é primitivo.

— Não sei — protestou Shaz. — Tem um monte de restaurantes indianos bons, os imóveis são mais baratos e consigo bancar um lugar maior do que uma gaiola de coelho. E dá pra ir a pé de uma parte do centro da cidade para outra, em vez de ter que ficar uma hora sentada no metrô.

— E o campo. Não se esqueça de como é fácil ir para o campo — completou Kay.

Leon se recostou na cadeira suspirando e revirando os olhos como uma caricatura terrível de programas de humor. Depois gorjeou em falsete:

— Heathcliff.

— Ela está certa — disse Simon. — Meu Deus, você é tão clichê, Leon. Devia dar uma fugida das ruas da cidade, colocar um pouco de ar puro nos pulmões. O que acha de sairmos amanhã pra uma caminhada? Quero muito descobrir se Ilkley Moor está à altura das homenagens.

Shaz riu e disse:

— O quê? Quer caminhar sem gorro pra ver se morre de frio?

Os outros gargalharam junto com ela.

— Viu, cara, é primitivo, do jeito que eu falei. Nada pra fazer a não ser caminhar. E, porra, Simon, não sou eu que sou clichê. Você sabe que já fui parado três vezes quando estava indo de carro pra casa desde que cheguei aqui. Até mesmo a Polícia Metropolitana de Londres é um pouquinho mais esclarecida em relação ao racismo e não parte do princípio que todo negro com uma caranga decente é traficante — disse Leon, amargamente.

— Não estão te parando porque você é negro — retrucou Shaz quando ele parou de falar para acender um cigarro.

— Não? — indagou Leon soltando fumaça.

— Não. Estão te parando porque você anda com uma arma perigosa.

— Do que você está falando?

— Desse terno, querido. Um pouquinho mais afiado e você se cortaria na hora de vesti-lo. Você está usando uma lâmina, é lógico que vão te parar. — Shaz levantou a mão para que Leon batesse nela e, em meio à explosão de gargalhadas dos outros dois, ele fez uma cara sem graça.

— Não tão afiado quanto você, Shaz — disse Simon.

Ela não sabia dizer se era apenas o calor das pimentas o responsável pelo rubor em suas normalmente pálidas bochechas.

— Por falar em afiado — emendou Kay quando seus pratos principais estavam chegando. — O Tony Hill não deixa passar nada, não é?

— Ele é inteligente, com certeza — concordou Simon, tirando o cabelo preto ondulado da testa. — Só queria que ele relaxasse um pouquinho. É como se houvesse um muro ali, dá pra subir nele, mas não dá pra ver o outro lado.

— Eu te digo o motivo — disse Shaz, repentinamente séria. — Bradfield. O Assassino de Bonecas.

— Foi aquele que ele participou, que resolveram o caso, mas que no final deu merda, né? — perguntou Leon.

— Isso mesmo.

— Foi tudo encoberto, não foi? — perguntou Kay com o rosto atento que fazia Shaz se lembrar de um animalzinho peludo, bonito, mas com dentes escondidos. — Os jornais sugeriram todo tipo de coisa, mas nunca entraram muito em detalhes.

— Acreditem em mim — disse Shaz, olhando para o seu meio frango e pensando que deveria ter pedido algum prato vegetariano —, vocês não gostariam de saber dos detalhes. Se quiserem a história toda, busquem na internet. Ali ninguém é coagido por detalhes técnicos como bom gosto ou pedidos das autoridades pra manter as coisas encobertas. Estou falando pra vocês, se conseguirem ler sobre o que Tony Hill passou sem repensar o que estamos fazendo, puta que pariu, vocês são muito mais corajosos do que eu.

Houve um momento de silêncio. Depois, Simon se inclinou para a frente e pediu confiante:

— Você vai contar pra gente, não vai, Shaz?

Capítulo 2

Ele sempre chegava quinze minutos antes porque sabia que ela chegaria cedo. Não interessava qual menina escolhera, ela chegaria com antecedência porque estava convencida de que ele era Rumpelstiltskin, o homem que podia transformar a palha seca que era sua vida em ouro de vinte e quatro quilates.

Donna Doyle — não mais a próxima, mas a mais recente — não era diferente das outras. Quando sua silhueta apareceu à luz turva do estacionamento, ele ouviu a musiquinha infantil retumbando em sua cabeça: "Jack e Jill subiram a montanha para buscar um balde d'agua..."

Ele abanou a cabeça para limpar os ouvidos como um mergulhador com snorkel vindo à superfície em um recife de corais. Observava a aproximação dela, que movia-se cautelosamente entre os carros, olhando de um lado para o outro, a expressão fechada no rosto franzia levemente sua testa, como se não conseguisse entender por que suas antenas não lhe informavam a posição exata dele. Ele percebeu que ela dera o seu melhor para ficar bonita; a saia do uniforme escolar obviamente dobrada na cintura para deixar à mostra pernas bem-torneadas, a blusa de uniforme desabotoada a uma altura que os pais e professores jamais permitiriam em público, o blazer sobre um ombro, pendurado dessa maneira para ocultar a mochila com o material escolar. A maquiagem estava mais carregada do que na noite anterior e seu excesso a catapultava diretamente para a meia-idade. O cabelo negro na altura dos ombros brilhava e seu balanço capturava a luz opaca do estacionamento.

Quando Donna estava bem próxima, ele abriu a porta do passageiro. A repentina luz interior a fez pular ao mesmo tempo em que reconheceu o perfil de beleza escandalosa fazendo um corte escuro no retângulo luminoso. Ele falou de maneira sociável através da janela já aberta:

— Entra aqui pra eu te contar tudo.

Donna hesitou por um brevíssimo momento, mas estava muito familiarizada com a franqueza do rosto público dele para parar e refletir o suficiente. Ela se sentou no banco ao lado dele, e Jacko se certificou de que Donna percebesse que ele não olhou para as coxas que seus movimentos revelaram. Por ora, a castidade era a melhor estratégia.

— Quando acordei hoje de manhã, fiquei me perguntando se não tinha sonhado tudo isso — comentou ela com um sorriso faceiro, ainda que inocente.

O sorriso com que ele respondeu era indulgente.

— Eu me sinto assim o tempo todo — disse ele, construindo outra fileira de tijolos na falsa fundação daquele falso entrosamento. — Fiquei imaginando que você podia ter reconsiderado. Você podia fazer muitas outras coisas com a sua vida que seriam uma contribuição bem maior para a sociedade do que estar na televisão. Acredite em mim, eu sei disso.

— Mas você faz essas coisas também — disse ela com seriedade. — Todo o trabalho de caridade. Ser famoso é o que faz os astros da TV levantarem tanto dinheiro. As pessoas pagam pra ver vocês. Elas não fariam isso se fosse diferente. Quero poder fazer isso. Ser como eles.

O sonho impossível. Ou, melhor dizendo, pesadelo. Ela nunca poderia ser como ele, embora não tivesse a menor noção do verdadeiro motivo. Pessoas como ele eram tão raras que isso era praticamente um argumento sobre a existência de Deus. Ele sorriu de maneira benevolente, como o Papa na varanda do Vaticano. Uma jogada de mestre para atingir exatamente o resultado que queria.

— Bom, talvez eu possa te ajudar a começar — completou.

E Donna acreditou.

Ele a tinha ali, sozinha e cooperativa, em seu carro, em um estacionamento subterrâneo. Como poderia ser mais fácil carregá-la para onde queria?

Só um idiota pensaria assim, percebera há muito tempo, e ele não era nenhum idiota. Para começar, o estacionamento não estava completamente vazio. Executivos e executivas faziam check-out no hotel, guardando porta-ternos em sedãs de luxo e saindo de ré das vagas apertadas. Eles notavam muito mais do que qualquer pessoa pode imaginar. Além disso, era plena luz do dia do lado de fora; o centro da cidade, adornado com semáforos onde pessoas não tinham nada melhor para fazer do que xeretar boquiabertos os passageiros dos carros. Primeiro, eles notariam o carro. Um Mercedes prata, elegante o bastante para capturar os olhares e gerar admiração. Ou, é claro, a inveja. Depois perceberiam as harmoniosas letras ao longo da lateral dianteira, que anunciavam: *Carros para Vance Visita fornecidos pela Morrigan Mercedes de Cheshire*. Alertas pela possível proximidade de uma celebridade, espiariam pelas janelas com película na tentativa de identificar quem era o motorista e o passageiro. Não esqueceriam aquilo rápido, principalmente se vislumbrassem uma adolescente atraente no banco do passageiro. Quando a foto dela aparecesse no jornal local, eles, sem dúvida, lembrariam.

E, finalmente, ele tinha um dia cheio pela frente. Não tinha tempo para levá-la a um lugar onde pudesse tomar o que lhe era devido. Não fazia sentido chamar a atenção para si ao faltar aos seus compromissos ou não fazer suas aparições públicas cuidadosamente construídas para darem a *Vance Visita* a maior exposição com o mínimo esforço. Donna teria que esperar. Para ambos, a expectativa seria um prazer a mais. Bem, para ele, pelo menos. Para ela, não demoraria muito para que a realidade transformasse sua emocionante expectativa em uma piada doentia.

Então ele aguçou o apetite dela e a manteve na coleira.

— Não acreditei quando te vi ontem à noite. Você seria a coapresentadora perfeita. Em um programa conduzido a quatro mãos, precisamos de contraste. A Donna do cabelo escuro e o Jacko louro. A delicada Donna, o parrudo Jacko.

Ele sorriu, ela gargalhou.

— O programa novo em que estamos trabalhando é uma competição envolvendo equipes de pais e de crianças. Só que as equipes não sabem que estão no programa até a gente fazer a revelação. Uma surpresa total. Essa é uma das razões pelas quais precisamos ter certeza de que a pessoa com quem eu vou trabalhar é totalmente confiável. Discrição total, essa é a chave.

— Eu consigo ficar calada — disse Donna, com seriedade. — De verdade. Não contei pra viva alma que vinha encontrar você aqui. Quando a minha colega que estava comigo ontem perguntou sobre o que a gente ficou conversando tanto tempo, falei que só estava perguntando se você tinha algum conselho pra me dar se eu quisesse entrar pra TV.

— E eu tinha? — reivindicou ele.

Ela sorriu, atraente e sedutora.

— Falei que você me disse que eu precisava me qualificar antes de tomar qualquer decisão sobre carreira. Ela não te conhece tanto a ponto de saber que você nunca solta essas merdas chatas que minha mãe fala comigo.

— Bem pensado — aprovou ele. — Juro que você nunca vai ficar entediada. Agora, o problema é que estou desesperado de tão atarefado nos próximos dias. Mas tenho a sexta-feira de manhã livre e consigo agendar com facilidade alguns testes de filmagem pra você. Temos um estúdio de ensaios à nordeste daqui da e podemos trabalhar lá.

Os lábios dela se separaram, os olhos brilharam na penumbra do interior do carro.

— É sério? Eu posso aparecer na TV?

— Não prometo nada, mas você se encaixa no perfil e tem uma voz bonita.

Ele se ajeitou no assento de maneira que pudesse fixar o olhar diretamente nela.

— A única coisa que preciso provar é que você consegue guardar um segredo.

— Já falei que sim — reafirmou Donna com consternação na voz.

— Mas consegue continuar assim? Consegue ficar em silêncio até quinta à noite?

Ele enfiou a mão dentro da jaqueta e retirou uma passagem de trem.

— Esta passagem de trem é pra Five Walls Halt, em Northumberland. Na quinta, você pega o trem das 3h25 para Newcastle na estação daqui, depois, em Newcastle, você troca e pega o das 7h50 pra Carlisle. Quando sair da estação, vai ver um estacionamento à esquerda. Estarei esperando lá, em uma Land Rover. Não posso sair pra me encontrar com você na plataforma por causa de sigilo comercial, mas estarei no estacionamento, prometo. Vamos te hospedar num lugar onde vai passar a noite e a primeira coisa que faremos de manhã vai ser o seu teste de filmagem.

— Mas minha mãe vai entrar em pânico se eu passar a noite fora e ela não souber onde estou — protestou ela, relutante.

— Você pode ligar pra ela assim que a gente chegar ao complexo de estúdios — afirmou ele com a voz bem tranquilizadora. — Pensa bem, ela provavelmente não deixaria você fazer o teste de filmagem, ia? Aposto que ela não acha que trabalhar na TV seja um trabalho adequado, acha?

Como de costume, ele calculara tudo com perfeição. Donna sabia que sua ambiciosa mãe não iria querer que ela jogasse pro alto os planos universitários para ser uma gostosinha de programa de auditório. Sua expressão preocupada desapareceu, e, por baixo das sobrancelhas, ela levantou os olhos para ele.

— Não vou falar nem uma palavra — prometeu solenemente.

— Boa menina. Espero que esteja falando sério. Uma única palavra errada é capaz de destruir todo o projeto. Isso custa dinheiro, e o emprego das pessoas também. Você pode contar pra sua melhor amiga e falar que é segredo, mas ela vai falar pra irmã dela, e a irmã dela vai comentar com o namorado, e o namorado vai falar pro melhor amigo durante uma partida de sinuca e a cunhada desse melhor amigo por acaso é uma repórter. Ou a executiva de uma emissora concorrente. O programa morre. E, junto dele, a sua grande chance. Deixa eu te contar uma coisa. No início da sua carreira, você só consegue dar uma mordida na cereja. Pise na bola uma vez e ninguém mais vai te contratar. É necessário muito sucesso no currículo para os chefões da TV perdoarem uma falha pequenininha.

Ele se inclinou para a frente e pôs a mão no braço de Donna enquanto falava, invadindo o espaço dela e fazendo com que sentisse a excitação sexual do perigoso vigor de Jacko.

— Eu entendi — disse Donna com toda a intensidade de alguém de 14 anos que se achava bem grandinha e não entendia por que os adultos não a admitiam em sua conspiração. A promessa de ingresso naquele mundo era o que tinha feito com que ela estivesse tão preparada para engolir algo tão disparatado quanto a armadilha dele.

— Posso contar com você?

Ela fez que sim com um gesto de cabeça e disse:

— Não vou te decepcionar. Nem com isso, nem com nenhuma outra coisa. — A insinuação sexual era indiscutível. Provavelmente ainda era virgem, avaliou ele. Algo na avidez dela lhe revelou isso. Ela estava se oferecendo para ele, um sacrifício vestal.

Ele se inclinou, aproximando-se um pouco mais, e beijou a macia e ansiosa boca que se abriu instantaneamente sobre seus lábios recatadamente fechados. Ele se afastou, sorrindo para suavizar o óbvio desapontamento dela. Sempre as deixava querendo mais. Era o clichê mais antigo do mundo. E sempre funcionava.

Capítulo 3

Carol limpou os vestígios do frango *jalfrezi* com o último naco de pão *naan* e saboreou a bocada final.

— Isso — elogiou ela — estava delicioso.

— Tem mais — ofereceu Maggie Brandon, empurrando a pesada caçarola para ela.

— Só se eu fosse vestir — resmungou Carol. — Não tem mais espaço aqui dentro.

— Pode levar pra casa — ofereceu Maggie. — Conheço a loucura do trabalho de vocês. Cozinhar é a última coisa que vão ter tempo pra fazer. Quando o John foi promovido a detetive inspetor-chefe, pensei em pedir ao chefe de polícia para a família dele se mudar pra uma das celas na Scargill Street, porque parecia que só assim os filhos conseguiriam ver o pai.

John Brandon, chefe de polícia de East Yorkshire, sacudiu a cabeça e disse afetuosamente:

— A minha mulher é uma mentirosa terrível. Só fala essas coisas pra que você se sinta culpada e trabalhe tanto que não sobre nada para eu fazer na sua divisão.

Maggie pigarreou e disse:

— Até parece! Como você acha que ele acabou com essa aparência, hein?

Carol deu a Brandon uma olhada cautelosa. Era uma boa pergunta. Se algum homem já tivesse nascido com cara de defunto, esse homem era Brandon. Todo o seu semblante era vertical, comprido e fino; tinha rugas em suas bochechas ocas e entre as sobrancelhas, nariz aquilino, cabelo grisalho acinzentado liso como as linhas de grade de um mapa. Alto e magro, começava a ficar curvado, só precisava de uma foice para poder fazer um teste para o papel de Morte. Avaliou suas opções. Podia ser "John" ali naquela noite, mas, na segunda de manhã, voltaria a ser "sr. Brandon". Melhor não forçar tanto a relação informal com o chefe.

— E eu aqui pensando que tinha sido o casamento — disse ela sem maldade.

Maggie deu uma gargalhada e comentou:

— Diplomática e rápida — disse por fim, esticando o braço e dando um tapinha no ombro do marido. — Você fez bem em fazê-la abandonar a boa--vida de Bradfield e trazê-la para o fim do mundo, meu amor.

— Por falar nisso, como estão se adaptando? — perguntou Carol.

— Bom, esta casa foi cedida pela polícia — respondeu Maggie, mostrando com um movimento de braço a parede pintada com um branco brilhante, um contraste deprimente em relação à textura marmorizada da sala de jantar deles em Bradfield da qual Carol se lembrava.

— Mas vai ter que servir. A gente alugou a casa em Bradfield, sabe? Daqui a cinco anos o John completa trinta anos de serviço e queremos voltar pra lá. É onde estão as nossas raízes, os nossos amigos. E as crianças já vão todas estar na faculdade nessa época, então não vão sofrer de novo com mais uma mudança.

— O que a Maggie quer dizer é que ela se sente um pouco como uma missionária vitoriana entre os Hottentots — disse Brandon.

— Bom, você tem que admitir que East Yorkshire é um pouco diferente de Bradfield. Só a uma meia-hora de carro daqui é que a gente consegue um teatro decente. Parece que só existe uma livraria em toda a área que vende mais do que best-sellers. E quanto a ópera, pode esquecer! — protestou Maggie, levantando-se e recolhendo os pratos vazios.

— Você não fica feliz com as crianças crescendo longe da influência da cidade grande. Longe do alcance dos chefões das drogas? — perguntou Carol.

Maggie abanou a cabeça e justificou:

— Estão muito isolados aqui, Carol. Lá em Bradfield, tinham amigos de todas as origens, asiáticos, chineses, afrocaribenhos. Até um rapaz vietnamita. Aqui só se tem contato com as pessoas iguais a você. Não há nada pra fazer a não ser ficar à toa pelas esquinas das ruas. Francamente, eu preferiria arriscar mantê-los longe dos problemas da cidade grande para que tivessem todas as oportunidades que tinham em Bradfield. Essa vida no interior é supervalorizada.

Ela caminhou em direção à cozinha.

— Desculpa, não sabia que era um assunto tão delicado.

Brandon deu de ombros.

— Você conhece a Maggie. Ela gosta de desabafar. Daqui a alguns meses estará correndo pelo vilarejo feliz que nem porco na lama. As crianças até que estão gostando. E você? Como está lá no chalé?

— Eu adoro. O casal de quem eu o comprei fez um trabalho de restauração imaculado.

— Fico surpreso por quererem vender, então.

— Divórcio — revelou Carol, sucintamente.

— Ah.

— Acho que estavam mais tristes com a perda do chalé do que com fim do casamento. Você e a Maggie terão que aparecer lá pra um almoço ou jantar.

— Se em algum momento você conseguir tempo pra fazer compras — disse Maggie com um tom sombrio, voltando com uma cafeteira grande.

— Ah, na pior das hipóteses peço ao Nelson pra caçar um coelho pra gente.

— Ele está gostando das oportunidades de assassinato que morar no campo oferece? — perguntou Maggie ironicamente.

— Acha que morreu e foi pro céu dos felinos. Você pode preferir a cidade grande, mas ele se transformou num menino da roça do dia pra noite.

Maggie serviu café para John e Carol, depois disse:

— Vou deixar vocês dois sozinhos, se não se importarem. Sei que estão doidos pra falar de trabalho e prometi à Karen que a buscaria depois do cinema em Seaford. A quantidade de café que tem aí dá pra deixar vocês dois acordados até de madrugada e, se a fome bater daqui a pouco, tem um cheesecake na geladeira. O Andy chega lá pelas dez, então é melhor se servirem antes disso. Juro que aquele menino tem lombrigas. Ou isso ou as pernas dele são ocas.

Ela se curvou sobre Brandon e lhe deu um beijinho carinhoso na bochecha.

— Divirtam-se.

Incapaz de se livrar da sensação de que caíra numa armadilha profissional, Carol deu um gole de café e aguardou. Quando a pergunta foi feita, ela estava longe de ser uma surpresa.

— Então, como está a adaptação aqui? — A voz dele era casual, mas os olhos, vigilantes.

— Óbvio que estão desconfiados de mim. Não só porque sou mulher, que, na escala evolutiva de East Yorkshire, está localizada em algum lugar entre um furão e um cão de corrida, mas também sou o dedo-duro do chefe de polícia. Me trouxeram da cidade grande pra colocar o pessoal pra ralar — comentou ironicamente.

— Tive receio de que ficasse desanimada com isso — revelou Brandon. — Mas você devia saber disso quando aceitou o trabalho.

Carol deu de ombros.

— Não foi surpresa. Só que tem acontecido menos do que eu esperava. Talvez estejam se comportando da melhor maneira que conseguem, mas acho que a equipe da Divisão Central do Departamento de Investigação Criminal de Seaford não é ruim. Por estarem enfurnados na área rural antes da reorganização, ninguém prestava muita atenção e ficaram um pouco preguiçosos, desleixados. Suspeito que um ou dois estão gastando mais do que ganham, mas não acho que haja uma corrupção sistemática enraizada ali.

Brandon afirmou com a cabeça, satisfeito. Confiar no julgamento de Carol Jordan tinha sido uma curva de aprendizado enorme para ele, que sabia instintivamente que ela era um dos oficiais superiores que ele devia convencer a se afastar de Bradfield. Com ela ditando os rumos em Seaford, a notícia correria pelas outras divisões e, consequentemente, a cultura do Departamento de Investigação Criminal se adaptaria. Tempo e certa quantidade de varadas que Brandon não tinha medo de dar.

— Alguma coisa nos relatórios está te dando problema?

Carol terminou o café, serviu outra xícara e ofereceu o bule a Brandon, que recusou abanando a cabeça.

— Tem uma coisa — disse ela. — Já que estamos conversando informalmente.

Brandon concordou.

— Bom, analisando os relatórios noturnos, parece existir uma enxurrada de incêndios sem explicação e de inquéritos de incêndios criminosos. Todos à noite e em dependências desocupadas como escolas, fábricas, cafés, depósitos. Nenhum deles muito grande se pensados isoladamente, mas, juntos, são muitos estragos. Formei uma equipe pra interrogar as vítimas de novo, ver se conseguimos encontrar alguma conexão... alguma coisa relacionada com aspectos financeiros ou com os seguros. Nada. Eu mesma fui falar com o comandante dos bombeiros local e ele me apresentou uma série de incidentes que tiveram início há mais ou menos quatro meses. Nenhum dos incêndios podia ser absoluta e categoricamente classificado como criminoso, mas, circunstancialmente, ele calcula que houve algo em torno de seis a doze possíveis incêndios intencionais por mês na área dele — informou Carol.

— Um incendiário em série? — indagou Brandon com tranquilidade.

— É difícil interpretar de outra maneira — concordou Carol.

— E o que exatamente você quer fazer?

— Pegá-lo — respondeu ela com um sorriso.

— Tá, o que mais? — riu Brandon. — Tem alguma coisa específica em mente? — continuou, em um tom moderado.

— Quero continuar trabalhando com a equipe que designei e quero traçar um perfil.

Brandon franziu as sobrancelhas.

— Quer trazer alguém pra cá?

— Não — negou Carol de imediato. — Não há evidências suficientes que justifiquem o custo. Acho que eu mesma consigo muito bem fazer isso.

Brandon olhou impassível para Carol e afirmou:

— Você não é psicóloga.

— Não, mas aprendi muito no ano passado trabalhando com o Tony Hill. E, desde então, tenho lido tudo que consigo encontrar sobre criação de perfis.

— Você deveria ter se candidatado para a Força-Tarefa Nacional — disse Brandon, mantendo os olhos fixos nela.

Carol sentiu a pele queimar. Esperava que o vinho e o café explicassem a intensificação de sua cor.

— Não acho que estejam procurando oficiais com a minha patente — justificou ela. — Com exceção do comandante Bishop, não têm ninguém com patente acima de sargento. Além disso, prefiro o trabalho de campo, conhecer as pessoas e o lugar.

— A previsão é de que estejam prontos para assumir os casos em algumas semanas — continuou Brandon implacavelmente. — Quem sabe não gostariam disso aí como exercício antes de começarem de verdade.

— Talvez gostem — concordou Carol. — Mas o caso ainda é meu e eu não gostaria de entregá-lo a outras pessoas.

— Certo — disse Brandon, satisfeito por Carol já ter desenvolvido uma possessividade tão feroz sobre o trabalho do distrito de East Yorkshire. — Mas me mantenha informado, sim?

— É claro — concordou Carol. A sensação de alívio que sentia, disse a si mesma, era inteiramente porque tinha a chance de cobrir a si mesma e a sua equipe de glória quando resolvessem o caso. No fundo, entretanto, sabia que estava mentindo.

Dormir no que o corretor imobiliário se referira como quarto de hóspedes do apartamento de Shaz era algo inimaginável para qualquer pessoa, particularmente para alguém que precisava ler algumas páginas antes de começar a piscar de sono. Embora a estante de livros na sala de estar contivesse uma mistura inócua de ficção moderna mediana, as prateleiras no quarto que Shaz considerava seu escritório tinham apenas horror hardcore, a maioria deles mascarada de manual. Havia alguns romances de patologistas de psicopatias e anatomistas da agonia, como Barbara Vine e Thomas Harris, mas a maioria era mais estranha e brutal do que qualquer ficção jamais se atreveu a ser. Se houvesse um curso profissionalizante para serial killers, a biblioteca dela seria a referência bibliográfica.

Nas prateleiras mais baixas ficavam itens que a deixavam ligeiramente constrangida — biografias baseadas em crimes reais de serial killers notórios de apelidos assustadores e relatos sensacionalistas de carreiras que roubaram a confiança e a vida de centenas de pessoas. Acima desses, ficavam as versões mais respeitáveis das mesmas vidas, primorosas interpretações que forneciam revelações cuidadosas e insights sociológicos, psicológicos e, às vezes, ilógicos.

Em seguida, no nível dos olhos de quem estivesse sentado à mesa de Shaz, na qual seus blocos de anotação e seu notebook ficavam, havia as histórias de batalhas dos veteranos da guerra contra serial killers. Como já haviam se passado vinte anos desde o início da criação de perfis criminais, os pioneiros começaram a se aposentar há poucos anos, todos determinados a complementar a aposentadoria com relatos descritivos das suas contribuições para a mais recente ciência acessível, contando seus notáveis sucessos e fazendo um breve comentário sobre os fracassos. Eram todos, até o momento, homens.

Acima dessas autobiografias ficavam as coisas sérias; livros com títulos do tipo *A psicopatologia do homicídio sexual*, *Análise de cena de crime* e *Estupro em série: um estudo clínico*. A prateleira de cima refletia as únicas indicações de que Shaz aspirava ser caçadora, e não caça. Era a sua seleção de livros de direito, incluindo alguns guias da Lei de Evidência Policial e Criminal. Uma coleção abrangente que ela não tinha acumulado nos meros meses desde que conquistara seu lugar na força-tarefa; vinha sendo construída há anos, e a ajudava a se preparar para o dia que estava convencida de que chegaria, aquele em que seria chamada para escrever seu próprio livro sobre um assassino notório. Se a familiaridade textual sozinha pegasse criminosos, ela teria o melhor histórico de prisões do país.

Ela implorara para não participar da ida às boates depois do restaurante indiano, apesar da bajulação dos outros três. Não que jamais tivesse sido frequentadora de boates. Nessa noite, seu quarto de hóspedes estava infinitamente mais tentador do que qualquer coisa que um DJ ou um bartender tinha a lhe oferecer. A verdade era que Shaz estivera inquieta a noite inteira, ansiosa para voltar ao seu computador e finalizar as comparações que começara a fazer em seu banco de dados. Há três dias, passava todo seu tempo livre trabalhando nos trinta esboços de casos que Tony lhe entregara. Afinal, aquela era a oportunidade de colocar em prática todas as teorias e artifícios do negócio que aprendera nas leituras. Lera os jornais do começo ao fim, não uma, mas três vezes. Não chegou perto do computador até ter certeza de que os tinha todos diferenciados na cabeça.

O banco de dados que Shaz usava já não representava o que havia de mais avançado no desenvolvimento de software quando ela o copiou de um aluno amigo seu, e, naquele momento, era um item que praticamente merecia ser exposto em um museu. Mas, embora não tivesse todos os acessórios e aplicativos, era mais do que capaz de executar aquilo de que ela precisava. Expunha o material de forma clara, permitia que ela criasse suas próprias categorias e critérios de classificação de informação e Shaz achava que o seu funcionamento estava sintonizado com os instintos e a lógica dela, portanto, era fácil de usar. Ela vinha inserindo dados desde bem cedo naquela manhã, tão concentrada no trabalho que não tirou os olhos da tela nem para preparar o almoço, e se virou com uma banana e meio pacote de biscoito integral, depois virou seu notebook de cabeça para baixo para tirar os farelos do teclado.

Novamente em frente à tela, livre da roupa formal e sem maquiagem, estava feliz. O cursor do mouse piscava à medida que os dedos apertavam os botões, reunindo menus que a interessavam muito mais do que qualquer coisa oferecida no restaurante. Classificou os supostos fugitivos por idade e imprimiu os resultados. Seguiu os mesmos passos na classificação por área geográfica, tipo físico, contato policial prévio, alterações na situação doméstica, experiência com bebida e drogas, contatos sexuais conhecidos e interesses. Não que os investigadores estivessem muito preocupados com os hobbies daquelas pessoas.

Shaz estudou minuciosamente as impressões, lendo-as uma a uma, depois as espalhou pela mesa para que fosse mais fácil comparar as anotações. Ao observar as listas impressas, a lenta queimação de entusiasmo começou na boca do estômago. Examinou-as uma vez mais, conferindo com as fotos nos arquivos para garantir que não inventara algo que não estava ali.

— Ah, que coisa linda —exclamou suavemente, deixando escapar um longo suspiro.

Fechou os olhos e respirou fundo. Quando olhou novamente, tudo continuava claro. Um grupo de sete meninas. Primeiro, as similaridades positivas. Todas tinham cabelo escuro com corte chanel e olhos azuis. Quatorze ou quinze anos, entre um metro e cinquenta e oito e um metro e sessenta e três de altura. Moravam com um ou os dois pais. Em todos os casos, amigos e familiares disseram à polícia que ficaram perplexos com o desaparecimento da menina, pois estavam convencidos de que não tinham nenhuma razão para fugir. Em todas as ocorrências as meninas não levaram nada, apesar de que, em todos os casos, pelo menos uma muda de roupas sumira com elas, principal razão pela qual a polícia não considerou seriamente que tivessem sido vítimas de sequestro ou assassinato. Reforçava a ideia o horário dos desaparecimentos: a menina saíra para a escola como de costume, mas nunca chegara lá. Todas deram falsas explicações sobre onde passariam a noite. E, apesar disso não poder ser quantificado de uma maneira que o computador pudesse digerir, todas tinham o mesmo estilo: uma sensualidade insinuante, uma qualidade natural na maneira como se entregavam à câmera que indicava que tinham deixado para trás a inocência da infância. Eram sensuais, soubessem disso ou não.

Em seguida, as similaridades negativas. Nenhuma delas havia sido presa ou teve problemas com a polícia. Alguns amigos admitiram que bebiam de vez em quando, talvez até um baseado ocasional, anfetamina ou haxixe. Mas nenhum uso significativo de drogas. Em nenhum dos sete casos havia qualquer sinal de que estivessem envolvidas com prostituição ou fossem vítimas de abuso sexual.

Havia problemas com o grupo, claro. Três tinham namorado, quatro, não. As localizações geográficas eram distintas — Sunderland era o ponto mais ao norte, Exmouth, o mais ao sul. Entre eles estavam Swindon, Grantham, Tamworth, Wigan e Halifax. Os relatórios também abrangiam um período de seis anos. Os intervalos entre os desaparecimentos não eram regulares nem pareciam diminuir à medida que o tempo passava, o que Shaz esperaria que acontecesse caso estivesse realmente lidando com um serial killer. Por outro lado, era possível haver meninas das quais ela ainda não tinha conhecimento.

Quando Shaz acordou de manhã cedo naquele domingo, tentou voltar a dormir. Sabia que só havia uma coisa que poderia fazer para avançar na busca por conexões entre o grupo teórico de vítimas e essa única tarefa não podia ser apressada. Quando fora para cama por volta da meia-noite, prometera a si mesma que a executaria com um telefonema na hora do almoço. Mas, deitada completamente desperta e com a cabeça a mil às quinze para as sete, soube que não conseguiria esperar tanto.

Irritada pela inabilidade em fazer progresso a não ser pelas mãos de outra pessoa, desfez-se das cobertas. Meia-hora depois acelerava pela subida onde a rodovia M1 começava.

Tomar banho, vestir-se e engolir um café com o noticiário do rádio de trilha sonora ajudou a manter os pensamentos distantes. Agora que as três faixas pretas se estendiam à sua frente, ela não conseguia se esconder atrás da distração. Somente a voz do locutor do rádio não era suficiente para isso. Nem mesmo as palavras de sabedoria de Tony Hill conseguiam contê-la nesse dia. Impacientemente, enfiou uma fita de árias operísticas no som e desistiu da tentativa de concentração. Durante as duas horas e meia seguintes, não tinha nada para fazer a não ser ficar repassando memórias na cabeça, como filmes antigos em um domingo chuvoso.

Era quase dez horas quando desceu com o carro pela rampa que levava ao estacionamento do subsolo no complexo Barbican. Ficou satisfeita pelo atendente do estacionamento ter se lembrado nitidamente dela, como tinha desejado, embora parecesse surpreso em ver o rosto com um sorriso incerto na porta do seu escritório.

— Oi, sumida — disse ele de maneira carinhosa. — Tem tempo que você não aparece por aqui.

— Mudei pra Leeds — comentou ela, tomando cuidado para não dar nenhuma pista sobre o quanto sua mudança era recente.

Já havia passado dezoito meses desde a última vez que estivera ali, e as razões para isso diziam respeito somente a ela.

— Chris não falou que você vinha — informou o atendente do estacionamento, levantando-se da sua cadeira e caminhando em direção a ela. Shaz se afastou da cabine e desceu os degraus com ele seguindo-a.

— Foi tudo meio que de última hora — disse ela de maneira evasiva enquanto abria a porta do carro.

Parecia que a resposta satisfez o atendente.

— Vai passar a noite? — perguntou ele, apertando os olhos à procura de uma vaga boa.

— Não, não estou planejando ficar muito tempo — respondeu com firmeza, ligando o carro e andando vagarosamente pelos corredores de veículos, seguindo o atendente e estacionando na vaga que ele indicou.

— Vou te deixar lá no bloco — disse ele quando ela se aproximou. — Então, como é lá no norte gelado?

Shaz sorriu.

— O futebol é melhor. — Foi tudo o que disse enquanto ele puxava a gigantesca porta de vidro e metal e fazia um movimento de braço para que ela entrasse. Além disso, não sou um terrorista que não está mais na ativa, pensou ela enquanto esperava pelo elevador.

No terceiro andar, parou no meio do corredor acarpetado. Respirou fundo e apertou a campainha. No silêncio que se seguiu, soltou o ar pelas narinas lenta e uniformemente, tentando conter o nervosismo que estava transformando seu estômago em uma jacuzzi. Quando tinha quase perdido a esperança, escutou os sussurros dos passos. Depois a porta pesada abriu alguns centímetros.

Cabelo castanho desgrenhado, turvos olhos igualmente castanhos com manchas escuras embaixo deles e rugas profundas entre um e outro, nariz arrebitado e um bocejo meio reprimido atrás de uma mão quadrada com dedos grossos e unhas bem-cuidadas apareceram na greta da porta.

Dessa vez, o estreito sorriso de Shaz se esticou até seus olhos. Um arroubo de calor derreteu Chris Devine, e não pela primeira vez. A mão caiu da boca, mas os lábios continuaram separados. A primeira coisa que sentiu foi perplexidade, depois alegria, depois consternação.

— Alguma chance de tomar um café? — perguntou Shaz.

Chris deu um passo para trás de maneira hesitante e abriu mais a porta.

— É melhor você entrar — disse ela.

Capítulo 4

Nada que valha a pena ter vem fácil. Dizia isso a si mesmo em intervalos regulares durante os dois dias de suplício, embora essa fosse uma lição que provavelmente nunca esqueceria. Sua infância fora cicatrizada por disciplina opressora, e toda rebeldia e frivolidade, reprimida pela força. Aprendera a não mostrar as correntes que se moviam abaixo da superfície, a manter o semblante afável e agradável diante de qualquer adversidade que as pessoas jogassem na sua cara. Outros homens poderiam ter revelado alguns sinais da excitação que borbulhava e redemoinhava por dentro toda vez que pensava em Donna Doyle, mas ele, não. Era muito versado em dissimulação. Ninguém jamais notou que sua mente se estendia por territórios diferentes, descolada de seus arredores, levando-o a um local completamente distinto. Era uma peculiaridade que no passado o salvara de dor; agora, o mantinha a salvo.

Em sua cabeça, estava com ela, imaginava se Donna cumpria sua promessa, fantasiava a empolgação queimando por suas veias. Pensava na menina como um ser modificado, carregado com a arma secreta do conhecimento, convencido de que possuía o poder de todos os astrólogos de tabloide porque tinha certeza que sabia o que o futuro guardava.

É claro que a visão dela podia não ser a mesma da dele, tinha consciência disso. Teria sido difícil imaginar duas fantasias mais díspares, tão distantes no continuum que poderia não existir sequer um fator de união entre elas. Com exceção do orgasmo.

Imaginá-la imaginando um futuro falso tinha seu próprio *frisson* de prazer, que coabitava e alternava com uma parte de medo de que ela não mantivesse sua palavra, de que, enquanto ele jogava jogos de computador com os sofridos habitantes da ala de câncer infantil, Donna estivesse em um canto do vestiário da escola revelando seu segredo para a melhor amiga. Era a aposta que ele fazia toda vez. E, toda vez, calculara o arremesso dos dados perfeitamente. Nenhuma vez alguém o procurara. Quer dizer, não no sentido investigativo. Houve uma vez que os pais atormentados de uma adolescente pediram para aparecer na TV porque, para onde quer que ela tivesse ido, a filha jamais perderia sua dose semanal de *Vance Visita*. Doce ironia, tão deliciosa que ele se excitara por meses só de pensar naquilo. Não podia lhes contar que a única maneira de conversarem com a filha novamente era através de um médium, podia?

Durante duas noites seguidas, dormiu cedo e acordou de madrugada enrolado em lençóis úmidos, com o pulso acelerado e os olhos arregalados. Qualquer que tenha sido o sonho, roubou dele o sono, deixando-o a vagar pelo espaço confinado do seu quarto de hotel, alternando exultação e preocupação.

Mas nada durava para sempre. A noite de quinta-feira o encontrou no seu refúgio em Northumberland. A apenas quinze minutos do centro da cidade, ele era, contudo, tão isolado quanto um sítio em Highland. Antes uma pequenina capela metodista que nunca deve ter recebido mais do que duas dezenas de pessoas, foi comprada quando reduzida a quatro paredes espessas e um telhado caindo aos pedaços. Uma equipe de pedreiros locais ficou feliz por receber o dinheiro vivo para reformá-la de acordo com orientações bem específicas e sem nunca duvidar das razões pelas quais lhe eram pedidas tais características.

Saboreou os preparativos para a visitante. Os lençóis estavam limpos, as roupas, dispostas. O telefone estava desligado, a secretária eletrônica, com o volume baixo, o fax confinado em uma gaveta. As fibras óticas podiam zumbir chamando-o a noite inteira que ele não as ouviria até a manhã. A mesa estava coberta com linho tão branco que parecia brilhar no escuro. Sobre ele, cristal, prata e porcelana estavam arranjados de maneira tradicional. Botões de rosa vermelhos em um vaso de cristal trabalhado, velas em prataria georgiana simples. Donna ficaria fascinada. É claro que não se daria conta de que aquela seria a última vez que usaria talheres.

Deu uma olhada ao redor, conferiu se estava tudo como deveria. As correntes e tiras de couro estavam fora de vista, a mordaça de seda, escondida, e a bancada de carpintaria, livre de ferramentas, exceto pelo torno, permanentemente montado. Ele mesmo tinha desenvolvido a bancada de trabalho, todas as ferramentas dispostas em um pedaço de madeira maciça como a aba dobrável de uma mesa acoplada à ponta da bancada a noventa graus da superfície de trabalho.

Uma última olhada no relógio. Hora de ir de Land Rover pela trilha esburacada do campo até a vazia estrada B que o levaria a Five Walls Halt e sua isolada estação de trem. Acendeu as velas e sorriu sentindo um prazer absoluto, confiante de que ela tinha mantido tanto a fé quanto o silêncio.

"Gostaria de entrar no meu salão?" disse a aranha para a mosca.

Capítulo 5

As preces de Tim Coughlan tinham finalmente sido ouvidas. Ele encontrou o lugar perfeito. O cais de carga era um pouco menos amplo do que a fábrica propriamente dita, deixando um intervalo de aproximadamente dois metros quadrados em uma ponta. À primeira vista, parecia que a alcova estava bloqueada por caixas de papelão achatadas e empilhadas. Se alguém tivesse se dado ao trabalho de olhar um pouco mais de perto, teria notado que as caixas não estavam organizadas de maneira muito compacta. Com um pouquinho de esforço, não seria difícil se espremer por entre elas. Qualquer um disposto a investigar um pouco mais teria encontrado o quartinho de Tim Coughlan, onde havia um saco de dormir ensebado e manchado e duas sacolas de compras. A primeira continha uma camisa limpa, um par de meias e cuecas limpas. A outra tinha uma camisa suja, um par de meias sujas, uma cueca suja e uma calça de veludo que provavelmente fora marrom-escuro, mas que agora tinha a cor de aves marinhas depois de ficarem presas em manchas de óleo.

Tim estava relaxado em um canto do seu espaço, com o saco de dormir embolado fazendo uma almofada debaixo das suas nádegas ossudas. Comia batata com molho de curry em um recipiente de isopor e tinha uma boa quantidade de cidra em uma garrafa de um litro para acompanhar e fazê-lo dormir. Precisava de alguma coisa nas noites frias para carregá-lo até o esquecimento.

Foram muitos meses de vida difícil na rua antes de emergir do outro lado do nevoeiro de heroína que roubara sua vida. A decadência fora tanta que nem mesmo a droga estava ao alcance dele, o que, ironicamente, o salvara.

Trêmulo comendo peru em um abrigo de caridade natalino, finalmente superou a crise. Começara a vender o *Big Issue* nas esquinas. Conseguira juntar dinheiro para comprar roupas em lojas de caridade que faziam com que tivesse uma aparência mais de pobre do que de sem-teto desesperançado e arranjara um emprego nas docas. Era informal, recebia em dinheiro, a mais obscura das contratações ilegais. Mas era um começo. Foi então que encontrou seu lugar no cais de carga de uma fábrica muito apertada de grana para poder contratar um vigia noturno.

Desde então, conseguira guardar quase trezentos dólares na sua conta na building society, provavelmente a única conexão existente com sua vida passada. Em breve, teria o suficiente para o pagamento da garantia e de um mês de aluguel em um lugar decente para morar e o suficiente para se alimentar, embora seu seguro-desemprego estivesse demorando para ser aprovado.

Tim chegara ao fundo do poço e quase se afogou. Não demoraria muito, estava convencido, para que conseguisse nadar de volta até a luz do dia. Amassou o recipiente de batatas e o jogou em um canto. Depois abriu a garrafa de cidra e derramou o conteúdo garganta abaixo em uma longa série de rápidas goladas. A ideia de saboreá-la nunca lhe ocorria. Não havia razão para isso.

Oportunidades raramente batiam à porta de Jacko Vance. Na maioria das vezes, ele as agarrava pelo pescoço e as arrastava aos chutes e berros até o centro do palco. Percebera quando ainda era criança que a única maneira de algum dia dar sorte seria dando um jeito de ele mesmo criá-la. Sua mãe, afligida por uma depressão pós-parto que o tornara repugnante para ela, o ignorara o máximo possível. Ela não fora verdadeiramente cruel, apenas ausente em todos os sentidos. O pai era quem lhe dedicava atenção, geralmente de maneira negativa.

Não estava na escola há muito tempo quando a bela criança com seu cabelo louro desleixado, suas bochechas côncavos e seus enormes olhos desconcertados tomou consciência de que havia um motivo para sonhar, que era possível fazer com que as coisas acontecessem. Aquela aparência de garotinho perdido funcionava com alguns professores como um maçarico no gelo. Não demorou muito para que percebesse que podia manipulá-los e transformá-los em comparsas no seu jogo de poder particular. Nada disso apagava o que acontecia em casa, mas deu a ele uma arena onde começou a conhecer o prazer do poder.

Embora tirasse proveito da sua aparência, Jacko nunca contava apenas com o seu charme. Era como se tivesse uma compreensão interna de que haveria aqueles que demandariam um armamento diferente para que sucumbissem. Trabalhar para impressionar não era uma dificuldade desde quando inculcara dentro de si a ética do trabalho quando compreendera as mensagens dos discursos. O campo dos esportes era o lugar ideal para focar, já que possuía certo talento natural e ele oferecia uma arena mais ampla para brilhar do que o estreito palco da sala de aula. Também era uma área em que o esforço recompensava de maneira visível e espetacular.

Inevitavelmente, os elementos do seu comportamento que o valorizavam frente àqueles que detinham o poder afastou seus contemporâneos. Ninguém gostava do queridinho do professor. Ele lutou as lutas obrigatórias, ganhou algumas e perdeu poucas. As que perdeu, nunca esqueceu. Às vezes levava anos, mas sempre encontrava maneiras de executar algum tipo de vingança satisfatória. Quase nunca a vítima da sua vingança sabia que Jacko estava por trás da sua humilhação suprema, apenas algumas raras vezes.

Todo mundo no bairro pobre onde cresceu se lembra de como ele dera o troco em Danny Boy Ferguson. Danny Boy fora a maldição da vida de Jacko dos 10 aos 12 anos de idade e o atormentava sem dó. Por fim, quando Jacko partira para cima dele num ataque de raiva, Danny Boy o derrubou e o prensou no chão com uma mão levantada ostentosamente sobre sua cabeça. O nariz quebrado de Jacko foi curado e voltou ao normal, mas sua fúria obscura queimava por trás do charme que os adultos viam.

Quando Jacko venceu seu primeiro campeonato britânico júnior, da noite para o dia se transformou no herói do seu bairro pobre. Ninguém dali jamais tivera a foto estampada nos jornais de circulação nacional, nem mesmo Liam Gascoigne quando jogou um bloco de concreto em Gladstone Sanders do décimo andar. Não foi difícil persuadir a namorada de Danny Boy, Kimberley, a ir com ele para a cidade numa noite. Levou-a para jantar e beber vinho durante uma semana, depois a dispensou. Em uma noite de domingo, quando Danny começava a mandar a sua quinta cerveja, Jacko passou cinquenta pratas para o proprietário do pub para que ele tocasse no sistema de som a fita que continha uma gravação que secretamente fizera de Kimberley lhe contando, nos mínimos detalhes, como Danny Boy fodia mal pra cacete.

Quando Micky Morgan começara a visitá-lo no hospital, ele reconhecera que seus espíritos eram afins. Não estava certo sobre o que ela queria, mas tinha uma sensação forte de que Morgan queria alguma coisa. No dia em que Jillie terminou com ele e Micky se ofereceu para ajudar, teve certeza. Cinco minutos depois que ela saiu da ala, Jacko contratou um detetive particular. O sujeito era bom; as respostas chegaram antes mesmo do que ele esperava. Quando viu a obra dela nas manchetes que berravam em todos os tabloides, entendeu os motivos de Micky e soube qual seria a melhor forma de usá-la.

JACK BACANA ABANDONA O AMOR! O HERÓI DE CORAÇÃO PARTIDO! O SOFRIMENTO AMOROSO DE JACK BACANA!

Ele sorriu e continuou lendo.

O mais corajoso dos homens britânicos revelou que está fazendo o maior de todos os sacrifícios.

Dias após perder o seu sonho olímpico ao salvar a vida de duas crianças, Jacko Vance terminou o noivado com seu amor de infância, Jillie Woodrow.

O inconsolável Jacko, falando da cama do hospital onde se recupera da amputação do braço que usava para lançar dardos, disse: "Estou libertando-a. Não sou mais o homem com quem ela aceitou se casar. Não é justo querer que ela continue como antes. Não posso oferecer a vida que esperávamos ter, e a coisa mais importante pra mim é a felicidade de Jillie. Sei que ela está chateada agora, mas, em longo prazo, vai acabar se dando conta de que estou fazendo a coisa certa."

Dessa maneira, Jillie jamais poderia negar a versão dele sem parecer uma total babaca.

Jacko aguardou o momento mais propício levando adiante a encenação da amizade que ela oferecia. Então, quando considerou que era a hora certa, atacou como uma cascavel.

— Ok, mas e então, quando vou ter que pagar a minha dívida?

— Pagar a sua dívida? — repetiu ela, intrigada.

— A história do meu sacrifício de amor — esclareceu ele, ornamentando suas palavras com uma pesada ironia. — Não falam que esse tipo de notícia só desperta interesse durante nove dias?

— Falam, sim — respondeu Micky sem parar de arrumar as flores que trouxera no vaso alto que conseguiu com a enfermeira usando seu charme.

— Bom, hoje completam dez dias desde que a imprensa soltou a notícia. Jacko e Jillie oficialmente já não são mais manchete. Estava imaginando em qual conta teria que depositar o que devo. — A voz era suave, mas observar dentro dos olhos dele era o mesmo que encarar a poça congelada de um pântano.

Micky abanou a cabeça e se acomodou na ponta da cama com o rosto sereno. Mas Jacko sabia que a cabeça dela estava a mil, calculando a melhor maneira de lidar com ele.

— Não sei o que você está querendo dizer — esquivou-se.

O sorriso de Jacko era cheio de condescendência.

— Qual é, Micky? Não nasci ontem. No mundo em que trabalha, você tem que ser uma leoa. Não se fazem favores no seu círculo sem a total compreensão de que o dia do pagamento chegar.

Ele viu que ela estava pensando em mentir e que rejeitou a ideia; esperou enquanto ela considerava a verdade e também a rejeitava.

— Vou me contentar com o que já tenho no banco — tentou ela.

— Se é assim que quer jogar, tudo bem — disse ele, indiferente. Sua mão esquerda serpenteou até o pulso dela e o agarrou. — Mas achei que você e sua namorada estivessem com um problema bem desesperador neste exato momento.

A mão grande de Jacko rodeou o pulso dela. Os músculos esculpidos do seu antebraço sobressaíram e ficaram salientes, uma terrível lembrança do que havia perdido. Não apertava a carne com força, mas ela sentia que era inquebrável como uma algema. Micky levantou a cabeça, desviando o olhar do seu pulso e observou o rosto implacável de Jacko, encontrou um momentâneo ninho de medo enquanto ela imaginava o que havia debaixo dos seus impenetráveis olhos. Ele relaxou o rosto em um leve sorriso e o instante passou. Jacko se viu refletido nos olhos dela, que agora não demonstravam nenhum traço de ameaça.

— Que coisa estranha de se dizer — falou ela.

— Não são só jornalistas que têm contatos — desdenhou Jacko. — Quando você começou a se interessar por mim, retribuí a cortesia. O nome dela é Betsy Thorne, vocês estão juntas há mais de um ano. Ela finge ser só sua assistente pessoal, mas também é sua amante. No Natal, você deu um relógio Bulova de presente pra ela, que comprou em uma joalheria da Bond Street. Dois fins de semana atrás você passou uma noite com ela num quarto de casal em uma pousada no interior, perto de Oxford. Você manda flores pra ela todo dia 23 de cada mês. Posso continuar.

— Circunstancial — disse Micky. Sua voz estava fria, todavia a pele debaixo da mão dele parecia um anel de carne em chamas. — E não é da sua conta.

— Não é da conta dos tabloides também, é? Mas eles estão cavando, Micky. É questão de tempo. Você sabe disso.

— Eles não têm como descobrir uma coisa que não está ali para ser descoberta — disse Micky, vestida em obstinação como se fosse um blazer feito sob medida.

— Vão descobrir — prometeu Jacko. — E é aí que posso ajudar.

— Suponhamos que eu precise de ajuda... que forma ela teria?

Ele soltou o pulso dela. Em vez de puxar o braço e esfregá-lo, Micky o manteve onde ele o deixou.

— Dizem os economistas que a boa moeda tende a expulsar do mercado a má moeda. É assim com o jornalismo também. Você devia saber disso. Dê a eles uma história melhor e eles vão abandonar a investigaçãozinha sórdida na qual estão trabalhando.

— Não concordo com isso. O que tem mente?

— O que me diz de "Romance hospitalar entre o herói Jacko e jornalista de TV"?

Ele levantou uma das sobrancelhas. Micky se perguntou se ele havia praticado o gesto em frente ao espelho na adolescência.

— O que você ganha com isso? — perguntou ela, depois de um momento em que ficaram se olhando de maneira avaliativa, como se medissem a congruência romântica.

— Paz e tranquilidade — respondeu Jacko. — Você não tem ideia da quantidade de mulheres lá fora que querem me salvar.

— Talvez uma delas seja a mulher certa.

O som da gargalhada que Jacko deu era seco e amargo.

— É o princípio de Groucho Marx, não é? Não querer ser membro de um clube que não me quer nele. Uma mulher que é suficiente demente para pensar que a) eu preciso ser salvo e b) que ela é a pessoa para o serviço é, por definição, a pior mulher do mundo pra mim. Não, Micky, preciso de camuflagem. Aí, quando eu sair daqui, o que não deve demorar pra acontecer, vou seguir a minha vida sem que toda gostosinha descerebrada do Reino Unido ache que sou a chance dela de ficar famosa. Não quero alguém que sinta pena de mim. Até alguém que eu escolha apareça, posso usar o equivalente erógeno de um colete a prova de balas. O trabalho te agrada?

Agora era a vez de Jacko adivinhar o que realmente estava acontecendo atrás dos olhos dela. Micky tinha recuperado o controle de si mesma, mantinha o ar de afável interesse, o que mais tarde a colocaria em uma boa posição no ranking de entrevistadora favorita das pessoas do Reino Unido que ficam encarceradas em casa.

— Não passo roupa. — Foi tudo o que ela disse.

— Sempre me perguntei o que um assistente pessoal faz? — comentou Jacko com um sorriso tão sarcástico quanto seu tom.

— É melhor você não deixar a Betsy escutar isso.

— Fechado?

Jacko cobriu a mão dela com a sua.

— Fechado — concordou ela, virando a mão para cima e entrelaçando os dedos nos dele.

O mau cheiro acertou Carol assim que ela abriu a porta do seu carro. Não havia nada tão repugnante quanto churrasco de carne humana e, uma vez sentido o cheiro, nunca mais podia ser apagado da memória. Tentando não deixar muito óbvia a ânsia de vômito, percorreu a pequena distância até onde Jim Pendlebury parecia estar improvisando uma entrevista coletiva debaixo do arco de luzes portáteis do corpo de bombeiros. Ela vira os jornalistas assim que seu motorista virara para entrar no estacionamento e pedira para ser deixada ali perto, bem longe da tropa de carros de bombeiros que ainda jogavam água em um depósito com o fogo quase apagado. Bem acima dos seus colegas, um homem em uma plataforma elevatória lançava um elevado arco de água sobre a cabeça deles e atingia os restos descascados do telhado. Perambulando desordenadamente atrás do corpo de bombeiros havia meia dúzia de policiais. Um ou outro observaram a chegada de Carol sem muito interesse e logo se viraram para verem melhor o restante do incêndio.

Carol não se aproximou enquanto Pendlebury dava respostas curtas e evasivas para o bem do rádio e da imprensa local. Assim que perceberam que não conseguiriam tirar muita coisa do comandante dos bombeiros, eles se dispersaram. Se algum deles tivesse prestado atenção na loura de casaco impermeável, provavelmente teriam concluído que era outro repórter. Até então Carol era reconhecida apenas pelos repórteres criminais e era cedo demais para que aquilo tivesse sido promovido de manchete de jornal para história de crime. Assim que os repórteres do turno da noite avisassem que o incêndio na fábrica não era apenas fatal, mas que também havia a suspeita de que era criminoso, os chacais que cobriam a área criminal ganhariam de bandeja suas tarefas matinais. Um ou outro poderia até mesmo ser arrancado da cama sem cerimônia, assim como ela fora.

Pendlebury cumprimentou Carol com um sorriso largo e comentou:

— O cheiro do Inferno.

— Sem dúvida.

— Obrigado por vir.

— Obrigada por me dar o toque. De outra forma eu não teria ficado sabendo de nada até chegar ao trabalho amanhã de manhã e ler os relatórios do turno da noite. Aí teria perdido os deleites proporcionados por uma cena de crime fresquinha — comentou, sarcasticamente.

— Bom, depois da nossa conversinha de outro dia, eu sabia que isto aqui ia ser um prato cheio pra você.

— Acha que é o nosso incendiário em série?

— Eu não ia ligar pra você às três e meia da manhã se não tivesse certeza disso — justificou ele.

— Então, o que temos?

— Quer dar uma olhada?

— Só um minutinho. Primeiro, queria que me fizesse um relato verbal enquanto ainda consigo me concentrar naquilo que você diz em vez de no que o meu estômago está fazendo.

Pendlebury ficou um pouquinho surpreso, como se esperasse que ela tolerasse mais aqueles horrores todos.

— Está certo — disse ele, meio desconcertado. — Recebemos a ligação logo depois das duas, de uma das suas radiopatrulhas, na verdade. Estavam fazendo ronda e viram o fogo. Chegamos com duas viaturas aqui sete minutos depois, mas o lugar já estava em chamas. Outros três caminhões chegaram aqui dentro de meia-hora, mas não havia a menor possibilidade de salvarmos o prédio.

— E o corpo?

— Assim que diminuíram o fogo nesta parte do depósito, o que levou mais ou menos meia-hora, os bombeiros perceberam o cheiro. Foi quando me ligaram. Fico permanentemente de plantão para todos os incêndios fatais. Os seus rapazes ligaram para o Departamento de Investigação Criminal e eu liguei pra você.

— E onde está o corpo?

Pendlebury apontou para um lado do prédio.

— De acordo com o que sabemos até agora, estava no canto do cais de carga. Parece que tinha um tipo de alcova em uma ponta. Se prestarmos atenção nas cinzas, dá pra ver que provavelmente havia um monte de papelão amontoado em frente a ela. Não conseguimos entrar lá, ainda está muito quente e há um risco muito grande das paredes desmoronarem, mas, de acordo com o que a gente pode ver e com o cheiro, eu diria que o corpo está atrás ou debaixo de toda aquela cinza molhada na parte de trás daquela alcova.

— Você não tem dúvida de que há um corpo lá dentro? — Carol estava enrolando, e sabia disso.

— Só existe uma coisa que tem cheiro de humano assado e é humano assado — disse Pendlebury sem meias palavras. — Além disso, praticamente dá pra ver o contorno do corpo. Chega aqui, vou te mostrar.

Alguns minutos depois, Carol estava de pé ao lado de Pendlebury a uma distância da ruína esfumaçada que ele alegou ser segura. Ela sentia um calor desconfortável, mas aprendera a confiar na expertise dos outros durante o seu período na força. Recuar teria sido desrespeitoso. Quando ele apontou para os contornos da forma enegrecida que o fogo e a água deixaram na ponta do cais de carga, foi impossível para ela não chegar à mesma conclusão que o comandante dos bombeiros.

— Quando o pessoal da cena do crime vai poder começar a trabalhar? perguntou ela com um tom aborrecido.

Ele fez uma careta e respondeu:

— Hoje de manhã, só que mais tarde.

— Vou providenciar para que a equipe esteja pronta. — Ela se virou. — Era exatamente isto que eu não queria que acontecesse — disse, meio que para si mesma.

— Era quase certo que ia acontecer mais cedo ou mais tarde. Lei das médias — afirmou Pendlebury levianamente, acompanhando o passo dela, que a levava de volta para o carro.

— Devíamos ter acabado com esse negócio de incendiário há muito tempo — afirmou Carol, procurando furiosamente um lenço no bolso para limpar a cinza molhada dos seus tênis. — O trabalho policial está muito desleixado. A gente já devia ter pegado esse cara. É culpa nossa ele ainda estar solto pra matar pessoas.

— Você não está sendo justa com você mesma — protestou Pendlebury. — Está aqui há cinco minutos e sacou o negócio de cara. Não deve se culpar.

Carol parou de tentar limpar, olhou para cima e, com a cara fechada, falou com raiva:

— Não estou me culpando, mas quem sabe a gente podia ter se esforçado um pouquinho mais no caso. O que estou falando é que em algum momento a polícia desta área desapontou as pessoas que ela devia servir. E talvez você devesse ter sido um pouco mais contundente ao tentar convencer o meu predecessor de que achava que era coisa de incendiário.

Pendlebury estava em choque. Não conseguia se lembrar da última vez em que fora criticado cara a cara por um membro de outro serviço de emergência.

— Acho que você está um pouquinho fora de si, inspetora-chefe — disse, soando pomposo por causa da indignação.

— Lamento muito você se sentir assim — disse Carol rispidamente, levantando-se e endireitando os ombros. — Mas se vamos ter um relacionamento de trabalho produtivo, não há motivo pra cordialidade em prejuízo da honestidade. Espero que você me informe quando achar que não estivermos fazendo a nossa parte. Não quero brigar com você por causa disso. Quero pegar esse cara. Mas não vamos fazer progresso nenhum se ficarmos aqui parados falando que não é nossa culpa que um pobre coitado morreu lá dentro.

Por um momento, eles se encararam; Pendlebury indeciso sobre como lidar com a feroz determinação dela. Por fim abriu as mãos num gesto conciliatório.

— Desculpa. Você está certa. Eu não deveria ter aceitado não como resposta.

Carol sorriu e estendeu a mão.

— Vamos os dois tentar fazer a coisa certa de agora em diante, ok?

Eles apertaram as mãos.

— Fechado — disse ele. — Falo com você mais tarde, quando a equipe da perícia estiver mandando ver aqui.

Enquanto dirigia, Carol só pensava em uma coisa. Havia um incendiário em série que se transformara em assassino. Pegá-lo era a única coisa a fazer. Assim que a equipe da perícia tivesse algo positivo para lhe dizer, ela pretendia esboçar um perfil. No momento em que o inquérito fosse aberto, queria ter um suspeito sob custódia. Se John Brandon achava que ela era determinada quando trabalharam juntos em Bradford, podia se preparar para uma surpresa. Carol Jordan estava ali para provar muitas questões para muitas pessoas. E, caso se sentisse desencorajada durante sua trajetória, o fedor grudado nas suas narinas seria impetuoso o bastante para fazer com que voltasse a se movimentar.

Shaz se virou e olhou para o relógio. Vinte para as sete. Apenas dez minutos desde que o olhara pela última vez. Não conseguiria dormir novamente, não naquele momento. Para ser honesta, pensou enquanto saía da cama e ia ao banheiro, provavelmente não dormiria direito até que Chris tivesse cumprido sua promessa.

Pedir o favor fora menos esquisito do que imaginara, Shaz refletia ao se inclinar para abrir as torneiras da banheira. Parecia que o tempo tinha aplainado as arestas da relação dela com a sargento Devine e elas estavam de volta ao ponto em que estiveram antes dos mal-entendidos e das propostas equivocadas que as desgastaram e se transformaram em fissuras dolorosas.

Desde o início da carreira de Shaz na Polícia Metropolitana de Londres, Chris Devine representava tudo aquilo a que Shaz aspirava. Havia apenas duas mulheres no Departamento de Investigação Criminal na unidade em que ela estava alocada, e Chris era a que possuía a patente mais alta. Era óbvio o motivo. Era uma policial com um dos melhores índices de prisões da divisão. Era firme como uma rocha nos momentos de crise, trabalhava muito, era imaginativa e incorruptível, e também demonstrava ter a cabeça no lugar e senso de humor. Mais importante ainda, conseguia participar do grupo sem nunca deixar que se esquecessem de que era mulher.

Shaz a estudara como um espécime sob o microscópio. Onde Chris estava, ela queria estar, e desejava aquele mesmo respeito. Já tinha visto muitas policiais mulheres serem dispensadas ao serem consideradas vagabundas, e estava determinada a nunca deixar que isso acontecesse consigo.

Sabia que, como policial novata, era um pontinho insignificante em algum lugar da visão periférica de Chris, mas, por alguma razão, ela penetrava na consciência daquela mulher mais velha e, depois de um tempo, sempre que coincidia de estarem na delegacia recebendo instruções, podiam invariavelmente ser encontradas em um canto da cantina bebendo um chá brutalmente forte e falando de trabalho. No dia em que Shaz pôde se candidatar ao cargo de assistente do Departamento de Investigação Criminal, a sargento indicou o nome dela. A recomendação de Chris foi o suficiente para que conseguisse o cargo e, algumas semanas depois, Shaz já fazia sua primeira ronda noturna com Chris. Demorou um pouco mais para perceber que Chris era lésbica, e que estava supondo que aquela perseguição era mais sexual do que profissional. A noite em que a sargento a beijara fora o pior momento da sua carreira.

Por um instante, quase deixou que aquilo continuasse, tão profunda era a sua ambição. Então a realidade a cutucou. Shaz podia não ter sido muito boa em estabelecer relacionamentos, mas sabia o suficiente sobre si mesma para ter certeza de que definitivamente não era com as mulheres, mas com os homens que se conectava. Fugiu do abraço de Chris com mais vigor do que de uma espingarda de cano serrado. O momento logo em seguida era algo que nem Shaz nem Chris conseguiam lembrar sem uma desconfortável mistura de emoções: humilhação, constrangimento, raiva e traição. A opção sensata provavelmente teria sido uma delas pedir transferência, mas Chris não estava preparada para abandonar a área que conhecia como a palma da sua mão, e Shaz era teimosa demais para desistir da sua primeira grande chance de conseguir um cargo permanente no Departamento de Investigação Criminal.

Então estabeleceram um desconfortável armistício que permitia que ficassem na mesma equipe. Entretanto, sempre que conseguiam evitar fazer o turno juntas, evitavam. Seis meses antes de Shaz se mudar para Leeds, Chris fora promovida e transferida para a New Scotland Yard. Desde então não se falaram, até Shaz chegar à porta de Chris para lhe pedir um favor.

Shaz misturou frutas picadas ao cereal e chegou à conclusão de que engolir o orgulho e pedir ajuda a Chris fora mais fácil do que pensara, possivelmente por Chris ter ficado desconsertada pela presença em seu apartamento — e, obviamente, em sua cama — de uma especialista em impressão digital que Shaz se lembrava de ter visto em Notting Hill Gate.

Quando explicara o que ela queria, Chris concordou na mesma hora, entendendo exatamente por que Shaz estava tão disposta a fazer muito mais do que o instrutor do curso esperava dos seus policiais. E, novamente, como se o destino tivesse assumido o comando da vida dela, Chris por acaso estava de folga no dia seguinte, e conseguiria colher a informação que Shaz queria no menor tempo possível.

Enquanto remexia distraidamente o café da manhã e enchia a boca, imaginava Chris passando o dia no arquivo nacional de jornais em Colindale, fazendo cópia atrás de cópia das páginas dos jornais locais até ter coberto o período que compreendia todos os sete desaparecimentos que haviam dominado os pensamentos de Shaz. Ela colocou o pote de cereal vazio debaixo da torneira de água quente com uma expectativa crescendo dentro de si. Não conseguia dizer por que tinha tanta certeza, mas estava convencida de que os primeiros passos na sua jornada por provas teria seu caminho traçado na imprensa local.

Até então nunca tinha se equivocado. Com exceção, é claro, de Chris. Mas aquilo, disse a si mesma, fora diferente.

— Os tipos de caso com os quais trabalharemos são aqueles que deixam a maioria dos policiais tensos. Isso acontece porque os criminosos estão dançando num ritmo diferente do restante de nós.

Tony olhou ao redor, conferindo mais uma vez se estavam prestando atenção nele ou se folheavam seus papéis. Parecia que Leon preferia estar em outro lugar, mas Tony acabou se acostumando com suas afetações e não mais as levava em conta. Satisfeito, continuou:

— Saber que estão lidando com pessoas que criam suas próprias regras é uma experiência muito perturbadora para qualquer um, mesmo para policiais treinados. Por sermos de fora e chegarmos para dar sentido ao bizarro, é natural a tendência de nos colocarem como parte do problema e não da solução, por isso é importante que nos concentremos em construir afinidade com os policiais investigativos. Todos vocês vieram do Departamento de Investigação Criminal... têm alguma ideia sobre que tipo de coisa pode funcionar?

Simon foi o primeiro a opinar:

— Levar os caras pra tomar uma cerveja?

Os outros vaiaram e o zoaram por causa da previsibilidade.

Tony sorriu um sorriso amarelo.

— Acho que eles terão desculpas para não irem ao bar com vocês. Outras ideias?

Shaz levantou a caneta.

— Ralar que nem um doido. Se perceberem que você pega no pesado, vão te respeitar.

— Ou isso ou vão achar que você é puxa-saco do chefe — debochou Leon.

— Não é uma má ideia — comentou Tony — apesar de Leon ter levantado uma boa questão. Se for seguir essa estratégia, também vai precisar demonstrar um completo desdém por qualquer um acima da patente de detetive inspetor-chefe, o que poderia ser desgastante, além de contraproducente.

Eles riram.

— O pulo do gato pra mim é de uma simplicidade incrível — continuou Tony. Encarou-os com um olhar questionador e perguntou: — Não? O que acham de elogios?

Alguns deles concordaram com um gesto prudente de cabeça. Leon apertou os lábios e rosnou:

— Mais puxação de saco.

— Prefiro pensar nisso mais como uma técnica entre muitas no arsenal do criador de perfis. Não a uso para promoção própria; mas em benefício do desenvolvimento do caso. — disse Tony, chamando a atenção de Leon de maneira delicada. — Tenho um mantra que solto em toda oportunidade que tenho.

Ele mudou um pouquinho de posição, uma mudança que fez a sua linguagem corporal passar de autoridade confortável para subordinado. Com um sorriso autodepreciativo e com um tom condescendente, disse:

— É claro. Eu não soluciono assassinatos. Policiais fazem isso.

Depois, com a mesma rapidez, voltou à posição anterior.

— Funciona comigo. Pode não funcionar com vocês. Mas não há mal algum em falar para o investigador o quanto você respeita o trabalho dele e que você é só uma pecinha que pode fazer com que a máquina dele funcione melhor.

Houve um momento em silêncio.

— Vocês têm que falar isso pelo menos cinco vezes por dia.

Estavam todos sorrindo.

— Depois que fizerem isso, há uma chance razoável deles repassarem as informações necessárias para traçar o perfil. Se não se derem ao trabalho de fazer o esforço, é mais provável que escondam o máximo que conseguirem sem causarem problemas para eles mesmos, porque verão vocês como rivais em relação à glória que vem da solução de um caso muito famoso. Uma vez que vocês têm os investigadores ao seu lado, têm as provas. Então é hora de trabalhar no perfil. Primeiro, calculem as probabilidades.

Ele levantou e começou a rondar a sala como um felino verificando os limites do seu domínio.

— Ela é o único deus do criador de perfis. Abandonar a probabilidade em favor de uma opção demanda a mais poderosa das evidências. A desvantagem disso é que haverá momentos em que você vai estar tão enganado que vai ficar até com vergonha.

Ele já conseguia sentir os batimentos cardíacos aumentando e ainda não havia falado uma palavra sobre o caso.

— Tive essa experiência no último caso importante do qual participei. Lidávamos com um serial killer que matava jovens rapazes. Eu tinha toda a informação disponível para a polícia graças a uma brilhante oficial de ligação. E, com base nas evidências, esbocei um perfil. A oficial fez algumas sugestões com base nos instintos dela. Uma dessas sugestões era uma ideia interessante que não tinha me ocorrido porque eu não tinha tanto conhecimento de informática quanto ela. Porque era algo que apenas uma pequena parcela da população saberia, categorizei-a como uma probabilidade moderadamente baixa. Normalmente, isso quer dizer que a equipe de investigação atribuiria uma prioridade baixa àquilo, mas estavam sem muitas pistas, então foram averiguar. No final das contas, ela estava certa, o que, por si só, não fez com que a investigação avançasse muito.

As mãos dele estavam suadas e frias, mas agora que confrontava os detalhes que ainda retalhavam suas noites, seu estômago parara de se contrair. Continuou sua análise se esforçando menos do que imaginara ser necessário.

— Descartei a outra sugestão dela por ser completamente maluca. Era contrária a tudo o que eu sabia sobre serial killers.

Tony se deparou com os olhares curiosos. A tensão que sentia estava refletida em todo o esquadrão, que estava sentado, quieto e imóvel, aguardando o que viria a seguir.

— Meu descaso em relação à sugestão dela quase me custou a vida — disse, com simplicidade, ao alcançar sua cadeira e se sentar novamente. Olhou ao redor da sala, surpreso por conseguir falar controladamente. — E sabem de uma coisa? Estava certo em ignorá-la. Porque, em uma escala de um a cem, a proposição dela era tão improvável que sequer seria levada em consideração.

Assim que a confirmação formal do corpo no incêndio chegou, Carol convocou uma reunião com sua equipe. Dessa vez, não havia biscoito de chocolate.

— Espero que todos vocês tenham escutado o jornal hoje de manhã — falou, sem rodeio, enquanto se organizavam na sala dela. Tommy Taylor assentou com as pernas arreganhadas na única cadeira além da de Carol, levando em conta que era o sargento. Devia ter aprendido que não deveria se sentar quando uma mulher estava de pé, mas há muito tempo deixara de pensar em Di Earnshaw como mulher.

— Lógico — respondeu ele.

— Coitado do sujeito — Lee Whitbread entrou na conversa.

— Coitado do sujeito nada — protestou Tommy. — Ele não deveria estar lá, deveria?

Enojada, mas não surpresa, Carol disse:

— Se deveria ou não, não interessa. Ele está morto, e nós deveríamos estar procurando quem o matou.

Tommy fez uma cara de rebelde, cruzou os braços no encosto da cadeira e plantou os pés com mais firmeza no chão, mas Carol se recusou a responder ao desafio.

— Incêndios criminosos são sempre uma bomba-relógio — continuou ela. — E, desta vez, ela explodiu bem na nossa cara. O dia de hoje não está sendo o mais magnífico da minha carreira. Então, o que vocês têm pra mim?

Lee, inclinado contra o arquivo, foi logo tratando de tirar o peso dos seus ombros:

— Pesquisei todos os arquivos dos últimos seis meses. Pelo menos aqueles em que consegui pôr a mão. — Ele se corrigiu. — Achei alguns poucos incidentes como os que a senhora falou pra gente procurar, alguns nos relatórios do turno da noite do Departamento de Investigação Criminal, alguns nos dos policiais das delegacias. Estava planejando imprimir e agrupar o material hoje.

— Eu e Di estávamos interrogando de novo as vítimas, como a senhora mandou. Não topamos com nenhum fator de ligação até agora — disse Tommy, com a voz distante e seguindo o rosto de reprovação de Carol.

— Uma variedade de companhias de seguro, esse tipo de coisa — acrescentou Di.

— O que me dizem de um motivo racial? — indagou Carol.

— Algumas vítimas asiáticas, mas não é suficiente para considerarmos significante — respondeu Di.

— Já falamos com as seguradoras?

Di olhou para Tommy e Lee olhou pela janela. Tommy pigarreou e disse:

— Estava na lista da Di pra hoje. Primeira oportunidade que ela teve.

Nada impressionada, Carol abanou a cabeça e falou:

— Está bem. É o que nós vamos fazer agora. Tenho alguma experiência em criação de perfil criminal... — Ela parou quando Tommy resmungou algo. — Desculpe, sargento Taylor, você tem alguma contribuição?

Com a confiança restabelecida, Tommy deu um sorriso insolente e falou:

— Eu disse "a gente ouviu falar", senhora.

Por um momento, Carol ficou calada, encarando-o apenas. Eram situações como essa que podiam fazer com que o trabalho degenerasse e se transformasse em um tormento se não fossem tratados corretamente. Até então, era apenas um desrespeito insolente. Porém, se ela deixasse passar, rapidamente se transformaria em insubordinação total. Quando falou, sua voz estava tranquila, mas fria:

— Sargento, não entendo essa sua ambição ardente de voltar a usar farda e brincar de policiamento comunitário, mas ficarei mais do que feliz em permitir isso se o trabalho no Departamento de Investigações Criminais continuar não sendo do seu agrado.

A boca de Lee se contorceu contra a sua vontade; os olhos escuros de Di Earnshaw se fecharam um pouco, aguardando a explosão que não chegou. Tommy puxou as mangas da camisa até a altura dos cotovelos, olhou direto nos olhos de Carol e disse:

— Acho melhor mostrar do que sou feito, chefe.

— É melhor mesmo, Tommy — alertou Carol. — Agora vou trabalhar em um perfil, mas, para fazer com que isso seja mais do que um simples exercício acadêmico, precisarei de muitos dados brutos. Já que não conseguimos encontrar nenhuma ligação entre as vítimas, vou arriscar e dizer que o que temos um caçador de emoção e não um incendiário de aluguel. O que significa que estamos procurando um jovem adulto do sexo masculino. Provavelmente desempregado, com chance de ser solteiro e de ainda morar com os pais. Não entrarei no psicologismo barato sobre inadequação social e essa coisa toda agora. O que precisamos procurar é alguém com antecedente policial por pequenos crimes de perturbação, vandalismo, abuso de substâncias, esse tipo de coisa. Quem sabe crimes sexuais menores. Um voyeur que se expõe. Ele não tem perfil de bandido, assaltante, ladrão ou delinquente. Vai ser um filho da mãe infeliz. Preso e solto desde a pré-adolescência. Provavelmente não tem carro, então precisamos observar a geografia dos incêndios; há chances de que, se vocês desenharem uma linha ligando os incêndios mais afastados, ele more dentro desses limites. Deve ter visto esses incêndios de um lugar privilegiado, então procurem por esse lugar e quem pode ter testemunhado o sujeito lá. Vocês conhecem a área. É trabalho de vocês me trazer suspeitos que a gente possa comparar com o meu perfil. Lee, quero que converse com o responsável por organizar a documentação na delegacia e veja quem os policiais conhecem que se encaixam nesse padrão. Vou continuar traçando um perfil completo e o Tommy e a Di vão fazer o trabalho rotineiro relacionado ao crime propriamente dito, estabelecendo a ligação com a perícia e organizando um porta a porta na área. Que diabos, não preciso falar pra vocês como fazer uma investigação de assassinato...

Uma batida na porta interrompeu o discurso desenfreado de Carol.

— Entra — gritou.

A porta foi aberta, era John Brandon. Aquele era, Carol percebeu, um indicador do quanto ainda teria que fazer antes de ser aceita na força de East Yorkshire, pois ninguém fora capaz de dar o toque nela de que o chefe estava chegando. Ela levantou abruptamente, Tommy quase caiu ao tentar sair apressado da sua cadeira e Lee empurrou com o cotovelo o arquivo para endireitar o corpo, o que fez ressoar um estalo. Somente Di Earnshaw já estava no lugar certo, em pé de costas para a parede com os braços cruzados em frente ao peito.

— Desculpe interromper, detetive inspetora-chefe Jordan — disse Brandon amigavelmente. — Uma palavrinha?

— Certamente, senhor. Já tínhamos praticamente terminado aqui. Vocês três sabem o que estamos procurando. Agora é com vocês — disse Carol, dando um sorriso que, ao mesmo tempo que os dispensava, os encorajava. Os três subordinados saíram da sala sem sequer dar uma olhadinha para trás. Brandon fez um gesto com a mão para que Carol se sentasse enquanto dobrava seu longo corpo e se acomodava na cadeira de visitante.

— O incêndio fatal na propriedade de Wardlaw — começou ele, sem formalidades.

Carol gesticulou afirmativamente a cabeça e informou:

— Estive lá mais cedo.

— Ouvi falar. O tal criminoso em série, então, suponho?

— Acho que sim. Tem todas as características. Estou esperando pra ver o que os investigadores dos bombeiros vão falar, mas Jim Pendlebury, comandante do corpo de bombeiros, reconhece similaridades com os incidentes identificados anteriormente.

Brandon mordeu um lado do lábio inferior. Era a primeira vez que Carol o via fazer algo que não fosse ficar completamente sereno. Ele soltou com força o ar pelo nariz e falou:

— Sei que já conversamos sobre isso e que você está convencida de que consegue lidar com a situação. Não estou falando que não consegue, porque acho que você é uma detetive boa pra cacete, Carol. Mas quero que Tony Hill dê uma olhada nisso.

— Não tem necessidade — retrucou Carol, sentindo um calor subir pelo peito e pescoço. — Com certeza não neste estágio.

A sombria cara de cachorro de Brandon pareceu ficar ainda mais comprida.

— Não é crítica alguma à sua competência — justificou ele.

— Estou inclinada a dizer que é o que parece — disse Carol, tentando não soar tão rebelde quanto se sentia, forçando-se para lembrar o quando a impertinência de Tommy Taylor há pouco tempo atrás a tirara do sério. — Senhor, mal começamos a investigação. É bem possível que tenhamos a situação resolvida em questão de dias. Não podem existir tantos suspeitos potenciais assim em Seaford que se encaixem no perfil de incendiário em série.

Brandon se mexeu na cadeira, como se pelejasse para arranjar uma posição adequada para suas longas pernas.

— Eu me encontro numa posição bem difícil aqui, Carol. Nunca gostei do comando tipo "manda quem pode, obedece quem tem juízo". Sempre achei que as coisas funcionam melhor quando meus oficiais entendem por que dou as ordens que dou, em vez de me obedecerem cegamente. Por outro lado, por razões operacionais, às vezes as coisas devem ser feitas com base na confiança. E, quando outras unidades fora do meu comando estão envolvidas, mesmo quando acho que não exista razão objetiva para sigilo, tenho que respeitar o que me pedem. Será que me entende?

Ele levantou as sobrancelhas num gesto que representava uma pergunta ansiosa. Se existia algum dos seus policiais que conseguia ler entre linhas tão oblíquas, era Carol Jordan. Ela franziu a sobrancelha ao digerir as palavras de Brandon.

— Então, hipoteticamente — falou ela, dedicando um tempo para pensar no que estava dizendo —, se uma nova unidade, com uma área de atuação específica, estivesse sendo criada, e eles quisessem uma delegacia solidária que os deixasse usar um dos seus casos como cobaia, mesmo achando que o oficial responsável tem o direito de saber do que se trata, você seria compelido a apoiar a exigência de sigilo quanto à verdadeira razão pela qual eles receberiam o caso? Esse tipo de coisa, senhor?

Brandon deu um sorriso agradável e falou:

— Falando de maneira puramente hipotética, sim.

Não houve um sorriso em resposta.

— Na minha opinião, esta não seria uma ocasião apropriada para um experimento assim. — Ficou em silêncio por um momento. — Senhor.

Brandon ficou surpreso e perguntou:

— Por que, não?

Carol pensou um pouco.

Poucos dos que se formavam muito rápido escalaram o pau-de-sebo com tanta velocidade quanto ela, particularmente mulheres. A patronagem de John Brandon dera a ela mais do que podia sequer almejar. E ela não conseguia nem mesmo ter certeza se suas verdadeiras razões de relutância eram aquelas que estava prestes a relatar. Entretanto, nunca deixara de dar a cara a tapa, nem desistia das suas convicções.

— Somos uma força nova — disse ela, cuidadosamente. — Acabei de chegar pra trabalhar com um grupo de pessoas que forma uma equipe há muito tempo. Estou tentando construir um relacionamento de trabalho que vai nos permitir proteger e servir a comunidade. Não consigo fazer isso se sou arrancada do primeiro grande caso que aparece na minha mesa desde que cheguei aqui.

— Ninguém está falando em tirar o caso de você, inspetora-chefe — argumentou Brandon, refletindo a formalidade de Carol. — Estou falando de usar a consultoria da nova força-tarefa.

— Vai parecer que o senhor não confia em mim — contra-argumentou Carol.

— Isso não faz o menor sentido. Se não confiasse nas suas habilidades, porque teria indicado você para a promoção?

Carol balançou incrédula a cabeça. Ele realmente não tinha entendido.

— Tenho certeza que os cowboys lá na cantina não vão ter o menor problema pra pensar coisas a esse respeito — comentou ela amargamente.

Brandon arregalou os olhos quando entendeu do que ela estava falando.

— Você acha que eles... Não pode ser... Isso é ridículo! Nunca ouvi uma coisa tão absurda!

— Nossa, senhor. — Carol deu um sorriso torto e passou a mão no despenteado cabelo louro. — Também não estou tão acabada assim.

Brandon abanou a cabeça descrente.

— Nunca me ocorreu que as pessoas podiam interpretar mal a sua promoção. É evidente que você é uma ótima policial. — Ele suspirou e mordeu o lábio novamente. — Agora estou numa posição pior da em que estava antes de entrar aqui.

Ele olhou para ela e tomou a decisão.

— Vou falar extra-oficialmente. Paul Bishop está tendo problemas no relacionamento com os oficiais graduados em Leeds. Deixaram claro que não querem a equipe dele naquela área e não vão deixar que cheguem perto de nenhum dos crimes deles. Paul precisa de um caso real para que os policiais aprendam o trabalho e, por razões óbvias, não quer que seja um serial killer ou um estuprador com muita visibilidade. Ele me ligou porque somos vizinhos e me pediu pra ficar de olho em alguma coisa que servisse como exercício pro esquadrão antes de estarem oficialmente disponíveis para pegar casos de qualquer um. Para ser totalmente honesto, ia oferecer a eles o seu incendiário em série antes mesmo de ele se tornar fatal.

Carol tentou manter a raiva longe do rosto. Era sempre desse jeito. Assim que você acha que conseguiu ensiná-los a usar a caixinha de areia, eles voltam a ser neandertais.

— Agora passou a ser assassinato. Difícil alguma coisa ganhar mais visibilidade do que isso — ela disse. — Para respeito próprio, independentemente do respeito da minha equipe, preciso chefiar a investigação. Não preciso ser vista como alguém que usa a Força-Tarefa Nacional de Criação de Perfis Criminais como muleta pra conseguir as coisas — continuou ela, friamente. — Se achasse que a melhor maneira da polícia solucionar um problema fosse com esse pessoal, teria me candidatado para entrar lá. Não acredito que esteja me minando desse jeito. Senhor. — A última palavra foi dita como um palavrão.

A maneira de Brandon lidar com ameaça de insubordinação era muito diferente da de Carol. Um homem na posição dele tinha pouca necessidade de ameaças veladas; ele podia ser mais criativo.

— Não tenho nenhuma intenção de minar nenhum dos meus oficiais, detetive inspetora-chefe Jordan. Por isso que você vai ser a única policial a lidar diretamente com a força-tarefa. Vai até eles em Leeds, eles não virão à nossa área. Vou deixar claro para o comandante Bishop que os policiais dele não discutirão o caso com nenhum outro policial da força de East Yorkshire. Acredito que você achará isso satisfatório.

Carol não pode deixar de sentir um invejoso respeito pela velocidade com que o chefe conseguia pensar.

— As ordens do senhor são perfeitamente claras — disse ela, recostando-se, num gesto de resignação.

Aliviado pela crise ter sido resolvida sem qualquer maior constrangimento, Brandon se levantou com um sorriso relaxado.

— Obrigado, Carol. Fico muito agradecido. Engraçado, podia jurar que você ia adorar a chance de trabalhar com Tony Hill de novo. Vocês dois se deram tão bem quando você foi a oficial de contato durante os assassinatos em Bradfield.

Ela persuadiu seus músculos a evocarem um sorriso e torceu para que parecesse verdadeiro.

— Minha resistência não tem nada a ver com o dr. Hill — informou ela, perguntando-se se Brandon acreditaria naquilo, já que nem ela mesma conseguia se convencer.

— Vou falar com eles que você vai entrar em contato. — Brandon fechou a porta depois de sair, uma cortesia que fez Carol se sentir profundamente agradecida.

— Mal posso esperar — disse ela, com a cara fechada na sala vazia.

Shaz entrou agitada pela porta da delegacia de polícia e sorriu para o policial fardado atrás da mesa com uma alegre expectativa.

— Detetive Bowman — apresentou-se. — Força-Tarefa de Criação de Perfis. Tem uma correspondência aí pra mim?

O policial parecia descrente e perguntou:
— Aqui?
— Isso mesmo — ela olhou o relógio. — Deve ter sido enviada ontem à noite. Para ser entregue hoje às nove da manhã. E como o meu relógio está marcando dez e...
— Vai ter que meter bala em alguém porque não tem nada aqui pra você, meu amor — disse o policial, incapaz de disfarçar a satisfação na voz. Não era sempre que tinha a chance de dar uma sacaneada em um desses intrometidos da força-tarefa *e* menosprezar uma mulher numa tacada só.
— Tem certeza? — perguntou Shaz, tentando não demonstrar a decepção que sabia que aumentaria a satisfação do homem.
— Tenho a minha insígnia de leitura, meu amor. Confia em mim, sou policial. Não tem correspondência nenhuma pra você aqui.
Já aborrecido, ele se virou ostensivamente e fingiu estar interessado em uma pilha de papéis.
Fervendo de frustração, com seu bom humor já tendo ficado para trás, ela contornou o corredor dos elevadores e subiu correndo os cinco lances de escada até a sala de operações da força-tarefa.
— Nunca confie em outra pessoa, nunca confie em outra pessoa — disse ela com a cabeça pulsando em sincronia com os pés nos degraus e o sangue nas orelhas. Marchou direto para dentro da sala onde ficava seu computador e se jogou na cadeira, mal conseguindo soltar um grunhido para cumprimentar Simon, o único outro ocupante da sala. Shaz pegou o telefone e socou nas teclas o número da casa de Chris.
— Vagabunda! — murmurou quando a secretária eletrônica atendeu.
Ela arrancou sua agenda da bolsa e digitou o nome de Chris. Seu dedo indicador golpeava o número da linha direta da New Scotland Yard. O telefone foi atendido na segunda chamada:
— Devine.
— É Shaz.
— Não interessa o que você está querendo, a resposta é não, docinho. Acho que nunca vou conseguir tirar a poeira e a tinta das unhas da mão depois do exerciciozinho de ontem. Com certeza não é uma coisa que você coloca no topo da lista de "coisas legais para fazer no dia de folga".
— Fico muito agradecida, você sabe disso. Só que...
— O que foi, Shaz? — suspirou Chris.

— O negócio ainda não chegou.

Chris bufou e disse:

— Só isso? Escuta só, na hora que acabei, e tenho que contar que só consegui isso porque dei a velha carteirada pra manter os funcionários quietos lá, já era muito tarde e não dava tempo de mandar ser entregue aí hoje cedinho. O mais cedo era meio-dia. Ou seja, você vai receber a qualquer momento hoje. Está certo?

— Tem que estar — disse Shaz, preocupada em não soar indelicada, mas incapaz de se importar com isso.

— Relaxa, docinho. Não é o fim do mundo. Você vai acabar tendo uma úlcera — brincou Chris.

— Tenho que apresentar o meu caso amanhã à tarde — explicou Shaz.

Chris deu uma gargalhada.

— Qual é o problema, então? Puta merda, Shaz, esse ar aí de Yorkshire está te deixando mais lenta. Você já foi mais ligadona. Tem a noite inteira pra se virar. Não me diga que está amolecendo.

— Eu tenho essa esquisitice de dar uma dormidinha entre o anoitecer e a madrugada — comentou Shaz.

— Por isso mesmo nunca nos demos muito bem, não é mesmo? Me dá uma ligada se não tiver recebido o negócio até lá pelo meio da tarde, está bem? Relaxa. Ninguém vai morrer.

— Tomara que não — comentou Shaz, mas Devine já tinha desligado.

— Problemas? — perguntou Simon, abaixando-se ao lado de Shaz e empurrando uma caneca em direção a ela.

Shaz deu de ombros, esticando o braço para pegar o café.

— Só umas coisas que queria conferir antes de entregarmos o relatório do exercício amanhã.

O interesse de Simon se expandiu repentinamente para além das possibilidades eróticas de um flerte com Shaz.

— Encontrou alguma coisa? — perguntou ele, falhando no propósito de demonstrar indiferença.

O sorriso irônico de Shaz foi maligno.

— Quer dizer que ainda não olhou o material?

— Lógico que olhei. Fiz isso na mesma hora, é sério — respondeu ele, nitidamente se vangloriando.

— Certo. Então também encontrou a conexão externa?

Shaz gostou da inexpressividade que atravessou o rosto branco como leite de Simon antes dele retomar o controle. Ela riu soltando o ar.

— Boa tentativa, Simon.

Ele abanou a cabeça e disse:

— Tá certo, Shaz, você venceu. Vai me contar o que descobriu se eu pagar um jantar pra você hoje à noite?

— Vou te contar o que descobri amanhã à tarde, na mesma hora em que vou contar pra todo mundo. Mas, se o convite for de verdade e não uma chantagem, até que aceitaria tomar uma antes de a gente sair pro restaurante indiano no sábado à noite.

Simon estendeu a mão.

— Combinado, detetive Bowman — Shaz pegou a mão dele, elas encaixavam.

A probabilidade de tomar alguma coisa com Simon antes do jantar, apesar de sedutora, não foi capaz de distrair Shaz da expectativa em relação à sua encomenda. No *coffee-break*, ela estava no balcão da recepção antes mesmo dos outros terem preparado o café. Durante o resto da manhã, enquanto Paul Bishop mostrava como aplicar a criação de perfis a uma lista de suspeitos, Shaz, normalmente a mais atenciosa dos alunos, estava inquieta como uma criança de quatro anos na ópera. Assim que fizeram a pausa para o almoço, Shaz disparou escada abaixo como um galgo inglês numa corrida de cachorros.

Desta vez suas expectativas haviam sido correspondidas. Uma caixa de papelão lacrada com o que parecia um rolo inteiro de fita adesiva estava sobre o balcão.

— Se demorasse um pouquinho mais eu ia ligar pro esquadrão antibomba. Isto aqui é uma delegacia, não uma agência do correio.

— Ainda bem. Se fosse, você não aguentaria o batente.

Shaz pegou a caixa no balcão e saiu apressada em direção ao estacionamento. Abriu o porta-malas do carro e deu uma olhadinha rápida no relógio. Calculou que tinha aproximadamente dez minutos antes que a sua ausência na mesa de almoço coletiva instigasse comentários. Afobada, arrancou a fita adesiva com a unha até que tivesse descolado o suficiente para forçar a abertura da aba.

Sentiu o coração apertado. A caixa estava abarrotada de papéis. Por um breve momento, questionou-se sobre a possibilidade de abandonar a sua intuição. Depois pensou nas sete adolescentes, nos rostos sorridentes para ela com toda a expectativa de que, independentemente de quantas fossem as decepções que a vida lhes guardasse, pelo menos elas teriam uma vida. Aquele ali não era somente um exercício. Em algum lugar havia um assassino de coração frio. E a única pessoa que parecia ter conhecimento disso era Shaz Bowman. Mesmo que levasse a noite inteira, ela, no mínimo, devia esse esforço àquelas meninas.

Vendo-o novamente cara a cara, Carol foi atingida pela realização de que era dor o que espreitava atrás do rosto de Tony Hill. Desde que o conhecera, nunca percebera o que sustentava a intensidade dele. Sempre supôs que ele era como ela: conduzido somente pelo desejo de capturar e entender, inflamado pela paixão em elucidar, assombrado pelas coisas que vira, escutara e fizera. Mas a distância permitira a ela compreender aquilo que não conseguiu ver antes, e se pegou pensando no quanto o comportamento dela em relação a Tony teria sido diferente caso tivesse realmente capturado o que estava acontecendo por trás daqueles olhos negros e perturbados.

É claro que ele deu um jeito de providenciar para que não estivessem sozinhos no primeiro encontro entre eles depois de meses separados. Paul Bishop foi enviado para se encontrar com ela quando chegasse à base da força-tarefa em Leeds, e a asfixiou com o charme que o transformara no queridinho da mídia. Seu cavalheirismo não chegou ao ponto de se oferecer para carregar as duas pesadas malas, e Carol se divertiu ao notar que ele não podia passar por uma superfície refletora sem dar uma conferida na aparência em busca de imperfeições, ora alisando a sobrancelha, ora nivelando os ombros largos na roupa claramente feita sob medida.

— Nossa, estou muito entusiasmado em conhecer você — disse ele. — A melhor e mais inteligente pupila de John Brandon. Por si só já é uma façanha, sem contar o seu currículo. — Isso fala por si só, é claro. Brandon falou que a gente fez academia militar juntos? Que incrível policial aquele homem é, e que incrível caça-talentos.

O entusiasmo dele era contagiante e Carol se pegou respondendo à bajulação, embora suas intenções fossem as melhores.

— Sempre gostei de trabalhar com o sr. Brandon — disse ela. — Como estão caminhando as coisas com a força-tarefa?

— Ah, você vai ver com os próprios olhos — comentou desinteressadamente, conduzindo-a para dentro do elevador. — É claro que Tony está agradecendo aos céus. Que maravilha é trabalhar com você, que agradável e inteligente colega, como é de fácil trato — ele abriu um sorrisão para ela. — E o resto.

Carol soube, então, que ele era um falastrão. Ela não tinha dúvida sobre o respeito profissional de Tony por ela, e o conhecia muito bem para ter certeza de que ele nunca teria falado sobre ela em termos pessoais. A arraigada reticência dele teria exigido muito mais sutileza e habilidade para ser penetrada do que Paul Bishop possuía. Tony jamais teria falado sobre Carol porque, para fazer isso, teria que falar sobre o caso que os colocara juntos. O que significaria revelar muito mais sobre os dois do que qualquer estranho tinha o direito de saber. Teria que explicar como ela tinha se apaixonado por ele e como suas inadequações sexuais forçaram-no a rejeitá-la, como a esperança de algum dia ficarem juntos fora a última vítima do psicopata assassino que perseguiram. Ela sentia profundamente que ele jamais diria a outra viva alma essas coisas, e se havia algo que tornava melhor que seus colegas era o instinto.

— Hmm — resmungou de forma evasiva. — Sempre admirei o profissionalismo do dr. Hill.

Bishop roçou no quadril dela ao apertar o botão do quinto andar. Se eu fosse homem, Carol pensou, ele simplesmente me falaria para qual andar ir.

— É realmente uma vantagem que você já tenha trabalhado com o Tony — continuou Bishop, dando uma olhadela no seu cabelo nas portas de metal escovado. — Nossos novos trainees vão aprender muito observando como vocês decompõem o processo, como se comunicam, os motivos pelos quais um precisa do outro.

— Você conhece meus métodos, Watson — parodiou Carol, com ironia.

Bishop pareceu momentaneamente desconcertado, depois seu rosto se iluminou.

— Ah, tá. — A porta do elevador abriu. — Por aqui. Vamos tomar um café juntos. Só nós três. Depois você e Tony poderão trabalhar no contato inicial com os alunos.

Ele apertou o passo pelo corredor, segurou a porta aberta para ela e ficou de pé enquanto Carol entrava no que parecia uma sala de funcionários, em escala reduzida, de uma escola imunda.

Do outro lado da sala, Tony Hill se virou, com um filtro de café em uma mão e uma colher na outra. Seus olhos se arregalaram ao ver Carol e ela sentiu um lento sorriso se espalhar irresistivelmente no seu rosto.

— Tony — disse ela, controlando-se para manter formal o tom de voz. — Bom te ver.

— Carol — cumprimentou-a, jogando ruidosamente a colher de chá na mesa. — Você está... bem. Você está bem.

Ela estaria mentindo se dissesse o mesmo a ele. Continuava pálido, embora já o tivesse visto pior. As olheiras escuras sob os olhos não estavam tão parecidas com hematomas como da última vez que se encararam, mas ainda eram a marca de alguém para quem oito horas de sono não passavam de um sonho impossível. Os olhos dele perderam um pouco da aflição que ela se acostumara a ver, mas ainda pareciam tensos. E, ainda assim, queria beijá-lo.

Em vez disso, colocou as malas na comprida mesa de café e disse:

— Então, sai um café aí?

— Forte, puro, sem açúcar? — conferiu Tony com um meio sorriso.

— Você deve ter causado boa impressão nele — comentou Bishop, passando por Carol e despencando em uma das cadeiras caindo aos pedaços, levantando cuidadosamente os joelhos da calça para evitar que amarrotasse.

— Ele não consegue lembrar, de um dia pro outro, como eu gosto do meu.

— Quando trabalhamos juntos antes, a situação era do tipo em que todos os detalhes ficam gravados no cérebro pra sempre — comentou Carol repressivamente.

Tony lhe lançou um rápido olhar de gratidão depois se virou para fazer o café.

— Obrigado por enviar os arquivos do caso — agradeceu ele em meio ao chiado da chaleira elétrica velha. — Fiz cópias e as entreguei para a equipe estudar à noite.

— Ótimo. Como quer conduzir isso? — perguntou Carol.

— Acho que podíamos fazer uma encenação — sugeriu Tony, ainda de costas para eles enquanto fazia o café. — Sentar ao redor de uma mesa e percorrer o arquivo do caso exatamente do jeito que faríamos de verdade.

— Virou-se de lado numa tentativa de sorriso e um espasmo percorreu o estômago de Carol. Controle-se, ela disse a si mesma com raiva. Mesmo que ele pudesse, não ia querer você. Lembra?

— Acho uma boa. — Ela escutou o próprio comentário. — Como está planejando envolver os trainees?

Tony fez malabarismo com as três canecas quentes em suas enormes mãos e conseguiu levá-las até a mesa de café sem derramar muito no carpete marrom tabaco.

— Escolhido especialmente para esconder as manchas — resmungou ele, cuja concentração estampava seu rosto fechado.

— São seis trainees — informou Bishop. — Então não é factível deixar que cada um se aventure com você individualmente, mesmo que esteja disposta a dedicar tanto assim do seu tempo. Eles vão observar você e Tony trabalhando nos arquivos do caso. E, se tiverem alguma pergunta sobre uma parte específica do processo, farão. Depois que você for embora, Tony vai trabalhar com eles no desenvolvimento de um perfil, que será enviado a você em poucos dias. O que estamos querendo é que, quando chegar ao ponto de identificar um suspeito, prendê-lo e acusá-lo, você vai se unir a Tony pra traçarem estratégias de interrogatório e posteriormente dará acesso a nós às gravações desses interrogatórios. — O sorriso dele dizia que não estava acostumado a ter suas solicitações negadas.

— Isso pode não ser possível — disse Carol cuidadosamente, sem muita certeza do seu posicionamento. — Você pode ter que aguardar o julgamento para ter acesso às gravações e, mesmo assim, se o interrogado permitir. Preciso conferir isso com algum especialista.

Pequenos movimentos musculares abaixo da pele arrancaram a cordialidade do rosto de Bishop.

— A impressão que o sr. Brandon me deu foi de que não seríamos escravos da formalidade neste caso — comentou, bruscamente.

— Sou a policial responsável pela investigação aqui, comandante. Não se trata de um exercício de sala de aula. E sim de um inquérito relativo a um homicídio e é minha intenção conseguir uma condenação se ela for apropriada. Não assumirei risco nenhum que possa me custar o sucesso da acusação. Não deixo janelas abertas para advogados de defesa espertinhos.

— Ela está certa — comentou Tony, inesperadamente. — Daremos um jeito aqui. É trabalho intelectual, você sabe, Paul. O objetivo principal é a Carol defender seu caso contra esse incendiário de forma sustentável frente ao tribunal, e não podemos esperar que ela concorde com qualquer coisa que possa interferir nisso.

— Ótimo — disse Bishop bruscamente. Ignorando seu café, ele levantou e seguiu em direção à porta. — Vou deixar vocês dois trabalharem. Tenho que me livrar de algumas ligações telefônicas se quiser participar do seu seminário. Vejo você mais tarde, detetive inspetora-chefe Jordan.

Carol sorriu.

— Quer apostar que antes dele encostar as costas na cadeira já vai ter ligado pro Brandon?

Tony abanou a cabeça e disse:

— Na verdade, é provável que não. Ele gosta de guardar suas cartadas para as batalhas importantes.

— Não como eu, que ando onde os anjos temem pisar, né?

Tony se deparou com o olhar dela e reconheceu neles a boa vontade.

— Ninguém é parecido com você, Carol. Achei mesmo uma pena você não querer se juntar à nossa equipe aqui.

Ela levantou um dos ombros e se justificou:

— Não é o meu jeito de manter a ordem, Tony. É claro que gosto de casos grandes, mas não gosto de viver no limbo.

As palavras dela pairaram entre eles, carregadas com mais significado do que qualquer outra pessoa poderia captar. Tony pigarreou antes de dizer:

— Mais uma razão pela qual me sinto satisfeito por ter a oportunidade de trabalhar neste caso com você. Se já estivéssemos em pleno funcionamento aqui, não acho que você correria até nós com o que superficialmente parece ser um incendiário em série bem objetivo que se tornou sórdido quase que por acidente. Vai ser ótimo para o esquadrão poder ver o trabalho de alguém bom como você.

— Quer saber, tudo o que consegui desde que mencionaram a conexão entre esta força-tarefa e o meu caso foi um monte tão grande de bajulação que dava pra sufocar até um político — comentou Carol, tentando esconder sua satisfação com um tom debochado.

— E eu alguma vez já te bajulei? — indagou Tony, de maneira simples.

Novamente, o estômago de Carol se contorceu.

— Talvez essa não seja uma ideia muito boa. Ter com você uma policial como eu. Você deveria ter dado um choque de realidade neles e trazido pra cá um desses homens das cavernas — comentou Carol, forçando para manter o sorriso.

Tony sorriu, empolgado.

— Dá pra imaginar? Ia ser um ótimo seminário.

Ele baixou a voz e escancarou seu sotaque de Yorkshire:

— Que montão de bosta este aqui. Cê quer que saia por aí perguntando pros meu suspeito se eles mijaram na cama quando eram criança?

— Tinha esquecido que você era daqui — disse Carol.

— Eu, não — esclareceu Tony. — Sou de West Riding, o último lugar na Terra em que gostaria de estar. Mas eu queria a força-tarefa, e o Ministério do Interior era inflexível quanto a ele ser fora de Londres. Deus nos livre de fazer qualquer coisa sensível como alojar o esquadrão de criadores de perfis junto com a unidade de inteligência. O que está achando da vida no lodo primitivo de Seaford?

Ela deu de ombros.

— Da vida entre os dinossauros? Pergunta de novo daqui a seis meses. — Ela olhou seu relógio. — Que horas está marcado pra começarmos?

— Daqui a alguns minutos.

— Quer botar o papo em dia no almoço? — Ela praticou o tom casual umas cinquenta vezes na estrada para Leeds.

— Não posso — disse ele, parecendo realmente lamentar. — A gente almoça junto aqui no esquadrão. Mas queria te perguntar...

— O quê? — *Calma, Carol, não fica tão ansiosa.*

— Você está com pressa de voltar?

— Não, pressa nenhuma. — Seu coração cantava: *Isso, isso, ele vai me chamar pra jantar.*

— Não gostaria de participar do seminário de hoje à tarde?

— Claro — respondeu com a voz radiante, mas com as esperanças esmagadas e a luz em seus olhos atenuada. — Alguma razão em particular?

— Dei um exercício pra eles na semana passada. Têm que apresentar as conclusões hoje e acho que seria útil saber a sua opinião sobre as análises.

— Tudo bem.

Tony deu um suspiro ansioso e disse:

— Além disso, quem sabe a gente não toma alguma coisa depois?

Apreensão e ansiedade lançaram Shaz em uma onda de adrenalina. Apesar de ter condensado as horas de sono à noite e dormido apenas três, estava zunindo como alguém chapado de anfetamina em uma rave. Atacara as cópias dos jornais no minuto em que chegara em casa, organizando-as em três pilhas no carpete da sala e parando apenas para pedir uma pizza. Estava tão envolvida que sequer percebeu que lhe tinham mandando uma pizza média de margherita e cobrado por uma portuguesa grande.

A uma da manhã, tinha terminado tudo, exceto pelos cadernos de entretenimento e de esportes. Sua convicção anterior de que a conexão externa que provaria a argumentação dela estava escondida nos jornais locais começava a parecer menos com uma intuição sólida e mais com uma busca desesperada. Alongando as costas tensas e esfregando os olhos que pareciam cheios de areia, Shaz levantou e cambaleou até a cozinha para preparar mais uma garrafa de café.

Reabastecida, voltou à tarefa, decidida a começar pelos cadernos de esportes. O mesmo time de futebol visitante e seus torcedores fiéis? Quem sabe um jogador que mudou de um time para outro e depois se transformou em empresário? Uma competição de golfe local que atraiu gente de fora ou um campeonato de bridge? Levou mais duas horas para eliminar todas as possibilidades nos cadernos esportivos, o que deixou Shaz inquieta por causa da exaustão, da cafeína e do avultante medo do fracasso.

Quando a conexão finalmente emergiu, achou que estivesse alucinando. Era uma ideia tão espalhafatosa que não conseguia levá-la a sério. Pegou-se dando risadinhas nervosas, como uma criança que ainda não aprendeu a maneira apropriada de se comportar frente à dor dos outros.

— Isto é uma loucura — disse com suavidade, conferindo todos os sete jornais para ter certeza de que não estava vendo coisas.

Ela se levantou, inclinando o corpo na tentativa de relaxar os músculos tensionados, e cambaleou até o quarto, tirando as roupas à medida que caminhava. Era demais para se absorver às três e meia da manhã. Colocando o relógio para despertar às seis e meia, deixou a cabeça cair na cama onde o sono a golpeou como um caminhão colidindo em um viaduto de rodovia.

Sonhou com programas de televisão em que os vencedores escolhiam como seriam mortos. Quando o despertador tocou, sonhou que era o zumbido de uma cadeira elétrica. Ainda grogue de sono, tinha a impressão de que aquilo que desenterrara nos jornais era uma extensão do pesadelo. Empurrou o edredom e foi até a sala nas pontas dos pés, como se passos normais fossem espantar sua descoberta.

Sete pilhas de recortes das cópias dos jornais. No topo de cada uma delas, uma página do caderno de entretenimento. Cada uma das páginas continha, do mesmo homem, a propaganda de uma aparição pública e uma entrevista. Porém, da forma como fizera os recortes, parecia que uma das pessoas queridinhas da nação estava ligada ao desaparecimento e suposto assassinato de pelo menos sete adolescentes.

E ela teria que compartilhar sua revelação.

Não era difícil fazer com que as pessoas dessem com a língua nos dentes, Micky não demorou a descobrir. Toda vez que visitava a unidade de reabilitação onde Jacko estava aprendendo a usar seu braço artificial, faziam questão de fechar a porta do quarto e se sentarem próximos um do outro para que, quando fossem interrompidos por um fisioterapeuta ou uma enfermeira, pudessem se afastar dando a impressão de constrangimento.

No trabalho, ela ligava para ele quando as mesas ao redor estavam ocupadas e era praticamente certo que a escutariam. As conversas variavam de hilaridade animada, com o nome dele sendo pronunciado em intervalos regulares, e os tons baixos e íntimos que seus colegas sem imaginação associavam apenas a amantes.

Finalmente, para dar uma acelerada nas coisas, era hora do escândalo e do drama. Micky escolheu um amigo de um tabloide de boa reputação. Três dias depois, o jornal soltou a bomba: PERVERTIDO MIRA O NOVO AMOR DE JACKO.

> A nova namorada de Jacko Vance, o herói salvador de vidas, tornou-se alvo de uma terrível campanha de vandalismo e correspondências odiosas.

> Desde o início do seu turbilhão romântico, a jornalista de TV Micky Morgan teve:
> - tinta jogada no seu carro;
> - ratos e passarinhos mortos colocados em sua caixa de correio;
> - uma série de odiosas cartas viperinas enviadas para a sua casa.

O casal se conheceu quando ela entrevistou a estrela detentora do recorde de arremesso de dardos em um hospital depois do engavetamento em que o trágico heroísmo de Jacko lhe custou a parte de baixo de seu braço direito e seu sonho olímpico. Eles vinham tentando manter seu romance debaixo dos panos.

Mas podemos revelar com exclusividade que o segredo deles vazou e chegou a alguém que nutre um ressentimento contra a atraente loura Micky, 25, uma famosa repórter do *Six o'clock World*.

Ontem à noite, na sua residência em West London, Micky disse: "Tem sido um pesadelo. Não temos ideia de quem está por trás disso. Só queria que eles parassem.

Temos mantido a nossa relação apenas entre nós dois porque queremos nos conhecer melhor sem os holofotes da publicidade. Estamos muito apaixonados. O homem privado é ainda mais notável do que a pessoa que o público vê.

Ele é corajoso e bonito. Como eu poderia não estar loucamente apaixonada? A única coisa que queremos agora é que esta campanha cruel termine."

Um porta-voz de Jacko, que está passando por uma intensiva reabilitação e fisioterapia na exclusiva Martingale Clinic de Londres, relatou: "Obviamente o Jacko está indignado por alguém tratar a Micky assim. Ela é a mulher mais maravilhosa que ele conheceu. Quem quer que esteja por trás disso é melhor desejar que a polícia o pegue antes dele."

Jacko, que terminou seu noivado com *(continua na página 4)*

A cobertura da imprensa foi frenética durante algumas semanas, depois foi morrendo aos poucos, ressurgindo quando alguma coisa acontecia com um dos supostos amantes. A saída de Jacko da reabilitação e sua volta para a antiga vida; a contratação dele como apresentador esportivo; o novo emprego de Micky como entrevistadora em um programa matinal; o trabalho voluntário de Jacko com os doentes terminais; tudo isso reavivava o interesse no suposto romance. Rapidamente aprenderam que precisavam ser vistos juntos em algum lugar público famoso pelo menos uma vez na semana para evitar especulação nas colunas de fofoca. Sabendo que estavam sendo seguidos, com frequência Jacko acabava passando a noite sob o mesmo teto que as duas mulheres depois dele e Micky terem saído para boates ou feito trabalho de caridade. Depois de aproximadamente um ano assim, Micky convocou Jacko para discutir um assunto com Betsy durante um jantar.

Os dotes culinários da amante não a tinham abandonado desde os anos que passara preparando e servindo almoço em salas de reuniões da diretoria. Quando engoliu o último pedaço, Jacko deu às duas mulheres seu sorriso mais lupino antes de soltar:

— A coisa deve ser ruim, já que precisaram de uma coisa tão gostosa assim pra me amaciar.

Betsy sorriu modestamente e disse:

— Você ainda não experimentou o pudim de caramelo com sorvete caseiro de avelã.

Jacko fingiu estar surpreso.

— Se eu fosse um policial, você seria presa por me fazer uma oferta dessas.

— Temos mesmo uma proposta pra você.

— Algo me diz que não estão falando sobre sexo a três — disse ele, balançando de leve nas pernas de trás da cadeira.

— Pode ficar um pouco desapontado — disse Betsy, ironicamente. — A ideia de sermos tão pouco atraentes é ruim para aquilo que os americanos chamam de autoestima.

Era desconcertante para Micky o quanto o sorriso de Jacko a fazia lembrar de Jack Nicholson.

— Betsy, minha querida, se você soubesse o que gosto de fazer com as minhas mulheres, ficaria profundamente grata pela minha falta de interesse.

— Na verdade, nossa ignorância a respeito desse ponto específico é um dos fatores que nos deixou relutante em expor nossa proposta antes deste momento — informou Betsy, limpando energicamente os pratos e os levando para a pequena cozinha.

— Agora fiquei intrigado — revelou Jacko, apoiando, com um leve ruído abafado, os pés da frente da cadeira de volta no chão e colocando seu braço protético na mesa. Havia fagulhas na maneira como encarou Micky.

— Coloque as cartas na mesa, Micky.

Betsy apareceu à porta da cozinha e se encostou ao umbral.

— É uma perda de tempo terrível esse negócio de você e Micky terem que ficar saindo pra curtir. Nao tenho problema algum com ela sair com você, mas preferimos passar juntas o limitado tempo de folga que temos.

— Querem cancelar o esquema todo? — indagou Jacko com uma careta.

— Exatamente o oposto — disse Betsy, sentando-se à mesa novamente e colocando a mão sobre a de Micky. — A gente meio que pensou que seria uma boa ideia se vocês se casassem.

Ele ficou abismado. Micky pensou que nunca tinha visto uma expressão tão genuína atravessar as feições cuidadosamente controladas de Jacko Vance.

— Casassem — ecoou ele. Não foi uma pergunta.

Shaz olhou ao redor da sala de novo, avaliando sua plateia, com esperança de que não fizesse papel de completa idiota. Tentou adivinhar de onde as objeções viriam e quais seriam. Simon acharia buracos na ideia central, ela sabia disso. Leon inclinaria a cadeira para trás e fumaria, com o fantasma de um sorriso de escárnio na boca, depois encontraria uma viga de sustentação do argumento dela e a derrubaria. Kay contestaria e implicaria com detalhes sem nunca conseguir ver o todo. Tony, assim desejava, ficaria bem impressionado com sua genialidade em identificar aquele grupo de meninas e seu empenho no esforço para fazer uma conexão externa demonstrável. Seu trabalho seria o estopim para um inquérito importante e, quando a poeira por fim baixasse, o futuro dela estaria garantido. A mulher que prendeu a celebridade assassina. Ela seria lenda nas delegacias de todo o país. Ficaria numa posição em que poderia escolher onde trabalhar.

Carol Jordan era o curinga do baralho. Uma manhã a observando trabalhar com Tony quase não fornecera matéria-prima que gerasse alguma conjectura precisa sobre a reação dela à teoria de Shaz. Para arriscar o mínimo possível, teria que aguardar um pouco e deixar alguns dos colegas falarem primeiro, aproveitando o tempo para a observar cuidadosamente.

Leon foi o primeiro. Shaz ficou surpresa com a brevidade do relatório dele, e não foi a única. Ele disse que, embora houvesse similaridades claras entre alguns dos casos devido ao número de adolescentes fugitivas registrados anualmente, era difícil argumentar uma significância estatística naquilo. Ele tinha, aparentemente com má vontade, escolhido quatro meninas de West Country, uma delas também estava no grupo de Shaz. O fator de conexão que identificou foram os relatos de que as quatro nutriam ambições de se tornarem modelos. Sugeriu que elas poderiam ter sido sequestradas por um ou mais pornógrafos sob o pretexto de oferecê-las a oportunidade de realizarem o sonho e, então, foram sugadas para uma vida de filmes pornô e prostituição.

Um curto silêncio foi seguido por alguns comentários apáticos na sala. Então Carol perguntou calmamente:

— Quanto tempo você gastou na análise, sr. Jackson?
As sobrancelhas de Leon desceram quando ele fechou a cara.
— Não havia muito o que analisar — disse em tom hostil. — Gastei o tempo necessário.
— Se eu fosse a investigadora de polícia que tivesse passado esse material pra você, estaria bem desapontada com algo tão superficial — informou Carol. — Estaria frustrada, me sentindo enganada, e teria ficado com uma impressão muito ruim de uma unidade especializada que produzisse nada mais significativo do que um dos meus próprios policiais poderia ter fornecido com uma tarde de trabalho.
Leon ficou tão surpreso que seu queixo caiu. Nem Tony, nem Bishop fizeram críticas de forma tão aberta sobre o trabalho de ninguém. Antes que pudesse responder, Tony interveio:
— A detetive inspetora-chefe Jordan está certa, Leon. Não está bom. Presume-se que somos um esquadrão de elite, e não vamos fazer nenhum amigo se não tratarmos todas as nossas tarefas como algo sério que mereça a nossa atenção. Não interessa se achamos que um grupo de casos é trivial. Para os investigadores, eles são importantes. Para as vítimas, eles são importantes.
— Isto aqui era só um exercício — protestou Leon. — Não existe investigador de polícia nenhum. É a hora do recreio. Não dá pra ficar muito estimulado com isso! — O lamento em sua voz dizia "Isto não é justo!" mais alto do que as palavras que usou.
— Da maneira que vejo, todos nesse caso são reais — opinou Carol em voz baixa. — Todas essas crianças estão na lista de desaparecidos. Algumas delas muito provavelmente estão mortas. A dor da incerteza pode muitas vezes ser mais nociva do que o conhecimento da verdade. Se ignorarmos a dor das pessoas, merecemos o desprezo delas.
Shaz observou o semblante impassível de Tony se transformar em um pequeno agradecimento pelas palavras de Carol, depois seguiu os olhos até Leon, cujos lábios comprimidos formavam uma pequena linha enquanto se sentava de lado na cadeira, evitando Carol.
— Certo — disse Tony. — Estamos cientes de que com a detetive inspetora-chefe Jordan não tem delicadeza. Quem é o próximo a se arriscar?
Shaz mal podia conter a impaciência durante o relatório de Kay, uma análise trivial, ainda que de um cuidado meticuloso, que moldou vários

grupos possíveis com uma coleção de conexões. Uma delas era idêntica ao grupo de meninas de Shaz, mas ela não recebeu nenhuma atenção extra em comparação com as outras. Quando a exposição chegou ao final, Tony parecia mais contente.

— Um trabalho meticuloso — disse ele, porém o não dito "mas" ficou pairando no ar como um bastão de corrida de revezamento.

Carol aceitou o desafio.

— Concordo, mas parece que você está em cima do muro. O investigador de polícia quer informações apresentadas de uma maneira que justifique iniciativas específicas. Por isso você precisa hierarquizar suas conclusões. "Esta é muito provável, esta é menos provável, esta é tênue, esta é sinceramente improvável." Isso vai fazer com que os policiais estruturem as investigações de maneira mais produtiva.

— Para sermos justos, é difícil fazer isso no vácuo de um exercício de sala de aula — completou Tony. — Mas devemos sempre nos empenhar para isso. Alguma ideia em relação à ordem de prioridades com que deveríamos trabalhar aqui?

Shaz mal contribuiu com a vigorosa discussão que se seguiu. Estava muito nervosa sobre o que estava por vir para se importar com a impressão que poderia estar dando. De vez em quando, percebia que Carol Jordan a encarava com um olhar interrogativo. Ela respondia com algum comentário inócuo.

Então, de repente, chegou sua vez. Shaz pigarreou e juntou os papéis à sua frente.

— Embora haja várias similaridades superficiais que unem uma variedade de agrupamentos possíveis, uma análise mais aprofundada revela que há um grupo conectado por um vínculo de fatores comuns — começou ela, com firmeza. — O que pretendo mostrar nesta tarde é que, além disso, esse grupo está ligado por um fator externo comum significativo e a inevitável conclusão é que os membros desse grupo são vítimas de um único serial killer.

Ela levantou o olhar, viu Kay se assustar e ouviu a gargalhada de Leon. Tony estava espantado, mas Carol Jordan se inclinava para a frente com as bochechas apoiadas nos punhos, a atenção capturada. Shaz permitiu que um pequeno sorriso contraísse o canto da boca.

— Não estou inventando isso, prometo a vocês — disse ela, distribuindo cópias de páginas grampeadas pela mesa.

— Sete casos — continuou ela. — A primeira página que vocês têm em mãos é uma tabela com a lista de características comuns desses desaparecimentos. Uma das conexões-chave, na minha opinião, é que todas levaram uma muda de roupa, mas não pegaram o tipo de coisas que se escolhe quando se está planejando fugir e viver na rua. Em todos os casos, sentiram falta das "melhores" peças, das roupas da moda que teriam usado se estivessem saindo para um encontro especial, nada de moletons de andar pelas ruas nem jaquetas de neve para se manterem quentes à noite. Sei que adolescentes nem sempre são sensatos quando o assunto é o que vestem, mas lembrem-se, a nossa amostra não é composta de garotas irresponsáveis e descontroladas, nem de festeiras desenfreadas.

Ela levantou o olhar e ficou satisfeita por ver que Tony estava tão arrebatado quanto Carol Jordan.

— Em todos os casos, elas não apareceram na escola e mentiram previamente sobre o que fariam depois, para ganharem uma nítida vantagem de aproximadamente doze horas. Somente uma delas tem passagem pela polícia ou pelo serviço social e foi por furto em loja quando tinha 12 anos. Não eram delinquentes, não bebiam ou usavam drogas em níveis significativos. Se virarem para a página dois, verão que reduzi as fotografias para que ficassem todas do mesmo tamanho. Não acham que há uma similaridade física extraordinária?

Shaz ficou em silêncio para causar impacto.

— Isso é sinistro — resmungou Simon. — Não acredito que não vi isso.

— É mais do que físico — disse Carol, ligeiramente perturbada. — Todas têm um olhar. Uma coisa... quase sexual.

— Estão implorando pra perderem a virgindade — Leon falou para a sala. — É isso. Não tem erro.

— Seja o que for — interrompeu Shaz. — Todas elas têm. Os casos são geograficamente esparsos, o período é de seis anos e os intervalos, regulares, mas as vítimas parecem praticamente intercambiáveis. Isso por si só é uma evidência poderosa. Mas Tony nos ensinou que também deveríamos procurar conectores externos; fatores fora do controle ou influência da vítima e que são comuns. Fatores que se ligam ao assassino, não à vítima. Perguntei a mim mesma onde poderia encontrar a ligação externa que uniria o meu grupo de supostas vítimas.

Shaz pegou outra pilha de cópias grampeadas e as distribuiu antes de seguir em frente:

— Jornais locais. Passei um pente fino nos jornais locais publicados duas semanas antes e duas depois de cada desaparecimento. E, nas primeiras horas da madrugada de hoje, achei o que estava procurando. Está na frente de vocês. Logo antes de cada uma dessas meninas morrerem, a mesmíssima personalidade pública estava na cidade delas. Cada uma dessas meninas, não nos esqueçamos disso, saiu com a única roupa que escolheria em seus armários se estivesse interessada em impressionar um homem.

O murmúrio de descrença já aumentava ao redor dela quando a monstruosidade da sugestão os atingiu.

— É isso mesmo — afirmou ela. — Eu também não acreditei. Quer dizer, quem vai acreditar que o herói do esporte favorito da nação e personalidade da TV é um serial killer? E quem vai autorizar a investigação de Jacko Vance?

Capítulo 6

O choro suave parecia estar sendo engolido pela fria escuridão. Donna Doyle nunca se sentira tão amedrontada em sua curta vida. Não percebera que o medo podia funcionar como anestésico, a apreensão entorpecia a agonia excruciante transformando-a em dor latejante. O que já tinha acontecido fora terrível o bastante. Mas não saber o que o futuro lhe aguardava era quase pior.

Tudo tinha começado tão bem. Ela mantivera o segredo, a despeito de como aquilo ficava borbulhando dentro dela e parecia estar quase empurrando seus lábios numa exigência por liberdade. Mas sabia que ele falara sério sobre a importância da confidencialidade, e aquela era uma oportunidade boa demais para se perder. O entusiasmo pelas novas possibilidades a tinha feito flutuar, permitindo que reprimisse a consciência de que o que estava fazendo causaria um rebuliço em casa. Justificou a sua desobediência em informar a mãe sobre os planos dizendo a si mesma que, quando tudo desse certo da maneira como ela sonhava, haveria tanta alegria que o problema seria esquecido. No fundo, sabia que era mentira, mas não se atreveria a deixar que isso interferisse na sua euforia.

Matar aula fora fácil. Saíra como sempre, depois, em vez de virar na rua que a levava para a escola, seguira para o centro da cidade, onde escapulira para dentro de um banheiro público e vestira as roupas que dobrara cuidadosamente e colocara na mochila no lugar dos livros. Sua melhor roupa, que ela sabia que a fazia parecer mais velha, parecida com uma jovem mulher que vira na MTV, legal pra caralho. À luz fosca do banheiro, passou maquiagem e fez biquinho para o espelho. Meu Deus, como estava bonita. Mas será que seria o suficiente para ele?

Nem estava muito produzida quando ele a escolhera, lembrou-se. Ele tinha visto a sua qualidade de estrela. Jacko morreria quando a visse assim. Certo?

A memória daquela autoconfiança impassível era como uma piada doentia para Donna, agora que estava soterrada pela dor e pelo medo na escuridão. Mas, naquele momento, era o suficiente para que continuasse. Pegara um ônibus para Manchester, esperara até que estivesse prestes a sair, garantindo que não havia nenhum dos seus vizinhos ou dos amigos chatos da sua mãe a bordo. Então subira correndo e se sentara no fundo para que conseguisse ver quem entrava e saía.

Ficar algumas horas sozinha em Manchester em um dia de semana já era por si só uma aventura. Perambulou pelas lojas de departamento, jogou nas máquinas caça-níquel dos fliperamas, comprou algumas raspadinhas em uma banca de jornal perto da estação e disse a si mesma que ganhar dez vezes seguidas não era só um resultado, mas um presságio. No momento em que embarcou no trem, estava irreprimivelmente eufórica, mais do que capaz de ignorar o nervosismo que ainda alvoroçava de forma irritante o seu estômago quando pensava no que sua mãe falaria.

Mudar de trem não foi tão divertido. Estava ficando escuro e ela não conseguia entender uma palavra do que as pessoas falavam pelo sistema de som da estação de Newcastle. Não soavam como as pessoas da televisão. Soavam como alienígenas. De alguma maneira, conseguiu encontrar a plataforma para Five Walls Halt e, nervosa, embarcou no trem, ciente de que estava entre estranhos com caras curiosas, que metiam seus olhos predatórios na saia curta que vestia e na maquiagem dramática que fizera. A imaginação de Donna começou a fazer hora-extra e transformava desconfiados passageiros em perseguidores e agressores carregando machados.

Fora um alívio sair do trem e encontrá-lo aguardando no estacionamento, bem como dissera. Era fascinante. Ele falara o que ela quisera ouvir, tranquilizando-a e a convencendo de que tinha feito a coisa certa. Jacko era um amor, dissera a si mesma, nem um pouco parecido com o que ela esperava que seria alguém da TV.

Enquanto passavam de carro por estreitas estradas do interior, ele explicava que não seria capaz de fazer o teste de filmagem até a manhã seguinte, mas que jantariam juntos. Disse que tinha uma casa de campo, onde ela poderia passar a noite, pois havia um quarto de hóspedes. Isso evitaria que ele dirigisse depois de ter tomado uma ou duas taças de vinho. Se ela não se importasse, é claro. Caso contrário, poderia levá-la para um hotel.

A parte dela que fora bem criada e adestrada para desconfiar quis imediatamente ir para um hotel de onde ligaria para a mãe e revelaria que estava em segurança e bem. Porém, não era uma imagem sedutora passar a noite em um quarto solitário num lugar estranho onde não conhecia ninguém, sem nenhuma companhia a não ser a TV e a mãe reclamando pelo telefone. A outra voz na sua cabeça, a que era tentadora e aventureira, dizia que ela jamais teria uma chance como aquela para realmente mostrar quem era. Tê-lo para si durante uma noite inteira seria a oportunidade perfeita para impressioná-lo de tal maneira que o teste de filmagem se tornaria apenas uma formalidade.

A voz que reprimiu, com uma mistura de apreensão e expectativa, enfatizou que poderia nunca mais haver um momento tão propício para que perdesse a virgindade.

— Ficar com você está ótimo — concordou ela.

Ele sorriu e, retirando rapidamente os olhos da estrada, disse:

— Juro que a gente vai se divertir.

E não estava mentindo. Pelo menos não no início. A comida estava maravilhosa, como as coisas caríssimas de lojas chiques que a mãe dela sempre dizia que não tinham dinheiro para comprar. E beberam vinho. Vários tipos diferentes. Champanhe pra começar, depois vinho branco com as entradas, depois tinto com o prato principal e um aromático, dourado e licoroso com o pudim. Ela não tinha ideia de que havia tantos sabores diferentes. Ele fora um amor durante todo o jantar. Engraçado, galanteador e cheio de histórias que a faziam sorrir e se abraçar por dentro porque estava aprendendo todos aqueles segredos sobre as pessoas da TV.

Ele também parecia achá-la divertida. Ficava perguntando o que ela achava, o que sentia, de quem gostava na TV e quem odiava. Estava interessado, encarava profundamente os olhos dela, realmente prestando atenção, como os homens supostamente faziam quando gostavam de você, não como os rapazes da escola com quem saíra e que só estavam interessados em futebol e até onde ela os deixava ir. Era óbvio que ele a desejava, mas não estava babando nela toda como um velho nojento. Era atencioso e a tratava como se fosse uma pessoa. Com toda a conversa, telefonar para a mãe fora a última coisa a passar pela sua cabeça.

Ao final da refeição, estava agradavelmente embriagada. Não bêbada, não como na festa de Emma Lomas, quando bebera cinco garrafas de cidra extraforte e vomitara durante horas. Só um pouco alta, repleta de felicidade e desejo de sentir a carne quente dele contra a sua, de enterrar o rosto no cheiro cítrico e amadeirado da colônia dele, de transformar suas fantasias em realidade.

Quando ele se levantou para fazer café, ela o seguiu com os pés um pouquinho instáveis, consciente da tontura que fez a sala balançar não de maneira desagradável, mas gentilmente. Ela se aproximou por trás e passou os braços ao redor da cintura dele.

— Eu te acho lindo — elogiou ela. — Fantástico.

Ele se virou, deixando que ela se apoiasse em seu corpo, e enterrou o rosto no seu cabelo. Aninhando-se na orelha da menina, murmurou:

— Você é muito especial. Muito especial.

Ela sentiu a ereção dura contra a sua barriga. Por um momento, sentiu uma onda de medo se contorcer através do seu corpo, depois os lábios dele se juntaram aos dela, e ela se perdeu naquele que parecia ser o seu primeiro beijo.

A sensação era de que o beijo durava a vida inteira, um vertiginoso desfile de cores girava por trás dos seus olhos enquanto a excitação fazia o sangue disparar pelas veias.

Quase sem que ela percebesse, Jacko girou-a gradualmente para que as costas dela ficassem contra a bancada e ele, de frente para ela, ainda a beijando, dardeava a língua para dentro e para fora da sua boca. De repente, sem aviso, ele agarrou seu pulso e puxou com força o braço para o lado. Donna sentiu o metal frio contra a carne e escancarou os olhos. Na mesma hora, as bocas se separaram.

Desnorteada, olhou para o braço, sem entender porque ele estava preso entre as duas faces de um grande torno de metal. Ele deu um passo para trás e rapidamente girou a alavanca, fazendo com que os mordentes se fechassem na carne ruborizada do braço nu de Donna. Em vão, ela tentou puxá-lo, mas não tinha como escapar. Estava presa ao torno da bancada.

— O que você está fazendo? — gritou. A única coisa que seu rosto revelava era uma perplexidade dolorosa. Estava cedo demais para ter medo.

Não havia expressão no rosto dele. Uma máscara impassível substituíra o interesse e a afeição que vira ali a noite inteira.

— Vocês são todas iguais, não são? — disse ele, desapontado. — Dão tudo o que têm pra conseguir o que querem.

— Do que você está falando? — suplicou Donna. — Me solta. Isto não tem graça. Tá doendo.

Ela atravessou o braço livre pelo corpo em direção à alavanca do torno. Jacko levantou o braço e deu um soco com as costas da mão no rosto dela, fazendo-a cambalear.

— Vai fazer o que eu mandar, sua puta traiçoeira — disse ele, ainda calmo.

Donna sentiu gosto de sangue. Um choro rasgado irrompeu da sua garganta.

— Não estou entendendo — gaguejou. — O que fiz de errado?

— Você se jogou em mim porque acha vou te dar o que você quer. Falou que me ama. Mas, se acordar amanhã e eu não der exatamente o que você quer, vai se jogar no próximo otário que puder usar.

Ele se inclinou, pressionando o corpo contra o dela, seu peso impedindo que a menina tentasse novamente se soltar.

— Não sei do que você está falando — choramingou Donna. — Eu nunca... Aaah. — A voz se transformou em um berro de dor no momento em que ele apertou ainda mais o torno. A dor disparou em seu braço quando músculos e ossos foram compactados e as beiradas do torno cortaram profunda e cruelmente o tecido do seu braço. Quando seu grito enfraqueceu e virou uma súplica lacrimosa, ele se virou um pouco, deixando seu peso ainda sobre o braço livre dela, e rasgou o vestido de cima a baixo com um poderoso puxão.

Só então ela ficou realmente com medo. Não conseguia entender por que ele estava fazendo aquilo. A única coisa que queria era amá-lo, ser escolhida por ele para aparecer na televisão. Não era para ser daquele jeito. Era para ser romântico e afetuoso e bonito, mas aquilo era irracional, absurdo e ela não conseguia acreditar no quanto o braço doía, só queria que aquilo acabasse.

Mas ele mal começara. Em instantes, a calcinha dela virou um amontoado rasgado aos seus pés. Marcas profundas apareciam na lateral do seu corpo, onde o tecido ferira a pele antes de a costura ceder à força dele. Tremendo e aos soluços, a voz um murmúrio suplicante sem sentido, não tinha mais forças para resistir quando ele baixou o zíper da calça e a penetrou.

Não era da dor de perder a virgindade que Donna se lembrava. Era da agonia que a atravessava quando ele pressionava o torno num ritmo conjunto com as investidas do quadril. O rompimento do hímen passou despercebido em meio ao estilhaçar dos ossos do seu pulso e antebraço e à pulverização da sua carne entre as placas de metal.

    Deitada no escuro, a única satisfação que sentia era por ter desmaiado depois. Não sabia onde estava nem como chegara ali. Só sabia que era uma bênção estar completamente sozinha. E isso era o suficiente. Por enquanto, era o suficiente.

Capítulo 7

Tony caminhava pela Briggate com as mãos enfiadas no fundo dos bolsos da sua jaqueta por causa do frio, desviando-se dos últimos compradores e dos cansados vendedores que se dirigiam aos pontos de ônibus. Ele merecia uma bebida. Tinha sido uma tarde difícil. Por um tempo, parecera que o espírito de grupo nutrido desde o primeiro dia estava prestes a se tornar uma lembrança. As diferenças de opinião aumentavam, transformavam-se em discussões e ficavam a um fio de descambarem para a ofensa.

A primeira resposta à dramática hipótese de Shaz fora um silêncio atordoado. Então Leon deu um tapa na perna e ficou arrastando a cadeira pra lá e pra cá antes de gritar:

— Shazinha, meu amor. O tanto de merda que você fala não cabe numa usina de tratamento de esgoto, mas é o melhor que você faz! É isso aí, querida, continua assim!

— Espera aí, Leon — objetou Simon. — Você está se precipitando muito em detonar a menina. E se ela estiver certa?

— Ah tá — Leon desdenhou, pronunciando lentamente as palavras. — Como se fosse *óbvio* que o Jacko Vance é um serial killer psicopata. É só ver o cara na televisão. Ou ler sobre ele nos tabloides. Isso mesmo, O Bacana, um casamento perfeito, o orgulho da Inglaterra, o herói que sacrificou o braço e uma medalha olímpica pra que outras pessoas pudessem viver. Bem Jeffrey Dahmer, bem Peter Sutcliffe. Não.

Tony mantivera meio olho em Shaz durante o acesso de Leon e percebeu o aparente escurecimento dos olhos e a tensa linha na boca. Ela não conseguia lidar com a gozação da mesma maneira que lidava com a crítica direta, percebeu. Quando Leon parou para respirar, Tony aproveitou e entrou, com uma dose de ironia.

— Eu simplesmente adoro o pega de um debate intelectual. Então, Leon, que tal você parar de se exibir e apresentar algum argumento convincente contra o caso que Shaz está propondo?

A raiva ficou estampada no rosto de Leon que, como de costume, não conseguia disfarçar suas emoções. Escondido atrás da brasa do cigarro, ele murmurou algo.

— Será que pode compartilhar isso conosco de novo? — interveio Carol com suavidade.

— Falei que não acho que a personalidade de Jacko Vance se encaixa nas características básicas de serial killers — repetiu ele.

— Como você sabe disso? — interveio Kay. — Só o que a gente vê do Jack Vance é a imagem manufaturada pela mídia. Alguns serial killers foram superficialmente charmosos e manipuladores. Tipo Ted Bundy. Se você vai ser um atleta de ponta, precisa desenvolver um autocontrole fenomenal. Quem sabe não é isso o que vemos em Jacko Vance? Uma carcaça totalmente sintética cobrindo uma personalidade psicopática.

— Bem observado — disse Simon, energicamente.

— Mas ele é casado há 12 anos ou mais. A mulher ficaria com ele se o cara fosse um psicopata? Ele não conseguiria manter a máscara permanentemente — alguém contestou.

— Sonia Sutcliffe sempre afirmou que ignorava completamente o fato de que o marido saía pra pegar prostitutas do mesmo jeito que alguns homens saem pra jogar futebol. Rosemary West ainda alega que não tinha ideia de que Fred estava usando corpos pra fazer a fundação da ampliação do quintal — destacou Carol.

— É mesmo, e pensa bem — instigou Simon —, casais com empregos como os de Jacko Vance e Micky Morgan não são como o restante de nós. Metade do tempo, Jacko está na estrada fazendo o *Vance Visita*. E tem todo aquele trabalho voluntário em hospital. Enquanto a Micky deve estar no estúdio praticamente de madrugada, se preparando para o programa dela. Eles provavelmente se encontram menos do que os policiais com os filhos.

— É um ponto interessante — comentou Tony, intervindo em meio a algumas interjeições em voz alta. — O que acha, Shaz? É a sua teoria afinal de contas.

O maxilar de Shaz se moveu de maneira insubordinada antes de começar:

— Não vejo ninguém se opondo à identificação do grupo de meninas ser uma realidade significativa.

— É... é — disse Ken. — Fico pensando se é realmente tão significativo assim. Reuni vários grupos que talvez tenham conexões com a mesma legitimidade. O das garotas que a polícia achou que podiam ter sido molestadas sexualmente, por exemplo.

— Não — disse Shaz, com firmeza. — Não com a quantidade de fatores de ligação quanto os deste grupo. Vale a pena reafirmar que algumas das coisas que as conectam são características incomuns, incomuns o bastante para que investigadores de polícia as notassem, mas não as identificassem como importantes. Como, por exemplo, que elas levaram as melhores roupas que tinham.

Tony ficou satisfeito por ver como ela não se deixou intimidar por esse último exemplo de Kay, cujos comentários sempre eram pedantes.

Sua réplica, contudo, não lhe rendeu uma folga.

— É claro que eles notariam isso — cutucou Leon, que não conseguia ficar quieto por muito tempo. — É o único fator que indica que você está atrás de alguém que fugiu de casa, e não de uma vítima de serial killer. Se você não percebe isso, é um bosta de um detetive.

— Tipo o que, só pra começar, nem sequer identificou o grupo? — interpelou Shaz, agressivamente.

Leon lançou os olhos para cima e apagou o cigarro.

— Vocês, mulheres, quando enfiam uma ideia na cabeça...

— Jesus Cristo, às vezes vocês só falam merda — reclamou Simon. — Será que a gente pode voltar a falar do que interessa... Fico me perguntando quanta coincidência existe no fato de Vance ter visitado essas cidades. Não sabemos quantas aparições públicas ele faz por semana. Caso esteja constantemente na estrada, isso não significaria muita coisa.

— Exatamente — apoiou Kay. — Você procurou nos jornais locais por crianças desaparecidas que não estão no seu grupo para ver se Vance também apareceu por lá?

Os lábios franzidos deram a resposta antes que abrisse a boca:

— Eu não tive tempo — admitiu relutantemente. — Talvez você queira assumir essa pequena tarefa, Kay?

— Se fosse uma operação real, você teria que fazer o que a Kay sugeriu — observou Carol. — Mas você teria o pessoal e o tempo pra fazer isso, o que não tem aqui. Preciso confessar, estou impressionada com o que conseguiu com o tempo e os recursos limitados que tinha à sua disposição.

O elogio de Carol fez com que Shaz endireitasse os ombros, porém, quando a detetive inspetora-chefe continuou, ela ficou temerosa:

— Entretanto, mesmo que seja uma conexão genuína, apontar o dedo direto para Jacko Vance é um salto no escuro grande demais. Se esses desaparecimentos e pretensos assassinatos estão conectados às aparições dele, é muito mais provável que o criminoso seja um membro da comitiva dele ou mesmo alguém do público que tenha um estímulo desencadeador de estresse em seu passado que se conecta a Vence. O mais óbvio talvez seja que ele tenha sido rejeitado por uma mulher que era muito fã do Jacko. Essas seriam as minhas primeiras áreas de interesse antes de chegar à hipótese de que o próprio Jacko está envolvido.

— É um ponto de vista — disse Shaz, momentaneamente mortificada por ter ficado tão entusiasmada com a sua teoria sensacionalista que não considerara aquela possibilidade. Era o mais próximo que Tony chegaria de vê-la fazendo uma concessão. — Mas você acha que vale a pena continuar desenvolvendo esse grupo de meninas?

Carol olhou desesperadamente para Tony e titubeou:

— Eu... hum...

Para salvá-la, Tony disse:

— Isso é só um exercício, Shaz. Não temos autoridade para levar adiante nenhum desses casos.

Ela ficou arrasada.

— Mas há um grupo aqui. Sete desaparecimentos suspeitos. Aquelas meninas têm famílias.

Leon se intrometeu novamente, o sarcasmo em pleno funcionamento:

— Qual é, Shazinha. Coloca esses neurônios pra funcionar. A gente deveria estar esclarecendo as coisas pros policiais lá na rua, não arrumando mais trabalho pra eles. Acha mesmo que alguém vai agradecer a gente por incitar uma acusação da pesada com base numa teoria que é fácil pra cacete classificar como o produto das mentes entusiasmadas de um bando de novatos em um esquadrão especial que, pra começar, ninguém queria dentro da polícia?

— Beleza — disse Shaz, amargamente. — A gente vai simplesmente esquecer o que eu falei, né? Quem é o próximo a vir aqui pra ser totalmente fuzilado? Simon? Vamos ser abençoados com as suas palavras de sabedoria agora?

Tony considerou a aparente capitulação de Shaz como um sinal para seguir em frente. As análises dos outros membros da equipe foram consideravelmente menos controversas, o que permitiu que ele desse dicas úteis e mostrasse armadilhas na seleção de dados e no desenvolvimento de conclusões a partir de matéria-prima. À medida que a tarde progredia, notara que Shaz se recuperava lentamente da receptividade hostil que deram às suas ideias. Gradualmente, deixava de parecer desapontada, e saía de um estado de desalento para assumir uma postura de determinação teimosa que ele considerou levemente preocupante. Em algum momento dos dias por vir, teria que encontrar tempo para conversar com ela e destacar a qualidade de grande parte da análise dela, explicando a importância de se manter conclusões aparentemente malucas em segredo até que pudesse sustentá-las com algo mais sólido do que a intuição.

Tony saiu da rua principal e entrou no beco estreito que acomodava o pub Whitelocks, uma relíquia fora de moda que, de alguma maneira, sobreviveu aos anos em que o centro da cidade morria às cinco e meia. Para ser honesto, a última coisa que sentia vontade de fazer era tomar alguma coisa com Carol. A história entre eles fazia com que seus encontros nunca fossem inteiramente fáceis, mas, naquela noite, ele tinha algo para contar que ela gostaria de ouvir.

No bar, pediu uma cerveja e encontrou uma mesa tranquila em um canto. Nunca fora de se esquivar das obrigações. Mas o fracasso de Shaz em considerar um dos fãs de Jacko Vance ou um membro da sua comitiva como uma possibilidade tinha o lembrado da importância de aguardar os dados antes de expor suas teorias ao severo escrutínio das outras pessoas. Pelo menos uma vez, Tony achou que usaria aquele conselho mental que tinha para a Shaz e não diria nada sobre suas ideias até que ele mesmo tivesse mais evidências.

Foi necessária meia hora para Carol fugir das perguntas das duas policiais da força-tarefa. Tinha a nítida sensação de que, se não tivesse sido tão enfática em lhes informar que precisava ir embora, a menina dos olhos, Shaz, a teria pregado na parede até que tivesse arrancado dela toda e qualquer informação pertinente além de uma boa quantidade de informação impertinente.

Quando abriu a porta de vidro jateado do pub, estava convencida de que ele já teria desistido e ido embora.

Shaz o viu acenando assim que chegou ao bar. Estava sentado em um cantinho onde as paredes eram revestidas de madeira bem no fundo do pub, havia resto de cerveja no copo em frente a ele.

— Mais uma? — Foi o que o movimento sem som dos lábios perguntou enquanto ela fazia o gesto universal de alguém segurando um copo. Tony colocou um dedo indicador cruzado sobre o outro e fez um T. Carol abriu um sorrisão. Pouco depois ela colocou um copo liso com Tetley em frente a Tony e sentou no lado oposto com uma cerveja pequena.

— Dirigindo — justificou sucintamente.

— Vim de ônibus. Saúde — brindou ele, levantando o copo.

— Saúde. Bom te ver.

— Você também.

O sorriso que Carol deu em resposta foi debochado.

— Ficava pensando se algum dia você e eu conseguiríamos nos sentar um em frente ao outro sem a sensação de uma terceira pessoa na mesa.

Ela não conseguia evitar. Era como a casca de uma ferida que tinha que arrancar, sempre segura de que dessa vez não sairia sangue.

Ele desviou o olhar e disse:

— Na verdade, você é praticamente a única pessoa que não me faz sentir assim. Obrigado por ter vindo hoje. Sei que provavelmente não era desse jeito que você queria retomar...

— Nosso contato? — disse Carol, incapaz de evitar um tom ácido.

— Nossa amizade?

Foi a vez de ela desviar o olhar.

— Espero que sim — disse. — Espero que seja amizade.

Não era bem a verdade e ambos sabiam disso, mas serviu ao propósito. Carol encontrou um sorriso frágil e comentou:

— Interessante a sua turma filhotes de analistas criminais.

— São, não são? Imagino que você tenha visto o que todos eles têm em comum.

— Se ambição fosse ilegal, todos eles estariam cumprindo prisão perpétua. Na cela ao lado da de Paul Bishop.

Tony quase engasgou com a boca cheia de cerveja, molhou a mesa e por pouco não acertou a jaqueta de sarja creme de Carol.

— Estou vendo que você não perdeu seu instinto assassino — balbuciou ele.

— Falsa modéstia pra quê? É impossível não perceber. Ambição de alta octanagem. Isso enche aquela sala igual a testosterona em uma boate. Não fica preocupado por eles verem a força-tarefa como um trampolim para carreiras brilhantes?

Tony sacudiu a cabeça.

— Não. Talvez metade deles a use como trampolim para aquilo que acreditam ser coisas maiores. A outra metade acha que está fazendo isso, mas vai se apaixonar pela criação de perfis e nunca mais vai querer fazer outra coisa.

— Dê nome aos bois.

— Simon, o rapaz de Glasgow. Tem aquele modo de pensar cético e não aceita nada cegamente. Dave, o sargento. Gosta da ideia de que aquilo é metódico e lógico, e que mesmo assim existe espaço para instinto. Mas a verdadeira estrela vai ser a Shaz. Ainda não sabe disso, mas já foi picada pelo mosquito da criação de perfis. Você não acha?

Carol assentiu e disse:

— Ela é uma workaholic obsessiva e não vê a hora de atacar as mentes destrambelhadas nas ruas. — Inclinando a cabeça para o lado, ela soltou: — Quer saber de uma coisa?

— O quê?

— Ela me lembra você.

Tony não conseguia decidir se ficava ofendido ou entretido e acabou escolhendo perplexo.

— Que estranho — disse ele. — Ela *me* lembra você.

— O quê? — exclamou Carol, espantada.

— Na apresentação de hoje à tarde. O trabalho básico foi consistente. O grupo que ela identificou definitivamente merece consideração como fenômeno. — Ele estendeu as mãos e arregalou os olhos. — Pular disso para a conclusão de que Jacko Vance é um serial killer foi um salto imaginativo só comparável à sua performance virtuosa no caso de Bradfield!

Carol não conseguiu ficar sem rir da teatralidade dele.

— Mas eu estava certa — protestou Carol.

— Você pode ter tido razão de *fato*, mas quebrou todas as leis da lógica e das probabilidades para chegar àquilo.

— Talvez a Shaz esteja certa. E talvez a gente simplesmente seja melhor que os meninos em criar perfis — provocou Carol.

Tony resmungou.

— Eu não negaria a possibilidade das meninas serem melhores nisso — disse ele. — Mas não consigo acreditar que você acha que a Shaz está certa.

— Depois de seis meses de trabalho, ela vai se sentir mortificada só de ter sugerido aquilo.

— Como conheço os policiais, sei que alguém daquela turma vai armar um cara a cara pra ela no *Vance Visita*.

Carol sentiu um arrepio.

— Já consigo até ver. Jacko Vance prensado contra a parede por aqueles olhos extraordinários e a Shaz falando: "Onde você estava na noite de 17 de janeiro de 1993?"

Quando os dois pararam de gargalhar, ela completou:

— Eu ficaria fascinada de ver o que ela inventaria sobre o meu incendiário em série.

— Hmmm — disse Tony.

Ela ergueu o copo para brindar.

— Ao esquadrão da feitiçaria.

— Que estejamos há muito tempo no céu antes que o diabo perceba que a gente já foi embora — respondeu ironicamente e esvaziou o copo. — Outra?

Carol olhou o relógio e considerou. Não que devesse estar em algum lugar; só queria um tempinho pra decidir se era melhor deixar as coisas naquela situação agradável ou ficar para tomar mais uma com o risco de acabarem reinstaurando a distância novamente. Decidida a não arriscar, ela negou com um gesto de cabeça pesaroso.

— Não posso, infelizmente. Quero pegar o turno da noite do Departamento de Investigação Criminal antes que eles desapareçam na zona crepuscular. — Ela bebeu o último restinho de sua cerveja e levantou. — Que bom que a gente teve a oportunidade de bater um papo.

— Bom mesmo. Volta na segunda, aí já vamos ter alguma coisa pra você.
— Ótimo.
— Vai com cuidado na estrada — aconselhou ele.

Ela ficou de lado e disse:

— Vou, sim. E você se cuida.

E foi embora. Tony ficou sentado por um tempo olhando para dentro do seu copo vazio, avaliando porque alguém começava um incêndio sem a recompensa da excitação sexual. Quando um vislumbre de ideia rastejou dentro da cabeça, ele levantou e caminhou sozinho pelas ruas ressoantes.

Não foi a risada dos colegas de Shaz que fizeram seus olhos arderem como se estivessem com xampu. Nem foi o metafórico tapinha na cabeça de Carol Jordan. Foi a gentileza de Tony. Em vez de ficar impressionado pela qualidade do seu trabalho e pelo quanto suas análises eram incisivas, Tony fora gentil. Ela não queria ouvir que foi preciso coragem para colocar a tapa a cara, que demonstrou muita iniciativa, mas que caíra na armadilha de se deixar levar pela coincidência. Teria sido mais fácil se ele tivesse sido desdenhoso ou até mesmo arrogante, mas a camaradagem na compaixão era óbvia demais para que ela escondesse sua esmagadora decepção com raiva. Tony inclusive contara algumas histórias sobre como ele tinha chegado a conclusões equivocadas quando começou na criação de perfis.

Era uma generosidade de espírito com a qual Shaz não tinha ferramentas para lidar. Sendo a única, e acidental, filha de um casal tão devotado um ao outro que as necessidades emocionais da filha mal importavam, aprendera a sobreviver sem expectativa de ternura e indulgência. Fora chamada atenção por mau comportamento, recebera elogios distantes e negligentes por seu sucesso, porém, na maior parte das vezes, fora ignorada. Sua ambição determinada tinha raízes numa infância em que trabalhara desesperadamente para ganhar o que almejava: o reconhecimento dos pais. Em vez disso, os professores ofereceram aprovação e as avaliações profissionais informais tinham sido a única generosidade com a qual aprendera a se sentir à vontade. Hoje em dia, gentileza pessoal genuína a deixava confusa e desconfortável. Conseguia lidar com a avaliação eficiente que Carol Jordan fizera do seu trabalho, mas a gentileza de Tony a desconsertou e acendeu nela a vontade de fazer algo que pudesse tornar aquilo redundante.

Na manhã depois do fracasso, suportou a zoação dos colegas e foi capaz até mesmo de se juntar às provocações, em vez de encará-los com seu frio olhar azul e esvaziar-lhes totalmente a autoconfiança. Debaixo da superfície afável, contudo, a cabeça dela estava turbulenta e não parava de pensar em uma maneira de mostrar que estava certa.

Passar um pente fino nos registros das pessoas desaparecidas, numa tentativa de encontrar outros casos que se encaixassem no padrão estava fora de questão. Shaz sabia, devido aos dias de patrulha, que algo em torno de 250 mil pessoas desapareciam todos os anos, aproximadamente 100 mil tinham menos de dezoito anos. Muitas delas simplesmente deixavam para trás as pressões dos empregos que odiavam e as famílias que não lhes ofereciam nada. Outras fugiam de vidas que se tornaram intoleráveis. Algumas eram seduzidos por promessas de ruas pavimentadas com ouro. E poucos eram arrancadas do seu mundo familiar contra a vontade e arrastadas para o Inferno. Mas era quase impossível dizer em qual categoria uma pessoa se enquadrava por uma análise ligeira do resumo do relatório. Ainda que conseguisse persuadir seus colegas indecisos a se juntarem a ela na busca para desenterrar outras possíveis vítimas do serial killer de Shaz, isso requereria muito mais recursos do que tinham disponíveis.

Quando Tony anunciou que a tarde seria dedicada a estudos individuais, Shaz sentiu a ânsia da sua impaciência diminuir. Pelo menos poderia *fazer* alguma coisa. Rejeitou a sugestão de Simon para almoçarem em um pub e foi direto para a maior livraria da cidade. Minutos depois, estava em frente à caixa registradora com uma cópia de *Jack, uma caixinha de surpresas: a biografia não autorizada*, de Tosh Barnes, um colunista da Fleet Street famoso por sua escrita cáustica, e *Coração de leão: a verdadeira história de um herói*, de Micky Morgan, uma versão atualizada do relato que escrevera pela primeira vez pouco depois do casamento. Tony sugerira que mesmo que Shaz estivesse certa sobre a ligação, era mais provável que o assassino fosse alguém da comitiva de Vance do que o homem em pessoa. Os livros ajudariam ou a eliminá-lo ou a propiciar apoio corroborante para a sua teoria.

Depois de uma rápida viagem de ônibus, estava em casa. Sentou-se à mesa abrindo uma lata de Coca-Cola, o que emitiu um estalo, e imergiu na perspectiva adorável da esposa de Jacko Vance sobre a brilhante carreira do marido. Grande atleta, herói altruísta, lutador indomável, apresentador de TV inigualável, trabalhador voluntário incansável e marido sublime. Ao se esforçar para continuar lendo a hagiografia, Shaz pensou que, na verdade, seria um prazer demolir uma figura revoltante de tão perfeita. Se sua primeira suposição estivesse certa, ele não tinha somente o interior oco, mas toda uma fachada falsa.

Foi um alívio chegar ao final, ainda que isso significasse encarar a pergunta que estava empurrando para as profundezas da cabeça; a apreensão clássica dos inquéritos sobre serial killers: como era possível a esposa não saber? Mesmo levando aquelas vidas atarefadas e independentes uma da outra, como Mick Morgan poderia compartilhar a cama e a existência com um sequestrador e assassino de adolescentes e não perceber que algo na cabeça dele era pervertido e fora do lugar? E, se sabia, ou mesmo desconfiava, como podia se sentar em frente às câmeras dia após dia entrevistando vítimas da vida e pessoas consideradas vencedoras sem uma centelha que apontasse para outra coisa que não fosse compaixão profissional e compostura?

Uma pergunta para a qual não havias resposta. A não ser que Tony estivesse certo e não fosse o próprio Jacko, mas um fã ou um membro da equipe. Eliminando as apreensões, Shaz mudou para *Jack, uma caixinha de surpresas*, que se provou uma mera e irrelevante versão do mesmo mito. Os casos narrados eram diferentes, mas não revelava nada mais sinistro além do fato de que, quando estava usando sua máscara profissional, Jacko Vance era um perfeccionista com uma postura corrosiva e invectiva capaz de despir a armadura protetora até mesmo dos casos mais difíceis da TV. Isso estava longe de servir como sinal de que era um maníaco homicida.

Porém, para alguém em busca de elementos que se encaixassem nas características de um serial killer, havia sinais e pistas que poderiam apontar para a possibilidade dela não estar completamente enganada. Com certeza havia ali mais fatores do que uma pessoa mediana exibiria e isso, até então, mantinha Jacko Vance como suspeito principal. Poderia muito bem ser alguém ligado a ele, mas, até esse momento, a pesquisa que fizera não fornecera nada que contradissesse sua teoria original.

Shaz tomava notas à medida que lia os dois livros. No final da pesquisa inicial, abriu o notebook e clicou em um arquivo que tinha preparado mais cedo no curso de criação de perfis. Nomeado de *Checklist de criminoso organizado,* era exatamente o que o nome sugeria: uma lista de indicadores potenciais para revelar a um investigador que um suspeito era um sério candidato. Fez uma cópia do arquivo; depois, usando as anotações para se orientar e vez e outra retornando aos livros, percorreu todo o inventário. Quando terminou, quase ronronava de satisfação. Não estava louca no fim das contas. Aquilo era algo que Tony Hill não poderia ignorar quando disposto na Parte Um do dossiê novo que planejava apresentar. Ela o imprimiu e sorria de satisfação enquanto o conferia.

Estava particularmente satisfeita com o parágrafo de conclusão. Ainda que conciso e direto ao ponto, informava aos leitores que sabiam o que procurar tudo o que precisavam saber, pensou. Gostaria colocar as mãos nas matérias de jornais sobre Vance e Micky Morgan, particularmente nos tabloides e nas colunas de fofoca. Mas entrar com um requerimento formal para qualquer uma das bibliotecas especializadas em jornal faria disparar muito alarmes. Em uma história grande como essa, não podia nem ousar confiar em um contato pessoal.

Ponderou se apresentava ou não essa nova análise a Tony Hill. Em seu coração, sabia que não era o suficiente para mudar o que ele pensava. Mas alguém estava matando meninas e, na balança das probabilidades, dado o tempo a que isso vinha acontecendo e a quantidade de indicadores escondidos no histórico dele, Shaz chegou à conclusão de que Jacko era esse sujeito. Em algum lugar, havia algo que iria expor a sua fraqueza, e ela descobriria o que era.

Capítulo 8

O sargento da recepção colocou uma segunda colherada de açúcar na caneca de chá preto e misturou languidamente, observando o moroso redemoinho que se formava, como se desejasse que ele fizesse alguma coisa interessante o bastante para desviar sua atenção da pilha de papéis ao lado dele na mesa. A espiral desacelerou até parar. Nada mais aconteceu. Com um suspiro que começou na boca do estômago, pegou o primeiro arquivo e o abriu.

O alívio veio quando estava na segunda página do relatório. A mão dele disparou para o telefone como se estivesse presa a um elástico solto de repente.

— Polícia de Glossop, sargento Stone — atendeu animadamente.

A voz no telefone falhava de tão nervosa e estava bem descontrolada. Era uma mulher, nem jovem, nem velha, Peter Stone notou automaticamente enquanto puxava um pedaço de papel para perto de si.

— É a minha filha — disse a mulher. — Donna. Ela não voltou pra casa. Só tem 14 anos. Não foi pra casa da amiga dela. Não sei onde ela está. Me ajuda! Você tem que me ajudar! — Ela aumentou o tom e sua voz se transformou num berro assustado.

— Entendo o quanto isso é perturbador para você — disse Stone de maneira estoica. Sendo ele mesmo pai de duas meninas, recusou-se a deixar que sua imaginação se descontrolasse e começasse a fantasiar os desastres que poderiam acontecer a elas. Se não fizesse isso, nunca mais conseguiria dormir. — Precisarei de alguns detalhes para que possamos prestar-lhe algum auxílio. — A formalidade dele era proposital, uma tentativa calculada de desacelerar as coisas e instilar calma na frenética mulher do outro lado da linha. — O seu nome é...?

— Doyle. Pauline Doyle. Minha filha é a Donna. Donna Theresa Doyle. A gente mora na Corunna Street. Corunna Street, número 15. Só nós duas. O pai dela morreu, sabe? Teve uma hemorragia cerebral há três anos e caiu morto, assim, de repente. O que aconteceu com a minha Donna? — Sua voz estava embargada pelas lágrimas. Stone a ouvia fungar e soluçar apesar dela se esforçar muito para falar com coerência.

— Farei o seguinte, sra. Doyle, mandarei alguém aí para colher um depoimento da senhora. Enquanto isso, pode me dizer há quanto tempo Donna está desaparecida?

— Não sei — lamuriou Pauline Doyle. — Ela saiu de casa pra ir à escola hoje de manhã e falou que ia tomar um chá na casa da amiga dela, a Dawn. Elas estavam trabalhando num projeto de ciências. Como às dez horas ela ainda não tinha chegado em casa, liguei pra mãe da Dawn e ela me contou que a Donna não tinha ido lá e Dawn falou que ela não tinha aparecido na escola.

Stone olhou para o relógio. Isso significava que a menina tinha estado em um lugar diferente daquele em que deveria estar por quase quinze horas. Oficialmente, não era para se preocupar ainda, mas doze anos de serviço na polícia lhe deram um instinto para o que era importante.

— Vocês não brigaram, brigaram? — perguntou, gentilmente.

— Nã-ã-ã-o — disse a sra. Doyle, chorando. Ela soluçava e Stone a ouviu respirar fundo para acalmar a voz. — Ela é tudo que eu tenho. — Continuou com a voz macia e comovente.

— Pode haver uma explicação simples. Não é incomum garotas jovens desaparecerem de repente. Agora quero que a senhora coloque a chaleira para esquentar e prepare uma bule de chá, pois dois policiais estarão aí em dez minutos, ok?

— Obrigada.

Desolada, Pauline Doyle desligou o telefone e olhou com aflição para a foto sobre a televisão. Donna sorria de volta para ela, um sorriso deliberadamente sedutor que dizia que ela estava atingindo a fronteira que separa a criança da mulher. Sua mãe enfiou a mão entre os dentes para evitar que começasse a gritar, depois saiu cambaleando até entrar no brilho fluorescente da cozinha.

Nesse momento, Donna Doyle estava viva, bem e levemente bêbada.

Capítulo 9

Uma vez que a decisão fora tomada, só o que restava eram detalhes. Primeiro, o pedido oficial, planejado para gerar o máximo efeito durante a maratona televisiva que arrecadava milhões para instituições de caridade para crianças. Jacko se ajoelhou diante de oito milhões de espectadores e pediu a Micky que se casasse com ele. Ela adequadamente se fingiu surpresa, depois comovida. Com lágrimas nos olhos, aceitou. Assim como todos os outros aspectos do casamento deles, não havia nada em todo o processo que não pudesse ser televisionado no horário nobre.

O casamento aconteceu em um cartório, é claro, o que não era razão para não ostentar uma festa que inundaria as colunas de fofoca durante dias. O agente de Jacko e Betsy foram testemunhas, ambos agindo como supervisores oficiais, garantindo que ninguém bebesse champanhe a ponto de destruir a discrição. Então, depois, a lua de mel. Uma ilha particular em Seicheles. Betsy e Micky em um chalé, Jacko em outro. Diversas vezes, elas o viam na praia, com uma mulher diferente em cada ocasião, mas ninguém, com exceção do próprio Jacko, juntava-se a elas para fazer alguma refeição e elas nunca eram apresentadas a nenhuma das suas parceiras.

Na última noite, os três jantaram juntos sob a lua do Oceano Índico.

— Suas amigas já foram embora? — perguntara Betsy, encorajada pela quinta taça de champanhe.

— Amigas, não — respondeu Jacko cuidadosamente. Na boca, um sorriso estranho e retorcido. — Nem assistentes pessoais, infelizmente. Não durmo com amigas. O sexo é algo mantido no campo das transações. Depois do acidente, depois da Jillie, falei pra mim mesmo que nunca mais me colocaria numa posição em que alguém pudesse me tirar qualquer coisa que fosse importante pra mim.

— Que triste isso — comentou Micky. — Você perde muito por não estar preparado pra assumir riscos.

Os olhos dele pareciam ter se vitrificado, como o vidro fumê da janela de uma limousine se levantando para obscurecer quem estava ali dentro. Era um olhar que ela estava certa de que nunca seria visto por seu público, nem mesmo pelos doentes terminais e enfermos incuráveis que ele tranquilizava, dedicando com afinco tanto do seu tempo e energia. Se os detentores do poder tivessem algum dia visto aquela escuridão atrás dos seus olhos, teriam se certificado de que ele jamais chegaria a cem quilômetros de distância dos doentes e moribundos. Tudo o que o mundo recebia era o charme. Na verdade, era praticamente tudo que ela mesma sempre recebia. Só que ou ele a deixava ver mais, ou então não estava ciente de que ela o conhecia tão bem. Até mesmo Betsy disse a ela que era um exagero aquela história da escuridão que se avolumava dentro do marido. Somente Micky sabia que não era.

Jacko olhou sem sorrir para dentro dos olhos da sua esposa e disse:

— Eu assumo muitos riscos, Micky. Só minimizo a possibilidade de perda. Olha este casamento. É um risco, mas não o aceitaria se não tivesse certeza de que seria o mais seguro pra mim, porque você tem muito mais a perder do que eu se, em algum momento, ele for exposto como uma fraude.

— Talvez — reconheceu Micky dando uma inclinadinha em sua taça. — Mas acho triste você se privar da possibilidade de amar, que é o que faz desde que terminou com a Jillie e começou esse jogo comigo.

— Isto não é um jogo — disse Jacko, a cara fechada e intensa. — Mas se você está preocupada com a minha desnutrição, não se preocupa. Eu me responsabilizo pelas minhas próprias necessidades. E prometo que minhas soluções nunca vão constranger você. Sou o rei da negação. — Ele colocou a mão esquerda sobre o coração e sorriu solenemente.

Essas palavras sempre assombraram Micky, apesar dele nunca ter dado razão para que ela as jogasse na cara dele. Porém, às vezes, quando via algumas expressões cruzarem os olhos de Jacko, lembrava-se da primeira vez que vira sua fúria contida naquele quarto de hospital, e imaginava o que exatamente poderia estar escondido no mundo secreto de Jacko que pedisse por negação. Assassinato, entretanto, nunca teria feito parte na lista.

O problema de se trabalhar sozinha era que não se podia fazer tudo, percebeu Shaz depois de algumas noites de sono espasmódico. O dia não tinha a quantidade suficiente de horas, ela não tinha autoridade para fazer verificação de antecedentes, nem acesso à rede de informações dos policiais que trabalhavam nas áreas em que Jacko Vance crescera e naquela em que morava atualmente. Não havia ninguém com quem fofocar. Se ela quisesse fazer algum progresso sobre o qual valesse a pena falar, havia apenas uma rota possível a seguir.

Teria que agitar as coisas. E isso significava pedir mais favores. Pegou o telefone e ligou para Chris Devine. A secretária eletrônica atendeu no terceiro toque. Foi um alívio não ter que explicar todo aquele empreendimento aparentemente insano para Chris. Quando escutou o bipe, Shaz disse:

— Chris? É a Shaz. Obrigada pela ajuda naquele dia. Foi útil demais. Estou precisando de outro favor. Será que você conseguiria o número da casa do Jacko Vance pra mim? Vou ficar em casa a noite toda. Você é uma estrela, obrigada.

— Peraí. — A voz de Chris se sobrepôs à dela.

Shaz deu um pulo e quase deixou a caneca de café cair no chão.

— Alô? Chris?

— Estava tomando banho. O que é que tá rolando? — A voz de Chris estava mais afetuosa do que Shaz achava que merecia.

— Quero esquematizar uma conversa com o Jacko Vance e não tenho o número dele.

— Tem algum problema com os canais oficiais, docinho?

Shaz pigarreou.

— Não é uma investigação exatamente oficial.

— Você vai ter que abrir um pouquinho mais o jogo. Isso tem alguma coisa a ver com a meia-dúzia de árvores que tive que assassinar no último favor que você pediu?

— Mais ou menos. Sabe o exercício de que falei? Parece que ele acabou gerando um grupo genuíno. Acho que existe um serial killer de verdade por aí pegando meninas adolescentes. E está conectado a Jacko Vance.

— Jacko Vance? *O* Jacko Vance? O Jacko Vance do *Vance Visita*? O que ele tem a ver com um serial killer?

— É o que estou tentando descobrir. Só que a gente não deveria estar fazendo isso agora, então ninguém está disposto a agir ainda a não ser que eu descubra alguma coisa mais concreta.

— Espera um pouquinho, querida. Volta um pouquinho até a parte em que fala da conexão com Jacko Vance. O que você quer dizer com isso?

Parecia que Chris estava começando a ficar preocupada, Shaz pensou. Hora de recuar um pouco. Hora também de adotar a sugestão menos dramática dos seus colegas.

— Pode ser alguma coisa, mas também pode não ser nada. Só que, nesse grupo que identifiquei, ele fazia uma aparição pública nas cidades de todas as meninas alguns dias antes delas desaparecerem. É uma coincidência curiosa e estou pensando que pode ser alguém da comitiva dele ou algum fã maluco que pira com meninas que têm uma queda muito forte por ele ou alguma coisa assim.

— Peraí, me deixa entender isso direito. Você quer abordar o Jacko Vance pra ver se ele notou algum maluco revirando os olhos nos shows dele? E quer fazer isso extra-oficialmente? — A voz de Chris misturava incredulidade e preocupação.

— O negócio é mais ou menos por aí, sim.

— Você é maluca, Bowman.

— Achei que isso fizesse parte do meu charme.

— Puta merda, docinho, o charme não vai tirar você da merda em que vai se meter se der uma bola fora com essa história.

— E acha que eu não sei? Vai me ajudar ou não?

Houve um longo silêncio. Shaz deixou que ela continuasse, ainda que seus nervos estivessem esticando-se a ponto de se romperem. Por fim, Chris cedeu:

— Se eu não ajudar, você simplesmente vai a outro lugar, não vai?

— Tenho que ir, Chris. Estou certa, alguém está matando as crianças. Não posso ignorar isso.

— É a possibilidade de você estar errada que me preocupa, docinho. Quer que eu vá com você, dê um pouquinho de apoio, faça com que pareça mais oficial?

Era tentador.

— Acho que não — respondeu Shaz, lentamente. — Se eu me der mal, não quero levar você comigo. Mas tem uma coisa que você pode fazer.

Depois de soltar um gemido, Chris falou:

— Se envolver biblioteca, nem pensar.

— Poderia me dar cobertura. Provavelmente vou precisar dar um número pra ele retornar a ligação. Pessoas como ele não confiam em qualquer coisa. Só que a gente não pode receber ligações no curso porque estamos sempre em palestras, ou sessões em grupo, ou qualquer coisa do tipo. Se eu pudesse usar o número da sua sala, pelo menos será um telefone da polícia, caso queira conferir quem eu sou.

— Combinado — concordou Chris com um suspiro. — Me dá cinco minutos.

Shaz tolerou a espera de maneira estoica. Havia momentos em que invejava os fumantes, mas não o suficiente para começar a fumar. Observava o ponteiro dos segundos no seu relógio, apertando os lábios à medida que ele se arrastava em direção ao sexto minuto. Quando escutou o telefone, atendeu antes do fim do primeiro toque.

— Tem uma caneta? — perguntou Chris.

— Tenho.

— Anota aí, então. — Ela ditou o número secreto, que não estava na lista telefônica e que, com muita adulação, conseguira persuadir o policial que a atendeu na delegacia de Notting Hill a dá-la.

— Não fui eu que te dei isso.

— Obrigada, Chris. Fico te devendo essa.

— Mais do que você algum dia vai me pagar, infelizmente. Fica na boa, docinho. A gente se fala em breve.

— Te mantenho informada. Tchau.

Shaz contemplou o pedaço de papel com um tranquilo sorriso de triunfo. Lá vou eu, pronta ou não, pensou, pegando o telefone novamente. Oito e meia não era muito cedo pra ligar.

O telefone tocou algumas vezes, depois uma gravação disse a Shaz: "Sua ligação está sendo transferida".

Ouviu vários cliques, um som oco, depois o característico chamado de um telefone celular.

— Alô? — A voz que atendeu foi reconhecida instantaneamente. Shaz achou desconcertante o que normalmente era emitido pela TV estar saindo do seu celular, especialmente porque não era a voz que esperava ouvir.

— Sra. Morgan? — perguntou ela, hesitante.

— Isso. Quem está falando?

— Aqui é a detetive Sharon Bowman, da Polícia Metropolitana. Desculpe incomodá-la, mas preciso falar com o seu marido.

— Creio que ele não esteja em casa agora. Nem eu. Este telefone é meu. O número dele é outro.

Shaz sentiu um calor se arrastar pescoço acima.

— Desculpe o incômodo.

— Não tem problema. Posso te ajudar em alguma coisa, policial?

— Creio que não, sra. Morgan. A não ser que possa me passar o número em que falo com ele.

Micky hesitou:

— Melhor, não, caso não se importe. Posso dar o recado, se isso lhe for útil.

— Pode ser — disse Shaz, desanimada. Os ricos realmente faziam as coisas de maneira diferente. Por sorte, já tinha combinado tudo com Chris. — Acredito que ele possa ter alguma informação sobre uma investigação que estamos realizando. Tenho consciência de que é um homem muito ocupado, mas posso me encontrar com ele a qualquer momento amanhã, onde e quando for melhor para ele. Não estarei no trabalho o resto do dia, então, se ele puder ligar para este número... — Shaz ditou o número do telefone de Chris no trabalho — e pedir para falar com a sargento Devine, ele pode marcar com ela.

Micky leu o número novamente para ela e perguntou:

— Está certo? Amanhã? Certo, detetive Bowman. Vou passar o recado pra ele.

— Desculpe o incômodo — repetiu Shaz, com aspereza.

A famosa risadinha chegou até ela pela linha telefônica:

— Não é incômodo nenhum. É sempre um prazer ajudar a polícia. Você saberia disso se assistisse ao meu programa.

Era uma brecha tão óbvia que Shaz não resistiu.

— É um programa excelente. Vejo sempre que posso.

— A lisonja sempre faz com que suas mensagens sejam entregues — disse Micky com a voz igualmente sedutora à que sempre usava ao meio-dia.

— Espero que o sr. Vance entre em contato o mais rápido possível — disse Shaz. Ela nunca tinha falado tão sério em toda a sua vida.

Capítulo 10

Pauline Doyle observava o porta-retratos vazio sobre a televisão. Os policiais que a visitaram na noite do desaparecimento de Donna levaram a foto para fazer algumas cópias. Eles pareceram preocupados com Donna, fizeram muitas perguntas sobre ela, sobre a escola, se tinha namorado e o que gostava de fazer no fim de semana. Quando finalmente foram embora com a foto e uma descrição de Donna, sentia que a tinham ajudado a manter a histeria controlada. Seu instinto a dizia para percorrer as ruas da noite gritando o nome da filha, mas as reações serenas dos policiais que encheram sua cozinha a aliviaram e fizeram-na entender que aquele não era o momento de agir por impulsos irracionais.

— Melhor ficar aqui — orientou o mais velho. — Você não vai querer que ela não a encontre se tentar ligar pra casa. Deixe a busca por nossa conta. Somos os especialistas e sabemos como lidar com isso.

A mulher que fora à casa dela na manhã seguinte minara aquelas garantias ao persuadir Pauline a fazer um exame detalhado dos pertences de Donna. Quando deram falta da roupa preferida de Donna para sair para dançar — uma saia curta de lycra, uma camisa listrada de preto e branco justa com gola canoa e a bota de couro preta da Doc Martens —, a detetive ficou visivelmente mais relaxada. Pauline entendeu o motivo. Aos olhos da polícia, as roupas que faltavam indicavam que se tratava apenas de mais uma fuga adolescente. Podiam relaxar agora, parar de se preocupar com a suposição anterior de que poderiam muito bem ter que procurar por um corpo.

Como explicaria de uma maneira que eles entenderiam? Como poderia fazê-los ver que Donna não tinha nem necessidade, nem razão para fugir?

Pauline e Donna não tinham desentendimentos. Muito pelo contrário. Eram próximas, muito mais do que qualquer mulher conseguia se aproximar das suas filhas adolescentes. A morte de Bernard impulsionara uma em direção à outra em busca de consolo e continuaram compartilhando suas confidências. Pauline fechou os olhos com força e fez uma feroz súplica para a Virgem em que perdera a fé anos antes. A polícia não a escutava; que mal rezar poderia fazer?

Capítulo 11

A aurora se elevou do lado esquerdo ao barulho da estrada e ao som da sua própria voz. Durante todo o percurso pela rodovia M1, Shaz ensaiou a conversa. Sempre invejara o conforto dos advogados, que só faziam perguntas para as quais sabiam as respostas. Encarar um profissional sem encenar e explorar todas as possíveis respostas teria sido loucura, então dirigia no piloto automático, ensaiando as perguntas e imaginando respostas. Quando chegou a West London, estava mais preparada do que nunca. Ou ele deixaria alguma coisa escapulir, e ela duvidava que seria amador o bastante para fazer isso, ou ela o faria entrar em pânico e tentar uma ação subsequente que confirmaria tudo o que elaborara para si mesma. Por fim, ela poderia estar errada e os outros, certos, e Jacko simplesmente apontaria um devotado fanático que ele vira com supostas vítimas. Seria um anticlímax, porém conseguiria conviver com ele se salvasse vidas e colocasse um assassino atrás das grades.

Que ela poderia estar se colocando em risco nunca lhe ocorreu seriamente, apesar das advertências de Chris Devine. Aos 24, Shaz não havia tido prenúncios de sua mortalidade. Nem os três anos de polícia, com as ocasionais agressões e os perigos regulares, danificaram seu senso de invencibilidade. Além disso, as pessoas que moravam nas mansões de Holland Park não atacavam policiais. Especialmente quando a esposa deles foi quem marcara o encontro.

Adiantada como sempre, Shaz ignorou as instruções que lhe foram dadas para que estacionasse na entrada da garagem deles. Em vez disso, encontrou um parquímetro em Notting Hill, caminhou até Holland Park e percorreu sem pressa a rua em que moravam. Observando com cautela os números, Shaz identificou a casa que pertencia a Jacko e Micky. Era difícil acreditar que um lugar enorme como aquele no coração de Central London ainda abrigava somente uma residência, mas Shaz sabia através da pesquisa que fizera, que aquela não era uma mansão dividida em apartamentos. Era tudo para Jacko e Micky e o único funcionário que também morava ali era a assistente pessoal de longa data, Betsy Thorne. *Minha nossa*, Shaz pensou ao passar pela casa branca chiquérrima de fachada impecável. Ela não conseguia ver muito do jardim, blindado do mundo por uma cerca viva bem aparada feita com vários tipos de planta, mas a parte atrás dos portões eletrônicos parecia ser tão imaculadas quanto uma exposição de flores. Shaz sentiu uma dúvida momentânea na boca do estômago. Como podia suspeitar que o morador de uma joia daquelas cometia os crimes medonhos que sua imaginação construíra? Pessoas como essas não faziam coisas como aquelas, faziam?

Mordendo o lábio de raiva devido à falta de autoconfiança, Shaz deu meia volta e caminhou com firmeza de volta para o carro, com sua determinação crescendo no mesmo ritmo que seus passos largos. Ele era um criminoso e, depois que tivesse acabado com ele, o mundo inteiro saberia. Shaz levou menos de cinco minutos para voltar de carro até a casa e virar no portão de entrada. Baixou o vidro e apertou o interfone.

— Detetive Bowman, vim para conversar com o sr. Vance — disse, com firmeza.

Os portões se abriram emitindo um zumbido eletrônico baixinho e Shaz adentrou no que não conseguiu deixar de pensar como território inimigo. Sem saber ao certo onde deixar o carro, optou por evitar bloquear a garagem dupla, continuou seguindo em frente e deu a volta até o outro lado da casa, passou por uma Range Rover estacionada à escada da entrada e parou ao lado de uma Mercedes conversível. Desligou o carro e ficou quieta por um momento, juntando as forças e focando no seu objetivo.

— É agora — disse, por fim, com a voz baixa e forte.

Subiu a escada correndo e tocou a campainha. Quase instantaneamente, a porta foi aberta e o rosto familiar de Micky Morgan sorriu para ela.

— Detetive Bowman — disse ela, ao dar um passo atrás, convidando-a para entrar com um gesto de braço. — Entra. Estou de saída.

Micky apontou para o lado onde havia uma mulher de meia idade, com mechas grisalhas no cabeço penteado para trás numa trança frouxa.

— Esta é Betsy Thorne, minha assistente pessoal. Estamos saindo pra pegar o Le Shuttle.

— Com uma parada à noite em Le Touquet — acrescentou Betsy.

— Muitos frutos do mar e uma agitada no cassino — completou Micky, esticando o braço para pegar com Betsy uma mala de couro.

— Jacko está te esperando. Só vai terminar de fazer uma ligação. Entra ali naquela primeira porta à esquerda que ele vai te encontrar lá num minuto.

Shaz finalmente conseguiu pronunciar uma palavra:

— Obrigada.

Micky e Betsy permaneceram imóveis na entrada, até que Shaz percebeu que não fechariam a porta antes de terem certeza de que ela estava no lugar certo. Com um sorriso desajeitado, Shaz se despediu com um gesto de cabeça e entrou pela porta que Micky indicara. Somente quando desapareceu de vista foi que escutou a porta da entrada sendo fechada. Movendo-se na direção da janela, viu a mulher entrando na Range Rover.

— Detetive Bowman?

Shaz rodopiou. Não escutara ninguém entrar. Do outro lado da sala, mais baixo na vida real do que na TV, Jacko Vance sorria. Estimulada por sua imaginação, Shaz viu o sorriso da pantera logo antes de sua presa virar carcaça. Indagou a si mesma se estava cara a cara com seu primeiro serial killer. Se sim, tinha esperança de que ele não se desse conta de que estava vendo Nêmesis.

Os olhos eram extraordinários. Por trás, ela parecia tão mediana. Cabelo castanho encostando-se à gola de um blazer azul-marinho feito sob medida, calça jeans e mocassim marrom-claro. Nada que merecesse uma segunda olhada em um bar lotado. Mas quando ela se virou ao se assustar com a chegada ele, o esplendor dos seus olhos azuis a transformou em uma criatura totalmente diferente. Vance sentiu uma picada de apreensão aliada a uma estranha satisfação. Não interessava o que ela procurava, aquela mulher não era uma ninguém. Era uma adversária.

— Desculpe-me por fazê-la esperar — disse, numa voz que continha o familiar carinho da TV.

— Cheguei cedo — comentou ela, com naturalidade.

Vance caminhou em direção a ela e parou quando restavam aproximadamente dois metros entre eles.

— Sente-se, policial — ofereceu ele, indicando o sofá atrás dela.

— Obrigada — agradeceu Shaz, ignorando a instrução dele e se movendo em direção à poltrona que ele planejava ocupar. Vance a escolhera porque o assento era mais alto e a luz ficava atrás dela. Tinha a intenção de colocá-la em desvantagem, mas ela virou a mesa. Uma irritação o ferroou como a picada de um inseto e, em vez de se sentar, foi até a lareira e apoiou-se no consolo esculpido dela. Jacko a encarou, seu silêncio demandando que ela começasse a negociação.

— Agradeço por disponibilizar um tempo para me atender — disse após um longo momento. — Tenho consciência do quanto é ocupado.

— Você não me deixou muita opção. Além disso, sempre fico feliz em poder ajudar a polícia. Pode inclusive conseguir com o seu subcomissário os detalhes sobre quantas vezes ajudei as instituições de caridade da polícia.

O sorriso dele não abandonava a voz, mas não chegava aos olhos.

O olhar azul nunca piscava.

— Tenho certeza disso, senhor.

— O que me faz lembrar. Sua identificação?

Vance não se moveu, o que forçou Shaz a se levantar e atravessar a sala depois de pegar a carteira onde ficava a sua credencial.

— Não acredito que fomos tão descuidados — disse Vance sociavelmente enquanto ela se aproximava. — Deixar uma estranha passar pela porta sem conferir se ela é quem alega ser.

Jacko deu uma olhada superficial na identificação da Polícia Metropolitana de Shaz.

— Tem outra, não tem?

— Como? Esta é a única identificação que a Polícia Metropolitana fornece aos policiais. É a nossa identidade — esclareceu Shaz, não deixando transparecer em seu rosto nem um pouco dos alarmes que soavam em sua cabeça, dizendo que ele tinha conhecimento demais e que ela deveria dar o fora enquanto as coisas ainda estavam bem.

Os lábios de Vance pareciam se retrair enquanto seu sorriso se tornava mais astuto. Hora de mostrar a ela quem dava as cartas, ele decidiu.

— Mas você não está na Polícia Metropolitana mais, está detetive Bowman? Viu só? Não é a única a fazer o dever de casa. Você fez o dever de casa?

— Ainda sou da Polícia Metropolitana — disse Shaz com firmeza. — Se alguém lhe falou alguma coisa diferente, essa pessoa está enganada, senhor.

Ele atacou:

— Mas não está alocada na área da Polícia Metropolitana, não é? Está vinculada a uma unidade especial. Por que não me mostra sua identidade atual para que eu saiba que você é quem diz ser, e então possamos ir ao que interessa?

Cautela, ele disse a si mesmo, *não se anime demais só porque você é muito mais esperto do que ela. Ainda não sabe o que ela está fazendo aqui.* Deu de ombros de forma vitoriosa, levantando as sobrancelhas e disse:

— Não quero ser uma pessoa difícil, mas, para um homem na minha posição, o cuidado nunca é demais.

Shaz o olhou de cima abaixo, seu rosto uma máscara.

— Isso é verdade — disse ela, mostrando a identidade com foto da Força-Tarefa Nacional de Criação de Perfis Criminais. Ele esticou a mão para pegá-la, mas Shaz tirou-a do alcance dele.

— Nunca vi uma dessas aí antes — proseou ele, escondendo sua frustração por não ter sido capaz de visualizar mais do que a logo e a palavra "Perfis", que saltou como ferro em brasa. — A força-tarefa sobre a qual tanto lemos, hein? Quando estiverem em pleno funcionamento, deveriam pegar um dos seus policiais mais experientes para ir ao programa da minha mulher e contar às pessoas o que tem sido feito para protegê-las.

Agora ela estava ciente de que ele sabia que era novata.

— Essa decisão não é minha, senhor.

Shaz deu-lhe as costas deliberadamente e caminhou de volta até a poltrona.

— Agora podemos ir ao ponto?

— É claro.

Ele abriu o braço esquerdo num gesto dispendioso sem fazer um movimento sequer em direção à cadeira.

— Estou à sua disposição, detetive Bowman. Talvez possamos começar com você me contando exatamente sobre o que se trata tudo isso.

— Reabrimos o caso de algumas meninas adolescentes desaparecidas — começou Shaz, abrindo a pasta que estava carregando. — Inicialmente, identificamos sete casos com fortes similaridades. Os casos cobrem um período de seis anos e expandiremos nossas investigações para verificar se existem outros com características iguais que ainda não encontramos.

— Não estou entendendo bem o que eu... — Vance franziu as sobrancelhas convincentemente. — Meninas adolescentes?

— De 14 e 15 anos — disse Shaz com firmeza. — Não posso entrar nos detalhes que conectaram esses casos, mas temos razões para acreditar que eles podem estar ligados.

— Está dizendo que não são fugas comuns — perguntou ele, soando perplexo.

— Temos motivos pra acreditar que o desaparecimento delas foi planejado por uma terceira parte — disse Shaz cautelosamente, sem nunca tirar os olhos do rosto dele. A intensidade de seu olhar o deixou desconfortável. Quis esgueirar-se dele, retirar-se daquela inquietante linha de visão. Mas se forçou a manter a pose casual.

— Sequestro, é disso que você está falando?

As sobrancelhas e um leve movimento de cabeça indicaram que ela deu de ombros.

— Não estou na posição de liberar mais nenhuma informação — respondeu ela com um sorriso repentino.

— Tudo bem, mas ainda assim o que você está falando não faz muito sentido. O que um monte de adolescentes desaparecidas tem a ver comigo? — Ele fez com que sua voz soasse um pouco nervosa. O que não era difícil, havia muita tensão nervosa zumbindo em suas veias para inspirá-lo.

Shaz abriu a pasta e sacou um maço de cópias de fotos.

— Em todos os casos, alguns dias antes do desaparecimento das meninas, você fez uma aparição pública ou participou de um evento de caridade nas cidades em que elas moravam. Temos razões para acreditar que todas as meninas estiveram presentes nessas ocasiões.

Ele conseguia sentir a maré vermelha subindo pelo pescoço. Era incapaz de conter o rubor de raiva que ascendia até o rosto. Esforçava-se para manter a calma e a voz firme.

— Centenas de pessoas vêm aos meus eventos — disse ele, por fim. Sua voz possuía uma pontada de rouquidão. — Estatisticamente, algumas delas devem acabar desaparecendo. O tempo todo.

Shaz inclinou a cabeça como se ela também tivesse capturado uma mudança no seu tom. Parecia um cão de caça que acabara de farejar o vestígio daquilo que podia ser um coelho.

— Eu sei. Sinto muito por ter que incomodá-lo com isso. É que o meu chefe acha que existe a remota possibilidade de que alguém da sua comitiva, ou alguém que tenha um interesse doentio em você, possa estar envolvido no desaparecimento dessas meninas.

— Peraí, você acha que tem alguém me perseguindo e que essa pessoa captura minhas fãs?

Dessa vez, ele não achou difícil parecer incrédulo. Como história de fachada, era ridícula. Um imbecil conseguia ver que a pessoa em que ela estava realmente interessada não era um maluco nem um membro da comitiva dele. Era nele. Ele conseguia afirmar isso pelos olhos de Shaz, fixados obsessivamente nele, registrando todos os seus movimentos, percebendo o fraco brilho de suor que ele sentia na testa. E aquele papo de chefe era evidentemente um blefe. Ela era um lobo solitário, assim como ele. Jacko conseguia farejar isso.

Shaz confirmou com um gesto de cabeça e respondeu:

— Pode ser. Transferência, é como os psicólogos a chamam. Como John Hinckley. Lembra? O cara que atirou no Ronald Reagan porque queria que a Jodie o notasse? — A voz dela era agradável, amigável, cuidadosamente aguda para que ele não se sentisse ameaçado. Ele a odiava por achar que ele deixaria passar despercebida uma técnica tão simples.

— Isso é bizarro — disse ele, desencostando-se da cornija e caminhando de um lado para o outro sobre o tapete em frente à lareira, um Bokhara feito à mão que ele mesmo escolhera. Observar o enredamento cinza e creme debaixo dos seus pés fez com que se acalmasse até que estivesse novamente pronto para enfrentar os olhos intensos daquela mulher. — E é um absurdo. Se não fosse uma insinuação tão estarrecedora, seria engraçado. Ainda não consigo perceber o que isso tem a ver comigo.

— É simples, senhor — disse Shaz com um tom tranquilizador.

Sentindo-se menosprezado, Vance parou abruptamente e a encarou com a cara fechada.

— O quê? — Exigiu ele com o charme desintegrado por um segundo.

— A única coisa que quero é que veja algumas fotos e me diga se notou as meninas por alguma razão. Quem sabe elas não o abordaram com muita insistência e alguém as quis punir. Talvez você tenha percebido algum dos seus funcionários conversando com elas. Ou talvez nunca tenha visto nenhuma delas. Serão somente alguns minutos do seu tempo, e vou embora — persuadiu Shaz. Ela se inclinou para a frente e espalhou as cópias sobre um escabelo do tamanho de uma mesa de centro coberto por um tapete persa.

Ele se moveu em direção a ela, petrificado pelas fotos que Shaz tinha organizado para afrontá-lo. Apenas uma fração de seu trabalho, era tudo o que ela capturara. Mas ele tinha destruído cada um daqueles olhares sorridentes.

Vance forçou um riso.

— Sete rostos entre milhares? Desculpe detetive Bowman, está perdendo seu tempo. Nunca vi nenhuma delas antes.

— Olhe de novo — pediu ela. — Você tem certeza absoluta? — Havia uma contundência na voz dela que não estava ali antes, afiada e entusiasmada. Teve que fazer força para tirar os olhos dos pálidos reflexos da carne viva que ele punira e enfrentar os olhos implacáveis de Shaz Bowman. Ela sabia. Podia não ter a prova ainda, mas ele tinha ciência de que agora ela sabia. Também sabia que Shaz não pararia até que o destruísse. Aquilo passara a ser regido pela lei do cão, e ela não tinha chance. Não seria decepado pela lei.

Ele negou com um gesto de cabeça e um sorriso pesaroso nos lábios.

— Tenho certeza, sim. Nunca botei os olhos em nenhuma delas antes.

Sem nem mesmo olhar, Shaz empurrou a imagem do meio para mais perto dele.

— Você fez um apelo em um tabloide de circulação nacional para que Tiffany Thompson ligasse para os pais — comentou sem mudar a entonação.

— Meu Deus — exclamou ele, forçando uma expressão de surpresa feliz. — Nossa, tinha me esquecido disso completamente. Você tem razão, é claro, agora eu lembrei.

Ela focava toda a sua atenção no rosto de Jacko enquanto ele falava. Com um movimento rápido, ele girou a prótese fazendo um arco curto e golpeou violentamente o lado da cabeça de Shaz. Os olhos dela demonstraram um choque momentâneo, depois pânico. Quando caiu da cadeira, a testa atingiu em cheio o escabelo. No momento em que bateu no chão, estava inconsciente.

Vance não perdeu tempo. Correu até o porão e pegou um rolo de fio de alto-falante e uma caixa de luvas de látex. Em dez minutos, Shaz estava de braços e mãos amarrados como um bezerro no parquete encerado. Jacko correu até o andar de cima, abriu seu guarda-roupa e vasculhou o chão até encontrar o que procurava. De volta ao andar de baixo, cobriu a cabeça de Shaz com o saco de flanela macio que envolvia sua maleta de couro nova. Deu algumas voltas de fio no pescoço dela, apertando-o o bastante para que se sentisse desconfortável, mas não o suficiente para impedir que respirasse. Ele a queria morta, mas não ainda. Não ali, e não acidentalmente.

Assim que teve certeza de que ela não seria capaz de se libertar, pegou a bolsa dela, sentou-se no sofá, sem deixar as fotos e a pasta onde elas estavam para trás. Meticulosamente, começou a analisar tudo, iniciando pela pasta. Apenas passou os olhos pelos resumos dos relatórios policiais, pois sabia que teria a oportunidade de lê-los mais detalhadamente depois. Ao chegar na análise que Shaz apresentara aos colegas, não se apressou; pesou e calculou que perigo ela representava para ele. Não muito, decidiu. As cópias do material recolhido de jornais sobre as visitas dele aos lugares em questão não significavam nada; para cada uma delas conectadas a um desaparecimento, ele conseguiria apresentar vinte que não eram. Deixou aquilo de lado e pegou a checklist de um criminoso organizado. Ler a conclusão o deixou com tanta raiva que levantou de uma vez e chutou violentamente a barriga da detetive duas vezes.

— O que você sabe, sua puta do caralho? — gritou, furioso. Desejou poder ver os olhos dela naquele momento. Eles não o estariam julgando, estariam implorando por misericórdia.

Furioso, enfiou os papéis de volta na pasta juntamente com as fotos. Teria que estudar tudo com mais cuidado, mas não tinha tempo naquele momento. Estava certo em cortar aquilo pela raiz antes que mais alguém prestasse atenção nas alegações daquela puta. Voltou-se para a espaçosa bolsa dela e pegou um caderno espiralado. Uma rápida folheada não revelou nada capaz de interessá-lo, com exceção do telefone de Micky e do endereço deles. Já que não poderia negar que ela esteve ali, era melhor que aquilo ficasse ali. Mas arrancou um punhado de páginas depois da última anotação, como se alguém tivesse arrancado detalhes pertencentes a um compromisso subsequente, depois o recolocou na bolsa.

Um gravador foi o que encontrou em seguida, com a fita ainda rodando. Desligou o equipamento, tirou a fita e a colocou junto com as folhas em branco ao seu lado. Ignorou um livro de capa dura de Ian Rankin e pegou uma agendinha. Naquela data, a única anotação era "JV 9:30". Pensou em adicionar uma anotação abaixo do encontro dela com ele apenas com a letra "T". Deixar que ficassem pensando naquilo. Dentro da capa encontrou o que estava procurando. "Se encontrar, devolver para S. Bowman, Hyde Park Hill, 17, apartamento 1 Headingley, Leeds. RECOMPENSA. Ele tateou todo o fundo da bolsa. Nenhuma chave.

Vance enfiou tudo de volta na bolsa, pegou a pasta e foi até Shaz. Revistou-a até encontrar um molho de chaves no bolso da calça. Sorrindo, subiu ao andar de cima, foi até o seu escritório e encontrou um envelope acolchoado em que cabia a pasta. Escreveu o endereço do seu refúgio em Northumberland, selou-o e lacrou a pesquisa de Shaz ali dentro.

Uma rápida olhada em seu relógio lhe informou que eram dez e dez. Foi até o seu quarto e vestiu calça jeans, uma das poucas camisas de manga curta que tinha e uma jaqueta também jeans. Escolheu uma bolsa de viagem no fundo do armário embutido com portas de correr que iam até o teto. Pegou um boné de beisebol da Nike em que havia uma peruca entremeada de fios grisalhos colada a ele, de qualidade profissional, que ia até a altura da gola, e o colocou. O efeito era incrível. Quando pôs os óculos aviador de lentes transparentes e almofadinhas de espuma para preencher suas bochechas magras, a transformação foi completa. A única coisa que o denunciava era o seu braço protético. E Jacko tinha a solução perfeita para ele.

Saiu de casa, tomando cuidado para não se esquecer de trancar a porta, e abriu o carro de Shaz. Observou atentamente a posição do banco, depois entrou e o ajustou para que ficasse adequado para suas pernas longas. Passou um tempo se familiarizando com os controles, garantindo assim que conseguiria lidar com a alavanca de marcha e dirigir ao mesmo tempo. Depois arrancou e parou somente para colocar o envelope acolchoado em uma caixa do correio na Ladbroke Grove. Quando chegou à subida de acesso para a rodovia M1 pouco depois das 11 horas, permitiu-se um pequeno e reservado sorriso. Shaz Bowman lamentaria muito por ter cruzado com ele. Mas não por muito tempo.

A primeira dor foi um grito de câimbra na perna esquerda que penetrava sua inconsciência turva como uma faca serrilhada atravessando uma articulação. O instintivo esforço de esticar e flexionar o músculo disparou um açoite de agonia ao redor dos pulsos. Aquilo não fazia sentido para uma mente desorientada que começara a pulsar como um polegar golpeado por um martelo. Shaz se esforçou para abrir os olhos, mas a escuridão não se desfez. Então identificou o material abafando seu rosto. Um tipo de capuz, feito de tecido grosso e com toque macio. Cobria toda a sua cabeça e estava preso com firmeza ao redor da garganta, fazendo com que fosse difícil engolir.

Gradualmente tomou consciência da sua posição. Deitada de lado sobre uma superfície dura, tinha as mãos amarradas atrás das costas com algum tipo de atadura que agredia cruelmente a carne dos seus pulsos. Os pés também estavam amarrados na altura dos tornozelos, e as duas amarras estavam conectadas para permitir o mínimo movimento. Qualquer audácia como esticar as pernas ou tentar mudar de posição lhe causaria muita dor.

Não tinha ideia do tamanho da área a que estava confinada, nem desejava explorá-la, pois já experimentara o tormento de tentar se virar. Não tinha ideia de quanto tempo ficara inconsciente. A última coisa de que se lembrava era do sorriso no rosto de Jacko Vance avultando-se sobre si, como se ele não desse a mínima, seguro de que jamais alguém levaria a sério aquela detetive insignificante. Não, não era só isso. Algo mais queria ser arrancado de sua memória. Shaz respirou fundo, usando técnicas de relaxamento e tentou reconstituir a imagem que vira. A memória se agitou e tomou forma. Na beirada da sua visão periférica, o braço direito dele se levantava, depois a golpeava violentamente como um porrete. Era a última coisa de que conseguia se lembrar.

Com a memória veio o terror, mais agudo do que quaisquer das suas aflições físicas. Ninguém sabia onde ela estava a não ser Chris que, de qualquer maneira, não estava esperando que ela entrasse em contato. Não contara a mais ninguém, nem mesmo a Simon. Não fora capaz de encarar a zoação deles, ainda que amigável. Agora o medo de que rissem dela lhe custaria a vida. Shaz não tinha nenhuma dúvida disso. As perguntas a Jacko

Vance fizeram-no perceber que ela sabia que ele era um serial killer e ele não entrara em pânico como Shaz acreditava que aconteceria. Em vez disso, chegara à conclusão de que ela estava trabalhando sozinha. Que, apesar das suas deduções serem uma ameaça, ele poderia suspender sua execução ao se livrar dela, a policial renegada que perseguia sua intuição solitária. Eliminar Shaz, na pior das hipóteses, lhe daria tempo para apagar as pistas ou até mesmo deixar o país.

Shaz sentiu uma onda de suor ensopar sua pele. Não havia dúvida quanto a isto. Ela morreria. Só restava saber como.

Estava certa. E estar certa iria matá-la.

Capítulo 12

Pauline Doyle estava desesperada. A polícia se recusava a considerar o desaparecimento de Donna como qualquer coisa além de uma típica fuga adolescente.

— Ela provavelmente foi para Londres. Não faz sentido a gente ficar procurando por aqui. — Um dos policiais se irritou com ela no balcão da delegacia em uma noite.

Pauline podia gritar do alto dos telhados que alguém sequestrara sua filha, mas a evidência da roupa desaparecida era mais do que suficiente para convencer os policiais sobrecarregados de que Donna Doyle era apenas mais uma adolescente entediada com sua vida em casa e se convencera de que as ruas de outro lugar eram pavimentadas de ouro. Bastava olhar para a fotografia dela, com aquele sorriso astuto, para entender que não era assim tão inocente como a pobre e desorientada mãe queria acreditar.

Como a polícia não demonstrava interesse algum em Donna, fora incluí-la na lista de pessoas desaparecidas, Pauline se sentia frustrada. A televisão não queria chamar a atenção para a filha desaparecida, não tinha apoio oficial. Nem mesmo o jornal local estava interessado, apesar de a editora ter cogitado a ideia de publicar um artigo sobre adolescentes que fugiam de casa. Mas, assim como a polícia, repensou ao ver a foto de Donna. Havia algo na menina que desafiava qualquer tentativa de retratá-la como uma inocente perdida no mundo e seduzida por sonhos castos. Algo no traçado da sua boca e na inclinação do seu queixo dizia que ela tinha ultrapassado uma fronteira. A editora do jornal considerou que Donna Doyle era o tipo de Lolita que faria a maioria das mulheres colocar viseiras nos seus maridos.

Quando sua frustração se transformou em tempestades noturnas de lágrimas, Pauline decidiu que chegara a hora de agir com as próprias mãos. Seu trabalho em uma imobiliária não lhe dava uma renda assim tão boa. Era o suficiente para a alimentação e o vestuário dela e de Donna, e para manter um teto sobre suas cabeças, mas não muito mais do que isso. Ainda lhe restava uns dois mil do seguro de Bernard. Pauline estava economizando o dinheiro para quando Donna fosse para a universidade, pois sabia o quanto as coisas ficariam apertadas.

Mas, se Donna não voltasse, não fazia sentido guardá-lo, Pauline racionalizou. Melhor gastar o dinheiro tentando trazê-la de volta para casa e deixar para pensar na educação superior depois. Ela, então, levou a foto de Donna para a gráfica local e mandou fazer milhares de panfletos com a imagem da filha ocupando inteiramente um dos lados. O texto no verso era o seguinte: "Você viu esta menina? Donna Doyle desapareceu na quinta-feira, dia 11 de outubro. Foi vista pela última vez às oito e quinze da manhã, a caminho da Glossop Girls Grammar. Usava uniforme de colégio com saia e cardigã marrom e blusa branca de gola aberta. O sapato era um Kickers preto e carregava um casaco de capuz também preto. Mochila preta da Nike. Caso a tenha visto em qualquer momento depois disso, por favor, contate Pauline Doyle, sua mãe." Havia também o endereço na Corunna Street e os telefones de casa e da imobiliária.

Pauline tirou uma semana de folga e encheu as caixas de correio de folhetos do amanhecer ao anoitecer. Começou no centro da cidade, enfiando as reproduções do rosto de Donna em qualquer pessoa que as aceitasse, e gradualmente começou a percorrer as ruas dos bairros residenciais mais afastados sem notar a inclinação das subidas por onde passava nem as bolhas que inchavam dentro do seu sapato.

Ninguém ligou.

Capítulo 13

Enquanto Shaz Bowman estava deitada no chão duro em Londres consciente somente do seu medo e da sua dor, Jacko Vance explorava o domínio dela. Não precisou de muito tempo para chegar a Leeds e parou apenas para abastecer e ir ao banheiro estropiado de uma parada na beira da estrada. Queria usar o lixo desse tipo de lugar para se livrar da fita que estava no microcassete de Shaz. No estacionamento, estraçalhou a parte de fora da fita com o pé, deixando os fragmentos para serem espalhados pelo tempestuoso vento que soprava pelas Midlands.

Encontrar a casa de Shaz foi ainda mais fácil com o mapa que comprara há pouco tempo e que, convenientemente, tinha a rua circulada de um chamativo azul. Estacionou o carro na esquina e se esforçou para combater os nervos agitados caminhando lentamente pela rua praticamente vazia, onde apenas alguns garotos jogavam críquete na calçada oposta. Entrou pelo portão número 17 e experimentou uma das duas chaves na pesada porta vitoriana da frente. Ter conseguido de primeira o convenceu de que os deuses estavam realmente ao seu lado.

Chegou no corredor de entrada iluminado apenas por duas estreitas janelas lancetas em cada um dos lados da porta. Espreitando pela escuridão, viu uma larga e graciosa escada se elevando ao seu lado. Parecia haver um apartamento térreo de cada lado. Escolheu o da esquerda e acertou novamente. Respirando com mais calma, convencido de que tudo estava correndo a seu favor, Vance entrou no apartamento. Não planejava ficar muito tempo, apenas o suficiente para explorar o território, então se moveu ligeiramente pelos cômodos. Assim que viu a sala, concluiu que Shaz não poderia ter escolhido um apartamento mais adequado ao seu propósito. As portas-balcão levavam ao jardim cercado por muros altos, sombreado por todo tipo de árvores frutíferas. No fundo, discerniu o contorno de uma porta de madeira no muro de tijolos.

Só restava uma coisa a fazer. Tirou a jaqueta e desatou a prótese. Pegou um objeto na bolsa de viagem, um que ele persuadira o departamento de próteses a fazer alegando que usaria em pegadinhas. Usando o encaixe de um dos seus braços artificiais anteriores, um modelo antigo já descartado, eles fizeram um molde de gesso com pontas de dedos perturbadoramente realistas se projetando da ponta. Uma vez encaixado, especialmente com uma jaqueta sobre ele e uma tipoia o apoiando, parecia um braço quebrado. Quando ficou satisfeito com a maneira como o tinha posicionado, Vance arrumou a bolsa de viagem, respirou fundo e decidiu que era hora de ir.

Saiu pelas portas-balcão e as fechou, depois percorreu confiante o caminho de brita até o portão. Ele sentia o cabelo debaixo da peruca pinicando seu pescoço, e imaginava se havia olhos atrás das janelas às suas costas, olhos que pudessem lembrar o que viram assim que sua obra estivesse terminada e exposta à apreciação do público. Numa tentativa de se tranquilizar, lembrou-se de que qualquer descrição que pudessem sugerir não se pareceria nada com o Jacko Vance que o público conhecia.

Ele desaferrolhou o portão de trás, convencido de que ninguém o trancaria de novo antes que retornasse. Chegou a uma viela que se estendia por entre dois conjuntos de jardins, saiu numa das ruas principais que levavam para o centro da cidade. Caminhar até a estação levou quase uma hora, mas não ficou sequer dez minutos esperando o trem para Londres. Estava de volta a Holland Park, transformado novamente em Jacko Vance às sete e meia.

Antes de providenciar seus preparativos finais, meteu uma pizza média no forno. Não era a ideia que geralmente tinha para um jantar de sábado à noite, mas o carboidrato deveria fazer com que seu estômago parasse de dar cambalhotas. A tensão sempre golpeava suas entranhas. Sempre que a febre da expectativa o agarrava, ele precisava suportar cólicas e contrações, nós e náuseas. Aprendera no início da carreira como comentarista esportivo ao vivo que a única maneira de acabar com a turbulência no estômago era se empanturrando com antecedência. O que funcionava para a TV funcionava também para o assassinato, não demorou para descobrir. Adquiriu então o hábito de sempre comer antes de escolher seus alvos. E, é claro, sempre comia com eles antes do ato propriamente dito.

Enquanto a pizza assava, carregou o Mercedes. Era mais fácil fazer esforço de estômago vazio. Agora estava tudo pronto para a última atuação de Shaz Bowman. A única coisa que ele tinha que fazer era levá-la até o palco.

Capítulo 14

Donna Doyle também estava sozinha. Mas, desarranjada pela agonia, não tinha o luxo da introspecção. A primeira vez que acordou do seu sono picotado, sentiu-se forte o bastante para explorar sua prisão. O medo continuava esmagador, mas não era mais paralisante. Onde quer que estivesse, era escuro como uma sepultura e tinha o cheiro úmido do pequenino depósito de carvão da sua casa. Ela usava o braço bom para ajudar a ter ideia de onde se encontrava e o que havia ao seu redor. Estava, deu-se conta, deitada em um colchão coberto com plástico. Seus dedos exploraram as extremidades e sentiram os ladrilhos frios. Não tão lisos quanto os de cerâmica do banheiro da sua casa, mais parecidos com as terracotas esmaltadas na escada do jardim de inverno da casa da mãe de Sarah Dyson.

A parede atrás de si era de pedra bruta. Lutou para ficar de pé e percebeu pela primeira vez que suas pernas estavam acorrentadas. Abaixou-se e deixou que seus dedos rastreassem o contorno de algemas de ferro ao redor de cada tornozelo. Estavam presas a uma corrente pesada. Com apenas uma mão, era impossível medir seu comprimento. Quatro passos hesitantes ao longo de uma parede fizeram com que chegasse a um canto. Ela virou noventa graus e seguiu em frente. Dois passos e sua canela se chocou dolorosamente contra algo sólido. Não demorou muito, devido tanto ao cheiro quanto ao tato, para identificar que era uma privada química. Com um patético sentimento de gratidão, Donna despencou nela e esvaziou a bexiga.

Isso serviu para a lembrar de como estava com sede. Não tinha muita certeza sobre a fome, mas a sede definitivamente era um problema. Levantou-se e prosseguiu ao longo da parede por mais alguns centímetros, mas a corrente ao redor dos tornozelos a deteve. O solavanco emitiu em espasmo de dor que disparou de seu braço, subiu para o pescoço e a cabeça e a fez prender a respiração. Vagarosamente, curvada como uma senhora idosa, refez seus passos e seguiu até a outra ponta do colchão com a mão roçando a parede.

Depois de alguns centímetros, a questão da comida e da bebida foram solucionadas. Uma torneira de metal fornecia um esguicho de água gelada que bebeu com avidez, depois caiu de joelhos para colocar a cabeça debaixo do fluxo. Ao fazer isso, derrubou algo à sua frente. Com a sede saciada, tateou cegamente procurando pela coisa com a qual tinha trombado. Dedos investigativos encontraram quatro caixas, todas grandes e leves. Ela as chacoalhou e escutou o familiar farfalhar de sucrilhos.

Uma hora de investigação mais tarde foi obrigada a concluir que aquilo era tudo. Quatro caixas de sucrilhos — ela provara cada uma delas — e quanta água fresca quisesse. Tentou jogar água no braço estilhaçado, mas a dor fizera sua cabeça ficar atordoada. Era isso. O desgraçado a deixara acorrentada como um cachorro. Para morrer?

Ela se sentou em seus calcanhares e chorou como uma mãe de luto.

Mas isso acontecera alguns intermináveis dias antes. Agora, delirando de dor, gemia e falava descoordenadamente, às vezes desmaiava, às vezes era levada pela exaustão a cair num sono atormentado. Se fosse capaz de compreender o estado em que estava, Donna não iria querer viver.

Capítulo 15

O carro parou. Shaz não resistiu e se arrastou até o anteparo que isolava os estreitos confins do porta-malas traseiro, esmagando novamente seus pulsos e ombros. Tentou forçar o corpo para cima e bater a cabeça na mala numa desesperada tentativa de atrair a atenção de alguém, mas só o que conseguiu foi uma nova onda de dor. Tentou não chorar por temer que o muco entupisse seu nariz e ela sufocasse; não conseguia respirar através da mordaça que Vance amarrara por cima do capuz. Em agonia, fora rolada pelo chão duro, por áreas carpetadas e por um curto lance de escadas antes dele erguê-la e colocá-la dentro do porta-malas do carro. Ficou horrorizada com a força e agilidade daquele homem de um braço só.

Respirou o mais fundo que conseguiu; tanto que a expansão do peito fez os tensos músculos do ombro protestarem. A ânsia de vômito, por causa do fedor da própria urina, só era segurada por pura força de vontade. *Quero ver você tirar isto do carpete do seu porta-malas*, pensou, triunfante; não podia fazer nada para salvar sua vida, mas ainda estava determinada a agarrar qualquer oportunidade para impedir que Jacko Vance se safasse com seus crimes. Se a perícia criminal conseguisse avançar até ali onde estava, um carpete manchado de mijo alegraria o dia deles.

Abruptamente, a música abafada parou. Escutara hits dos anos 1960 desde que arrancaram. Shaz se esforçara para prestar atenção e contar as músicas. Com uma média de três minutos por música, calculou que tinham andado algo em torno de três horas no que lhe pareceu uma rodovia depois dos primeiros vinte minutos mais ou menos. O que significava que provavelmente tinham ido para o norte. Se tivessem ido na direção oeste, teriam chegado à rodovia mais depressa. É claro que ele podia tê-la confundido fazendo um percurso contornando a M25, orbitando Londres para criar uma trilha falsa. Mas ela achava que não; duvidava que ele tivesse qualquer necessidade de iludi-la. Não ficaria viva para contar a alguém, afinal de contas.

Já deveria estar escuro. Ela ficara amarrada e caída na casa durante o que lhe parecera várias horas antes de Vance retornar para se ocupar dela. Se estivessem nas profundezas da área rural, não haveria ninguém para vê-la ou escutá-la. De alguma maneira, acreditava que esse era o plano. Ele deve ter levado suas vítimas para algum lugar isolado, evitando ser descoberto. Shaz não via razão para tratá-la de forma diferente.

Ao ser fechada, a porta do carro emitiu um baque macio e um clique baixinho. Ouviu um som metálico mais próximo de si seguido do macio suspiro hidráulico de um porta-malas se abrindo.

— Meu Deus, você está fedendo — disse Vance desdenhosamente, arrastando-a para a frente sem o menor cuidado. — Escuta só — continuou ele, falando mais de perto. — Vou libertar os seus pés. Vou desamarrá-los. A faca é muito, muito afiada. Na maior parte das vezes eu a uso para cortar carne. Se é que me entende.

A voz dele era quase um sussurro, sua respiração quente penetrava no capuz perto da orelha dela. Shaz sentiu outra onda de náusea.

— Se tentar correr, eu te estripo igual a um porco no gancho de um açougueiro. Não tem pra onde correr, entendeu? Estamos no meio do nada.

Não era o que os ouvidos de Shaz a diziam. Para sua surpresa, havia ruído de trânsito não muito distante, o latente murmúrio da vida na cidade. Se tivesse meia chance, a agarraria.

Sentiu a lâmina fria da faca tocar rapidamente seu tornozelo e seus pés ficaram milagrosamente livres. Por um segundo, pensou que conseguiria dar um chute e fugir correndo. Mas sua circulação voltou e espasmos de excruciante formigamento espremeram um gemido na boca seca atrás da inflexível mordaça. Antes que a câimbra passasse, Shaz foi arrastada por cima da beirada do porta-malas, onde desmoronou como um amontoado descoordenado antes de ele fechá-lo e levantá-la com um puxão. Meio arrastando, meio carregando, ele a fez entrar por um vão ou portão, onde Shaz bateu com o ombro na parede, então desceram por um caminho e subiram alguns degraus. Em seguida ele deu um empurrão nela, que desabou em um chão carpetado, suas pernas, moles como borracha, eram inúteis.

Mesmo numa bruma de desorientação e dor, o fechamento da porta e o ruído das cortinas sendo puxadas pareceram estranhamente familiares a Shaz. Um renovado pavor a acometeu, fazendo-a tremer incontrolavelmente e perder o controle da bexiga pela segunda vez em uma hora.

— Meu Deus, você é uma puta muito da nojenta — reclamou Vance com um sorriso de escárnio. Mais uma vez ela foi irresistivelmente puxada para cima. Dessa vez, para ser jogada sem cerimônia em uma cadeira dura e reta. Antes de conseguir se acostumar com a nova dor nos ombros e braços, sentiu sua perna ser novamente amarrada à cadeira da forma como um membro quebrado seria preso a uma tala. Numa desesperada tentativa de se libertar, esforçou-se para chutar com a outra perna, regozijando-se com a dissonante conexão com o corpo de Vance e se entusiasmando com o grito surpreso de dor que ele deu.

O soco no maxilar jogou bruscamente sua cabeça para trás e um estalo emitiu ondas de dor aflitiva através da coluna.

— Vaca burra do caralho. — Foi a única coisa que falou antes de agarrar sua outra perna e forçá-la contra a cadeira para prendê-la.

Shaz sentiu a perna dele entre os joelhos. O calor do corpo de Vance beirava o pior sofrimento que tivera que tolerar até então. Ele levantou os braços de Shaz de modo agonizante e os abaixou com força por cima das costas da cadeira para que ela, independentemente da sua resistência, ficasse na posição vertical. O capuz foi desencostado da sua carne e ela ouviu o sussurro de uma lâmina afiada pelo tecido. Piscando por causa da estarrecedora luminosidade, o estômago de Shaz foi tomado por uma cólica gelada ao descobrir que o seu pior medo era a realidade. Estava sentada na sala da própria casa, amarrada a uma das quatro cadeiras da mesa de jantar que comprara há apenas dez dias na Ikea.

Vance pressionou seu corpo contra o dela enquanto cortava o capuz logo acima da mordaça, deixando-a ver e escutar, mas incapaz de fazer algum barulho além de um grunhido abafado. Ele recuou, dando um beliscão cruel no peito de Shaz com a mão artificial enquanto se afastava.

Ficou de pé a encarando, batendo de leve a lâmina na ponta da mesa. Shaz julgou nunca ter visto um ser humano tão arrogante. A pose, a expressão, tudo fedia a uma presunçosa retidão.

— Você fodeu meu fim de semana direitinho — comentou secamente.
— Pode acreditar, não era assim que eu tinha planejado passar o sábado à

noite. Ficar vestido com uma porra de roupa de cirurgia e uma luva de látex num apartamento fodido em Leeds não é o que eu chamaria de diversão, sua puta. — Balançou a cabeça em tom de lástima. — Você vai pagar, detetive Bowman. Vai pagar por ser essa putinha burra do caralho.

Ele soltou a faca e tateou a camisa. Shaz o viu abrir o zíper de uma pochete e pegar um CD-ROM. Sem outra palavra, saiu da sala. Shaz escutou o familiar zumbido seguido da barulheira de quando primeiro seu computador depois sua impressora eram ligados. Concentrando-se na audição, teve a impressão de escutar o clique do mouse e o som de teclas sendo digitadas com força. Então, inequivocamente, o vibrante tamborilar do papel sendo puxado e da impressão.

Quando voltou, carregava na frente do rosto uma única folha de papel. Ela reconheceu o que estava impresso, um artigo ilustrado de enciclopédia. Não precisou ler as palavras para entender o simbolismo do desenho no alto da página.

— Sabe o que é isto? — indagou ele.

Shaz simplesmente o encarou, os olhos rajados de sangue ainda arrebatadores. Estava determinada a não se entregar de jeito nenhum.

— É uma ferramenta de ensino, aluna-detetive Bowman. São os três macacos sábios. Não veja o mal, não escute o mal, não pronuncie o mal. Este deveria ter sido o seu lema de aprendizado. Devia ter ficado longe de mim. Não devia ter enfiado o nariz nos meus negócios. Não vai fazer isso de novo.

Deixou o papel esvoaçar até o chão. De repente, lançou-se para a frente e empurrou a cabeça dela para trás com as mãos. Depois colocou o dedo protético sobre o olho de Shaz e o empurrou para baixo e puxou, resgando músculos e despedaçando os ligamentos do oco globo ocular. O grito ficou apenas dentro da cabeça de Shaz, alto o bastante para transportá-la para a abençoada inconsciência.

Jacko Vance estudou sua obra e decidiu que estava boa. Por seus assassinatos usuais serem estimulados por um conjunto diferente de necessidades, nunca os havia contemplado sob um prisma puramente estético. Aquilo, entretanto, era obra de arte carregada de simbolismo. Ele se perguntou se alguém seria inteligente o suficiente para decifrar a mensagem que deixara; caso decifrassem, pensou se dariam devida importância a ela. Por alguma razão, duvidou.

Inclinou-se para a frente e deu uma ajeitadinha na posição da folha de papel no colo de Shaz. Depois, satisfeito, permitiu-se o luxo de um sorriso. A única coisa com que tinha que se preocupar a partir de então era a possibilidade dela ter deixado mensagens. Começou a vasculhar o apartamento metodicamente, centímetro por centímetro, incluindo as lixeiras. Estava acostumado com a companhia de cadáveres, então a presença dos restos mortais de Shaz não lhe causavam estresse algum. Estava tão relaxado enquanto vasculhava meticulosamente a cozinha que se pegou cantando baixinho enquanto trabalhava.

No quarto que ela transformara em escritório, encontrou mais do que previa: uma caixa de cópias de jornal, um bloco com anotações preliminares. Arquivos no disco rígido do laptop e back-ups em disquetes, impressões de vários rascunhos da análise que encontrara mais cedo na pasta que levara à casa dele. O pior era que muito do que estava impresso não parecia ter arquivos correspondentes no computador. Havia cópias em disquete, mas não no disco rígido. Era um pesadelo. Quando localizou o modem, quase entrou em pânico. Os arquivos não estavam no disco rígido porque se encontravam em outro lugar, presumivelmente num computador da Força-Tarefa Nacional de Criação de Perfis. E não existia a possibilidade de acessá-lo. Sua única esperança era que Shaz tivesse sido tão paranoica com os arquivos do seu computador quanto parecia ter sido em relação a compartilhar com um colega a decisão de confrontá-lo. De um jeito ou de outro, não havia nada que pudesse fazer em relação a isso naquele exato momento. Livrara-se de todos os rastros e só lhe restava almejar que ninguém vasculhasse os arquivos do computador dela no trabalho. Se os policiais ludistas que conhecia servissem de parâmetro, nunca passaria pela cabeça deles que Shaz poderia ter uma queda por tecnologia. Além disso, ela não deveria estar trabalhando em nenhum caso, deveria? Não de acordo com os contatos que ele, de maneira muito cuidadosa e totalmente natural, explorara para descobrir o que sabia sobre ela antes de se encontrarem. Não havia razão para que alguém conectasse uma morte tão bizarra ao treinamento sobre criação de perfis que ela estava fazendo.

Como ele lidaria com todas aquelas *coisas*? Não podia levar o material consigo, pois havia a possibilidade se deparar com um policial de trânsito que cismasse de fazer uma revista no carro. Igualmente, não podia deixar o material para trás, porque apontaria um gigantesco dedo na direção dele. Parara de cantar.

Agachou em um canto do escritório e ficou furiosamente pensando. Não podia queimar. Demoraria demais e o cheiro chamaria a atenção dos vizinhos. A última coisa que precisava era do corpo de bombeiros. Não podia jogar na privada e dar descarga; entupiria os canos na mesma hora, a não ser que picasse tudo em pequeninos fragmentos, e, para isso, precisaria ficar ali até de manhã ou mais. Não podia nem cavar um buraco no jardim e enterrar, já que a descoberta do corpo da puta seria apenas o início de uma gigantesca e meticulosa investigação, começando pelos arredores imediatos ao corpo.

No final, a única solução que concebeu não deixava outra opção a não ser levar todas as evidências incriminatórias consigo. Era um pensamento assustador, mas ele continuava a dizer para si mesmo que a sorte e os deuses estavam com ele, que permanecia intocável até então porque tomara todas as precauções humanamente possíveis e deixara apenas uma fração do risco para o destino benevolente.

Vance encheu dois sacos de lixo com o material e cambaleou ao carregá-los até o carro, cada passo um esforço. Trabalhava no descarte da detetive Shaz Bowman havia aproximadamente quinze ou dezesseis horas, e estava ficando sem energia mental e física. Nunca usava drogas nesses momentos; a falsa sensação de poder e capacidade que elas provocavam eram passos certeiros na direção da falibilidade e dos erros estúpidos. Porém, apenas desta vez, gostaria de ter um papelzinho de cocaína impecavelmente dobrado no bolso. Algumas linhas e ele tiraria de letra as tarefas que ainda restavam, em vez de arrastar seu corpo esgotado por aquela porcaria de caminho de brita no cu de Leeds.

Com um pequeno gemido de alívio, largou o segundo saco de lixo no porta-malas. Ficou parado por um momento, torcendo o nariz com nojo. Inclinando-se para a frente e cheirando, confirmou a suspeita. A puta mijara no carro dele e ensopara o carpete. Um item a mais do qual ele teria que se desfazer, pensou, contente por já ter uma solução para o problema. Tirou a roupa e a luva de cirurgia e as enfiou dentro do vão do estepe, depois fechou gentilmente a tampa com um suave estalo de metal.

— Tchau, detetive Bowman — murmurou ao se abaixar cuidadosamente para sentar no banco do motorista. O relógio no painel lhe mostrava que já eram quase duas e meia. Desde que não fosse parado pela polícia por estar em um carro elegante altas horas da madrugada, estaria em seu destino por volta das quatro e meia. A única dificuldade seria lutar contra o seu instinto de meter o pé no acelerador para que se distanciasse o máximo possível da sua façanha. Com uma mão suada e a outra tão fria quanto o ar da noite, saiu da cidade e seguiu na direção norte.

Chegou dez minutos antes do planejado. A área de manutenção do Hospital Royal Newcastle estava deserta, do jeito que ele sabia que estaria até que a equipe reduzida do turno da manhã de domingo chegasse, às seis. Vance entrou de ré em uma vaga na garagem de serviço, ao lado da porta dupla que dava acesso aos incineradores de resíduos cirúrgicos do hospital. Frequentemente, quando terminava o trabalho voluntário com seus pacientes, descia até ali para tomar um chá ou café e fofocar com o pessoal da manutenção. Tinham orgulho de considerar amiga uma celebridade como Jacko Vance, e ficaram mais do que honrados em conceder a ele seu próprio cartão de acesso aos setores de manutenção, permitindo-o ir e vir sempre que desejasse. Sabiam também que ele descia até lá sozinho no meio da noite quando não havia ninguém por perto e ajudava o pessoal metendo a mão na massa ao fazer ele mesmo o trabalho de incineração, enchendo a fornalha com os sacos lacrados de resíduos que chegavam das clínicas, enfermarias e salas de operação.

Nunca lhes ocorrera que ele adicionava seu próprio combustível às chamas.

Era uma das muitas razões pelas quais Jacko Vance nunca temia ser descoberto. Não era nenhum Fred West, que usara corpos para fazer a fundação de sua casa. Quando o prazer que desfrutava com suas vítimas acabava, elas desapareciam para sempre, desintegradas pelo feroz calor do incinerador do Hospital Royal Newcastle. Para um equipamento que rotineiramente engolia o lixo do hospital de uma cidade inteira, dois sacos de lixo cheios com a pesquisa de Shaz Bowman seriam um mero *amuse bouche*. Em vinte minutos faria o que tinha que fazer e ia embora. O fim estava visível. Poderia cair na sua cama preferida, a que ficava no coração do seu matadouro, ignorar todas as outras distrações e dormir o sono dos justos.

Parte Dois

Capítulo 16

— Alguém sabe onde a Bowman está? — perguntou Paul Bishop com impaciência, olhando seu relógio pela quinta vez em dois minutos. Cinco rostos inexpressivos o encararam.

— Deve estar morta, né não? — riu Leon. — Nunca chega atrasada, não a Shazinha querida.

— Haha, Jackson — riu Bishop, sarcasticamente. — Seja um bom menino e ligue pra recepção pra ver se receberam alguma mensagem dela.

Leon desinclinou a cadeira, colocou-a sobre as quatro pernas, e saiu pela porta com seu caminhar desleixado. Os ombros largos da sua jaqueta de formato bem afunilado faziam com que seus um metro e oitenta e três de magreza tivessem uma aparência desafiadora. Bishop tamborilou os dedos na ponta do controle remoto do vídeo. Se não desse início àquela sessão logo, se atrasaria. Precisava passar uma série de vídeos de cenas de crime antes da reunião com o ministro do Interior, que estava agendada para o horário do almoço. A Bowman é foda. Por que tinha que escolher justamente hoje para se atrasar? Esperaria até Jackson voltar e depois seguiria adiante. Azar o dela perder algo crucial assim.

Simon falou suavemente com Kay:

— Conversou com a Shaz depois de sexta-feira?

Kay negou com um gesto de cabeça, o cabelo castanho claro caía como uma cortina sobre uma das bochechas criando a imagem de um rato selvagem espreitando através da vegetação de inverno.

— Como ela não apareceu no restaurante indiano, mandei uma mensagem, mas ela não respondeu. Achei que a encontraria na natação feminina ontem, mas ela também não foi. Não era um compromisso imperdível que a gente tinha ou coisa assim.

Antes que Simon pudesse falar alguma coisa, Leon voltou.

— Sem notícias dela — anunciou. — Não ligou pra avisar que estava doente nem nada.

Bishop deu um muxoxo.

— Bom, vamos ter que começar sem ela.

Ele resumiu a programação da manhã, depois deu play. A sequência de incontrolável violência e depravação que se revelava à frente deles quase não impactou Simon. Ele também não teve muito com que contribuir para a discussão subsequente. Não conseguia tirar a ausência de Shaz da cabeça. Passara no apartamento dela para saírem para tomar alguma coisa antes de irem ao restaurante indiano como tinham combinado, mas ninguém atendeu quando tocou a campainha. Reconhecia que tinha chegado cedo e, por isso, imaginou que ela podia não ter escutado por causa do chuveiro ou do secador de cabelo, caminhou de volta até a rua principal e encontrou uma cabine telefônica. Deixou o telefone tocar até a ligação cair, depois tentou mais duas vezes. Incapaz de acreditar que ela tinha dado o bolo nele, subiu mais uma vez a rua até o apartamento e tocou a campainha outra vez.

Ele sabia qual dos apartamentos térreos era o de Shaz — dera uma carona para ela depois de terem saído para tomar alguma coisa numa noite e, já desejando ansiosamente arranjar coragem para chamá-la para sair, aguardou tempo suficiente para ver quais luzes foram acesas. Só de olhar dava para ver que as cortinas estavam fechadas no vão profundo do quarto principal na parte da frente da casa, embora ainda não estivesse escuro. Concluiu que aquilo significava que ela estava se aprontando para sair. Apesar de, aparentemente, não ser com ele. Estava prestes a desistir e ir para o pub sozinho afogar sua humilhação em Tetleys quando notou a passagem estreita que existia na lateral da casa. Não dando tempo a si mesmo para pensar se era algo justificável ou sensato, passou sorrateiramente pelo portão de ferro forjado e caminhou às escondidas pelo beco entre os prédios até a escuridão do jardim do quintal.

Deu a volta pelo canto da casa e quase tropeçou em um curto lance de escada que saía do quintal e levava até à porta-balcão.

— Puta que pariu — resmungou com raiva, surpreendendo-se a si mesmo antes de esticar o pescoço para a frente. Espreitou pelo vidro, colocando as mãos levemente dobradas ao redor dos olhos para protegê-los dos desgarrados feixes de luz da casa ao lado. Conseguia ver as sombrias formas do mobiliário contra uma fraca luminosidade que parecia vir de outro cômodo que dava abertura para a sala, mas não havia sinal de vida. Repentinamente uma luz irrompeu do andar de cima, arremessando um retângulo irregular de luz bem ao lado de Simon.

Instantaneamente ciente de que, para qualquer observador casual, ele devia parecer muito mais um ladrão do que um policial, deslizou de volta para a escuridão contra a parede e retornou à rua, esperançoso de que não tivesse chamado a atenção de ninguém. A última coisa que precisava era da zoação dos policiais locais sobre o voyeur do esquadrão de criação de perfis. Desconcertado pela aparente rejeição, caminhou sentindo-se miserável até o Sheesh Mahal para se encontrar com Leon e Kay no jantar que combinaram. Não estava a fim de se juntar à especulação deles de que Shaz tivera uma proposta melhor e se concentrou em jogar goela abaixo a maior quantidade possível de cerveja.

Agora, segunda-feira de manhã, estava preocupado. Sejamos realistas, ela provavelmente não precisaria se esforçar muito para se sair bem melhor do que ele. Mas perder uma sessão de treinamento não era do seu feitio. Sem prestar atenção nas palavras de sabedoria de Bishop e com um par de linhas de expressão dividindo suas sobrancelhas escuras, Simon não conseguia relaxar. Assim que o barulho irritante do arrastar de cadeiras anunciou o fim da sessão, foi procurar Tony Hill.

Encontrou o psicólogo na cantina, sentado à mesa de que o esquadrão de criação de perfis tinha se apoderado.

— Tem um minutinho, Tony? — perguntou com uma expressão tão intensa e sombria quanto a de seu tutor.

— Claro. Pega um café e senta aí.

Simon olhou para trás um pouco hesitante e disse:

— É que o pessoal vai chegar aqui a qualquer minuto, e... bom... é um pouco... você sabe... meio particular.

Tony pegou seu café e a pasta que estava lendo.

— Vamos pra uma das salas de interrogatório um minutinho.

Simon o seguiu por um corredor até a primeira sala que luz vermelha não estava acesa. O ar fedia a suor, ranço de cigarro e, obscuramente, açúcar queimado. Tony se esparramou em uma das cadeiras e observou Simon dar alguns passos antes de se recostar em um dos cantos da sala.

— É a Shaz — disse Simon. — Estou preocupado. Ela não apareceu hoje de manhã e não telefonou nem nada.

Sem que nada precisasse ser dito, Tony sabia que havia algo mais ali. Era o trabalho dele descobrir o quê.

— Concordo, não é a cara dela fazer isso. Ela é muito aplicada. Mas pode ter acontecido algum imprevisto. Um problema na família, talvez?

Um canto da boca de Simon repuxou para baixo.

— Creio que sim — consentiu, relutante. — Mas ela teria ligado pra alguém se fosse isso. Ela não é só aplicada, é obsessiva. Você sabe disso.

— Talvez tenha sofrido um acidente.

Simon agarrou a oportunidade.

— Exatamente. É exatamente disso que estou falando. A gente deveria estar preocupado com ela, não?

Tony deu de ombros.

— Se ela tiver sofrido um acidente, não vai demorar muito pra gente ficar sabendo. Ou ela ou outra pessoa vai nos ligar.

Simon cerrou os dentes. Teria que explicar por que era mais urgente do que isso.

— Se ela tiver sofrido um acidente, não acho que foi hoje de manhã. A gente tinha tipo um encontro no sábado à noite. O Leon, a Kay, eu e a Shaz. Temos saído sábado à noite para comer curry e tomar umas cervejas. Mas combinei de sair pra beber alguma coisa com a Shaz primeiro, só nós dois. Era pra gente ter se encontrado no apartamento dela.

Depois que começou, as palavras passaram a jorrar dele.

— Quando passei lá, não tinha sinal dela. Achei que tinha pensado melhor. Desistido, sei lá. Mas hoje é segunda-feira, e ela não apareceu. Acho que aconteceu alguma coisa com ela e, seja o que for, não é trivial. Ela pode ter se acidentado em casa. Pode ter escorregado no banho e batido a cabeça. Ou do lado de fora. Pode estar largada em algum hospital por aí e ninguém sabe quem ela é. Não acha que a gente tem que fazer alguma coisa em relação a isso? Deveríamos ser uma equipe, não deveríamos?

Um terrível pressentimento centelhou na superfície da mente de Tony. Simon estava certo. Dois dias era tempo demais para uma mulher como Shaz desaparecer de vista quando isso envolvia desapontar um amigo e faltar ao trabalho. Levantou.

— Já tentou ligar pra ela?

— Uma porrada de vezes. A secretária eletrônica dela não está ligada também. Por isso acho que ela sofreu um acidente em casa. Sabe? Pensei assim, ela deve ter desligado a secretária quando chegou em casa e aí aconteceu alguma coisa e... eu não sei — acrescentou, impacientemente.

— Isso é muito constrangedor, entende? Estou me sentindo um adolescente. Fazendo estardalhaço por nada.

Ele deu um impulso com o ombro para se desapoiar da parede e foi até a porta.

Tony colocou a mão no braço de Simon.

— Acho que está certo. Você tem o instinto policial para quando alguma coisa não está cheirando bem. É uma das razões pelas quais está no esquadrão. Vem, vamos até o apartamento da Shaz ver o que a gente descobre.

No carro, Simon se inclinou para a frente, como se isso os fizesse ir mais rápido. Percebendo que qualquer tentativa de conversa seria inútil, Tony se concentrou em seguir o caminho que o jovem policial indicava de maneira concisa. Pararam em frente ao apartamento de Shaz e Simon estava na calçada antes mesmo de Tony desligar o carro.

— A cortina ainda está fechada — comentou, aflito, assim que Tony se juntou a ele na entrada. — Ali à esquerda é o quarto dela. A cortina estava fechada no sábado à noite quando estive aqui.

Simon tocou a campainha que indicava "Apartamento 1: Bowman". Os dois conseguiam ouvir o zumbido irritante lá dentro.

— Pelo menos a gente sabe que a campainha está funcionando — comentou Tony.

Deu um passo para trás, olhou para cima e observou o imponente casarão, com sua estrutura de pedras enegrecidas por um século de funcionamento do motor de combustão interna.

— Dá pra dar a volta por trás — disse Simon, finalmente parando de apertar a campainha.

Sem esperar por uma resposta, saiu em direção ao beco entre os prédios. Tony o seguiu, mas não rápido o suficiente. No canto, escutou um gemido parecido com um gato agonizante no meio da noite. Chegou a tempo de ver Simon se afastando de costas de uma porta-balcão como se tivesse sido golpeado no rosto. O jovem policial desabou sobre os joelhos e esvaziou as entranhas na grama, grunhindo incoerentemente.

Chocado, Tony deu alguns passos hesitantes à frente. Quando chegou ao degrau nivelado com a porta, a visão que despiu Simon McNeill da sua masculinidade transformou seu próprio estômago em gelo. Além da imaginação e da emoção, Tony olhava através do vidro para algo que mais parecia com um pastiche de uma pintura de Bacon executada por um psicopata do que com um ser humano. A princípio, era mais do que ele conseguia compreender.

Quando a compreensão lhe veio um momento depois, ele preferia ter trocado a alma por aquela incompreensão prévia.

Não era o primeiro cadáver mutilado que Tony via, mas era a primeira vez que tinha qualquer ligação pessoal com a vítima. Momentaneamente, colocou a mão sobre os olhos e massageou as sobrancelhas com o polegar e o dedo indicador. Não era o momento de chorar pela morte. Havia coisas que podia fazer por Shaz Bowman que mais ninguém era capaz de fazer, e ficar rastejando pela grama como um filhotinho de cachorro ferido não era uma delas.

Respirando fundo, ele se virou para Simon e disse:

— Reporte isto. Depois vá lá na frente e isole a cena do crime.

Simon, com sua desnorteada dor impossível de ser ignorada, levantou um suplicante olhar para ele e perguntou:

— É a Shaz?

— É a Shaz — confirmou Tony. — Faça o que estou falando. Reporte isto. Vá lá na frente. É importante. Precisamos de policiais aqui, agora. Faça isso.

Esperou Simon se levantar tropegamente e cambalear até o beco entre os prédios como um bêbado. Então se virou e olhou através do vidro para a ruína que era Shaz Bowman. Almejou estar mais próximo, rodear o corpo e colher os horríficos detalhes do que fora feito com ela. Mas tinha muito conhecimento sobre contaminação de cena de crime para sequer considerar a possibilidade.

Contentou-se com o que conseguia ver. Seria mais do que suficiente para a maioria das pessoas, mas, para Tony, era uma tentadora imagem parcial. A primeira coisa que tinha que fazer era deixar de pensar naquela carcaça como Shaz Bowman. Tinha que ser imparcial, analítico e lúcido se quisesse ser de alguma utilidade para os investigadores. Olhando novamente para o corpo na cadeira, descobriu que não era tão difícil se distanciar das memórias de Shaz. A cabeça bizarramente deformada que o encarava guardava pouquíssima semelhança com qualquer coisa humana.

Via os buracos negros de onde seus surpreendentes olhos o miraram pela última vez. Arrancados, supôs ele, com base no que pareciam filamentos e fibras pendurados nas feridas. Sangue escorrera e secara ao redor dos orifícios, fazendo com que a hedionda máscara que era o rosto dela ficasse ainda mais grotesca. A boca parecia uma massa de plástico com uma dúzia de matizes de roxo e rosa.

Não tinha orelhas. Seu cabelo possuía mechas salientes para cima e para trás onde as dela deveria estar, seguros no lugar pelo sangue ressecado que espirrara e escorrera sobre eles.

Baixou os olhos para o colo dela. Uma folha de papel estava apoiada no peito. Tony estava muito longe para visualizar as palavras, mas distinguia o desenho com facilidade: os três macacos sábios. Um tremor o abalou da cabeça aos pés. Era cedo demais para afirmar, mas, de acordo com o que Tony via, não havia sinal de agressão sexual. Juntamente com a avaliação mortal dos três macacos sábios, Tony leu a cena. Não era um assassinato relacionado a sexo. Shaz não tinha chamado a atenção de um psicopata qualquer. Aquilo foi uma execução.

— Você não fez isso por prazer — disse para si mesmo, suavemente. — Queria ensinar uma lição a ela. Ensinar uma lição a todos nós. Está dizendo que é melhor do que a gente. Está se exibindo, está nos menosprezando, porque está convencido de que nunca vamos achar nada pra te incriminar. E está falando pra gente ficar fora dos seus negócios. Você é um canalha arrogante, não é?

A cena diante de si dizia a Tony coisas que nunca se revelariam a um policial treinado para procurar somente pistas físicas. Para o psicólogo, revelava uma mente incisiva e decisiva. Era um assassinato a sangue frio, não um ataque desvairado de motivação sexual. Para Tony, isso sugeria que o assassino identificara Shaz Bowman como uma ameaça. Então agira. Brutal, fria e metodicamente. Mesmo antes da perícia criminal chegar, Tony podia afirmar para eles que não encontrariam pista material alguma relacionada à identidade do criminoso. A solução desse caso residia no intelecto, não no laboratório forense.

— Você é bom — murmurou Tony. — Mas serei melhor.

Quando as sirenes despedaçaram o silêncio e pés fardados entraram martelando o beco entre os prédios, Tony ainda estava de pé à porta, memorizando a cena, bebendo de cada detalhe para que permanecessem consigo mais tarde quando precisasse deles. Depois, e só depois, deu a volta e foi até a frente da casa oferecer todo o consolo que podia a Simon.

— Urgente pra cacete — resmungou o médico legista, abrindo sua maleta e pegando um par de luvas de látex. — No estado em que ela está, que diferença faz uma hora a mais, uma hora a menos? Não é a mesma coisa que tratar de gente viva, né não? Bosta de pager. Perdição da porcaria da minha vida.

Tony resistiu ao impulso de dar um murro naquele médico gordo.

— Ela era policial — falou com rispidez.

O médico lhe lançou um olhar perspicaz.

— A gente não se conhece, conhece? É novo por aqui?

— O dr. Hill trabalha pro Ministério do Interior — disse o detetive inspetor local. Tony já tinha esquecido o nome do sujeito. — Ele administra aquela força-tarefa de criação de perfis nova da qual você deve ter ouvido falar. A moça era um dos trainees dele.

— É, bem, ela vai receber de mim o mesmo tratamento que qualquer moça de Yorkshire — disse o médico com desdém, voltando à sua tarefa repugnante.

Tony estava sentado fora da agora aberta porta-balcão, olhando para a cena do crime lá dentro, onde o fotógrafo e a equipe de peritos criminais trabalhavam. Não conseguia tirar os olhos dos destroços de Shaz Bowman. Independentemente do quanto tentasse, não conseguia evitar que ocasionalmente lhe viesse à cabeça a imagem do que ela tinha sido. Isso aumentava sua determinação, mas era uma provocação e podia muito bem passar sem ela.

Pior para Simon, pensou com amargor. Fora levado, branco como cera e trêmulo, de volta à sede para dar seu depoimento sobre a noite de sábado. Tony sabia muito bem como funcionava o modo de pensar policial e sabia que o departamento de homicídios estava provavelmente o tratando como principal suspeito. Teria que fazer alguma coisa a esse respeito o quanto antes.

O detetive inspetor de quem não conseguia lembrar o nome desceu a escada e ficou parado atrás dele.

— Confusão dos infernos — comentou.

— Ela era uma boa policial — Tony contou a ele.

— A gente vai pegar o desgraçado — disse o detetive inspetor com confiança. — Não se preocupa com isso.

— Quero ajudar.

O detetive inspetor levantou uma sobrancelha e disse:

— A decisão não é minha. Não é um serial killer, você sabe. A gente nunca viu um negócio desse tipo aqui na nossa área.

Tony lutou para suprimir sua frustração.

— Inspetor, não é o primeiro assassinato dessa pessoa. Quem quer que tenha feito isso é um expert. Pode não ter matado na sua área ou usado esse método específico antes, mas esse não é produto da noitada de um amador.

Antes que o inspetor pudesse responder, foram interrompidos. O médico legista tinha terminado seu pavoroso trabalho.

— Bom, Colin — disse, caminhando em direção a eles —, ela está morta mesmo.

Com uma olhadinha rápida de soslaio, o policial disse:

— Poupa a gente do humor negro pelo menos uma vez, doutor. Tem ideia de quando foi?

— Pergunta pro seu patologista, inspetor Wharton — disse o médico com um tom de ressentimento.

— Vou perguntar. Mas, enquanto isso, pode me dar uma estimativa?

O médico tirou as luvas fazendo com que o látex estalasse.

— Hora do almoço de segunda-feira... deixa eu ver... em algum momento entre as sete horas da noite de sábado e as quatro da manhã de domingo. Isso depende se o aquecedor estava ligado e por quanto tempo.

O detetive inspetor Colin Wharton suspirou.

— Essa janela de oportunidade é grande pra cacete. Não dá pra diminuir um pouquinho?

— Sou médico, não adivinho — disse de forma cáustica. — Agora vou voltar pro meu jogo de golfe, se você não se importa. Vão receber meu relatório pela manhã.

Tony colocou a mão no braço dele impulsivamente.

— Doutor, o senhor bem que podia me dar uma ajuda. Sei que não é a sua área de atuação específica, mas o senhor obviamente desenvolveu muita expertise nesse tipo de coisa. — Quando estiver em dúvida, elogie. — Os ferimentos... Sabe se ela ainda estava viva ou se foram feitos depois da morte?

O médico fez um bico com os lábios vermelhos e deu uma olhada avaliativa para o corpo de Shaz. Parecia um garotinho fazendo cara de pidão para a tia solteirona, calculando quanto aquilo lhe renderia.

— Uma mistura das duas coisas — afirmou, por fim. — Calculo que os dois olhos foi enquanto ela ainda estava viva. Imagino que devia estar amordaçada ou teria derrubado este lugar com os gritos. Provavelmente desmaiou depois, devido a uma combinação de choque e dor. O que quer que tenha sido derramado na garganta dela era muito cáustico e foi o que a matou. Total desintegração das vias respiratórias, é isso o que vão descobrir quando abrirem a moça. Aposto minha aposentadoria nisso. Vendo a quantidade de sangue, calculo que as orelhas foram arrancadas mais ou menos enquanto ela estava morrendo. Foram cortadas com esmero. Nenhuma tentativa de imprimir sofrimento costuma começar com mutilação. Ele deve ter uma faca afiada pra cacete e muito sangue-frio. Se estivesse tentando garantir que ela acabasse igual aos três macacos sábios, fez a coisa certa — mencionou antes de cumprimentar os dois homens com a cabeça. — Estou indo, então. Deixar você trabalharem. Boa sorte pra encontrar o cara. Vocês têm um maníaco e tanto aí.

Saiu com seu andar de pato pela lateral da casa.

— Aquele filho da mãe é o pior médico quando o assunto é o trato com os pacientes — comentou Colin Wharton, indignado. — Desculpa por isso.

Tony abanou a cabeça.

— Qual o sentido em adornar algo brutal como aquilo com palavras sofisticadas? Nada altera o fato de que alguém desmantelou Shaz Bowman e se certificou de que soubéssemos o porquê.

— O quê? — indagou Wharton. — Perdi alguma coisa? O que você quer dizer com soubéssemos o porquê?

— Você viu o desenho, não viu? Os três macacos sábios. Não veja o mal, não escute o mal, não pronuncie o mal. O assassino destruiu os olhos, as orelhas e a boca dela. Isso não quer dizer nada pra você?

Wharton deu de ombros e comentou:

— Ou o namorado é o assassino, caso em que ele é um maluco comprovado, e aí não interessa que merda fodida está passando pela cabeça dele. Ou então foi algum outro maluco que tem raiva da polícia porque acha que a gente fica metendo o nariz em coisas em que era melhor não interfirmos.

— Não acha que pode ser um assassino que fez isso especificamente com a Shaz porque ela estava metendo o nariz em algum lugar que não deveria? — sugeriu Tony.

— Não vejo como pode ser isso — desprezou Wharton. — Nunca trabalhou em nenhum caso aqui, trabalhou? O seu pessoal ainda não está trabalhando em casos de verdade, então ela ainda não tinha tido a oportunidade de meter o bedelho nos negócios de algum maluco daqui.

— Apesar de não estarmos pegando casos novos, estivemos trabalhando em alguns casos reais mais antigos. A Shaz desenvolveu uma teoria outro dia sobre um serial killer ainda não identificado...

— A história do Jacko Vance? — Wharton não conseguiu evitar o riso de escárnio. — A gente deu umas boas gargalhadas por causa disso.

Tony fechou a cara.

— Não era pra vocês terem ficado sabendo disso. Quem deu com a língua nos dentes?

— De jeito maneira, doutor, não vou entregar ninguém. Além disso, você sabe que não existe segredo dentro da delegacia. Era uma piada boa demais pra ficar em segredo. Jacko Vance, um serial killer. A próxima vai ser a Rainha Mãe! — E caiu na gargalhada dando um tapinha indulgente no ombro de Tony. — Vamos ser realistas, doutor, é bem provável que a gente pegue o safado quando enquadrar o namorado. Você não precisa que eu te fale que nove em cada dez vezes a gente acaba não procurando além da pessoa com quem o defunto estava dando uma trepadinha. — Ele ergueu uma sobrancelha especulativa. — Isso pra não mencionar a pessoa que encontrou o corpo.

Tony bufou com sarcasmo.

— Vai perder o seu tempo se tentar atribuir isso a Simon McNeill. Ele não fez aquilo.

Wharton se virou para encarar Tony, tirando um Marlboro do maço com os dentes. Deixou-o entre os lábios e o acendeu com um isqueiro descartável.

— Eu vi uma palestra sua uma vez, doutor — disse ele. — Lá em Manchester. Você falou que os melhores caçadores são os mais parecidos com a sua preza. Dois lados da mesma moeda. Acho que você estava certo. Só que um dos seus caçadores virou a casaca.

Jacko cumprimentou seu assistente pessoal com um gesto de mão indiferente e apertou o botão do controle remoto. O rosto da sua mulher preencheu a tela da enorme TV, onde, da redação, ela conduzia a audiência pelas manchetes do meio-dia. Nada ainda. Quanto mais demorar, melhor, ele não conseguiu deixar de pensar. Quanto menos preciso o patologista fosse em relação à hora da morte, mais a distanciaria da visita à casa dele. Ao desligar a TV e se virar para o roteiro em frente a si, perguntou-se momentaneamente como deveria ser esse tipo de vida em que ninguém notava que você está morto por dias. Isso nunca aconteceria com ele, pensou, sentindo-se mais satisfeito do que nunca. Passara muito tempo desde que fora tão insignificante assim na vida de alguém.

Até mesmo sua mãe notaria se ele desaparecesse. Provavelmente ficaria contentíssima com isso, mas notaria. Pensou em como a mãe de Donna Doyle estava reagindo ao desaparecimento da filha. Ele não vira nada no jornal, mas não havia razão para que ela causasse mais estardalhaço do que as outras.

Ele as fizera pagar, todas elas, pelo que fizeram com ele. Sabia que não poderia fazer aquilo com quem realmente merecia; seria óbvio demais, apontariam o dedo diretamente para ele. Mas encontrava Jillies substitutas em tudo quanto era lugar, tão suculentas e deliciosas quanto ela havia sido quando, pela primeira vez, ele a segurou no chão e sentiu sua virgindade se render ao poder dele. Conseguia fazer com que elas entendessem aquilo pelo que passara, sentissem o ele tinha sentido de maneiras que aquela puta traiçoeira jamais compreendera. As suas meninas nunca o abandonariam; era com ele que estava o poder sobre a vida e a morte. E ele podia fazê-las liquidar a dívida quantas vezes quisesse.

Certa vez, acreditara que chegaria a ocasião em que essas mortes substitutas o purgariam para sempre. Porém a catarse nunca durava. A necessidade sempre voltava rastejando.

Com sorte, ele realmente tinha elevado aquilo ao patamar das belas-artes. Todos aqueles anos, todas aquelas mortes, e somente uma policial excêntrica e independente suspeitara.

Jacko deu um sorriso muito privado, um sorriso que seus fãs nunca viram. A forma de pagamento teve que ser diferente para Shaz Bowman. Fora satisfatória, contudo. Isso o fazia pensar se não era hora de providenciar algumas mudanças.

Nunca teve propensão para se tornar escravo da rotina.

A frustração fez com que Tony subisse a escada de dois em dois degraus. Ninguém permitia que se aproximasse de Simon. Colin Wharton estava embarreirando ao alegar que não tinha autorização para permitir que Tony colaborasse com a investigação. Paul Bishop estava fora em uma de suas intermináveis e sempre convenientes reuniões, e o superintendente-chefe de divisão estava supostamente atarefado demais para atender Tony.

Abriu com força a porta da sala de seminário na esperança de encontrar os quatro membros restantes da força-tarefa ocupados com alguma atividade significativa. Em vez disso, Carol Jordan levantou o olhar, antes compenetrado em um arquivo de documentos em frente a ela.

— Já estava começando a achar que eu tinha vindo no dia errado — comentou ela.

— Ah, Carol — suspirou Tony, afundando na cadeira mais próxima. — Esqueci completamente que você ia voltar hoje à tarde.

— Parece que não foi o único — disse ela, ironicamente gesticulando para o restante das cadeiras vazias. — Cadê o restante da equipe? Matando aula?

— Ninguém te contou, não é? — Tony perguntou, olhando para ela com olhos furiosos num rosto atormentado. — Lembra da Shaz Bowman?

Carol fez que sim com um sorriso pesaroso.

— A ambição em pessoa. Ardentes olhos azuis, usa as orelhas e a boca na correta proporção de dois por um.

Tony estremeceu.

— Não, ela não faz mais isso.

— O que aconteceu? — A preocupação na voz de Carol estava mais voltada para Tony do que para Shaz.

Ele engoliu em seco e fechou os olhos, concentrando-se na imagem da morte dela e se esforçando para retirar toda a emoção da voz.

— Um psicopata a pegou. Alguém que achou que seria divertido arrancar aqueles ardentes olhos azuis, cortar aquelas orelhas bem abertas e encher aquela boca inteligente com algo tão corrosivo que ela acabou ficando parecida com um chiclete multicolorido. Está morta, Carol. Shaz Bowman está morta.

O rosto de Carol expressou um incrédulo horror.

— Não — suspirou ela. Ficou em silêncio durante um longo momento. — Que terrível — disse, por fim. — Havia tanta vida nela.

— Era a melhor do grupo. Desesperada pra ser a melhor. E não era arrogante por causa disso. Conseguia trabalhar com os outros sem deixar óbvio que era o cavalo de corrida em meio aos jumentos. O que ele fez com a garota, aquilo está intimamente relacionado com quem ela era.

— Por quê? — Assim como fizera com muita frequência em seu caso anterior, Carol fez a pergunta importante.

— Deixou uma folha impressa do computador. Um desenho e um verbete de enciclopédia sobre os três macacos sábios — revelou Tony.

A compreensão reluziu nos olhos de Carol e foi seguida rapidamente por uma expressão de perplexidade.

— Não é sério que você está achando... A teoria que ela apresentou outro dia? Não pode ter nada a ver com isso, pode?

Tony esfregou a testa com a ponta dos dedos.

— Fico voltando a isso. O que mais temos? O único caso verdadeiro com que tivemos alguma coisa foi o do seu incendiário, e ninguém sugeriu alguma coisa que pudesse ameaçar alguém.

— Mas Jacko Vance? — Carol sacudiu a cabeça. — Não dá pra acreditar nisso. As vovozinhas de norte a sul são loucas por ele. Metade das mulheres que conheço acham que ele é tão sexy quanto o Sean Connery.

— E você? O que você acha? — indagou Tony. Não havia indireta na pergunta.

Carol revirou a pergunta na cabeça para garantir que escolheria as palavras certas antes de falar.

— Não confiaria nele. É muito lustroso. Escorregadio. Não tem nada que deixe um impacto duradouro. É charmoso, simpático, caloroso, compreensivo. Mas, assim que passa pra próxima entrevista, é como se o encontro anterior nunca tivesse acontecido. Tendo dito isso...

— Você nunca pensou nele como um serial killer — disse Tony, sem rodeios. — Nem eu. Existem algumas pessoas na vida pública que não nos deixariam surpresos se as víssemos com um punhado de acusações de assassinato. Jacko Vance não é uma delas.

Cada um num canto da sala, ficaram em silêncio se encarando.

— Pode não ser ele — opinou Carol, enfim. — Alguém da comitiva dele? Um motorista, um guarda-costas, um pesquisador. Um desses parasitas. Chamam esse pessoal de quê mesmo?

— Faz-tudo.

— Isso, faz-tudo, isso mesmo.

— Mas isso ainda não responde à sua pergunta. Por quê?

Tony deu um impulso, ficou de pé e começou a caminhar ao redor da sala.

— Não vejo como alguma coisa que ela tenha dito aqui possa ter chegado aos círculos de Jacko Vance. Então como o nosso hipotético assassino sabia que ela estava na cola dele?

Carol girou desajeitadamente na cadeira para que conseguisse vê-lo enquanto atravessava atrás dela.

— Ela queria ser a menina destaque, Tony. Não acho que deixaria aquilo pra lá. Acho que decidiu ir em frente com aquela ideia. E, de um jeito ou de outro, alertou o assassino.

Tony chegou ao canto e parou.

— Você sabe... — Foi tudo o que teve tempo de dizer antes de o detetive superintendente-chefe McCormick abrir a porta. Seus volumosos ombros quase preencheram toda a abertura.

Natural de Aberdeen, ele lembrava um boi angus preto do seu território nativo: cachos pretos caídos pela testa, olhos pretos límpidos, sempre vigilantes à capa vermelha, largas maçãs do rosto que pareciam espalhar seu nariz carnudo pela cara, lábios carnudos sempre úmidos. A única incongruência era a voz. Em vez de um profundo rosnar estrondear em seu peito, o que emergiu foi um tenor leve e melódico.

— Dr. Hill — disse ele, fechando a porta atrás de si sem olhar para ela. Os olhos brilharam na direção de Carol, depois voltaram-se questionadores para Tony.

— Detetive superintendente-chefe McCormick, esta é a detetive inspetora-chefe Carol Jordan, da força de East Yorkshire. Nós a estamos ajudando numa investigação de incêndio criminoso — informou Tony.

Carol levantou-se.

— É um prazer conhecê-lo, senhor.

O movimento de cabeça com que McCormick a cumprimentou foi quase imperceptível.

— Se nos permite, preciso de um momento com o dr. Hill — comentou ele.

Carol sabia quando estava sendo dispensada.

— Vou esperar lá embaixo na cantina.

— O dr. Hill não vai ficar nestas dependências — afirmou McCormick. — Será melhor pra você esperar no estacionamento.

Carol arregalou os olhos, mas disse apenas:

— Tudo bem, senhor. Vejo você lá fora, Tony.

Assim que Carol fechou a porta, Tony se virou para McCormick:

— E o que exatamente quer dizer com isso, sr. McCormick?

— O que disse. Esta divisão é minha e estou conduzindo uma investigação de assassinato. Uma policial foi... destruída e é meu trabalho descobrir quem é o responsável. Não há sinal de arrombamento no apartamento de Sharon Bowman e, conforme a opinião geral, ela não era nenhuma idiota. Então é provável que ela conhecesse o assassino. E, de acordo com o que sei, até agora, as únicas pessoas que Sharon Bowman conhecia em Leeds eram os colegas policiais, e você, dr. Hill.

— Shaz — interrompeu Tony. — Ela odiava que a chamassem de Sharon. Shaz, era assim que a chamavam.

— Shaz, Sharon, não interessa, faz pouca diferença agora. — O sr. McCormick ignorou a objeção com toda a polidez casual de um touro sacudindo o rabo para espantar um mosquito.

— A questão é que vocês eram as únicas pessoas que ela teria deixado entrar na casa dela. Então não quero vocês falando uns com os outros até que os meus policiais do departamento de homicídios tenham tido a oportunidade de interrogar cada um de vocês. Até segunda ordem, esta força-tarefa está suspensa. Vocês não podem ocupar dependências policiais e não se comunicarão uns com os outros. Já discuti isso com o comandante Bishop e o Ministério do Interior, e todos concordamos que é o caminho certo a seguir. Está claro?

Tony sacudiu a cabeça. Aquilo era demais. Shaz estava morta, terrivelmente morta. E agora McCormick queria prender uma das pouquíssimas pessoas que poderia realmente ser capaz de providenciar um caminho até o assassino dela.

— Você pode, por algum exagero de imaginação, ter autoridade sobre os policiais do meu esquadrão. Mas não sou policial, McCormick. Não sou subordinado seu. Você deveria estar usando os nossos talentos, não sacaneando a gente. Podemos ajudar, cara, não consegue entender isso?

— Ajudar? — A voz de McCormick era desdenhosa. — Ajudar? Ouvi algumas das ideias malucas que a sua turma inventou. Meus homens vão perseguir pistas, não piadas. Jacko Vance, pelo amor de Deus. Depois vocês vão pedir pra gente prender o Ursinho Pooh.

— Estamos do mesmo lado — afirmou Tony com manchas vermelhas lhe subindo pelas maçãs do rosto.

— Pode até ser, mas alguns tipos de ajuda acabam funcionando mais como obstáculo. Quero vocês fora daqui agora e não quero que fique importunando os meus homens. Você vai à delegacia amanhã às dez da manhã para que os meus policiais possam interrogá-lo formalmente sobre Sharon Bowman. Eu me fiz entender com clareza, sr. Hill?

— Escuta, posso te ajudar nisso. Entendo os assassinos; sei por que fazem as coisas que fazem.

— Isso não é uma coisa difícil de descobrir. Eles são doentes da cabeça, é por isso.

— Com certeza, mas cada um é doente da cabeça de maneira particular — argumentou Tony. — Este, por exemplo. Aposto que ele não a agrediu sexualmente, agrediu?

O sr. McCormick fechou a cara.

— Como você sabe disso?

Tony passou a mão no cabelo e falou apaixonadamente:

— Eu não sei por alguém ter me contado. Sei porque consigo ler coisas numa cena de crime que os seus homens não conseguem. Não foi um homicídio sexual comum, superintendente, foi uma mensagem proposital pra nós, e esse assassino acha que está tão à nossa frente que nunca vai ser pego. Posso te ajudar a pegá-lo.

— Me parece que está mais interessado em acobertar as coisas — suspeitou McCormick, sacudindo a cabeça. — Você apanhou algumas informações na cena do crime e as transformou numa teoria esdrúxula. Vai precisar mais do que isso pra me convencer. E não tenho tempo pra esperar você tentar a sua próxima intriga. No que diz respeito a este departamento, vocês agora são história. E os seus chefes no Ministério do Interior concordam comigo.

A fúria fez com que as habilidades de conciliação e bajulação de Tony fossem soterrados.

— Você está cometendo um erro enorme, McCormick — acusou ele, com a voz rouca de raiva.

O robusto detetive deu uma risada debochada.

— Vou assumir o risco, filho. — Ele apontou o polegar em direção à porta. — Hora de ir embora, agora.

Tomando consciência de que não tinha como ganhar naquele campo de batalha, Tony mordeu com força a carne da bochecha. O sabor da humilhação era semelhante ao gosto cuprífero de sangue fresco. Desafiadoramente, caminhou até o seu armário, pegou a maleta e a encheu com os arquivos das pessoas desaparecidas e as análises do esquadrão. Trancou com força a fechadura, deu meia volta e saiu andando. Os policiais se mantiveram em silêncio enquanto ele atravessava a delegacia. Estava feliz por Carol não estar ali para testemunhar sua expulsão. Ela jamais teria sido capaz de manter o silêncio, que era a única arma que lhe restava.

Quando a porta da delegacia se fechou depois que ele saiu, Tony escutou uma inidentificável voz gritar atrás de si:

— Até que enfim, hein?

Capítulo 17

Em um raro momento de lucidez no oceano de dor, Donna Doyle contemplou sua curta vida e a crença idiota que a tinha levado até aquele lugar. O arrependimento crescia dentro dela como um tumor que devorava tudo o que encontrava. Um equívoco, uma tentativa de seguir o arco-íris até o pote de ouro, um ato de fé não mais disparatado do que aquele sobre o qual falava o padre todo domingo, e ali estava ela. Era uma vez a época em que dissera que faria qualquer coisa para ter uma oportunidade de se tornar uma estrela. Agora ela sabia que isso não era verdade.

Não era justo. Não que quisesse ser famosa só para si mesma. Com a fama viria o dinheiro, e a mãe não precisaria se preocupar em economizar e poupar cada centavo como fazia desde que seu pai morrera. Donna queria que fosse uma surpresa, uma maravilhosa, irada e empolgante surpresa. Agora isso não aconteceria. Ainda que saísse dali, sabia que não seria uma estrela, nunca. Poderia ter seus quinze minutos de fama, como dizia a música, mas não seria uma estrela de TV de um braço só como Jacko Vance. Mesmo que a encontrassem, estava acabada.

Ainda poderiam encontrá-la, falava para si mesma. Não estava apenas tentando tapear o medo, pensou desafiadoramente. Deviam a estar procurando àquela altura, com certeza. A mãe tinha ido à polícia, sua foto devia estar nos jornais, quem sabe até na TV. As pessoas em todo o país a viam e buscavam na memória. Alguém se lembraria dela. Havia um montão de gente nos trens. Meia dúzia de passageiros desceram com ela em Five Walls Halt. Pelo menos um deles *deve* tê-la notado. Toda produzida com sua melhor roupa, ela sabia que estava gostosa. Certamente a polícia estava fazendo perguntas, procurando entender de quem era a Land Rover em que tinha entrado. Certo?

Gemeu. No coração, sabia que aquele seria o último lugar onde se deitaria. Sozinha em sua tumba, Donna Doyle chorou.

•

Capítulo 18

Tony se sentou encurvado para a frente na poltrona e ficou observando as bruxuleantes chamas de gás da lareira falsa. Continuava bebericando lentamente o mesmo copo de Theakston desde que chegara ao chalé de Carol, que recusara o não que ele deu como resposta. Tony sofrera um choque, precisava de alguém com quem discutir o caso, e ela precisava da contribuição dele sobre o caso do incendiário. Carol tinha um gato para alimentar, ele, não, portanto, logicamente, o destino deles devia ser uma hora de rodovia até os arredores de Seaford.

Desde que chegaram, ele mal dissera uma palavra. Ficou sentado com os olhos no fogo e sua mente projetando o filme da morte de Shaz Bowman. Carol o deixara sozinho e aproveitou a oportunidade para juntar um pacote de peito de frango que estava no freezer com algumas cebolas fatiadas e um pote de cidra com molho de maçã pronto. Colocou o resultado disso no forno com algumas batatas para assar e deixou em fogo baixo enquanto preparava o quarto de hóspedes. Sabia que não fazia muito sentido esperar de Tony qualquer coisa a mais ou a menos.

Serviu-se um grande gim-tônica, acrescentou dois pedaços de limão congelados e voltou para a sala. Sem falar coisa alguma, dobrou as pernas debaixo de si e deixou a poltrona oposta a ele engoli-la. Deitado entre eles, Nelson, todo esticado, parecia um comprido tapete de lareira.

Tony levantou o olhar para Carol e conseguiu dar um leve sorriso.

— Obrigado pela paz e tranquilidade — agradeceu ele. — Tem um ambiente bem acolhedor, o seu chalé.

— Essa é uma das razões pelas quais o comprei. Isso e a vista. Que bom que gostou.

— Eu... não paro de ficar imaginando — disse ele. — Todo o processo. Amarrando-a, amordaçando-a. Torturando-a com a informação de que ela não ia sair daquela viva, não sabendo o que ela sabia.

— Seja lá o que for que ela sabia.

— Seja lá o que for — concordou ele.

— Imagino que essa situação faz você se lembrar de tudo aquilo — sugeriu Carol suavemente.

Ele deu um longo suspiro e disse, sem abrir muito os lábios:

— É inevitável.

Ele a encarou, seus ávidos olhos brilhavam sob a saliência das suas sobrancelhas franzidas. Quando falou novamente, sua voz era um contraste brusco, indicando que ele queria fugir das memórias que às vezes eram quase tão ruins quanto a própria experiência.

— Carol, você é detetive. Escutou a apresentação da Shaz, foi uma das que a avaliou. Imagine que estivesse na outra ponta das nossas críticas. Imagine que estivesse de volta ao início da sua carreira, com tudo à frente para provar. Não pensa muito sobre isso. Me dá a sua reação instintiva. O que você faria?

— Eu ia querer provar que vocês estavam errados e eu, certa.

— Isso, isso mesmo — aprovou Tony com impaciência. — Esse é um dado. Mas o que você *faria*? Como agiria em relação a isso?

Carol deu um gole na bebida e considerou:

— Sei o que faria agora. Juntaria uma pequena equipe, só um sargento e uns dois detetives, e atacaria todo mundo naqueles casos. Ia voltar lá e falar com amigos, família. Checar se as meninas desaparecidas eram fãs de Jacko Vance, se tinham ido ao evento em que ele apareceu. Se foram, com quem foram. O que as companhias notaram.

— A Shaz não tinha nem o tempo, nem a equipe pra esse tipo de operação. Pensa em como você agiria quando era jovem e voraz — encorajou Tony.

— Com relação ao que eu teria feito então... considerando a falta de recursos, você usa aquilo que tem.

Tony a encorajou com um gesto de cabeça e perguntou:

— O que significa?

— Significa que você acha que é o dono da verdade e que tem a manha de fazer tudo. Sabe que está certo, esse é o ponto principal. Sabe que a verdade está lá fora esperando para ser desvendada. Eu? Eu balançaria umas árvores pra ver o que ia cair.

— Então você faria o quê, especificamente?

— Hoje em dia, provavelmente pingaria um veneninho na orelha de um amigo jornalista e plantaria uma história que significaria alguma coisa mais pro nosso assassino do que pra um leitor casual. Mas não vi nenhum sinal de que a Shaz tinha esse tipo de contato, ou, se tinha, que os usou. O que eu provavelmente teria feito se estivesse no lugar dela, se tivesse coragem, seria marcar um encontro com o sujeito em pessoa.

Tony se recostou na poltrona e deu um longo gole de cerveja.

— Fico contente por você ter dito isso. É o tipo de ideia que sempre fico relutante em expor porque existe a grande possibilidade das pessoas com quem trabalho começarem a dar gargalhadas, já que nenhum policial com amor-próprio sonharia em fazer uma coisa tão arriscada nem com a própria vida, nem com a carreira.

— Acha que ela fez contato com Jacko Vance?

Ele assentiu com a cabeça.

— E você acha que o que quer que ela tenha falado pra ele...

— Ou para alguém próximo dele — interrompeu Tony. — Pode não ser o Vance. Pode ser o seu empresário ou o guarda-costas ou até a esposa. Mas, é isso mesmo que estou pensando, acho que ela falou alguma coisa para alguém naquele grupo de pessoas que fez o assassino ficar com medo.

— Seja quem for, não perdeu muito tempo.

— Não perdeu nenhum tempo e é óbvio que teve muita coragem para matá-la na sala da casa dela. Arriscar um grito, um berro, o barulho de mobília batendo, qualquer coisa inoportuna em uma casa que foi transformada em apartamentos.

Carol deu um gole na bebida, saboreando o crescente amargor do limão à medida que a fruta descongelava.

— E, pra começar, tinha que levá-la até lá.

Tony ficou intrigado.

— O que faz você falar isso?

— Ela nunca teria concordado em se encontrar com alguém que suspeitava ser um serial killer na própria casa. Nem mesmo com o excesso de confiança da juventude. Seria como convidar uma raposa para um galinheiro. E, se ele aparecesse lá mais tarde, depois do interrogatório oficial, ela dispararia o alarme e não o deixaria entrar. Não, Tony, ela já era prisioneira dele na hora em que chegou em casa.

Foram esses lampejos de percepção sustentados por uma lógica impecável que fizeram de Carol Jordan uma pessoa com quem fora tão prazeroso trabalhar anteriormente, lembrou Tony.

— Você está certa, é claro. Obrigado.

Ele levantou o copo e a brindou silenciosamente. Agora sabia por onde começar. Terminou a cerveja e falou:

— Dá pra tomar mais uma? Depois acho que a gente tem que conversar sobre o seu probleminha.

Carol se desenrolou da poltrona e se espreguiçou como Nelson.

— Tem certeza de que não quer falar mais sobre a Shaz?

A expressão distante de Tony disse a ela tudo o que precisava saber. Foi até a cozinha pegar outra cerveja.

— Vou deixar isso pros seus colegas de West Yorkshire amanhã de manhã. Se não tiver entrado em contato com você até a hora do chá, é melhor assegurar pra mim um resumo dos fatos decente — gritou para Carol.

Depois que ela se ajeitou novamente na poltrona, Tony arrastou seus taciturnos olhos para longe do fogo e tirou algumas folhas de papel pautado da maleta.

— No finalzinho da semana, coloquei o esquadrão pra trabalhar em um perfil pra você. Tiveram um dia pra desenvolver um perfil individual, aí, na sexta, fizeram um esforço colaborativo conjunto. Tenho uma cópia aqui comigo. Vou te mostrar mais tarde.

— Não quis falar nada antes, mas também estive trabalhando em um perfil. Vai ser interessante fazer uma comparação entre eles. — Ela tentou manter a voz branda, mas, mesmo assim, Tony percebeu o desejo por seu elogio. O que fez com que aquilo que tinha para dizer ficasse ainda mais embaraçoso. Às vezes gostaria de ser fumante. Isso lhe daria algo para fazer com as mãos e a boca em momentos como aquele.

Em vez disso, passou a mão pelo rosto.

— Carol, tenho que te falar que suspeito que vocês estejam perdendo tempo.

Inconscientemente, o queixo dela se projetou para a frente.

— O que quer dizer com isso?

— Quero dizer que não acho que seus incêndios se classificam em nenhuma categoria conhecida.

— Quer dizer que eles não são incêndios criminosos?

Antes que ele pudesse responder, uma batida forte reverberou pelo chalé. Surpresa, Carol derramou algumas gotas da bebida.

— Está esperando alguém? — perguntou Tony, virando-se na direção da escura janela atrás de si para ver se alguma coisa penetrava a escuridão do lado de fora.

— Não — disse ela, ficando de pé num pulo e atravessando a sala até a pesada porta de madeira que levava à pequena varanda de pedra. Assim que a destrancou, uma rajada de vento frio encheu a sala com sua lufada gelada de lodo do estuário. Carol ficou surpresa. Além dela, Tony vislumbrou o contorno de uma grande figura masculina.

— Jim — exclamou ela. — Não estava esperando te ver por aqui.

— Tentei te ligar à tarde, e o sargento Taylor não parava de ficar me enrolando. Aí achei que podia dar uma chegada aqui pra ver se conseguia te encontrar.

Assim que Carol deu um passo atrás, Pendlebury entrou com ela.

— Ah, desculpa... você está acompanhada.

— Não, você não poderia ter chegado em melhor hora — disse ela, gesticulando para que ele seguisse em direção à lareira. — Este é o dr. Tony Hill, do Ministério do Interior. Estamos falando do caso do incendiário. Tony, este é Jim Pendlebury, o comandante do corpo de bombeiros de Seaford.

Tony submeteu sua mão a um aperto competitivo e de esmagar os ossos.

— Prazer em conhecê-lo — disse ele, calmamente, recusando o convite para o combate.

— O Tony é o responsável pela Força-Tarefa Nacional de Criação de Perfis Criminais, em Leeds — explicou Carol.

— Trabalho pesado.

Pendlebury enfiou as mãos nos fundos bolsos de um casaco na moda e excessivamente grande. Cada uma delas emergiu dali com uma garrafa de shiraz australiano.

— Presente de casa nova. Agora podemos discutir nosso incendiário com um pouco de lubrificação.

Carol buscou taças e o saca-rolhas e serviu vinho para si e para Pendlebury, Tony levantou seu copo para mostrar que ficaria na cerveja.

— Então, Tony, o que os seus intelectuaizinhos têm pra falar pra gente? — perguntou Pendlebury, esticando suas longas pernas para a frente, forçando Nelson a se mover para o lado. O gato lhe lançou um olhar maligno e se enrolou de tal maneira que virou uma bola ao lado da poltrona de Carol.

— Nada que a Carol não pudesse desenvolver sozinha. O problema é que suspeito que o que eles fizeram seja irrelevante.

A risada de Pendlebury soou alta demais nos confins do chalé.

— Eu estou ouvindo coisas? — perguntou ele. — Um criador de perfis admitindo que é tudo uma besteira do cacete? Carol, você está gravando isso?

Perguntando-se quantas vezes mais teria que sorrir educadamente enquanto o trabalho da sua vida era denegrido, Tony esperou Pendlebury se acalmar antes de falar:

— Você usaria uma chave de fenda para derrubar uma cerca?

Ele inclinou a cabeça para o lado.

— Está falando que a criação de perfis é a ferramenta errada para o serviço?

— É exatamente isso que estou falando. A criação de perfis funciona em crimes nos quais a motivação é psicopática em algum nível.

— O que quer dizer? — perguntou Pendlebury, encolhendo as pernas novamente e se inclinando para a frente, muitíssimo interessado, e com o rosto inteiramente cético.

— Você quer a versão de trinta segundos ou a palestra inteira?

— Melhor você me dar a versão com manual pra idiota, sendo eu um mero bombeiro.

Tony passou a mão pelo cabelo cheio e escuro, um reflexo que sempre o fazia ficar parecido com um cientista maluco de desenho animado.

— Ok. A maioria dos crimes neste país são cometidos ou por ganho, ou no calor do momento, ou sob a influência de bebida ou drogas. Ou uma combinação de todas as anteriores. O crime é um meio para se chegar a um fim: conseguir grana ou drogas, vingar-se, pôr um fim a um comportamento inaceitável. Uma quantidade menor de crimes tem suas raízes num solo mais estranho. Crescem de uma compulsão psicológica interior da parte do criminoso. Algo o conduz, quase sempre alguém do sexo masculino, a executar certos atos que são quase um fim em si mesmos. O ato criminal pode ser tão insignificante quanto roubar a calcinha de um varal. Pode ser tão sério quanto o assassinato em série. O incêndio em série é um crime assim.

"E se isto com o que estamos lidando aqui fosse um incendiário em série, eu seria o primeiro a defender o valor de um perfil psicológico. Mas, como estava comentando com a Carol logo antes de você chegar, não acho que tenham um incendiário convencional ou comum em busca de emoção em Seaford. Também não é um incendiário de aluguel. O que vocês têm aqui é um predador de cores diferentes todas misturadas. Algo mais híbrido."

Pendlebury não parecia convencido.

— Quer falar pra gente o que você tá tentando dizer com esse negócio?

— Adoraria — respondeu Tony, ao se recostar envolvendo seu copo com os dedos cruzados. — Vamos eliminar o incendiário de aluguel pra começar. Embora seja verdade que um punhado de incêndios tenham provavelmente sido resposta às preces dos proprietários, na maioria dos casos, não parece ter havido ganho financeiro. O que mais vemos é um gigantesco inconveniente e, em alguns casos, danos positivos para os negócios e setores da comunidade envolvidos. Também não são incêndios cometidos por ressentimento; são seguradoras diferentes, não há razão para alguém fazer isso com um espectro tão amplo de prédios. Não existe nenhum ponto comum, com exceção de que todos os incêndios foram à noite e, até o último deles, aconteceram em dependências desertas. Portanto, não há razão alguma para se pensar que existe um incendiário profissional de aluguel por trás desses incêndios. De acordo?

Carol se curvou para pegar o vinho e encher sua taça novamente, depois disse:

— De mim você não vai conseguir discussão nenhuma.

— E se houvesse uma mistura de motivos por trás da contratação? E se às vezes a contratação do incendiário de aluguel fosse pra obter ganho, outras, por ressentimento? — teimou Pendlebury.

— Ainda assim, muitos continuam sem explicação — disse Carol. — Minha equipe descartou que fosse um incendiário de aluguel praticamente desde o início. Então, Tony, por que não é um retardado emocional fazendo isso por prazer?

— Posso estar errado — respondeu.

— Ah, é, o seu histórico está amontoado de erros — comentou Carol ironicamente.

— Obrigado. Sabe por que não acho que seja um doido? Todos esses incêndios foram feitos de forma cuidadosa. Na maioria dos casos, quase não deixaram vestígios forenses, apenas a identificação de onde o incêndio foi iniciado e a indicação de fluído de isqueiro e rastros do sistema de ignição. Na maioria deles, também não houve sinal de arrombamento. Se não fosse essa enxurrada de incêndios em um período tão curto, a maioria deles provavelmente teria sido enquadrada como acidente ou descuido. Isso apontaria para um incendiário profissional, porém nós já descartamos isso por outras razões.

Ele pegou os papéis que colocara ao lado da sua poltrona mais cedo e deu uma olhada rápida nas suas anotações.

— Ou seja, temos alguém que é controlado e organizado, características que quase nunca os incendiários possuem. Ele usa coisas que leva consigo e também materiais que estão disponíveis nos locais dos incêndios. Sabe o que está fazendo, embora não haja sinal de que tenha mudado gradativamente de pequenos incêndios em lixeiras para cabaninhas de jardim e para canteiros de obras.

"Depois disso, levamos em consideração que a maioria dos incendiários tem motivações sexuais. Quando incendeiam, geralmente se masturbam, ou urinam, ou defecam nos lugares. Não há vestígios disso nem de algum material pornográfico. Se ele não bate uma no lugar do incêndio, provavelmente faz isso em um lugar com vista privilegiada de onde observa o fogo. Novamente, não há registros de pessoas indignadas por terem visto alguém se expondo nas adjacências dos incêndios. Portanto, outra negativa.

— O que me diz da alteração na regularidade das ocorrências? — interrompeu Carol. — Ele está agindo com mais frequência do que quando começou. Isso não é típico de serial killers?

— É, isso está em todos os livros sobre serial killers — complementou Pendlebury.

— É menos verdadeiro em relação a incendiários — informou Tony. — Especialmente os que partem para incêndios mais sérios como estes. Os intervalos são imprevisíveis. Eles podem ficar semanas, meses e até anos sem incendiarem alguma coisa. Mas, dentro da série, você pode ter umas farras, então, sim, a alteração na regularidade das ocorrências pode servir de base para a ideia de que vocês estão procurando um criminoso serial. Mas não estou tentado sugerir que esses incêndios são trabalho de vários indivíduos. Acho que é uma pessoa. Só não acho que seja um caçador de emoção.

— Então o que você está falando? — indagou Carol.

— Quem quer que seja o responsável por esses incêndios não é um psicopata. Acredito que ele tenha um motivo criminal convencional para o que está fazendo.

— Então qual é esse suposto motivo?

— É isso que a gente ainda não sabe.

— Só um detalhezinho — bufou Pendlebury.

— Na verdade, de certa forma, é, sim, Jim — contribuiu Carol. — Porque, uma vez que estabelecermos que não é um psicopata operando com uma lógica única e pessoal, seremos capazes de usar a razão para desvendar o que está por trás dos incêndios. E, feito isso... bom, passa a ser um trabalho que depende simplesmente de sólida ação policial.

Um olhar de desapontado aborrecimento se apoderou do rosto de Pendlebury como uma obscura frente fria no mapa do clima.

— Olha, não consigo pensar em outra razão pra fazer esses incêndios a não ser ficar muito excitado com eles.

— Ah, eu não sei — disse Tony com um tom de casualidade, quase começando a se divertir.

— Compartilha, então, Sherlock — instigou Carol.

— Pode ser uma firma de segurança que está se reestabelecendo no encalço dos incêndios e oferecendo preços baixos por vigilantes noturnos. Pode ser uma empresa de alarme contra incêndio ou de sistema de extinção de incêndio passando por um momento difícil. Ou... — Sua voz enfraqueceu e ele lançou um olhar especulativo para o comandante dos bombeiros.

— O quê?

— Jim, vocês têm algum bombeiro que trabalha meio período?

Pendlebury ficou horrorizado. Em seguida, acolheu o meio sorriso que repuxava o canto da boca de Tony e o interpretou de forma completamente equivocada. O comandante dos bombeiros ficou visivelmente relaxado e abriu um sorriso.

— Você está brincando comigo — disse ele, sacudindo o dedo para Tony.

— Se é o que você acha — falou Tony. — Mas vocês têm? Só de curiosidade.

Os olhos do bombeiro mostravam hesitação e suspeita.

— A gente tem, sim.

— Quem sabe amanhã você não me passa o nome deles? — pediu Carol.

Pendlebury esticou a cabeça para a frente e encarou atentamente o rosto de Carol, que estava próximo ao dele. Seus ombros largos pareciam expandir à medida que ele cerrava os punhos.

— Meu Deus, você está falando sério, não está, Carol?

— Não podemos ignorar nenhuma possibilidade — justificou ela, calmamente. — Não é pessoal, Jim. Só que o Tony abriu uma linha de investigação válida. Estaria negligenciando o cumprimento do meu dever se não a seguisse.

— Negligenciando o cumprimento do dever? — Pendlebury levantou. — Se a minha equipe de bombeiros tivesse negligenciado o cumprimento do dever, não teria um prédio de pé nesta cidade. O meu pessoal põe a vida em risco toda vez que esse doido sai pra dar uma curtida pela noite da cidade. E você senta aqui e fala que um deles pode estar por trás disso?

Carol levantou e o encarou.

— Eu ia me sentir do mesmo jeito se fosse um policial com problemas. Não tem acusação contra ninguém neste estágio. Já trabalhei com o Tony antes, e aposto a minha carreira que ele não faz insinuações perniciosas ou mal-elaboradas. Por que não se senta e toma mais uma taça de vinho? — Carol colocou a mão no ombro dele e sorriu. — Qual é, não tem razão pra gente brigar.

Pendlebury relaxou aos poucos e cautelosamente se recostou na poltrona. Permitiu que Carol completasse a sua taça e chegou até mesmo a dar um meio sorriso para Tony.

— Sou muito protetor quando o assunto é o meu pessoal — comentou.

Tony, impressionado com a maneira amena com que Carol lidou com a situação potencialmente explosiva, dera de ombros.

— Eles têm sorte de ter você. — Foi tudo o que disse.

De alguma maneira, os três conseguiram mudar de assunto e passaram a falar sobre a adaptação de Carol em East Yorkshire, um território mais neutro. O chefe dos bombeiros partiu para a especialidade do habitante de Yorkshire: manter todo mundo alegre com várias piadas. Para Tony, foi um abençoado alívio dos pensamentos sobre Shaz Bowman das últimas horas.

Mais tarde, envolvido pela madrugada e pela solidão no quarto de hóspedes de Carol, não havia distração para abafar as chamas da imaginação. Enquanto afastava o rosto distorcido e devastado de Shaz Bowman que povoava seus pesadelos, prometia a ela que desmascararia o homem que fizera aquilo. Não interessava a que preço.

E Tony Hill era um homem que sabia tudo sobre pagar o preço.

Jacko Vance estava sentado em sua sala de projeção à prova de som e blindada eletronicamente no topo da casa, atrás de portas trancadas. Obsessiva e repetidamente, passava a fita que gravara com as muitas reportagens de jornais noturnos de vários canais abertos e fechados. Todos eles tinham a morte de Shaz Bowman em comum. Os olhos azuis dela na tela incendiavam sobre ele novamente, uma vez atrás da outra, um excitante contraste em comparação à última memória que tinha dela.

Não mostrariam fotos de Shaz naquele estado. Nem mesmo depois do horário nobre. Nem mesmo com autorização para transmissão de programas liberados para maiores de 18 anos.

Imaginava como Donna Doyle estava se sentindo. Não havia nada na TV sobre ela. Todas achavam que tinham qualidades para se tornarem estrelas, porém a verdade era que nenhuma delas acendeu a menor centelha de interesse em ninguém a não ser nele. Para Jacko, eram perfeitas, a representação suprema da mulher ideal. Adorava a maleabilidade delas, a disposição para acreditarem exatamente naquilo que ele queria que acreditassem. E a perfeição do momento em que percebiam que o encontro não era sobre sexo e fama, mas sobre dor e morte. Ele adorava aquela expressão nos olhos delas.

Quando via aquela adoração sendo transformada em alerta, seus rostos pareciam perder toda a individualidade. Não mais lembravam Jillie; transformavam-se nela. Com isso, a punição ficava muito fácil e perfeitamente certeira.

O que também fazia com que fosse adequada era a deslealdade. Quase todas as meninas falavam das famílias com afeição. Isso poderia estar amortalhado atrás do véu da frustração e exasperação adolescente, mas ficava óbvio que, enquanto ele as escutava, suas mães, seus pais ou seus irmãos se preocupavam com elas, ainda que sua sórdida disposição para fazer qualquer coisa que ele quisesse demonstrasse que elas não valorizavam a preocupação. Ele merecera a vida delas, e o que tinha ganhado?

A raiva ondeou dentro dele, mas, como um termostato, o autocontrole interviu e abafou o fogo. Não era a hora nem o lugar adequado para aquela energia, lembrou a si mesmo. Sua raiva podia ser canalizada para uma variedade de direções úteis; enfurecer-se enlouquecidamente sem propósito por aquilo de que fora destituído não era uma delas.

Respirou fundo várias vezes e se esforçou para fazer com que suas emoções adquirissem um molde diferente. Satisfação. Isso era o que deveria estar sentindo. Satisfação por um trabalho bem feito, um perigo neutralizado.

Little Jack Horner
Sat in the corner
Eating his pudding and pie
He put in his thumb
And pulled out a plum
And said, "What a good boy am I!"

Vance deu uma gargalhada. Tinha enfiado seu polegar e tirado uma ameixa resplandecente dos olhos de Shaz Bowman; sentiu o berro silencioso vibrando bem dentro de si. Fora mais fácil do que ele esperava. Era surpreendente como desgrudar um olho das suas raízes demandava pouca força.

A única desvantagem era que, depois disso, não dava para ver a expressão dela quando derramou o ácido e fatiou suas orelhas. Não previa nenhuma necessidade de haver uma próxima vez, mas, se houvesse, teria que pensar cuidadosamente na ordem da cerimônia.

Suspirando de satisfação, rebobinou a fita.

Se Micky não fosse tão metódica em relação à sua rotina matinal, poderiam ter escutado a notícia sobre a morte de Shaz Bowman no rádio ou a visto em algum canal da televisão fechada. Mas Micky insistia em não ficar exposta às notícias do dia até que estivesse atrás da porta fechada de seu escritório no estúdio. Sendo assim, tomavam café com Mozart e, no carro, ficavam na companhia de Wagner. Ninguém do programa era idiota o bastante para enfiar um tabloide em Micky enquanto ela caminhava a passos largos do estacionamento até sua mesa. Não duas vezes, pelo menos.

Ter que acordar muito cedo as forçava a ir dormir antes dos últimos noticiários, aqueles que alertaram Jacko, por isso foi Betsy quem teve o primeiro choque ao reconhecer a foto de Shaz. Mesmo atenuados pela impressão no jornal, seus olhos azuis ainda eram a primeira coisa que chamava a atenção.

— Meu Deus — assustou-se Betsy, dando a volta por trás da mesa de Micky, o melhor lugar para examinar as primeiras páginas.

— O que foi? — perguntou Micky sem parar de executar o seu processo matinal de tirar a jaqueta, pendurá-la no cabideiro e verificar criteriosamente se ele tinha alguma parte amarrotada.

— Olha, Micky. — Betsy empurrou o *Daily Mail* na direção dela. — Não é aquela policial que foi lá em casa no sábado? Bem na hora em que a gente estava saindo?

Antes de passar para a fotografia, Micky observou a grossa fonte preta: BRUTALMENTE ASSASSINADA. Seus olhos se moveram para o sorridente rosto de Shaz Bowman sob a aba do quepe da Polícia Metropolitana e ela disse:

— Não podem existir duas delas. — Sentou com força em uma das cadeiras de visitantes que ficavam de frente para a sua mesa e leu o texto melodramático que compunha o epitáfio de Shaz. Palavras como "pesadelo", "sangrento", "ensopada de sangue", "agonia" e "repulsivo" saltavam para emboscá-la. Sentiu um estranho enjoo.

Em uma carreira na televisão que se estendia sobre zonas de guerra, massacres e tragédias individuais, ninguém na vida de Micky jamais fora pessoalmente tocado pelas catástrofes que ela relatara. E uma conexão tão tangencial quanto a dela com Shaz Bowman se tornava ainda mais chocante exatamente porque não havia precedente.

— Jesus — exclamou, alongando as sílabas. Levantou o olhar para Betsy, que percebeu o choque em seu rosto. — Ela estava lá em casa no sábado de manhã. De acordo com a matéria, acham que ela foi assassinada sábado bem tarde ou domingo de manhã. Nós falamos com ela. Depois de algumas horas, ela estava morta. O que a gente vai fazer, Bets?

Betsy deu a volta na mesa e agachou ao lado de Micky, as mãos abertas sobre as coxas, a cabeça levantada olhando para o rosto dela.

— Não vamos fazer nada — disse ela. — Não cabe a nós fazer alguma coisa. Ela foi lá pra ver o Jacko, não a nós. Ela não tem nada a ver com a gente.

Micky ficou estarrecida.

— Não podemos não fazer *nada* — protestou ela. — Quem quer que a tenha matado deve ter encontrado com ela depois que saiu lá de casa. No mínimo, a polícia vai ficar sabendo que ela estava viva, bem e andando por Londres no sábado de manhã. Não podemos ignorar isso, Bets.

— Querida, respira fundo e pensa no que você está falando. Não é uma vítima qualquer de assassinato. Ela era policial. Seus colegas não vão ficar satisfeitos com uma declaração de uma página dizendo que ela foi lá em casa e nós fomos embora. Vão escarafunchar nossas vidas até o osso apenas pela mínima possibilidade de haver alguma coisa sobre a qual eles deveriam ter conhecimento. Você sabe e eu sei que não temos como resistir a esse tipo de escrutínio. Sugiro que a gente deixe isso pro Jacko. Vou ligar pra ele e pedir pra falar que a gente já tinha saído quando ela chegou. É mais simples desse jeito.

Micky se jogou pra trás violentamente. A cadeira deslizou pelo carpete e Betsy quase caiu para a frente. Com um pulo, Micky ficou de pé e começou a andar agitada.

— E o que acontece se começarem a fazer perguntas aos vizinhos e alguma velhinha enxerida lembrar de ter visto a detetive Bowman chegar e depois a gente sair? Afinal, fui eu quem falou com ela primeiro. Eu que marquei o encontro. E se ela tiver anotado isso no caderninho dela? E se tiver gravado a conversa, pelo amor de Deus? Não acredito que você acha que a gente simplesmente não precisa falar nada sobre isso.

Betsy se esforçou para ficar de pé, seu queixo recuou para revelar uma teimosia expressa em seu maxilar firme.

— Se você parar com a porcaria desse dramalhão, vai ver que estou sendo sensata — falou com a voz baixa e nervosa. Tinha passado muito tempo alertando Micky sobre ela rotineiramente agir abandonando a encenação logo nesse momento em que ela se tornara tão crucial. — Essa atitude não vai levar a gente a nada de bom — complementou de forma preocupada.

Micky parou ao lado da mesa e pegou o telefone.

— Vou ligar pro Jacko — informou, olhando para o relógio. — Ele não vai estar acordado ainda. Pelo menos posso dar a notícia mais gentilmente do que os tabloides.

— Bom. Quem sabe ele não consegue colocar algum juízo na sua cabeça — disse Betsy com sarcasmo.

— Não estou ligando pra pedir permissão, Betsy. Estou ligando pra avisar que estou prestes a ligar pra polícia. — Enquanto socava o número do telefone pessoal do marido, Micky olhava com tristeza para a amante. — Meu Deus, não acredito que você está com tanto medo a ponto de conseguir enganar a si mesma e achar que pode desistir de fazer a coisa certa.

— O nome disso é amor — disse Betsy amargamente, virando-se para esconder as lágrimas de raiva e humilhação que brotaram sem aviso.

— Não, Betsy. O nome disso é medo... Oi, Jacko? Sou eu. Escuta, tenho uma notícia terrível pra você...

Betsy virou a cabeça e olhou para o rosto volúvel de Micky emoldurado pelo contorno de seu sedoso cabelo louro. Era uma imagem que lhe havia dado prazer além do que podia sonhar ao longo dos anos. A única coisa que sentia naquele momento era um desmedido e insondável sentimento de iminente desastre.

Jacko se recostou nos seus travesseiros e refletia sobre o que acabara de ouvir. Estivera em dúvida sobre ele mesmo ligar ou não para a polícia. Por um lado, isso contribuía para a sua inocência, já que, até onde sabia, ninguém fora da sua casa sabia que a detetive Bowman tinha chegado nem perto dele. Por outro, fazia com que parecesse um pouquinho ansioso para se envolver em uma investigação de assassinato com muita visibilidade. E uma das coisas que todo mundo que tinha lido livros sobre psicopatas homicidas sabia era que o assassino sempre tentava se inserir na investigação.

Deixar aquilo para Micky era, de muitas formas, bem mais seguro. Demonstrava sua inocência em segunda mão; ela era sua dedicada esposa, repleta de probidade pública e, portanto, seus relatos sobre o ocorrido seriam considerados confiáveis. Ele sabia que estava certo ao presumir que ela iria direto à polícia assim que visse a foto de Shaz, o que aconteceria bem antes do horário normal de Vance acordar, então não haveria perguntas sobre o porquê dele saber e não ter dito nada. Porque, é claro, policial, ele estava muito ocupado para ficar vendo jornal no dia anterior. Ora, às vezes mal tinha tempo para assistir ao próprio programa, quem diria o da mulher!

Agora cabia a ele focar na sua estratégia. Não haveria pedido para que se despencasse até Leeds para conversar com os investigadores; a polícia viria até ele, tinha certeza. Se estivesse enganado, não tinha pedido nenhum favor ainda. Cooperaria, o magnânimo homem que não tinha o que esconder. É claro que dou um autógrafo para a sua mulher, policial.

O importante nesse momento era planejar. Imaginar cada eventualidade e calcular com antecedência qual a melhor maneira de lidar com ela. O planejamento era o segredo do seu sucesso. Uma lição que teve que aprender quase da maneira mais difícil. Na primeira vez, não calculara as eventualidades prematuramente como deveria. Ficara intoxicado pelas possibilidades que viu se abrindo diante de si e não se deu conta do quanto era necessário projetar todos os resultados concebíveis e planejar como lidaria com eles. Não tinha o chalé em Northumberland nessa época e confiou imprudentemente em uma decrépita cabana para trilheiros de que se lembrava por causa das trilhas que fizera quando jovem.

Achou que ninguém a estaria usando no auge do inverno e sabia que poderia subir de carro direto para lá por um caminho usado para a condução de gado. Por não ter ousado deixá-la viva, teve que acabar com ela na noite em que a levara. Era quase alvorada quando ela dera o último suspiro. Trêmulo e exausto pelo esforço de aprisioná-la, de carregar o torno pesado que esmagaria seu braço, transformando-o em uma pasta sangrenta, e depois matá-la com uma ligadura perversa feita com cordas de guitarra (simbólica, caso ele tivesse feito essa consideração, pois se tratava de outra façanha que ele perdera), o planejado enterro estava além de suas forças. Decidiu deixá-la onde estava e voltar na noite seguinte para dar um jeito na carcaça.

Jacko tragou o ar com essa lembrança. Estava na estrada principal, apenas alguns quilômetros depois de ter saído do caminho usado para a condução de gado, quando o jornal local anunciou que o corpo de uma jovem mulher fora descoberto há não mais de uma hora por um grupo de pessoas que faziam caminhada. O choque quase fizera a Land Rover sair da estrada.

De alguma maneira, controlou-se e continuou dirigindo até em casa envolto por uma pegajosa espuma de suor. Por incrível que pareça, não tinha deixado vestígios forenses com algum rastro que levasse até ele. Nunca foi interrogado. Até onde sabia, sequer o consideraram. A conexão anterior era mínima a ponto de ser insignificante.

Aprendera três coisas cruciais com aquela experiência. Primeiro, precisava encontrar uma maneira de fazer com que durasse mais para que pudesse saborear o sofrimento delas enquanto passavam pelo que ele tinha sofrido.

Segundo, ele na verdade não tinha gostado do ato de matar. Achou bom o que levava a isso, a agonia e o terror, e adorou a sensação de controle que ser responsável por tirar uma vida lhe deu, mas despachar uma mulher forte, saudável e jovem não tinha graça. Parecido demais com trabalho duro, decidira. Não se preocupava muito se elas morriam de septicemia ou de desespero, preferia isso do que ter ele mesmo que matar.

E terceiro, precisava de um lugar com segurança, tanto metafórica quanto literalmente. Micky, Northumberland e o trabalho voluntário com os doentes terminais tinham sido a resposta tripartite. Durante os seis meses que levara para juntar as partes dessa resposta, tivera simplesmente que ser paciente. Não tinha sido fácil e, por isso, a próxima vítima seria muito mais doce.

Não estava disposto a desistir do doce e secreto prazer só porque Shaz Bowman pensara que era mais esperta do que ele. Precisaria apenas de um pouquinho mais de planejamento.

Jacko fechou os olhos e refletiu.

Carol respirou fundo e bateu à porta. Uma voz familiar respondeu e ela entrou na sala de Jim Pendlebury como se nunca tivesse havido um momento de tensão entre eles.

— Bom dia, Jim — cumprimentou com vigor.

— Carol. Trouxe novidades pra mim?

Ela sentou no lado oposto ao dele abanando a cabeça.

— Vim pegar a lista dos bombeiros que trabalham meio período da qual falamos ontem à noite.

Os olhos dele se arregalaram.

— Você não continua com essa ideia maluca em plena luz do dia, né? — comentou desdenhosamente. — Achei que estava fazendo uma graça pro seu convidado.

— Quando o assunto é investigação criminal, vou sempre apoiar as ideias do Tony, em vez das suas.

— E acha que vou ficar sentadinho aqui e te ajudar a transformar meus homens em bodes expiatórios — começou em voz baixa —, quando são eles que enfrentam o risco todas as vezes que recebemos um chamado?

Carol suspirou irritada.

— Estou tentando colocar um fim nesse risco. Não só pros seus bombeiros, mas pros pobres coitados como Tim Coughlan, que nem sabem que estão em risco. Não entende isso? Não é uma caça às bruxas. Não estou aqui pra enquadrar gente inocente. Se acha que é isso que estou pretendendo, então com certeza não me conhece o suficiente pra ter o direito de aparecer na minha casa sem avisar e sem ter sido convidado e esperar entrar por aquela porta de novo.

Longos segundos se arrastaram enquanto eles encaravam um ao outro. Finalmente, com a boca formando uma linha fina, Pendlebury abanou a cabeça num gesto de resignação.

— Vou te dar a lista — concordou ele, odiando cada palavra. — Mas você não vai achar o seu incendiário nela.

— Espero que não — disse ela, calmamente. — Sei que não acredita em mim, mas não quero que seja um dos seus da mesma maneira que não gosto da possibilidade de descobrir corrupção policial. Isso corrói a todos nós. Mas não posso ignorar uma possibilidade que foi levantada de maneira tão convincente.

Ele virou e arrastou a cadeira até um arquivo. Abriu a gaveta de baixo e pegou uma folha de papel. Com um rápido movimento de pulso, fez com que ela flutuasse através da mesa até Carol. As únicas coisas que tinha eram os nomes, endereços e números de telefone dos doze bombeiros de Seaford que trabalhavam meio período.

— Obrigada — disse Carol. — Fico muito grata. — Estava terminando de virar para ir embora, mas parou e olhou para trás como que golpeada por uma ideia nova. — Mais uma coisa, Jim. Esses incêndios acontecem somente dentro da área sob responsabilidade de uma divisão ou são mais espalhados?

Ele contraiu os lábios.

— Estão todos na área da Central de Seaford. Se não estivessem, você não estaria saindo por essa porta com esse pedaço de papel.

Aquilo confirmou o que ela já pensava.

— Imaginei que devia ser isso mesmo — disse ela, com armistício na voz. — Acredite em mim, Jim, ninguém vai ficar mais feliz do que eu se todos os seus rapazes se safarem.

Ele desviou o olhar.

— Vão se safar. Conheço esses rapazes. Confio minha vida a eles. O seu psicólogo... ele não sabe nada sobre isso.

Carol caminhou até a porta. Ao abri-la, olhou para trás.

— É o que a gente vai ver, Jim.

O salto encapado com metal de suas botas marrons ecoavam nos degraus enquanto descia para a anônima segurança do seu carro. Doía-lhe profundamente a convicção de Jim Pendlebury de que ela usaria um dos seus companheiros de serviço emergencial como bode expiatório.

— Vai se ferrar — xingou Carol, batendo a porta do carro depois de entrar, apunhalando com raiva a ignição com a chave. — Vai todo mundo se ferrar.

Trabalhando com o princípio de que qualquer psicólogo que se preze perceberia na hora uma tentativa de manipulação, tinham nitidamente decidido dispensar a delicadeza. Entretanto cumprimentaram Tony, fazendo questão de deixar clara a hierarquia dali. O detetive superintendente-chefe McCormick e o detetive inspetor Colin Wharton estavam com os ombros encostados à mesa estreita na sala de interrogatórios. A fita estava gravando. Sequer se deram ao trabalho de fazer a espúria afirmação de que aquilo era para a segurança dele.

Primeiro quiseram saber sobre a descoberta do corpo, e obviamente as perguntas eram feitas com a intenção de induzi-lo a afirmar que nunca tinha estado no apartamento de Shaz antes e de que não tinha ideia de quais eram as janelas dela. Agora se moviam em direção às áreas nas quais as justificativas eram menos óbvias. Tony não estava despreparado. Tinha certeza de que lhe dariam uma canseira. Em primeiro lugar, ele não era policial, então, se estivessem procurando um bode expiatório, ele seria uma opção melhor do que alguém da equipe deles. Adicione a isso a indignação da força policial local em ter que ceder espaço e recursos para um bando de gente de fora, todas lideradas por um intelectualzinho do Ministério do Interior que eles consideravam estar a um passo de liderar rituais satânicos, e Tony estava inevitavelmente num beco sem saída. Com isso em mente, ele vinha desenhando cenários alternativos na tela de projeção dentro da sua cabeça quase antes de abrir os olhos. A preocupação em relação ao interrogatório o tinha ocupado durante o café da manhã, apesar dos esforços de Carol para lhe assegurar que aquilo não passaria de rotina.

No trem de volta para Leeds, ficou olhando pela janela sem registrar nada exceto a necessidade de encontrar uma maneira de convencer os interrogadores de que eles precisavam procurar fora do círculo de amigos e colegas de Shaz Bowman para encontrar quem quer que tenha feito aquilo com ela. Agora que estava sendo confrontado pela realidade, Tony gostaria, na verdade, de ter pegado um trem para Londres. Os músculos nos seus ombros estavam travados tamanha a sua tensão. Conseguia até mesmo sentir a rastejante rigidez escalar a parte de trás do pescoço em direção ao couro cabeludo. Teria uma dor de cabeça daquelas.

— Leva a gente lá pro início — exigiu McCormick bruscamente.

— Quando você se encontrou com a detetive Bowman pela primeira vez? — perguntou Wharton. Pelo menos não estavam fazendo o joguinho de policial bacana, policial escroto. Estavam ambos confortáveis em mostrar suas verdadeiras caras de agressores opressivos.

— O comandante Bishop e eu a entrevistamos em Londres há umas oito semanas. A data exata está na agenda no nosso escritório. — Sua voz estava regular e imparcial, mantida assim apenas por causa da força de vontade. Somente um analisador de estresse de voz detectaria os microtremores saltitando baixo da superfície. Felizmente para Tony, a tecnologia não tinha chegado tão longe.

— Vocês a entrevistaram juntos? — McCormick perguntou.

— Entrevistamos. No decorrer da entrevista, o comandante Bishop se retirou e eu apliquei alguns testes psicológicos. Depois a detetive Bowman foi embora e não a vi de novo até o início do período de treinamento da força-tarefa.

— Quanto tempo você ficou sozinho com a Bowman? — McCormick novamente. Wharton estava reclinado na sua cadeira, olhando fixamente para Tony com uma mistura profissional de especulação, desprezo e suspeita.

— Leva aproximadamente uma hora para aplicar os testes.

— Tempo suficiente para se conhecer alguém, então.

Tony negou com um gesto de cabeça e disse:

— Não há tempo para conversa casual. Na verdade, seria contraproducente. Visávamos manter o processo seletivo o mais objetivo possível.

— E a decisão de aceitar Bowman no esquadrão foi unânime?

Tony hesitou por um momento. Se ainda não tivessem falado com Paul Bishop, fariam isso. Não havia nenhuma razão para que houvesse algum desvio da verdade.

— Paul tinha algumas restrições. Ele achava que ela era intensa demais. Argumentei que precisávamos de alguma diversidade na equipe. Então ele concordou com a Shaz e eu cedi em uma das escolhas com que eu estava menos empolgado.

— E quem era? — perguntou McCormick.

Tony era muito esperto para cair.

224

— Isso é melhor você perguntar ao Paul.

Wharton de repente se inclinou para a frente, mantendo seu semblante pesado e grosseiro na direção de Tony.

— Você a achou atraente, não achou?

— Que tipo de pergunta é essa?

— A mais direta possível. Sim ou não. Achou a moça atraente? Gostou dela?

Tony ficou calado por um tempo, montando sua cuidadosa resposta.

— Eu notei que a aparência dela seria atraente para muitos homens, sim. Eu pessoalmente não estava atraído sexualmente por ela.

Wharton sorriu com escárnio.

— Como você pode falar isso? Pelo que fiquei sabendo, você não reage do mesmo jeito que a maioria dos camaradas viris por aí.

Tony se retraiu como se tivesse sido golpeado. Um tremor percorreu seus músculos tensos e seu estômago revirou. Na investigação que inevitavelmente acontecera após o caso em que trabalhara com Carol Jordan um ano antes, seus problemas sexuais tiveram que ser expostos. Fora prometida confidencialidade absoluta e, levando em consideração as reações dos policiais com quem tinha se encontrado desde então, estava certo de que tinham cumprido o prometido. Agora, do dia para a noite, a morte de Shaz Bowman parecia ter arrancado dele esse direito. Por um momento, ficou se perguntando onde eles conseguiram a informação, desejando que aquilo não significasse que sua impotência se tornaria uma fofoca generalizada.

— Minha relação com Shaz Bowman era puramente profissional — disse ele, forçando para que a voz continuasse calma. — A minha vida pessoal não tem nada a ver com essa investigação, nada mesmo.

— Isso é a gente que decide — declarou McCormick, sem rodeios.

Sem pausa, Wharton continuou:

— Você diz que sua relação era puramente profissional. Mas temos relatos de que você passava mais tempo com a Bowman do que com outros membros do esquadrão. Policiais chegavam de manhã e encontravam vocês dois cheios de conversa. Ela ficava depois que terminavam os seminários em grupo pra conversar em particular. Uma relação bem próxima parece ter brotado entre vocês dois.

— Não havia nada inconveniente entre Shaz e eu. Sempre comecei a trabalhar muito cedo. Pode conferir isso com qualquer pessoa que já trabalhou comigo. A Shaz estava tendo dificuldade pra dominar o software de computador que estávamos usando e por isso chegava com antecedência, para dedicar um tempo extra a ele. E é isso mesmo: ela ficava depois do término dos seminários em grupo pra fazer perguntas, o que acontecia porque era fascinada pelo trabalho, não por algum outro motivo sórdido oculto. Se a investigação de assassinato que estão fazendo tiver ensinado a vocês alguma coisa sobre Shaz Bowman, é que a única coisa pela qual ela estava apaixonada era o trabalho na polícia. — Ele respirou fundo.

Houve um grande momento de silêncio. Então McCormick indagou:

— Onde você estava no sábado?

Tony abanou a cabeça.

— Estão perdendo tempo com isto. Deveriam estar nos usando para pegar o assassino, não tentar fazer com que pareça que um de nós é o culpado. Deveríamos estar falando sobre o significado do que esse assassino fez com a Shaz, porque ele deixou a imagem dos três macacos sábios no corpo, porque não houve interferência sexual com o corpo nem vestígio forense algum.

McCormick apertou os olhos.

— Me interessa saber por que você está tão certo da ausência de vestígios forenses. Como sabe disso?

Tony gemeu.

— Eu não *sei* disso. Mas vi o corpo e a cena do crime. De acordo com a minha experiência com assassinos psicopatas, calculo que é o cenário mais provável.

— Um policial ou alguém que trabalha próximo da polícia reconheceria a importância das evidências forenses — disse McCormick astuciosamente.

— Qualquer um que tem uma televisão ou que saiba ler reconhece a importância disso — reagiu Tony.

— Mas nem todos sabem o jeito de apagar os traços da presença deles como pessoas acostumadas a ver a perícia criminal evitando a contaminação das evidências numa cena de crime, não é?

— Então está dizendo que não há evidência forense? — desafiou Tony, agarrando-se à informação que parecia significante.

— Eu não falei isso, não — retrucou McCormick triunfantemente. — Quem quer que tenha matado Shaz Bowman provavelmente acha que não deixou vestígio. Mas pode estar errado.

A cabeça de Tony disparou. Não podia ser impressão digitais ou pegadas; isso seria totalmente divergente com a precisão organizada do assassino.

Podia ser cabelo ou fibras. Cabelo só seria útil se tivessem um suspeito importante para fazerem a comparação. As fibras, por outro lado, poderiam ser rastreadas por um especialista forense. Ele tinha a esperança de que West Yorkshire usasse o melhor.

— Bom. — Foi a única coisa que disse.

McCormick fechou a cara.

Wharton abriu uma pasta e colocou uma folha de papel em frente a Tony.

— Para ficar registrado, estou mostrando ao dr. Hill uma cópia da agenda da detetive Bowman no período da semana da sua morte. Há duas anotações no dia em que ela foi assassinada. JV, nove e trinta. E a letra T. Relaciono isso a você, dr. Hill, que combinara de se encontrar com a Shaz Bowman no sábado. Que você realmente se encontrou com ela no sábado.

Tony passou a mão pelo cabelo. A confirmação da ideia de Carol de que Shaz confrontaria Vance com o que ela sabia não lhe deu satisfação alguma.

— Inspetor, não marquei esse encontro. A última vez que vi Shaz viva foi no final do dia de trabalho na sexta-feira. O que eu estava fazendo no sábado não tem como ser menos relevante para esta investigação.

McCormick se inclinou para a frente e falou com suavidade:

— Não tenho tanta certeza disso. T de Tony. Ela podia estar se encontrando com você. Pode ter se encontrado com você depois do horário de trabalho e fora da sala do esquadrão, e o namorado pode ter descoberto e ficado irritado com isso. Quem sabe ele não a confrontou com isso e ela admitiu que gostava mais de você do que dele?

O lábio de Tony contorceu de desprezo.

— Isso é o melhor que você conseguiu inventar? É patético, McCormick. Já tive pacientes que inventaram fantasias mais verossímeis. Certamente você reconhece que a anotação mais importante no diário é a JV, nove e trinta. A Shaz pode ter tido a *intenção* de falar comigo depois da conversa, mas não chegou a fazer isso. Se você está interessado no que o assassino estava fazendo no sábado, deveria na verdade estar investigando o Jacko Vance e sua comitiva. — Assim que o nome saiu da sua boca, Tony soube que tinha estragado tudo. McCormick abanou a cabeça em tom de lástima. Wharton levantou num pulo, a cadeira dele fez um barulho no piso de vinil barato.

— Jacko Vance tenta *salvar* vidas, não tirá-las. É você que tem um histórico aqui — gritou Wharton. — Já matou uma pessoa, não matou, dr. Hill? E como vocês psicólogos estão sempre nos dizendo, uma vez violado o tabu, já era. Uma vez assassino... preenche a lacuna, doutor. Preenche essa porra dessa lacuna.

Tony fechou os olhos. Seu peito doeu como se um soco em seu diafragma tivesse roubado seu ar. Todo o progresso que fizera no ano anterior fora eliminado e, mais uma vez, sentiu o cheiro de suor e sangue, sentiu-os escorregarem pelos seus dedos, escutou os gritos rasgando da própria garganta, provou o beijo de Judas. Seus olhos se arregalaram de uma vez e ele encarou Wharton e McCormick com um ódio que tinha se esquecido de que era capaz de sentir.

— Chega — disse ele se levantando. — Na próxima vez que quiserem falar comigo, terão que me prender. E é bom se certificarem de que meu advogado esteja presente quando fizerem isso.

O seu desejo de não dar satisfação a eles foi a única coisa que o impedia de desmoronar enquanto saia com passos fortes da sala de interrogatório, atravessava a delegacia e chegava ao ar fresco do lado de fora. Ninguém fez um movimento sequer para impedi-lo. Ele atravessava o estacionamento desesperado para chegar à rua antes que seu estômago perdesse a batalha contra o café da manhã. Assim que chegou à calçada, um carro parou ao seu lado e o vidro do passageiro abaixou. Uma cabeça escura se precipitou na direção dele.

— Quer uma carona?

Tony recuou como se tivesse levado um soco.

— Não... eu... não, obrigado.

— Qual é — instigou Simon. — Eu estava te esperando. Eles me deixaram aí durante metade da noite. Vão colocar a culpa em mim na primeira oportunidade que tiverem. A gente tem que descobrir quem matou a Shaz antes que decidam que é hora de prender alguém.

Tony se inclinou para dentro do carro.

— Simon, me escuta com muita atenção. Você está certo de achar que querem que seja um de nós. Não tenho certeza se vão chegar ao ponto de forjar provas contra alguém. Mas não pretendo ficar sentado e esperar pra ver o que vai acontecer. Pretendo descobrir quem está por trás disso, e você não pode fazer isso comigo. É perigoso demais enfrentar um homem capaz de fazer o que esse cara fez com Shaz. Conseguir proteger a mim mesmo sem ter que fazer o mesmo por você já vai ser muito difícil. Você pode ser um ótimo detetive, mas não tem experiência nenhuma quando se trata de ficar de igual pra igual com psicopatas como esse. Faça um favor pra nós dois. Por favor. Vai pra casa. Vá lidar com a sua perda. Não tente ser um herói, Simon. Não quero enterrar outro de vocês.

A impressão era de que Simon queria começar a chorar e espancar Tony.

— Não sou criança. Sou um detetive treinado. Trabalhei em departamentos de homicídio. Não pode me impedir de pegar esse filho da puta.

Um longo suspiro.

— Não, não posso. Mas a Shaz era uma detetive treinada. Tinha trabalhado em casos de homicídio e sabia que estava irritando um assassino. E mesmo assim foi trucidada. Não foi simplesmente morta, foi aniquilada. Não são os métodos convencionais da polícia que vão resolver isso, Simon. Já fiz isso antes. Acredita em mim, sei como é e não desejaria isso para nenhuma outra alma viva. Vai pra casa, Simon.

Com o barulho do pneu derrapando no asfalto, o carro de Simon se afastou da calçada, deixando uma listra preta no chão. Tony o viu pegar a primeira à esquerda com velocidade demais e o spoiler traseiro sumir depois de uma derrapada. Desejou que aquele fosse o maior risco que Simon teria que correr até que o assassino de Shaz fosse pego. Ele sabia que um acidente de trânsito seria a menor das suas preocupações.

Capítulo 19

Havia algo a ser dito a favor do delírio. Quando o suor febril lhe escorria rosto abaixo e adicionava outra camada do ranço azedo que cobria sua pegajosa pele, significava que ela podia fugir para dentro das alucinações, sempre infinitamente preferíveis à realidade.

Donna Doyle era um amontoado deitado contra a parede, segurando-se à quimera de memórias infantis como se elas pudessem de alguma forma salvá-la. Em um ano, a mãe e o pai a tinham levado à Valentine Fair, em Leeds. Algodão-doce, cachorro-quente com cebola, o caleidoscópio de luzes borradas do carrossel, a cintilante vitrine da joalheria da cidade se estendia abaixo dela, que balançava gentilmente no frio ar da noite no alto da roda-gigante, o brilho neon da feira era como um carpete debaixo dos seus pés.

O pai ganhara um enorme urso de pelúcia para ela, com um divertido pelo rosa-choque e um sorriso bobo costurado ao longo do rosto branco. O último presente que lhe dera antes de morrer. Era tudo culpa dele, Donna pensou chorosa. Se não tivesse morrido, nada daquilo estaria acontecendo. Eles não seriam pobres e ela não teria que pensar em ser uma estrela de TV; poderia ter escutado a mãe, ficado na escola e ido para a universidade.

Lágrimas caíram rastejando do canto dos olhos e ela bateu o pulso esquerdo na parede.

— Eu te odeio — gritou para a oscilante imagem de um homem de rosto fino que tinha adoração pela filha. — Eu te odeio, seu filho da puta!

Pelo menos os soluços descontrolados a deixaram extenuada, fazendo com que sua consciência a abandonasse misericordiosamente mais uma vez.

Capítulo 20

A impetuosidade que caracterizava o comportamento de Leon entre seus colegas desapareceu. Em vez disso, estava trancado atrás de um rosto vazio e insolente que vira em muitos jovens negros, tanto presos quanto na rua. Na sua rua. Podia ter o distintivo que dizia que era um deles, mas tinha experiência suficiente para saber que os dois homens de Yorkshire sentados do outro lado da mesa na sala de interrogatório ainda eram Autoridade.

— Então, Leon — Wharton falava de modo aparentemente expansivo —, o que você está nos falando bate com o que já escutamos da detetive Hallam. Vocês dois se encontraram às quatro horas e foram jogar boliche. Depois foram tomar uma no Cardigan Arms, em seguida você se encontrou com Simon McNeill para irem a um restaurante indiano — sorriu de modo encorajador.

— Então nenhum de vocês dois matou a Shaz Bowman — disse McCormick.

Leon chegara à conclusão de que McCormick era racista, seu carão rosado não demonstrava afinidade alguma, seus olhos eram duros e frios e sua boca molhada ficava permanentemente a uma mera contração de sorrir.

— Nenhum de nós matou Shaz Bowman, cara — disse Leon, esticando deliberadamente a última palavra. — Ela era uma de nós. A gente podia não ser uma equipe há muito tempo, mas estávamos nos dando bem. Estão perdendo tempo com a gente.

— Temos que cumprir nossas obrigações, rapaz, você sabe disso — disse Wharton. — Vai ser um criador de perfis, sabe que noventa por cento dos assassinatos são cometidos por familiares ou amantes. Então, quando Simon apareceu, como parecia estar?

— Não entendi o que você está querendo dizer.

— Ok. Ele parecia agitado, tenso, aflito?

Leon fez que não.

— Nada disso, não. Estava um pouco quieto, mas atribuo isso ao fato da Shaz não estar lá. Acho que ele gostava dela e ficava desapontado quando ela não aparecia.

— O que fez com que você achasse que ele gostava dela?

Leon abriu as mãos.

— Umas paradas. Vocês sabem? O jeito com que ele tentava impressioná-la. O jeito como estava sempre dando uma sacada nela. O jeito com que sempre a trazia para dentro da conversa. Paradas que os homens fazem quando estão interessados, vocês sabem do que estou falando.

— Acha que ela estava interessada nele?

— Pra mim ela não estava interessada em ninguém. Não pra dar uma trepadinha. Era muito obcecada pelo trabalho pra se incomodar com isso, na minha opinião. Não acho que Simon ia se dar bem e conseguir transar com ela. Não até que tivesse alguma coisa que ela quisesse muito, tipo informação privilegiada sobre o rastro de um serial killer.

— Ele disse alguma coisa sobre ter ido à casa dela?

— Não falou nada sobre isso, não. Mas ninguém faria isso, né? Se você achasse que uma mulher acabou de te dar o bolo, não ficaria contando pra todo mundo. Não falar nada não é um comportamento estranho. Contar uma coisa que vai fazer a galera toda do esquadrão te zoar pra cacete, isso sim seria um comportamento estranho.

Leon acendeu um cigarro e encarou McCormick de novo com o semblante de olhos inexpressivos.

— O que ele estava usando? — perguntou Wharton.

Leon franziu a sobrancelha, esforçando-se para lembrar.

— Jaqueta de couro, camisa polo verde-garrafa, calça jeans preta, bota preta.

— Não estava com camisa de flanela?

Leon abanou a cabeça.

— Não quando a gente se encontrou com ele. Por quê? Acharam fibras de flanela nas roupas dela?

— Não nas roupas — respondeu Wharton. — A gente acha que ela...

— Não acho que a gente deve entrar em detalhes sobre as evidências forenses agora — interrompeu McCormick com firmeza. — Não ficaram preocupados pela Shaz não ter aparecido pra essa noitada de vocês?

Ele deu de ombros e soltou uma baforada de fumaça.

— Não, preocupados, não. Kay achou que ela tinha um esquema melhor. Eu achava que ela provavelmente estava em casa no computador fazendo o dever de casa.

— Meio queridinha do professor, né? — perguntou Wharton, com a empatia vindo à tona novamente.

— Que nada. Ela era CDF, só isso. Olha só, vocês não deveriam estar lá fora pegando o desgraçado, em vez de ficar perdendo o tempo com a gente? Não vão achar o assassino dentro da força-tarefa. A gente foi contratado pra resolver merdas desse tipo, não pra cometer essas paradas, cara.

Wharton concordou com um gesto de cabeça.

— Então o quanto antes a gente resolver esse negócio, melhor. Precisamos da sua ajuda aqui, Leon. Você é um detetive treinado, mas seus instintos também são treinados, senão você não estaria nessa força-tarefa. Usa os seus instintos pra ajudar a gente. O que você acha de Tony Hill? Sabe que ele não te queria na força-tarefa, não sabe?

Tony encarava a tela azul-escura. McCormick e Wharton podiam tê-lo impedido de ir aos escritórios da força-tarefa, mas ou não sabiam sobre o sistema de computador em rede do grupo ou não tinham ideia de como bloquear seu acesso. A configuração era muito simples. Tinha que ser; as pessoas que o usavam sabiam menos de informática do que a média das criancinhas de 7 anos de idade. Todos os computadores do escritório estavam conectados por meio de um processador central e uma unidade de armazenamento. Uma conexão via modem tornava possível a qualquer um da equipe que estivesse trabalhando fora do escritório acessar seus arquivos com dados pessoais bem como o material que ficava disponível para todos.

Por razões de segurança, ambos tinham logins e senhas individuais. Os trainees tinham sido instruídos a trocar as senhas semanalmente para evitar possíveis vazamentos. Agora, se eles de fato se preocupavam com isso eram outros quinhentos.

O que ninguém no esquadrão sabia era que Tony tinha uma lista com todos os logins individuais. De fato, ele podia se conectar ao computador do escritório e fingir que era qualquer um deles, já que as máquinas não eram nada inteligentes. É claro que, sem a senha, não avançaria muito no acesso ao material particular, mas estaria dentro do sistema.

Assim que chegou em casa depois do interrogatório, ligou seu computador. Primeiro, acessou o formulário de candidatura e as respostas dela nos testes, pois tudo havia sido escaneado assim que fora aceita no esquadrão. Imprimiu tudo, juntamente com os relatórios do progresso que ele e Paul Bishop compilaram.

Depois ele se desconectou e acessou novamente com o login de Shaz. Após quase duas horas e uma garrafa de café, não conseguira avançar nada. Tentou tudo aquilo em que conseguiu pensar. SHAZ, SHARON, BOWMAN, ROBIN, HOOD, WILLIAM, TELL, ARCHER, AMBRIDGE... Tentou todos os personagens epônimos de novelas de rádio. Tentou os nomes dos pais, e todas as cidadezinhas, vilas, instituições e nomes de rua mencionados no seu CV. Chegou até mesmo a tentar com as óbvias JACKO, VANCE e as menos óbvias MICKY, MORGAN. Ainda assim, continuava a ver escrito na tela: "Bem-vindo à Força-Tarefa Nacional de Criação de Perfis Criminais. Por favor, digite a sua senha: _" O cursor ficara piscando por tanto tempo que a única coisa que podia afirmar com certeza absoluta era que não tinha tendência à epilepsia.

Ele levantou e zanzou pela sala. Não conseguia ter uma ideia que o abençoasse.

— Chega — murmurou, exasperado.

Pegou a jaqueta na cadeira em que a jogara e a vestiu. Uma caminhada até a banca de revistas para comprar a edição noturna do jornal devia clarear suas ideias.

— Não se engane — murmurou ao abrir a porta da frente. — Você só quer ver o que aqueles vacilões disseram na última coletiva de imprensa.

Percorreu o caminhozinho ladeado por dois canteiros de flores nos quais roseiras sujas lutavam com todos os meios contra inimigos tanto humanos quanto industriais. Assim que chegou à rua, notou dois homens em um sedã comum do outro lado. Um se levantava do banco do passageiro acompanhado do barulho do motor sendo ligado com entusiasmo. Chocado, Tony reconheceu todas as características da vigilância policial amadora. Estavam mesmo desperdiçando recursos humanos o vigiando?

Na esquina, parou para olhar a vitrine da Bric'n'Brac, um brechó de tristes pretensões. Seu orgulhoso dono mantinha o vidro limpo, o que permitiu a Tony dar uma conferida do outro lado da rua. O homem que saíra do carro estava lá, e despistava no ponto de ônibus, fingindo ler o quadro de horários. Mais do que qualquer outra, aquela atitude indicativa que ele não era dali; o pessoal local conhecia muito bem as práticas anárquicas das companhias de ônibus rivais e sabiam que o quadro de horários não passava de uma piada de mau gosto.

Tony caminhou até a esquina. Com o pretexto de que atravessaria a rua, deu uma olhada cautelosa para trás. O carro dera a volta e estava andando lentamente a uns cinquenta metros de distância. Não tinha dúvida. Se aquilo era o melhor que a força local tinha a oferecer, o assassino de Shaz Bowman não tinha muito com o que se preocupar. Para desespero dos seus supostos colegas, Tony comprou a edição noturna do jornal na banca do bairro e caminhou lentamente para casa, lendo no caminho. Pelo menos a polícia não estava dizendo nada que expusesse Shaz ao ridículo. Na verdade, não estava falando praticamente nada. Ou estavam escondendo o jogo, ou não tinham carta nenhuma na mão. Ele sabia bem qual era a alternativa correta.

Depois que entrou, sob o pretexto de fechar a cortina para proteger a tela do computador do sol, deu uma conferida no pessoal que o vigiava. Ambos estavam de volta ao carro, estacionados no mesmo lugar de antes. O que estavam esperando? O que achavam que ele faria?

Se as potenciais consequências não fossem tão apavorantes, aquilo até que seria engraçado, pensou Tony ao pegar o telefone e ligar para o celular de Paul Bishop. Quando Bishop atendeu, ele foi direto ao assunto:

— Paul? Você não vai acreditar nisto. O McCormick e o Wharton enfiaram na cabeça que foi alguém ligado à força-tarefa que matou a Shaz, já que éramos as únicas pessoas que ela conhecia aqui.

— Eu sei — respondeu ele, soando deprimido. — Mas o que posso fazer? A investigação é deles. Vou te contar uma coisa que talvez faça você se sentir melhor. Sei que entraram em contato com a divisão antiga dela para pedir que verificassem se existia algum bandido lá que tivesse rancor suficiente em relação a ela a ponto de segui-la até aqui. Até agora, nenhum êxito. Parece que a sargento do Departamento de Investigação Criminal com quem ela trabalhou entrou em contato para contar que agiu como intermediária para marcar um encontro entre Jacko Vance e Bowman no sábado de manhã. Tudo indica que ela estava determinada a perseguir aquela ideia maluca sobre as adolescentes.

Tony deixou escapar um suspiro de alívio.

— Graças a Deus que isso aconteceu. Agora quem sabe vão começar a nos levar a sério. No mínimo têm que estar se perguntando por que Jacko Vance não se apresentou e revelou isso, já que a foto de Shaz tem aparecido em todos os jornais.

— Não é tão simples assim — disse Bishop. — A esposa do Vance telefonou alguns minutos depois da outra ligação pra contar que a Bowman tinha ido à casa dela no sábado de manhã. Disse que o marido ainda não tinha visto os jornais. Ou seja, na verdade, ninguém está escondendo nada.

— Mas vão pelo menos conversar com ele?

— Tenho certeza que sim.

— Então vão ter que tratá-lo como suspeito.

Tony escutou Bishop soltar o ar.

— Quem sabe? O problema, Tony, é que posso fazer sugestões sutis, mas não tenho autoridade pra impedir que conduzam isso desse jeitinho maravilhoso deles.

— Me disseram que você concordou que o esquadrão deveria efetivamente ser suspenso — ressaltou Tony.

— Poxa, Tony, você sabe como são difíceis as questões políticas que envolvem a força-tarefa. O Ministério do Interior determina que não criemos problemas na linha de frente e é inflexível em relação a isso. Foi uma pequena concessão. O esquadrão não foi extinto. Não tem ninguém sendo transferido de volta para as suas unidades antigas. Simplesmente demos uma pausa no ciclo operacional até que este caso ou seja resolvido ou deixe de ser manchete. Faz um esforço pra tratar a situação como uma licença sabática.

Exasperado, Tony voltou ao motivo inicial de sua ligação:

— Licença sabática bem estranha essa que inclui vigilância feita por policiais que parecem ter saído de uma comédia pastelão!

— Está brincando.

— Bem que gostaria. Saí do meu interrogatório com eles hoje de manhã depois que me acusaram de ser o suspeito número um porque, afinal, já sou assassino. E agora o Beavis e o Butthead estão aqui na minha cola. Isso é intolerável, Paul.

Conseguiu escutar Bishop respirar fundo.

— Concordo, mas vamos ter que aguentar as porradas até que fiquem entediados com a gente e comecem a fazer uma investigação adequada.

— Acho que não, Paul — discordou Tony com a voz firme e autoritária. — Um membro da minha equipe está morto e eles não vão nos deixar ajudar a encontrar a pessoa que o matou. Não perdem tempo em me lembrar que não sou um deles, que sou forasteiro. Bom, isso é uma faca de dois gumes. Se não conseguir persuadi-los a sair do meu encalço, eu mesmo vou convocar uma coletiva de imprensa amanhã. E prometo que, assim como o Wharton e o McCormick, você também não vai gostar nada dela. É hora de mexer uns pauzinhos e começarmos a assumir as rédeas, Paul.

— Já te entendi, Tony — suspirou Bishop. — Deixa comigo.

Tony colocou o telefone no gancho e abriu a cortina. Acendeu o abajur da sua mesa e ficou em frente à janela olhando sediciosamente para os vigilantes do lado fora. Revisou a informação que Paul Bishop lhe dera e a relacionou ao que vira na cena do crime. Aquele assassino estava furioso porque Shaz metera o nariz nos negócios dele. Isso indicava que ela estava certa sobre sua suposição de que havia um assassino de adolescentes à solta. Algo que ela fizera causou pânico no assassino e a transformou em seu próximo alvo. Aparentemente, a única coisa que Shaz fizera que tinha ligação com a teoria foi visitar Jacko Vance dentro do horário da sua morte.

Agora ele sabia que o assassino de Shaz Bowman não podia ser algum fã demente de Jacko Vance. Não existia a possibilidade de nem mesmo o mais dedicado admirador obsessivo descobrir, naquele curto intervalo entre a visita e o assassinato, quem Shaz era ou a razão pela qual visitara a casa de Vance.

Ele tinha que descobrir mais sobre o encontro entre Shaz e Vance. Se o assassino fosse alguém da comitiva dele, era possível que estivesse presente. Mas, se Vance estava sozinho quando Shaz o confrontou, o dedo só poderia ser apontado para ele. Mesmo que Jacko tivesse pegado o telefone no minuto seguinte à saída de Shaz e relatado a suspeita dela para outra pessoa, não tinha como uma terceira parte, com o pouco tempo disponível, localizar Shaz, descobrir onde ela morava e a persuadi-la a abrir a porta para ele.

Assim que chegou a essa conclusão, os vigilantes foram embora. Tony arrancou a jaqueta e se jogou como uma pedra na cadeira de frente para a tela. Era apenas uma pequena vitória, mas renovou o seu apetite pela batalha. Agora ele tinha que achar a prova para demonstrar que Shaz estava certa e que isso a tinha matado. O que Shaz Bowman tinha escolhido como senha? Um herói ficcional? Warshawski e Scarpetta eram longos demais. KINSEY, MILLHONE, MORSE, WEXFORD, DALZIEL, HOLMES, MARPLE, POIROT, nenhum funcionou. Um vilão ficcional? MORIARTY, HANNIBAL, LECTER. Nada ainda.

Normalmente, o som de um carro estacionando do lado de fora não teria penetrado sua concentração. Mas, depois do dia que tivera, o silenciar do motor lhe pareceu mais alto do que o barulho do alarme. Olhou para fora e seu coração pesou novamente. As três últimas pessoas que queria ver saíram do conhecido Ford vermelho. Em bando, Leon Jackson, Kay Hallam e Simon McNeill lotaram o caminhozinho da entrada e reconheceram sua cara fechada através da janela. Com um gemido, ele levantou, destrancou a porta, deu meia-volta e retornou para seu escritório.

Eles o seguiram, aglomerando-se no quartinho e, sem esperarem pelo convite, encontraram lugares para se acomodarem; Simon no peitoril da janela, Leon recostado elegantemente em um aparador, Kay em uma poltrona no canto oposto. Tony girou em sua cadeira e os olhou, tentando não deixar transparecer a resignação que sentia.

— Agora entendi por que as pessoas confessam crimes que não cometeram — disse ele, o que não era cem por cento piada.

Eles eram imponentes, apesar da juventude e instabilidade.

— Você não ia me levar a sério, então trouxe reforço — disse Simon.

Estava pálido demais para estar constrangido, registrou Tony, notando pela primeira vez as sardas ao longo da ponte do nariz dele.

— O tal do McCormick e o Wharton ficaram de onda com a gente — irrompeu Leon. — Fiquei lá a tarde inteira com os dois fazendo carinha bonitinha pra mim. "Vamos lá, Leon, você pode nos contar que realmente acha do Tony Hill e do Simon McNeill." Cara, vou te contar uma parada,

eles são dois doentes do caralho. "O McNeill gostava da Bowman, mas ela estava apaixonada pelo Hill, então ele a matou por ciúme, qual é a sua consideração? Ou então o Hill estava doido pra dar umazinha com a Bowman, mas ela estava mais interessada em sair com o McNeill e ele a matou num ataque de ciúme." Um curral teria menos bosta do que as que saíram da boca daqueles caras. Me deu nojo. — Ele pegou o maço de cigarro e hesitou.
— Tem problema?

Tony autorizou com um gesto de cabeça e apontou para uma plantinha em uma prateleira:

— Usa o cinzeiro.

Kay inclinou para a frente na cadeira e apoiou os cotovelos nas coxas.

— É como se não conseguissem ver além dos narizes deles. E, enquanto estão tentando encontrar provas contra vocês, não estão procurando em nenhum outro lugar. Muito menos naquilo que a Shaz estava vasculhando. Acham que a teoria sobre um serial killer estar vitimando adolescentes é o tipo de coisa ridícula que nós, mulheres, fazemos porque nossos hormônios são pirados. Bom, chegamos à conclusão de que se eles não vão fazer o que é preciso, melhor a gente fazer.

— Posso dar o meu pitaco?

— Sinta-se em casa — disse Leon, com um gesto expansivo.

— Valorizo o que estão sentindo. Conta muito a favor de vocês. Mas isto aqui não é um exercício de sala de aula. Não é um jogo tipo "Cinco Caçadores e Um Psicopata". Este é jogo o mais perigoso de todos. Na última vez em que me envolvi com um psicopata, quase perdi a vida. E, com todo o respeito ao talento de vocês como policiais, tenho um conhecimento muitíssimo maior do que os três juntos me mostraram. Não estou preparado para assumir a responsabilidade de ter vocês trabalhando comigo clandestinamente. — Ele passou a mão pelo cabelo.

— Sabemos que o negócio é real, Tony — protestou Kay. — E sabemos que você é o melhor. Por isso viemos te procurar. Só que podemos fazer coisas que você não pode. Temos distintivos. Você, não. Policiais desconhecidos só confiam em outros policiais. Não vão confiar em você.

— Ou seja, se você não for ajudar a gente, vamos simplesmente ter que fazer o nosso melhor sem você — disse Simon, apertando os lábios e os transformando em uma linha de teimosia.

O estridente toque do telefone foi um alívio. Tony se aproximou do gancho.

— Alô — atendeu cuidadosamente, os olhos cravados nos outros como se fossem uma bomba que ainda não tinha explodido.

— Sou eu — disse Carol. — Liguei pra saber como você vai dar prosseguimento a essa situação.

— Prefiro conversar com você pessoalmente — respondeu.

— Não pode falar agora?

— Estou ocupado agora. Podemos nos encontrar mais tarde?

— No meu chalé? Seis e meia?

— Sete é melhor — sugeriu ele. — Tenho muito o que fazer aqui antes de poder sair.

— Estarei te esperando. Boa viagem.

— Obrigado.

Colocou com gentileza o telefone no gancho. Fechou os olhos momentaneamente. Não tinha percebido o quanto se sentia isolado. Era a existência de policiais como Carol e a teimosa crença de que um dia eles seriam a maioria que tornava seu trabalho tolerável. Reabriu os olhos e viu os três membros principiantes do esquadrão o olhando avidamente. O fantasma de uma ideia tomava forma no fundo da sua mente.

— E os outros dois? — escapuliu ele. — Tiveram bom senso, não tiveram?

Leon soltou fumaça e respondeu:

— Tudo frouxo. Estão com medo de dar merda e a promoção deles ir pro saco.

— Porra, quem é que fica preocupado com promoção quando alguém como a Shaz é assassinada e ninguém se esforça direito pra pegar o culpado? Quem ia querer ser policial numa força assim? — apelou Simon.

— Sinto muito — disse Tony. — Minha resposta continua sendo não.

— Ótimo — disse Kay. Seu sorriso era afiadíssimo. — Neste caso, a gente vai adotar o plano B. O protesto pacífico. Vamos ficar no seu encalço até você ceder. Aonde você for, a gente vai. Vinte e quatro horas por dia. Nós somos três, você, um.

— Suas chances não são nada favoráveis. — Leon acendeu outro cigarro sem que a brasa da guimba do anterior estivesse apagada.

Tony suspirou.

— Ok. Vocês não vão me escutar. Talvez escutem alguém que realmente conhece esse esquema.

O relógio do painel mostrava que passava de sete; o rádio tocava a música de abertura da novela *The Archers*, o que revelava que estava três minutos atrasado. Sacudindo pelo caminho de terra depois de ter saído da estrada, a suspensão do carro de Tony denunciava sua idade. Fez a última curva e viu com satisfação que as luzes no chalé de Carol estava acesas. Ela estava emoldurada pelo vão da porta quando ele saiu do carro. Não conseguia se lembrar da última vez que sentiu tanta felicidade por ficar na companhia de alguém, por adentrar o território de outra pessoa. O único sinal de que seus companheiros eram completamente inesperados foi a levantadinha de sobrancelhas que ela deu.

— A chaleira está no fogo e a cerveja, gelada — disse ela cumprimentando a todos e apertando gentilmente o braço de Tony. — São seus guarda-costas?

— Quase isso. No momento, estou sendo mantido refém — ironizou entrando depois dela. O esquadrão não esperou ser convidado. Estavam logo atrás dele.

— Lembra da Kay, do Leon e do Simon? Ficarão agarrados em mim igual a carrapatos enquanto eu não concordar em trabalhar com eles para descobrirmos quem matou a Shaz.

Na sala, ele apontou o polegar para o sofá e as poltronas. Os três sentaram.

— Queria que você me ajudasse a convencer esse pessoal a tirar isso da cabeça.

Carol abanou a cabeça, fingindo perplexidade.

— Eles *querem* trabalhar com você em um caso verídico? Meu Deus, a fábrica de boatos deve estar a toda ultimamente.

— Primeiro café — disse Tony, levantando uma das mãos, colocando-a de leve no ombro de Carol e a conduzindo em direção à cozinha.

— Já vai sair.

Ele fechou a porta depois que entraram e explicou.

— Desculpa envolver você nisso, mas eles não me escutam. O problema é que West Yorkshire está considerando Simon como principal suspeito e eu como o segundo da lista. Essa turma não vai deixar pra lá e aceitar isso. Você sabe o que acontece quando se está trabalhando em um caso de serial killer e a coisa fica pessoal. Eles não têm experiência pra lidar com isso. O

Vance ou alguém próximo a ele já matou a melhor e mais brilhante deles. Não quero mais nenhuma morte na minha consciência.

Carol colocou café no filtro e ligou a cafeteira enquanto ele falava.

— Você tem toda razão — comentou ela. — No entanto... a não ser que eu os tenha julgado de maneira totalmente equivocada, vão continuar com isso de qualquer jeito. A melhor maneira de garantir que você não perca mais ninguém é assumindo o controle. E a maneira de se fazer isso é trabalhando com eles. Coloca o pessoal todo pra fazer o serviço pesado de segunda categoria que os detetives inexperientes caem matando. Alguma coisa duvidosa, alguma coisa que achamos perigosa ou que necessite de técnicas de interrogação especiais, a gente vai achar alguma coisa.

— "A gente"?

Carol bateu a palma da mão na testa e fez uma careta:

— Por que estou achando que acabei de ser feita de trouxa? — Ela deu um soquinho no braço dele. — Coloca açúcar, leite e a canecas numa bandeja e leva pra lá antes que eu fique brava de verdade.

Tony fez o que ela pediu, sentindo-se estranhamente satisfeito por ter feito a transição de Cavaleiro Solitário para capitão de time em uma questão de poucas horas. Quando Carol chegou com o café, ele tinha compartilhado o novo trato com a equipe, que estava satisfeita consigo mesma.

Tony abriu seu notebook na mesa de jantar de pinho que tinham esvaziado, plugou o modem na linha telefônica e ligou a fonte na tomada mais próxima. Enquanto os outros se ajeitavam de maneira que pudessem ver a tela, Carol perguntou a Tony:

— O interrogatório foi muito ruim?

— No final simplesmente levantei e fui embora — respondeu sucintamente enquanto o computador iniciava. — Foi o que se poderia chamar de hostil. Quando chegam ao estágio de "Cheguem aqui, meus camaradas" não acham que estou do mesmo lado que eles, sabe? Mas estão guardando o lugarzinho principal na lista de suspeitos pro Simon. Teve o azar de conseguir fazer com que Shaz aceitasse sair com ele bem na noite em que foi morta. Mas provavelmente sou o segundo favorito nas contas que algum cuzão orgulhoso da equipe do departamento de homicídios está fazendo.

Ele levantou o olhar e Carol viu a mágoa por trás do pretenso autocontrole.

— Filhos da puta do cacete — xingou Carol, colocando sua caneca de café ao lado do computador. — Por outro lado, são sujeitos de Yorkshire. Não acredito que não estejam usando vocês.

Leon deu uma risada melancólica antes de dizer:

— Nem me fala. Posso fumar aqui?

Carol olhou para ele, notando a batidinha de dedos formando um desenho na coxa dele. Melhor a combustão do tabaco do que a dele.

— Tem um pires no armário acima da chaleira — indicou ela. — Só nesta sala aqui, por favor.

Quando ele saiu, Carol pegou a cadeira dele e se aproximou de Tony para observar a tela mudando à medida que ele digitava.

O psicólogo entrou no sistema da força-tarefa com o login de Shaz. Apontou para o cursor que piscava.

— Foi com isso que eu fiquei atormentando o meu cérebro a tarde toda. Posso acessar o sistema com o login da Shaz, mas não consigo descobrir a senha dela.

Revelou todas as tentativas que experimentara, eliminando com os dedos as categorias. Leon, Kay e Simon começaram a fazer suas sugestões baseadas naquilo que conheciam da falecida colega. Carol escutava atentamente, com a mão esquerda enrolando os cachos louros na parte de trás do pescoço. Quando Tony e os outros três esgotaram as forças e as ideias, ela falou:

— Esqueceram do óbvio, não esqueceram, não? O que Shaz almejava? O que queria ser?

— Comandar a Scotland Yard? Acha que eu deveria tentar comissários da Polícia Metropolitana?

Carol se aproximou e puxou o notebook para uma posição em que conseguisse digitar.

— Criadores de perfis famosos.

Ela digitou RESSLER, DOUGLAS, LEYTON. Nada aconteceu. Com uma tristeza peculiar nos lábios, digitou TONYHILL.

A tela fico momentaneamente vazia, depois um menu apareceu.

— Puta que pariu, eu devia ter apostado — zoou ela.

Ao lado de Carol, os trainees de criadores de perfil aplaudiam; Leon uivava e berrava.

Tony abanava a cabeça, abismado.

— O que eu tenho que fazer pra levar você por esquadrão nacional? — perguntou ele. — Está sendo desperdiçada ao fazer o trabalho comum do Departamento de Investigação Criminal com a qualidade que tem. Todo aquele trabalho administrativo quando você deveria estar investindo essa inspiração pra pegar psicopatas.

— Tá certo — disse Carol sarcasticamente, empurrando o notebook de volta para ele. — Se sou tão boa, como não cheguei à conclusão de que o meu incendiário é um pilantra qualquer e não um maluco?

— Porque está trabalhando sozinha. Essa nunca é a melhor maneira de operar quando se está lidando com análise psicológica. Acho que os criadores de perfis deveriam trabalhar em duplas, detetive e psicólogo, habilidades complementares.

Ele posicionou o cursor em "Diretório de arquivos" e pressionou ENTER.

A qualidade da sintonia das suas mentes não era uma conversa que Carol queria ter, especialmente na companhia tão voraz quanto a que estava presente. Ela habilmente deu prosseguimento ao assunto, atualizando Leon, Kay e Simon sobre a teoria de Tony de que o incendiário era um bombeiro que trabalhava meio expediente e que tinha um motivo comum para executar os crimes.

— Mas qual *é* o motivo? — perguntou Kay. — Essa é a parte relevante, não?

— Se é criminal, você vai sempre procurar saber quem se beneficia — observou Leon. — E já que não há problemas com propriedade nem com seguro, talvez seja alguém do alto escalão do corpo de bombeiros que não quer mais nenhum corte de verbas.

Tony tirou os olhos dos nomes dos arquivos que estava lendo.

— Boa ideia — elogiou. — Tortuosa, no entanto. Como adepto da Navalha de Occam, fico com a teoria mais objetiva. Dívida — afirmou, voltando os olhos para a tela.

— Dívida? — A voz de Carol estava repleta de dúvida.

— É. — Ele se virou para ficar de frente para ela. — Alguém que deve dinheiro pra todo mundo, alguém que está sem crédito nenhum na praça. Houve reintegração de posse da casa dele ou isso está prestes a acontecer. Está cheio de processos na justiça e tem vendido o almoço pra comprar o jantar.

— Mas um chamado noturno dá o quê? Cinquenta, cem pratas no máximo, dependendo de quanto tempo ficam fora. Não é possível que esteja achando que alguém colocaria a liberdade e as vidas dos colegas em risco por essa mixaria! — protestou Simon.

Tony deu de ombros e argumentou:

— Se você está contra a parede e continuamente fazendo malabarismo com credores, cenzinho extra por semana pode fazer toda a diferença entre continuar inteiro ou ter a perna quebrada, pode evitar que tomem o seu carro, cortem a energia elétrica e que seu nome fique sujo. Paga vinte contos de um débito, cinquenta de outro, dezinho aqui, cinco ali. Mostra que está correndo atrás. Tira todo mundo da sua cola. A justiça fica relutante em tomar ações drásticas se você mostra que está se esforçando. Qualquer pessoa sensata sabe que se está apenas postergando a má hora. Mas, quando se está com dívidas até o pescoço, para de pensar direito. A pessoa entra nessa ilusão fantasiosa de que, assim que conseguir passar por essa parte mais difícil, vai entrar na linha de novo. Ninguém melhor para enganar a si mesmo do que um sujeito muito endividado. Já vi idiotas patéticos que deviam quase vinte mil pratas a um agiota e mesmo assim continuavam mantendo a empregada doméstica e o jardineiro porque se livrar deles seria admitir que suas vidas estavam totalmente fora de controle. Procura alguém que esteja balançando à beira da falência, Carol.

Já de volta à comunhão com a tela do computador, murmurou:

— Vamos ver... DESAP.001. Deve ser o relatório que ela fez para o esquadrão, não acham?

— É provável. E DESAPJV.001 pode ser os interrogatórios de Jacko Vance.

— Vamos dar uma olhada. — Tony abriu o arquivo. As palavras de Shaz espalharam-se tela abaixo, dando-lhe uma estranha sensação de comunhão com os mortos. Era como se aqueles extraordinários olhos azuis estivessem pairando atrás da sua cabeça, cravando nele seu fitar inexorável.

— Meu Deus — sussurrou ele. — Ela não estava de brincadeira.

Leon se aproximou para olhar sobre o ombro dele.

— Porra — disse baixinho. — Shazinha, sua bruxa do caralho.

Comentário que resumiu perfeitamente o sentimento de todos que liam o briefing além-túmulo de Shaz.

Checklist do criminoso organizado

Jacko Vance
Re: GRUPO DE DESAP.

Posição na ordem de nascimento
Filho único.

Trabalho estável do pai
Engenheiro civil — frequentemente longe de casa por períodos extensos devido a contratos de longo prazo.

Ausência do pai
Ver acima.

Disciplina parental percebida como inconsistente
Ver acima; além disso, mãe parece ter sofrido depressão pós-parto, rejeitou JV e depois o tratou de maneira muito severa.

QI mais alto do que o da média
Considerado brilhante por professores, mas nunca se desenvolveu academicamente como o esperado; desempenho fraco em provas.

Profissão que requer qualificação, histórico irregular de trabalho
Primeiro como campeão de lançamento de dardos, depois como apresentador de TV; perfeccionista, propenso a acessos de raiva e a demitir membros iniciantes da equipe; se não fosse pelo talento em ganhar medalhas/popularidade com o público da TV, teria perdido vários contratos ao longo dos anos devido ao comportamento arrogante e dominador.

Comportamento social prático; pode ser gregário e comunicativo, mas não consegue se conectar emocionalmente
Ver acima; relaciona-se muito bem com pessoas do público no nível superficial; entretanto, uma das razões pelas quais seu casamento é visto como tão bem-sucedido está baseada em ele aparentar não ter relacionamentos íntimos com nenhum gênero fora do matrimônio.

Vida com a parceira
Está junto da esposa, Micky, há doze anos. Um casamento muito público, o casal de ouro da TV no Reino Unido. Contudo, frequentemente longe de casa tanto devido aos negócios quanto ao trabalho de caridade.

Controle emocional durante a prática do crime
Desconhecido: mas, nos negócios, Vance tem fama de agir com frieza sob pressão.

Uso de álcool ou drogas durante a prática do crime
Desconhecido. Nenhum histórico de problema com bebida. Palpite de que possa ter havido um problema com vício em analgésicos após o acidente em que Vance perdeu o braço.

Mobilidade; carro em boas condições
Vance tem um Mercedes conversível e uma Land Rover. Ambos automáticos e adaptados para a sua deficiência.

Acompanha crime na mídia
Está em posição perfeita para isso — tem acesso direto a todas as áreas da mídia. Conta com muitos jornalistas em seu círculo de conhecidos.

Vítimas compartilham características semelhantes
Sim — ver apêndice A sobre o grupo original de sete vítimas.

Conduta insuspeita
Milhões de pessoas confiariam a ele suas vidas e a de suas filhas. Em uma pesquisa de opinião há quatro anos, ele ficou em terceiro lugar na categoria de pessoas mais confiáveis na Grã Bretanha, atrás da Rainha e do Bispo de Liverpool.

Aparência mediana
Impossível comentar com objetividade. O verniz de celebridade, a produção e o guarda-roupa caro dificultam o julgamento além da fachada.

Doença mental em familiares próximos
Nada conhecido; mãe morreu há oito anos, câncer.

Álcool ou problema com drogas em familiares próximos
Nada conhecido.

Pais com ficha criminal
Nada conhecido.

Abuso emocional
Mãe, ao que consta, falava que ele era feio e desajeitado, "igualzinho ao seu pai". Parece que o culpava pela ausência do pai.

Disfunção sexual — incapaz de relacionamento maduro e consensual com outro adulto
Nada que sustente isso: casamento muito público. Nenhuma indicação de MM infeliz no casamento ou de que tem amante ??? Verificar colunas de fofoca de jornais ??? Verificar com policiais da patrulha local — algum sinal ???

Mãe fria e distante; pouquíssimo contato afetivo ou calor emocional quando criança
Implícito nos dois livros.

Visão de mundo egocêntrica
Todas as evidências — mesmo nas declarações afetuosas de MM — apontam para isso.

Surras quando criança
MM se lembra dele falar do seu pai chegar em casa de viagem e espancá-lo por ter ido mal em um exame de qualificação escolar, além disso, nada conhecido.

Testemunhou situação estressante sexualmente quando criança, e.g., estupro marital, mãe envolvida com prostituição
Nada conhecido.

Separação dos pais na infância ou início da adolescência
Pais divorciaram-se quando tinha doze anos.
De acordo com o livro de MM, sua obsessão pelo atletismo era uma tentativa de chamar a atenção do pai.

Autoerotismo adolescente
Nada conhecido.

Fantasias de estupro
Nada conhecido.

Obsessão por pornografia
Nada conhecido.

Tendência para o voyeurismo.
Nada conhecido de maneira específica; mas *Vance Visita* é o maior programa do tipo "meter o nariz onde não é chamado" da televisão.

Tem consciência de que seus relacionamentos sexuais/emocionais são anormais e se ressente disso
Nada conhecido.

Obsessivo
Atestado tanto por colegas quanto por rivais.

Fobias irracionais
Nada conhecido.

Mentiroso crônico
Vários casos em que ele "reinventou" incidentes passados; comparar os dois livros.

Estresse inicial
A primeira namorada de Jacko Vance foi Jillie Woodrow. Antes dela, era rejeitado pelas garotas e, quando ficaram juntos, ele tinha apenas 16 anos e ela, 14. Além do treinamento esportivo obsessivo, ela era seu

único interesse. Tinham um relacionamento exclusivo, compulsivo e desgastante. Aparentemente ele foi uma influência dominante sobre ela. Ficaram noivos assim que ela fez 16, mesmo com a desaprovação dos pais dela e da mãe de Jacko; não tinha mais contato com o pai nessa época. Depois do acidente em que perdeu o braço, o relato de MM alega que ele a libertou, tendo em vista que não era mais o homem com quem ela tinha aceitado se casar. A versão de TB é de que ela estivera procurando uma maneira de sair da relação claustrofóbica há algum tempo e encarou o acidente como uma saída, alegando que estava com aversão ao ferimento dele e à perspectiva de viver com um homem de prótese. MM e Vance se uniram pouco depois. Logo antes de se casarem, Jillie revelou ao *News of the world* que Vance a forçara a se entregar a rituais sadomasoquistas, amarrando-a apesar de seus protestos de que aquilo a amedrontava. Vance tentou impedir a publicação da história, negando-a vigorosamente. Não conseguiu uma injunção, mas não entrou com uma ação por calúnia, alegando não poder custear o processo legal. (Provavelmente verdade naquele estágio da carreira.) Tanto o fim do relacionamento com Jillie em circunstâncias tão estressantes quanto as revelações subsequentes dela podem ter exercido pressão suficiente para desencadear o primeiro da série de crimes de Vance.

— Puta merda — disse Carol ao chegar ao final da análise de Shaz. — Dá mesmo pra gente se perguntar, né não?

— Acha que Jacko Vance pode ser um serial killer? — perguntou Kay.

— Shaz achava. E creio que podia estar certa — respondeu Tony de modo sombrio.

— Tem uma coisa me incomodando nisso aí — comentou Simon. Encorajado por um olhar interrogativo de Tony, continuou: — Se Vance é sociopata, como pode ter salvado aquelas crianças e tentado resgatar o motorista do caminhão no acidente em que perdeu o braço? Por que simplesmente não largou esse pessoal lá?

— Boa observação — elogiou Tony. — Você sabe que odeio teorizar antes de ter os dados, mas, olhando para o que temos até agora, eu diria que Jacko passou a maior parte dos anos de sua formação desesperado por atenção e aprovação. Quando o acidente aconteceu, ele automaticamente pegou o caminho que faria com que ficasse bem aos olhos das outras pessoas. Não é incomum aquilo que parece heroísmo ser uma ânsia desesperada por glória. Acho que foi isso o que aconteceu aqui. Se vocês ainda acham que estamos batendo na porta errada, vou contar pra vocês a conversa que tive com o comandante Bishop hoje à tarde.

Tony contou que Shaz tinha se encontrado com Vance e quais conclusões tirou daquilo.

— Vocês vão ter que contar pro McCormick e pro Wharton que esse arquivo existe — recomendou Carol.

— Não estou querendo fazer isso, não depois da maneira como me trataram.

— Quer que eles prendam o assassino da Shaz, não quer?

— Quero que o assassino da Shaz seja preso — disse Tony com firmeza. — Só não acho que aqueles dois têm a imaginação pra lidar com esta informação. Pensa bem, Carol. Se contar pra eles o que achamos aqui, pra começar, não vão querer acreditar. Vão falar que retocamos os arquivos dela. Posso até imaginar os dois interrogando Jacko: "Bom, seu Vance, a gente pede desculpa por incomodar o senhor, mas a gente acha que a mocinha aqui no sábado passado pensou que o senhor era um serial killer. Burrice, o senhor sabe, mas do jeito que assassinaram ela naquela noite, a gente achou melhor vir aqui pra trocar um dedinho de prosa. Acontece que o senhor meio que pode ter visto alguma coisa, algum esquisitão seguindo ela, um negocinho assim."

— Com certeza não são tão ruins assim — protestou Carol, sem conseguir conter a gargalhada.

— Que nada, na minha opinião Tony está sendo generoso — resmungou Leon.

— Ele não vão *interrogar* Jacko Vance — disse Simon. — Vão ficar intimidados e ficar ao lado dele. Só darão um toque nele.

— E o filho da puta daquele Jack Bacana é inteligente. Depois que tiver conhecimento de que sabem da visita da Shaz, vai ser o sr. Santinho em pessoa. Por isso, parte de mim está falando: "não, não conta pra eles".

Houve um longo silêncio. Depois Simon perguntou:

— E agora, a gente faz o quê?

Tony pegou um bloco de anotação na pasta do notebook e começou a rascunhar.

— Se vamos fazer isso, teremos que fazer direito. O que significa que eu controlo e coordeno. Carol, tem algum lugar que entrega alguma coisa pra comer aqui?

Ela bufou de escárnio e disse:

— Aqui onde eu moro? Faça-me o favor. Tem pão, queijo, salame, atum, salada de fruta. Me dá uma mão, pessoal. Vamos fazer uns sandubas enquanto o nosso líder dá uma meditada.

Quando voltaram quinze minutos mais tarde com uma montanha de sanduíches e uma tigela cheia de batata frita, Tony estava pronto para eles. Esparramados pela sala com garrafas de cerveja e pratos de comida, eles o escutavam explicar o que queria que fizessem.

— Acho que todos concordamos com o balanço de probabilidades: Shaz foi morta por causa do trabalho que fez desde que veio pra Leeds. Não há indício de que tenha sofrido algum tipo de experiência com ameaças pessoais até então. Portanto, assumimos como ponto de partida a suposição de que Shaz Bowman identificou corretamente a existência de um até agora não identificado serial killer de adolescentes. — Ele levantou as sobrancelhas num gesto interrogativo e quatro cabeças assentiram. — A conexão externa nestes casos é Jacko Vance. Shaz presumiu que ele era o assassino, embora não devamos deixar de considerar a possibilidade do nosso alvo ser alguém da comitiva dele. Eu tendo a acreditar que é o Vance.

— O bom e velho Occam — murmurou Simon ironicamente.

— Não somente por causa do princípio do menos complicado — disse Tony. — Minha visão leva em consideração o espaço de tempo que os assassinatos cobrem. Não sei se alguém se manteve profissionalmente próximo a Vance durante esse tempo todo. Mesmo que essa pessoa exista, não estou convencido de que teria o carisma para seduzir mulheres jovens para o que superficialmente parece uma proposta de fuga.

"Então, temos o perfil de Vance feito pela Shaz. É inevitavelmente superficial, ela só teve acesso ao que era de domínio público e àquilo em que conseguiu por as mãos de uma hora pra outra. Parece que usou duas biografias, uma escrita pela esposa, a outra por um jornalista da indústria do entretenimento. Temos que fazer uma busca maior do que essa antes de podermos definir se esse cara é mesmo uma possibilidade a ser considerada em relação a esses assassinatos que estamos postulando. Este é um trabalho incomum para nós, criadores de perfis. Geralmente fazemos deduções partindo do crime para o criminoso. Desta vez estamos partindo de um suposto criminoso para homicídios hipotéticos. Não me sinto inteiramente confortável com isso, pra ser honesto. É um território novo pra mim. Então temos que ser muito cuidadosos antes de aproximarmos nossas cabeças de qualquer parapeito."

Mais gestos de cabeça indicaram concordância. Leon levantou e foi até a porta para que pudesse fumar sem poluir a comida de ninguém.

— Entendemos o recado — disse Leon arrastando as palavras. — As nossas missões, caso a gente aceite, são...?

— Precisamos localizar a ex-noiva dele, Jillie Woodrow. A pessoa responsável por interrogar a Jillie também vai ter que realizar uma investigação geral sobre a vida pregressa dele: família, vizinhos, amigos da escola, professores e policiais locais ainda na ativa ou recentemente aposentados. Simon, está disposto fazer isso?

Simon parecia apreensivo.

— O que exatamente tenho que fazer?

Tony fez um sinal para Carol com os olhos.

— Descubra tudo o que puder sobre Jacko — esclareceu ela. — Conhecimento profundo do histórico dele. Se precisar de uma história para despistar todo mundo menos a Jillie, fala que estamos investigando ameaças contra Vance e que acreditamos que as razões para isso estão no passado remoto dele. As pessoas adoram um pouquinho de melodrama. Com a Jillie isso não vai funcionar. Talvez seja bom dar a entender que está investigando alegações contra Jacko feitas por uma prostituta, e pode até insinuar que você suspeita que são mentiras maliciosas.

— Beleza. Alguma ideia de como eu a encontro, já que não tenho acesso ao Computador Nacional da Polícia?

— Vou chegar a isso aí num minuto — disse Tony. — Leon, quero que comece a vasculhar o que estava acontecendo na vida dele na época do acidente em que perdeu o braço. E também no início da carreira dele na TV. Veja se consegue encontrar o antigo treinador dele, as primeiras pessoas com quem trabalhou quando estava começando nas transmissões esportivas. Atletas que estiveram na equipe britânica com ele, esse tipo de coisa. Ok?

— Me aguarde — disse Leon, frio e sério dessa vez. — Não vai se arrepender de ter me pedido isso, cara.

— Kay, o seu trabalho vai ser procurar os pais das meninas que a Shaz agrupou e interrogá-los de novo. Todas as perguntas usuais sobre desaparecimento e tudo o que conseguir arrancar sobre Jacko Vance.

— O pessoal desses lugares deve ficar mais do que feliz em te passar os arquivos dos casos — acrescentou Carol. — Vão ficar tão satisfeitos por outra pessoa estar disposta a assumir responsabilidade por casos tão desacreditados. Provavelmente vão te dar acesso total.

— Tudo isso, a detective inspetora-chefe Jordan aqui vai agilizar com antecedência pra vocês — continuou Tony. — Ela será a facilitadora, aquela que vai conversar com os policiais de patentes mais elevadas em outras delegacias de polícia ao redor do país e conseguir as informações com as quais vocês darão início às investigações. Coisas tipo onde Jillie Woodrow está agora, o que aconteceu com o treinador de Vance, quais pais de vítimas se mudaram para Scunthorpe.

Carol ficou olhando boquiaberta por um longo momento. Leon, Simon e Kay ficaram observando com o deleite de adolescentes vendo os mais velhos prestes a se comportarem mal.

— Ótimo — disse ela por fim com a voz cheia de sarcasmo. — Não tenho quase nada pra fazer no trabalho, vai ser um prazer encaixar essas coisinhas aí na minha agenda. Então, Tony, o que você vai tramar enquanto o restante do esquadrão faz o trabalho pesado?

Ele pegou um sanduíche, deu uma conferida no recheio, depois levantou o olhar com um sorriso aparentemente sem malícia alguma.

— Vou balançar a árvore. — Foi o que ele respondeu.

O detetive inspetor Colin Wharton parecia um refugiado daqueles programas realistas terrivelmente previsíveis sobre policiais e ladrões do norte do país, que preenchiam o espaço entre o jornal da noite e a hora de dormir, Micky pensou. Já tivera uma beleza áspera, mas bebeu demais e comer porcarias borraram seus traços e amortalharam seus olhos azuis em bolsas pesadas. Ela o imaginou no segundo e problemático casamento; os filhos do primeiro eram adolescentes infernais; e ele tinha uma vaga, mas preocupante dor recorrente em algum lugar dos seus órgãos internos. Ela cruzou as pernas com discrição e deu a ele o sorriso que tinha tranquilizado mais de mil convidados no estúdio. Micky sabia que Wharton seria completamente cativado por ela. Ele e o detetive Coleguinha, que parecia estar a um passo de pedir um autógrafo.

Olhou o relógio.

— Jacko deve estar de volta a qualquer minuto. Deve ser o trânsito. Mesma coisa com a Betsy. Minha assistente pessoal.

— Você mencionou isso — disse Wharton. — Se não fizer diferença pra você, podemos começar. A gente pode conversar com a sra. Thorne e com o sr. Vance quando eles chegarem.

O detective consultou uma pasta aberta sobre o colo coberto pela calça extremamente bem passada. — Falaram pra gente que você conversou com a detetive Bowman no dia anterior à morte dela. Como isso aconteceu?

— Temos duas linhas de telefone, um pra mim e outra pro Jacko. Elas não constam na lista telefônica, são bem confidenciais. Só algumas poucas pessoas têm os números. Transfiro a minha pro celular quando estou fora e a detetive Bowman entrou em contato por ela. Deve ter sido lá pelas oito e meia na sexta-feira de manhã... Eu estava com uma das minhas pesquisadoras na hora, ela provavelmente pode confirmar isso. — Percebendo que estava se justificando inconsequentemente, uma marca óbvia de nervosismo, Micky ficou em silêncio por um momento.

— Mas não era a sua pesquisadora? — instigou Wharton.

— Não. Era uma voz que não reconheci. Ela disse que era a detetive Sharon Bowman, da Polícia Metropolitana, e queria marcar um encontro com o Jacko. Meu marido.

— E você disse...? — encorajou Wharton.

— Falei que ela tinha ligado para a minha linha telefônica, ela pediu desculpa e disse que tinham falado que aquele era o número particular dele. Perguntou se ele estava e quando falei que não, pediu para deixar um recado. Eu normalmente não ajo como secretária do Jacko, mas, já que ela era da polícia e eu não sabia do que se tratava, achei que seria melhor anotar e passar pra ele.

Ela sorriu, buscando um ar autodepreciativo de mulher insegura na presença da autoridade. Foi uma performance escabrosa, mas Wharton parecia não ter notado.

— Abordagem sensível, sra. Morgan — disse ele. — Qual era o recado?

— Ela falou que era uma mera formalidade, uma questão rotineira, mas que queria conversar com ele por causa de um caso em que estava trabalhando. Devido a outros compromissos que ela tinha, só poderia ser no sábado, mas a detetive se encaixaria na disponibilidade dele. A hora e o local ficariam por conta do Jacko. Ela deixou um número pra onde ele deveria retornar a ligação.

— Ainda tem esse número? — indagou Wharton, apenas mais uma pergunta padrão.

Micky pegou um bloquinho de anotação e o mostrou a ele.

— Como pode ver, a gente começa uma página nova todo dia... mensagens de telefone, ideias pro programa, miudezas domésticas.

Ela lhe entregou o bloquinho, apontando para algumas poucas linhas no alto da página.

Wharton leu: "det. Sharon Bowman. Jacko. v/c ???Sábado??? você decide hora + lugar. 3074676 sgto. Devine." Aquilo confirmava a afirmação sobre o telefonema que Chris Devine tinha feito a eles, mas Wharton queria conferir.

— Este número... é de Londres?

— É, sim. 0171. — Micky confirmou. — Mesmo código que o nosso, por isso não me preocupei em anotar. Bom, tinha que ser mesmo, não tinha? Ela era da Polícia Metropolitana.

— Ela tinha sido transferida para uma unidade em Leeds — comentou ele expressivamente. — Por isso que ela estava morando lá, sra. Morgan.

— Meus Deus, é claro — disse de maneira insincera. — É, por alguma razão isso simplesmente não ficou registrado. Que esquisito.

— Realmente — disse Wharton. — Então você passou o recado pro seu marido e pronto?

— Deixei uma mensagem de voz pra ele. Mais tarde o Vance me contou que tinha marcado com ela lá em casa no sábado de manhã. Ele sabia que eu não ia me importar, já que a Betsy e eu íamos pegar o Le Shuttle pra desfrutarmos de uma cortesia. Benefícios do trabalho.

Ela deu aquele sorrisão brilhante novamente. Wharton se perguntou com amargura por que as mulheres em sua vida nunca conseguiam ficar tão satisfeitas quando conversavam com ele.

Antes que conseguisse fazer a próxima pergunta, ouviu passos no chão de parquet na sala. Virou um pouco quando a porta atrás de si foi aberta. A primeira impressão que teve de Jacko Vance foi a sensação de que havia ali uma tremenda energia contida dentro de roupas caras. Havia algo irresistivelmente cativante nele, mesmo fazendo algo tão banal como atravessar a sala e estender a mão esquerda em sinal de boas-vindas.

— Inspetor Wharton, presumo — disse Vance calorosamente, fingindo não notar o policial se atrapalhar e ficar meio levantado, estendendo o braço errado e depois trocar os papéis de mão desajeitadamente e dar um aperto esquisito na mão que lhe foi oferecida. — Sou Jacko Vance — apresentou-se fingindo uma humildade que Micky reconheceu ser tão falsa quanto a sua. — Trabalho desesperador, o seu.

Vance virou e se afastou, cumprimentando o detetive que acompanhava com um amigável movimento de cabeça antes de despencar no sofá ao lado da esposa. Acariciou a coxa dela e disse:

— Tudo bem, Micky? — perguntou, a voz gotejando a mesma preocupação que demonstrava aos doentes terminais.

— Estamos acabando de conversar sobre o telefonema da detetive Bowman — contou ela.

— Certo. Desculpa pelo atraso. Fiquei preso no trânsito em West End — justificou ele com os cantos da boca suspensos deixando à mostra um familiar sorriso autodepreciativo. — Então, o que posso fazer por você, policial?

— A sra. Morgan te passou a mensagem da detetive Bowman, correto?

— Com certeza — afirmou com confiança. — Liguei pro telefone que ela me deu e falei com uma detetive sargento de quem o nome esqueci completamente. Falei que se a detetive Bowman viesse à minha casa entre as nove e meia e o meio-dia de sábado, eu a receberia.

— Muita generosidade, um homem tão ocupado como você — comentou Wharton.

Vance suspendeu as sobrancelhas.

— Tento ajudar as autoridades sempre que posso. Não é de jeito nenhum um inconveniente pra mim. Só tinha planejado trabalhar numa papelada naquele dia, depois ir de carro pro meu chalé em Northumberland e dormir cedo. Ia correr uma meia-maratona em Sunderland no domingo, sabe?

Ele se recostou negligentemente, com a certeza de que sua fala despreocupada tinha sido percebida, aceita e classificada como algo a embasar sua inocência.

— Que horas a detetive Bowman chegou? — perguntou Wharton.

Vance fez uma careta e se virou para Micky:

— Que horas foi aquilo? Você estava saindo bem naquela hora, não estava?

— Isso mesmo — confirmou Micky. — Deve ter sido por volta das nove e meia. Betsy provavelmente pode te falar com mais exatidão. É a única nesta casa com algum senso de horário. — Sorriu ironicamente, impressionada com o quanto aquele policial estava disposto a aceitar que duas importantes personalidades da TV, ambas apresentadoras de importantes programas, não conseguissem precisar os horários instintivamente nos últimos trinta segundos. — A gente meio que tinha acabado de passar pela porta. O Jacko estava lá em cima ao telefone, então disse pra ela entrar aqui e depois fomos embora.

— Não a deixei esperando mais do que dois minutos — continuou ele, ininterruptamente. — Ela se desculpou por me incomodar no fim de semana, mas expliquei que, neste trabalho, a gente na verdade não tem fim de semana. Tiramos um tempo para nós quando dá, não é mesmo, querida?

Ele a olhou encantadoramente enquanto passava o braço ao redor dos ombros dela.

— Não com a frequência que eu gostaria.

Wharton pigarreou e perguntou:

— Pode me contar o que é que a detetive Bowman queria conversar com você?

— Você não sabe? É isso que está dizendo? — indagou Micky, com a repórter adormecida dentro de si entrando em ação. — Uma policial despenca lá de Yorkshire até Londres para interrogar alguém do gabarito do Jacko e vocês não sabem o motivo?

Ela parecia abismada, inclinando-se para a frente com os antebraços apoiados nas coxas, as mãos totalmente abertas.

Wharton se mexeu no assento e olhou fixamente para um ponto na parede entre as duas longas janelas.

— A detetive Bowman estava alocada em uma unidade nova. A bem dizer, ela não poderia estar fazendo serviços operacionais atualmente. A gente acha que sabe no que ela estava trabalhando, mas até agora não temos comprovação disso. Ajudaria muito se o sr. Vance pudesse falar o que aconteceu entre os dois no sábado de manhã. — Ele soltou o ar com força pelo nariz e lhes atirou um olhar rápido que misturava constrangimento e súplica.

— Sem problema — disse Vance sossegadamente. — A detetive Bowman se desculpou muito por invadir minha privacidade com suas perguntas, mas falou que estava trabalhando num caso que envolvia uma série de garotas adolescentes desaparecidas. Achava que elas tinham sido seduzidas a fugir com o mesmo indivíduo. Parece que algumas dessas garotas estiverem em aparições públicas minhas pouco tempo antes de desaparecem e ela estava pensando que algum maluco podia estar mirando nas minhas fãs. A detetive falou que queria me mostrar fotos das meninas, só para o caso de eu ter notado algumas delas conversando com alguém em particular.

— Alguém da sua comitiva, é o que está querendo dizer? — Soltou Wharton, orgulhoso por saber a palavra correta.

Vance deu uma risada, uma alta risada barítona.

— Sinto muito desapontá-lo, inspetor, mas o que tenho não é bem uma comitiva. Quando estou fazendo o programa, tenho uma equipe que trabalha próxima a mim. Às vezes, quando estou fazendo APs, isto é, aparições públicas, o meu produtor e o meu pesquisador vão comigo para me fazer companhia e me dar um pouquinho de suporte. Mas, com exceção disso, tudo o que eu gastar com guarda-costas ou qualquer outra coisa sai do meu bolso. E como a maior parte do meu trabalho envolve ganhar dinheiro para a caridade, parece loucura gastar mais do que o absolutamente necessário. Então, como expliquei pra detetive Bowman, não temos empregados fixos. De qualquer forma, há um grupo básico de entusiastas. Suponho que pouco mais de vinte fãs compareçam regularmente a praticamente todos os eventos que faço. Pessoas estranhas, mas sempre as considerei inofensivas.

— É uma marca da celebridade — explicou Micky sem rodeios. — Se você não tem o seu cortejo de gente esquisita, não é ninguém. Homens mal vestidos com anoraques e mulheres com calças de poliéster folgadas e cardigãs de tecido sintético. Todos eles com cortes de cabelo tenebrosos. Não são o tipo de pessoa com quem meninas adolescentes fugiriam, isso garanto pra você.

— E foi mais ou menos isso o que contei para a detetive Bowman — continuou Vance. Eles eram tão tranquilos, tão naturais, ele pensou. Talvez fosse a hora de fazerem alguns programas juntos. Vance memorizou isso para explorar a ideia com o seu produtor. — Ela me mostrou algumas fotos das meninas com que estava preocupada, mas nenhuma delas chamou a minha atenção — informou suspendendo os ombros de maneira a desarmar o policial. — O que não é de se surpreender. Chego a dar trezentos autógrafos em uma AP. Bom, quando falo autógrafo... aquilo está mais pra rabisco. — Olhou pesarosamente para a mão protética. — Escrever é uma das coisas que não consigo mais fazer adequadamente.

Houve um momento de silêncio. A sensação de Wharton foi de que ele teve a duração de um dia inteiro. Procurou uma pergunta relevante.

— Como a detetive Bowman reagiu, senhor, quando você não reconheceu as meninas?

— Ficou desapontada — respondeu Vance. — Mas admitiu que era um tiro no escuro. Eu me desculpei por não ter conseguido ajudar mais, e ela foi embora. Isso deve ter sido por volta das... ah, dez e meia, por aí?

— Então ela ficou aqui mais ou menos uma hora? Isso me parece um tempo bem longo pra algumas perguntas — disse Wharton, mais meticuloso do que suspeitoso.

— Parece mesmo, não parece? — concordou Vance. — Mas a deixei esperando alguns minutos, depois fiz um café pra nós dois, batemos aquele papo-furado habitual. As pessoas sempre querem saber um pouco dos bastidores do *Vance Visita*. Depois tive que passar por todas as fotos. Fiz isso sem pressa. Meninas desaparecidas são um assunto sério demais pra abordar de maneira superficial, não podemos lidar com isso de forma leviana. Afinal, não houve contato algum com a família depois de todo esse tempo, anos, em alguns casos, de acordo com a detetive Bowman, há chances delas terem sido assassinadas. Merecia a minha atenção.

— Concordo plenamente, senhor — disse Wharton expressivamente, desejando não tê-lo incomodado com aquela pergunta. — Suponho que ela não tenha mencionado quais eram os planos dela para o resto do dia.

Vance abanou a cabeça.

— Sinto muito, inspetor. Tive a impressão de que tinha outro compromisso, mas ela não falou onde nem quando.

— O que foi que te deu essa impressão, senhor? — perguntou Wharton levantando o olhar, pela primeira vez sentindo que podia estar fazendo mais do que chover no molhado com as perguntas rotineiras.

Vance fechou um pouco o semblante como se estivesse pensando.

— Depois que terminei com o negócio das fotografias, ofereci para fazer mais um café. Ela olhou para o relógio e ficou surpresa, como se não tivesse se dado conta da hora. Falou que precisava ir, que não havia percebido que tínhamos ficado conversando por tanto tempo. Saiu daqui poucos minutos depois.

Wharton fechou o caderno.

— Acho que devo fazer a mesma coisa, senhor. Agradeço muito por vocês dois terem dedicado seu tempo pra conversar comigo. Se houver mais alguma coisa, o que duvido muito que tenha, entro em contato. — Ele levantou e deu um aceno de cabeça do tipo "vamos nessa" para o seu subordinado.

— Não precisa falar com a Betsy? — perguntou Micky. — Ela não deve demorar.

— Não acho que vai ser necessário — respondeu Wharton. — Francamente, acho que a vinda da detetive Bowman até aqui não tem praticamente nada a ver com a morte dela. Só temos que amarrar as pontas soltas.

Vance atravessou em direção à porta para conduzi-los até o lado de fora.

— É uma pena vocês terem que se arrastar até aqui quando o trabalho de verdade está lá em Yorkshire — comentou ele, o solidário sorriso adicionando peso à comiseração em sua voz.

Micky se despediu e ficou observando da janela Vance olhar os policiais saírem de sua propriedade. Ela não sabia ao certo o que seu marido estava escondendo, mas o conhecia o suficiente para ter certeza de que aquilo que acabara de ouvir era apenas um parente distante da verdade, da verdade completa e de nada além da verdade.

Quando voltou para a sala, estava apoiada na lareira.

— Vai me contar o que não contou pra eles? — perguntou ela, os olhos fazendo a sagaz avaliação que sempre conseguia penetrar sua lustrosa superfície.

Vance abriu um sorrisão.

— Você é uma bruxa, Micky. Vou, vou te contar o que não contei pra eles. Reconheci uma das meninas nas fotos que a Bowman me mostrou.

Micky arregalou os olhos.

— Reconheceu? Como? De onde?

— Não há necessidade de entrar em pânico — disse ele desdenhosamente. — É perfeitamente inocente. Quando ela desapareceu, os pais entraram em contato com a gente. Disseram que ela era a minha maior fã, blá, blá, blá. Queriam que divulgássemos um apelo para que ela os contatasse.

— E você fez isso?

— É claro que não. Não se encaixava no formato do programa de jeito nenhum. Alguém do escritório mandou uma carta solidária e a gente fez com que um tabloide publicasse a história dizendo: "Jacko implora a fugitiva que telefone para casa."

— Então por que não contou isso pro detetive? Se você fez algo na imprensa, a reportagem vai estar disponível em algum lugar. Podem achá-la e aí você vai estar na merda.

— Como? Eles nem sabem o que a Bowman estava fazendo, o que me faz achar que não têm os arquivos dela, não é mesmo? Olha, Micky, nunca me encontrei com a menina. Nunca falei com ela. Mas se conto ao detetive inspetor Gambé que a reconheci... porra, Micky, você sabe que a polícia é a peneira mais vazada da cidade. A próxima coisa que você veria seria "Jacko envolvido em interrogatório de assassinato" estampado em todas as primeiras páginas. Não, obrigado. Quero ficar sem essa. Não podem me ligar a nenhuma das fugitivas da Bowman. O rei da negação, lembra?

Micky abanou a cabeça, admirando, para sua surpresa, a audácia de Jacko.

— Você é o cara mais ardiloso que eu já vi — disse ela. — Tenho que admitir isso, Jacko. Quando o assunto é fazer o público comer na sua mão, nem mesmo eu sou páreo pra você.

Ele atravessou a sala, foi até ela e a beijou na bochecha.

— Nunca tente dar uma de malandro pra cima de um malandro.

Ao entrar na sua sala na manhã seguinte, Carol foi pega de surpresa por seu pessoal, que tinha chegado lá antes dela. Tommy Taylor estava esparramado na cadeira em frente a dela, as pernas arreganhadas para enfatizar sua masculinidade. Lee tinha aberto uma fresta da janela e soprava a fumaça para fora, que se juntava à poluição do trânsito. Di estava na sua posição usual, apoiada na parede com os braços cruzados sobre o terno que lhe caía mal. Carol se esforçava para arrastá-la, ainda que à força, às promoções de janeiro para munir a mulher com roupas que tanto serviriam bem nela quanto a embelezariam mais do que as caras e péssimas coisas que vinha usando.

Carol foi direto para o bastião atrás da mesa e abriu sua maleta ao se sentar.

— Certo — começou. — Nosso incendiário em série.
— Mais louco que o Batman — comentou Leon.
— Na verdade, não — contestou Carol. — Aparentemente, o nosso pirômano é tão são quando eu e vocês. Quer dizer, quanto eu, pelo menos, já que não posso falar por vocês três. De acordo com um psicólogo em quem confio irrestritamente, não estamos lidando com um psicopata. O homem responsável por esses incêndios tem um motivo criminal objetivo. E isso aponta para o pessoal do Jim Pendlebury que trabalha meio expediente.

Os três a olharam como se de repente ela tivesse passado a falar sueco.
— O quê? — Lee foi o primeiro a conseguir falar.

Carol distribuiu cópias da lista que o comandante dos bombeiros lhe dera.
— Quero que façam uma verificação detalhada na vida desses homens. Atenção especial a detalhes financeiros. Eles não podem nem sonhar que estamos interessados nisso, entenderam?

Tommy Taylor conseguiu encontrar sua voz:
— Você está acusando *o pessoal da brigada contra incêndios*?
— Acho que você vai descobrir que os chamamos de bombeiros hoje em dia — comentou Carol delicadamente. — Ainda não estou acusando ninguém, sargento. Estou recolhendo informação suficiente para que possamos ter uma base para tomar uma decisão.
— Bombeiros *morrem* em incêndios — disse Di Earnshaw de maneira sediciosa. — Ficam feridos. Inalam fumaça. Por que um bombeiro começaria um incêndio? Teria que ser um verdadeiro doente mental e você acabou de falar que esse camarada não é. Não é uma contradição óbvia?
— Ele não está doente — disse Carol com firmeza. — Desesperado, talvez, nas não está sofrendo de doença mental. Estamos atrás de alguém que está tão endividado que não consegue ver mais nada além de como sair dessa situação. Não que ele queira colocar os amigos em risco; só não está se permitindo colocá-los na equação.

Taylor abanou a cabeça com ceticismo e protestou:
— É um puta dum insulto ao corpo de bombeiros.
— Não mais do que investigações externas sobre alegações de corrupção policial. E todos nós sabemos que acontece — argumentou Carol com a voz seca. Ela recolocou os papéis do caso dentro da maleta e levantou o olhar para eles. — Vocês ainda estão aqui?

Lee atirou o cigarro lá embaixo na rua com um gesto eloquente e, depois de se desencostar da parede com um empurrão, saiu desengonçado em direção à porta.

— Estou nessa — disse ele.

Taylor se levantou e rearranjou ostensivamente a evidência externa do seu gênero.

— Certo — falou ele, saindo atrás de Lee e indicando a Di Earnshaw que ela deveria segui-lo.

— Na boa, na boa — disse Carol para as costas em retirada.

Se colunas vertebrais falassem, as de Di Earnshaw teriam soltado um eloquente "vai tomar no cu". A porta foi fechada depois que saíram, Carol se recostou na cadeira e, com uma das mãos, ficou massageando os nós na base do seu crânio. Aquele dia seria muito longo.

Tony estendeu o braço, atendeu o telefone automaticamente e murmurou:

— Tony Hill, só um minuto.

E terminou a frase que estava digitando no computador. Olhou o telefone na mão como se não tivesse muita certeza de como tinha ido parar ali.

— Oi, desculpe, Tony Hill falando.

— É o detetive inspetor Wharton — informou com a voz neutra.

— Por quê? — perguntou Tony.

— O quê? — indagou Wharton, desconsertado.

— Perguntei por que você está me ligando. O que tem de tão estranho nisso?

— Ah, bom. Estou ligando por pura gentileza — disse Wharton com uma aspereza que contradizia suas palavras.

— Isso é novidade.

— Não tem necessidade de ficar com o pé atrás. Meu chefe não teria o menor problema em conseguir te trazer aqui de novo pra mais uma visitinha.

— Ele teria que ver isso com o meu advogado. Já fiz a vocês a única visita grátis. Então, que gentileza é essa que quer compartilhar comigo?

— Recebemos uma ligação da Micky Morgan, a apresentadora de TV que, você deve ou não saber, é a sra. Jacko Vance. Ela forneceu voluntariamente a informação de que Bowman visitou a casa dela em Londres no sábado de manhã pra conversar com o marido dela. Fomos até lá pra falar com o sr.

Vance, e ele é inocente. A Bowman deve ter feito papel de boba em frente à sua galerinha aí, mas não era doida a ponto de repetir aquele absurdo pro próprio sujeito. Descobrimos que a única coisa que ela queria perguntar era se ele tinha visto alguém nos eventos dele perseguindo essas meninas desaparecidas. E ele não viu. O que não é surpresa nenhuma, quando consideramos a quantidade de rostos que passaram por ele por semana. Então veja, dr. Hill, o sujeito está limpo. Eles procuraram a gente, não foi a gente que procurou os dois.

— E pronto? O Jacko Vance falou pra vocês que deu tchau pra Shaz Bowman à porta de casa e isso é o suficiente pra vocês?

— A gente não tem razão pra pensar de outro jeito — disse Wharton com rigidez.

— A última pessoa a vê-la viva? Geralmente não vale a pena dar uma olhada nesse pessoal?

— Não quando ele não tem nenhuma conexão conhecida com a vítima, possui uma reputação de probidade que nunca foi contestada e quando a despedida entre eles aconteceu doze horas antes do crime ter sido cometido — disse Wharton com a voz ácida. — Especialmente quando é sabido que essa pessoa é deficiente e mesmo assim, com um braço só, supostamente dominou um policial altamente treinado e com um corpo totalmente saudável.

— Posso fazer uma pergunta?

— Perguntar você pode.

— Alguém testemunhou essa conversa ou ele se encontrou sozinho com a Shaz?

— A esposa dele deixou a Shaz entrar, mas saiu em seguida e os dois ficaram lá pra conversar. A Bowman se encontrou com ele sozinha. Só que isso não faz dele automaticamente um mentiroso, você sabe disso. Participo deste jogo há muito tempo. Sei quando um camarada está contando mentira pra mim. Aceita isto, doutor, você está muito longe do alvo. Não posso falar que te culpo por tentar mudar nossa opinião, mas vamos continuar com as pessoas que ela conhecia.

— Muito obrigado por me informar.

Por não confiar nele a ponto de falar mais alguma coisa, Tony largou o telefone de volta no gancho. A cegueira do bicho homem nunca deixava de assombrá-lo. Não que Wharton fosse um sujeito idiota; estava simplesmente, a despeito dos anos no serviço policial, condicionado a acreditar que homens como Jacko Vance não podiam ser criminosos violentos.

De certa maneira, a ligação de Wharton era o que Tony estava esperando. A polícia não podia vingar Shaz Bowman e justificar seu próprio trabalho. Estava nas mãos dele agora, e havia uma satisfação mordente naquilo. Além disso, a resposta de Wharton à sua pergunta confirmara Vance como principal suspeito aos olhos de Tony. Só podia ser ele. Tony já tinha eliminado o fã psicótico. Agora podia eliminar os membros da comitiva de Vance. Se nenhuma outra pessoa testemunhara a conversa entre os dois, ninguém mais poderia seguir o rastro de Shaz depois dela ter saído da casa dele. Tony pegou o telefone e ligou para o número que encontrara na lista telefônica mais cedo, quando já antecipava esse momento. Assim que a telefonista atendeu, ele pediu:

— Poderia me passar para o escritório da produção do *Meio-dia com Morgan*? —Depois se recostou, esperando com um pequenino e macabro sorriso curvando seus lábios.

John Brandon tamborilava de leve na alça da sua caneca de café.

— Não gosto disso, Carol — admitiu. Ela abriu a boca para responder e ele levantou o dedo para silenciá-la. — Ah, sei que você, assim como eu, não gosta dessa ideia. Mesmo assim é um grande passo apontar o dedo para o corpo de bombeiros. Só espero que a gente não esteja cometendo um erro terrível aqui.

— Tony Hill já acertou antes — ela o lembrou. — E, quando você olha pra análise dele, ela faz sentido como nenhuma outra.

Brandon abanou a cabeça desesperadamente, dando a impressão de nunca ter estado tão cansado no mundo.

— Eu sei. Só que é uma ideia tão deprimente. Colocar tantas vidas em risco por tão pouco. Quando os policiais sucumbem, pelo menos as pessoas geralmente não acabam mortas.

Ele deu um gole no café. O aroma atravessou flutuando a mesa até Carol e fez sua boca se encher de água. Normalmente, ele lhe oferecia uma caneca; ela não estar compartilhando a perfumada bebida era um indicador do quanto ficara chocado com o relato dela.

— Tá bom — disse ele. — Me mantenha informado sobre as descobertas da sua equipe. Gostaria de ser informado com antecedência sobre uma possível prisão.

— Sem problema. Aconteceu mais uma coisa, senhor.

— A notícia anterior foi a boa ou a ruim?

— Acho que a ruim. Depende do que acha do outro assunto, senhor. — O sorriso de Carol não continha ânimo algum.

O chefe de polícia suspirou e virou um pouco sua cadeira giratória para observar o estuário do lado de fora. Como de costume, o chefe tinha a melhor vista, Carol teve esse pensamento irrelevante enquanto um barco deslizava de uma janela para a seguinte.

— Vamos escutar, então — pediu ele.

— Também diz respeito ao Tony Hill — disse ela. — O senhor soube do assassinato no esquadrão dele?

— Negócio diabólico — definiu Brandon com precisão. — A pior coisa que pode acontecer neste trabalho é perder um policial. Mas perder um daquela forma... é o pior dos pesadelos.

— Especialmente se você tiver memórias como as de Tony Hill pra te inspirar.

— Você não está errada. — Olhou com sagacidade para Carol. — Além da nossa compaixão natural, como nos envolvemos nisso?

— Oficialmente, de jeito nenhum.

— E extraoficialmente?

— O Tony está tendo alguns problemas com West Yorkshire. Aparentemente, estão tratando tanto ele quanto os seus trainees como os principais suspeitos, em vez de uma efetuarem uma investigação efetiva. Tony acha que estão rejeitando outras possibilidades por razões arbitrárias e chegou à conclusão de que o assassino de Shaz Bowman não pode escapar simplesmente porque os policiais responsáveis pela investigação estão adotando essa abordagem mesquinha.

Um sorriso escapuliu e se espalhou pelo rosto de Brandon.

— Palavras dele essas?

O sorriso de Carol em resposta era cúmplice.

— Não literalmente, senhor. Não anotei o que ele estava falando.

— Consigo entender por que ele quer agir — disse Brandon cautelosamente. — Qualquer investigador teria a mesma reação. Mas temos regras na polícia que impedem os policiais de investigarem crimes em que têm interesse pessoal. Essas regras existem por uma razão muito válida: crimes muito próximos distorcem o julgamento dos policiais. Tem certeza de que não seria melhor deixar West Yorkshire seguir com isso da maneira deles?

— Não se isso significar deixar um psicopata nas ruas — opinou Carol com firmeza. — Não estou vendo nada de errado na maneira como a cabeça de Tony está funcionando.

— E ainda não explicou o que é que isso tem a ver com a gente.

— Ele precisa de ajuda. Está trabalhando com alguns policiais da força-tarefa, mas estão todos atualmente suspensos, sem acesso a qualquer canal oficial. Além disso, ele precisa da contribuição de um policial experiente para equilibrar o ponto de vista dele e não vai conseguir isso em West Yorkshire. Só o que querem fazer é encontrar um motivo pra meter o próprio Tony ou alguém da equipe dele atrás das grades.

— Pra começar, nunca quiseram hospedar aquela unidade — comentou Brandon. — Não é de se surpreender que isso seja uma desculpa para detoná-la de vez. Entretanto, o caso é deles e não nos procuraram para pedir assistência.

— Não, mas o Tony procurou. E sinto que estou em dívida com ele, senhor. A única coisa que vou fazer é conseguir algumas informações para dar à equipe dele matéria-prima como nomes e endereços. Pretendo dar a ajuda que puder e prefiro fazer isso com a sua aprovação.

— Quando você diz ajudar...

— Não vou ficar seguindo os passos do pessoal de West Yorkshire. O ponto de vista em que Tony está interessado fica a quilômetros de distância das investigações deles. Não vão saber que estou lá. Não vou colocar o senhor numa desavença entre jurisdições.

Brandon engoliu o resto de café e empurrou a caneca para longe.

— Está certíssima, não vai mesmo. Carol, faça o que tiver que fazer. Mas fará por baixo dos panos. Esta conversa nunca aconteceu e, se essa coisa toda vier à tona, não me encontrei com você.

Ela abriu um sorriso e se levantou.

— Obrigada, senhor.

— Fica fora de problemas, inspetora-chefe — ordenou rispidamente, dispensando-a com um gesto de dedos.

Assim que Carol abriu a porta, ele completou:
— Se precisar da minha ajuda, tem o meu número.
Era uma oferta a qual esperava não precisar recorrer.

Sunderland ficava no extremo norte, Exmouth o ponto mais ao sul. Entre elas, Swindon, Grantham, Tamworth, Wigan e Halifax. Em cada um desses lugares o desaparecimento de uma garota tinha agarrado a atenção de Shaz Bowman. Kay Hallam sabia que, de alguma maneira, tinha que espremer caldo novo daquelas investigações, um deles sustentaria o edifício de evidências circunstanciais que Tony estava construindo contra Jacko Vance. Não era uma tarefa fácil. Anos haviam passado e, com eles, a nitidez da memória. Executá-la sozinha também não era a melhor opção. Em um mundo ideal, seriam dois, e levariam algumas semanas para cumprir a tarefa, conduzindo interrogatórios com cabeças que não estariam exaustas por atravessar o país de cabo a rabo dirigindo.

Não tinha esse luxo. Não que estivesse com vontade de ficar à toa. Quem tinha matado Shaz não merecia um minuto mais de liberdade além do que tivera. Já havia sido difícil demais ficar sentada à espera dos resultados que a detetive inspetora-chefe Jordan conseguira ao passar horas pelejando com ligações telefônicas. Agora havia um modelo a ser seguido, Kay pensava enquanto zanzava de um cômodo ao outro na sua casa estilo vitoriano que antes pertencera a um artesão. O que quer que Carol tivesse feito, obviamente fizera direito.

— Se quiser ser bem-sucedida, mantenha-se próxima de pessoas bem-sucedidas e copie o que elas fazem — recitou Kay, um mantra de uma das suas fitas de desenvolvimento pessoal.

A ligação foi feita na hora do almoço. Carol havia conversado com todas as divisões do Departamento de Investigação Criminal que lidaram com o desaparecimento das meninas. Em três casos, ela inclusive conseguira falar com o investigador responsável, embora os inquéritos apressados demais se precipitaram em concluir que se tratava de adolescentes que não pareciam querer ser encontradas. Ela fez com que o pessoal liberasse os magros arquivos dos casos e trabalhara para obter os endereços e telefones dos pais angustiados.

Kay desligou o telefone e estudou o mapa das estradas. Chegou à conclusão de que conseguiria fazer Halifax à tarde e Wigan à noite. Depois pegaria a rodovia para Midlands e pernoitaria em um motel. Café da manhã em Tamworth, depois despencaria até Exmouth e chegaria lá no final da tarde. Voltaria para a rodovia para passar a noite em Swindon e então seguiria por estradas secundárias até Grantham. Uma parada em Leeds no dia seguinte para fazer um relatório para Tony, e terminaria em Sunderland. Parecia um *road movie* infernal. *Até mesmo Thelma e Lousie foram mais glamourosas do que isso*, pensou.

Porém, diferente de alguns dos seus colegas, nunca achou que trabalharia com glamour. Labuta pesada, estabilidade no emprego e um contracheque decente foi tudo o que Kay sempre acreditou que conseguiria na polícia. A promoção a detetive foi uma surpresa. E era boa naquilo, graças a um bom olho para os detalhes, um olhar que seus colegas menos apreciativos gostavam de chamar de analítico, e, para isso, usavam a abreviação "anal". A criação de perfis parecia a área ideal para usar ao máximo suas habilidades de observação. Não imaginara, entretanto, que o seu primeiro caso seria relacionado a alguém tão próximo, nem que lhe daria essa sensação de ser tão pessoal. Ninguém merecia o que Shaz Bowman tinha sofrido, e ninguém merecia escapar impune por ter feito aquilo.

Esse era o pensamento a que Kay se mantinha agarrada enquanto consumia seu tempo percorrendo a rede de rodovias que cruzavam a Inglaterra. Notou que todos os seus destinos ou eram próximos a uma dessas rodovias ou de uma das outras importantes estradas salpicadas de estabelecimentos de fast-food localizados em postos de gasolina. Ficou se perguntando se havia algum significado naquilo. Vance combinara de se encontrar com suas vítimas em paradas de beira de estrada a que podiam chegar facilmente pegando carona? Era praticamente a única coisa nova a surgir em dois dias de trabalho, pensou desanimada. Isso e um frágil padrão que começava a se formar fraca e fantasmagoricamente. Era deprimente o quanto as histórias dos pais das meninas eram similares e a angustiava a pequena quantidade de detalhes, principalmente no que dizia respeito a Vance. Conseguiu falar com alguns amigos das meninas desaparecidas, todos ajudaram pouquíssimo. Não por que não queriam ajudar; Kay era o tipo de interrogadora com quem as pessoas sempre falavam. A tímida insignificância camuflava sua inteligência; não apresentava ameaça para as mulheres e fazia com que os homens se sentissem protetores. Não, não estavam escondendo alguma coisa, simplesmente não havia muito a ser dito. Sim, as meninas desaparecidas eram loucas por Jacko, sim, tinham ido a eventos em que ele estava presente e sim, estavam muito entusiasmadas com aquilo. Mas nada muito além disso.

Perto de Grantham, estava no piloto automático. Duas noites em motéis com camas macias demais e o constante zip, zing e zoom do trânsito que era diluído ao longo da noite, mas não cessava, pois ainda havia os feixes duplos de luz, situação que não se configurava como uma boa receita para se fazer interrogatórios produtivos, porém era melhor do que não ter dormindo nada, repreendeu-se ao bocejar demoradamente antes de tocar a campainha.

Kenny e Denise Burton não deram sinal de perceber a exaustão dela. Passaram-se dois anos, sete meses e três dias desde que Stacey saíra pela porta da frente e nunca mais voltara. As sombras debaixo dos seus olhos indicavam que nenhum dos dois tinha tido uma noite de sono decente desde então. Eram como gêmeos; ambos baixos, corpulentos, de pele pálida de tanto ficarem dentro de casa, e dedos rechonchudos. Olhando para a parede de fotografias de sua filha magra e de olhos brilhantes, era difícil acreditar na genética como ciência. Sentaram-se em uma sala que era um monumento à expressão "um lugar para tudo e tudo em seu lugar". Havia muitas coisas na sala apertada; cristaleiras de canto, vão de parede com prateleiras que acomodavam um sem-número de quinquilharias, uma lareira ornamentada e com nichos embutidos. Era uma sala claustrofóbica e timidamente convencional. Com as duas barras da lareira elétrica expelindo um calor empoeirado, Kay mal conseguia respirar. Não era de se admirar que Stacey não ficara relutante em ir embora.

— Ela era um amor de menina — comentou Denise com saudosismo. Era um bordão que Kay passara a odiar, pois escondia todo elemento útil da personalidade adolescente de uma menina. Também a fazia se lembrar desanimada da sua mae, que sempre obliterava a realidade sobre a identidade de Kay atrás dessa frase anódina.

— Não era como outras por aí — disse Kenny sombriamente, alisando o acinzentado cabelo pra trás e jogando-o por cima da parte careca que ameaçava irromper na cabeça como um galo de desenho animado. — A gente falava pra ela estar em casa às dez, às dez ela estava em casa.

— Nunca teria ido embora por vontade própria — falou Denise, a segunda fala na ladainha dita na hora e no lugar exatos. — Não tinha razão pra isso. Deve ter sido sequestrada. Não tem outra explicação.

Kay evitou mencionar a outra óbvia e dolorosa explicação.

— Gostaria de fazer algumas perguntas sobre os dias que antecederam o desaparecimento da Stacey — informou ela. — Além de ter ido à escola, ela saiu pra algum outro lugar naquela semana?

Kenny e Denise não pararam para pensar. Em contraponto, disseram:

— Foi ao cinema.

— Com Kerry.

— Na semana antes de pegarem a nossa filha.

— Tom Cruise.

— Ela adora o Tom Cruise. — O desafiador tempo verbal presente.

— Saiu na segunda-feira também.

— Normalmente, a gente não deixaria a Stacey sair à noite em dia de aula.

— Mas aquele dia era especial.

— Jacko Vance.

— O herói dela, ele é.

— Ele estava inaugurando um pub.

— Normalmente a gente não deixava a nossa filha ir a pubs.

— Porque ela só tinha 14 anos.

— Mas a mãe de Kerry ia levar, então achamos que estava tudo bem.

— E estava.

— Chegou em casa pontualmente, exatamente na hora que a mãe de Kerry disse que chegariam.

— Não estava se aguentando, a Stacey. Tinha conseguido uma foto autografada.

— Autografada pessoalmente. Para ela pessoalmente.

— Estava com ela. Quando ela se foi.

Houve uma pausa para que Kenny e Denise engolissem sua tristeza.

Kay tirou proveito.

— Como ela ficou depois daquele dia que saiu à noite?

— Muito entusiasmada, não estava, Kenny? Foi como um sonho que se tornou realidade pra ela, conversar com o Jacko Vance.

— Ela chegou a falar com ele? — Kay se esforçou para parecer indiferente. O frágil padrão que tinha discernido fortalecia a cada conversa.

— No mundo da lua, ela estava — confirmou o pai de Stacey.

— Ela sempre quis entrar pra televisão. — O contraponto estava de volta.

— Seu pessoal chegou à conclusão de que ela fugiu pra Londres pra tentar entrar na indústria do entretenimento — contou Kenny desdenhosamente.
— De jeito nenhum. Não a e. Era sensível demais. Concordava com a gente. Fique na escola, tire as suas notas dez, aí a gente vê.
— Ela podia ter ido pra televisão — disse Denise saudosa.
— Ela tinha o visual.
Kay interrompeu antes que eles disparassem de novo:
— Ela contou o que conversou com o Jacko Vance?
— Só que ele foi muito amigável — respondeu Denise. — Não acho que disse alguma coisa específica pra ela, disse, Kenny?
— Não teve tempo de ter um interesse pessoal. Um homem ocupado. Dezenas de pessoas, não, centenas de pessoas queriam que ele desse um autógrafo, queriam tocar algumas palavras, tirar uma foto.
As palavras pairaram no ar como a sombra de fogos de artifício.
— Tirar uma foto? — perguntou Kay baixinho. — A Stacey tem a foto que tirou com ele?
Responderam que sim com um gesto sincronizado de cabeça.
— A mãe de Kerry a tirou.
— Poderia vê-la? — repentinamente o coração de Kay passou a bater como um tambor, e a palma das suas mãos começou a suar na sala abafada.
Kenny pegou um álbum estampado em relevo debaixo de uma mesinha de centro com uma mancha de cor desconhecida na natureza. Com a mão bem treinada, abriu rapidamente na última página. Ali, ampliada para vinte por vinte e cinco, estava uma foto um pouco desfocada de um grupo de pessoas ao redor de Jacko Vance. O ângulo estava torto, os rostos borrados, como se vistos através de uma neblina de calor, mas a menina de pé ao lado de Jacko Vance, aquela com quem ele inquestionavelmente estava conversando, com a mão em seu ombro, a cabeça inclinada na direção dela, a menina que olhava para cima com o adorável olhar de um animalzinho de estimação novo era, sem a menor sombra de dúvida, Stacey Burton.

Falar com a detetive sargento Chris Devine tinha sido mais difícil do que Wharton imaginava. Quando ligou para a sala dela, descobriu que tinha tirado alguns dias de licença logo depois de ter feito sua declaração via telefone a respeito do assassinato. Foi a primeira vez que Wharton encontrou alguém genuinamente de luto por Shaz Bowman; ele não tinha sido o policial encarregado de dar a notícia para os arrasados pais da policial.

Quando Chris ouviu a mensagem deixada em sua secretária eletrônica e retornou a ligação, Wharton já estava em Londres interrogando Vance e a esposa. Fora fácil combinarem de se encontrar no apartamento dela depois.

O policial durão nele simpatizou com Chris Devine imediatamente, no momento em que ela abriu a porta e os cumprimentou assim:

— Sinceramente espero que vocês peguem o filho da puta que fez isso.

Ele não ficou incomodado com o conjunto de fotos artísticas de belas mulheres que cobriam as paredes do apartamento. Já tinha trabalhado com homossexuais antes e, no geral, achava que eram muito menos disruptivas do que a maioria das mulheres hétero da força. Seu auxiliar estava menos confiante e, cuidadosamente, escolheu sentar de frente para a parede de vidro daquele moderno bloco de apartamentos que deixava à vista uma antiga igreja que fora, de maneira incongruente, deixada de pé no coração daquele complexo residencial.

— Também espero — disse ele, sentando-se no futon e se perguntando de maneira fugaz como as pessoas conseguiam dormir naquilo.

— Foram ver Jacko Vance? — perguntou Chris antes de se ajeitar na grande poltrona em frente a ele.

— Interrogamos Jacko e sua mulher ontem. Ele confirmou o que você tinha dito sobre o encontro que a detetive Bowman teve com ele no dia em que morreu.

Ela fez um movimento afirmativo com a cabeça, tirando seu volumoso cabelo castanho do rosto.

— Pra mim, Jacko Vance é daqueles tipos que sabem tudo de cor.

— Então o que foi aquilo? — perguntou Wharton. — Por que estava ajudando a detetive Bowman a manter a ilusão de que ainda era da Polícia Metropolitana?

Ela fechou a cara, o que fez a ruga entre seus olhos ficar mais profunda, e perguntou:

— Como?

— O seu telefone no Departamento de Investigações Criminais foi deixado como contato pela detetive Bowman. A impressão que isso deu é que ela ainda era da Polícia Metropolitana.

— Ela ainda *era* da Polícia Metropolitana — afirmou ela. — Mas não tinha nada de sinistro em dar o meu número como contato. Durante o período de treinamento, os policiais do esquadrão de criação de perfis não podem receber ligações telefônicas no horário de trabalho. Shaz perguntou se eu podia quebrar essa, só isso.

— Por que você, sargento? Por que não o policial da recepção de onde ela está alocada? Por que não deixar o número da casa dela e pedir para ele ligar à noite? — Não havia nada de hostil no jeito de Wharton; ele estava genuinamente interessado na resposta.

— Suponho que seja porque já estávamos em contato por causa do caso — disse Chris, sentindo a irritação aumentar dentro de si, mas sem deixar transparecer nenhum sinal externo. Seus anos na polícia a deixaram com a tendência de ver indireta em tudo e a habilidade de não mostrar sua reação.

— Estavam? Em que sentido?

Chris virou a cabeça e seus olhos escuros vislumbraram o céu além do ombro de Wharton.

— Shaz já tinha pedido a minha ajuda. Precisava de algumas cópias de jornal e fui à Colindale fazer isso pra ela.

— Você foi a responsável por aquela encomenda?

— Fui, sim.

— Ouvi falar. Numa caixa daquele tamanho e tão pesada, devem ter sido centenas de páginas. É muito trabalho pra uma policial tão atarefada como você deve ser — disse Wharton, começando a se inclinar um pouquinho para a frente, agora que suspeitava que podia haver mais ali do que seus olhos conseguiam ver.

— Fiz aquilo na minha folga. Ok, inspetor?

— É muito tempo pra dedicar a uma policial em início de carreira — sugeriu Wharton.

Chris apertou os lábios momentaneamente. Com seu narigão, ela lembrava o Zangado dos Sete Anões.

— Shaz e eu fomos parceiras no turno da noite durante muito tempo. Além de colegas de trabalho, éramos amigas. Ela provavelmente foi a mais talentosa jovem policial com quem já trabalhei e, francamente, sr. Wharton, não vejo como me questionar a respeito do motivo de ter dedicado o meu dia de folga à Shaz vai te ajudar a pegar o assassino dela.

Wharton deu de ombros e disse:

— Histórico. Nunca se sabe.

— Eu sei, pode acreditar. Você deveria estar fazendo perguntas sobre Jacko Vance.

Surpreendendo-se consigo mesmo, Wharton não conseguiu evitar um sorriso irônico.

— Não vai me dizer que você também caiu nessa.

— Se você está se referindo a eu concordar com a teoria da Shaz de que Jacko Vance está matando adolescentes, a resposta é: não sei. Não tive a oportunidade de revisar as evidências dela. Mas o que sei é que Vance falou comigo que ela podia ir à casa dele no sábado de manhã e ela estava morta na manhã seguinte. Agora, da maneira com que trabalhamos aqui, o nosso interesse na última pessoa que sabemos que viu a vítima de assassinato viva é muito grande e, de acordo com a mãe da Shaz, parece que vocês não têm nenhum registro de qualquer outra pessoa que possa tê-la visto depois que Shaz saiu da casa dele. Isso me faria ficar muito interessada em Jacko Vance. O que o esquadrão de criadores de perfis falou sobre isso?

— Tenho certeza de que vai concordar que até que a gente possa descartar definitivamente os colegas imediatos dela de nossa investigação, não podemos usar aquele pessoal pra investigar o caso.

Chris ficou de queixo caído.

— Não estão usando o Tony Hill?

— A gente acha provável que ela fosse conhecida do assassino, e as únicas pessoas que ela conhecia em Leeds eram as que trabalhavam com ela. Você é uma detetive experiente. Tem que ver que a gente não pode arriscar contaminar a investigação confiando em algum deles.

— Você tem o mais talentoso criador de perfis do país na palma da sua mão, um homem que realmente conhecia a vítima e sabia no que ela estava trabalhando, e está ignorando o sujeito. Existe alguma razão pra vocês não quererem pegar o assassino da Shaz? Aposto que o Tony Hill não acha que vocês deveriam descartar Jacko Vance.

Wharton deu um sorriso indulgente.

— Entendo que você fique um pouco emotiva com esse caso.

Chris ferveu por dentro, mas não disse nada enquanto ele continuava:

— Mas posso assegurar a você que conversei com o sr. Vance e não existe nada que sugira que ele tenha alguma coisa a ver com o assassinato. De acordo com ele, o único interesse da detetive Bowman era saber se ele tinha visto alguém do suposto grupo de meninas desaparecidas em companhia de algum dos frequentadores regulares de seus eventos. Ele falou que não tinha visto e pronto.

— E vocês acreditam na palavra dele. Simples assim?

Wharton deu de ombros.

— Como disse, por que a gente não acreditaria? Cadê a evidência que sugere alguma coisa suspeita?

Chris levantou abruptamente e pegou um maço de cigarros em uma mesinha de canto. Acendeu um e se virou para encarar Wharton.

— De acordo com o que a gente sabe, ele foi a última pessoa a ver a Shaz viva — disse ela com a voz hostil.

O sorriso de Wharton almejava conciliação, mas serviu na verdade para enfurecê-la.

— A gente não sabe disso, com certeza. Ela escreveu a letra "T" na agenda depois do encontro com Vance. Como se ela fosse a algum outro lugar. Você não saberia dizer quem esse "T" é, saberia, sargento?

Um trago profundo no cigarro, um sopro demorado de fumaça, depois Chris disse:

— Não consigo me lembrar de ninguém. Desculpa.

— Não acha que pode se referir ao Tony Hill?

Ela deu de ombros.

— Pode, suponho eu. Pode significar quase qualquer coisa. Ela podia estar indo ao Trocadero jogar laser games, ao que me é dado supor. Ela não me falou que tinha algum outro compromisso.

— Ela não veio aqui?

Chris fechou a cara.

— Por que viria?

— Você disse que eram amigas. Ela estava em Londres. Imaginei que ela podia ter dado uma passadinha aqui, especialmente por você ter sido tão prestativa e tudo mais — havia um elemento mais forte na voz de Wharton e ele projetou o maxilar para a frente.

— Ela não veio aqui — reafirmou Chris e fechou a boca com força.

Percebendo o ponto fraco, Wharton forçou um pouco mais.

— Por que acha que ela não veio, sargento? Ela preferia manter um pouquinho de distância entre vocês? Especialmente agora que tinha um namorado?

Chris caminhou energicamente até a porta e a abriu.

— Adeus, inspetor Wharton.

— Essa resposta é muito interessante, sargento Devine — comentou Wharton levantando sem pressa e verificando se seu auxiliar ainda estava tomando nota.

— Se você quer insultar a memória da Shaz e a minha inteligência, não vai fazer isso na minha casa. Da próxima vez, use os meios formais. Senhor. — Ela se apoiou na porta e ficou os observando caminhar pelo corredor até os elevadores.

— Cuzão — murmurou baixinho.

Depois deixou a pesada porta fechar, foi até o telefone e ligou para uma paixão antiga no Ministério do Interior.

— Dee? É a Chris. Oi, querida, preciso de um favor. Tem um psicólogo que trabalha aí, um esquisitão chamado Tony Hill. Preciso do telefone pessoal dele...

Jimmy Linden tinha reparado no jovem homem negro antes mesmo dele chegar ao seu assento na sexta fileira da arquibancada vazia. Anos de trabalho com jovens atletas promissores tinham desenvolvido seu instinto de identificar estranhos. Não precisava ficar de olho apenas nos pervertidos sexuais. Os caras das drogas também eram muito perigosos com suas promessas de esteroides mágicos. E os jovens de Jimmy eram mais propensos a cair nas promessas deles. Qualquer um que quisesse ser o melhor no dardo, martelo, tiro ou disco precisa do tipo de músculo que os anabolizantes providenciam com muito mais facilidade do que o treino.

Não, nunca fez mal algum ficar de olho nos estranhos, especialmente ali no Meadowbank Stadium, onde treinava a equipe júnior escocesa, os melhores do grupo, todos desesperados para chegar àquele auge que os transformaria em campeões. Jimmy olhou novamente para o estranho. Parecia estar em ótima forma, embora, se em algum momento ele sonhara em ser contendor, devia ter dado uma bicuda naquele cigarrinho há muito tempo.

Quando o treino chegou ao fim e os jovens foram para os vestiários, Jimmy viu o estranho levantar e desaparecer escada abaixo. Quando ele emergiu na área ao lado da pista momentos depois, demonstrando que tinha razão oficial para estar ali, Jimmy sentiu os músculos na parte de trás do seu pescoço relaxarem um pouco, o que o fez perceber que até aquele momento eles estiveram tensos. A velhice se aproximava a galope, pensou ironicamente. Estava acostumado a ser tão consciente do próprio corpo que nenhum nervo tremulava sem que ele soubesse.

Antes que pudesse seguir os corpos suados até os vestiários, o estranho entrou na frente dele e mostrou um distintivo. Foi muito rápido para que Jimmy visse a que força ele pertencia, mas sabia o que aquele distintivo significava.

— Detetive Jackson — disse o homem. — Desculpe por incomodá-lo no trabalho, mas me dá meia hora do seu tempo?

Jimmy deu um muxoxo, sua cara comprida afinou ainda mais com seu descontentamento.

— Você não vai achar nenhuma droga nesse grupo — disse ele. — Treino uma equipe limpa, e todos sabem disso.

Leon abanou a cabeça e sorriu.

— Não tem nada a ver com o seu grupo. Preciso que vasculhe a sua memória sobre uma história antiga, só isso.

Não havia nenhum traço das gírias cheias de malandragem que usava com seus colegas criadores de perfis.

— Que tipo de história antiga?

Leon notou que os olhos de Jimmy cintilavam na direção dos discípulos e percebeu que o treinador ainda queria falar com eles. Apressadamente, o acalmou:

— Não é nada pra você ficar preocupado, sério. Olha, vi que tem um café decente logo ali na estrada. Por que não encontra comigo lá depois que terminar aqui e aí a gente conversa?

— Tá bom, então — concordou Jimmy, de má vontade.

Meia-hora depois ele estava sentado de frente para Leon, com uma caneca de chá e um prato empilhado com produtos de padaria que deram à Escócia o apelido de Terra dos Bolos. Ele deve ser um puta de um treinador, Leon pensou enquanto o homenzinho enfiava goela abaixo um merengue coberto de coco. Todos os atletas de arremesso de sucesso que já conhecera eram camaradas grandes, com ombros largos e coxas fortes. Mas Jimmy Linden lembrava um asceta medieval, o clássico corredor de longa distância, uma daquelas criaturas feitas de ossos e tendões que atravessam com facilidade a linha de chegada de maratonas, com os olhos à meia-distância, como se a única coisa que quisessem fosse os próximos 42 quilômetros.

— Então, o que você está querendo? — perguntou Jimmy, limpando a boca com surpreendente delicadeza ao usar um lenço de algodão com um monograma que tirou da manga da blusa de moletom.

— Por razões que vão ficar óbvias, não posso entrar em detalhes demais. Estamos investigando um caso que pode ter raízes num passado distante. Achei que você podia me apontar algumas direções.

— Sobre o quê? A única coisa que conheço é atletismo, filho.

Leon movimentou afirmativamente a cabeça e observou um merengue desaparecer.

— Vou voltar uns doze anos ou mais.

— Quando estava lá no sul? Antes de ter voltado aqui pra cima?

— Isso mesmo. Você treinou Jacko Vance — disse Leon.

Uma sombra atravessou o rosto de Jimmy. Depois ele inclinou a cabeça para o lado e falou:

— Você não está me dizendo que alguém está sacaneando o Jacko e acha que vai se safar dessa, está? — Um divertimento iluminou seus lacrimejantes olhos azuis.

Leon deu uma piscada e falou:

— Você não escutou isso de mim, sr. Linden.

— É Jimmy, filho, todo mundo me chama de Jimmy. Então, Jacko Vance, hein? O que é que quer saber sobre o menino prodígio?

— Tudo o que conseguir se lembrar.

— Quanto tempo você tem?

O sorriso de Leon estava tingido de amargura. Não se esquecera do motivo pelo qual estava em Edimburgo.

— Quanto tempo for preciso, Jimmy.

— Vamos ver. Ele ganhou o título britânico da categoria abaixo de 15 anos quando só tinha 13. Eu estava treinando a equipe nacional. Na época, falei na hora em que o vi arremessar que ele era a melhor chance que tínhamos de ganharmos o ouro olímpico — revelou abanando a cabeça. — E não estava errado. Pobrezinho. Ninguém merece assistir ao evento que deveria estar vencendo enquanto tenta aprender a usar um membro artificial.

Leon entendeu o implícito, mas não dito "nem mesmo Jacko Vance."

— Ele nunca considerou participar das paralimpíadas? — perguntou Leon.

Jimmy deu uma sopradinha sarcástica:

— O Jacko? Isso significaria admitir que ele é deficiente.

— Então você começou a treinar Jacko quando ele tinha 13 anos?

— Isso mesmo. Ele era trabalhador, é o que digo. Tinha sorte de morar em Londres porque o acesso a mim, às instalações e aos equipamentos era bom e, por Deus, ele aproveitava ao máximo. Eu costumava perguntar se ele não tinha casa.

— E o que ele falava sobre isso?

— Ih, simplesmente dava de ombros. Eu tinha a impressão de que a mãe dele não se importava com o que ele estava fazendo contanto que ficasse fora do caminho dela. Já estava distante do pai nessa época, é claro. Separados, divorciados, seja o que for.

— Os pais não apareciam lá nessa época?

Jimmy negou com um gesto de cabeça e continuou:

— Nunca vi a mãe. Nenhuma vez. O pai dele foi a um evento. Acho que foi na vez em que Jacko ia tentar bater o recorde da categoria júnior, mas estragou tudo. Lembro que o pai tirou um belo sarro dele. Eu o levei para um canto e disse que, se não pudesse apoiar o filho, não era bem-vindo.

— Como ele reagiu a isso?

Jimmy deu um gole de chá e disse:

— Ih, aquele filho da puta idiota me chamou de boiola. Falei pra ele sair daquela porra daquele lugar e foi a última vez que vi o sujeito.

Leon memorizou aquilo. Sabia que o Tony ficaria interessado na história. Da maneira como ele via, o jovem Jacko era desesperado por atenção. Sua mãe era indiferente, o pai, ausente, e ele, por inteiro, estava focado nas conquistas esportivas na esperança de que, de alguma maneira, ganhasse reconhecimento com elas.

— Então era solitário, o Jacko? — perguntou, acendendo um cigarro e ignorando o olhar de reprovação no rosto comprido do treinador.

Jimmy refletiu antes de responder:

— Ele podia até curtir com o pessoal, mas não fazia de verdade parte da galera, sabe o que quero dizer? Era dedicado demais. Não conseguia relaxar muito. Não que fosse solitário. Não, estava sempre acompanhado da Jillie, que ficava com ele direto, sempre elogiando o garoto, falando que era maravilhoso.

— Eram dedicados um ao outro?

— Ela era dedicada a ele. Ele era dedicado a ele mesmo, mas gostava da adoração. Incondicional, como a que se consegue de um cachorro collie. De vez em quando até a Jillie ficava de saco cheio. Movi céus e terras pra manter aquele casal junto. Toda vez que ela ficava chateada por ele a deixar em segundo plano e priorizar os treinos e as competições, eu a animava falando que ela se sentiria maravilhosa quando ele estivesse de pé lá no pódio olímpico, recebendo a medalha de ouro. Dizia também que a maioria das garotas só chegariam perto do ouro chulé das suas alianças de casamento, mas ela ganharia uma medalha de ouro.

— E isso era o suficiente?

Jimmy deu de ombros, abanando a fumaça de Leon com uma das mãos.

— Pra ser honesto, tanto era que acabou sendo a única coisa que a fez continuar. Quando ele começou a competir no circuito profissional, e Jillie estava um pouco mais velha, ela começou a perceber a maneira como os outros rapazes tratavam as suas namoradas. Jacko não ficava muito bem nessa comparação. Se não tivesse perdido o braço, ela toleraria aquilo por causa da aclamação e da grana que viriam com o sucesso; foi naquela época que os atletas estavam começando a ganhar muita grana e a previsão era de que continuariam ganhando. Mas, assim que percebeu que ele não seria mais um caixa eletrônico nem um sujeito muito famoso, dispensou o cara.

Leon estava prestando muita atenção.

— Eu achava que ele tinha terminado com ela. Na época li que ele terminou o noivado porque não era o homem com quem ela tinha aceitado se casar e não era justo amarrar a menina. Foi alguma coisa assim, não foi?

— E você acreditou naquela bobagem toda? Essa foi a história que Jacko inventou pra imprensa pra fazer com que ele parecesse um grande homem e não o infeliz dispensado pela namorada.

Então Shaz podia mesmo estar certa, Leon pensou. A circunstância empilhou dois estressores traumáticos, um sobre o outro. Primeiro, Vance perdera o braço e o futuro. Depois perdeu a única pessoa que acreditara nele como ser humano e não como uma máquina de arremessar. Um homem precisaria ser muito forte para sobreviver a isso incólume; um sujeito torto precisaria se vingar do mundo que fizera aquilo com ele. Leon apagou o cigarro e perguntou:

— Ele que te contou a verdade?

— Não. Foi a Jillie. Eu a levei ao hospital naquele dia. E me encontrei com o Jacko depois que ela falou com ele.

— Como ele lidou com aquilo?

Os olhos de Jimmy gotejavam desprezo.

— Ah, como um homem. Ele me falou que ela era uma puta cruel que estava atrás de uma coisa só. Falei que ele não precisava se entregar aos ferimentos, que podia treinar pros jogos paraolímpicos e que era melhor ter descoberto sobre a Jillie naquele momento. Ele falou pra eu me foder e nunca mais chegar perto dele. Foi a última vez que vi Jacko.

— Não voltou ao hospital?

O rosto do treinador estava desolado.

— Fui lá todos os dias durante uma semana. Ele não me recebia. Recusava terminantemente. Parecia que não se dava conta de que eu também tinha perdido o meu sonho. Enfim, tive a oportunidade de voltar a trabalhar aqui na Escócia, aí voltei e comecei tudo de novo.

— Ficou surpreso quando ele despontou como celebridade da televisão?

— Não posso dizer que fiquei, não. Aquele lá precisa de alguém pra falar que ele é maravilhoso. Direto me pergunto se aqueles milhões de espectadores são suficientes, se ainda é desesperado pra ser adorado como era naquela época. Ele nunca conseguiu enxergar um valor nele mesmo se não fosse refletido nos olhos de outras pessoas.

Jimmy abanou a cabeça e gesticulou pedindo outra xícara de chá.

— Suponho que queira saber se ele tinha inimigos e quais eram os segredos mais profundos e obscuros dele.

Uma hora depois, Leon sabia que o que Jimmy Linden lhe dissera no início da conversa era o que realmente importava. Tinha dado sorte, foi o que percebeu quando estava sentado no carro depois da conversa. Por alguma razão, seu gravador em miniatura não tinha virado a fita automaticamente e gravara apenas a primeira parte da conversa. Sentindo-se muito satisfeito consigo mesmo, Leon arrancou o carro e começou sua longa jornada em direção ao sul, imaginando quem tinha feito o melhor até então. Sabia que não era uma competição. Gostava de Shaz a ponto de fazer aquilo por ela.

Mas era suficientemente humano para saber que ter um bom desempenho na rua não lhe faria mal algum. Especialmente desde que entendera que, em relação a Tony Hill, tinha que mostrar mais do que um pouquinho de competência.

Não foi difícil localizar o complexo composto por um estádio esportivo e um centro de lazer. Iluminado em frente às escuras Malvern Hills, era visível a quilômetros de distância na rodovia. Assim que entrou nas estradas menores e no surto de minirrotatórias, Tony ficou contente por ter pedido informações sobre o caminho antes de sair. O centro fora construído muito recentemente e a maioria das pessoas não sabia onde ele ficava, portanto, a voz anônima que lhe dera uma informação precisa pelo telefone estava obviamente acostumada com o processo. Como se constatou mais tarde, ele teria chegado corretamente se tivesse apenas seguido qualquer outro carro indo na mesma direção. O estacionamento já estava lotado e ele teve que estacionar a algumas centenas de metros da entrada principal, onde havia um enorme banner proclamando: "Grande Festa de Inauguração — com o Convidado Especial Jacko Vance e Estrelas do Time Inglês". Jogadores de futebol para os homens, Jacko para as mulheres, pensou enquanto caminhava energicamente pelo asfalto, agradecido pela maior parte do estádio estar servindo de proteção contra o vento frio da noite.

Ele se juntou à multidão de pessoas impacientes se enfiando pelas catracas, lançando um olhar hábil para a equipe que conferia os ingressos. Escolheu uma mulher de meia-idade que parecia competente e maternal e forçou passagem pelo aglomerado de corpos para se apresentar a ela pela janela. Tony tirou do bolso sua credencial do Ministério do Exterior e a mostrou, medindo sua expressão de maneira que ficasse lastimável e arrasada.

— Dr. Hill, Ministério do Interior, grupo de pesquisa esportiva. Eu deveria ter uma credencial VIP, mas ela não chegou. Suponho que...?

A mulher fechou a cara momentaneamente. Avaliou-o rapidamente para calcular se ele era capaz de alguma coisa e, percebendo que a fila atrás dele crescia, finalmente chegou à conclusão de que, esse problema era de outra pessoa, então apertou o botão que liberava a catraca para deixá-lo passar.

— Você tem que ir pro camarote dos diretores. Dá a volta pela direita, segundo andar.

Tony deixou o movimento natural da multidão carregá-lo para a frente até a ampla área debaixo da arquibancada onde havia muito eco, depois foi se movendo lateralmente com dificuldade para estudar o mapa gigante do estádio inteligentemente disposto abaixo das fileiras de cadeiras. Quem quer que o tenha projetado estava ciente da superfície tridimensional em que seria reproduzido, e isso de alguma maneira fazia com que ele pudesse ser visualizado nitidamente de qualquer ângulo. De acordo com a programação que acabara de adquirir, haveria música ao vivo na arena principal, seguida de uma partida de futebol com os atletas da equipe inglesa, depois um espetáculo de dança irlandesa. Para aqueles que desembolsaram cinquenta libras a mais ou que ganharam uma das promoções feitas pela TV, pelo rádio e pelos jornais locais, havia a oportunidade de conhecer as celebridades. Era ali que ele precisava estar.

Tony avançou, esgueirando-se através da multidão, calculando seus movimentos para que não irritasse ninguém em sua rota até o elevador executivo. O saguão estava isolado por grossas cordas vermelhas. Um segurança usava um cinto carregado com tanto equipamento que dava para repor o estoque de uma loja de ferragens. Ele o observava com um olhar maligno por baixo do boné enfiado na cabeça, mais parecendo um soldado da guarda real britânica. Tony sabia que aquilo tudo não passava de bravata. Mostrou rapidamente sua credencial para o segurança e seguiu com determinação como se a última coisa que estivesse esperando era ser desafiado.

— Um minutinho aí.

Tony já estava em frente ao elevador apertando o botão.

— Está tudo bem — disse ele. — Ministério do Interior. Gostamos de aparecer quando menos esperam. Precisamos ficar de olho nas coisas, você sabe.

Ele piscou e entrou no elevador.

— Não queremos outro desastre como o de Hillsborough, queremos?

As portas se fecharam em frente ao rosto confuso do segurança.

Depois foi fácil. Saiu do elevador, desceu o corredor, entrou pela porta dupla, pegou um copo de algo amarelado e espumante com o garçom mais próximo e estava pronto. Estudou as compridas janelas que se estendiam pela parede do lado oposto e davam vista para o campo projetado para ser usado em qualquer clima. Viu um grupo de balizas pavoneando seus movimentos logo abaixo. Um pequeno grupo de pessoas se aglomerava nas pontas da sala. Na ponta mais longe, Jacko Vance estava perto da janela no meio de um grupo de mulheres de meia-idade e alguns poucos homens. Seu cabelo brilhava na luz refratada dos refletores sobre o campo, os olhos resplandeciam à iluminação suave do camarote VIP. Mesmo já tendo feito duas aparições em prol da caridade naquele dia, sua linguagem corporal ainda era calorosa, acolhedora e seu sorriso tratava a todos como um semelhante bem-vindo. Parecia um deus lidando com seus adoradores sem condescendência. Tony deu um magro sorriso. O terceiro evento desde que começara a vigiar Jacko, e todas as vezes ele se dera bem. Era quase como se houvesse uma conexão, uma fibra ótica invisível conectando o caçador à presa. Dessa vez, entretanto, ele garantiria que esses papéis não se invertessem. Isso ter acontecido uma vez já fora o suficiente.

Tony se moveu para o lado e começou a atravessar a sala usando os convidados legítimos como cobertura. Depois de alguns minutos, percorrera toda a extensão da sala e estava no canto oposto ao de Vance, mas um pouco atrás dele. Seus olhos se moviam de um lado para o outro, analisando a área imediatamente ao redor da estrela de TV sem nunca se prolongar demais, mas também sem deixar de vigiar Vance por mais do que um momento.

Ele não teve muito que esperar. Uma mulher jovem de cabelos louros penteados para trás, óculos estilo John Lennon e lábios vermelhos entrou saltitante na sala segurando uma bolsa em que estava escrito SHOUT! FM, conferindo se o pessoal sob sua responsabilidade ainda estavam a acompanhando. Em seguida, numa fila irregular, vieram três adolescentes emperiquitadas e maquiadas demais, dois jovens com mais espinhas do que charme e uma idosa cujo cabelo estava tão rígido que parecia que os rolinhos ainda estavam presos a ele. Três passos atrás um nerd desengonçado com um colete com uma dúzia de bolsos protuberantes e duas câmeras SLR penduradas de modo negligente ao redor do pescoço. Os vencedores de alguma promoção, supôs. Tony conseguia pensar em uma pergunta que nunca haviam feito a eles: quantas adolescentes Jacko Vance assassinou? Levaria um ou dois anos depois que Tony terminasse o trabalho naquele caso para que ela aparecesse nas revistas de perguntas e respostas sobre trivialidades.

A loura saltitante se aproximou do local em que Vance estava rodeado de admiradores. Tony viu Vance olhá-la, abandoná-la depreciativamente e se concentrar na mulher de meia-idade com um sari turquesa para quem jogara charme anteriormente. A loura se lançou para dentro do círculo fechado ao redor de Jacko, mas foi barrada pela mulher que servia de zagueiro, algo que Tony notara na primeira vez que o vigiara. Seus rostos se aproximaram, depois a assistente pessoal fez um movimento com a cabeça e encostou no cotovelo de Vance. Ao se virar, seu olhar profissional deslizou pela sala e capturou Tony. A varredura dos seus olhos pausou momentaneamente, depois continuou, nada em sua expressão mudou.

Os vencedores da batalha da loura eram encaminhados à presença do seu ídolo. Ele sorria, era a personificação do charme. Batia papo, dava autógrafos, apertava mãos, beliscava bochechas e posava para fotos. A cada trinta segundos, seus olhos perdiam o foco e olhavam infalivelmente para onde Tony estava de pé apoiado na parede, dando golinhos em champanhe sem álcool, sua pose e expressão exalando segurança e confiança.

Assim que os vencedores chegaram ao fim do encontro, Tony se afastou do seu ponto de vista vantajoso e foi até o pequeno grupo, ainda de pé perto de Vance, suas expressões variavam entre êxtase e fingida indiferença, dependendo do quanto achavam que precisavam ser descolados. Todo bondade, Tony se insinuou para o grupo, sua expressão um modelo de abertura e afabilidade.

— Desculpem por me intrometer assim com vocês, mas acho que podem me ajudar. Meu nome é Tony Hill, sou criador de perfis psicológicos. Vocês sabem que as estrelas como Jacko estão sempre sendo atormentadas por espreitadores? Estou trabalhando com uma equipe de policiais excelentes em formas de descobrir quem são esses espreitadores antes que comecem a causar problemas de verdade. O que estamos tentando fazer é desenvolver um perfil psicológico do fã perfeito, aquele considerado o bom apoiador. Pessoas como vocês, o tipo de fã que qualquer celebridade adoraria ter ao lado. Precisamos disso para que possamos desenvolver o que chamamos de perfil de controle. A única coisa de que precisamos é uma entrevista curta com vocês. Meia-hora no máximo. Vamos à casa de vocês ou vocês vêm a nós, pagamos 25 libras, e vocês têm o conforto de saberem que podem ter detido o próximo Mark Chapman.

Ele adorava o jeito como o rosto deles sempre mudava quando mencionava o dinheiro.

Tony tirou do bolso interno tiras de papel a serem preenchidas com nome e endereço.

— O que acham disso? Respondendo anonimamente a um questionário simples vocês ajudam a salvar uma vida e ganham 25 libras. É só preencherem com nome e endereço e um dos meus pesquisadores entrará em contato.

Ele pegou os bonitos cartões em relevo da Força-Tarefa Nacional de Criação de Perfis Criminais.

— Este sou eu.

Distribuiu-os. Nesse momento, apenas um dos jovens não estava com a mão estendida para pegar o formulário.

— Peguem aqui — disse Tony, oferecendo-lhes canetas.

Olhou para Vance. Seu rosto ainda estava sorridente, sua boca formava palavras, suas mãos davam tapinhas em um cotovelo aqui, um ombro ali. Mas seus olhos estavam em Tony; escuros, interrogativos e hostis.

A casa não tinha nada de especial, Simon pensou ao estacionar o carro. Uma casa de um andar com um sótão transformado em terceiro quarto em um condomínio que existia há trinta anos que estava no caminho para invalidar o adágio de que a vida começa aos quarenta. Teria se dado muito melhor se ela e Jacko tivessem ficado juntos. Ela certamente não teria acabado em uma cidade como Wellingborough, onde sair à noite para ir à megastore de material de construção era a ideia que a maioria das pessoas tinha de divertimento.

Estava impressionado com a velocidade com que Carol Jordan conseguira o paradeiro de Jillie Woodrow, ainda mais por ela ter se casado novamente há três anos.

— Não pergunta — dissera Carol quando Simon a elogiara, admitindo que ele teria levado dias para fazer um progresso daqueles.

Lembrou que Tony Hill tinha mencionando algo a Carol sobre o irmão dela ser da indústria de computadores e se perguntou se a força-tarefa com poucos recursos financeiros acabara de adicionar roubo de dados às suas irregularidades.

Ficou no carro e observou a casa de Jillie e Jeff Lewis no outro lado da rua. Parecia em ótimo estado de conservação e implacavelmente enquadrada no modelo de casa de bairros residenciais afastados do centro, com seu gramado em perfeito estado, as bordas cheias de hebes e urzes equidistantes umas das outras. Havia um carro de um ano de uso na entrada da garagem e cortinas na janela da frente. Se a atenção de Jillie Lewis tivesse sido chamada pelo barulho do motor, ela poderia o estar observando e ele não teria a menor ideia disso.

Aquele era, muito provavelmente, o mais crucial interrogatório da sua carreira até então, Simon pensou, preparando-se para a tarefa. Não tinha uma ideia clara sobre o que perguntaria, mas Jillie Lewis possuía informações que incriminariam Jacko Vance pelo assassinato de Shaz Bowman, e estava determinado a arrancar isso dela de um jeito ou de outro. Não tivera a chance de descobrir se, em algum momento, teria a chance de se tornar mais do que um colega de Shaz. Porém, era o suficiente para que ele se sentisse em dívida. Simon saiu do carro e vestiu o blazer do seu terno chique. Endireitando a gravata e os ombros, respirou fundo e percorreu o caminho até a entrada.

A porta abriu segundos depois dele tocar a campainha e foi parada abruptamente por uma frágil corrente que não seria suficiente para impedi-lo de entrar em poucos segundos caso essa fosse a sua intenção. Por um breve e louco momento, perguntou-se se aquela era a faxineira ou a babá. A mulher que o encarava pelo vão da porta não possuía nenhuma semelhança superficial com a mulher nas antigas fotos de Jillie Woodrow no jornal nem com as meninas adolescentes da lista de desaparecidas. O cabelo era estilo joãozinho, louro e com luzes, e não escuro e comprido na altura dos ombros como ele estava esperando, além disso, ela tinha perdido qualquer vestígio da gordurinha infantil, estava magra a ponto de Simon, se fosse o marido, estar secretamente fazendo leituras sobre anorexia. Prestes a se desculpar, reconheceu os olhos. A expressão tinha endurecido, havia rugas começando a aparecer nas extremidades, mas aqueles eram os olhos azul-escuros comoventes de Jillie Woodrow.

— Sra. Lewis? — disse ele.

Ela fez que sim e perguntou:

— Quem é você?

Simon mostrou seu distintivo e ela indagou assustada:

— Jeff?

Rapidamente Simon a tranquilizou:

— Não tem nada a ver com o seu marido. Atualmente faço parte de uma unidade especial de investigação em Leeds, mas a força a que pertenço é em Strathclyde. Não tenho nenhuma conexão local.

— Leeds? Nunca fui a Leeds.

Quando ela franziu a sobrancelha, o descontentamento ficou escrito no seu rosto como em um outdoor.

Simon sorriu.

— Sorte sua. Ultimamente, em alguns momentos, gostaria de poder falar a mesma coisa. Sra. Lewis, esta situação é bem constrangedora e seria muito mais fácil pra mim explicar tudo aí dentro com uma xícara de café do que à porta. Posso entrar?

Ela hesitou e fez uma encenação ao olhar o relógio:

— Tenho que ir trabalhar — falou ela, sendo cuidadosa em não dizer quando.

— Não estaria aqui se não fosse importante — insistiu Simon, seu apologético sorriso expunha o charme que usara como um dos recursos para levá-lo até aquele ponto da carreira.

— Acho melhor você entrar, então — disse ela, tirando a corrente e dando um passo atrás.

Ele entrou na sala que mais parecia pertencer a uma casa decorada com o objetivo de ser mostruário de imobiliárias. Impecável, sem graça e imaculada, dando em uma cozinha na qual parecia que ninguém jamais havia cozinhado. Jillie foi na frente e apontou para uma mesa circular espremida em um canto.

— É melhor você se sentar — murmurou ela enquanto pegava uma chaleira verde-escuro que combinava com os azulejos na parede sobre a pia. — Café, então?

— Por favor — aceitou Simon, entalando-se atrás da mesa. — Com leite e sem açúcar.

— Suponho que já se acha bem docinho — comentou Jillie com acidez, pegando um pote de café solúvel barato na prateleira e colocando algumas colheradas em duas canecas de porcelana. — Imagino que isso tem a ver com Jacko Vance, não tem?

Simon tentou não revelar o quanto estava surpreso.

— O que te faz pensar isso?

Jillie se virou, apoiando-se na bancada e cruzando as pernas vestidas com jeans. Cruzou os braços de forma protetora sobre o peito.

— O que mais poderia ser? O Jeff é um vendedor honesto que trabalha muito, sou uma processadora de dados que trabalha meio período. A gente não conhece nenhum criminoso. A única coisa que já fiz que alguma pessoa fora destas quatro paredes podia estar interessada é ter sido namorada do Jacko Vance. A única pessoa com quem já tive alguma coisa e que despertaria o interesse de alguma unidade especial de investigação é a porcaria do Jacko Vance, que volta pra me assombrar de novo.

Foi um desabafo hostil, que ela concluiu dando as costas para Simon e fazendo questão de transformar o ato de servir dois cafés em algo odioso.

— Não tenho muita certeza do que fazer agora — disse Simon. — Desculpa. É óbvio que é um assunto delicado.

Jillie largou o café em frente a ele. Dado o estado impecável da cozinha, Simon ficou surpreso por ela não ter corrido para pegar o pano assim que ele entornou um pouco na mesa de pinho. Em vez disso, recuou e encostou novamente na bancada, agarrando seu café como uma criança agarraria uma mamadeira de água quente.

— Não tenho nada pra falar sobre o Jacko Vance. Sua viagem de Leeds até aqui foi um desperdício. Além disso, suponho que o valor que você ganha por quilômetro rodado é bom, já que são as pessoas que pagam impostos que bancam a conta e não uma empresa mão de vaca.

A amargura dela parecia ter afetado o café, Simon pensou com tristeza, dando um golinho para ganhar tempo e pensar em uma resposta.

— É uma investigação importante — disse ele. — Você poderia nos ajudar.

Ela bateu a caneca na bancada.

— Olha só, não me interessa o que ele fala. Não sou eu que estou importunando o cara. Fiquei de saco cheio disso logo quando casei com o Jeff. A polícia me procurou uma meia dúzia de vezes. Estava mandando cartas anônimas pro Jacko? Estava fazendo telefonemas abusivos pra mulher dele? Empacotei bosta de cachorro e mandei entregar no escritório dele? A resposta de agora é a mesma de antes. Se acham que sou a única pessoa que Jacko Vance chateou na sua jornada egoísta até o topo do pau de sebo, vocês têm um problema sério de deficiência imaginativa. — Ela parou abruptamente e o encarou. — Também não faço chantagem. Pode conferir. Todo centavo que entra e sai desta casa está declarado. Tive que lutar contra essa acusação e ela é outra bobagem do cacete também. — Jillie abanou a cabeça. — Não dá pra acreditar naquele *porco*. — Ela espumava.

Simon suspendeu as mãos em um gesto conciliador.

— Ei, um minutinho aí. Acho que você está entendendo tudo ao contrário. Não vim me encontrar com você porque Jacko fez uma reclamação. Quero falar sobre Jacko, mas estou interessado só no que ele fez, não no que fala que você fez. É sério!

Ela lhe lançou um olhar afiado.

— O quê?

Apreensivo por talvez ter ido longe demais, Simon continuou:

— Como disse, isto aqui é tudo muito delicado. O nome de Jacko Vance apareceu em uma investigação e o meu trabalho é fazer algumas verificações de antecedentes. Sem alertar o sr. Vance sobre o nosso interesse, se é que você me entende. — Ele esperava não estar transparecendo o nervosismo que sentia. O que quer que tinha imaginado, não era aquilo ali.

— Estão investigando o Jacko Vance? — Jillie soava incrédula, mas parecia que tinha começado a ficar animada.

Simon remexeu na cadeira.

— Como disse, o nome dele apareceu na investigação de um assunto sério...

Jillie deu um soco na coxa.

— Isso! Já não era sem tempo. Não me conta, deixa que adivinho. Ele machucou muito uma pobre mulher e não a aterrorizou o suficiente para fazer com que ela mantivesse a boca fechada, é isso?

Simon sentia o interrogatório escapulir do seu controle. A única coisa que podia fazer era tentar se agarrar ao poder e desejar não perdê-lo ao longo do caminho.

— O que te faz falar isso? — perguntou ele.

— Com certeza isso aconteceria um dia — afirmou ela com um ar quase triunfante. — Então, o que você quer saber?

Quando chegou em casa, os olhos de Tony estavam arranhando de tanto observar os muitíssimos quilômetros de rodovia. Não tinha a intenção de checar a secretária eletrônica, mas a luz piscando capturou seu olhar assim que passou pela porta do escritório. Cansado, apertou o botão para ouvir o recado.

— Oi. Meu nome é Chris Devine. Detetive sargento Chris Devine. Fui parceira da Shaz Bowman no Departamento de Investigação Criminal em Londres durante um tempo. Ela me usou para esquematizar o encontro com o Jacko Vance. Me dá uma ligada quando chegar. Pode ser em qualquer horário, não se preocupa.

Ele pegou uma caneta, rabiscou o número e pegou o telefone assim que o recado terminou. O telefone tocou seis vezes, depois alguém atendeu:

— É a Chris Devine? — perguntou ele ao silêncio.

— É o Tony Hill? — A voz era totalmente sul de Londres.

— Você deixou um recado na minha secretária. Sobre a Shaz.

— Isso. Escuta, aqueles manés de West Yorkshire vieram aqui e me falaram que não estão trabalhando com você. É isso mesmo?

Tony gostava das pessoas que não perdiam tempo.

— Acharam que comprometeria a integridade da investigação deles envolver a mim ou qualquer outro colega imediato da Shaz — respondeu ele causticamente.

— Escrotos — xingou, indignada. — Puta que pariu, eles não têm a menor pista, desculpe meu palavreado educadinho. E aí, está fazendo a sua própria investigação ou o quê?

Era como ser pregado à parede por um peso enorme, pensou Tony.

— Obviamente estou muito ansioso para ver o assassino da Shaz ser pego — tentou ele.

— E o que está fazendo a respeito?

— Por que está perguntando?

— Pra ver se você precisa de mais uma mão, é claro — respondeu ela, exasperada. — A Shaz era uma menina muito bacana e ia ser uma policial excelente. Agora, ou o Jacko Vance passou por cima dela por razões que a gente ainda não conhece por inteiro ou outra pessoa fez isso. De um jeito ou de outro, os dois caminhos levam à porta dele, não é?

— Tem razão — disse Tony. Nesse momento ele soube como o cimento se sente debaixo do rolo compressor.

— E está trabalhando no caso?

— Pode-se dizer que estou.

O suspiro dela soou como uma lufada de ar.

— Bom, pode-se dizer que estou disposta a ajudar. O que você precisa que eu faça?

A cabeça de Tony disparou.

— Estou meio sem mão de obra pra verificar a questão que envolve o Vance e a esposa. Algo que me colocasse no encalço deles poderia ajudar.

— Tipo se Micky Morgan é mesmo lésbica?

— Esse tipo de coisa, é.

— Está querendo dizer que isso não é suficiente? — questionou Chris.

— Isso é verdade?

— Claro que é verdade — bufou ela. — Estão tão dentro do armário que você confundiria esse pessoal com um par de casacos de inverno, mas essa Coca é Fanta.

— Essa Coca é Fanta?

— Isso mesmo. Está com a Betsy há um zilhão de anos. Muito antes até de conhecer Jacko.

— Betsy Thorne? A assistente pessoal dela?

— Assistente pessoal o cacete. Amante, tá mais pra isso. Betsy tinha um buffet pequeno com a ex dela, aí conheceu a Micky Morgan e foi beijinho, beijinho, tchau, tchau. Elas costumavam ir a alguns lugares muito discretos nas antigas. Depois saíram totalmente de cena e aí, do nada, Micky aparece como gostosinha do Jacko Vance. Só que a Betsy continua bem ali na fita. Olha só, Micky não parava de progredir e havia rumores de que os tabloides acabariam sacando que ela era lésbica.

— Como você sabe de tudo isso? — perguntou Tony de maneira tênue.

— Como você acha? Meu Deus, doze, quinze anos atrás, você não ficava neste emprego se fosse assumida. Costumávamos ir aos mesmos lugares. Lugares onde todo mundo estava no mesmo barco, então ninguém caguetava ninguém. Vai por mim, quem quer que o Jacko Vance esteja comendo, não é a mulher dele. Pra te falar a verdade, foi isso que me fez achar que aquele negócio da Shaz podia dar em alguma coisa.

— Você contou isso pra Shaz?

— Praticamente nunca penso na Micky Morgan. Isso só me ocorreu depois que esquematizei o encontro. Ia contar quando ela me ligasse pra contar como tinha sido a parada com o Jacko. Então, não, não cheguei a dar o toque nela. Tem alguma utilidade pra você?

— Chris, isso é fabuloso. Você é fabulosa.
— É o que todo mundo fala, docinho. E aí, vai querer que eu ajude ou o quê?
— Acho que já ajudou.

Quando Carol entrou em seu domínio, o trio já estava lá nos seus lugares de costume, um filete de fumaça do cigarro de Lee vinha caracoleando do canto onde ficava a janela. Ela sentia que fumar era um ato para desafiá-la. Mas apesar de nunca ter fumado — ou talvez exatamente por essa razão —, o leve odor de cigarro era algo que raramente a incomodava. Carol encontrou forças para sorrir e tentou não despencar quando suas costas bateram na cadeira.
— Então, o que a gente tem?
Tommy Taylor colocou o tornozelo esquerdo sobre o joelho direito e se deixou escorrer contorcido na cadeira. Carol não invejou a dor nas costas que lhe aguardava alguns anos mais tarde. Ele jogou negligentemente uma pasta sobre a mesa dela. Ao escorregar em direção a ela, as bordas dos papéis ficaram à vista.
— A gente sabe mais sobre a vida financeira desses camaradas do que as mulheres deles.
— De acordo com o que ouvi falar de Yorkshire, isso não quer dizer muita coisa — comentou Carol. Tommy e Lee Whitbread arreganharam um sorriso. A expressão austera de Di Earnshaw permaneceu imóvel.
— Que isso, senhora, acho que esse aí pode muito bem ser um comentário sexista — protestou Lee.
— Então me processa. O que a gente tem?
— Está tudo na pasta — respondeu Tommy, balançando um polegar na direção dela.
— Resume.
— Di? — disse Tommy. — Você é a feiticeira das palavras.
Di descruzou os braços e enfiou as mãos nos bolsos da jaqueta verde-oliva que fazia o visual dela dar vontade de vomitar.
—Pendlebury não foi muito cooperativo, mas autorizou o acesso à folha de pagamento, o que nos deu informações sobre detalhes bancários, endereços e datas de nascimento dos nossos suspeitos. Com essa informação, fomos capazes de ter acesso a dívidas em protesto...

— E um passarinho ajudou a gente a dar uma conferida nos empréstimos — Lee completou.

— Mas a gente não comenta isso — repreendeu Tommy.

Carol interveio:

— Dá pra cortar a enrolação e ir direto ao que importa?

Di contraiu os lábios com sua agora já familiar desaprovação.

— Dois candidatos se destacaram. Alan Brinkley e Raymond Watson. Os dois estão muito endividados, como você vai ver. Os dois são daqui. Watson é solteiro. O casamento de Brinkley foi há mais ou menos um ano. Os dois estão prestes a perder as casas, têm dívidas em protesto e estão vendendo o almoço pra comprar o jantar. Esses incêndios têm meio que sido uma bênção pros dois.

— Por pior que seja um acontecimento, alguém sempre sai no lucro — complementou Taylor.

Carol abriu a pasta e pegou as folhas com os dados dos dois homens.

— Bom trabalho. Fizeram bem em conseguir tantos detalhes.

Lee deu de ombros.

— Quando você investiga detalhadamente, vê que Seaford é um grande vilarejo. Favores devidos, favores pagos.

— Contanto que não ultrapassemos o limite quando chegar o dia do pagamento — disse Carol.

— Não confia na gente, senhora? — perguntou Tommy arrastando as palavras.

— Me dê cinco boas razões para confiar.

— Então, quer que a gente traga os caras aqui pra interrogatório? — perguntou Lee.

Carol refletiu por um momento. O que realmente queria fazer era consultar Tony, mas não queria que eles soubessem que a chefe não era capaz de tomar as próprias decisões.

— Falo com vocês de novo quando conseguir analisar isto aqui mais detalhadamente. Podem haver opções mais proveitosas do que tentar arrancar isso deles na marra.

— A gente podia tentar conseguir um mandado de busca — Lee novamente, o incansável da equipe.

— Discutimos isto de novo de manhã — prometeu Carol.

Ela os observou irem embora, depois enfiou a pasta na sua maleta estufada. Hora de dar uma volta pela sala em que ficava o pessoal e se certificar de que o restante do Departamento de Investigação Criminal estava fazendo o que supostamente deveria com os casos que dominavam as pilhas de papéis sobre suas mesas. Desejava que ninguém quisesse inspiração. Transpiração era praticamente tudo o que lhe restava para oferecer.

Estava prestes a passar pela porta quando o telefone tocou.

— Detetive inspetora-chefe Jordan.

— É o Brandon.

— Senhor?

— Estava há pouco conversando com um colega lá em West Yorkshire. No decorrer da conversa, chegamos a falar sobre o assassinato da policial dele. Ele mencionou que parecia que o principal suspeito deles tinha fugido. Um rapaz chamado Simon McNeill. Falou que provavelmente vão soltar um boletim interno amanhã de manhã pedindo para que outras forças fiquem de olho nesse McNeill e o detenham caso o encontrem.

— Ah.

— Achei que isso pudesse te interessar — comentou Brandon despreocupadamente. — Já que nossa área é ao lado da deles.

— Certamente, senhor. Assim que receber a notificação oficial, vou mencionar isso pro esquadrão.

— Não que imagine que ele vá aparecer aqui.

— Hmm. Obrigada, senhor — Carol colocou o fone no gancho cuidadosamente. — Que merda — reclamou baixinho.

Tony lambeu o dedo e arrumou alguns cabelos indisciplinados da sua sobrancelha esquerda. Analisou-se criticamente no espelho que era, com exceção de duas poltronas laranja de polipropileno, a única mobília na sala um pouquinho maior do que um armário, onde lhe pediram para aguardar. Ele achava que seu visual sério estava apropriado, com seu único terno decente, mesmo que Carol lhe tenha dito que parecia um jogador de futebol profissional vindo do passado. Nem mesmo ela poderia criticar sua camisa cinza-chumbo e a gravata magenta escura, ele decidiu.

Ao ser aberta, a porta revelou uma mulher de rosto calmo que se apresentou como assistente pessoal de Micky, mas que ele identificou, graças a Chris, como a amante da apresentadora, Betsy.

— Tudo bem? — perguntou ela.

— Tudo bem.

— Que bom. — A voz dela era calorosa e encorajadora, como a das melhores professoras de escola primária. Seu sorriso, entretanto, era mecânico, Tony concluiu, e era nítido que sua cabeça estava em outro lugar. — Deixe-me dizer que isso é bem incomum para nós, porque normalmente Micky prefere não falar absolutamente nada com os convidados antes da entrevista. Mas porque... bom, porque se sente *envolvida*, ainda que tangencialmente, com sua perda trágica, quer trocar algumas palavras com você antes. Não tem nenhuma objeção quanto a isso, certo?

Havia algo naquela voz metálica de classe alta que não deixava espaço para objeção. Sorte da Micky, pensou ele, ter uma leoa dessas ao portão.

— Ficaria encantado — respondeu ele com muita sinceridade.

— Bom. Ela estará aqui em alguns minutos. Precisa de alguma coisa? Café? Água?

— O café é de máquina? — perguntou ele.

O sorriso dessa vez era genuíno.

— Creio que sim. Indistinguível do chá, do chocolate quente e da canja.

— Fica pra próxima, então.

A cabeça desapareceu e a porta fechou suavemente. O estômago dele se agitou com a apreensão. Exposições públicas sempre o estressavam. Mas, neste dia, havia a tensão adicional da sua campanha para desestabilizar Jacko Vance a ponto dele cometer um erro. Vigiar as aparições públicas de Vance era apenas o primeiro tiro de alerta. Insinuar-se no coração do programa de TV da esposa de Jacko era incrementar significativamente o risco. Não havia motivo para se enganar.

Tony pigarreava com nervosismo e conferia compulsivamente sua aparência no espelho. A porta foi aberta sem aviso e, de repente, Micky Morgan estava na sala.

— Oi, sra. Morgan — cumprimentou ele, estendendo a mão.

— Dr. Hill — disse Mickey. Seu aperto de mão foi ligeiro, frio e firme. — Obrigada por vir ao programa.

— O prazer é meu. Há tantos mal-entendidos em relação ao que fazemos que toda oportunidade de esclarecer as coisas é bem-vinda. Especialmente agora que estamos nos jornais novamente pelas razões erradas. — Ele baixou os olhos deliberadamente por um momento.

— Totalmente. Sinto muito mesmo pelo que aconteceu com a detetive Bowman. Nós nos encontramos muito rapidamente, mas ela me deu a impressão de ser muito esperta e focada. E também muito bonita, é claro.

Tony concordou com um gesto de cabeça e comentou:

— Ela vai fazer falta. Era uma das melhores jovens policiais com quem já tive o privilégio de trabalhar.

— Posso imaginar. É terrível para os policiais perderem um de seus companheiros.

— Há sempre muita raiva pairando no ar, o que encobre o fato de que eles tendem a sentir que uma morte na família é um reflexo da competência deles, que, de alguma maneira, eles teriam sido capazes de impedir aquilo se simplesmente estivessem trabalhando direito. E, nesse sentido, compartilho da culpa.

— Tenho certeza de que não havia nada que você pudesse ter feito para impedir aquilo — disse Micky, colocando impulsivamente a mão no braço dele. — Quando contei ao meu marido que você viria ao programa, ele disse a mesma coisa, e Jacko tem menos razão para se sentir responsável.

— Nenhuma razão sequer — disse Tony, surpreso por ter conseguido soar tão sincero. — Ainda que agora estejamos começando a achar que o assassino fez contato com ela em Londres, e não em Leeds. Na verdade, gostaria que você me desse a oportunidade de fazer um apelo para que testemunhas se apresentem.

A mão de Micky voou até seu pescoço num gesto curiosamente vulnerável.

— Não acham que a seguiram a partir de nossa casa, acham?

— Não há razão para acharmos isso — respondeu ele, precipitadamente.

— Não?

— Não.

— Obrigada por me tranquilizar. — Ela respirou fundo e tirou seu cabelo louro do rosto. — Agora, a entrevista. Vou perguntar por que a unidade foi criada, como foi constituída, com que tipo de crimes lidarão e quando a força-tarefa vai entrar em ação. Depois vou continuar com a Sharon...

— Shaz — interrompeu Tony. — Chame-a de Shaz. Ela odiava ser chamada de Sharon.

Micky assentiu com a cabeça.

— Shaz. Vou continuar com a Shaz, o que vai dar a você a chance de pedir a ajuda que quiser. Tudo bem? Quer aproveitar a oportunidade pra falar mais alguma coisa?

— Tenho certeza de que vou ser capaz de transmitir a mensagem — respondeu ele.

Ela esticou o braço para pegar a maçaneta da porta.

— Betsy, minha assistente pessoal, vocês conversaram mais cedo, virá buscá-lo um pouquinho antes de entrar no ar. Você será o último quadro antes de cortarmos para o boletim de notícias.

— Obrigado — agradeceu ele, com vontade de falar algo que estabelecesse uma ponte entre eles, mas sem saber o que poderia ser. Ela era o melhor caminho dele para passar pelas defesas de Jacko Vance, e, para isso, Tony precisava encontrar uma maneira de manipulá-la para que inconscientemente o ajudasse.

— De nada — respondeu Micky. E foi embora, não deixando nada para trás a não ser o leve aroma de cosméticos. Ele só teria mais uma chance de trazê-la para o seu lado. Esperava fazer um trabalho melhor quando o momento chegasse.

Aquilo tinha que valer a pena, pensou Vance. Teve que cancelar um almoço preparado por Marco Pierre White por causa daquilo, o chef reconhecidamente temperamental o faria sofrer por isso. Trancou a porta do seu escritório e fechou as cortinas. Sua secretária sabia muito bem que não devia passar nenhuma ligação e nem seu produtor nem seu assistente pessoal sabiam que ele ainda estava no prédio. O que quer que *Meio-dia com Morgan* revelasse, ninguém veria a sua reação.

Ele se jogou no comprido sofá de couro que dominava um lado da sala e colocou os pés para cima. Seu rosto era uma máscara de petulância. Ligou a TV gigante com o controle remoto bem na hora em que os caracteres familiares começaram a aparecer na tela. Não tinha nada a temer, sabia disso. Independentemente daquilo que Shaz Bowman achava que sabia, não fora capaz de convencer seus colegas. Ele já tinha lidado com a polícia. Eles comiam na sua mão, e com toda razão. Era pouquíssimo provável que um psicólogo acadêmico choramingando teorias simplórias pudesse ameaçá-lo sem o apoio da polícia. Contudo, ser cuidadoso o mantivera em segurança até o momento, e ele não cederia à tentação da arrogância que uma carreira de tanto sucesso podia gerar.

Colhera informações sobre Tony Hill com suas fontes, apesar de ter sido menos do que gostaria. Novamente, fora cuidadoso e fizera as perguntas de maneira casual, empenhando-se muito para que não despertassem curiosidade. O que descobriu despertou seu interesse. Ele estava por trás do polêmico estudo do Ministério do Interior que levara à implantação da força-tarefa de criação de perfis a que Shaz havia aspirado. Envolvera-se na caçada a um serial killer em Bradfield e acabara com sangue nas mãos porque não fora inteligente o bastante. E havia um murmurinho de que a sexualidade dele possuía algo que beirava o pervertido. Aquilo tinha feito o nível de adrenalina de Vance disparar, mas era o único aspecto que ele tinha simplesmente que ignorar, senão correria o risco da sua fonte começar a se perguntar por que estava tão preocupado com o psicólogo.

Apesar de fascinado pelas especulações sobre Tony, seus pensamentos não eram páreo para a tela da TV. Sua atração pelo glamour da televisão nunca diminuiu em todos aqueles anos em frente às câmeras. Adorava a mídia, mas, acima de tudo, adorava TV ao vivo, com todos os seus riscos que mantinham todos na corda bamba. Ainda que devesse estar pensando em como neutralizar Tony Hill caso isso se tornasse necessário, não conseguia resistir a Micky. Da familiaridade havia surgido o respeito, e não ressentimento por suas habilidades profissionais e talento. Morgan era realmente uma das melhores. Percebera isso desde o início, quando soube que ela era alguém que deveria ter ao seu lado. Ser capaz de manter essa relação tão efetivamente era uma enorme vantagem.

Ela era boa no início, e melhorou, não havia dúvida quanto a isso. A segurança era parte disso, Betsy, outra. Sua amante mostrara a ela como manter as pontas mais afiadas da agressão submersas por uma camada de sereno, gentil e profundo interesse. A maioria das vítimas de Micky Morgan sequer se davam conta da efetividade com que haviam sido despedaçadas até alguém mostrar a gravação para elas depois. Se houvesse qualquer coisa estranha sobre Tony que pudesse ser revelada, uma entrevista ao vivo com Micky faria isso. Vance sugerira à esposa que poderia haver escuridão à espreita atrás da fachada do seu convidado. Agora, estava nas mãos dela.

Assistiu aos primeiros cinquenta minutos do programa com olhos de especialista, avaliando e estimando o desempenho da sua mulher e dos colegas dela. Aquele repórter de Midlands tinha que ir embora, decidiu. Teria que dizer isso a Micky. Vance odiava jornalistas que usavam a mesma urgência ofegante para histórias de guerras distantes, reforma de armário e tramas de novela. Aquilo revelava uma falta de empatia que a maioria dos jornalistas de sucesso aprendiam a esconder logo no início.

Era estranho, ele pensou, como nunca sentira a menor pontada de desejo sexual por sua mulher. Era verdade que ela não fazia o seu tipo; mesmo assim, ele periodicamente achava atraentes mulheres que não se encaixavam em seu modelo de desejo. Nunca Micky. Nem naquelas raras ocasiões em que a vislumbrara nua. Isso provavelmente se dava pela base da relação deles. Um mortiço vislumbre daquilo que ele realmente queria da espécie feminina e Micky seria história. E ele definitivamente não queria isso. Principalmente agora.

— E depois do intervalo — disse Micky com aquele calor íntimo que ele suspeitava que causava ereções em jovens desempregados em todo o país —, vou conversar com o homem que passa os dias dentro da cabeça de serial killers. O psicólogo criador de perfis dr. Tony Hill revela os segredos internos da nova força-tarefa nacional. E homenagearemos a policial que tragicamente perdeu a vida nessa batalha. Tudo isso, e as notícias da hora, depois do intervalo.

Quando as propagandas entraram, Vance apertou o botão de gravar do aparelho. Colocou os pés no chão e se inclinou para a frente, concentrado na tela. A logo de *Meio-dia com Morgan* surgia à medida que a última propaganda desaparecia, e sua esposa estava sorrindo como se ele fosse a única luz da sua vida.

— Bem-vindos de volta — disse Micky. — Meu convidado agora é o dr. Tony Hill. É um prazer recebê-lo, Tony.

O diretor trocou para a imagem que dava um close nos dois, dando a Vance a primeira imagem do chefe de Shaz Bowman. A cor foi drenada das suas bochechas e voltou rapidamente num rubor escuro. Tinha pensado que Tony Hill seria estranho. Mas conhecia aquele homem na tela. Ele o tinha visto pela primeira vez há três eventos, uma competição de dança de salão. À espreita pelas bordas, conversando com alguns dos fãs assíduos. Jacko inicialmente o classificara como a última adição ao seu triste esquadrão de acompanhantes. Mas, na noite anterior, no centro esportivo, quando o flagrou distribuindo seu cartão para outras pessoas, desconfiara. Pensou em mandar alguém verificar quem ele era, mas isso escapulira da sua memória. Agora, ali estava o estranho, sentado em um sofá conversando com a esposa de Vance em frente a milhões de espectadores.

Não era um maluco rotineiro. Não era nenhum policial idiota. Aquele era o chefe de Shaz Bowman. E também devia ser um adversário.

— Como a trágica morte de um de seus trainees afetou o esquadrão? — perguntou Micky solicitamente, com os olhos brilhando de maneira perfeita para transmitir uma empatia profunda enquanto se inclinava para a frente.

Os olhos de Tony se afastaram dos dela, a dor óbvia.

— Foi um golpe terrível — respondeu ele. — Shaz Bowman foi uma das mais brilhantes policiais com quem tive o privilégio de trabalhar. Ela tinha o verdadeiro instinto para o trabalho de criação de perfis criminais, e será impossível substituí-la. Mas estamos seguros de que o assassino dela será pego.

— Está trabalhando próximo aos policiais que estão investigando o caso? — perguntou Micky. A resposta dele para o que ela achava ser uma pergunta de rotina foi interessante. As sobrancelhas dele deram um salto e seus olhos se arregalaram momentaneamente.

— Todos na força-tarefa estão fazendo tudo o que podem para ajudar — respondeu ele, ligeiramente. — E é possível que seus espectadores também possam nos ajudar.

Ela ficou impressionada com a velocidade da recuperação dele. Duvidava que um em cada mil espectadores seus tenha notado o abalo.

— De que maneira, Tony?

— Como você sabe, Shaz Bowman foi assassinada no apartamento dela em Leeds. Porém, temos razões para acreditar que esse não foi um assassinato aleatório. Na verdade, o assassino pode muito bem não ser alguém de lá da região. Shaz estava em Londres no sábado de manhã, aproximadamente 12 horas antes de ser assassinada. Não sabemos aonde foi nem com quem se encontrou depois de mais ou menos dez e meia da manhã de sábado. É possível que o assassino tenha feito contato com ela cedo naquele dia.

— Quer dizer que pode ter sido um perseguidor?

— Acho possível que a tenham seguido na volta de Londres para Leeds.

Não era exatamente isso, mas Micky sabia que não tinha tempo para se preocupar com minúcias.

— E você tem esperança de que alguém tenha testemunhado isso?

Tony confirmou com um gesto de cabeça e olhou diretamente para a câmera que estava com a luz vermelha acessa. Ela conseguia ver a sinceridade dele no monitor em frente a si. Meu Deus, ele era talentoso, todo o nervosismo desapareceu quando ele fez o seu fervoroso apelo.

— Estamos procurando qualquer pessoa que tenha visto Shaz Bowman depois das dez e meia no sábado de manhã. Ela tinha uma aparência muito singular. Olhos azuis muito característicos e que chamavam muito a atenção. Você pode tê-la visto sozinha ou com o assassino, talvez abastecendo o carro; tinha um Golf preto, da Volkswagen. Ou possivelmente em algumas das paradas de beira de estrada entre Londres e Leeds. Podem ter visto alguém com um interesse incomum nela. Caso saiba de algo, precisamos que entre em contato conosco.

— Temos o número da polícia de Leeds — cortou Micky quando o telefone apareceu em uma faixa que atravessava a parte de baixo da tela. Ela e Tony desapareceram sob uma foto do rosto de Shaz, que sorria para a câmera.

— Se você viu Shaz Bowman no sábado, não interessa se foi muito rapidamente, ligue para a polícia. Queremos pegá-lo antes que mate novamente — complementou Tony.

— Então não tenham receio de ligar para a polícia de West Yorkshire ou até mesmo para a polícia da sua cidade se puder ajudar. Tony, obrigado por vir e conversar conosco. — Ela virou o sorriso para a câmera porque seu diretor estava berrando lá da sala de controle. — E agora, vamos à redação para o jornal do horário do almoço.

Micky se recostou e soltou o ar num suspiro explosivo.

— Obrigada, Tony — disse ela, retirando seu microfone e se inclinando para a frente. Seus joelhos se tocaram devido à posição no sofá.

— Eu é que agradeço — disse ele apressadamente enquanto Betsy caminhava com seus eficientes passos largos na direção deles. Esticou o braço até o ombro dele para retirar o microfone.

— A gente se vê lá fora — disse Betsy.

Micky levantou abruptamente.

— Foi fascinante. Gostaria que tivéssemos mais tempo.

Agarrando a chance, Tony sugeriu:

— Podíamos jantar.

— Podíamos mesmo, eu gostaria — respondeu Micky soando surpresa consigo mesma. — Tem algum compromisso hoje à noite?

— Não, não tenho, não.

— Vamos combinar hoje à noite, então. Seis e meia está bom? Tenho que jantar cedo por causa do programa.

— Vou reservar uma mesa.

— Não precisa. A Betsy providencia isso, não providencia, Bets?

Houve um lampejo de distração generosa no rosto da mulher, Tony pensou. Quase imediatamente, a máscara profissional estava de volta.

— Sem problema. Só que preciso tirar o dr. Hill do set, Micky — informou ela, lançando a ele um sorriso apologético.

— Ok. Te vejo mais tarde, Tony.

Observou Betsy levá-lo embora, saboreando a expectativa de ter uma conversa inteligente com alguém realmente interessante pra variar. O berro demente em seu ponto eletrônico no ouvido a trouxe de volta para a fria realidade de ter que terminar o resto do programa.

— Vamos direto pra matéria sobre a anarquia na sala de aula, né? — disse ela olhando para a cabine de controle, a mente de volta ao trabalho. Shaz Bowman já tinha virado memória.

Carol observava através da janela da sua sala o porto lá embaixo. O frio era tanto que afastou as pessoas que saíam apenas para passear. Todo mundo lá fora estava apressado, até mesmo os passeadores de cachorros. Ela esperava que seus detetives estivessem seguindo o exemplo. Ligou para o número do hotel que Tony lhe dera. Estava tão ansiosa para saber da participação dele no programa quanto para contar as novidades.

Ela não precisou assistir a TV por muito tempo.

— Alô? — Ela o ouviu dizer.

— O *Meio-dia com Morgan* foi ótimo, Tony. O que você achou? Encontrou com o Jack Bacana?

— Não, não o vi, mas gostei dela mais do que esperava gostar. É uma boa entrevistadora. Acalma a gente e nos coloca em uma falsa sensação de segurança, depois enfia umas perguntas inoportunas. Mesmo assim, consegui chamar a atenção para as coisas que eu queria.

— Então Vance não estava por lá?

— Não, não no estúdio. Mas ela me contou que falou pra ele que eu participaria do programa, então aposto todas as minhas fichas que Jack Bacana não perdeu o programa de hoje.

— Acha que ela faz alguma ideia?

— De que suspeitamos do marido dela? — Ele pareceu surpreso com a pergunta.

— De que o marido dela é um serial killer.

Ele estava um pouco lento naquela noite, Carol pensou. Normalmente participava de toda conversa como se tivesse lido o roteiro antes.

— Não acho que ela faça a mínima ideia. Duvido que estaria com ele se soubesse. — Tony estava muito positivo. Não era do feitio dele categorizar as coisas de oito ou oitenta.

— Ele age totalmente na surdina.

— Exatamente. Agora temos que pensar no que mais é necessário pra perturbá-lo. Começando por hoje à noite. Vou levar a mulher dele pra jantar.

Carol não conseguiu conter uma pontada de ciúmes, mas manteve a voz firme. Tinha muita experiência com Tony.

— Sério? Como conseguiu isso?

— Acho que ela está realmente interessada na criação de perfis — respondeu ele. — Tomara que eu consiga arrancar dela alguma informação que possamos usar.

— Se existe alguém que consegue isso é você. Tony, acho que temos um problema. Com o Simon.

Relatou, resumidamente, a conversa com John Brandon.

— O que acha? Devemos persuadi-lo a se entregar?

— Acho que deixamos isso pra ele decidir. Se você estiver confortável com isso. Já que ele pode muito bem estar sentado lá na sala da sua casa de novo antes de tudo isso acabar.

— Espero que isso não seja um problema — disse Carol, vagarosamente.

— É boletim interno, é só disso que estamos falando. Não é uma caçada humana pelo país com a foto dele espalhada pelos jornais. Bom, pelo menos não por enquanto. Se até a semana que vem ele não estiver em casa ou entrar em contato com a família e os amigos, isso pode ficar sério e, nesse caso, teríamos que persuadi-lo a dar as caras.

— Está supondo que ele não vai se apresentar obedientemente na delegacia de Leeds?

Carol bufou de maneira sarcástica e perguntou:

— O que você acha?

— Acho que ele tem muita coisa investida no que estamos fazendo. E, por falar nisso, como a equipe está se saindo?

Ela o deixou a par da enorme viagem do sofrimento feita por Kay. Quando chegou à parte da fotografia que arrancara das relutantes mãos de Kenny e Denise Burton, Carol o escutou inalar o ar com força.

— Os zelotes — disse ele.

— Oi?

— Zelotes. Fanáticos. Discípulos de Jacko Vance. Estive em três apresentações públicas dele até agora, e alguns obsessivos aparecem todas as vezes. Só uns três ou quatro. Eu os notei na hora.

— Você sempre acaba trombando com os pirados, podia abrir uma empresa de Vigilância de Bairro — disse ela. — Podia chamar de Vigilância de Pirados.

Ele riu.

— A questão é: dois deles estavam tirando foto.

— Isso ajuda a pegar o cara?

— Pode ser. Pode ser mesmo. Isso é muito, muito bom. Pode simplesmente nos dar a dianteira. Ele é inteligente, Carol. É o melhor que já vi, de quem já ouvi falar e sobre quem já li. De alguma maneira, temos que ser melhores. — A voz dele estava suave, mas entusiasmada, carregada de determinação.

— E somos. Somos cinco. Ele só vê as coisas por um ângulo.

— Está certíssima. Converso com você amanhã, tá?

Ela conseguia sentir a ânsia dele para agir, para desligar. Não podia culpá-lo. Micky Morgan seria um grande desafio para suas habilidades e Tony era um homem que adorava desafios. Para conseguir informação nova com ela ou simplesmente usar o jantar para plantar a semente da desconfiança em Jacko Vance, ela não conseguia pensar em ninguém mais eficiente que Tony. Mas Carol ainda não podia deixá-lo desligar.

— Tem uma coisinha mais... o incendiário?

— Meu Deus, nossa, é claro, desculpa. Algum progresso?

Ela resumiu as descobertas da equipe e deu uma breve descrição dos dois suspeitos.

— Não tenho certeza, neste estágio, se trago os dois para serem interrogados e tento conseguir mandados para fazermos buscas nas casas deles ou se ponho alguém para vigiá-los. Achei melhor trocar uma ideia com você.

— Como eles gastam o dinheiro?

— O negócio de Brinkley e da esposa é a ostentação. Carros novos, coisas pra casa, cartão de crédito de lojas. Parece que o Watson gosta de apostar. Levanta uma grana do jeito que for e a passa pros agenciadores de apostas.

Tony ficou calado por um momento. Ela o imaginou franzindo a testa, a mão passando pelo cabelo preto volumoso, os olhos fundos escuros e distantes enquanto sua mente abordava a pergunta.

— Se eu fosse o Watson, apostaria no Brinkley — disse, finalmente.

— Como assim?

— Se o Watson é realmente um jogador compulsivo, está convencido de que é a próxima aposta, o próximo bilhete de loteria que vai resolver todos os problemas dele. É o tipo de pessoa que acredita. Brinkley não tem essa convicção. Acha que, se conseguir se antecipar, se cortar algumas despesas, ganhar uma grana extra, consegue sair dessa confusão seguindo algum caminho convencional. Essa é a leitura que faço. Mas, certo ou errado, levá-los para interrogatório não vai dar resultado. Pode fazer com que os incêndios parem, mas jamais alguém vai ser culpado por eles. Um mandado de busca também não vai ajudar, de acordo com o que você me disse sobre como os incêndios são iniciados. Sei que esta não é a resposta que você quer ouvir, mas a vigilância é a melhor chance que tem de conseguir uma condenação. E você precisa vigiar os dois, para o caso de eu estar errado.

Carol suspirou e reclamou:

— Sabia que você falaria isso. Vigilância. O serviço favorito do policial. Um inferno orçamentário.

— Pelo menos você só tem que vigiar o período noturno. E ele está operando com frequência, ou seja, não vai durar muito tempo.

— Era pra isso me fazer sentir melhor?

— É o melhor que consigo sugerir.

— Ok. A culpa não é sua. Obrigada pela ajuda, Tony. Vai lá e aproveita o jantar. Vou pra casa descongelar uma pizza e, assim espero, receber algumas informações do Simon e do Leon. E, pelo amor de Deus, vai dormir cedo. Durma... — A última palavra soou como um afago.

Tony riu.

— Divirta-se.

— Nossa, pode deixar — prometeu ela, fervorosamente. — E boa sorte, Tony.

— Na falta de milagres, vou ter que me contentar com isso.

O barulhinho do telefone dele sendo desligado cortou qualquer chance de ela lhe contar a outra coisa que iniciara naquele dia. Não conseguia entender exatamente por que se sentiu estimulada a fazer aquilo, mas seu instinto lhe disse que era importante. E sua experiência passada a ensinara dolorosamente que seu instinto era, às vezes, mais confiável do que a lógica. Algo ficou cutucando sua mente até que, em meio a todas as outras tarefas do dia, encontrara tempo para enviar uma pergunta para todas as outras forças policiais do país. A detetive inspetora-chefe Carol Jordan, da polícia de East Yorkshire, solicita informações a respeito de qualquer relato recente sobre meninas adolescentes que desapareceram de casa inexplicavelmente.

— Mike McGowan? É aquele lá no assento do canto, meu bem — disse a garçonete, apontando com o polegar.

— O que ele está bebendo? — perguntou Leon. Mas a garçonete já tinha ido atender outro freguês. O pub estava moderadamente cheio, ocupado quase que só por homens. Em uma cidadezinha de East Midlands como aquela, havia distinções claras entre pubs aos quais os homens iam para passar o tempo com mulheres e aos que iam para evitar a necessidade. A dica ali era o enorme quadro do lado de fora que informava: "Transmissão de esportes o dia inteiro, telas gigantes".

Leon deu um gole em sua lager com limão e observou Mike McGowan por um momento. Jimmy Linden tinha dado o nome dele como o especialista em Jacko Vance. "Assim como eu, o Mike sacou o Vance desde cedo e escreveu muita coisa sobre ele", dissera. Quando Leon contatou o antigo jornal de

McGowan em Londres, descobriu que o jornalista havia sido demitido três anos antes. Divorciado, seus filhos cresceram e se esparramaram pelo país, e não havia nada que mantivesse McGowan na cara capital, então ele retornara para a cidadezinha de Nottinghamshire onde crescera.

O ex-repórter parecia mais uma caricatura de professor universitário de Oxford ou Cambridge do que qualquer jornalista com atuação em âmbito nacional que Leon já vira. Mesmo sentado, percebia-se que era bem alto. Um varapau de cabelo louro agrisalhado com uma franja pesada que caía sobre seus olhos, óculos grandes com armação casco de tartaruga e uma pele branca e rosada lhe davam o mesmo visual juvenil que alguns famosos transformaram em marca registrada. Seu blazer era do tipo de tweed antigo que levava 15 anos para parecer usado e depois durava mais vinte sem nenhum sinal de desgaste. Debaixo dele, estava com uma camisa de flanela cinza e uma gravata listrada de nó estreito e apertado. Sentado sozinho no estreito assento do canto, observava atentamente a tela de uma TV de 56 polegadas onde dois times jogavam basquete. Enquanto Leon observava, McGowan deu algumas batidinhas com o fornilho de um cachimbo em um cinzeiro, o limpou e encheu automaticamente sem tirar os olhos da tela.

Mesmo quando Leon se aproximou, ele continuou sem mudar a direção do olhar.

— Mike McGowan?

— Eu mesmo. E quem é você? — perguntou ele, a pronúncia local das vogais tão característica quanto as da garçonete despedaçaram a ilusão de sublime academicidade.

— Leon Jackson.

McGowan lhe lançou um rápido olhar avaliativo.

— Alguma relação com Billy Boy Jackson?

Perplexo, Leon quase se benzeu.

— Era meu tio — deixou escapulir.

— Você tem o mesmo formato da cabeça. Eu sabia. Estava na fileira mais próxima do ringue na noite em que Marty Pyeman fraturou o crânio do seu tio. Mas não é por isso que veio me procurar, é?

Essa segunda olhada foi perspicaz.

— Posso te pagar uma bebida, sr. McGowan?

O jornalista abanou a cabeça.

— Não venho aqui por causa da bebida. Venho por causa do esporte. Minha aposentadoria é uma merda. Não tenho dinheiro pra pagar assinatura de TV via satélite nem uma televisão igual a essa. Estudei com o pai do dono, então ele não acha ruim que eu faça uma cerveja durar praticamente o dia todo. Senta e vá direto ao ponto.

Leon obedeceu, tirando o seu distintivo. Tentou fechar e guardá-lo, mas McGowan foi mais rápido.

— Polícia Metropolitana — ele refletiu. — E o que um policial de Londres com sotaque de Liverpool está fazendo com um jornalista aposentado na obscura Nottinghamshire?

— O Jimmy Linden me disse que você talvez possa me ajudar — contou Leon.

— Jimmy Linden? Esse nome é das antigas. — Ele fechou a carteirinha com o distintivo e a empurrou de volta para Leon. — Então, qual é o seu interesse no Jacko Vance?

Leon abanou a cabeça admirado.

— Em nenhum momento eu disse que estava interessado nesse homem. Mas se é sobre ele que você está com vontade de conversar, vá em frente.

— Nossa, estão ensinando sutileza ultimamente — disse McGowan, com acidez, acendendo um fósforo e o acomodando no cachimbo. Puxou e expeliu uma fumaça azul que engoliu toda a frágil espiral do cigarro de Leon. — O que supostamente Jacko fez? O que quer que seja, aposto que nunca vão conseguir trancafiar o cara por isso.

Leon permaneceu em silêncio. Isso quase o matou, mas ele conseguiu. Aquele filho da puta daquele velhinho esperto não ia passar a perna nele, pensou, quase se convencendo.

— Não vejo Jacko há anos — finalmente falou McGowan. — Não fica muito entusiasmado com rostos que o fazem lembrar de como era quando tinha todos os membros. Odeia ser lembrado do que perdeu.

— Não acha que o que ele tem agora pode funcionar como uma compensação? — indagou Leon. — Ótimo emprego, mais dinheiro do que qualquer sujeito razoável conseguiria gastar, esposa linda, casa do tamanho de uma mansão? Quantos atletas que ganharam medalha de ouro se deram melhor do que ele?

McGowan abanou a cabeça lentamente.

— Nada pode compensar um homem que pensa que é um deus pela exposição da sua vulnerabilidade. Aquela moça deu sorte de conseguir sair fora. Ela teria sido a escolha óbvia quando chegasse a hora de fazer alguém pagar pelo que os deuses fizeram com Jacko Vance.

— Jimmy falou que você sabe mais sobre Jacko do que qualquer outra pessoa.

— Só superficialmente. Acompanhei a carreira dele, o entrevistei. Talvez tenha vislumbrado algumas coisas debaixo da máscara, mas não diria que o conhecia. Não consigo pensar em ninguém que tenha conseguido isso. É sério, não há nada que queira falar sobre Jacko Vance que já não tenha colocado por escrito.

McGowan soltou outra nuvem de fumaça. Leon achou que ela tinha cheiro de bolo floresta negra cheio de cereja e chocolate. Não conseguia se imaginar fumando uma sobremesa.

— Jimmy também falou que você guarda recortes de artigos dos atletas que realmente te interessam.

— Nossa, conseguiu arrancar muita coisa do velho Jimmy. Ele deve ter ido mesmo com a sua cara, sempre teve muito respeito por atletas negros. Achava que eles tinham que trabalhar duas vezes mais do que qualquer outro para conseguirem ser aceitos. Suponho que ele acha que, na polícia, deve ser a mesma coisa.

— Ou talvez eu simplesmente seja um bom entrevistador — ironizou Leon. — Alguma chance de você me deixar dar uma olhada nos seus recortes?

— Algum em particular, detetive? — provocou McGowan.

— O senhor poderia me mostrar aqueles que são importantes.

McGowan, os olhos fixos no basquete, disse:

— Uma carreira tão longa quanto a minha, seria difícil escolher destaques.

— Tenho certeza que consegue.

— Isto termina em dez minutos. Quem sabe não vai lá em casa dar uma olhada nos arquivos?

Meia hora depois, Leon estava sentado em uma sala na casa de dois quartos de McGowan que conseguia ser ao mesmo tempo organizada e entulhada. A única mobília era uma surrada cadeira giratória de couro que parecia ter sido usada na Guerra Civil Espanhola, e uma mesa cinza de metal arranhada e manchada. As quatro paredes eram cobertas por prateleiras industriais de ferro abarrotadas de caixas de sapato, todas com uma etiqueta colada na parte externa.

— Isso é incrível — elogiou ele.

— Sempre prometi a mim mesmo que, quando me aposentasse, escreveria um livro — disse McGowan. — É impressionante o quanto a gente se ilude. Eu costumava viajar pelo mundo cobrindo os mais importantes eventos esportivos. Hoje o meu mundo encolheu para as telas de TV do Dog and Gun. Você pode achar que estou deprimido, mas o engraçado é que não, não estou. Nunca me senti tão satisfeito desde que nasci. Isso me lembrou que o que eu mais gostava nos esportes era assistir. Liberdade sem responsabilidade, e é isso o que tenho agora.

— Uma mistura perigosa — disse Leon.

— Uma mistura libertadora. Três anos atrás, você aparecer aqui teria feito com que eu ficasse farejando uma história. Não descansaria enquanto não descobrisse o que estava acontecendo. Agora, é difícil imaginar como posso me importar menos. Estou mais entusiasmado com a luta em Vegas no sábado do que podia estar com qualquer coisa que Jacko Vance disse ou fez.

Ele apontou para uma prateleira.

— Jacko Vance. Quinze caixas cheias. Divirta-se, rapaz. Tenho um compromisso com uma partida de tênis lá no Dog and Gun. Se for embora antes de eu voltar, é só fechar a porta da frente depois de sair.

Quando Mike McGowan voltou logo antes da meia-noite, Leon ainda estava trabalhando sistematicamente nos recortes. O jornalista pegou para ele uma caneca de café solúvel e disse:

— Espero que estejam te pagando hora extra, rapaz.

— Tem mais a ver com amor pelo trabalho, eu diria — comentou Leon, ironicamente.

— A você ou ao seu chefe?

Leon pensou por um momento.

— Um dos meus colegas. Chame isso de dívida de honra.

— É a única que merece ser paga. Vou deixar você aí trabalhando. Tenta não bater a porta quando for embora.

Leon conhecia o som de alguém se preparando para dormir: tábuas de assoalho rangendo, encanamento rosnando, descarga. O silêncio, com exceção do sussurro dos jornais amarelados.

Eram quase duas da manhã quando ele encontrou o que achava que poderia estar procurando. Apenas um recorte, uma nota passageira. Mas era um começo. Quando saiu para a rua escura e vazia, Leon Jackson estava assoviando.

Os olhos dela eram tão cândidos quanto quaisquer outros de que conseguia se lembrar. Ela empurrou o último pedacinho de pato defumado para o garfo, espetou a ervilha derradeira e disse:

— Mas certamente isso tem um efeito em você, passar tanto tempo entrando nessa lógica tão depravada?

Tony levou mais tempo do que precisava para terminar a polenta que enchia sua boca.

— Você aprende a levantar muralhas chinesas — respondeu por fim. — Você sabe, mas não sabe. Sente, mas não sente. Imagino que seja similar ao trabalho do jornalista. Como você dorme à noite depois de dar notícias sobre o massacre em Dunblane ou o atentado a bomba em Lockerbie?

— É, mas estamos sempre fora do evento, e você? Você tem que entrar nele ou com certeza vai fracassar, certo?

— Mas você nem sempre está fora do evento, está? Quando conheceu o Jacko, a história invadiu a sua vida. Deve ter tido que levantar muros entre o que você sabia sobre o homem real e o que noticiava pro mundo. Quando a ex-namorada dele estava fazendo as revelações íntimas pros tabloides, você não tinha como olhar para aquilo simplesmente como mais uma história. Aquilo não afetou a maneira como você enxergava o mundo? — perguntou ele, agarrando a primeira oportunidade que teve para fazê-la falar sobre o marido.

Micky tirou o cabelo do rosto. Doze anos depois, ele conseguia ver que o desprezo por Jillie Woodrow não havia diminuído.

— Vadia — murmurou ela. — Mas o Jacko disse que era quase tudo ficção, e acredito nele. Então aquilo não chegou a passar pelas minhas defesas.

A chegada do garçom a salvou e ele retirou os pratos em silêncio. Depois, sozinhos novamente, Tony repetiu a pergunta.

— Você é o psicólogo — esquivou ela, pegando um maço de Marlboro na bolsa. — Você se incomoda se eu...?

Ele abanou a cabeça.

— Não sabia que você fumava.

— Só depois das refeições. No máximo cinco por dia — disse ela, torcendo a boca de modo engraçado. — A controladora dos maníacos controladores, essa sou eu.

A expressão o atingiu como um soco. A única vez que usara a expressão estava falando sobre um assassino compulsivo que tinha praticamente lhe roubado a vida. Ouvi-la sair dos lábios dela era desconcertante e estranho.

— Parece que você viu um fantasma — comentou ela, tragando com um ar de prazer sensorial.

— Só uma lembrança desgarrada — explicou ele. — Há várias ressonâncias muito bizarras perambulando dentro da minha cabeça.

— Aposto que sim. Uma coisa que sempre fiquei imaginando é como você *sabe* quando está certo em relação à criação de um perfil.

Ela tragou profundamente e soltou uma pálida fumaça filtrada pelas narinas com uma expressão de interesse no rosto.

Ele lançou um olhar avaliativo. Era naquele momento ou nunca.

— Da mesma maneira que qualquer um de nós elabora qualquer coisa sobre as pessoas. Uma mistura de conhecimento e experiência. Além disso, deve saber fazer a pergunta certa.

— Como, por exemplo?

O interesse era tão genuíno que ele quase se sentiu culpado pelo que estava prestes a fazer com a agradável noite que estavam tendo.

— O Jacko não se importa que a Betsy esteja apaixonada por você?

O rosto dela congelou e as pupilas dilataram num reflexo de pânico. Depois de um longo momento, engoliu em seco e conseguiu dar uma risada falsa.

— Se você está tentando me pegar desprevenida, te garanto que foi bem-sucedido.

Foi uma das melhores recuperações que já tinha visto, mas Tony não tinha imaginado a confissão nos olhos dela.

— Não sou nenhum perigo pra você — disse ele, com suavidade. — Confidencialidade é a minha segunda natureza. Mas também não sou trouxa. Você e o Jacko, aquilo é mais falso do que nota de três libras. Betsy chegou primeiro. Ah, e rolaram alguns boatos. Mas você e Jacko tinham o namoro mais público desde Charles e Diana. Isso matou a fofoca.

— Por que está tocando nesse assunto? — perguntou ela.

— Nós dois estamos aqui por curiosidade. Respondi a todas as perguntas que fez. Você pode devolver a gentileza, ou não. — O seu sorriso, assim ele esperava, era caloroso.

— Meu Deus — disse ela, admirada. — Você é ousado.

— Como acha que me tornei o melhor?

Micky o olhava de maneira especulativa, gesticulando para o garçom, que estava se aproximando com o cardápio de sobremesa.

— Traga outra garrafa de Zinfandel pra nós — pediu, reconsiderando a proposta. Ela se inclinou para a frente e falou suavemente: — O que você quer perguntar?

— Qual a vantagem disso pro Jacko? Com certeza ele não é gay, é?

Micky abanou a cabeça enfaticamente.

— A Jillie terminou com o Jacko depois do acidente porque não queria ficar com um homem que não fosse perfeito. Ele jurou que nunca mais entraria em outro relacionamento sexual no qual suas emoções estivessem envolvidas. Ele precisava de um despiste pra manter as mulheres longe dele, eu precisava de um homem atrás de quem pudesse esconder a Betsy.

— Benefício mútuo.

— Isso mesmo, benefício mútuo. E, pra ser justa com o Jacko, ele nunca rompeu o trato. Não sei o que faz com a vida sexual dele, mas suspeito que envolva garotas de programa bem caras. Francamente, não me preocupo, contanto que não me deixe constrangida.

Micky apagou o cigarro e o encarou com o olhar que normalmente dirigia para a câmera.

— Fico impressionado como alguém pago para ser curioso sobre outras pessoas tenha tão pouca curiosidade em relação ao próprio marido.

O sorriso dela foi irônico.

— Se tem uma coisa que 11 anos de casamento me ensinaram é que ninguém consegue conhecer aquele homem. Não que ache que ele minta — considerou ela —, só que revela muito pouco da verdade. Pessoas diferentes conseguem captar pedacinhos da verdade de Jacko, mas não acho que alguém consiga toda ela.

— O que quer dizer?

Tony pegou a garrafa de vinho deixada ali com discrição, encheu a taça de Micky e colocou mais um pouco na sua, que estava praticamente cheia.

— Vejo o Jacko se comportando em público como o marido perfeito e solícito, mas sei que é encenação. Quando estamos só nós três, ele é tão distante que é difícil acreditar que moramos todos debaixo do mesmo teto pelos últimos 12 anos. Quando está trabalhando, age como as pessoas esperam que uma celebridade da TV se comporte; um perfeccionista um pouco exagerado que grita com a equipe e o assistente pessoal quando as coisas não são feitas com perfeição. Mas, com o público, ele é o Senhor Charme. Só que, quando o negócio é levantar dinheiro, ele é um obstinado homem de negócios. Você sabe que pra cada libra que ele consegue pra caridade, ele ganha duas?

Tony fez que não e disse:

— Suponho que ele argumenta que está gerando fundos pra caridade que eles não conseguiriam de outra maneira.

— E por que deveria trabalhar de graça? Certo. Eu, quando faço eventos de caridade, sequer cobro reembolso das despesas. Mas aí tem o outro lado, o trabalho voluntário que ele faz com os doentes terminais e as pessoas com ferimentos graves depois de acidentes. Ele passa horas ao lado da cama deles, escutando, conversando, e ninguém sabe o que acontece entre eles. Uma vez um jornalista tentou esconder um gravador pra revelar "o coração secreto de Jacko Vance". Só que o Jacko descobriu e destruiu o gravador. Literalmente deixou o aparelho em pedaços. Acharam que ele ia fazer a mesma coisa com o jornalista, mas o cara teve o bom senso de dar no pé.

— Um homem que gosta de privacidade — resumiu Tony.

— Ah, isso o Jacko tem, e muita. Tem uma casa em Northumberland, bem no meio do nada. Eu a vi uma vez nesses anos todos e só porque eu e Bets estávamos indo de carro pra Escócia e decidimos dar uma passadinha lá. Tive praticamente que o forçar a fazer uma xícara de chá pra gente. Nunca me senti tão pouco bem-vinda na minha vida inteira — Micky sorriu indulgentemente. — É, pode-se dizer que ele gosta de privacidade. Isso não me incomoda. Melhor isso do que ficar me rodeando o tempo todo.

— Ele não deve ter ficado muito feliz com a polícia xeretando, então — disse Tony. — Estou falando do que aconteceu depois da visita da Shaz Bowman.

— Você tem razão. Na verdade, eu que liguei pra polícia, sabe. Da maneira como a Betsy e o Jacko reagiram, você acharia que dedurei os dois por terem cometido um assassinato. Foi um pesadelo tentar fazer aqueles dois verem que não podíamos ignorar o fato de que aquela pobre mulher tinha estado lá em casa não muito tempo antes de ser assassinada.

— Por sorte, pelo menos um de vocês tem senso de dever. — comentou Tony, seco.

— É mesmo. Além disso, pelo menos mais uma pessoa sabia que ela estava indo para lá; aquela policial com quem o Jacko conversou. Não tinha chance daquilo ser um segredo nosso.

— Me sinto tão culpado pela Shaz — disse Tony, virando e ficando de lado. — Eu sabia que ela estava aflita por causa de teoria que tinha elaborado, mas não achava que agiria sem conversar antes comigo.

— Está falando que também não sabia no que ela estava trabalhando? — disse Micky, incrédula. — Os policiais que foram lá em casa não pareciam ter muita ideia disso, mas achei que você soubesse com certeza.

Tony deu de ombros.

— Na verdade, não. Sei que ela acreditava que um serial killer estava afligindo meninas adolescentes e que ele também poderia ser um desses sujeitos que perseguem celebridades. Mas não sei detalhes. Era pra ser só um exercício de treinamento, não era pra valer.

Micky sentiu um calafrio e esvaziou a taça.

— Dá pra gente mudar de assunto? É ruim pra digestão, falar sobre isso.

Dessa vez, ele não tentaria persuadi-la. A aposta tinha dado um retorno significativo. E ele não era ganancioso.

— Ok. Me conta como foi que você conseguiu fazer o Ministro da Agricultura admitir o envolvimento dele com aquela empresa de biotecnologia?

* * *

Carol olhou para os três rostos amotinados à sua frente.

— Sei que ninguém gosta de trabalhar com vigilância policial. Mas é assim que vamos pegar o nosso homem. Pelo menos os intervalos entre as ações dele são bem curtos, então há chances de que a gente se dê bem nos próximos dias. Olha só, é assim que vou querer trabalhar. Vamos fazer isso por nossa conta. Tenho consciência de que assim o trabalho fica mais difícil, mas vocês sabem como é nosso orçamento. Conversei com o pessoal da delegacia e eles concordaram em nos ceder alguns homens para cobrirmos o turno do dia. Toda noite, às dez, dois de vocês assumirão a vigilância. Vão trabalhar duas noites e folgar uma. Vão usar o companheiro como apoio caso alguma coisa aconteça. Começamos hoje. Os primeiros vigilantes já estão na rua. Alguma pergunta?

— E se sacarem que a gente está fazendo vigilância? — perguntou Lee.

— A gente nunca deixa que saquem que estamos fazendo vigilância — afirmou Carol. — Mas, se o impensável acontecer, vocês saem, ligam pro seu parceiro e trocam de alvo no primeiro momento oportuno. Reconheço que esta operação é difícil com uma mão de obra tão reduzida, mas tenho total confiança de que vocês dão conta do recado. Não me desapontem, por favor.

— Senhora. — chamou Di.

— Sim.

— Se a nossa mão de obra está tão reduzida assim, por que, entre os dois suspeitos que temos, a gente não foca no mais provável?

Era uma pergunta constrangedora e inteligente. Era a questão que Carol debatera com Nelson durante o café da manhã. Ela havia afastado sua mente de um medo crescente que a levava à beira da obsessão.

— Boa pergunta — elogiou ela. — Eu mesma fiz essa consideração. Depois pensei: e se priorizarmos o suspeito errado e só descobrirmos isso depois de outro incêndio fatal? Então decidi que, provavelmente, é melhor em termos de policiamento público optar por vigiarmos de perto os dois.

Di concordou com um gesto de cabeça e disse:

— Está bem. Só estava pensando nas possibilidades.

— Certo. Decidam os turnos entre vocês, vão embora e voltem às dez. Me mantenham informada. Estou a um telefonema de distância. Não me deixem no escuro.

— Quando você diz só um telefonema de distância, senhora... — perguntou Tommy arrastando sugestivamente as palavras.

— Quero estar lá quando fizerem uma prisão.

— Ah, bom, era isso mesmo que achava que você estava querendo dizer.

Seu dissimulado desapontamento tinha a intenção de irritá-la, ela sabia. Determinada a não mostrar que tinha sido bem-sucedido, Carol sorriu com doçura.

— Acredite em mim, Tommy, você deveria estar agradecido por isso. Agora saiam daqui e me deixem trabalhar.

Estava com a mão no telefone antes mesmo de ter terminado de falar. Digitou o primeiro número de uma lista em frente a si, batendo na mesa com um lápis enquanto a nata da polícia de Seaford saia marchando com todo o brio de uma lesma sob efeito de Valium.

— Fechem a porta depois de saírem, por favor — ordenou ela. — Alô. Diretoria de comunicação da polícia? Aqui é a detetive inspetora-chefe Carol Jordan, de East Yorkshire. Preciso falar com alguém sobre pessoas desaparecidas... Enviei uma solicitação sobre meninas adolescentes...

Tony entrou com o carro na via secundária imaginando se gostaria mais de dirigir se tivesse um daqueles carros bacanas que via em propagandas cintilantes, em vez do seu velho e detonado. Por alguma razão, duvidava disso. Mas não era nisso que devia estar pensando enquanto o seu limpador de para-brisa esbofeteava a chuva oblíqua de Yorkshire e revelava a imagem distante de Bradford. No trevo, seguiu as instruções que lhe foram dadas e, por fim, estacionou em frente a uma casa cuja limpeza obsessiva só era comparável à precisão militar do seu único canteiro de flores. Até mesmo as cortinas pareciam ter sido abertas de maneira que a mesma quantidade de tecido ficasse à mostra dos dois lados da janela.

A campainha era um desagradável e insistente zumbido. A porta foi aberta e revelou um sujeito que ele vira em todos os eventos de Jacko Vance a que tinha ido. Tony persuadira aquele homem e mais dois outros entusiastas com câmeras a darem seus nomes e endereços com o pretexto de que estava fazendo um estudo sobre o fenômeno da fama visto pelos olhos dos fãs, e não dos famosos. Era uma bobagem sem sentido, mas fez com que se sentissem importantes o bastante para cooperarem.

Philip Hawsley foi o primeiro pela simples razão de que morava mais perto. Ao segui-lo até uma sala de arrumação sobrenatural que cheirava a cera de móveis e odorizador e parecia a réplica de um museu da vida da classe média-baixa em 1962, Tony identificou todos os sinais do obsessivo-compulsivo. Hawsley, que poderia ter qualquer idade entre 30 e 50 anos, constantemente passava os dedos sobre os botões do seu cardigã bege para verificar se estavam todos no lugar e conferia as unhas pelo menos uma vez por minuto para se certificar de que não tinham ficado sujas desde a última vez que as olhara. Seu cabelo, que estava ficando grisalho, tinha um corte militar bem curto e os sapatos estavam tão engraxados que refletiam como um espelho. Convidou Tony para se sentar, apontando para a poltrona que queria que este ocupasse; sem lhe oferecer nada para beber, sentou-se exatamente em frente ao psicólogo, com os tornozelos e joelhos pressionados com firmeza uns aos outros.

— Uma coleção e tanto — elogiou Tony, olhando ao redor da sala.

Uma parede inteira estava repleta de fitas de vídeo, todas etiquetadas com data e nome de um programa. Mesmo de onde estava sentado, conseguia ver que a vasta maioria era de *Vance Visita*. Um móvel de compensado na parede continha uma série de álbuns e pastas de recortes. Havia meia dúzia de pastas de recortes em uma prateleira acima do móvel. O orgulho do lugar era uma fotografia colorida grande e emoldurada pendurada na parede acima da lareira a gás. Nela Hawsley e Jacko Vance davam um aperto de mão.

— Um pequeno tributo, mas só pra mim — comentou Hawsley com uma voz bem afeminada. Tony conseguia imaginar, com total nitidez, como ele devia ter sido importunado na adolescência. — A gente tem a mesma idade. Até o dia é igual. Sinto que nossos destinos estão inextricavelmente ligados. Somos como dois lados da mesma moeda. Jacko é o rosto público e eu, o privado.

— Deve ter levado anos pra reunir todo esse material — comentou Tony.

— Eu me dedico a manter o arquivo — explicou Hawsley com vaidade. — Gosto de pensar que tenho uma visão da vida do Jacko melhor do que a dele mesmo. Quando você fica muito ocupado vivendo, não tem tempo de sentar e refletir a vida como eu faço. Sua bravura, seu poder de se comunicar com as pessoas comuns e de inspirá-las, sua ternura, sua compaixão. Ele é o homem do nosso tempo. É um dos pequenos paradoxos da vida o fato de ter perdido uma parte do corpo para ganhar tamanha importância.

— Concordo plenamente — disse Tony, recorrendo de forma natural a técnicas conversacionais que anos trabalhando com os mentalmente doentes deram ao seu repertório.

— Ele é uma inspiração, o Jacko.

Ele encostou e deixou Hawsley despejar sua adulação, fingindo ficar fascinado quando o que sentia era repugnância em relação ao assassino que se disfarçava tão bem que os inocentes e doentes caíam direitinho no seu fingimento. Por fim, depois que Hawsley relaxara o bastante a ponto de sair da ponta da cadeira e se aproximar de algo que poderia ser considerado conforto, Tony disse:

— Eu adoraria ver os seus álbuns de fotos.

As datas cruciais estavam cravadas na sua memória.

— Para os propósitos do nosso estudo, estamos verificando momentos precisos na carreira das pessoas — disse Tony enquanto Hawsley abria o armário e começava a tirar álbuns. Toda vez que Tony mencionava um mês e um ano, Hawsley escolhia um volume em particular e o colocava na mesinha de centro, abrindo-o nas páginas específicas. Jacko Vance era nitidamente um homem atarefado, fazia entre cinco e vinte aparições por mês, a maioria relacionada à arrecadação de fundos para a caridade, frequentemente para o hospital em Newcastle onde fazia trabalho voluntário.

A memória de Hawsley para detalhes relacionados ao seu ídolo era fenomenal, o que trazia vantagens e desvantagens a Tony. Uma vantagem era que lhe dava bastante tempo para analisar as imagens diante de si; a desvantagem era que a voz sussurrante dele chegava perto de colocar Tony em um transe hipnótico. Não demorou muito, entretanto, para que Tony vibrasse de empolgação, fazendo-o recuperar totalmente a atenção. Ali, apenas dois dias antes da primeira menina adolescente que fazia parte do grupo de Shaz Bowman desaparecer para sempre, estava Jacko Vance inaugurando uma casa de repouso em Swindon. Na segunda das quatro fotografias de Hawsley tiradas no evento, Tony viu o rosto que memorizara bem ao lado da resplandecente cabeça de Jacko Vance. Debra Cressey. Quatorze anos quando desapareceu. Dois dias antes olhava adoravelmente para Jacko Vance enquanto ele lhe dava um autógrafo; ela parecia uma menina no paraíso.

Duas horas depois, Tony identificou, ao lado de Vance, outra menina desaparecida, dessa vez ele aparentemente estava conversando com ela. A terceira que encontrou estava se esticava na pontinha dos pés para roubar um beijo do sorridente Vance, mas a cabeça dela estava um pouco virada em relação à câmera, fazendo com que fosse difícil ter certeza. A única coisa que ele tinha que fazer era fazer com que Hawsley lhe emprestasse as fotos.

— Posso pegar algumas dessas fotos emprestadas? — perguntou ele.

Hawsley negou com um vigoroso movimento de cabeça e um semblante profundamente chocado.

— É claro que não — respondeu. — É vital que a integridade do arquivo seja mantida. E se alguém me visitar e estiverem faltando itens no inventário? Não, dr. Hill, infelizmente isso está completamente fora de questão.

— E os negativos? Ainda os tem?

Claramente ofendido, Hawsley respondeu:

— É claro que tenho. Está achando que minha operação é bagunçada assim?

Ele levantou e abriu um armário no móvel da parede. Havia caixas de negativos empilhadas nas prateleiras, todas meticulosamente etiquetadas, assim como os vídeos. Tony estremeceu por dentro, imaginando a meticulosa lista de todos os negativos na caixa. Estava mais para o obsessivo do que para o acumulador banal.

— Bom, pode me emprestar os negativos pra eu fazer cópia? — pediu ele, determinado a manter a pontada de exasperação longe da sua voz.

— Não posso deixar que eles saiam da minha posse — teimou Hawsley. — São significativos.

Foram necessários mais 15 minutos para conseguirem chegar a um acordo. Ele levou Philip Hawsley e seus preciosos negativos até a uma loja onde Tony pagou uma soma extorsiva para imprimir as fotografias relevantes enquanto esperavam. Depois levou o homem de volta pra casa para que pudesse guardar os negativos no lugar deles antes que seus companheiros notassem que haviam saído de lá.

Dirigindo pela rodovia em direção ao próximo nome da lista, permitiu-se um breve momento de triunfo.

— Vamos te pegar Jack Bacana — disse ele. — Nós vamos te pegar.

Tudo o que Simon McNeill sabia de Tottenham era que eles tinham um time de futebol na segunda divisão e que mataram um policial durante um motim nos anos 1980 quando ainda estava na faculdade. Ele não esperava que os nativos fossem amigáveis, então não se surpreendeu ao ser recebido no tribunal eleitoral sem muito entusiasmo. Quando explicou o que queria, o bicho-pau de terno atrás do balcão revirou os olhos, suspirou e disse com má vontade:

— Vai ter que fazer isso aí por sua conta. Não tenho gente pra isso, ainda mais sem terem avisado nada. — Ele mostrou a Simon onde ficavam os arquivos empoeirados. Levou dez segundos pra explicar como funcionava o sistema de arquivamento e o deixou lá.

Os resultados da sua busca não eram encorajadores. A rua em que Jacko Vance crescera consistia em mais ou menos quarenta casas nos anos 1960.

Em 1975, vinte e duas das casas desapareceram, supostamente substituídas por um condomínio de apartamentos chamado Shirley Williams House. Nas dezoito casas remanescentes o registro de eleitores mudava constantemente, poucas pessoas pareciam ficar ali mais do que alguns anos, particularmente durante o sombrio período do imposto comunitário em meados dos anos 1980. Apenas um nome era constante. Simon apertou a ponte do nariz para amenizar a dor de cabeça que começava a sentir. Esperava que Tony Hill estivesse certo e que tudo aquilo os aproximasse de pegar o assassino de Shaz. A imagem do rosto dela emergiu dolorosamente em frente a Simon, os surpreendentes olhos azuis brilhando sob o sorriso. Era quase insuportável para ele. Não é hora de ficar remoendo, disse a si mesmo, enquanto vestia a jaqueta de couro e saía em busca de Harold Adams.

O número nove na Jimson Street era uma casa pequenina de sujos tijolos amarelos. O pequeno jardim retangular que a separava da rua estava repleto de latas de cerveja, pacotes de batata frita e embalagens de comida delivery. Um esquelético gato preto levantou o olhar malévolo quando Simon abriu o portão, então saltou para a liberdade com um osso de galinha na boca. A rua fedia a podridão. A carcaça ressecada que abriu a porta depois do chacoalhar de ferrolhos e da abertura de trancas parecia já ser um velho quando Jacko Vance era criança. Simon sentiu um aperto no coração.

— Sr. Adams? — perguntou, sem muita esperança de receber uma resposta inteligível.

O velhinho ergueu a cabeça num esforço para derrotar a postura envergada e encarar os olhos de Simon.

— Você faz parte daquele conselho? Já falei praquela mulher que não quero nenhum assistente pra me ajudar e não preciso de nenhum programa social que me entregue comida. — Sua voz parecia uma dobradiça com uma desesperada necessidade de óleo.

— Sou da polícia.

— Não vi nada — disse Adam rapidamente, movendo-se para fechar a porta.

— Não, espera aí. Não é nada disso. Quero falar sobre alguém que morou aqui há muitos anos atrás: Jacko Vance. Quero conversar sobre ele.

Adams ficou em silêncio.

— Você é jornalista, não é? Está tentando dar um golpe num velho. Vou ligar pra polícia.

— Eu *sou* a polícia — afirmou Simon, balançando seu distintivo em frente àqueles desbotados olhos cinza — Veja.

— Tá bom, tá bom, não sou cego. Você e seus parceiros vivem falando pra gente tomar cuidado. Por que quer conversar sobre Jacko Vance? Ele já não mora aqui há... deixa ver, deve ter uns 17, 18 anos.

— Será que posso entrar pra gente trocar uma ideia? — perguntou Simon, com certa esperança de que Adams o faria ir embora com uma pulga atrás da orelha.

— Tudo bem, pode entrar.

Adams abriu mais a porta e se afastou para deixar Simon entrar. Sentiu um vestígio do cheiro de urina respingada e biscoito velho antes de se virar na direção da sala. Para sua surpresa, o lugar estava impecável. Não havia uma poeirinha na tela da TV, nenhuma mancha nos protetores de braço de pontas rendadas nas poltronas, nenhuma sujeira no vidro das molduras das fotografias alinhadas no console da lareira. Harold Adams estava certo; não precisava de assistente social para ajudar na limpeza. Simon esperou o senhor se ajeitar na poltrona antes de enfim se sentar.

— Sou o último que sobrou — disse Adams com orgulho. — Quando viemos pra cá em 1947, era como uma grande família, esta rua. Todo mundo sabia o que os outros faziam e, igualzinho a uma família, sempre tinha briga. Agora ninguém conhece ninguém, mas continuam brigando do mesmo jeito.

Quando o homem abriu o sorriso, Simon pensou que aquele rosto parecia o crânio de um pássaro predador cujos olhos de alguma maneira conseguiram sobreviver.

— Aposto que sim. Você conhecia bem a família do Jacko Vance, então?

Adams deu uma risadinha dissimulada.

— Nao era bem uma família, na minha opinião. O pai dele se dizia engenheiro, mas, de acordo com o que eu via, apenas era a desculpa perfeita pra ele dar aquela desaparecida de uma hora pra outra e ficar fora semanas a fio. Olha, eu não ficaria surpreso se me dissessem que ele era montado na grana. Sempre era o mais bem vestido da rua, se é que me entende. Só não gastava um centavo a mais do que o necessário com a casa, a esposa e o menino.

— Como era a esposa?

— Tinha a cabeça fora do lugar. Não tinha tempo praquele rapaz, nem mesmo quando ele era um bebê. Ela enfiava o Jacko no carrinho e deixava o menino em frente de casa por horas. Às vezes, até se esquecia de levar o garoto pra dentro quando começava a chover e a minha Joan ou outras mulheres daqui tinham que ir até lá e bater na porta pra avisar. Joan costumava falar que, de vez em quando, ela ainda estava de camisola na hora do jantar.

— Ela bebia, então?

— Nunca ouvi falar isso, não. Só não gostava do menino. Tinha vergonha dele, creio eu. Depois que ele cresceu, a mãe o deixava largado, fazendo o que quisesse. Aí, quando iam lá reclamar, ela caia matando. Não sei o que acontecia atrás das portas fechadas, mas, às vezes, a gente escutava o menino aos prantos. Nunca fazia coisa boa, compreende?

— O que quer dizer?

— Era um sujeitinho maldoso, aquele Jacko Vance. Não estou nem aí quando falam que é um herói e um atleta, a maldade nele era gigantesca. Ah, sabia ser todo charme quando achava que isso podia fazer o danado se dar bem. Tinha todas as esposas da rua na palma da mãozinha dele. Elas sempre davam uns presentinhos, deixavam o menino assistir TV na casa delas quando a mãe o trancava do lado de fora.

Adams estava gostando do próprio relato. Simon suspeitava que, ultimamente, não era sempre que sua malícia ficava com as rédeas assim tão soltas. Estava determinado a aproveitar ao máximo.

— Mas você sabia qual era a dele de verdade, não é?

Adams deu mais uma risadinha dissimulada.

— Sabia tudo o que acontecia nesta rua. Uma vez peguei aquele vagabundo daquele Vance atrás do estacionamento na Boulmer Street. Estava segurando um gato pelo cangote porque assim o animal não conseguia fugir. Mergulhava o rabo dele num pote de gasolina quando apareci da esquina e tinha uma caixa de fósforos no chão, ao lado dele. — O silêncio momentâneo foi eloquente. — Fiz com que deixasse o gato ir embora, depois dei um chute na bunda dele que pegou o moleque de jeito. Mas não acho que fiz o menino parar com aquilo. Os gatos sempre sumiam por aqui. As pessoas comentavam isso. Eu tinha a minha própria opinião.

— Como você mesmo disse, um sujeitinho maldoso.

Aquilo parecia bom demais pra ser verdade. Simon passara muito tempo se preparando para a seleção em Leeds para não reconhecer as marcas de psicopatia no histórico de alguém. Todos os manuais falavam de tortura de animais. E aquele homem ali tinha visto isso em primeira mão. Não teria conseguido achar uma fonte melhor se tivesse procurado durante semanas.

— Ele gostava de fazer bullying e coisa e tal. Sempre sacaneava as crianças menores, desafiando os meninos a fazerem coisas perigosas, levando todos a se machucassem; mas ele mesmo nunca encostava um dedo nos garotos. Era como se ele armasse o esquema pra que a coisa toda acontecesse e depois se afastava pra ficar observando. Eu e Joan agradecíamos por nossos dois filhos já serem crescidos e terem ido embora nessa época. E, quando os netos começaram a vir pra cá, Vance já tinha descoberto que conseguia jogar aquela porcaria daquele dardo mais longe do que qualquer outra pessoa. E, se quer saber, achamos que ele já tinha ido tarde.

— É difícil achar gente disposta a falar mal daquele sujeito — disse Simon com calma. — Ele salvou algumas vidas, não dá pra argumentar contra isso. Faz muito trabalho de caridade. E dedica parte do tempo pra trabalhar com doentes terminais.

O velho contorceu o rosto num sorriso de escárnio.

— Já falei que ele gosta de observar. Provavelmente fica todo entusiasmado por saber que eles vão morrer em breve e ele vai continuar pavoneando por se achar o tal na televisão. Estou te falando, filho, o Jacko Vance é um sujeitinho bem maldoso. Mas, então, por que vocês estão atrás dele?

Simon sorriu.

— Em momento algum falei que estava atrás dele.

— Então por que cê quer ficar falando sobre ele?

Simon deu uma piscada e disse:

— Ora, o senhor tem que entender que não posso revelar os detalhes de uma investigação policial. Suas informações foram extremamente proveitosas, muito mesmo. Se fosse você, ficaria de olho na TV nos próximos dias. Com um pouquinho de sorte, vai descobrir exatamente por que vim aqui.

Ele ficou de pé.

— E agora é melhor seguir o meu caminho. O meu chefe vai ficar muito interessado no que você me contou, sr. Adams.

— Esperei anos pra falar isso, filho. Anos, eu esperei.

Barbara Fenwick fora morta seis dias depois do seu aniversário de 15 anos. Se tivesse vivido, teria por volta de 27 anos. Seu corpo mutilado e estrangulado fora encontrado em uma cabana para pessoas que faziam caminhada pelos campos fora da cidade. Existiam sinais de que ela fora estuprada, apesar de não haver esperma nem dentro nem fora do corpo. O que tornava o caso incomum era a natureza dos ferimentos. Enquanto a maioria dos assassinos psicopatas desfiguravam os órgãos sexuais das vítimas, aquele ali esmagara o braço direito da menina e o transformara em uma pasta sangrenta ao despedaçar ossos e rasgar músculos até que fosse difícil saber a que lugar pertencia cada fragmento. Ainda mais interessante era o fato do patologista ter insistido que os ferimentos foram provocados pela aplicação de aumento progressivo de pressão, e não por um único e terrível impacto.

Isso não fizera o menor sentido para os investigadores.

As pessoas que encontraram o corpo de Barbara foram inocentadas, pois estiveram acampadas e caminhando durante os seis dias anteriores. Os pais dela, que ficaram atormentados depois do desaparecimento, também não se tornaram suspeitos. A menina ficara viva e estava bem por mais dois dias depois da denúncia do desaparecimento. Além disso, o padrasto e a mãe se viram acompanhados por pelo menos um policial desde então. Os pais afirmavam o tempo todo que ela era feliz em casa, que nunca teria fugido e que devia ter sido sequestrada. A polícia fora cética, chamando a atenção para o fato de que as melhores roupas de Barbara desapareceram e que ela mentira sobre aonde ia depois da aula no dia fatídico. Além disso, a menina tinha matado aula, e não pela primeira vez.

Isso também não fizera o menor sentido para os investigadores.

Barbara Fenwick não fora uma adolescente desvairada e problemática. Nem conhecida da polícia; seus amigos negavam que ela bebesse mais do que uma dose ocasional de sidra e ninguém achava que ela tivesse tido experiência com drogas ou sexo. Seu último namorado, que a dispensara uma semana antes para sair com outra pessoa, disse que nunca chegaram aos finalmentes e que, apesar dela ser muito sexy, provavelmente, assim como ele, ainda era virgem. A garota estava indo muito bem na escola e aspirava estudar para ser enfermeira de berçário. Foi vista pela última vez em um ponto de ônibus para Manchester, na manhã do desaparecimento. Ela dissera ao vizinho que estava indo ao dentista, pois tinha uma consulta para ver os sisos. A mãe dela disse que Barbara não tinha o menor sinal dos sisos, fato confirmado pelo patologista.

Isso não fizera o menor sentido para os investigadores.

Não havia nada no comportamento dela que indicasse que a menina estava prestes a sair dos trilhos. Tinha saído com um grupo de amigas para uma boate no sábado à noite antes do desaparecimento. Jacko Vance era a celebridade presente e estava dando autógrafos para arrecadar fundos para a caridade. Os amigos disseram que ela se divertiu muito naquela noite.

Nada daquilo fizera o menor sentido para os investigadores.

Mas fazia todo o sentido para Leon Jackson.

Capítulo 21

O bloco de pedra fora tão bem instalado que sequer fazia o rangido sinistro de filme de terror. Quando uma pequena corrente elétrica exercia pressão em um ponto especifico e preciso, ele girava 180 graus silenciosa e facilmente em um eixo e revelava a escada para a pequena cripta que ninguém jamais suspeitaria existir debaixo daquela capela reformada. Jacko Vance acendeu o interruptor, inundando a cripta com uma inóspita e fluorescente luz, depois desceu.

A primeira coisa que notou foi o cheiro, que o golpeou antes dele ter descido o bastante para ver a criatura que uma vez fora Donna Doyle. Era putrefação de carne pulverizada misturada ao cheiro rançoso de pele febril imunda e o fedor acre da privada química. Sentiu seu estômago revirar, mas disse a si mesmo que o fedor era pior na ala do hospital para doentes terminais, onde a gangrena devorava os corpos de pessoas que tinham amputado mais partes do corpo que o bom senso permitia extirpar. Era mentira, mas servia para enrijecer seus nervos.

Na parte de baixo da escada, olhou para a patética criatura se pressionando contra a fria parede de pedra como se tivesse a esperança de conseguir empurrá-la a ponto de atravessá-la e fugir.

— Meu Deus, você está nojenta — desdenhou ele, referindo-se ao cabelo emaranhado, às feridas imundas e à sujeira que acumulara ao esbarrar nas coisas no escuro.

Ele deixara ali caixas de cereal matinal e ela tinha água na torneira. Não havia desculpa para estar naquele estado; poderia ter feito um esforço para se limpar, em vez de ficar deitada no colchão sobre a própria sujeira, ele pensou. O grilhão preso às pernas dava-lhe liberdade de movimento suficiente para isso, e a dor no braço não tinha sido tanta a ponto de fazer com que parasse de comer, a julgar pelos pacotes abertos caídos ao redor dela. Jacko estava satisfeito por ela ter optado pelo colchão coberto com plástico, pois assim podia, com uma simples mangueirada, eliminar a asquerosa presença quando tivesse terminado com ela.

— Olha só pra você — desdenhou novamente, atravessando arrogantemente a sala em direção a ela, desabotoando a jaqueta e a jogando em uma cadeira que estava fora do alcance da menina. — Por que eu ia querer alguma coisa com um lixo igual a você?

O barulho lamurioso que vinha dos lábios feridos de Donna era sem nexo. Com a mão que não estava machucada, agarrou o cobertor numa pungente tentativa de cobrir sua nudez. Com um passo rápido, Jacko se agigantou na direção dela e lhe arrancou a coberta áspera de lã. Com seu braço protético, esmurrou o rosto dela, que caiu de costas no colchão, lágrimas escorrendo e se misturando ao sangue e catarro que saiam do nariz.

Vance deu um passo atrás e escarrou nela. Friamente, despiu-se, dobrou com cuidado suas roupas e as organizou na cadeira. Estava ardendo e duro, pronto para o que tinha ido fazer ali. Teve que esperar mais do que de costume, mais do que queria, por causa daquela puta inconveniente da Bowman. Depois da descoberta do corpo dela, ele não se atrevera a chegar perto daquele lugar até que tivesse conseguido dispensar a polícia. Tomou muito cuidado para não chamar a atenção. E, mesmo que Tony Hill pensasse que ele podia ser culpado de alguma coisa, não havia provas nem ninguém para vigiá-lo. Sentia-se seguro para voltar e experimentar mais uma dose daquilo que fazia a vida valer a pena, a doce cota de vingança, o sabor do sofrimento.

Caiu de joelhos no colchão, abriu as pernas da adolescente à força, saboreando os protestos dela, as inúteis tentativas de impedi-lo, os tristes gritos de repúdio. Quando a penetrou, deixou todo o seu peso recair sobre o braço machucado da menina.

Donna Doyle finalmente emitiu um som coerente. O grito que ecoou pela macabra cripta era, inequivocamente:

— Não!

Capítulo 22

Carol abriu a porta com um puxão e praticamente arrastou Tony para dentro do chalé.

— Já estávamos começando a imaginar que você tinha se perdido — disse ela, caminhando com passos firmes na frente dele para a mesa de jantar onde, ao lado de fatias de pão de oliva e uma variedade de queijos, havia uma garrafa térmica de boca larga cheia de sopa.

— Acidente na rodovia — disse ele, jogando uma pasta na mesa e afundando na cadeira. Parecia desorientado e preocupado.

Carol serviu duas canecas de sopa e passou uma a Tony.

— Preciso conversar com você antes que os outros cheguem. Tony, isto aqui não é mais um exercício acadêmico. Acho que ele pegou outra dias antes de matar a Shaz.

Repentinamente ela tinha toda a atenção dele. O que quer que estivesse na cabeça de Tony quando passou pela porta foi jogado de lado e seus olhos azuis-escuro queimavam na direção dos dela.

— Provas? — reivindicou ele.

— Tive um palpite, então emiti uma solicitação sobre pessoas desaparecidas pro país todo. Recebi uma ligação hoje à tarde de Derbyshire. Donna Doyle. Quatorze anos. De Glossop. Uns oito quilômetros depois do final da rodovia M67. — Carol entregou a ele uma cópia do fax que o Departamento de Investigação Criminal local lhe enviara. — A mãe fez esse cartaz porque a polícia não estava muito preocupada. É o padrão habitual, olha só. Saiu de casa pra ir pra escola de manhã, deu uma desculpa pra justificar que chegaria tarde em casa. As melhores roupas desapareceram. Fuga premeditada, o caso não foi fechado, mas está sendo discretamente ignorado. Falei com a policial que conversou com a mãe antes deles perderem interesse. Não instiguei a policial; voluntariamente ela disse que, duas noites antes de ela desaparecer, Donna fora com colegas a um evento de caridade no qual Jacko era convidado de honra.

— Merda — soltou Tony. — Carol, dependendo do que ele faz com elas, essa menina ainda pode estar viva.

— Não quero nem pensar nisso.

— É possível. Isso se ele fica com elas antes de matá-las. E sabemos que muitos serial killers agem assim por causa da carga de poder que isso lhes dá. Existe a possibilidade dele não ter arriscado chegar perto dela depois que matou a Shaz. Jesus, temos que achar um jeito de encontrar esse matadouro. E rápido.

Eles se olharam com o semblante constrito de quem toma consciência de que outra vida pode estar dependendo da maneira como trabalham.

— Ele tem um chalé em Northumberland — informou Tony.

— Não vai fazer isso na própria casa — objetou Carol.

— Provavelmente não, mas apostaria que o matadouro dele fica a pouco tempo de carro de lá. O que nossa equipe tem pra nós? — perguntou ele com um tom sinistro.

Carol olhou para o relógio.

— Não sei. Chegam aqui a qualquer momento. Vão se encontrar em Leeds e vir juntos. Todos já entraram em contato e parece que a gente desenterrou muita coisa valiosa.

— Bom.

Antes que pudesse dizer mais alguma coisa, ambos escutaram o som de um motor se esforçando para vencer a subida até o chalé.

— Pelo barulho, aí vem a cavalaria.

Carol abriu a porta e o trio marchou para dentro, todos aparentavam estar extraordinariamente satisfeitos consigo mesmos. Eles se amontoaram nas cadeiras ao redor da mesa, tirando jaquetas e casacos e os jogaram no chão, ansiosos para começar. Tony passou a mão pelo cabelo e disse:

— Achamos que ele pegou uma menina logo antes de matar a Shaz. Ela pode estar viva ainda.

Não sentiu prazer algum em observar o brilho dos olhos deles morrer e o rubor de satisfação desaparecer para dar lugar à palidez aflita da ansiedade.

— Carol?

Carol repetiu a informação que passara a Tony, enquanto ele foi à cozinha se servir de café, cujo cheiro havia sentido.

Quando retornou, disse:

— Não vamos ter tempo de nos dar ao luxo de traçar um perfil detalhado e fazer um brainstorming de todos os seus itens. Vamos ter que fazer das tripas coração o mais rápido possível pra conseguir provas e realizar o que pudermos pra salvar outra vida. Então, vamos ver o que cada um conseguiu. Kay, por que não começa?

Sucintamente, Kay relatou suas conversas com os pais desolados.

— O ponto crucial é que todos eles contam a mesma história. Não há nenhuma discrepância significativa nem com o que contaram originalmente à polícia, nem com a versão de cada um sobre os fatos. Consegui pegar a foto de uma das meninas com Jacko Vance e identifiquei que todas elas foram a eventos perto de onde moravam poucos dias antes de desaparecerem. Não consegui nenhuma conexão mais robusta que essa. Sinto muito.

— Não tem que se desculpar de nada — disse Tony. — Fez um ótimo trabalho. Não deve ter sido fácil conseguir tudo isso com essas pessoas que ainda estão sofrendo por suas filhas estarem na lista de desaparecidos. A foto também é útil, porque podemos fazer a ligação de maneira muito específica. Bom trabalho, Kay. Simon?

— Graças à Carol, localizei a noiva que dispensou Jacko depois do acidente. Se vocês se lembram, a Shaz apresentou a teoria de que foi aquele evento emocional, juntamente com o choque do acidente, que o fizeram extrapolar o limite e começar a matar. Bom, pelo que ouvi, ele pode mesmo ter chegado a esse extremo.

"De acordo com Jillie Woodrow, não havia nada de normal nos hábitos de Jacko entre quatro paredes. Bem no início da sua vida sexual, ele precisava ficar no controle. Ela tinha que ser passiva e mostrar adoração. Ele odiava que ela o tocasse e, ocasionalmente, chegava a estapeá-la por ter encostado as mãos nele. Jacko começou a ficar interessado em pornografia sadomasô e queria que Jillie realizasse fantasias de revistas, livros e da imaginação dele. Ela não se importava de ser amarrada, nem ligava muito pras palmadas e chicotadas, mas, quando ele começou a usar cera de vela quente, pregadores nos mamilos e vibradores descomunais, impôs um limite."

Simon olhou para as breves anotações que fizera, assegurando-se de que não deixaria de reportar nada que fosse crucial.

— Ela acha que, em algum momento depois que a carreira de atleta dele decolou e que passou a ganhar uma boa grana, ele começou a procurar prostitutas. Nenhuma pobre, baixa renda ou de rua. Pelo que Vance deixou escapar, Jillie acha que usava algumas garotas de programa caras, mulheres que ou aceitavam fazer as coisas mais extremas que ele queria ou indicavam meninas que não se importavam que ele desse uma esculhambada. Viciadas, esse tipo de coisa. De acordo com Jillie, ela estava desesperada para acabar com aquilo, mas tinha muito medo de como ele reagiria. Fora do quarto, era o parceiro perfeito. Solícito, gentil, generoso, mas possessivo ao extremo. E aí, depois do acidente, agarrou a chance com as duas mãos. Concluiu que, se contasse a ele quando estivesse no hospital, Jacko não seria capaz de reagir. E ficaria lá tempo suficiente pra se acalmar e esquecê-la.

Simon levantou os olhos e se surpreendeu com o quanto Tony estava sério.

— Todos nós sabemos o que aconteceu depois, não sabemos? — disse Tony. — Micky Morgan. O casamento por conveniência.

Os rostos ao redor da mesa foram da incompreensão ao choque e espanto à medida que os provia com as informações que ouvira primeiro de Chris Devine e depois da própria Micky.

— Ou seja, estamos vendo aqui um comportamento que é uma aberração fascinante — disse ele. — Ainda que não tenhamos nada muito sólido a ponto de fazer um oficial superior querer colocá-lo na lista de prisões, pelo menos já sabemos, não sabemos?

Eles não precisaram falar nada. A resposta estava nos seus olhos.

— E tem mais — falou Simon, revelando a história de Harold Adams.

— Cara, quanto mais a gente descobre, mais impressionado fico com o fato do Jack Bacana ainda estar perambulando pelas ruas — suspirou Leon, acendendo seu terceiro cigarro desde que chegara. — Esperem só até escutarem a parada que desenterrei.

Ele repassou a escassa informação que obtivera com Jimmy Linden em questão de minutos e continuou:

— Depois ele me falou desse jornalista, Mike McGowan. O que esse cara escreveu sobre esporte é mais do que todos nós juntos sabemos. Ele tem arquivos que a Biblioteca Nacional mataria pra conseguir. Vou contar pra vocês uma parada, levei metade da noite pra olhar tudo o que o camarada tinha sobre o Jack Bacana. Aí encontrei isto aqui.

Com um floreio, Leon apresentou uma pasta com cinco cópias de um artigo. Era do *Manchester Evening News* e falava sobre a morte de Barbara Fenwick. Um parágrafo estava destacado com marca-texto amarelo. "Barbara Fenwick não era festeira, de acordo com seus amigos. Sua última noite de sábado foi típica. Ela fazia parte de um grupo que foi a uma discoteca onde o herói do esporte Jacko Vance fazia um evento para arrecadar fundos para a caridade."

— Isso foi apenas quatorze semanas depois do acidente — destacou Leon.

— Ele não perdeu tempo, hein? Caiu matando nos eventos de caridade — disse Simon.

— Bom, nunca tivemos dúvida da determinação dele — comentou Tony. — Então, existe alguma prova de que Vance realmente se encontrou com essa menina?

— O ponto alto da noite dela foi pegar um autógrafo dele — disse Leon entregando cópias do resumo que preparara com base no depósito de provas da polícia. — Não me deixaram tirar cópias dos arquivos, então tive que fazer isso. Na minha opinião, ela foi a primeira vítima dele — afirmou, confiante.

— E, na minha opinião, você está certo — concordou Tony. — Nossa, isto é bom Leon, muito bom mesmo. Ele melhorou depois disto. Meu Deus, aquele pessoal que estava fazendo caminhada deve ter praticamente trombado com ele. Olha, falaram que viram o que parecia uma Land Rover ir embora pela trilha logo que chegaram ao cume. Jack Bacana levou um susto. Se deu conta de que precisava de um matadouro adequado, um lugar onde não seria incomodado. A propósito, achamos que esse lugar deve ser em Northumberland. Perto do chalé dele, mas não temos maiores informações... — Ele esfregou as mãos no rosto. — Só que é um caso de 12 anos. Cadê as evidências?

Leon ficou ligeiramente abatido.

— Não sabem. Levaram todas as paradas não resolvidas pra um lugar novo há uns cinco anos, e todas as evidências forenses do caso ou foram perdidas ou arquivadas incorretamente. Não que tivessem muita coisa, de acordo com o resumo. Nenhuma digital, nenhum fluido corporal. Algumas marcas de pneu, mas nada com utilidade depois de todo esse tempo.

— Os investigadores. É com eles que nós precisamos falar. Mas, antes de discutirmos os próximos passos, é melhor contar a vocês o que descobri. É bem pouco em relação às grandes descobertas que vocês fizeram, mas nos dá uma quantidade útil de prova circunstancial.

Tony abriu sua pasta e esparramou uma série de fotografias.

— Fiz a ronda dos zelotes. Tenho que dizer a vocês que foi muito parecido com o meu antigo trabalho no hospício de segurança máxima. Pra não correr o risco de confundir vocês com jargões profissionais, vou apenas dizer que todos eles têm um parafuso a menos. Entretanto, depois de tolerar histórias sobre as variadas obsessões por Jacko Vance, o que temos é uma seleção de fotografias de Jacko tiradas nos eventos em que sabemos que as nossas supostas vítimas estavam presentes. Quatro das fotos o colocam ao lado ou perto de uma das meninas desaparecidas. Em outras cinco ou seis, é possível que a menina na foto seja uma das nossas, mas é impossível ter certeza sem uma análise a partir de um aperfeiçoamento feito por computador.

Ele se inclinou e começou a cortar um pedaço de pão.

— Com o levantamento da Kay, são cinco. Temos muitas coincidências — disse Carol.

— Não creio que seja o suficiente pra começar uma investigação oficial — comentou Tony, desesperançado. Começou a fatiar um pedaço de queijo.

Carol fez uma careta e disse:

— O problema é que não tem conexão nenhuma com a minha área. Se alguma dessas meninas tivesse desaparecido de East Yorkshire, eu ia me esforçar pra fazer alguma coisa, mas não achamos nenhuma lá. Mesmo assim, não sei como poderíamos começar uma investigação. Tudo o que a gente tem é muito circunstancial; não chega nem perto de ser suficiente pra trazermos o sujeito pra ser interrogado, muito menos pra conseguir um mandado de busca.

— Então você não acredita que a gente possa convencer a polícia de West Yorkshire a dar mais uma conferida no Vance, mesmo com tudo isto aqui? — perguntou Kay.

Simon bufou.

— Está brincando? Com o que eles pensam de mim? Toda vez que via um carro de polícia na estrada começava a suar. Tudo o que a gente descobrir está corrompido porque estão convencidos de que sou o assassino e que vocês estão me protegendo. Não acho que vão acreditar numa palavra do que a gente disser.

— Argumento aceito — concordou Kay.

— A gente precisa é de uma testemunha que tenha visto o Jacko saindo com a Shaz depois de ela supostamente ter ido embora da casa dele. O ideal é alguém que tenha visto os dois em Leeds — sugeriu Leon.

— O ideal é um bispo da Igreja Anglicana — disse Carol, com cinismo. — Não se esqueçam, tem que ser alguém que vai colocar sua palavra contra a do campeão do povo.

A mão que estava cortando o queijo escapuliu e Tony cortou a ponta do dedo indicador. Deu um pulo e ficou de pé, com sangue pingando da ferida.

— Merda, porra, puta que pariu — explodiu ele. Enfiou o dedo na boca e chupou.

Carol pegou o guardanapo de papel enrolado na garrafa térmica para limpar os pingos, enrolou-o no dedo dele e apertou com força.

— Estabanado — disse ela, instantaneamente.

— Culpa sua — acusou ele, acalmando-se depois de ter sentado novamente.

— Culpa minha?

— Isso que você falou. Sobre a testemunha incontestável.

— E?

— A câmera não mente, certo?

— Depende se ela é digital ou não — ironizou Carol.

— Não dificulta. Estou falando de câmeras que já são usadas pra condenar criminosos.

— O quê?

— Câmeras de rodovia, Carol. Câmeras de rodovia.

Leon soltou o ar pela boca em sinal de escárnio.

— Não vai falar que você caiu nessa?

— O quê? — indagou Tony intrigado.

— Grandes mitos do nosso tempo número 47. Câmeras de rodovia pegam vilões. Não. — Leon reclinou na cadeira, o cinismo insolente no nível máximo.

— O que quer dizer? Já vi esses programas na TV, com vídeos policiais de perseguições de carro e aquelas multas de excesso de velocidade com a foto das câmeras da rodovia — inquiriu Tony, indignado.

Carol suspirou.

— As câmeras funcionam perfeitamente. Mas só em algumas situações. É aí que o Leon está querendo chegar. Elas só capturam veículos trafegando com excesso de velocidade. Não vão fotografar muita coisa que esteja abaixo de 140. E os vídeos só são ligados se estiver acontecendo algum incidente ou problema de tráfego. O resto do tempo simplesmente ficam desligados. E, mesmo quando estão funcionando, você precisa de um software de melhora de imagem de primeiríssima qualidade pra conseguir qualquer coisa neles que seja convincente.

— Seu irmão não conhece ninguém? — perguntou Simon. — Achei que ele fosse um garotinho prodígio no computador.

— É, deve conhecer, mas não temos nada pra mostrar ainda, e não é provável que a gente tenha — objetou Carol.

— Mas achei que, quando o IRA explodiu o centro da cidade de Manchester, a polícia rastreou a rota da van das pessoas que colocaram a bomba usando essas câmeras — insistiu Tony.

Kay abanou a cabeça.

— Acharam que seria possível recorrer às fotos daqueles que cometeram excesso de velocidade, mas não havia detalhes suficientes... — A voz dela foi abaixando, e o rosto, se erguendo.

— O que foi? — perguntou Carol.

— Vídeos de câmeras de segurança particulares — disse ela quase sussurrando. — Lembra? A Polícia da Grande Manchester fez um apelo para que todos os postos de gasolina e estabelecimentos comerciais com câmeras de segurança nas possíveis rotas mandassem suas gravações. Não vamos encontrar o Vance nem a Shaz nas câmeras de vigilância da rodovia, mas vamos conseguir localizar os dois onde quer que tenham parado pra abastecer. Shaz deve ter abastecido antes de sair de Leeds. Foi até Londres, mas não conseguiria voltar com um tanque só. É bem provável que ela tenha usado alguma parada de beira de estrada, em vez de sair da rodovia só pra pôr gasolina.

— Vocês conseguem acesso a essas fitas?

Carol deu um suspiro e opinou:

— Não é o acesso que vai ser problema. A maioria das empresas gosta de cooperar. Geralmente nem perguntam o que a gente está querendo com aquilo. A análise de todas as horas de vídeo tremido é que vai ser difícil. Estou ficando com enxaqueca só de pensar.

Tony pigarreou.

— Na verdade, Carol, eu ia sugerir que você fosse comigo conversar com os policiais que investigaram o assassinato de Barbara Fenwick. — Ele deu um sorriso apologético para os outros três.

Simon e Kay ficaram um pouco desapontados, mas Leon parecia revoltado.

— Sinto muito, mas, pra isso funcionar, precisamos de um policial de patente alta. E em pequena escala. Não podemos deixar esses caras irritados. Temos que evitar dar a impressão de que eles fizeram um péssimo trabalho e que somos a tropa de elite que está chegando pra arrumar a bagunça. Eu e a Carol temos que ir. O que quero que vocês façam é dividir a rodovia e verificar as câmeras de todas as paradas de beira de estrada.

Nesse momento, os três se sentiram profundamente chateados.

— Eu mesmo faria isso se pudesse — disse Tony com simpatia. — Mas é um trabalho pra quem possui distintivo.

Resmungos inarticulados ressoaram ao redor da mesa.

— A gente sabe — disse Simon de forma cáustica.

— E a Donna Doyle pode estar viva ainda — lembrou Carol.

O trio de detetives se entreolhou com olhos sombrios e sérios. Leon balançou a cabeça vagarosamente e comentou:

— E mesmo que não esteja, a próxima está.

Uma das primeiras lições que Tony Hill aprendera como criador de perfis foi que a preparação nunca era um desperdício. Era difícil para ele e Carol se manterem entusiasmados em meios às pilhas empoeiradas de um depósito de documentos da polícia, mas os dois sabiam o quanto era importante ficar alerta enquanto vasculhavam os arquivos. A labuta de estudar atenciosamente toda e qualquer informação era tão vital para se desenhar uma imagem precisa de um assassino quanto o instinto que algumas pessoas pareciam possuir naturalmente para esse trabalho. O trabalho lento e solitário não era a essência de um bom criador de perfis, mas a vaidade excessiva também não. Estava contente por ter se enganado em relação a Leon. A abordagem superficial que ele empreendera no exercício de treinamento tinha confirmado todos os preconceitos de Tony sobre seu exibicionismo. Porém ou ele aprendera com a humilhação de ter sido exposto em frente ao restante da equipe, ou estava entre aqueles poucos que podiam realmente fazer aquilo. De um jeito ou de outro, Tony pensou, quando ele e Carol chegaram a uma conclusão idêntica à dele um dia depois, assim que terminaram de escarafunchar o material, que o trabalho de Leon não podia ser criticado.

Depois de algumas horas, recostaram-se em seus assentos quase simultaneamente.

— Parece que o Leon não deixou escapar nada — comentou Tony.

— Parece mesmo. Mas, se vamos conversar com o sujeito que conduziu o caso, precisamos conferir para termos certeza disso.

— Agradeço muito a sua ajuda, Carol — disse em voz baixa, ajeitando a pilha de papéis para deixá-la bem organizada. — Você não precisava arriscar a seu pescoço.

Um dos cantos da boca dela retorceu, o que podia ser um sorriso ou um vestígio de dor.

— Precisava, sim, você sabe disso. — Foi tudo o que disse. O que Carol não falou era que ambos sabiam que ela nunca seria capaz de dar as costas para uma necessidade dele, pessoal ou profissional. E que também sabia que o sentimento era recíproco, desde que ambos se mantivessem dentro dos limites para se manterem inteiros.

— Tem certeza de que pode passar esse tempo longe da sua investigação sobre os incêndios criminosos? — perguntou ele, entendendo o que ficou não dito.

Ela empilhou papéis em uma caixa.

— Se alguma coisa for acontecer, vai ser à noite. Pode ser esse o preço que vai ter que pagar por dormir no meu quarto de hóspedes.

— Será mesmo que vou ter condição de arcar com essa dívida? — ironizou Tony. Ele a seguiu de volta até o balcão, onde devolveram os arquivos a um policial fardado que parecia estar chegando aos 30 anos, mas não com muita rapidez.

Carol deu o seu melhor sorriso.

— O policial responsável por esta investigação, o detetive superintendente Scott? Imagino que ele esteja aposentado.

— Há uns dez anos — informou o homem, suspendendo as caixas pesadas e seguindo para as distantes prateleiras de onde elas haviam saído.

— Suponho que você não saiba onde podemos encontrá-lo — gritou Carol para as costas em retirada.

A voz dele flutuou de volta, abafada pelas caixas:

— Ele mora na Buxton Way. Num lugar chamado Countess Sterndale. Só tem três casas.

Foram necessários alguns minutos para obter informações sobre como chegar a Countess Sterndale, que não estava no mapa, e mais 35 para ir de carro até lá.

— Ele não estava mentindo, então — comentou Tony ao final da estrada de pista única que terminava em um cercadinho de árvores em volta de um círculo de grama. A surrada mansão estilo Queen Anne ficava de frente para eles e à esquerda havia dois chalés compridos e baixos, com pesados telhados de ardósia e grossas paredes de calcário.

— Qual delas na sua opinião?

Carol deu de ombros.

— Não a maior, a não ser que ele gostasse de levar um por fora. Uni duni tê... — Ela apontou para o chalé à direita.

Enquanto atravessavam a grama, Tony sugeriu:

— Você assume a liderança. Ele vai se abrir com mais facilidade com uma policial do que com um feiticeiro.

— Mesmo eu sendo mulher? — ironizou Carol.

— Boa observação. Dança conforme a música.

Ele abriu um portão bem pintado, que se moveu silenciosamente. A entrada era de tijolinhos em ziguezague e não havia grama nos espaços entre eles. Tony levantou a aldrava preta de ferro e a deixou cair. O som ecoou atrás da porta. Enquanto desvanecia, passos pesados se aproximaram e a porta foi aberta, revelando um homem largo com o cabelo grisalho escuro penteado de lado com brilhantina e bigode escovinha. Parecia um ídolo de cinema dos anos 1940 que já tinha pendurado as chuteiras, Carol pensou, prendendo o riso.

— Desculpa por incomodar o senhor, mas estamos procurando o ex--superintendente Scott — informou ela.

— Eu sou Gordon Scott. E vocês são...?

Era nesse momento que as coisas ficavam difíceis.

— Detetive inspetora-chefe Carol Jordan, senhor. Polícia de East Yorkshire. E este é o dr. Tony Hill, da Força-Tarefa Nacional de Criação de Perfis.

Para a surpresa dela, o rosto de Scott se iluminou de prazer.

— Tem a ver com a Barbara Fenwick? — perguntou ele, avidamente.

Espantada, ela olhou desamparada para Tony.

— O que te faz pensar isso? — perguntou o psicólogo.

Uma gargalhada retumbou em seu peito e ele disse:

— Posso estar fora do jogo há dez anos, mas quando três pessoas em dois dias aparecem pra ver os arquivos do único assassinato que não solucionei, alguém me dá uma ligada. Entrem, entrem.

Ele os conduziu até uma confortável sala, abaixando-se para evitar bater a cabeça na soleira da porta. Parecia que a sala era bem utilizada, havia revistas e livros em pilhas desordenadas ao lado as poltronas que ficavam de frente uma para a outra perto da lareira de vigas. Scott gesticulou para que se sentassem.

— Vamos tomar alguma coisa? Minha mulher saiu pra fazer compras em Buxton, mas posso muito bem fazer um chá. Ou uma cerveja?

— Uma cerveja cairia muito bem — disse Tony relutante em esperar Scott fazer o chá.

Carol concordou com um gesto de cabeça e momentos depois ele voltou com três latas.

Scott arredou um gato ruivo grande e sentou com seu corpo largo no peitoril da janela, reduzindo em pelo menos a metade a luz da sala. Abriu a cerveja, mas, antes de beber, disparou a falar.

— Fiquei feliz demais quando soube que vocês estavam dando uma olhada no assassinato de Barbara Fenwick. Fui atormentado por esse caso durante uns bons anos. Ele me deixava acordado de noite. Nunca vou esquecer o olhar no rosto da mãe quando cheguei com a notícia de que a gente tinha encontrado o corpo. Ele ainda me assombra. Sempre achei que a resposta estava lá em algum lugar, a gente só não tinha o que era preciso pra chegar até ela. Aí, quando recebi a ligação e soube que era a força-tarefa de criação de perfis... é, tenho que admitir, minhas esperanças voltaram. O que levou vocês até a Barbara?

Tony decidiu tirar vantagem do entusiasmo de Scott e ser franco com ele.

— De certa maneira, esta é uma investigação heterodoxa — começou.

— Você deve ter lido sobre o assassinato de um membro do meu esquadrão.

Scott confirmou que sabia movimentando tristemente a grande cabeça.

— Soube sim. Meus sentimentos.

— O que você não leu é que ela estava trabalhando numa teoria de que existe um serial killer de garotas adolescentes à solta e que ele vem agindo há muito tempo. Isso começou como um exercício de sala de aula. Mas Shaz não parou por aí. Minha equipe e eu achamos que ela foi morta por causa disso. Infelizmente, a polícia de West Yorkshire não concorda. A maior razão pra isso é a pessoa que Shaz enquadrou.

Ele olhou para Carol, pronto para receber o que aparentaria ser um respaldo oficial.

— Há uma quantidade significativa de evidências circunstanciais que apontam para Jacko Vance — revelou ela, com seriedade.

As sobrancelhas de Scott deram um salto.

— O cara da TV?

Ele deu um suave assobio, levou a mão automaticamente até o gato e começou a lhe acariciar ritmicamente a cabeça.

— Não fico surpreso que não queiram saber disso. Mas qual a conexão disso com Barbara Fenwick?

Carol resumiu de que maneira a pesquisa de Leon acabou gerando o clipping de jornais que os levaram aos arquivos do caso de Gordon Scott. Quando terminou, Tony disse:

— O que desejamos é saber se existe alguma coisa que nunca foi parar no papel. Por já ter trabalhado com a Carol, sei como as coisas funcionam num departamento de homicídio. Você tem um palpite do nada, alguns pressentimentos que nunca confidencia a ninguém a não ser ao seu parceiro, coisas que nunca coloca num memorando. Queremos saber o que instintivamente estavam pensando os policiais que trabalharam diretamente no caso.

Scott deu um longo gole de cerveja.

— É claro que querem. E com toda razão. O problema é que não tenho nada para contar. Algumas vezes, farejamos o rastro errado quando interrogamos alguns tarados, mas era com outras coisas que eles estavam sempre enrolados. Pra ser honesto, o instinto da nossa equipe foi uma frustração só. A gente simplesmente não conseguia achar o vagabundo. Parecia que ele tinha surgido do nada e desaparecido do mesmo jeito. Acabamos convencidos de que foi alguém de fora da nossa área que trombou com a menina quando ela estava matando aula. E isso meio que se encaixa na sua ideia, não é mesmo?

— Em linhas gerais, sim, com exceção de que achamos que ele preparou tudo com muito mais cuidado — disse Tony. — Bom, valia a pena ter dado uma conferida.

— Senhor, parece que não tinha muita prova forense, não é mesmo? — instigou Carol.

— É. E isso dificultou um pouco pra gente. Verdade seja dita, eu não tinha experiência com um criminoso sexual que tomava tanto cuidado pra não deixar rastro. A maioria age com a cabeça quente, no calor do momento e deixa todo tipo de rastro. Vai embora pra casa coberto de barro e sangue. Mas, nesse casso, não tinha quase nada com o que trabalhar. A única coisa diferente, de acordo com a patologista, era o braço esmagado. Ela não arriscou colocar isto no relatório, mas estava convencida de que o braço da menina tinha sido esmagado em um torno.

Pensar nessa tortura executada com tanto sangue frio produziu um arrepio de ecos indesejáveis no estômago de Tony, que disse apenas:

— Ah.

Scott bateu na testa com a palma da mão.

— É claro! Vance perdeu o braço, não perdeu? Estava indo pras Olimpíadas e perdeu o braço. Faz total sentido, por que a gente não pensou numa coisa dessas na época? Meu Deus, como sou idiota!

— Não havia a menor razão pra você pensar nisso — disse Tony, desejando soar convincente e se perguntando quantas vidas poderiam ter sido salvas se eles tivessem chamado um psicólogo naquela época, tantos anos antes.

— A patologista ainda está trabalhando? — perguntou Carol, como sempre, indo direto no ponto.

— Agora é professora num hospital-escola de Londres. Tenho o cartão dela em algum lugar — disse Scott, levantando-se e saindo da sala com passos pesados. — Meu Deus, por que não refleti mais sobre o braço?

— Não é culpa dele, Tony — disse Carol.

— Eu sei. Às vezes me pergunto quantas pessoas mais vão morrer antes de todo mundo reconhecer que os psicólogos não são só médicos feiticeiros — reclamou ele. — Escuta só, Carol, pra ganharmos tempo e sermos mais velozes, acho que devemos pedir à Chris Devine pra procurar essa patologista. Ela está desesperada para ajudar e tem a experiência necessária pra saber que tipo de coisas buscar. O que me diz?

— Acho que é uma boa ideia. Pra te falar a verdade, estava com receio de falar pra você que não ia poder ir pra Londres agora. Preciso estar por perto à noite pro caso do incendiário decidir aprontar.

Ele sorriu e disse:

— Eu lembro.

Era provavelmente a primeira vez em sua carreira de criador de perfis que algo fora do caso que o estava obcecando o afetava. Este era o problema de trabalhar com Carol Jordan. Ela o afetava de uma maneira que nenhuma outra pessoa havia conseguido. Quando não a via, conseguia convenientemente esquecer aquilo. Trabalhando tão perto assim, era impossível ignorar. Deu um sorriso grave para Carol.

— Estou com muito medo de chatear o John Brandon pra deixar você estragar a chance de pegar o incendiário pelo colarinho — mentiu ele.

— Eu sei.

Ela detectou a mentira, mas não deixou que isso ficasse visível. Não era a hora nem o lugar para aquele tipo de verdades.

Kay perdeu a conta. Não conseguia lembrar se aquele era o sétimo ou o oitavo conjunto de vídeos que estava inspecionando. Por ter tirado o menor palitinho quando fizeram a divisão dos lugares, ela ficou com a M1, saiu de Leeds antes do amanhecer e foi até Londres. Depois deu meia volta no carro e refez a viagem, estacionando em todas as paradas de beira de estrada a que chegava. Já era o finalzinho da tarde e ela estava sentada em mais um escritório caindo aos pedaços, fedendo a suor azedo e fumaça, assistindo a imagens tremidas que dançavam à sua frente. Estava inundada de café ruim e sua boca continuava viscosa e com o gosto da gordura do café da manhã que tomara há muito tempo no Scratchwood. Sentia os olhos arranhando e cansados, e desejava estar em qualquer outro lugar.

Pelo menos tinham encurtado o período a ser analisado. Chegara à conclusão de que o mais cedo que Shaz e Vance poderiam ter chegado à primeira parada no sentido norte da rodovia era às onze da manhã, o mais tarde, sete da noite. Adiantar o horário em cada uma das paradas de beira de estrada não era difícil.

O tempo de gravação nas fitas era bem menor que o tempo real, já que, em vez de gravar continuamente, as câmeras capturavam somente certo número de imagens por segundo. Mesmo assim, Kay passou horas analisando as gravações, passando para a frente até ver um Golf preto ou um dos carros registrados no nome de Jacko Vance: um Mercedes conversível prata e uma Land Rover. O Golf era comum o bastante para que ela desse pausas frequentes, os outros carros apareciam com menos frequência.

Ela achava que estava mais rápida agora do que quando começara. Seus olhos estavam sintonizados com o que estava procurando, embora temesse estar começando a esmorecer, o que podia fazê-la perder alguma coisa crucial. Esforçando-se para se concentrar, Kay acelerou a fita até que o familiar formato de carrinho de bebê preto do Golf apareceu. Fez a fita voltar a rodar na velocidade normal, depois, quase imediatamente, percebeu que o motorista era um homem de cabelo grisalho que olhava para fora por debaixo de um boné de beisebol. Como não parecia com ninguém que queria encontrar, o dedo dela se moveu em direção ao botão de passar para a frente. Então, de repente, quando notou que havia algo estranho naquele homem, deu uma guinada para o botão de pausar.

Mas a primeira coisa que a fez analisar mais de perto não tinha nada a ver com a pessoa que desceu do carro pelo lado do motorista e foi até a bomba de gasolina. O que Kay identificou foi bem diferente. Apesar do carro estar parado num ângulo esquisito em relação às bombas, ela conseguiu discernir as duas últimas letras da placa. Eram idênticas aos dígitos finais do registro de Shaz.

— Puta merda — disse ela, quase sussurrando.

Rebobinou a fita e assistiu novamente. Desta vez, identificou o que no motorista lhe saltara aos olhos. Era um canhoto muito esquisito, chegando ao ponto de quase não usar o braço esquerdo. Exatamente como Jacko inevitavelmente faria se estivesse usando um equipamento que não tivesse sido desenvolvido especialmente para a deficiência dele.

Kay analisou a fita mais algumas vezes. Não era fácil discernir as características do homem, mas podia apostar que Carol Jordan conhecia alguém que pudesse ajudá-los a superar esse obstáculo. Antes do final da noite, teriam reunido tanta coisa sobre Jacko Vance que nem um time de caríssimos advogados de defesa seria capaz de limpar a barra dele. Tudo por Shaz. Aquele era o melhor tributo que Kay poderia fazer para a mulher que estava se tornando uma amiga.

Pegou o celular e ligou para Carol:

— Carol? É a Kay. Acho que tenho uma coisa aqui que o seu irmão gostaria de dar uma olhada...

Não que Chris Devine tivesse objeções em relação a patologistas terem um dia de folga. O que a deixava majestosamente puta era que aquela patologista em particular passava o período de folga dela sentada sob uma chuva torrencial no meio do nada esperando o vislumbre de uma porcaria de um passarinho idiota que supostamente deveria estar na Noruega, mas conseguiu a proeza de se perder. Não tem nada de inteligente em ficar perdido, murmurou Chris ao sentir mais chuva escorrer pelo pescoço e entrar pela gola. Merda de Essex, pensou amargamente.

Abrigou-se das rajadas de vento que vinham do leste para conseguir dar outra olhada no mapa tosco que o protetor de pássaros desenhara. Ela não devia estar longe. Por que essas porcarias desses esconderijos tinham que ser tão imperceptíveis? Por que não podiam ser parecidos com a casa da avó dela? Ela tinha muito mais passarinhos no quintal de casa do que tinha visto a tarde inteira naquela porra daquele brejo. Era óbvio que os passarinhos eram sensíveis pra cacete para saírem num dia como aquele, rosnou ao enfiar o mapa de volta no bolso e sair dando a volta pela beirada do matagal.

Ela quase não viu o esconderijo de tão bem camuflado. Chris abriu a porta de madeira e se esforçou para tirar o mau humor do rosto.

— Desculpa pela intromissão — disse ela para as três pessoas amontoadas lá dentro, agradecida por sua cabeça estar enfim protegida do vento. — Alguém aí é a professora Stewart?

Ela desejava estar no lugar certo; era impossível identificar sequer o gênero dentro daquelas jaquetas impermeáveis, cachecóis de lã e gorros.

Alguém levantou a mão coberta com uma luva.

— Sou Liz Stewart — disse uma das figuras. — O que está acontecendo?

Chris suspirou aliviada.

— Detetive sargento Devine, Polícia Metropolitana. Gostaria de trocar uma palavrinha com você.

A mulher abanou a cabeça.

— Não estou de plantão — negou ela, com seu sotaque escocês ficando mais evidente devido à indignação.

— Eu compreendo. Mas é muito urgente.

Discretamente, Chris abriu mais a porta para que o vento pudesse dar uma chicoteada dentro da raquítica estrutura.

— Pelo amor de Deus, Liz, vai lá ver o que a mulher está querendo — reclamou uma irritada voz masculina que saiu debaixo de um dos outros gorros. — Não vamos conseguir ver nada que vale a pena se vocês ficarem aí gritando igual a duas peixeiras.

Com ma vontade, a professora passou apertada por entre os outros dois e seguiu Chris até o lado de fora.

— Tem um abrigo ali debaixo das árvores — disse ao passar trombando na detetive e lutar com a vegetação rasteira até que ambas ficaram fora do alcance do mau tempo. Na clareira, Chris pôde ver que ela era uma quarentona arrumada de olhos âmbar claros como os de uma águia.

— Então, o que você está querendo? — exigiu ela.

— Você trabalhou em um caso há doze anos. O assassinato não solucionado de uma adolescente em Manchester, Barbara Fenwick. Você se lembra disso?

— A menina do braço esmagado?

— Isso mesmo. O caso reapareceu conectado a outra investigação. A gente acha que está atrás de um serial killer, e é possível que Barbara Fenwick seja a única das vítimas cujo corpo foi encontrado. O que torna a sua autópsia muito importante.

— E vai continuar sendo na segunda-feira de manhã — disse a professora, nervosa.

— Realmente, mas a menina que a gente acha que está em poder dele pode não resistir até lá — retrucou Chris.

— Ah. Então é melhor você desembuchar de uma vez, sargento.

— O superintendente Scott, que está aposentado, disse aos meus colegas que você achava, mas não colocou no relatório, que parecia que o braço tinha sido esmagado deliberadamente em algum tipo de torno, e não que tinha sido quebrado acidentalmente. É isso mesmo?

— Era a minha opinião, mas era só especulação. Não era o tipo de extravagância que colocaria em um relatório formal de autópsia, a não ser que tivesse elementos consideravelmente mais significativos nos quais basear a minha crença — explicou ela.

— Mas, se fosse pressionada, falaria isso?

— Se me perguntassem de forma direta se isso era possível, sim, teria que concordar.

— Existe mais alguma coisa que você não escreveu porque era "extravagante"? — perguntou Chris.

— Não que eu lembre.

— Não colocou isso no relatório formal, mas fez algum tipo de anotação a esse respeito?

— Ah, fiz, sim — respondeu a professora, como se aquilo fosse a coisa mais natural do mundo. — Assim, se o caso se tornasse importante mais tarde, a acusação podia usar aquilo prontamente.

Chris fechou os olhos momentaneamente e fez uma pequena oração.

— E você ainda tem as anotações?

— É claro. Na verdade, tenho uma coisa ainda melhor do que isso.

O café da Hartshead Moor, na rodovia M62, não era a melhor pedida para um sábado à noite, o que fazia com que o lugar fosse perfeito para os propósitos deles. A equipe investigativa *ad hoc* tinha se avolumado com a presença de Chris Devine, que se encaixou tão bem que parecia sempre ter feito parte dela. Parecia que ela e Carol já estavam se tornando irmãs de sangue, tanto devido à experiência no serviço policial quanto pelo fato de serem, na equipe, o que mais se aproximava de oficiais de patentes superiores.

O grupo colonizara um canto distante, onde não havia a possibilidade de alguém escutá-los ou perturbá-los, já que era exatamente no limite da área para fumantes. Leon, desolado por ter voltado de mãos vazias, estava se animando ao ver os resultados de Kay. Mas o rosto de Simon mostrava sinais da inevitável tensão a qual está submetido um homem cujo nome aparece na lista de procurados do mesmíssimo grupo que lhe tinha dado a sensação de pertencimento a uma comunidade. Tony se perguntava quanto tempo o jovem conseguiria aguentar aquilo sem que seu juízo escapulisse de forma perigosa.

Carol se intrometeu nos pensamentos dele.

— Esquematizei pra Kay encontrar com um amigo do meu irmão que consegue melhorar essas imagens e eliminar a margem de dúvida até o osso.

— Não vai comigo? — perguntou Kay, soando um pouco preocupada.

— A Carol tem compromissos em East Yorkshire hoje à noite — avisou Tony. — Algum problema, Kay?

Ela parecia constrangida.

— Não é exatamente um problema. É que... bom, não conheço esse camarada, e ele está fazendo isso de favor, certo?

— Isso mesmo — respondeu Carol. — O Michael disse que ele está devendo um favor a ele.

— É que... bom, se eu quiser dar uma forçada a mais, sabe? Se achar que ele não está se esforçando pra dar o máximo porque não quer ser incomodado ou porque vai custar muito, na verdade não vou poder pressionar o cara do mesmo jeito que a Carol.

— Uma boa observação — afirmou Chris da mesa na área de fumantes que ocupava com Leon. — Nem foi ela quem pediu o favor. E é sábado à noite. Até mesmo os nerds fissurados em computador devem ter coisa melhor pra fazer do que ajudar alguém que sequer se dá ao trabalho de aparecer. É o que vai ficar parecendo. Acho que a Carol devia estar lá.

Carol mexeu seu café gosmento.

— Tem razão. Não posso colocar defeito na sua lógica. Mas não tenho como me ausentar da minha área hoje à noite.

Ela olhou para o relógio e fez cálculos rápidos.

— Não, Carol — disse Tony desesperançoso, ciente de que estava desperdiçando saliva.

— Se a gente sair agora... podemos chegar lá às nove... consigo chegar a Seaford lá pela uma, no máximo. E não acontece nada antes disso... — Tendo tomado a sua decisão, Carol pegou o casaco e a bolsa. — Está certo. Anda, Kay, vamos nessa.

Quando estava indo em direção à porta com Kay pelejando para alcançá-la, Carol se virou.

— Chris... boa caçada.

— Então, o que a gente faz agora? — perguntou Leon com agressividade, acendendo um cigarro na guimba do que estava acabando de fumar. — Sinto que perdi um dia inteiro me fodendo com aquelas câmeras da rodovia. Quero fazer alguma coisa que vale a pena, saca?

Tony estava feliz por Chris Devine ter se juntado a eles; ele sentia que precisaria contar com a experiência dela agora que começavam a ficar desgastados.

— NInguém estava perdendo tempo, Leon. Progredimos muito hoje — disse ele calmamente. — Precisamos refletir sobre isso. A informação que a Chris conseguiu com a patologista é um grande passo à frente. Mas, sozinha, não é tão valiosa. O perfil parece correto. Tudo que ficamos sabendo sobre ele faz a gente riscar mais um item na lista. Mas ainda estamos no reino das suposições.

— Mesmo com uma vítima com um braço direito esmagado? — perguntou Simon incrédulo. — Qual é, algum argumento tem que ser decisivo. Do que mais a gente precisa, pelo amor de Deus?

— Com o tipo de advogados que o Jack Bacana vai poder pagar, ririam de nós no tribunal; só fizemos suposições até agora — explicou Tony. — Desculpa, mas é assim que a coisa funciona.

— O braço esmagado é uma parada boa — disse Chris. — Só que não tem muita utilidade num caso isolado. Precisamos mesmo é de alguma coisa pra fazer comparação. Só que até agora não temos mais nenhum corpo, né?

Os outros confirmaram com gestos de cabeça.

— Vocês acreditam que ele pegou mais uma menina logo antes da Shaz confrontar o cara? Então existe a chance de ele ter começado e ainda não ter terminado. Ou seja, a gente acha a menina, mostra a conexão com ele e pega o sujeito. Algum problema nisso?

— Não, só que não sabemos onde ele coloca as meninas antes de matá-las — disse Tony.

— Claro que não. Ou sabemos?

Se eles fossem cachorros, suas orelhas teriam levantado.

— Prossiga — encorajou Tony.

— A melhor coisa em ser lésbica na minha idade é que, quando eu estava entrando em cena, todo mundo que tinha emprego estava no armário. Agora, todas as mulheres com quem eu costumava tomar umas são chefes em tudo quanto é lugar. E uma delas, por acaso, é sócia da agência que cuida da publicidade do Jacko Vance.

Ela tirou um chumaço de papel de fax de dentro da jaqueta.

— A agenda do Jacko nas últimas seis semanas. Agora, a não ser que ele seja o Super-Homem ou que a mulher dele esteja envolvida nisso, só tem uma área do país em que existe a possibilidade dele estar mantendo essa menina.

Ela se recostou e esperou para ver a ficha deles cair depois do que tinha dito.

Tony passou a mão pelo cabelo.

— Sei que ele tem um chalé lá, mas é uma área enorme. Como podemos delimitar o espaço?

— Ele pode estar usando esse chalé aí — sugeriu Leon.

— É — intrometeu-se Simon entusiasmado. — Vamos até lá dar uma olhada nesse esconderijo.

— Não sei, não — comentou Chris. — Ele tem sido muito cuidadoso em relação a todo o resto. Não acredito que faria um negócio tão arriscado.

— Cadê o risco? — perguntou Tony. — Ele leva as meninas pra lá sob o véu da escuridão, e nunca mais alguém as vê ou ouve falar delas. Não existe rastro algum dos corpos. Mas o Jack Bacana faz trabalho voluntário em hospitais em Newcastle. Eles devem ter um incinerador. Ele vive pagando por aí de riquinho que se dá bem com o povão. Acho que vira e mexe ele aparece na sala das caldeiras pra jogar conversa fora com os rapazes. E, se ele ajuda o pessoal a carregar o incinerador de vez em quando, bom, quem vai notar um saco extra cheio de partes de corpos?

Um silêncio arrepiante recaiu sobre o grupo. Tony coçou a barba rala do queixo.

— Eu devia ter chegado a essa conclusão antes. Ele é maníaco por controle. O único matadouro em que consegue confiar é aquele sobre o qual ele tem controle total.

— Então vamos nessa — disse Simon, empurrando sua caneca e esticando o braço para pegar a jaqueta.

— Não — disse Tony, com firmeza. — Não é hora de dar uma de super herói. Precisamos fazer um planejamento cuidadoso aqui. A gente não pode sair atacando com um monte de gente e esperar que o que encontrarmos justifique a ação. Os advogados dele nos moeriam. Precisamos de uma estratégia.

— É fácil pra você falar isso, cara — disse Leon. — Não é você que os policiais estão querendo prender. Você pode dormir na sua caminha à noite. O Simon precisa que esse negócio seja resolvido.

— Tá bom, tá bom — interferiu Chris delicadamente. — Não faz mal nenhum passar um pente fino no local com fotos da Donna Doyle. Levando em consideração este cronograma, ela deve ter ido pra lá por conta própria. Aposto que ele fala para elas irem de trem ou de ônibus. Temos que fazer uma blitz na rodoviária e nas estações, falar com o pessoal que trabalha e mora por lá. Se existir uma estação pequena perto do esconderijo do Bacana, alguém deve ter visto a menina sair do trem.

Simon levantou seus olhos escuros e flamejantes.

— E o que a gente está esperando?

— Não faz sentido começar antes de amanhecer — alegou Chris. — O lugar fica a duas horas e meia daqui de carro.

— A gente não está fazendo nada melhor aqui, está? Vamos agora, aí a gente fica num hotel barato e cai matando de manhã bem cedo. Tá nessa, Leon?

Leon apagou o cigarro.

— Se eu não tiver que ir no seu carro. Que carro você tem, Chris?

— Você não gostaria da minha música... Vamos com todos os carros. Tudo bem, Tony?

— Tudo bem. Contanto que fiquem bem longe da casa dele. Promete isso, Chris?

— Prometo, Tony.

— Isso serve pra vocês dois. Tenham em mente que, tecnicamente, a Chris tem uma patente superior à de vocês.

Leon deixou transparecer sua raiva e concordou com um gesto de cabeça relutante. Simon, também, consentiu:

— Ok. Eu não devia mesmo tomar decisões.

— O que você está planejando, Tony? — perguntou Chris.

— Vou pra casa traçar um perfil completo com base no que sabemos. Não posso culpar vocês por quererem acelerar pela A1, mas, se a Carol e a Kay trouxerem o material, minha proposta é irmos a West Yorkshire bem cedo e persuadir o pessoal de lá a oficializar isso. Ou seja, não façam nada além de falar com o pessoal de lá até a gente conversar. Combinado?

Chris concordou, sombriamente.

— Confia em mim, Tony. Gostava demais da Shaz pra correr o risco de foder esta porra toda.

Se estava tentando bancar a maluca entusiasmadíssima aos olhos dos dois policiais homens, foi bem-sucedida. Até mesmo Leon tinha parado de sacodir a perna freneticamente.

— Não me esqueci disso — falou Tony. — Nem do quanto ela queria pegar Jack Bacana.

— Eu sei — falou Chris. — Aquela maluca amaria isto aqui.

Houve uma época em que ela sabia quase tudo o que existia sobre computadores, Carol pensou saudosamente. Lá por volta de 1989, ela sacava CP/M e DOS quase tanto quanto o irmão. Mas entrar para a polícia consumiu toda a sua vida. Enquanto enfrentava com afinco a Lei da Evidência Criminal e Policial, Michael estudava tudo sobre software e hardware, áreas que se desenvolviam diariamente. Agora ela era a caolha no reino da visão perfeita. Sabia o suficiente para fazer umas contas e uns textos, recuperar uns arquivos do limbo e dar um jeito em programas de inicialização para que uma máquina relutante pudesse ser persuadida a se comunicar com quem a estava usando. Mas, depois de dez minutos com seu irmão e o amigo dele, Donny, soube que hoje em dia os conhecimentos dela eram o equivalente na culinária a esquentar água para fazer chá. Pelo olhar no rosto de Kay, ela era ainda pior. Ainda bem que Carol tinha ido. Pelo menos tinha conhecimento suficiente para saber quando os garotos estavam descambando para um mundo só deles e a autoridade para trazê-los de volta para o trabalho que tinham em mãos.

Os dois homens sentados em frente à tela de computador do tamanho de uma TV de pub murmuravam um com o outro incompreensivelmente sobre drivers de vídeo, barramento local e memória de acesso rápido. Carol sabia o que as palavras significavam, mas não conseguia conectá-las a nada do que faziam com o teclado e o mouse. Donny, Michael lhe dissera, era o melhor no norte do país quando o assunto era melhorar, no computador, a qualidade de fotografias ou de imagens de vídeo. E ele por acaso trabalhava no mesmo prédio em que ficava o conjunto de escritórios da empresa de software de Michael. Apesar das convicções de Chris, era tão desprovido de uma vida que ficou empolgado por ter sido arrastado para longe do *Arquivo X* e do seu jantar de micro-ondas para exibir seus brinquedinhos.

Carol e Kay olhavam para a tela por cima dos seus ombros. Donny já tinha feito tudo o que podia com a placa do carro, confirmou as duas últimas letras e conseguiu uma imagem da terceira que permitia que fizessem uma boa suposição. Já tinha mexido e remexido em algumas imagens de corpo inteiro do homem e, por fim, declarou-se satisfeito com uma delas antes de imprimir algumas cópias coloridas para que as duas mulheres pudessem analisá-las minuciosamente. Quanto mais Carol olhava, mais convencida ficava de que, debaixo do boné de beisebol da Nike e por trás dos óculos aviador, Jacko Vance a espreitava.

— O que acha, Kay?

— Não acho que eu identificaria se o visse na rua, mas se você sabe quem está procurando, dá pra falar que é ele.

Naquele momento, sem que ninguém lhe pedisse, Donny trabalhava em uma imagem do busto do homem que abastecera o Golf no horário do almoço no sábado em que Shaz Bowman morrera. Foi difícil encontrar uma boa imagem com a qual trabalhar porque a aba do boné sombreava o rosto a maior parte do tempo em que ele não estava inclinado sobre o tanque de combustível. Foi somente passando para a frente quadro a quadro que Donny finalmente conseguiu uma imagem em que o homem de boné olhava rapidamente para a bomba para ver quanta gasolina tinha colocado. Ficar olhando Donny melhorar meticulosamente a qualidade da imagem era agonizante. Carol não conseguia tirar os olhos do relógio, pois não saía da sua cabeça a certeza de que deveria estar em outro lugar e que, se alguma coisa acontecesse em Seaford, ela estaria na maior merda. Os minutos rastejavam enquanto o poderoso processador fazia uma procura na gigantesca memória do computador pela melhor alternativa de pixels na tela. Embora estivesse fazendo mais cálculos por segundo do que o cérebro humano podia compreender confortavelmente, parecia a Carol que o computador demorava uma eternidade. Por fim, Donny se afastou da tela e colocou o seu próprio boné de beisebol de volta na cabeça.

— É o melhor que você vai conseguir — disse ele. — Engraçado, ele me parece familiar. Deveria?

— Pode imprimir seis cópias pra mim? — pediu Carol. Ela se sentiu mal por ignorar a pergunta amistosa dele, mas não era a hora nem o lugar para contar a Donny que, com exceção das bochechas, que eram inegavelmente gordinhas demais, o rosto que ele recriara era da personalidade da TV preferida da nação.

Michael sacou mais rápido ainda, ou estava mais familiarizado com a mídia.

— Ele parece com o Jacko Vance, é por isso que você está fazendo confusão, Donny — comentou inocentemente.

— Isso mesmo, aquele escroto — disse Donny, girando na cadeira e piscando para as mulheres. — Puta merda, que pena que não é ele que vocês vão prender. Estariam fazendo um favor pro mundo ao tirar aquele bosta da televisão. Desculpa por não conseguir uma imagem melhor da cabeça, mas não tinha muito com o que trabalhar. Onde vocês disseram que conseguiram a fita?

— Numa parada de beira de estrada na rodovia M1. Na Watford Gap — respondeu Kay.

— Ah é. Pena que vocês não estão procurando o cara em Leeds.

— Leeds? Por que Leeds?

— Porque é lá que fica a empresa de desenvolvimento de circuito interno de televisão top de linha. A Seesee Vision. São os caras do ramo. Acham que a liberdade civil é bacana, mas que não passa de um item numa loja de departamento refinada de Londres — disse ele, rindo da piada ruim que ele mesmo contou. — Filhos da puta de duas caras, é isso que são. Impossível escapar deles. Aquele monólito grande de vidro fumê no gramado logo depois do final da rodovia. Se quer alguém saindo da M1 para entrar em Leeds eles têm a pessoa gravada.

— O que quer dizer com entrar em Leeds?

Os dedos de Carol tremiam de vontade de agarrar Donny pela camisa para fazer com que fosse direto ao ponto.

Donny revirou os olhos como se estivesse cansado de lidar com gente mentalmente atrasada.

— Certo. Aula de história. Reino Unido do século XIX. Uma merreca de encanamentos de água, de fornecedores de gás, de empresas de transporte ferroviário. Gradualmente, todos eles se ligam para fazer o serviço público nacional. Estão me acompanhando?

— E eu aqui pensando que os nerds não sabiam nada da era vitoriana além do Charles Babbage — comentou Carol, mal humorada. — Tá bom, Donny, a gente estudou a Revolução Industrial na escola. Dá pra ir direto pro circuito interno de televisão?

— Ok, ok, fica fria. O circuito interno de televisão é meio parecido com o que as empresas de utilidade pública eram naquela época. Mas em breve não vai ser mais. Logo, logo vamos ter um monte desses sistemas no centro das cidades conectados com sistemas de segurança privados e câmeras de rodovia e vamos ter uma rede nacional de circuito interno de televisão. Esses sistemas vão estar tão bem sincronizados que vão conseguir reconhecer você e a sua caranga e, se você não deveria estar em um lugar, os filhos de uma égua dos guardinhas de segurança vão tirar você de lá. Como se você fosse um ladrãozinho de loja condenado e a *Marks and Sparks* não quisesse você perambulado pela praça de alimentação deles ou um pervertido conhecido que o pessoal da lavanderia não quer ali cobiçando as calcinhas. — Ele fez um gesto como se estivesse cortando a garganta.

— Tá, mas o que isso tudo tem a ver com a rodovia M1?

— O pessoal da Seesee Vision são os mestres do universo quando o assunto é tecnologia de ponta. Eles testam todo o equipamento novo deles no trânsito da M1. As paradas são tão bem desenvolvidas que conseguem te dar uma foto em alta definição foda do motorista e do passageiro de qualquer carro, imagina o que não fazem com um negócio simples tipo placa de carro — Donny abanou a cabeça pensando consigo mesmo. — Já trabalhei lá, mas não gostei. Chamo aquilo de cidade das gaivotas.

— Cidade das gaivotas? — perguntou Carol sem entusiasmo.

— Os chefes vão pra lá, aprontam a maior gritaria, pegam tudo o que vale a pena, cagam na cabeça de todo mundo e vão embora de novo. Não é a minha onda, não.

— Acha que eles cooperariam comigo?

— Eles mijariam na calça de felicidade. Estão desesperados pra causar uma boa impressão na sua galera. Quando essa rede nacional finalmente começar a funcionar, vão querer estar no banco do motorista. A empresa favorita.

Carol olhou seu relógio. Já passava das dez. Já devia estar voltando para Seaford. Tinha que estar lá para o caso da sua equipe ter que entrar em ação. Além disso, ninguém com autoridade estaria na Seesee Vision àquela hora da noite.

Donny percebeu o olhar de Carol e leu sua mente.

— Vai ter alguém lá a esta hora da noite, se é nisso que está pensando. Dá uma ligada lá. Não tem nada a perder.

Donna Doyle tinha, pensou Carol, percebendo o olhar suplicante de Kay. Além disso, Leeds ficava na metade do caminho entre Manchester e Seaford. Sua equipe era crescidinha. Não seria a primeira vez que teriam que pensar por conta própria.

Primeiro as vítimas. Era sempre por aí que se devia começar. O problema ali era convencer alguém sobre a existência de alguma vítima. É claro que existia a possibilidade de estarem errados, refletiu Tony. Queriam tanto que Shaz estivesse certa, precisavam tão desesperadamente servir de meio para parar a pessoa que a matara, que podiam estar se enganando em relação ao valor do material que descobriram. Era quase concebível que a prova circunstancial contra Jacko Vance fosse somente isso, nada mais.

Mas a loucura reside aí. A loucura e a possibilidade do pobre Simon ser preso assim que atravessar a soleira da própria cidade.

— As vítimas — disse Tony.

Olhou para a tela do computador e começou a digitar.

Tese sobre um criminoso serial

A primeira vítima conhecida desse suposto grupo é Barbara Fenwick, cujo assassinato ocorreu há doze anos (para detalhes do crime ver resumo em anexo, produzido pelo detetive Leon Jackson). Podemos afirmar com algum grau de certeza que foi o primeiro assassinato efetuado por esse criminoso, já que não há registro prévio de tal assinatura comportamental — a destruição do antebraço direito. Trata-se, obviamente, de uma assinatura deste tipo, pois não há a necessidade de infligir um ferimento desta natureza para se cometer estupro e assassinato. É extrínseco e ritualístico e, portanto, seguro presumir que tem significado particular para o criminoso. Dada a natureza cerimonial da ação, é provável que ele tenha usado o mesmo instrumento para causar tais ferimentos em todos os assassinatos; sendo assim, espera-se que outras vítimas apresentem desfigurações semelhantes.

Há pelo menos mais uma indicação de que esse foi o primeiro homicídio. O assassino escolheu o que considerou ser um lugar suficientemente isolado e seguro para executar seu crime sem ser perturbado e quase foi pego no ato. Isso deve tê-lo amedrontado consideravelmente, fazendo com que tomasse medidas imediatas para proteger seus futuros matadouros. Foi bem-sucedido na empreitada, conclusão baseada no fato de que nenhum corpo das suas vítimas subsequentes foi descoberto.

Na falta destes, que outras razões podem ser levadas em consideração para acreditar na existência de um serial killer?

Tony parou e recorreu à lista de características comuns que Shaz apresentara à equipe de criadores de perfil, algo que parecia ter acontecido havia muitíssimo tempo. O mínimo que ele podia fazer era garantir que o trabalho dela não fosse desperdiçado. Com algumas mudanças e acréscimos, digitou a lista e depois continuou:

Embora seja esperado que duas ou três características comuns sejam encontradas em qualquer tipo de agrupamento, o número e a congruência que identificamos aqui é de um nível altíssimo para serem considerados coincidências. De importância particular é o grau de similaridade física entre as vítimas: elas poderiam ser irmãs.

Talvez o mais significativo seja o fato de também poderem ser irmãs de uma mulher chamada Jillie Woodrow quando ela era quinze ou dezesseis nos mais nova, quando se tornou a primeira amante conhecida de Jacko Vance, nosso principal suspeito. Não é coincidência, na minha opinião, que Vance foi privado de uma brilhante carreira no atletismo quando perdeu a parte inferior do seu braço direito em um acidente que o esmagou a ponto de não haver esperança de restauração.

Ademais, o assassinato de Barbara Fenwick aconteceu meras quatorze semanas após o acidente de Jacko Vance. Boa parte desse tempo ele passou no hospital, recuperando-se dos seus ferimentos. Subsequentemente, foi submetido a sistemática psicoterapia. Foi durante a hospitalização que Jillie Woodrow terminou aquilo que havia se tornado um cada vez mais opressivo e indesejável relacionamento (ver notas em anexo do interrogatório de JW conduzido pelo detetive Simon McNeill). O estresse originado por esses dois eventos em conjunto seria suficiente para desencadear um homicídio sexual em alguém predisposto a obter suas respostas sociopatas com comportamento violento. Vance nunca mais aliviou seus impulsos sexuais de modo normal desde então. Seu casamento extremamente público é uma impostura: a esposa é lésbica e a "assistente pessoal" dela é, na verdade, sua amante desde antes do casamento. Vance e sua esposa nunca tiveram intercurso sexual, e ela admite que ele usa "garotas de programas caras" para se satisfazer sexualmente. Não há indício algum de que ela tenha qualquer suspeita das atividades homicidas do marido.

Quando a infância de Vance é contraposta aos critérios que a experiência demostrou serem características comuns entre sociopatas que agem por meio do homicídio, um impressionante grau de semelhança se torna óbvio. Temos relatos de testemunhas que comprovam o relacionamento difícil com uma mãe que o rejeitava e um pai ausente, que o suspeito era desesperado para impressionar, além do bullying com crianças mais jovens, crueldade com animais e sadismo. Ainda se evidenciam o controle sobre o comportamento sexual e a evidência de poderosas e perversas fantasias sexuais. Sua destreza no esporte pode ser identificada como uma gigantesca supercompensação para a inutilidade que sentia em todas as demais áreas da vida, e a perda dessa destreza, como um golpe devastador em sua autoestima extremamente frágil.

Nessas circunstâncias, as vítimas escolhidas obviamente seriam do gênero feminino. Ele veria a mãe e subsequentemente a noiva como as responsáveis por emasculá-lo. Mas Vance é inteligente demais para dar vazão à sua raiva nos alvos óbvios. Por isso, opta por uma série de substitutas: meninas que guardam uma forte semelhança com Jillie Woodrow na idade em que ele a seduziu pela primeira vez.

É preciso ter em mente que serial killers capturados, em sua maior parte, possuem inteligência acima da média; em alguns casos, muito acima. Não devemos, portanto, ficar surpresos por muitos deles estarem livres e longe de suspeitas; apenas usam sua inteligência superior de maneira mais efetiva. Jacko Vance é, na minha opinião, um exemplo desse princípio em ação.

Ele se reclinou na cadeira. Isso bastava no que se refere às informações relacionadas à psicologia. Tony teria que redigir uma tabela correspondente de precondições, o que não levaria muito tempo. Acrescida da evidência material que tinha esperança que Carol e Kay conseguiriam naquela noite, acreditava que possuíam o suficiente para garantir que, dentro de doze horas, West Yorkshire começaria a levar Jacko Vance mais a sério.

O detetive sargento Tommy Taylor reconhecia um amontoado de bosta quando via um. Vigiar um bombeiro que trabalha meio período era o maior amontoado que ele via em muito tempo. Passara a anoite anterior observando Raymond Watson, o que, na verdade, queria dizer observar a casa de Raymond Watson. Não que tivesse muitos detalhes arquitetônicos para manter sua cabeça ativa. Era uma casa ordinária, sem espaço lateral entre os vizinhos, com um jardim em um quadradinho minúsculo, ostentando uma cansada roseira que o vento noroeste retorceu, dando-lhe uma forma que escultores modernos fariam o impossível para atingir. A pintura descascava e um verniz deteriorado cobria a porta da frente.

Watson chegara em casa às onze horas da noite anterior, depois de uma corrida com os cachorros. Como não tinha compromisso nesta noite, chegou logo depois das sete, de acordo com os policiais auxiliares que, à paisana, ficaram de olho. Desde então, nada. A não ser que colocar as garrafas de leite para fora pudesse ser considerado um grande evento.

As luzes foram apagadas dez minutos depois disso. Uma hora depois, nao havia o menor sinal de vida em lugar algum. As ruas secundárias de Seaford não eram famosas pela animação que tinham depois da meia-noite. A única coisa que faria com que Raymond Watson despertasse do seu sono naquele momento era um incêndio, Taylor concluiu. Resmungou e se mexeu no banco do carro, coçou o saco e cheirou os dedos. Extremamente entediado, apertou o botão do seu rádio pessoal e chamou Di Earnshaw.

— Alguma coisa acontecendo aí?

— Negativo. — Foi a resposta que chegou.

— Se te avisarem que estão chamando os nossos rapazes por causa de algum incêndio, me dá uma chamada no rádio, ok?

— Por quê? Vai sair do carro pra fazer uma busca a pé?

Ela parecia ansiosa. Provavelmente tão entediada quanto ele, entusiasmou-se com a ideia de acontecer alguma ação, mesmo que em segunda mão.

— Negativo — respondeu Taylor. — Preciso esticar as pernas. Essas merdas dessas latas de sardinha não foram feitas pra gente como eu. Como disse, acontecendo alguma coisa, dá um grito aqui. Câmbio e desligo.

Virou a chave na ignição. O motor engasgou antes de ligar, fazendo uma barulheira extravagante na quieta rua lateral. Fodam-se as ideias piradas da Carol Jordan. A menos de dois quilômetros dali havia um clube que funcionava na calada até mais tarde, servindo principalmente marinheiros de navios estrangeiros. Havia uma cerveja lá com o nome Tommy Taylor nela, a não ser que estivesse muito enganado. Era hora de checar se tal possibilidade existia.

Carol e Kay seguiam o segurança por corredores branquíssimos. Ele abriu uma porta e deu um passo atrás, gesticulando para que entrassem em uma sala grande e tenuamente iluminada. Monitores de computador ocupavam quase todas as superfícies horizontais. Uma jovem mulher de calça jeans e camisa polo, com o cabelo descolorido e cortado rente à cabeça, olhou para trás, identificou a chegada dos novos visitantes e se virou novamente para a tela na qual estava profundamente compenetrada. Dedos cutucaram teclas e a imagem no monitor mudou. Carol capturou um movimento em sua visão periférica e virou a cabeça. Um homem alto, vestido com um terno que berrava dinheiro, estava empoleirado na beirada de um dos lados de uma mesa de computador. Ela percebeu o movimento que ele fez ao descruzar os braços e abaixar as mãos, preparando-se para cumprimentá-las.

Deu um passo na direção delas, tirando uma persistente mecha de cabelo castanho dos olhos. Caso quisesse se passar por criança, Carol pensou, só não conseguiria porque estava uma geração atrasado.

— Detetive inspetora-chefe Carol Jordan — disse ele, nitidamente saboreando a ressonância grave da própria voz — E detetive Hallam. Bem-vindas ao futuro.

Meu Deus, me ajuda, Carol pensou.

— Você deve ser Philip Jarvis — cumprimentou ela, forçando um sorriso. — Estou impressionada e agradecida por estar disposto a me ajudar a esta hora da noite.

— O tempo não espera por homem nenhum — disse ele, orgulhoso como se a frase tivesse sido cunhada por ele. — Nem por mulher, pra dizer a verdade. Reconhecemos a importância do seu trabalho e, como vocês, operamos 24 horas por dia. Estamos, no final das contas, no mesmo negócio, atuamos na prevenção do crime e, quando falhamos, temos que pegar os responsáveis.

— Hmm — murmurou Carol evasivamente. Era óbvio que aquele discurso fora preparado de antemão e não tinha nenhuma intenção de provocar uma resposta.

Jarvis sorriu benevolentemente, revelando um tipo de clareamento dentário mais comum em Nova York do que em Yorkshire.

— Esta é a sala de observação — revelou com um movimento de braço sem se deixar intimidar pela obviedade da sua declaração. Ela é alimentada pela nossa biblioteca totalmente automatizada ou pelo material ao vivo oriundo das muitas câmeras que estão em teste lá nas estradas. O operador escolhe a fonte e seleciona as imagens que quer ver.

Ele levou Carol e Kay mais para a frente, até estarem de pé atrás da mulher. De perto, Carol viu que a pele dela era mais velha do que o rosto, pálida ao ponto de parecer doente pela falta de luz natural e pela do monitor.

— Esta é Gina — anunciou Jarvis, como se ela pertencesse à realeza. — Quando me disseram a data e o horário em que estavam interessadas e qual eram os dados das placas dos veículos sobre o qual queriam informações, coloquei-a para trabalhar nisso imediatamente.

— Como disse, fico muito agradecida por isso. Teve alguma sorte?

— Isto aqui não envolve sorte, inspetora-chefe — alegou Jarvis, com uma arrogância despreocupada. — Não com o sistema de vanguarda como o nosso. Gina?

Gina desviou os olhos da tela e deu um impulso com os pés, girando para ficar de frente para eles e pegando uma folha de papel sobre a mesa.

— Duas horas e 17 minutos da tarde em questão. A voz dela era grave e eficiente. — O Golf preto saiu da rodovia M1 em direção ao centro da cidade. Depois, às 23h32, o Mercedes prata conversível fez exatamente a mesma coisa. Conseguimos providenciar fitas e fotografias dos vídeos com data e hora dos dois eventos.

— É possível identificar os motoristas dos dois veículos? — perguntou Kay falhando na tentativa de disfarçar o entusiasmo na voz.

Gina suspendeu a sobrancelha e a encarou com interesse.

— Obviamente, as imagens do período diurno impõem menos problemas nesse aspecto — intrometeu-se Jarvis. — Mas, atualmente, estamos usando uma mídia experimental top de linha para as filmagens noturnas e, com nossa tecnologia computacional avançada, seria possível providenciar imagens surpreendentemente boas.

— Se soubessem quem é que estão procurando, seriam capazes de reconhecer a pessoa. Se estão planejando fazer um "alguém conhece este homem" no programa de criminosos na TV, podem ter um probleminha ou outro — detalhou Gina.

— Vocês disseram que esse sistema é experimental. Como acham que eles se sairiam como prova em um tribunal? — perguntou Carol.

— As imagens dos carros seriam cem por cento aceitas. Quanto às dos motoristas, mais ou menos uns 75 por cento — apostou Gina.

— Espera aí, Gina, não vamos ser tão pessimistas. Vai depender, como acontece com toda evidência, de como ela é apresentada ao júri — protestou Jarvis. — Ficaria feliz em testemunhar e afirmar que apostaria a minha reputação na confiabilidade do sistema.

— E você testemunharia como um especialista qualificado, não é mesmo, senhor? — perguntou Carol. Ela não estava o colocando contra a parede, mas o tempo era escasso e precisava saber o quanto aquele território era firme.

— Eu, não, mas alguns dos meus colegas são.

— Tipo eu — disse Gina. — Olha só, sra. Jordan, por que não dá uma olhada no que a gente tem e vê se não é o suficiente pra te ajudar a conseguir a evidência corroborativa pra que, assim, não dependa do que o júri acha da nossa tecnologia?

Quando saiu de lá meia hora depois, Kay carregava um pacote de fitas de vídeo e imagens impressas a laser que ambas as mulheres, no fundo, sabiam que encurralariam Jacko Vance. Se Donna Doyle ainda estivesse viva, eram a sua última e melhor esperança. Carol mal podia esperar para contar a Tony. Olhou o relógio ao voltar para a o carro. Meia-noite e meia. Sabia que ele ia querer ver o que ela tinha, mas Carol precisava voltar para Seaford. E Kay podia levar o material para ele. Ficou de pé ao lado do carro, indecisa.

Mas que inferno, que se dane, pensou. Queria muito conversar com Tony sobre a evidência. Ele só teria uma chance com McCormick e Wharton e ela precisava se certificar de que ele prepararia uma justificativa que dialogasse diretamente com a ideia que um policial tinha de prova.

Afinal de contas, caso precisassem dela, ela estava com seu celular.

A detetive Di Earnshaw empurrou com força o encosto do banco do carro, jogando a pélvis para a frente numa tentativa em vão de relaxar as costas doloridas e encontrar uma boa posição no carro sem identificação do Departamento de Investigação Criminal. Gostaria de estar usando o seu pequeno Citroën, cujo acento parecia estar moldado aos seus contornos. Era óbvio que quem projetara o Vauxhall usado pela polícia tinha uma porcaria de um quadril bem mais estreito e pernas bem mais longas do que ela jamais poderia sonhar em ter.

Pelo menos o desconforto a mantinha acordada. Havia uma espécie de orgulho vingativo na determinação de Di em se manter no serviço. Estava tão convencida quanto Tommy Taylor de que as vigilâncias eram total perda de tempo e dinheiro, mas acreditava haver meios mais sutis e efetivos de demonstrar isso aos superiores do que dar o cano no serviço. Conhecia bem o sargento com quem trabalhava para ter uma ideia muita acertada de como ele estava passando as horas aborrecidas que faziam a noite se arrastar implacavelmente em direção ao amanhecer. Se Carol Jordan descobrisse, ele seria rebaixado tão rápido que nem saberia o que o tinha atingido. O Departamento de Investigação Criminal era uma fábrica de fofocas e, mais cedo ou mais tarde, ela saberia. Se não fosse durante aquele serviço ali, provavelmente seria em outro que realmente tivesse algum propósito.

Di nem sonhava em fazer algo tão óbvio para corroer a autoridade de Jordan. Mais pena do que raiva, essa seria a sua linha. Os sorrisos de piedade pelas costas de Jordan, as apunhaladas por trás, "eu não deveria falar isto, mas...", em toda oportunidade que tivesse. Faria parecer com que todo vacilo emanasse das ordens de Jordan e, todos os sucessos, das iniciativas da tropa. Quase nada era tão destrutivo quanto a corrosão constante. Ela sabia. Experimentara isso nos seus anos de East Yorkshire Police.

Bocejou. Nada aconteceria. Alan Brinkley estava aconchegado na cama com a esposa dentro do seu caixote pretensiosamente moderno naquele bairro residencial chamado de executivo que tinha projetos exagerados para sua localização. Di não se importava que a limpeza e a manutenção ali fossem mais fáceis, preferia a sua casinha de pescador lá nas docas, mesmo que o local agora fosse um centro histórico que mais servia como armadilha para turistas. Adorava as ruas de paralelepípedos e o sal no ar, a sensação de que gerações de mulheres de Yorkshire ficaram à soleira daquelas portas, esquadrinhando o horizonte à procura dos seus homens. Devia ser mesmo muito sortuda, pensou, num momento de autodepreciação.

Conferiu seu relógio com o do painel do carro. Nos dez minutos que se passaram desde a última vez que fizera isso, os dois conseguiram manter os cinco segundos de descompasso entre eles. Bocejando, ligou seu radinho portátil. Tinha a esperança de que o programa que chamava de prosa proletária tivesse terminado e o DJ estivesse tocando músicas decentes. Assim que Gloria Gaynor revelou estridentemente que, enquanto soubesse amar, sabia que continuaria viva, uma luz suave apareceu abruptamente atrás dos quatro painéis de vidro fosco da claraboia que imitava o estilo gregoriano na porta da frente da casa de Brinkley. Di agarrou o volante com força e se ajeitou apressadamente. Era aquilo mesmo? Ou seria a insônia empurrando alguém para uma xícara de chá?

Tão repentinamente quanto tinha surgido, a luz desapareceu. Di desmoronou no encosto do banco dando um suspiro, então, por debaixo do portão da garagem, um fio fino de luminosidade se esticou pelo chão. Alarmada, esmurrou o botão de desligar do rádio e abaixou o vidro do carro, deixando o ar frio da noite inundar suas vias respiratórias e avivar seus sentidos. Sim, ali estava ele. O inconfundível ronco do motor de um carro.

Depois de um tempo, a porta da garagem levantou estremecendo e um veículo saiu lentamente. Era o carro de Brinkley, sem dúvida. Ou melhor, era o carro cujo financiamento Brinkley pagara apenas três prestações e que seria tomado dele assim que o responsável pela reintegração de posse descobrisse como pegá-lo sem ter efetivamente que invadir a garagem do bombeiro. Enquanto observava, Brinkley saiu do carro, caminhou de volta e esticou o braço para dentro da garagem, presumivelmente para apertar o botão que fechava o portão.

— Caramba — disse Di Earnshaw, fechando a janela. Apertou o botão de gravar do seu microcassete e falou com entusiasmo: — Alan Brinkley está saindo de casa agora, de carro, a uma e vinte e sete da manhã.

Largando o gravador no banco ao lado, pegou o rádio pessoal que supostamente deveria mantê-la em contato direto com Tommy Taylor.

— Aqui é Tango Charlie. Tango Alpha, está na escuta? Câmbio.

Ligou o carro, tomando cuidado para evitar o reflexo de acender o farol. Brinkley acabara de descer a entrada da garagem e ia em direção ao retorno no final da rua fechada, dando seta para a direita. Di tirou lentamente o pé da embreagem, manteve o farol apagado e o seguiu pela sinuosa rua que atravessava o bairro residencial e levava à avenida principal.

Apertou novamente o botão do rádio e repetiu a mensagem para o sargento:

— Tango Charlie para Tango Alpha. Sujeito em trânsito, na escuta? Câmbio.

Na avenida principal, Brinkley virou à esquerda. Ela contou até cinco, depois ligou o farol e virou também. Ele seguia para o centro da cidade, que ficava a cinco quilômetros de distância. Mantinha a velocidade constante, um pouquinho acima do limite. Não tão cuidadoso a ponto de ser parado por suspeita de excesso de cautela na direção por dirigir embriagado, não tão rápido a ponto de chamar a atenção de um policial por alta velocidade.

— Tango Charlie para Tango Alpha.

Xingou silenciosamente o seu chefe errante. Precisava de apoio e ele não estava lá. Pensou em entrar em contato com a central, mas eles simplesmente enviariam uma tropa de viaturas que espantaria todos os incendiários do Reino Unido.

— Que merda — reclamou ela, quando Brinkley saiu da avenida principal e entrou nas ruas mal iluminadas de um pequeno parque industrial. Parecia mesmo que aquilo era verdade. Apagando novamente o farol, seguiu-o cuidadosamente. Quando os muros altos dos estabelecimentos se fecharam ao redor dela, decidiu solicitar reforço na delegacia. Aumentou o volume do rádio do carro e pegou o microfone.

— Delta Three para central, câmbio.

Escutou um chiado e nada mais. Sentiu um aperto no coração quando percebeu que estava em alguns dos poucos locais salpicados no centro da cidade em que não havia sinal de rádio. Devia estar em um buraco negro no que se referia a todas as chances de conseguir reforço. Não havia nada mais a fazer. Estava por conta própria.

Capítulo 23

Donna Doyle já não sentia mais dor. Nadava em um morno caldo de delírio, revisitando memórias por lentes distorcias. Seu pai ainda estava vivo, vivo e a jogando para cima no parque onde árvores acenavam para ela. Os galhos se transformavam em braços e Donna se encontrava brincando no centro de uma roda de amigos. Tudo era maior do que o habitual porque ela tinha apenas 6 anos e as coisas sempre ficavam maiores quando se é pequeno. Cores sangravam umas nas outras e era a semana do tradicional festival de Well Dressing, a festa flutuava e derretia sobre as ruas como jujubas deixadas sob o sol.

E lá estava ela, no coração do desfile, em um tablado de uma caminhonete coberta com flores de papel-crepom que inchavam e ficavam do tamanho de rosas de cem pétalas em seu desarranjo febril. Era a Princesa das Rosas, radiante nas camadas de anáguas volumosas, a glória da ocasião neutralizando o desconforto do tecido que lhe dava coceira naquela quente tarde de verão e da tiara de plástico que cortava a macia carne atrás das suas orelhas. Através do deslocamento enevoado entre sonho e realidade, Donna se perguntava porque o sol queimava com um fervor tão tropical que a fazia suar e em seguida estremecer.

Fora da sua consciência, a inchada e descolorida carne que pendia inutilmente ao lado dela continuava a se decompor, enviando mais veneno para dentro seu corpo, continuamente alternando o equilíbrio entre envenenamento e sobrevivência. O fedor podre e a carne estragada eram apenas os sinais externos de uma putrefação mais secreta.

O corpo sôfrego não via a hora da morte começar seu trabalho de decomposição.

Capítulo 24

Ao sair do carro para fechar o portão da garagem, Alan Brinkley notara sua respiração virar vapor no ar da noite. Era um frio intenso, tudo bem. O inverno estava maltratando. Por sorte, escolhera um destino que não envolvia uma caminhada longa. A última coisa de que precisava era de dedos dormentes e desastrados por causa do frio na hora de executar seu trabalho. Não havia nada como um belo fogo para esquentar até os ossos de um homem, pensara, com um sorriso irônico ao pisar no acelerador para encorajar o aquecedor a cumprir a promessa de calor escarlate.

Seu alvo era uma fábrica de tinta num canto remoto de um pequeno parque industrial no limite da cidade. Dessa vez, não precisava estacionar em um lugar e caminhar, pois o estabelecimento ao lado do seu alvo era uma oficina. Sempre havia meia dúzia de carros estacionados do lado de fora em variados estágios de pintura ou lanternagem, levados para lá depois de terem sofrido um acidente. Ninguém notaria um carro a mais. Não que houvesse alguém para notar. Soube, por acaso, que o segurança contratado para fazer a ronda na propriedade nunca estava lá entre as duas e três e meia. Brinkley o observara com frequência suficiente para saber que era vítima de chefes gananciosos: muitas as instalações a proteger e pouco pessoal para ficar adequadamente de olho nelas.

Virou, entrou no estreito vão entre depósitos altos que levava à propriedade e se moveu cautelosa e lentamente pela via que dava acesso à oficina. Desligou o carro e o farol, conferindo mais uma vez se nenhum dos itens do seu kit escorregaram do seu bolso. Estavam todos ali: o barbante, o isqueiro de metal cheirando a gasolina, um maço com 17 cigarros, a caixa de fósforos das corridas de cachorros, a edição noturna do jornal do dia anterior, seu canivete suíço de sete lâminas e um lenço amarrotado manchado de óleo. Abaixou-se e pegou a pequena e poderosa lanterna no porta-luvas. Depois de respirar fundo três vezes de olhos fechados, estava pronto.

Brinkley saiu do carro e olhou rapidamente ao redor. Sua atenção varreu os carros ao redor da oficina. Viu a ponta de um Vauxhall parado na sombra de um depósito bem na esquina da via que dava acesso à oficina, mas não deu importância a ele. Já que não houve barulho de motor ou luminosidade de faróis para alertá-lo, não se deu conta de que não passara por ele momentos antes. Certo de que não havia nada mais se movendo no cenário, cortou caminho pelo asfalto até a fábrica de tinta. Meu Deus, isto aqui vai ser um espetáculo infernal, pensou ele, com satisfação. Podia apostar que, depois que começasse, levaria mais um ou dois prédios com ele. Mais poucas conflagrações tipo esta e Jim Pendlebury teria que falar "foda-se o orçamento" e voltar a colocá-lo para trabalhar em tempo integral. Não seria o suficiente para pagar nem os juros dos débitos que ele e Maureen acumularam como pulgas em um gato, mas manteria os credores acuados enquanto pudesse pensar numa maneira de tirar o pescoço deles da forca de uma vez por todas.

Brinkley abanou a cabeça para afastar aquele monte de preocupação e pavor que o engolfava sempre que permitia que sua montanha de dívidas lançasse sombra sobre ele. Não podia fazer aquilo a não ser que estivesse com a mente concentrada e, toda vez que pensava na quantia de devia, tinha uma vertigem e não era capaz de imaginar que algum dia conseguiria resolver seus problemas e continuar inteiro. Repetia constantemente para si que o que estava fazendo era o único jeito de sobreviver. O indigente que morrera tinha desistido dessa batalha muito antes de Brinkley entrar em cena. Ele seria diferente. Sobreviveria. Então precisava naquele momento reprimir as distrações e se concentrar em atingir o resultado certo sem ser pego.

Ser pego anularia todo o propósito. Nunca conseguiria pagar as dívidas e Maureen jamais o perdoaria.

Ao enfiar a mão entre a caçamba de lixo industrializado e a parede da fábrica, os dedos de Brinkley se aproximaram da sacola que colocara ali mais cedo. Dessa vez, a janela do escritório era a melhor opção para entrar. O fato de que era totalmente visível aos olhos de quem passava pela via de acesso a pé ou de carro não o preocupava. Nenhuma das empresas tinha turno da noite, o segurança demoraria uma hora para aparecer ali e a fábrica de tinta era a última construção antes de uma cerca de segurança de dois metros que delimitava o final da via. Ninguém usaria aquele lugar como atalho.

Levou menos de cinco minutos para entrar e apenas outros sete para que suas mãos experientes montassem o detonador padrão. A fumaça do cigarro ascendia ondeando o mais cheiroso aroma ao seu redor. Sua doçura se mesclava aos cheiros dos produtos químicos das tintas que impregnavam o ar da fábrica. A tinta se ergueria como um pilar de fogo no deserto, pensou com satisfação enquanto recuava no corredor escuro sem tirar os olhos do detonador em lenta combustão.

Apalpava atrás de si em busca da porta aberta do escritório por onde entrara. Em vez de um espaço vazio, seus dedos tocaram um tecido quente. Alarmado, girou quase paralisado e o brilho de uma lanterna atingiu seus olhos como se uma taça de vinho tivesse sido arremessada contra eles. Cego, piscava desesperadamente para tentar se livrar da luz. Lutou para passar pela porta, mas, desorientado, trombava de lado na parede. A luz se moveu e ele escutou o barulho da porta sendo fechada.

— Você já era — disse uma voz de mulher. — Alan Brinkley, você está preso por suspeita de incêndio criminoso.

— Não! — rugiu ele como um animal encurralado e se jogou em direção à luz.

Eles colidiram e desmoronaram no chão num emaranhado de pernas e mobiliário de escritório. A mulher embaixo dele lutava e se retorcia como um gatinho furioso, mas ele era mais pesado e mais forte, a parte superior do corpo desenvolvida devido aos anos de treinamento no corpo de bombeiros.

Ela tentou acertá-lo com a lanterna, mas Brinkley se defendeu facilmente do golpe com o ombro, fazendo com que ela rolasse pelo chão, parando encostada em um arquivo, de onde, balançando de leve, arremessava uma luz mareada sobre a luta. Com isso, ele conseguia ver o rosto dela com a boca aberta contorcida numa carranca de determinação ao tentar se soltar. Se ele conseguia vê-la, ela também podia enxergá-lo, foi o que a mente em pânico de Brinkley berrou.

Ser pego derrotaria todo o propósito. Nunca conseguiria pagar as dívidas e Maureen jamais o perdoaria.

Ele colocou o joelho sobre o abdômen dela e se apoiou nele para lhe arrancar o ar dos pulmões. Empurrou o antebraço contra a garganta dela, prendendo-a no chão. Quando Di colocou a língua para fora numa desesperada luta por ar, ele agarrou o cabelo dela com a mão livre e puxou com força a cabeça contra seu antebraço. Mais sentiu do que ouviu algo estalar. De repente, ela amoleceu. A briga terminara.

Brinkley saiu de cima dela, enroscando-se no chão em posição fetal. Um choro subiu-lhe a garganta. O que tinha feito? Sabia muito bem qual era a resposta, mas precisava repetir a pergunta continuamente dentro da cabeça. Rolou e ficou de joelhos, a cabeça pendendo como um cachorro desgraçado. Não podia deixá-la ali. Eles a encontrariam muito em breve. Tinha que colocá-la em outro lugar.

Um gemido se arrastou para fora de seus lábios. Esforçou-se para encostar na carne que, em sua imaginação, já estava morta e fria. De qualquer maneira, colocou o corpo da mulher nos ombros com o levantamento tradicional dos bombeiros. Levantou com dificuldade e cambaleou pela porta, voltando em direção ao centro do incêndio. Passou direto pelo detonador, que já emanava um cheiro desagradável, e foi até onde caixas de tinta sobre estrados esperavam para seguirem para os caminhões. O fogo seria intenso ali, deixando pouco para o pessoal da perícia forense analisar. Certamente não sobraria nada que a conectasse a ele. Largou o corpo de membros bambos no chão.

Esfregando lágrimas dos olhos, Brinkley se virou, saiu correndo e foi envolvido pelo acolhedor frio da noite. Como chegara àquilo? Como algumas extravagâncias e um gostinho da vida boa podiam tê-lo levado até aquela situação? Queria cair no chão e uivar como um lobo, mas tinha que ficar de pé, pegar o carro e responder ao seu pager quando fosse convocado pelo corpo de bombeiros. Tinha que superar aquilo. Não para o seu bem, mas para o de Maureen.

Ser pego derrotaria todo o propósito. Nunca conseguiria pagar as dívidas e Maureen jamais o perdoaria.

— Você não deveria estar em Seaford? — perguntou ele.

— Estou com o meu telefone. Só demoro meia hora a mais pela rodovia do que quando saio lá do meu chalé. Temos que ver o que conseguimos e o que vamos fazer agora.

— Melhor entrar, então.

Carol precisou de mais tempo para ler o relatório de Tony do que ele para analisar as fotografias e assistir aos vídeos que ela levara; ele não se importava com isso. Continuava a rever a fita e a embaralhar as fotografias com a data impressa, um sorriso apertado nos lábios, fogo nos olhos. Finalmente, Carol chegou ao final. O olhar de cumplicidade que compartilhavam dizia a ambos que estavam certos e que agora conseguiriam demonstrar um caso que não podia mais ser ignorado.

— Bom trabalho, doutor — elogiou Carol.

— Bom trabalho detetive inspetora-chefe — ecoou ele.

— "A vingança é minha, dizei o criador de perfis."

Ele abaixou a cabeça em agradecimento.

— Gostaria de ter dado mais atenção na primeira vez que a Shaz levantou a suspeita. Quem sabe não teríamos chegado a este resultado sem ter pagado um preço tão alto. — Carol impulsivamente esticou o braço e cobriu a mão de Tony com a sua.

— Isso é ridículo, Tony. Ninguém teria instaurado uma investigação com base no que ela apresentou no exercício de treinamento.

— Não foi exatamente isso o que quis dizer. — Ele passou os dedos pelo cabelo. — Quis dizer que supostamente sou um psicólogo. Deveria ter percebido que ela não deixaria pra lá. Deveria ter discutido aquilo com ela, feito com que sentisse que não estava sendo desacreditada. Devia ter encontrado maneiras de explorar mais a questão sem colocá-la em risco.

— Pode dizer que é culpa da Chris Devine também — disse Carol energicamente. — Ela sabia que Shaz ia conversar com o Jacko e deixou a garota ir sozinha.

— E por que você acha que a Chris está dedicando seu valioso período de folga vasculhando Northumberland com Leon e Simon? Não é pelo senso de dever. É pelo senso de culpa.

— Você não pode assumir a responsabilidade por todos eles. Shaz era uma policial. Deveria ter levado em consideração o risco; não havia a necessidade de ela fazer o que fez, então, mesmo que você tivesse tentado impedi-la, ela provavelmente não teria te dado atenção. Deixa pra lá. Tony.

Ele ergueu o pescoço e viu compaixão nos olhos de Carol. Concordou com um gesto de lamentação.

— Agora, se quisermos evitar acusações de que estávamos tão descontrolados quanto Shaz, precisamos fazer com que isto se torne oficial.

Carol afastou sua mão da dele.

— Fico feliz por você ter dito isso, estou começando a me sentir muito tensa por descobrir evidências concretas como esta sem ter nenhuma relação formal com a investigação e nenhuma cadeia de custódia sobre as provas a não ser "estava na minha bolsa, chefe". Fico pensando no advogado de defesa fazendo picadinho de mim no tribunal. "Então, detetive inspetora-chefe Jordan, espera que o júri acredite nesta jornada solitária por justiça, que somente você, em oposição à totalidade da força de West Yorkshire, conseguiria conduzir? A senhora por acaso se deparou com uma porção de provas que liga o meu cliente ao assassinato da detetive Bowman, uma mulher com quem ele se encontrou por apenas uma hora? E o que o seu irmão faz mesmo, sra. Jordan? Mago dos computadores, seria essa uma boa descrição? O tipo de garoto genial que consegue fazer uma imagem digital dizer qualquer coisa que queira que ela diga?" Temos que mostrar isso pra West Yorkshire pra que eles possam construir o caso de maneira apropriada.

— Eu sei. Chega um momento no qual você tem que parar de bancar o Cavaleiro Solitário e é nesse ponto que estamos agora. Temos que te dar cobertura também. De manhã, vou direto ao departamento de homicídios. O que acha?

— Não que eu queira lavar as minhas mãos em relação a este caso, Tony — lamentou ela. — Só que a gente vai perder se não fizer isso.

Ele sentiu uma onda de ternura em relação a ela.

— Não teria realizado nada disso sozinho. Quando Jacko Vance encarar o júri, vai ser graças a você ter se juntado a nós.

Antes que pudesse responder, seu telefone tocou, rachando a proximidade entre eles como um machado na madeira.

— Puta merda — xingou ela, pegando seu telefone e apertando o botão. — Inspetora Jordan.

A voz familiar de Jim Pendlebury desceu pela linha telefônica.

— Parece que temos mais um, Carol. Fábrica de tinta. Subiu como uma tocha.

— Estou chegando aí o mais rápido possível, Jim. Me passa a localização?

Sem que Carol lhe pedisse, Tony arrastou papel e caneta para ela, que rabiscou o endereço.

— Obrigada.

Ela desligou e fechou os olhos momentaneamente. Depois acessou a agenda e entrou em contato com o departamento de comunicação.

— É a inspetora Jordan. Alguma notícia do sargento Taylor e da detetive Earnshaw?

— Negativo, senhora — respondeu a voz anônima. — A ordem é manter silêncio no rádio a não ser que precisem relatar algo específico da vigilância deles.

— Por favor, veja se consegue localizá-los e diga para me encontrarem na fábrica de tinta no Parque Industrial Holt. Obrigada. Boa noite.

Ela olhou pra Tony, perplexa, e disse:

— Parece que estávamos errados.

— O incendiário?

— Atacou de novo. Só que nem Tommy Taylor nem Di Earnshaw informaram nada pelo rádio, ou seja, parece que não foi nenhum dos nossos suspeitos — ela abanou a cabeça. — De volta à estaca zero, eu acho.

— Boa sorte — disse Tony enquanto ela vestia o casaco.

— Você é que vai precisar de sorte pra convencer o Wharton e o McCormick — devolveu ela enquanto Tony a seguia pelo corredor. À porta, virou-se e colocou a mão impulsivamente no braço dele. — Não fica se martirizando por causa da Shaz — aconselhou ela e em seguida lhe deu um beijo na bochecha. — Se concentra em pegar o Jack Bacana.

Depois foi embora, sem deixar nada para trás além do fragmento do seu perfume no ar da noite.

Acima do borrão de sódio e neon, havia uma noite clara e estrelada. Da sua torre no topo da casa em Holland Park, Jacko Vance observava a noite londrina e imaginava as estrelas de Northumberland. Havia uma ponta solta, o único fio que poderia desembaraçar o caso e deixá-lo despojado do seu disfarce protetor. Era hora de Donna Doyle morrer.

Há muito tempo ele não tinha que chegar ao ponto de matar uma delas. Não era do assassinato que gostava. Era do processo. A desintegração de um ser humano por meio da degradação pela dor e infecção. Uma delas fora rebelde. Recusara-se a beber, comer e a usar a privada química. Desafiara Vance e não durara muito. Cometera o erro de desconsiderar o potencial infeccioso do mijo e da bosta espalhados pelo chão. A única coisa na qual pensava era em se manter repulsiva o bastante para que ele não encostasse nela, o que também fora um erro.

Entretanto, tinha que se livrar sem demora desta Jillie específica. A existência dela o preocupava, era uma coceira constante, como uma picada de pulga debaixo do cinto. Mas porque a polícia andava farejando informações sobre a morte de Shaz Bowman, não queria agir de maneira inconveniente. Uma ida rápida a Northumberland não prevista em sua agenda poderia levantar suspeitas. A rápida visita que fizera não fora demorada o bastante para lidar com a puta apropriadamente. Além disso, o envolvimento de Tony Hill devia ser levado em consideração. Aquele homem tinha alguma coisa ou estava apenas tentando desconcertá-lo para que fizesse exatamente a única coisa que o exporia?

De maneira ou de outra, ela tinha que desaparecer. A possibilidade de ainda estar viva colocava-o em perigo mortal. Devia tê-la descartado na noite em que matara Shaz, mas tivera medo de que seus movimentos pudessem passar por um minucioso exame para se sentir confortável com essa opção. Além do mais, estava exausto demais para ter certeza de que faria um bom trabalho.

Teria que confiar na invisibilidade do seu esconderijo, sepultado abaixo dos blocos de pedra. As únicas pessoas que sabiam da existência da velha cripta eram os dois pedreiros que contratara para instalar a abertura que se abria num movimento perfeito. Doze anos antes, as pessoas ainda acreditavam em ameaça nuclear. Sua conversa de querer criar um abrigo contra bomba fora vista como uma mera excentricidade entre os moradores locais. E já fora, ele tinha certeza, esquecida há muito tempo.

Mesmo assim, ela tinha que desaparecer. Não nessa noite. Filmaria de manhã bem cedo e precisava do sono que sua apreensão lhe permitisse. Dali a um ou dois dias, todavia, poderia dar uma escapulida durante a noite e se encontrar com a menina.

Tinha que tirar o maior proveito possível. Demoraria um pouquinho antes que pudesse se entregar ao prazer novamente. Uma ideia centelhou em sua cabeça. Para que fosse possível se sentir seguro outra vez, talvez Tony Hill devesse aprender uma lição mais pessoal do que a de Shaz Bowman. Jacko Vance fixou os olhos na cidade e indagou: será que há uma mulher na vida de Tony Hill? Ele se lembraria de perguntar à esposa se Hill dissera alguma coisa sobre uma companheira durante o jantar.

Não tivera dificuldade alguma para matar Shaz Bowman. Repetir aquilo com a mulher de Tony só poderia ser ainda mais fácil.

Com as mãos bem enfiadas no casaco, a gola virada para cima contra o vento severo do estuário, Carol Jordan encarava petrificada a ruína ainda esfumaçada da fábrica de tinta. Sua vigília já tinha três horas, mas ainda não estava preparada para ir embora. Os bombeiros, com seus inconfundíveis capacetes amarelos manchados de resíduos gordurosos, movimentavam-se para dentro e para fora das bordas do prédio. Em algum lugar dentro daquela carcaça que não parava de ranger, tentavam penetrar até o centro do incêndio. Carol começava a aceitar que não precisava da prova visual para saber por que Di Earnshaw não respondera às mensagens de rádio da central pedindo que fosse ao local do incêndio.

Di Earnshaw já estava lá.

Carol escutou um carro parar atrás de si, mas não virou a cabeça. Depois de um roçar nas fitas que cercavam a cena do crime, Lee Whitbread entrou no campo de visão dela, oferecendo um copo de café de restaurante fast-food.

— Achei que você ia querer um — disse ele.

Ela assentiu e pegou o café sem dar uma palavra.

— Então, nenhuma novidade? — perguntou ele com sua expressão, normalmente ansiosa, carregada de apreensão.

— Nada — respondeu ela.

Carol tirou a tampa de plástico e levantou o copo até os lábios. O café estava forte e quente, surpreendentemente bom.

— Também não tem nada na delegacia — informou Lee, colocando a mão ao redor da boca para acender um cigarro. — Dei uma passada na casa dela, só pra dar uma conferida, tipo, quem sabe acabou o trampo e foi pra casa, mas nem sinal. As cortinas do quarto continuam fechadas, então ela só pode estar usando protetor auricular, né?

Como todo policial, seu pessimismo ocupacional era sempre temperado de esperança quando um colega parecia prestes a desencadear um funeral policial. Carol não conseguia compartilhar sequer a frágil esperança do protetor auricular. E, se ela sabia que Di Earnshaw não entraria para a lista de desaparecidos, Lee tinha certeza absoluta que seu companheiro sargento estava fora de ação para sempre.

— Você viu o detetive sargento Taylor? — perguntou ela.

Lee escondeu sua expressão atrás da mão enquanto fumava furiosamente.

— Ele afirma que a Di não entrou em contato hora nenhuma. Voltou pra delegacia pra ver se surge alguma coisa por lá.

— Espero que ele invente alguma coisa mais imaginativa que isso — comentou Carol, em tom sombrio.

Três figuras emergiram da escura estrutura da fábrica e tiraram o respirador da boca. Um deles se afastou dos outros dois e caminhou na direção deles. A alguns metros dela, Jim Pendlebury parou e tirou seu capacete.

— Sinto muitíssimo, Carol.

A cabeça de Carol se inclinou para trás, depois caiu cansada para a frente.

— Não há dúvida, presumo eu.

— Sempre existe o espaço pra dúvida até que façam o serviço completo. Análise de laboratório. Mas já concluímos que é do sexo feminino e, do lado do corpo, tem um negócio derretido que parece um rádio. — A compaixão suavizava sua voz.

Ela levantou o olhar para a expressão misericordiosa de Pendlebury. Jim sabia o que era perder pessoas pelas quais ele era nominalmente responsável. Jordan gostaria que ele pudesse lhe contar quanto tempo demoraria para conseguir se olhar no espelho novamente.

— Posso vê-la?

Ele negou com um gesto de cabeça e justificou:

— Ainda está muito quente lá dentro.

Carol soltou um curto e ríspido suspiro.

— Estarei na minha sala se alguém quiser falar comigo.

Ela jogou o copo de café fora, virou, abaixou-se para passar por baixo das fitas e apressou-se cegamente em direção ao seu carro. Atrás dela, o café fez uma poça no asfalto. Lee Whitbread jogou seu cigarro nela e ficou escutando de maneira deprimente o seu chiado antes de morrer. Levantou a cabeça e olhou para Jim Pendlebury.

— Eu também. A gente agora tem um filho da puta de um assassino pra pegar.

Colin Wharton juntou a pilha de fotografias tiradas do vídeo, depois se inclinou para ejetar a fita do videocassete no local de treinamento que a equipe de Tony abandonara, o que parecia ter acontecido há muitíssimo tempo. Evitando os olhos de Tony, disse:

— Não prova nada. Ok, alguém voltou de Londres dirigindo o carro da Shaz Bowman. Pode ser qualquer um atrás daquele disfarce. Não dá pra ver quase nada da cara do sujeito, e essas melhorias feitas em computador... *eu* não confio nelas, e o júri é pior ainda. Na hora em que a merda dos advogados de defesa concluírem, vão achar que qualquer coisa vinda de computador foi adulterada pra parecer com o que a gente quer.

— E o braço? Não dá pra adulterar aquilo. Jacko Vance tem uma prótese no braço direito. O homem que abastece o carro não usa o braço direito de jeito nenhum. Isso é muito perceptível — pressionou Tony.

Wharton deu de ombros.

— Tem um monte de explicações possíveis pra isso. O homem em questão pode ser canhoto. Ele pode ter machucado o braço em uma briga para dominar a Bowman. Pode até ser que soubesse desse negócio do Jacko Vance que estava encucando a Shaz e decidiu tirar proveito disso. Qualquer *mané* sabe das câmeras hoje em dia, dr. Tony. O Vance *trabalha* no ramo; realmente acha que ele não pensaria nelas?

Tony passou a mão pelo cabelo, agarrando as pontas como se esforçando-se para não perder a calma.

— Você tem aí o Vance saindo da rodovia pra entrar em Leeds no próprio carro no momento crucial. Com certeza isso é coincidência demais.

Wharton abanou a cabeça.

— Não acho, não. O sujeito tem um chalé em Northumberland. Faz todo aquele trabalho voluntário lá. Ok, a rodovia A1 pode ser o caminho mais curto, mas a M1 é uma estrada mais rápida, e é bem fácil pegar a A1 ao norte da cidade. Ele pode ter decidido que queria comer um peixe com batata no Bryan na beira da estrada — acrescentou ele, numa pálida tentativa de deixar a clima mais leve.

Tony cruzou os braços como se isso fosse segurar sua triste raiva dentro de si.

— Por que você não leva isto a sério? — perguntou ele.

— Se o Simon McNeill não estivesse foragido, provavelmente a gente não presumiria que tudo o que produziu está corrompido — respondeu Wharton, furioso.

— Simon não tem nada a ver com isto. Ele não assassinou a Shaz Bowman. Jacko Vance, sim. Ele é um assassino de sangue frio. Tudo o que sei sobre psicologia me diz que ele matou Shaz Bowman porque ela ameaçou cara a cara desmoronar o teatro dele. Você viu o perfil psicológico que preparei. O que mais temos que fazer para persuadir vocês a, pelo menos, considerar o sujeito?

A porta atrás dele foi aberta. O detetive superintendente-chefe Dougal McCormick enfiou seu volumoso torso dentro da sala. Seu rosto estava vermelho como o de um homem que bebera demais no almoço, a carnuda bochecha brilhava de suor. Sua voz aguda baixou meia oitava com o álcool.

— Achei que estivesse barrado de vir aqui a não ser que a gente te chamasse — disse ele, apontando o dedo para Tony.

— Trouxe as evidências para abrir o caso contra o assassino da Shaz Bowman — informou Tony, dessa vez com a voz cansada. — Só que o sr. Wharton não parece capaz de captar o quanto elas são significativas.

McCormick carregou seus ombros para dentro da sala.

— É isso mesmo? O que você tem pra falar sobre isso, Colin?

— Tem uma filmagem muito interessante de um posto de gasolina de beira de estrada que foi melhorada por computador e que mostra outra pessoa dirigindo o carro da Shaz Bowman na tarde em que ela foi morta.

Silenciosamente, ele espalhou as imagens para que McCormick as verificasse. O superintendente-chefe apertou os olhos escuros e as estudou atenciosamente.

— É o Jacko Vance — insistiu Tony. — Ele levou o carro dela pra Leeds, depois foi pra Londres de novo antes de voltar de carro pro norte, provavelmente com a Shaz no porta-malas.

— Jacko Vance não interessa — afirmou McCormick, desdenhosamente. — A gente tem uma testemunha.

— Uma testemunha?

— É, ué, uma testemunha.

— Uma testemunha de que exatamente?

— Um vizinho viu seu garoto de olho azul, o Simon McNeill, dando a volta pelos fundos do apartamento da Sharon Bowman na noite em que ela foi assassinada e não viu o cara sair de novo pela frente. Tem uma equipe desmantelando a casa dele agora mesmo, enquanto a gente está conversando aqui. Já estávamos procurando por ele, mas agora vamos fazer um anúncio público. Você deve saber onde ele está, hein, dr. Hill?

— Foram vocês que dispensaram o meu esquadrão. Como vou saber onde o Simon está? — disse Tony, disfarçando, com uma voz fria, a frustração em ebulição que sentia por dentro.

— Bom, não interessa. Vamos conseguir pôr a mão nele mais cedo ou mais tarde. Não tenho dúvida de que os meus homens acabarão conseguindo coisa melhor pra mostrar pra um tribunal do que alguns vídeos que o irmão da sua namorada emperiquitou.

Vendo a expressão espantada de Tony, gesticulou a cabeça de modo sombrio e continuou:

— É isso mesmo, a gente sabe tudo sobre você e a detetive inspetora-chefe Jordan. Acha mesmo que a gente não conversa um com o outro neste trabalho?

— Você vive me falando que quer provas, não suposições — disse Tony, mantendo seu autocontrole com pura força de vontade. — A propósito, a detetive inspetora-chefe não é e nunca foi minha namorada. E a minha alegação de que o Vance é o assassino não está baseada unicamente no vídeo. Não estou querendo ensinar padre a rezar missa, mas pelo menos olhe o relatório que redigi. Há evidências sólidas nele.

McCormick pegou a pasta na mesa e a folheou.

— Um perfil psicológico não é o que eu chamaria de evidência. Rumor, insinuação, gente aflita protegendo o próprio pescoço. É nisso que você está se baseando aqui.

— A própria esposa diz que nunca dormiu com ele. Não vai me dizer que esse é considerado um comportamento normal aqui em West Yorkshire?

— Ela pode ter todo tipo de razões pra mentir pra você — desdenhou McCormick, largando o relatório que deslizou suavemente sobre a mesa.

— Ele se encontrou com Barbara Fenwick dois dias antes dela ser sequestrada e assassinada. Está lá, no arquivo de assassinato da Polícia da Grande Manchester. Um dos primeiros eventos de caridade dele depois do acidente que destruiu seu sonho. Temos fotografias dele em eventos posteriores com outras meninas que desapareceram e sobre as quais nunca mais se teve notícia. — A voz de Tony já estava desanimada. Não conseguira estabelecer um entrosamento que permitisse que os dois policiais voltassem atrás e levassem em consideração o que ele tinha a dizer. Pior que isso, parecia que tinha alienado McCormick a tal ponto que, se ele dissesse "preto", McCormick retaliaria, "branco".

— Um homem como ele encontra centenas de mocinhas por semana e nada acontece com elas — argumentou McCormick afundando na cadeira. — Olha só, dr. Hill, sei que é difícil pra você, por ser um psicólogo do alto escalão do Ministério do Interior, aceitar que seus olhos estejam vendados. Mas olha o seu homem, o McNeill. Estava apaixonado pela moça e parece que ela não sentia a mesma coisa por ele. A única coisa que temos é a palavra dele sobre os dois terem, supostamente, marcado tomar alguma coisa antes de se encontrarem com os outros dois pra sair. Ele foi visto dando a volta por trás da casa mais ou menos no horário em que ela pode ter morrido. Achamos as digitais dele no vidro da porta-balcão. E agora ele faz essa cena toda de desaparecimento. Você tem que admitir, é muito mais persuasivo do que uma pilha de evidência circunstancial contra um homem que é herói nacional. O que o senhor está tentando fazer, dr. Hill, é compreensível. Provavelmente estaria fazendo a mesma coisa se fosse um dos meus policiais que estivesse na mira. Mas, encare, você cometeu um erro. Escolheu uma maçã podre.

Tony levantou.

— Sinto muito que não conseguimos entrar num acordo em relação a isto. E sinto particularmente porque acho que o Jacko Vance está fazendo mais uma adolescente prisioneira, e ela pode estar viva ainda. Cavalheiros, o pior cego é aquele que não quer ver. Sinceramente espero que a sua cegueira não custe a vida de Donna Doyle. Agora, se me dão licença, tenho trabalho a fazer.

Wharton e McCormick não fizeram nenhuma tentativa para impedir que fosse embora. Assim que chegou à porta, Wharton alertou:

— É melhor pro McNeill que ele não fique esperando para ser preso.

— Eu discordo — retrucou Tony.

No estacionamento do lado de fora, inclinou-se sobre a porta do carro com a cabeça nos braços cruzados. Que inferno, o que mais a gente pode fazer? O único oficial superior que acreditava nas suas frágeis evidências era Carol, e ela não tinha autoridade alguma na Polícia de West Yorkshire; isso estava muito claro. A prova de que ainda precisavam era a que vinha das reconstituições na TV e de um apelo feito pela imprensa nacional; não de fontes disponíveis a um psicólogo desacreditado, uma dupla de policiais de extremos opostos do país agindo por conta própria e uma miscelânea de detetives trainees.

Meios convencionais não funcionaram. Era hora de jogar fora o manual de regras. Já agira assim antes, e isso salvara sua vida. Dessa vez, podia salvar a de outra pessoa.

Carol estava na porta da sala de operações com os punhos na cintura, olhando para dentro da sala. As notícias chegaram antes dela e os dois únicos detetives no local estavam nitidamente abatidos. Um deles digitava algumas anotações e o outro trabalhava desoladamente em uma papelada. Nenhum deles movimentou mais do que os olhos, numa rápida checada de lado para verificar quem havia chegado.

— Onde ele está? — exigiu Carol.

Os dois detetives se entreolharam, com mútua compreensão e tomada de decisões passando entre eles. O que estava ao teclado falou, mantendo os olhos no trabalho:

— O detetive sargento Taylor, senhora?

— Quem mais? Cadê ele? Sei que esteve aqui mais cedo, mas quero saber onde está agora.

— Saiu logo depois que a notícia sobre a Di chegou — informou o outro homem.

— E foi para...?

Carol não se movimentou um centímetro. Não tinha condições de fazer isso. Não pelo bem da sua própria autoridade, mas de seu respeito próprio. A responsabilidade era toda dela, e não tinha a menor vontade de fugir disso. Mas precisava entender como sua operação tinha dado errado de maneira tão desastrosa. Somente um homem seria capaz de contar a ela, e estava determinada a encontrá-lo.

— Anda — pressionou ela. — Pra onde?

Os dois detetives trocaram um olhar novamente. Dessa vez a resignação era o componente-chave.

— Clube Harbourmaster — informou o digitador.

— Clube? Ele está num boteco a esta hora da manhã? — perguntou, furiosa.

— Não é só um bar, senhora. É um clube. A princípio para militares de navios mercantes. Dá pra ir lá só pra comer alguma coisa ou ler os jornais e tomar um café.

Carol se virou pra para sair, mas o digitador continuou com uma voz aflita:

— A senhora não pode ir lá.

O olhar que ela lhe lançou teria feito estupradores confessarem.

— É só pra homem — gaguejou o jovem detetive. — Não vão deixar a senhora entrar.

— Jesus Cristo! — explodiu Carol. — Deus nos perdoe por transgredir os costumes locais. Tudo bem, Beckham, pare o que está fazendo e vá ao Clube Harbourmaster. Quero você e o sargento Taylor aqui em meia hora ou vou tomar o seu distintivo do mesmo jeito que vou tomar o dele. Fui clara?

Depois de fechar o arquivo, Beckham levantou num pulo, passou raspando por ela e se desculpou ao sair apressado.

— Estarei na minha sala — rosnou para o detetive restante. Tentou bater a porta depois de entrar, mas as dobradiças estavam firmes demais.

Carol desmoronou na cadeira sem sequer tirar o casaco. Foi oprimida por um remorso desolador que a imobilizou. Encarava com os olhos vazios a parede dos fundos onde Di Earnshaw ficara para receber as instruções, lembrando-se do olhar de peixe morto, do terno que lhe caía mal e do rosto de narizinho arrebitado. Nunca teriam sido amigas, Carol sabia por instinto, e isso, de certa maneira, piorava ainda mais o que acontecera. Aliada à culpa pela morte de Di Earnshaw durante a operação malfeita que colocara em prática, Carol carregava a culpa de saber que não gostara muito da mulher e que, se tivesse sido coagida à força a escolher a vítima de seu comando, Di não teria sido a última da lista.

Repassou o histórico do caso se perguntando o que poderia e deveria ter feito diferente. Qual foi a decisão que matou Di Earnshaw? Independentemente da abordagem, voltava à mesma coisa todas as vezes. Não se dedicara com muito afinco à investigação e não fiscalizara da maneira como deveria os policiais subordinados a ela que, por sua vez, não estavam preocupados em desacreditá-la com seu policiamento desleixado. Estava ocupada demais brincando de cavaleiro de armadura dourada com Tony Hill. Não era a primeira vez que deixava a reação emocional em relação a ele interferir no seu juízo. Dessa vez, as consequências foram fatais.

O barulho do seu telefone atravessou sua autoflagelação e ela o atendeu no meio do segundo toque. Nem mesmo uma gigantesca onda de culpa conseguiria reprimir seus instintos ao ponto de ignorar um telefone tocando em sua mesa.

— Detetive inspetora-chefe Jordan — atendeu, a voz embargada.

— Chefe, é o Lee. — A voz dele parecia mais radiante do que tinha o direito de estar. Por mais negativa que fosse a personalidade de Di Earnshaw, ela tinha o direito a um pouco mais de tristeza por parte de seus colegas imediatos.

— O que você tem? — perguntou Carol bruscamente, girando na cadeira para olhar pela janela o cais exposto ao vento.

— Achei o carro dela. Escondido ao lado de um dos outros depósitos, bem fora de vista. Chefe, ela tinha um gravadorzinho, ele estava no banco do passageiro, aí eu pedi a um dos policiais de trânsito pra dar um jeito de eu entrar no carro. Está tudo lá, nome, hora, rota, destino, o local. Tem mais do que o suficiente lá pra enquadrar o Brinkley!

— Bom trabalho — elogiou, de maneira aborrecida. Melhor que nada, mas ainda não o suficiente pra amenizar sua culpa. Por alguma razão, ela sabia que, quando dissesse a Tony que, apesar de tudo, ele estava certo, o psicólogo também não consideraria uma troca aceitável. — Traz o material pra cá, Lee.

Girou para colocar o fone no gancho e encontrou John Brandon à porta. Demonstrando cansaço, começou a levantar, mas ele gesticulou para que permanecesse sentada, dobrando seus longos membros ao se sentar numa das desconfortáveis cadeiras para visitas.

— Mau negócio — disse ele.

— A culpa é toda minha — disse Carol. — Deixei a coisa correr à rédea solta. Meus policiais ficaram por conta própria em uma operação que todos achavam que era perda de tempo. Não a estavam levando a sério e, agora, Di Earnshaw está morta. Eu devia ter ficado no encalço deles.

— Fico surpreso por ela ter ido sem reforço — disse Brandon. As palavras por si só já eram uma censura, mesmo que não houvesse reprovação em seu rosto.

— Não era a intenção — respondeu Carol sem rodeios.

— Para o bem de nós dois, espero que possa comprovar isso.

Não era uma ameaça, Carol percebeu, vendo o calor do pesar nos olhos dele. Ela estava com os olhos fixos na madeira cheia de marcas do tampo de sua mesa.

— Por alguma razão, não tenho como me esforçar muito para isso agora, senhor.

A voz de Brandon ficou mais dura:

— Bom, sugiro que dê um jeito, inspetora-chefe. Di Earnshaw não tem o luxo de sentir pena de si mesma. A única coisa que podemos fazer por ela agora é tirar o assassino das ruas. Pra quando posso esperar uma prisão?

Pesarosa, Carol levantou a cabeça repentinamente e encarou Brandon.

— Assim que o detetive Whitbread chegar aqui com a prova, senhor.

— Bom — disse Brandon e levantou. — Assim que tiver uma ideia mais clara do que aconteceu lá ontem à noite, voltamos a nos falar. — O fantasma de um sorriso atravessou seus olhos. — A culpa não é sua, Carol. Você não tem como estar de serviço 24 horas por dia.

Carol encarou a porta depois que ele foi embora e se perguntou quantos anos John Brandon levara para aprender a deixar pra lá. Depois, ponderando o que sabia daquele homem, questionou-se se algum dia aprendera ou se simplesmente descobrira como disfarçar melhor.

Leon olhava ao redor, confuso.

— Eu achava que Newcastle era o último lugar no planeta onde os animaizinhos recebessem todo o amor do mundo.

— Algum problema com pubs vegetarianos? — perguntou Chris Devine delicadamente.

Simon sorriu:

— Ele só finge que gosta de carne mal passada.

Deu um golinho de cerveja para experimentá-la e comentou:

— Não tem nada de errado com a bebida. Como descobriu este lugar?

— Não pergunta se não quiser ficar constrangido, querido. É melhor você simplesmente confiar na sua superior, especialmente quando ela é uma mulher. Então, como estamos nos saindo? — perguntou Chris. — Não cheguei a lugar nenhum mostrando a foto dela lá na estação. Ninguém na lanchonete, nem na bilheteria, nem na banca de revista se lembra de ter visto a menina.

— Na rodoviária foi a mesma coisa. Nadica de nada. Com exceção de um dos motoristas que falou: não foi essa a menina que desapareceu em Sunderland alguns anos atrás?

Eles contemplaram a ironia melancolicamente.

— Consegui uma pista — disse Leon. — Conversei com um dos cobradores de trem e ele me falou de um café a que vão todos os maquinistas e cobradores pra comer sanduíche de bacon e beber alguma coisa nos intervalos. Sentei lá com os caras e mostrei as fotos. Um deles afirmou que com certeza viu a menina no trem pra Carlisle. Ele lembra porque ela perguntou pra ele duas vezes que horas o trem chegava a Five Walls Halt e se eles estavam dentro do horário.

— Quando foi isso? — perguntou Chris, oferecendo-lhe um cigarro encorajador.

— Ele não tinha certeza. Mas lembrou que foi na semana retrasada.

Leon não precisava lembrá-los que o período se encaixava perfeitamente no desaparecimento de Donna Doyle.

— Onde é Five Walls Halt? — perguntou Simon.

— No meio do nada, deste lado de Hexham — Chris informou a ele. — Perto da Muralha de Adriano. E, ao que tudo indica, de mais outras quatro. Também não me perguntem como é que eu sei, tá?

— Então, o que Five Walls Halt tem pra ela querer descer lá?

Leon olhou para Chris. Ela deu de ombros.

— Só estou supondo, mas diria que deve ser perto da casa que o Jacko Vance tem no interior. A que, não preciso falar pra vocês, não devemos nem chegar perto.

— Só que a gente pode ir a Five Walls Halt — sugeriu Leon.

— Não, até a gente terminar esta cerveja, não podemos — protestou Simon.

— Deixa essa cerveja aí — instruiu Chris. — Com certeza ela não foi a única a descer do trem lá. Se a gente vai bater em algumas portas, é melhor não estar fedendo a cervejaria. — Ela se levantou. — Vamos descobrir as belezas da região campestre de Northumberland. Trouxeram suas galochas?

Leon e Simon trocaram um olhar de pânico.

— Obrigado, Chris — murmurou Leon com sarcasmo enquanto eles a seguiam em direção à chuva fina.

Alan Brinkley ficou debaixo do chuveiro, uma cascata de água quase escaldante. O homem que tomava as decisões tinha finalmente decretado que os bombeiros que lutaram contra o fogo feroz na fábrica de tinta podiam se retirar, ir embora e ser substituídos por uma equipe menor que apagaria os pontos restantes e manteria seus olhos descansados abertos para qualquer coisa significativa em meio aos destroços. Ninguém que tinha poder queria correr risco depois que o corpo fora encontrado.

Ao pensar no corpo, um tremor convulsionou Brinkley da cabeça aos pés. Apesar do calor fumegante, seus dentes batiam involuntariamente. Não pensaria no corpo. Normal, tinha que permanecer normal. Mas o que era normal? Como ele geralmente se comportava quando havia um incêndio fatal? O que falava para a Maureen? Quantas cervejas bebia na noite posterior? O que seus companheiros viam em seu rosto?

Debruçou-se nos azulejos do box, lágrimas escorriam invisíveis dos seus olhos. Obrigado, meu Deus, pela privacidade do novo quartel de bombeiros, que não era como o antigo banheiro coletivo que tinham quando ele aprendera seu ofício. Ali no banho, ninguém conseguia vê-lo chorar.

Não conseguia tirar o cheiro das narinas nem o gosto da boca. Sabia que era imaginação; os produtos químicos na fábrica de tinta encobriam qualquer vestígio de carne incinerada. Mas era totalmente real. Sequer sabia o nome da policial, mas sabia qual era o cheiro e o gosto dela.

Abriu a boca num grito silencioso e esmurrou com o lado dos punhos a parede maciça, sem emitir som. Atrás dele, as argolas da cortina do box trepidaram ruidosamente ao serem puxadas. Ele se virou, pressionando as costas contra a parede do cubículo. Vira aquele homem e aquela mulher antes, dentro das faixas que delimitavam a cena do crime em incêndios. Ele via os lábios da mulher se moverem, ouvia a voz, mas não conseguia processar o que ela estava falando.

Não importava. Repentinamente soube que aquele era o único alívio. Deslizou pela parede até ficar em posição fetal. Encontrou sua voz e começou a chorar como uma criança mimada.

Chris Devine estava a apenas alguns quilômetros de Newcastle quando seu telefone tocou.

— Sou eu, Tony. Algum êxito?

Ela o informou sobre o limitado sucesso da manhã, em troca ele contou sobre o fracasso em convencer Wharton e McCormick a levá-lo a sério.

— É um pesadelo — disse ele. — Não temos como ficar perdendo tempo indefinidamente com isto. Se Donna Doyle ainda estiver viva, cada hora conta. Chris, só temos uma coisa a fazer: eu o confronto com as provas que temos e esperamos que ele entre em pânico e confesse ou tome uma atitude incriminadora.

— Foi isso que matou a Shaz — disse Chris. Mencionar o nome dela trouxe de volta a tristeza como se fosse um golpe físico. Se ela fosse capaz de ignorar a radiante presença que Shaz exercera em sua vida e a escuridão da sua ausência, conseguiria atravessar aquilo usando um oportuno simulacro da normal e animada Chris Devine. Mas toda vez que mencionavam o nome de Shaz, ela perdia o fôlego. Tinha a impressão de que não era a única que sofria uma reação; isso explicava por que raramente se falava dela de maneira direta.

— Não estava planejando ir sozinho. Preciso de apoio.

— E a Carol?

Houve um longo silêncio.

— A Carol perdeu uma policial ontem à noite.

— Puta merda. O incendiário?

— O incendiário. Ela está se martirizando porque acha que o envolvimento dela nisto aqui a fez agir de maneira displicente em relação ao próprio serviço. Ela, na realidade, está errada, mas não tem como se afastar das suas responsabilidades em Seaford hoje.

— Parece que ela tem mais merda no prato agora do que qualquer pessoa deveria comer. É, esquece a Carol.

— Vou precisar de você lá, Chris. Consegue sair e ir pra Londres? Agora?

Não precisou hesitar nem um momento. Quanto o assunto era pegar o homem que brutalizou o belo rosto de Shaz Bowman antes de destruir sua alma, não havia muita coisa que Chris se recusasse a fazer.

— Sem problema. Vou sinalizar pros rapazes e contar pra eles.

— Fala que a Kay está a caminho também. Ela estava me esperando quando voltei do centro de operações em Leeds hoje de manhã. Vou ligar pra ela e pedir pra ir pra estação Five Walls Halt. Pode encontrar o Simon e o Leon lá.

— Graças a Deus vamos ter pelo menos uma pessoa aqui com um pouquinho mais de bom senso — comentou ironicamente. — Ela pode segurar a onda do Duro de Matar um e dois.

— Estão querendo bancar os fodões, não estão?

— Não tem nada que adorariam mais do que meter a bicuda na cabeça do Jacko Vance. Se não conseguirem isso, vão se contentar com a porta da casa dele.

Ela viu um lugar onde podia estacionar na via de trânsito rápido e sinalizou que pararia, checando no retrovisor se Simon e Leon a estavam seguindo.

— Estava pensando em reservar esse prazer para mim.

Chris deu uma gargalhada maldosa e disse:

— Entra na fila, querido. Te ligo quando chegar à rodovia M25.

Os policiais na cantina irromperam aplausos desordenados quando Carol e Whitbread entraram. Carol agradeceu com um distante movimento de cabeça, Lee fez o melhor que pode com seu sorriso pálido. Dois cafés, dois donuts, por conta dela, depois foram embora e seguiram em direção à sala do Departamento de Investigação Criminal. Ainda faltava pelo menos uma hora para o advogado de Alan Brinkley chegar e, até então, ele estava inacessível.

No meio da escada, ela se virou e bloqueou a passagem de Lee.

— Onde ele estava?

Ele fez uma cara evasiva e resmungou:

— Não sei. Devia estar em um lugar onde o rádio não pegava.

— Porra nenhuma — retorquiu Carol. — Anda, Lee. Não é hora de falsa lealdade. A Di Earnshaw provavelmente ainda estaria viva se o Taylor estivesse feito a parte dele. Então, onde ele estava? Pulando a cerca?

Lee coçou a sobrancelha.

— Nas noites em que fizemos a vigilância juntos, ele ficava até a meia-noite. Depois avisava e falava que estava indo tomar uma no Corcoran.

— Se ele tivesse feito isso com a Di, por que ela estaria gritando por apoio pelo rádio? — questionou Carol. Lee fez uma careta, sua boca contorceu desajeitadamente.

— Ele não contaria pra Di. Ela não é um cara, sabe?

Carol fechou os olhos momentaneamente.

— Está me falando que eu perdi um dos meus policiais por causa de um machismo chauvinista tradicional de Yorkshire? — perguntou, incrédula.

Lee baixou os olhos e analisou o degrau em que estava.

— Ninguém achava que um negócio assim ia acontecer.

Carol deu meia volta e marchou escada acima, deixando que Lee seguisse seu rastro. Dessa vez, depois que ela abriu a porta da sala de operações com um empurrão de ombro, Tommy Taylor deu um pulo e ficou de pé:

— Chefe — começou ele.

— Inspetora-chefe pra você. Minha sala. Agora.

Ela esperou que ele fosse na frente.

— Sabe de uma coisa, Taylor? Tenho vergonha de trabalhar no mesmo esquadrão que você.

Os outros detetives na sala de repente desenvolveram uma completa fascinação por suas tarefas rotineiras.

Carol fechou a porta atrás de si com um chute.

— Não se dê ao trabalho de sentar — informou ela, movendo-se para trás da mesa e jogando-se cadeira. Para aquela conversa, ela não precisava de ferramentas artificiais como ficar de pé enquanto seu subordinado ficava sentado. — A detetive Earnshaw está incinerada em um necrotério porque você estava enchendo a cara quando devia estar trabalhando.

— Eu não... — começou ele.

Carol simplesmente levantou a voz e continuou:

— Haverá uma investigação oficial em que você vai poder falar a quantidade de merda que quiser sobre lugares onde o rádio não pegava. Quando isso acontecer, vou ter depoimentos de todos os bêbados do Corcoran. Vou te enterrar, Taylor. Até que esteja oficialmente expulso desta força, está suspenso. Agora sai da sala de operações do meu esquadrão e fica longe dos meus policiais.

— Nunca imaginei que ela estivesse em risco — disse ele, pateticamente.

— Ganhamos os nossos salários exatamente porque estamos sempre em risco — explodiu Carol. — Agora some da minha frente e reza pra não ser reintegrado porque não vai existir um policial em East Yorkshire pra mijar em você se estiver pegando fogo.

Taylor recuou, fechando a porta cuidadosamente ao sair.

— Está se sentindo melhor agora? — perguntou Carol a si mesma sob suspiros. — Logo você, a mulher que dizia que nunca jogaria a culpa nos outros.

Enfiou a cabeça nas mãos. Sabia que nenhuma investigação colocaria muita culpa em seus ombros. Isso não a fazia parar de sentir que o sangue de Di Earnshaw manchava suas mãos assim como as de Taylor. E, uma vez que a identificação fosse oficial, ela seria a responsável por dar a notícia aos pais de Di.

Pelo menos não teria mais que se preocupar com Jacko Vance e Donna Doyle. Isso, graças a Deus, era problema de outra pessoa agora.

Quando Chris Devine comentou algo sobre bater em algumas portas, Simon e Leon imaginaram uma pequena vila toda arrumadinha com duas ou três ruas. Nenhum deles considerara a área atendida por uma estação a meio caminho entre Carlisle e Hexham. Além do aglomerado desordenado de casas que constituíam a própria Five Walls Halt, havia fazendas, sítios, grupos afastados de casas agrícolas agora colonizadas por pessoas que moravam ali e iam de carro para a cidade trabalhar, casas de campo e espasmódicos conjuntos habitacionais que pareciam rasgos improváveis nos cantos distantes de vales estreitos. Eles acabaram em um estabelecimento de informações turísticas comprando mapas do Instituto Cartográfico Britânico.

Assim que Kay chegou, dividiram a área entre si e combinaram de se encontrarem novamente na estação no final da tarde. Era uma tarefa ingrata, mas Kay obtinha mais sucesso nela do que os outros. As pessoas sempre falavam mais com uma mulher à sua porta do que com um homem. Ao final da tarde, conseguira duas pessoas que possivelmente tinham visto Donna Doyle. Ambas diziam ter sido durante a sua habitual volta pra casa de trem à noite, mas nenhuma tinha certeza do dia.

Também tinha descoberto a localização do esconderijo de Jacko Vance. Uma das portas em que batera pertencia à pessoa que reparou o telhado de ardósia preta da antiga capela apenas cinco anos antes. A maneira oblíqua com que ela entrou no assunto e as perguntas que pareciam querer saber de fofocas sobre Jacko Vance fizeram com que não suspeitassem de nada. Eles apenas comentariam no pub naquela noite que as mulheres policiais eram iguais a qualquer outra, pois eram presas fáceis demais para um nome famoso, um sorriso bacana e uma conta bancária gorda.

Quando os três se reencontraram, ela adicionara mais algumas coisinhas ao seu estoque de conhecimento. Vance comprara o lugar 12 anos antes, possivelmente cinco ou seis meses depois do acidente. Não era muito mais do que quatro paredes e um telhado, e ele gastara um bocado de grana para reformá-la. Quando se casara com Micky, o pessoal da região esperara que eles a usassem como casa de fim de semana, mas, em vez disso, ele a usava mais como refúgio; uma base útil para o trabalho voluntário que fazia no hospital de Newcastle. Ninguém sabia por que Jacko escolhera a área. Ele não tinha nenhuma conexão com o lugar de acordo com o que as pessoas sabiam.

Leon e Simon ficaram entusiasmados com a informação. Tinham pouco a oferecer, a não ser que algumas pessoas se lembravam vagamente de terem visto Donna. Uma afirmava que ela tinha entrado em um carro no estacionamento da estação, mas a testemunha não conseguia se lembrar do dia, da hora ou da marca do carro.

— Testemunhas às vezes são o mesmo que nada — disse Leon. — Não vamos chegar a lugar nenhum com essa merda. Vamos ver a casa do Vance.

— O Tony disse pra gente ficar longe de lá — protestou Simon.

— Não sei se é uma boa ideia — concordou Kay.

— O que pode acontecer de ruim? Escuta só, se ele pegou a menina aqui e levou pro cafofo dele, é provável que alguém o tenha visto. A gente não pode simplesmente voltar pra Leeds, agora que sabemos de tudo isso.

— A gente devia ligar pro Tony antes — teimou Simon.

Leon jogou os olhos pro céu e cedeu, depois de suspirar:

— Tá bom.

Fez uma grande encenação para pegar o telefone e digitar o número. Nenhum dos outros pensou em conferir se era o de Tony. Com o som de chamada ininterrupto, Leon disse triunfantemente:

— Ele não está atendendo, tá bom? Então, o que pode acontecer de ruim em irmos lá dar uma olhada? Porra, aquela menina pode estar viva ainda, e a gente fica aqui discutindo se fica com a bunda grudada na cadeira até o Natal? Qual é, a gente tem que *fazer* alguma coisa!

Kay e Simon trocaram um olhar. Nenhum dos dois queria desobedecer as ordens de Tony. Porém, igualmente, estavam infectados demais pela glória da perseguição para aguardarem sentados sem fazer nada, enquanto a vida de uma jovem estava em jogo.

— Tá bom — concordou Kay. — Mas só vamos dar uma olhada. Combinado?

— Combinado — respondeu Leon, entusiasmado.

— Assim espero — disse Simon com uma voz cansada. — Assim espero mesmo.

Chris Devine deu um golinho em um espresso duplo e um trago profundo em outro cigarro numa tentativa de se desvencilhar do cansaço. Na hora do chá no domingo, o restaurante Shepherd Bush estava tão animado quanto uma casa funerária.

— Me explica tudo de novo — ordenou a Tony.

— Eu vou até a casa. De acordo com a agenda dele que você conseguiu com o seu contato, Vance deve estar atuando como mestre de cerimônia em um evento de moda para levantar fundos para a caridade em Kensington hoje à tarde, então ele não vai estar em Northumberland.

— Tem certeza que a gente não devia dar uma chegada lá na casa dele antes? — interrompeu Chris. — Se a Donna Doyle ainda estiver viva...

— E se ela não estiver lá? Não temos como ficar vasculhando o lugar sem que as pessoas notem e liguem direto pro Vance. Aí a gente já era. No momento, ele não tem certeza de que há alguém na cola dele. A única coisa que sabe é que fiquei metendo o bedelho por aí. É a única vantagem que temos. Temos que partir para o confronto direto.

— E se a mulher dele estiver lá? Ele não vai correr o risco dela escutar qualquer coisa que você tenha a dizer sobre a Shaz.

— Se Micky e a Betsy estiverem lá, ele vai fazer de tudo pra me tirar de perto delas antes que eu consiga falar uma palavra. De certa maneira, é mais seguro pra mim se elas estiverem, porque aumentam as probabilidades de eu sair inteiro.

— Suponho que sim. É melhor me levar com você, então — disse ela, soltando uma nuvem de fumaça.

— Vou falar pro Jacko que venho trabalhando sem a polícia e que descobri importantes evidências em vídeo relacionadas à morte de Shaz Bowman e que acredito que ele possa nos ajudar. Vai me deixar entrar porque estarei sozinho e ele vai concluir que pode me descartar da mesma maneira que se livrou da Shaz se entender que estou mesmo fazendo uma investigação por conta própria. Vou mostrar a ele os vídeos e as fotos e acusá-lo. Você vai estar no seu carro com um receptor de rádio e um gravador, capturando tudo o que for transmitido pelo microfone desta elegante canetinha que comprei na Tottenham Court Road vindo pra cá.

Tony balançou a caneta em frente ao nariz de Chris.

— Não é sério que você acha que ele vai confessar, é?

Tony abanou cabeça.

— Acho que, se ele estiver sozinho, vai tentar me matar. E é aí que você entra como se fosse a cavalaria saltando prédios altos com um único e poderoso pulo.

Suas palavras eram leves, mas o tom, sombrio. Entreolharam-se desoladamente.

— Então vamos agir — disse Chris. — Vamos descer a marreta nesse desgraçado.

Foram necessários menos de dez minutos para descobrirem que era impossível vasculhar a capela convertida de Jacko Vance sem ficar tão evidente quanto uma raposa num rebanho de ovelha.

— Que bosta — xingou Leon.

— Não acho que ele escolheu um lugar igual a este por acaso — opinou Simon, virando a cabeça e observando a desolada encosta de frente para o esconderijo. Em ambos os lados do círculo de cascalho em frente à construção alta e estreita, havia rebanhos de ovelhas acuados por cercas de arame. Mesmo com o adensamento do anoitecer, era óbvio que não havia nem seres humanos, nem habitações à vista.

— Engraçado — cismou Kay. — Normalmente as celebridades gostam de um pouquinho de privacidade. Portões, muros, cercas altas. Mas deve dar pra ver este lugar a quilômetros de distância se você caminhar pelo campo.

— Uma faca de dois gumes, cara — disse Leon. — As pessoas podem te ver, mas você também enxerga tudo quando alguém se aproxima. Olha a estrada. Nem a porra dos romanos ficavam de bobeira aqui, ficavam? Qualquer picto que viesse pra cá procurando encrenca era visto assim que apontava no horizonte.

— Ele gosta do tipo de privacidade em que não se pode ser espionado — comentou Simon. — Na minha opinião, isso quer dizer que ele tem muito mais pra esconder do que alguma celebridade novata por aí.

— E, na minha opinião, a gente tem que dar uma conferida no que é isso — disse Leon.

Olharam uns para os outros por um longo momento. Kay abanou a cabeça. Simon disse:

— Sem chance de me juntar a vocês pra ir lá chutar a porta do Jacko Vance e entrar à força.

— Quem falou alguma coisa sobre chutar a porta e entrar à força, Simon? — questionou Leon. — Kay, você conversou com o cara que colocou o telhado nesse lugar. Ele falou alguma coisa sobre gente aqui da área que trabalha pra ele? Jardineiro, faxineiro, cozinheiro? Qualquer coisa do tipo?

— Ah, falou, sim, falou que ele tem um faxineiro num local onde esconde vítimas de assassinato — disse Simon, com desprezo.

— Esse cara adora fingir que está blefando — disse Leon. — Adora ficar de sacanagem com os policiais vacilões. Nada o agradaria mais do que uma senhorinha lustrando uma parede secreta onde, por trás dela, ele tem uma menina acorrentada. O que o cara falou, Kay?

— Não falou nada. Mas, se alguém sabe alguma coisa sobre isso, provavelmente são os vizinhos mais próximos.

— Então, quem aqui é melhor pra imitar o sotaque do norte? — perguntou Leon apontando diretamente para Simon.

— Não é uma boa ideia — protestou ele.

Dez minutos depois ele estava batendo na porta da primeira moradia que encontraram. Uma casa de fazenda grande e quadrada que ficava de frente para o campo na direção da Muralha de Adriano, a menos de dois quilômetros de distância. Ele trocou o pé de apoio.

— Se acalma — disse Kay. — É só mostrar o distintivo bem rapidão. Eles não vão examinar a credencial com atenção.

— Vamos acabar com a nossa carreira com isto aqui — murmurou Simon através dos dentes travados.

— Prefiro correr esse risco do que deixar o assassino da Shaz solto. — A cara fechada de Kay se transformou em um sorriso radiante quando a porta se abriu, deixando à vista um homem moreno, baixo e carrancudo. Não era difícil imaginar seus antepassados pictos transformando a vida dos romanos em um tormento.

— Olá? O que é?

Eles abriram seus distintivos e os fecharam em uníssono. O homem pareceu momentaneamente confuso, depois retomou seu olhar zangado.

— Detetive McNeill, da Polícia de Northumbria — Simon começou a tagarelar. — Recebemos uma denúncia de invasores na casa do sr. Vance aqui na rua. Não conseguimos entrar na propriedade e queríamos saber se você conhece alguém por aqui que tenha a chave.

— O homem lá não te atendeu? — perguntou ele com um sotaque que Kay achou quase incompreensível.

— Atendeu, não — respondeu Simon, infligindo o sotaque de Newcastle. — Não conseguimos falar com ele, hoje é domingo, sabe como é?

— Cês querem a Doreen Elliott. Volta na estrada, passa pela casa do Vance, curva na primeira pra esquerda e a casa dela fica logo ali depois duma descida assim. Ela que fica de olho no lugar pra ele.

A porta começou a fechar.

— Brigado — agradeceu Simon com a voz baixa.

— De nada — disse o homem, fechando a porta com firmeza na cara deles.

Meia hora depois, eles estavam com a chave da *pied-à-terre*. Infelizmente para eles, também estavam com a sra. Doreen Elliot no banco do passageiro do carro de Kay, determinada a garantir que a preciosa propriedade de Jacko Vance não fosse danificada pelas mãos estabanadas da polícia. Só restava a Kay desejar, para o bem da mulher, que eles não encontrassem o que ela temia atrás da pesada porta de madeira da frente da casa.

O portão foi aberto à menção de seu nome, Tony entrou caminhando e a cada passo imergia mais na persona que escolhera para o encontro. Queria que Vance achasse que ele estava indeciso e que era capaz de ser passado para trás. Assumiria o controle demonstrando ser o mais fraco dos dois. Era uma estratégia arriscada, mas era a que tinha confiança em conseguir conduzir.

Vance abrira a porta envolto em sorrisos, cumprimentando-o pelo nome. Só restava a Tony ser varrido para dentro, ostentando um olhar levemente confuso.

— Desculpa, você se desencontrou da Micky — disse Vance. — Ela está passando o fim de semana com uns amigos no interior. Mas não queria deixar de conhecê-lo cara a cara — continuou enquanto conduzia Tony para dentro. — É claro que o vi no programa da minha esposa outro dia, mas tenho notado que está em todos os meus eventos ultimamente. Devia ter ido até mim e se apresentado, poderíamos ter batido um papo antes, não precisava ter se despencado até Londres.

Ele era o modelo de charme e suavidade, suas palavras fluíam calmas e pacificadoras.

— Na verdade, não foi a Micky que vim ver. Queria falar com você sobre Shaz Bowman — disse Tony, tentando parecer cerimonioso e embaraçado.

Um momentâneo olhar de perplexidade, então Vance disse:

— Ah é, a detetive que foi morta de maneira tão trágica. Certo. Tinha em mente que era alguma coisa completamente diferente que você queria... Então está mesmo trabalhando com a polícia nesse caso?

— Como você se lembra da entrevista que dei à sua esposa, eu era o responsável pela unidade a que Shaz estava vinculada. Então, naturalmente, assumi um papel na investigação — respondeu Tony. Esconder-se atrás de formalidade faria Vance sentir que ele estava desconfortável.

As sobrancelhas de Vance levantaram, o bailado dos seus olhos azuis provocadores da mesma maneira que na TV.

— Ouvi dizer que você teve que trocar de lado nesta investigação — comentou suavemente. — Que estava respondendo, não fazendo as perguntas.

As informações internas de Vance, por mais que fossem incompletas, podiam ser usadas em benefício próprio, Tony concluiu. De certa maneira, elas, na verdade, ajudavam na estratégia que delineara com Chris.

— Você tem boas fontes — disse ele, tentando transparecer má vontade em sua voz. — Mas posso te garantir que, apesar de estar trabalhando sem a polícia, as evidências que descobri chegarão às mãos deles no momento oportuno.

Isso plantava a ideia de que estava trabalhando sozinho.

— E o que tudo isso tem a ver comigo?

Vance se apoiou à vontade no corrimão da escada que se erguia em curva.

— Tenho algumas filmagens sobre as quais imagino que você poderá lançar uma luz — disse Tony dando tapinhas no bolso do casaco.

Pela primeira vez desde que se cumprimentaram, Vance parecia ligeiramente desconcertado. Seu rosto se iluminou momentaneamente e o sorriso do menino de ouro estava de volta.

— Então sugiro que venha comigo lá pra cima. Tenho uma sala no último andar que uso pra fazer exibições para audiências pequenas e selecionadas.

Ele deu um passo de lado e movimentando graciosamente o braço verdadeiro indicou que Tony deveria subir na frente dele.

Tony subiu a escada. Disse a si mesmo que não importava em que cômodo estivessem; Chris conseguiria escutá-lo, e se as coisas ficassem perigosas, ela teria tempo suficiente para providenciar um resgate. Assim esperava.

Parou assim que subiu o último degrau, mas Vance silenciosamente direcionou-o para o próximo lance de escadas.

— Primeira porta à direita — orientou ele assim que chegaram ao topo, uma área assombrosamente clara, iluminada por uma claraboia em forma de pirâmide com quatro lados.

A sala em que Tony entrou era comprida e estreita. A maior parte da parede mais distante era ocupada por um telão. À esquerda, parafusado ao chão, ficava um móvel alto com rodinhas e, sobre ele, um videocassete e um projetor de filme. Atrás, prateleiras posicionadas ao redor de uma mesa de edição estavam abarrotadas de fitas de vídeo e latas de filme. Um conjunto de poltronas de tiras de couro pareciam confortavelmente acopladas em estruturas de madeira e completavam o mobiliário.

A janela era o que deveria ter causado um aperto no coração de Tony. Apesar de ser transparente, era nítido que algum tipo de revestimento fora aplicado. Se tivesse prestado atenção no ambiente da mesma maneira que prestava ao ocupante, notaria que ali havia uma precaução similar à encontrada em prédios governamentais, onde o que era discutido não podia se tornar de conhecimento geral. O revestimento fazia com que as janelas fossem impenetráveis a sinais de rádio, o que prevenia escuta clandestina. Isso, somado ao isolamento acústico que cobria as paredes, garantia que a sala fosse, para todos os efeitos e propósitos, selada ao mundo exterior. Ele poderia gritar o quanto quisesse. Chris Devine já não mais o escutava.

Chris encarava a mansão em Holland Park se perguntando o que fazer. As vozes de Tony e Vance chegavam em alto e bom tom e, de repente, nada. A última coisa que escutara Vance dizer fora: "Primeira porta à direita." Não era informação suficiente sequer para saber em que cômodo estavam, já que ela não tinha a menor ideia sobre para qual lado a escada virava.

Primeiro, a sargento achou que houvesse algo errado com o equipamento — um fio solto, uma bateria solta. Segundos terríveis passaram velozes enquanto Chris conferia rapidamente o que podia ser. Mas as bobinas de fita ainda estavam rodando, embora não houvesse nada sendo capturado pelo receptor. Pressionou a testa tentado descobrir o que estava acontecendo.

Com certeza, não houve som de briga, nenhuma indicação de que o transmissor tivesse sido descoberto. Tony podia até mesmo tê-lo desligado. Se, por exemplo, estivesse num tipo de ambiente em que o feedback eletrônico pudesse trai-lo. Vance comentara sobre uma sala especial para exibição, um lugar que podia muito bem abrigar esse tipo sensível de equipamento eletrônico.

Estremecia e se odiava por isso. Podia estar acontecendo qualquer coisa com Tony. Ele estava em uma casa junto com um assassino, um homem que ele tinha muita certeza que tentaria assassiná-lo.

Chris poderia, supunha, ligar para o celular dele. Combinaram que ela só usaria o telefone como último recurso. Bom, não havia mais nada que pudesse tentar face ao silêncio do rádio. Acessou o número dele na agenda e pressionou "chamar". Momentos de nada seguidos do familiar barulhinho que precede a enfurecedora e calma voz feminina entoando: "Sua chamada está sendo encaminhada para a caixa de mensagens e estará sujeita a cobrança após o sinal."

— Merda, merda, merda — sibilou. Não lhe restava mais nada. Havia a possibilidade de ela detonar o plano de Tony, mas era melhor isso do que continuar nessa indecisão que podia custar a vida dele. Chris saiu apressada do carro e correu pela rua na direção da mansão de Vance.

Inconsciente do perigo no qual tinha se metido, Tony se virou para ficar de frente para Vance.

— Espaço bacana — comentou ele.

Vance não podia deixar de se envaidecer.

— O melhor que o dinheiro pode comprar. Então, no que você quer que eu dê uma olhada?

Tony lhe entregou a fita e observou Vance enfiá-la no aparelho, notando que ali, em seu habitat, sua deficiência era quase imperceptível. Um júri acharia difícil acreditar que ele podia ser tão desajeitado quanto aparentava ao encher o tanque de Shaz Bowman com gasolina. Tony memorizou isso para sugerir uma remodelação da apresentação do evento quando fosse levado ao tribunal.

— Sente-se aí — disse Vance.

Tony sentou em uma cadeira de onde podia ter uma visão periférica de Vance. Quando a fita começou a rodar, Jacko usou o controle remoto para escurecer um pouco o ambiente. Tony se preparou para o próximo estágio da sua confrontação. A primeira parte mostrava a sequência, cuja imagem não tinha sido melhorada, de Vance disfarçado no posto de gasolina da rodovia. Mal tendo atingido trinta segundos de filme, ele emitiu um som baixo no fundo da garganta, quase um rosnado. À medida que o filme passava, o barulho aumentava tanto de volume quanto de tom. Tony percebeu que o sujeito estava rindo.

— Estão querendo dizer que aquele ali sou eu? — finalmente conseguiu perguntar em meio à gargalhada, virando-se para Tony com um sorriso largo.

— É você. Você e eu sabemos disso. E, em breve, o restante do mundo vai saber também — Tony esperava que tivesse usado o tom certo, algo entre ameaça e lamentação. Enquanto Vance acreditasse que continuava no controle, havia a chance de cometer um erro.

Os olhos de Jacko saltaram de Tony para a tela. Em câmara lenta, estava sendo reproduzido o vídeo melhorado. Para qualquer um que sabia quem estavam procurando, era difícil resistir à semelhança entre o homem no vídeo e aquele sentado com o controle remoto.

— Minha nossa senhora — disse ele, sardonicamente. — Acha mesmo que alguém vai sustentar um caso com algo que foi tão obviamente adulterado quanto isso?

— Não é só isso — disse Tony delicadamente. — Continue assistindo. Gosto da parte que mostra você voltando a Leeds pra finalizar o serviço.

Ignorando-o, Vance apertou o botão de stop. Tirou a fita do videocassete e a arremessou de volta para Tony, tudo com uma mão e muita destreza.

— Meus movimentos não são daquele jeito — negou desdenhosamente. — Teria vergonha de mim mesmo se tivesse me adaptado tão mal à minha deficiência.

— Era um carro desconhecido e uma situação estranha.

— Vai ter que fazer melhor do que isso.

Tony jogou uma cópia do seu relatório para Vance, que esticou a mão esquerda num reflexo treinado e o pegou. Jacko abriu na primeira página e leu. Por um momento, a pele ao redor da sua boca e dos seus olhos se contraiu. Tony sentia que a força de vontade era tudo o que o impedia de reagir de maneira mais enérgica.

— Está tudo aí — disse Tony. — Uma seleção das suas vítimas. Fotografias de você com elas. A assombrosa semelhança delas com Jillie. A mutilação de Barbara Fenwick. Está tudo ligado a você.

Vance levantou seu belo rosto e abanou a cabeça compassivamente.

— Você não tem a menor chance — desdenhou ele. — Lixo circunstancial. Um monte de fotografias adulteradas que foram tiradas de mim durante um ano? A única coisa surpreendente em termos estatísticos é que a maior parte delas não acabou assassinada. Está perdendo o seu tempo, dr. Hill. Do mesmo jeito que a detetive Bowman.

— Pode falar o que quiser, mas não vai conseguir sair desta, Vance — afirmou Tony. — Isto vai muito além da mera coincidência. Nenhum júri no mundo vai cair nessa.

— Nenhum júri no mundo deixaria de conter meia dúzia de fãs meus. Se é dito a eles que isto é uma perseguição, vão acreditar em mim. Se eu escutar mais uma palavra sobre isso, não vou simplesmente mandar meus advogados atrás de você, também vou à imprensa e conto sobre esse triste sujeitinho que trabalha pro Ministério do Interior e é obcecado pela minha mulher. Ele é desorientado, é claro, igualzinho a todos os tristes sujeitinhos que se apaixonam por uma imagem na tela da TV. Acha que só porque saíram pra jantar ela cairia nos braços dele se eu estivesse fora de cena. Por isso está tentando forjar o meu envolvimento com um monte de assassinatos em série inexistentes. Vamos ver quem vai ficar parecendo um idiota no final, dr. Hill.

Prendendo a pasta debaixo da parte superior do braço direito, Vance a rasgou.

— Você matou Shaz Bowman — acusou Tony. — Matou um monte de meninas, e também matou Shaz Bowman. Não vai se safar dessa. Pode rasgar o meu relatório quantas vezes quiser, mas vamos pegar você.

— Acho que não. Se houvesse alguma prova nesta pasta, haveria uma equipe de policiais do alto escalão aqui. Isto é fantasia, dr. Hill. Você precisa de ajuda.

Antes que Tony pudesse responder, uma luz verde começou a piscar na parede perto da porta. Vance se aproximou dela com passos largos e pegou um interfone.

— Quem é?

Ele ficou escutando por um momento.

— Não há necessidade de você entrar, detetive. O dr. Hill já está de saída.

Ele desligou e lançou um olhar calculado para Tony.

— Bom, dr. Hill. Você está de saída? Ou vou ter que chamar os policiais que vão lidar de maneira bem mais racional com a questão envolvendo Shaz Bowman do que a sargento Chris Devine?

Tony ficou de pé.

— Não vou desistir — informou ele.

Vance deu uma gargalhada estridente.

— E os meus amigos no Ministério do Interior achavam que você tinha uma carreira muito promissora. Aceite o meu conselho, dr. Hill. Tire umas férias. Esqueça a Bowman. Vá viver sua vida. É obvio que tem trabalhado demais.

Mas seus olhos não estavam rindo. Apesar da sua experiência em apresentar uma fachada para o mundo, nem mesmo Jacko conseguia impedir que a apreensão escapulisse da sua expressão afável.

Tony resistiu ao impulso de mostrar o júbilo que sentia e começou a descer a escada com o ar de um homem inundado pela derrota. Conseguira exatamente o que almejava. Não era exatamente o mesmo objetivo que revelara a Chris Devine, já que não tinha certeza se conseguiria levá-lo a cabo. Bem satisfeito, Tony atravessou lenta e penosamente a sala e saiu pela porta da frente da casa de Jacko Vance.

A capela fora construída para uma pequena, porém apaixonada congregação. Era simples, mas genuinamente bela em suas proporções, Kay pensou quando estava na porta. A conversão em residência fora feita com bom gosto, conservando a sensação de leveza. Vance escolhera móveis com linhas simples e sóbrias, a única ornamentação era uma série de tapetes gabbeh espalhados sobre os blocos de pedra do chão. O cômodo único tinha uma cozinha planejada, uma pequena área para jantar e um espaço com alguns sofás distribuídos ao redor de uma mesa de ardósia grande e baixa. Bem no fundo, uma plataforma suspensa servia de quarto. Debaixo dela havia algo que parecia uma bancada de trabalho equipada com ferramentas. Kay sentiu seu estômago contorcer de entusiasmo ao ver Simon e Leon explorando o cômodo, procurando ostensivamente sinais de um invasor fictício.

Ao lado dela, Doreen Elliott se mantinha determinada e inabalável, uma mulher socada, rude e obelisca, com seus cinquenta anos e um rosto tão impassível quanto as gigantescas pedras da própria Muralha de Adriano.

— Quem você falou que denunciou o invasor? — inquiriu ela, protegendo zelosamente seus direitos como guardiã dos direitos à privacidade de Jacko Vance.

— Não sei exatamente — disse Kay. — Acho que a ligação foi feita anonimamente. Alguém passando por aqui de carro viu uma luz oscilante, como uma tocha.

— A noite deve estar bem tranquila pra vocês três virem aqui por causa de uma coisa assim. — O tom áspero indicava que a polícia local geralmente falhava em atender ao padrão exigente dela.

— A gente estava na área — inventou Kay. — Era mais fácil pedir a nós do que mandar outros policiais. Além disso — acrescentou ela com um sorriso confidente —, quando envolve alguém como o Jacko Vance, a gente acaba se dedicando um pouquinho mais.

— Hmm. O que eles acham que estão procurando, aqueles dois?

Ela olhou para onde Simon, levantando tapetes com a ponta do pé, espreitava embaixo, analisando o chão. Leon abria armários e gavetas da cozinha metodicamente à procura de, ela sabia, qualquer indício de que Donna Doyle pudesse ter estado ali.

— Só estão olhando se não está faltando alguma coisa óbvia e se não tem lugar nenhum pra alguém se esconder — comentou ela.

Simon desistira dos tapetes e ia para a bancada de trabalho. Kay viu as costas dele se enrijecerem quando chegou perto. Ele reduziu os passos a ponto de praticamente estar arrastando os pés e virou a cabeça para analisar melhor o que quer que tenha chamado sua atenção. Ele se virou para os colegas e Kay viu o brilho da descoberta nos olhos dele.

— Parece que o sr. Vance está bem envolvido com marcenaria — comentou Simon gesticulando com a cabeça para Leon.

— Ele faz brinquedos de madeira pros guris no hospital — explicou a sra. Elliot, orgulhosa como se ele fosse o seu próprio filho. — Acha que o que faz por eles nunca é o suficiente. Deviam dar uma medalha pra ele pelas horas que dedica a pessoas à beira da morte. Vocês não têm como medir o conforto que ele dá pro povo.

Leon se juntara a Simon na bancada de trabalho.

— Um kitzinho da pesada aqui — comentou ele. — Cara, estes cinzéis são afiados igual lâmina. — O rosto dele estava sombrio e sinistro. — E você tem que dar uma olhada neste torno, Kay. Nunca vi nada igual.

— Ele precisa disso pra segurar a madeira — informou a sra. Elliott com firmeza. — Com o braço dele do jeito que é, não daria conta sem isso. Ele chama isso aí de par de mãos extra.

Tony percorreu todo o caminho até a saída praticamente arrastando os pés e com a cabeça baixa, o som da batida da porta ainda ressoava em seus ouvidos. Levantou os olhos e capturou a expressão ansiosa de Chris. Piscando com força para ela, manteve sua abatida linguagem corporal até estar na rua do lado de fora do portão eletrônico, escondido da casa pela cerca viva alta.

— Mas que merda aconteceu lá dentro? — indagou Chris.

— Como assim? Eu estava começando a entrar no ritmo quando você se intrometeu — protestou Tony.

— Você ficou fora do ar. Não sabia que merda estava acontecendo.

— Como assim fiquei fora do ar?

— O sinal morreu. Ele falou "primeira à direita", depois silêncio total. Só me restou pensar que ele tinha te apagado.

Tony fechou a cara, tentando descobrir o que acontecera.

— Deve ter mandado selar aquele cômodo eletronicamente — opinou por fim. — É claro. A única coisa que ele ia querer era alguém xeretando sem que ele soubesse. Isso nunca passou pela minha cabeça.

Chris protegeu o cigarro com a mão para acendê-lo.

— Jesus — explodiu ela suavemente, soltando uma longa baforada de fumaça. — Nunca mais me assusta desse jeito. Então, o que aconteceu? Não me fala que ele confessou e nós não gravamos.

Tony abanou a cabeça, atravessando com ela para o outro lado da rua onde deixara seu carro, totalmente à vista da casa Vance. Ele olhou para trás e ficou contente de ver seu alvo de pé em frente a uma janela no andar mais alto olhando para eles.

— Entra no meu carro por enquanto, vou explicar — orientou Tony.

Ligou o carro e deu a volta na esquina.

— Ele desprezou totalmente as evidências — disse Tony fazendo outra curva para chegar ao local onde Chris estacionara, a uns duzentos metros do portão de Vance, fora da linha de visão da casa. — Deixou claro que acha que não temos nada contra ele e que, se não sairmos da cola dele, vai vir atrás de mim.

— Ameaçou te matar?

— Não, ameaçou ir aos jornais e me fazer de idiota.

— Você tá me parecendo bem animado pra alguém que acabou de estragar o grande confronto — comentou Chris. — Achei que era pra ele ou confessar e desembuchar tudo, ou então tentar te apagar.

Tony deu de ombros.

— Eu não esperava que ele confessasse. E, se ele fosse me matar, não acho que teria feito isso ali, naquele momento. Ele pode ter convencido o Wharton e o McCormick de que não havia nada de sinistro na Shaz ter visitado o sujeito antes de morrer, mas acho que até eles prestariam atenção se eu fosse morto logo depois de ter ido à casa do Vance. Não, o que queria era perturbar o Jacko a ponto dele começar a se perguntar se realmente escondeu bem os próprios rastros.

— O que tem de bom nisso? — Ela abriu um pouquinho a janela para bater a cinza.

— Com um pouco de sorte, vai fazer com que ele saia como um ratinho à corda, direto para o matadouro. Precisa garantir que não há nada que possa incriminá-lo caso eu consiga o improvável: persuadir a polícia a conseguir um mandado de busca.

— E acha que ele vai agora?

— Estou contando com isso. De acordo com a agenda dele, Jacko não tem nenhum compromisso antes de uma reunião amanhã às três. Depois disso, a semana começa terrível. Ele tem que fazer isso agora.

Chris deu um suspiro e reclamou:

— A M1 *de novo* não.

— Tá preparada?

— Tô preparada — afirmou com uma voz cansada. — Qual o plano?

— Vou agora. Ele me viu sair de carro com você, então deve estar achando que a barra está limpa. Vou seguir pra Northumberland e você fica na cola quando ele aparecer. Manteremos contato por telefone.

— Pelo menos está escuro — disse ela. — Espero que ele não perceba o mesmo farol pelo retrovisor.

Ela abriu a porta e saiu, depois se inclinou para falar:

— Não acredito que estou fazendo isto. Vim lá da porcaria de Northumberland até Londres só pra dar meia volta e voltar pra lá de novo. A gente deve ser demente.

— Não. Somos determinados.

Ele era mesmo, com certeza, pensou Chris enquanto voltava para o seu carro e via Tony fazendo o retorno e seguindo pelo caminho de onde tinha vindo. Meu Deus, pensou. Já eram sete horas. Cinco, seis horas até Northumberland. Ela desejava que não houvesse muita ação na outra ponta da viagem porque estaria morta de cansaço.

Ela sintonizou o rádio em uma estação que tocava clássicos antigos e se acomodou para cantar junto com os anos 1960. Não teve muito tempo para harmonizar antes que os portões da casa de Vance se abrissem e a comprida frente de sua Mercedes aparecesse.

— Bonitão maldito — disse ela, girando a chave na ignição e começando a andar para mantê-lo à vista.

Holland Park Avenue, depois pegou a A40. Enquanto passavam por Acton e Ealing, abateu-se sobre Chris uma vaga sensação de inquietação. Aquele não era o caminho mais bacana para Northumberland. Era um despropósito. Ela não conseguia acreditar que ele pegaria o sentido oeste até a orbital M25 só pra dar a volta até a M1 no sentido norte. Ficou próxima o bastante para que não o perdesse nos semáforos, sempre mantendo um único carro entre eles. Era uma perseguição difícil, mas pelo menos a iluminação da rua ajudava. Finalmente, as placas para a M25 apareceram e Chris se preparou para pegar a saída para a rodovia, ainda que Vance não tivesse dado sinal de que faria isso. Provavelmente trocaria de pista no último minuto, ela pensou, se achasse que estava sendo seguido.

Mas ele não trocou e foi ela que teve que fazer um movimento de último minuto, enfiando o pé no acelerador para manter contato com as lanternas traseiras de Jacko. Conseguiu fazer isso apenas porque ele dirigia um pouco acima do mínimo permitido, como um homem que não queria de maneira alguma ser parado por excesso de velocidade. Pegou o telefone e apertou a tecla de rediscagem para ligar para Tony.

— Tony? É a Chris. Escuta, estou na M40, no sentido oeste, na cola do Jack Bacana. Não sei pra onde ele está indo, mas não é pra Northumberland.

A descoberta do torno injetou uma nova urgência na busca. Muito consciente do quanto aquilo poderia ser bizarro para Doreen Elliott, Kay tentava desesperadamente distraí-la com conversa.

— Fizeram um ótimo trabalho na reforma deste lugar — disse ela com entusiasmo.

Foi exatamente a coisa certa a se dizer. A sra. Elliott se virou para a cozinha e passou a mão pela lisura da madeira maciça.

— Nosso Derek quem fez a cozinha. Ele não queria economia nenhuma, sabe como é? Tudo do bom e do melhor, só coisa de primeira.

Ela apontou pra porta dos armários.

— Máquina de lavar e secar, lavadora de louça, geladeira, freezer, tudo embutido.

— Pensei que ele traria mais a mulher dele aqui — tentou Kay.

Foi exatamente a coisa errada a se dizer. A sra. Elliott fechou a cara e comentou:

— É, ele falou pra gente que usariam essa casa nos finais de semana. Mas, no final, ela nunca veio. Ele falou que ela era urbana demais, que não gostava do interior, sabe? É só olhar pra ela naquele programa de TV pra ver que ela não ficaria à vontade com o pessoal como a gente. Não é que nem o sr. Vance.

— O quê? Ela nunca veio aqui? — Kay tentou mostrar que aquilo era novidade para ela. Dedicava metade de sua atenção a Simon e Leon, mas continuava reparando nas reações da sra. Elliott. — Só estamos tentando descobrir quem mais podia ter a chave. Por questões de segurança — adicionou ela, apressadamente enquanto o rosto da velha senhora se tornava mais liso.

— Nunca senti nem o cheiro dela aqui — depois sorriu maliciosamente. — O que não quer dizer que o lugar nunca teve a mãozinha de uma mulher. Bom, um homem tem direito a suas compensações se a mulher dele não compartilha os seus interesses.

— Você viu o Vance aqui com outras mulheres, então? — disse Kay, almejando informalidade.

— Não cheguei a ver, não, mas venho aqui uma vez a cada quinze dias pra dar uma limpada e, algumas vezes, esvaziei a lava-louça. As taças tinham marcas de batom. Elas nem sempre saem na máquina, sabe? Não é difícil ligar uma coisa com a outra, acho que ele tem uma namorada. Mas sabe que pode contar com a gente, porque ficamos de boca fechada.

Só porque ninguém jamais perguntou nada pra você, Kay pensou cinicamente.

— Como você diz, se a mulher dele não vem a um lugar igual a este...

— É um palácio — afirmou a sra. Elliot, sem dúvida fazendo uma comparação com a cozinha escura da própria casa. — Vou te falar um negócio: aposto que é a única casa em Northumberland com um abrigo nuclear.

As palavras caíram na conversa como uma bomba.

— Um abrigo nuclear? — perguntou Kay, soando vaga.

Leon e Simon paralisaram como cachorros prontos para atacar.

— Bem debaixo dos pés da gente — informou a sra. Elliot. Ela havia confundido a reação espantada de Kay com dúvida. — Não estou inventando isso, queridinha.

Chris mal terminara de falar com Tony quando viu a seta à frente dela indicar que Vance entraria na próxima saída. Chris o seguiu, deixando seu movimento para o último momento possível. Eles viraram para o norte e depois, a alguns quilômetros da rodovia, Vance deu seta para a esquerda. No entroncamento, Chris diminuiu a velocidade e viu algo que a fez suar como um torcedor de futebol.

Ela apagou o farol e avançou cautelosamente pela estrada estreita apenas com os faroletes. Depois de uma curva, lá estava o destino de Jacko Vance.

O campo de aviação estava totalmente iluminado. Parada em uma faixa de asfalto, Chris viu uma dúzia de aviões em frente a quatro hangares. Viu os faróis dianteiros de Vance percorrerem um caminho delimitado por cones através da escuridão ao redor do perímetro e depois serem engolidos pela luminosidade mais forte quando ele avançou por trás de um avião. Um homem pulou da cabine e acenou. Vance saiu do carro, caminhou até o avião e cumprimentou o piloto com um tapinha no ombro.

— Caralho — xingou Chris.

Pela segunda vez num período de uma hora, ela não tinha a menor ideia do que fazer. Vance podia ter fretado o avião para levá-lo a Northumberland sem que houvesse a menor possibilidade de segui-lo. Ou para levá-lo para fora do país. Um rápido voo atravessando o Canal até as fronteiras abertas da Europa e ele podia estar em qualquer lugar na manhã do dia seguinte. Ela deveria optar por uma intervenção dramática ou deixá-lo decolar?

Era uma aposta, e uma aposta que ela não queria ter a responsabilidade de pagar. Seus olhos analisaram o campo de aviação e pararam na pequena torre de controle que se projetava além do último hangar. Viu o homem e o piloto desaparecerem ao embarcar. Segundos depois, as hélices gaguejaram até se firmarem.

— Foda-se — disse Chris e engatou a marcha. Acelerou paralelamente à cerca ao redor do aeroporto e chegou à torre de controle na mesma hora em que o pequeno avião taxiava para a pista de decolagem.

Entrou correndo, assustando o homem que estava sentado à uma mesa ao lado de um computador. Chris meteu seu distintivo na cara dele.

— Aquele avião na pista de decolagem. Ele tem plano de voo?

— Tem, tem, tem, sim — gaguejou o sujeito. — Está indo pra Newcastle. Tem algum problema? Posso pedir pra ele abortar a decolagem se tiver algum problema. Estamos sempre prontos pra ajudar a polícia...

— Não tem problema nenhum — respondeu Chris com a cara fechada. — Simplesmente esquece que algum dia você me viu, tá bom? Nenhuma mensagenzinha informando que alguém estava interessado nele, ok?

— Não, quer dizer, tá bom, como você quiser, policial. Nenhuma mensagem.

— E, só pra ter certeza — disse Chris, puxando uma cadeira e lhe lançando o olhar que arrancava confissões de sujeitos da pesada —, vou ficar aqui.

Ela sacou o telefone e ligou para Tony.

— Sargento Devine — começou ela. — O sujeito está a bordo de um avião particular, destino Newcastle. Vai ter que lidar com isso daqui em diante. Sugiro que organize um comitê de recepção com as tropas em terra nesse destino final. Ok?

Abismado, Tony observava as luzes à sua frente na rodovia e disse:

— Puta merda, um avião? Imagino que você não está podendo falar irrestritamente.

— Correto. Vou ficar aqui pra garantir que o sujeito não seja avisado pela torre de controle.

— Pergunta pra ele quanto tempo vão demorar pra chegar a Newcastle.

Houve uma conversa abafada, depois Chris voltou a falar pelo telefone:

— Estão usando um Aztec, que deve fazer o percurso em mais ou menos duas horas e meia, talvez três.

— Vou fazer o que posso. E, Chris... obrigado.

Desligou o telefone e continuou dirigindo no piloto automático. Algo em torno de duas horas e meia, três, então? Depois teria que dar um jeito de ir pra Five Walls Halt, de táxi ou alugando um carro, o que não seria fácil às dez da noite de domingo. Ainda assim, Tony concluiu que Chris estava certa. Não havia a menor possibilidade dele chegar ao refúgio de Vance antes dele.

— E é o motivo dele ter feito isso, é claro — falou ele em voz alta.

Vance não era idiota. Tinha consciência de que Tony sabia de sua outra casa e que iria para lá uma vez que tivesse agitado as coisas. O que Vance não sabia era que Tony já tinha três policiais do departamento de criação de perfis em Northumberland. Pelo menos, presumia que eles continuavam fazendo a investigação por lá, já que não recebera nenhuma informação contrária. Pra dizer a verdade, não tinha ouvido falar nada desde o meio da tarde, quando conversara com Simon, que lhe dissera que estavam batendo de porta em porta numa tentativa de identificar qualquer pessoa que tivesse visto Donna Doyle.

O que, entretanto, não era suficiente. Três policiais inexperientes do Departamento de Investigações Criminais, nenhum deles da força local, nenhum deles com qualquer experiência em comandar. Ficariam indecisos, não saberiam quando, nem se deveriam, desafiar Vance. Não saberiam quando protelar e quando tomar uma atitude. Precisavam de mais do que qualquer um deles tinha para oferecer. Só havia uma pessoa que podia chegar lá a tempo e orientar Leon, Simon e Kay.

Ela atendeu no segundo toque:

— Detive inspetora-chefe Carol.

— Carol. Sou eu. Como você está?

— Não estou bem. Pra ser honesta, fico agradecida pelo contato humano. Tenho me sentido uma leprosa. Sou uma pária pra infantaria porque acham que sou parcialmente responsável pela morte de Di Earnshaw. Não posso falar com John Brandon porque vai ter uma investigação e ele não pode ser visto como influência. Estou proibida de participar do interrogatório do Alan Brinkley porque posso comprometer o processo por questões pessoais. E confesso pra você que dar a notícia aos pais dela me fez sentir que o método de lidar com as más notícias dos gregos antigos era um alívio para o mensageiro.

— Eu sinto muito. Você deve estar desejando agora que eu não tivesse arrastado você pra esse negócio do Vance — disse ele.

— Não estou, não — respondeu, com firmeza. — Alguém tem que parar o Vance, e ninguém mais teria te escutado. Não te culpo pelo que aconteceu em Seaford. Aquilo foi responsabilidade minha. Não deveria ter tentado fazer a vigilância policial com o orçamento tão apertado. Sabia que você estava certo e devia ter passado essa convicção pra frente, ter exigido uma quantidade suficiente de pessoas para fazer o serviço direito, em vez de resolver trabalhar com uma equipe tão reduzida. Se eu tivesse feito isso, Di Earnshaw ainda estaria viva.

— Você não pode ter certeza disso — protestou Tony. — Podia ter acontecido qualquer coisa. O parceiro dela podia ter saído pra mijar bem no momento crucial, eles podiam ter se separado pra cercar o prédio. Se alguém tem que ser culpado, esse alguém é o sargento. Não só eles tinham que tomar conta um do outro, como ele também era o chefe imediato dela. Era dever dele fornecer proteção a Di, e ele fracassou.

— E o meu dever de fornecer proteção?

Tony abanou a cabeça.

— Ah, Carol, pega leve consigo mesma.

— Não consigo. Mas chega disso. Onde você está? E o que está acontecendo com o Vance?

— Estou na rodovia M1. O dia está sendo bem complicado.

Enquanto ele acelerava pela pista rápida alheio a qualquer outra coisa que não fosse o trânsito e a mulher na outra ponta da linha, deixou Carol informada do que estava acontecendo.

— Então agora ele está em algum lugar entre Londres e Newcastle? — perguntou Carol.

— Isso mesmo.

— Você não vai conseguir chegar lá a tempo, vai?

— Não.

— Mas eu consigo?

— Possivelmente. Provavelmente, se você usar a sirene. Não posso pedir isso a você, mas...

Não tem nada pra eu fazer aqui. Não estou de serviço, e ninguém vai ligar pra leprosa do Departamento de Investigação Criminal hoje à noite. Estarei bem melhor fazendo isso do que sentada aqui sentindo pena de mim mesma. Passa aí o endereço. Te ligo quando chegar perto de Newcastle. — A voz dela estava mais potente e firme do que no início da ligação. Mesmo que ele quisesse argumentar, sabia que seria inútil. Aquela era a mulher que conhecia, e ela não fugiria de um desafio.

— Obrigado. — Foi somente o que disse.

— Estamos perdendo tempo conversando. — A ligação caiu abruptamente.

O custo da habilidade de Tony era a empatia que levava para situações como essa. Entendia precisamente aquilo pelo que Carol estava passando. Pouquíssimas pessoas experimentaram um sentimento justificável de responsabilidade pela morte de outro ser humano. Tudo aquilo de que Carol tinha certeza repentinamente foi deslocado para um terreno instável e apenas quem já tivesse passado por uma experiência similar conseguiria ajudá-la a voltar para a terra firme. E ele a entendia e se preocupava com ela a ponto de tentar fazer isso. Suspeitava que seu telefonema tinha, por um feliz acaso, sido o primeiro passo nessa direção. Com a esperança de estar certo, observava o túnel de luzes vermelhas que se estreitava à sua frente e seguiu dirigindo em direção ao norte.

No local exato em que ficava a entrada para o abrigo do porão, a sra. Elliott falou de maneira muito mais vaga:

— É em algum lugar debaixo desses blocos. Ele chamou uns rapazes de Newcastle pra fazer a instalação e deu um jeito que ninguém conseguisse ver.

Os três policiais olharam frustrados para os blocos de pedra de um metro quadrado de que era feito o chão. Então Simon questionou:

— Se não dá pra ver, como é que se consegue chegar lá?

— O nosso Derek falou que instalaram um motor eletrônico — revelou a sra. Elliott.

— Bom, se tem um motor, tem que ter um interruptor — murmurou Leon. — Si, começa pela direita. Kay, pela esquerda. Vou lá em cima naquela plataforma que serve de quarto.

Os dois homens se afastaram e começaram a apertar interruptores, mas a sra. Elliott impediu que Kay se movesse a segurando pela manga e questionou:

— Pra que vocês precisam achar o abrigo? Acho que falaram que podia ter um invasor aqui. Ele não vai estar lá embaixo.

Kay desenterrou seu sorriso mais reconfortante e justificou:

— Quando estamos lidando com uma celebridade tipo o sr. Vance, temos que tomar um cuidado especial. Um invasor nesta casa pode ser muito mais sério do que um simples assaltante. Se tiver alguém perseguindo o sr. Vance, por exemplo, pode estar escondido esperando por ele. Por isso a gente tem que levar isto aqui muitíssimo a sério.

Ela colocou a mão sobre a da sra. Elliott e sugeriu:

— Por que a gente não espera lá fora?

— Pra quê?

— Se tiver alguém lá embaixo, pode ser muito perigoso. — O sorriso que Kay deu se mostrou forçado. Se Donna Doyle estivesse presa no porão, descobri-la seria uma revelação que daria, até mesmo na forte Doreen Elliott, pesadelos para o resto da vida, Kay sabia disso. — É nosso dever cuidar dos cidadãos. Como acha que meu chefe reagiria se eu deixasse a senhora ser feita refém de um maluco com uma faca?

A sra. Elliott se deixou levar até a pequenina varanda na entrada dando apenas uma única olhada para Simon e Leon, que se moviam pelo cômodo ligando e desligando interruptores.

— Acham que é um perseguidor, então? — perguntou ela com ansiedade. — Aqui nesta região?

— Não necessariamente é alguém daqui — respondeu Kay. — Essas pessoas são obsessivas. Seguem as celebridades por semanas, meses, aprendem cada detalhe da vida e da rotina delas. Tem visto algum estranho à toa por aqui?

— Bom, tem os turistas e o pessoal que faz caminhada, mas a maioria só vem aqui por causa da muralha. Eles não ficam à toa.

Antes que Kay pudesse falar mais, seu telefone tocou.

— A senhora me dá licença? Só um minutinho — disse ela, voltando para dentro para atender a ligação. — Alô.

— Kay. É o Tony. Onde você está?

Que merda, pensou ela. *Por que eu? Por que ele não ligou pro Leon?*

— É... a gente está dentro da Casa do Vance em Northumberland — respondeu ela.

Simon olhou para Kay, mas ela acenou para que ele continuasse a busca.

— O quê? — exclamou Tony, indignado.

— Sei que você pediu pra gente esperar, mas não parávamos de pensar na Donna Doyle...

— Vocês invadiram?

— Não. Temos todo o direito de estar aqui. Uma mulher daqui tem a chave. Falamos pra ela que recebemos um denúncia de invasor e ela deixou a gente entrar.

— É melhor vocês saírem o mais rápido possível.

— Tony, ela pode estar aqui. Este lugar tem um porão vedado. O Vance falou pros pedreiros que queria um abrigo nuclear.

— Um abrigo nuclear? — Sua incredulidade era palpável.

— Foi há doze anos. As pessoas ainda acreditavam que a Rússia sapecaria uma bomba nuclear na gente — lembrou-lhe Kay, melancolicamente. — A questão é que ela pode estar lá embaixo e nós não conseguiríamos escutar mesmo se estivéssemos bem do lado dela. Queremos achar a porta.

— Não. Vocês precisam sair daí. Ele está a caminho, fretou um avião, Kay. Provavelmente está indo aí pra se certificar de que não deixou nenhuma ponta solta. Precisamos pegar o Vance no ato. Temos que vigiar o lugar e ver o Jacko chegar a uma cena intocada.

Enquanto ele falava, Kay olhava espantada o chão se mover a apenas alguns metros dela. Silenciosamente, um único bloco se inclinou e abriu depois que Simon apertou um interruptor. Quando o ar fétido escapou, Kay começou a vomitar. Recuperando-se, ela disse:

— Tarde demais pra isso. Achamos a porta.

Simon já estava à abertura no chão, observando os degraus de pedra. Tateando, suas mãos encontraram um interruptor e inundaram a área de luz. Um longo momento se passou, depois ele se virou para Kay, com o rosto branco como cera.

— Se for o Tony, é melhor falar pra ele que achamos a Donna Doyle também.

Ele tamborilava os dedos gentilmente no apoio de braço, o único movimento em um corpo imóvel como o de um leão se preparando para o ataque. Sequer se firmava durante os solavancos das áreas de turbulência pelas quais passava ocasionalmente o pequeno avião bimotor; deixava o seu corpo acompanhar o movimento. Houve uma época em que ele costumava morder as unhas da mão direita quando ficava nervoso. A perda do braço fora uma cura extrema para um mau hábito, gostava de falar ironicamente em público. Agora cultivava a imobilidade, pois entendia que tiques nervosos não faziam com que as coisas acontecessem mais rápido ou de maneira mais fácil. Além disso, a imobilidade era muito mais perturbadora para todas as outras pessoas.

O tom do motor mudou quando o piloto se preparou para pousar. Jacko espiou pela janela e ficou observando as luzes dos bairros residenciais através da chuva fina. Deixara Tony Hill pra trás. Não havia a menor possibilidade dele ter alcançado a aeronave. E ele não tinha apoio algum, Jacko sabia devido à discreta investigação que fizera, fato confirmado por Micky e pelo próprio Tony.

As rodas atingiram o chão e o fizeram sacudir preso ao cinto de segurança. Uma virada leve, uma correção, e estavam na direção dos hangares do aeroclube, taxiando suavemente. Mal tinham parado quando Jacko abriu a porta. Pulou no asfalto e olhou ao redor, os olhos procurando pelo formato familiar da sua Land Rover. Sam Foxwell e seu irmão sempre ficavam satisfeitos com as vinte pratas que ele lhes pagava quando precisava que a Land Rover fosse levada até o aeroporto e, ao conversar com eles pelo telefone, prometeram que a levariam até ele.

Ao não conseguir vê-la, Jacko estremeceu de pânico. Eles não podiam desapontá-lo, não justamente naquela noite. O piloto interrompeu seus pensamentos ao apontar para a lateral do hangar profundamente escuro.

— Se está procurando a sua Land Rover, acho que está enfiada ali do lado; notei quando estava taxiando.

— Valeu.

Jacko enfiou a mão no bolso e tirou uma nota de vinte libras do seu prendedor de dinheiro.

— Toma uma cerveja por minha conta. A gente se vê, Keith.

Enquanto trovejava pelas estradas estreitas de Northumberland, a rota mais rápida para o lugar que considerava sua verdadeira casa, revisava o que tinha que fazer nas poucas horas antes de Tony Hill chegar. Primeiro, verificar se a puta ainda estava viva e, se estivesse, providenciar para que não continuasse assim. Depois, dar um jeito nela com a motosserra, ensacá-la e colocá-la na Land Rover. Limpar o porão com a mangueira de alta pressão e ir para o hospital. Teria tempo? Ou deveria simplesmente desativar o motor que acionava o mecanismo para abrir a porta? Afinal de contas, Hill não tinha como saber do abrigo no porão e a polícia local não providenciaria uma busca com base na palavra dele, não quando isso ofenderia um honrado pagador de impostos local como Jacko Vance. E não havia nenhuma garantia de que Tony Hill sequer apareceria.

Talvez devesse se contentar com garantir que estivesse morta e deixar a limpeza para depois. Haveria certo prazer em entreter Tony Hill a apenas alguns metros da sua mais recente vítima. Sua boca se retorceu num rosnado hediondo. Donna Doyle teria que ser sua última por um tempo. Que maldito. Tony Hill não devia ficar se preocupando com as vagabundas que ele apagara. E Jacko tinha planos para Tony Hill. Um dia, quando tudo voltasse a ficar tranquilo e o psicólogo tivesse se resignando ao fato de que falhara, esse plano entraria em ação e ele desejaria nunca ter metido o nariz nos negócios de outra pessoa.

Faróis fatiavam a escuridão densa da paisagem rural e peitavam a montanha que descia para o seu santuário. Onde não deveria haver nada além de escuridão, luz se derramava pela grama cortada e pelo cascalho cinza da entrada da garagem. Jacko meteu o pé no freio e a Land Rover derrapou ruidosamente até parar. Mas que porra é essa?

Enquanto ficou sentado ali, com a cabeça a mil e a adrenalina pulsando, faróis altos de um carro se aproximaram lentamente por trás dele e pararam atravessados na estrada estreita para que não houvesse a possibilidade de dar ré. Vagarosamente, Vance tirou o pé do freio e deixou a Land Rover descer o morro em direção à sua casa. Balançando atrás dele, os faróis o escoltavam. Quando se aproximou, viu um segundo carro estacionado diagonalmente bem na entrada, bloqueando o caminho.

Vance seguiu em direção à sua propriedade, o frio do medo apertando seu estômago e tomando conta da sua mente. Completamente indignado, o dono da casa parou, pulou do veículo, e confrontou o homem negro parado à porta.

— Que merda é essa? — indagou ele.

— Infelizmente tenho que pedir que espere do lado de fora, senhor — informou Leon, respeitosamente.

— Como assim? Esta casa é minha. Houve algum assalto ou coisa assim? O que está acontecendo? E quem é você, porra?

— Detetive Leon Jackson, da Polícia Metropolitana — respondeu ele, mostrando seu distintivo para que fosse inspecionado.

Vance acionou seu charme.

— Está bem longe de casa.

— Estou participando de uma investigação, senhor. É impressionante aonde uma linha de investigação pode nos levar nestes dias de comunicação eletrônica e sistemas eficientes de vigilância. — A voz de Leon era impassível, mas seus olhos não se desgrudavam de Vance.

— Olha só, você sabe quem sou, é óbvio. Sabe que esta casa é minha. Pode pelo menos me contar que merda está acontecendo?

O barulho de uma buzina fez Vance se virar para ver o carro que o tinha seguido parar bem do lado de fora do portão, bloqueando a estrada no sentido oposto. Estava completamente cercado. Droga, esperava que a puta estivesse morta. Outro jovem saiu do carro e caminhou pelo cascalho.

— Você também é da Polícia Metropolitana? — perguntou Vance, forçando-se para manter o profissionalismo no modo cativante.

— Não — disse Simon. — De Strathclyde.

— *Strathclyde*? — Vance ficou momentaneamente confuso. Tinha pegado alguém de Londres alguns anos atrás, mas nunca trouxe ninguém da Escócia. Odiava o sotaque. Fazia com que se lembrasse de Jimmy Linden e tudo que significava para ele. Ou seja, se havia um policial da Escócia ali, não deviam estar procurando as meninas. Ficaria tudo bem, disse a si mesmo. Ele se safaria.

— Isso mesmo, senhor. O detetive Jackson e eu temos trabalhado em aspectos diferentes do mesmo caso. Estávamos na área e um motorista de passagem denunciou um invasor aqui. Achamos melhor dar uma olhada.

— Isso é louvável, policiais. Será que posso ir lá dentro pra ver se não está faltando nada e se tem alguma coisa quebrada?

Ele tentou passar de lado por Leon, mas o policial foi mais rápido que ele ao estender o braço e bloquear Vance. Abanou a cabeça.

— Sinto muito, senhor. É uma cena de crime, você sabe. Precisamos garantir que nada interfira nela.

— Cena de crime? Afinal de contas o que foi que aconteceu?

Preocupado, tente parecer preocupado, advertiu a si mesmo: *esta casa é sua, você é um homem inocente e você quer saber o que aconteceu com a sua propriedade.*

— Creio que há uma suspeita de morte — informou Simon, com frieza.

Jacko deu um passo atrás tentando fazer com que parecesse um movimento involuntário, cobrindo o rosto com as mãos para garantir que nenhum sinal do alívio que o inundou ficasse visível à polícia. Estava morta, aleluia. Uma mulher morta não podia testemunhar. Forrou seu rosto com uma expressão de ansiedade preocupada e olhou para cima.

— Mas isso é terrível. Uma morte? Aqui? Mas quem... Como? Esta casa é minha. Ninguém vem aqui além de mim. Como pode ter alguém morto aqui?

— É o que estamos tentando descobrir — disse Leon.

— Mas quem é? Um assaltante? O quê?

— Não achamos que seja um assaltante — disse Simon, tenteando manter o controle sobre a raiva que sentia cara a cara com o homem que matara Shaz e que tentava fingir que não tinha nada a ver com a massa em putrefação no seu porão.

— Mas... a única pessoa que tem a chave é a sra. Doreen Elliott, do Dene Cottage. Não é... Não é ela?

— Não, senhor. A senhora Elliott está com uma saúde ótima. Foi a senhora Elliott quem nos deixou entrar na propriedade e permitiu a busca. Um dos nossos colegas a levou pra casa.

Algo na maneira como o policial negro o encarou enquanto dizia isso fez um tremor de medo envolver os nervos de Vance. A mensagem que passava em alto e bom som por entre as palavras pronunciadas era a advertência implícita que sua primeira linha de defesa se esmigalhara. Não entraram ali de forma ilegal.

— Graças a Deus. Então quem é?

— Não podemos especular neste momento, senhor.

— Mas vocês com certeza conseguem me falar se é um homem ou uma mulher, não conseguem?

Simon franziu os lábios. Não conseguia segurar mais.

— Como se você não soubesse — disse ele, sua voz carregada com um desprezo nervoso. — Acha que a gente não saca o que está rolando?

Ele se virou, as mãos se fechando em punhos.

— Do que ele está falando? — indagou Vance, acionando o modo espectador inocente irritado que percebe que está prestes a ser arrastado para dentro do problema de outra pessoa.

Leon deu de ombros e acendeu um cigarro.

— Você me diz — disse ele, negligentemente. — Que bom — disse ele, olhando por sobre o ombro de Vance. — Parece que a cavalaria chegou.

A mulher que saía do carro e se aproximou por trás de Simon não pareceu muito com a cavalaria para Vance. Não podia ter mais de trinta anos. Mesmo enfiada em um casaco grande demais, era nitidamente magra e bonita, tinha o cabelo louro curto, cheio e despenteado.

— Boa noite, cavalheiros — cumprimentou com firmeza. — Sr. Vance, sou a detetive inspetora-chefe Jordan. Pode me dar licença um momento para que eu me reúna com os meus colegas. Leon, pode fazer companhia ao sr. Vance um minutinho? Quero dar uma olhada lá dentro. Simon, uma palavrinha, por favor?

Antes que tivesse a chance de dizer qualquer coisa, ela arrastou Simon para dentro, abrindo pouquíssimo a porta para que Vance não tivesse como ver lá dentro.

— Não estou entendendo o que está acontecendo — disse Vance. — Não deveria haver o pessoal que trabalha em cenas de crime aqui? E policiais uniformizados?

Novamente, Leon deu de ombros.

— Não é muito parecida com a televisão, a vida.

Continuou fumando até o filtro depois jogou o cigarro no degrau da varanda e pisou nele.

— Você se importa? — disse Vance apontando. — Isto aqui é a minha casa. A entrada dela. Não é porque alguém foi morto aí dentro que a polícia também pode vandalizar o lugar.

Leon levantou uma sobrancelha.

— Francamente, senhor, acho que essa é a menor das suas preocupações agora.

— Isto é ultrajante — reclamou Vance.

— Particularmente acho suspeita de morte ultraje suficiente pra uma noite.

A porta foi aberta alguns centímetros e Simon e Carol reapareceram. A mulher parecia sombria, o homem, levemente nauseado, Vance pensou. Bom, ela não precisava morrer bonita, a puta.

— Inspetora-chefe, quando alguém vai me contar o que está acontecendo aqui?

Ele estava tão ocupado a olhando que nem percebeu que os dois homens, num movimento flanqueado, posicionaram-se um de cada lado dele. Carol encarou-o com olhos tão frios e azuis quanto os dele:

— Jacko Vance, você está preso por suspeita de assassinato. Não precisa falar nada, mas devo avisá-lo que sua defesa pode ficar prejudicada caso não se manifeste sobre algo que lhe for perguntado e ao qual queira recorrer mais tarde no tribunal. Qualquer coisa que disser pode ser considerada prova.

A descrença inflamou seu rosto quando Simon e Leon se aproximaram ainda mais dele. Antes de se dar conta de que aquela mulher o estava prendendo e aqueles idiotas colocavam as mãos nele, uma algema de aço foi presa com força em seu pulso esquerdo. Voltou a si enquanto tentavam levá-lo à força de volta para a Land Rover e, preso pelas mãos, começou a convulsionar numa desesperada tentativa de se libertar por pura superioridade de força. Mas estava desequilibrado, e seus pés escorregaram no cascalho.

— Não deixem cair — gritou Carol e, de alguma maneira, Leon deu um jeito de entrar debaixo de Vance antes dele bater no chão.

Simon segurou nervoso na outra ponta das algemas, puxando com força o braço de Vance para trás, fazendo-o guinchar.

— Faz essa graça pra mim, seu bosta — berrou Simon. — Me dá um motivo pra eu dar a você um gostinho do que você deu à Shaz.

Ele puxou Vance pelo braço, forçando-o a ficar de pé. Leon se levantou com dificuldade e empurrou Vance pelo peito.

— Sabe o que me deixaria realmente feliz? Você tentar sair vazado. Isso me faria delirar pra caralho, porque aí teria uma desculpa pra arrancar bosta desse seu corpo de merda. Vai lá, tenta fazer isso. Anda, tenta.

Vance tropeçou para trás, não somente para aliviar a dor no braço, mas para escapar do veneno na voz de Leon. Trombou na Land Rover. Simon puxou com força o braço dele para baixo. E prendeu a outra ponta da algema no quebra-mato. Respirou fundo, depois cuspiu na cara de Vance. Quando se virou para Carol, tinha lágrimas nos olhos.

— Ele não vai a lugar nenhum tão cedo — grasnou ele.

— Você vai se arrepender desta noite — disse Vance, numa voz baixa e ameaçadora.

Carol deu um passo à frente e colocou a mão no braço de Simon.

— Fez bem, Simon. Agora, a não ser que alguém tenha uma ideia melhor, acho que já é hora de chamar a polícia.

Havia algo genérico sobre as delegacias de polícia, pensou Tony. As cantinas nunca serviam salada, as áreas de espera sempre tinham ranço de cigarro, mesmo que fumar tivesse sido proibido há anos, e a decoração nunca variava. Dando uma olhada na sala de interrogatório na polícia da delegacia de Hexham às três da manhã, deu-se conta de que podia estar em qualquer lugar entre Penzance e Perth. Sobre aquele pensamento sombrio, a porta foi aberta e Carol entrou com duas canecas de café.

— Forte, preto e feito em algum momento da semana passada — comentou ela, deixando-se cair na cadeira do lado oposto ao dele.

— O que está acontecendo?

Ela bufou e disse:

— Ele continua gritando que a prisão foi injusta, que é ilegal. Acabei de dar as minhas explicações.

Ele misturou o café e compreendeu os sinais de tensão ao redor dos olhos dela.

— Que foram?

— Na área investigada, os rapazes receberam uma denúncia de que poderia haver um invasor. Acharam que seria mais rápido se eles mesmos fossem dar uma conferida, afinal, são adeptos da cooperação entre forças, e então encontraram uma pessoa que tinha a chave, ficou satisfeita em deixá-los entrar e deu permissão para fazerem a busca — relatou Carol, inclinando-se para trás e olhando para o teto sem prestar atenção no que via. — Preocupados com a possibilidade de um possível perseguidor escondido ali, abriram o porão onde acharam o cadáver de uma jovem branca do sexo feminino que batia com a descrição de Donna Doyle, que sabiam que estava na lista de pessoas desaparecidas. Como o sr. Vance é a única pessoa de que se tem conhecimento a frequentar a casa, era óbvio que ele devia ser considerado suspeito em relação ao que obviamente é uma morte suspeita. Conclui que havia o risco dele se tornar um fugitivo, pois estava na cena com um veículo capaz de sair da estrada e evitar perseguição. Apesar da minha autoridade não se estender à área da Polícia de Northumbria, tenho autonomia para efetuar a prisão de um cidadão. Manter o sr. Vance detido, o que causou a ele o mínimo desconforto, pareceu uma alternativa melhor do que deixá-lo à solta, pois qualquer movimento em direção ao veículo dele poderia ter levado a uma reação desmedida por parte dos policiais com quem eu estava trabalhando. Algemá-lo à Land Rover foi, de fato, para a proteção dele mesmo.

Quando terminou o relato, estavam ambos com um grande sorriso no rosto.

— Enfim, os rapazes daqui me fizeram o favor de prendê-lo novamente quando chegaram lá.

— E quanto a acusá-lo?

Carol ficou desanimada.

— Estão esperando o relato do Vance chegar. Estão ficando com muito medo. Viram o seu dossiê e interrogaram Kay, Simon e Leon, mas continuam cautelosos. Não acabou, Tony. Ainda temos um longo caminho pela frente. A mulher gorda ainda nem chegou.

— Eu queria mesmo é que eles não tivessem aberto aquele porão. Que tivessem ficado vigiando o lugar e testemunhassem o Vance abrindo o porão e descendo lá com o corpo de Donna Doyle.

Carol suspirou.

-- Ela não estava morta há muito tempo, você sabia?

— Não.

— O médico da polícia calcula menos de 24 horas.

Ficaram sentados em silêncio, pensando no que poderiam ter feito melhor ou mais rápido, se mais ou menos ortodoxia teria dado a eles uma resposta mais imediata. Carol quebrou o silêncio desconfortável.

— Se a gente não conseguir prender o Vance, acho que não vou querer mais ser policial.

— Está se sentindo assim por causa do que aconteceu com a Di Earnshaw — sugeriu Tony, pousando sua mão no braço dela.

— Me sinto assim porque o Vance é uma arma letal e, se não conseguimos neutralizar gente igual a ele, não passamos de guardas de trânsito glorificados — disse ela, com amargura.

— E se conseguirmos?

Ela deu de ombros antes de dizer:

— Aí talvez a gente consiga se redimir por aqueles que perdemos.

Ficaram sentados em silêncio bebendo café. Depois Tony passou a mão pelo cabelo e perguntou:

— O patologista deles é bom?

— Não tenho nem ideia. Por quê?

Antes que pudesse responder, a porta foi aberta e deixou visível o rosto preocupado de Phil Marshall, o superintendente no comando da divisão.

— Dr. Hill? Podemos dar uma palavrinha?

— Entra, fique à vontade — murmurou Carol.

Marshall fechou a porta depois de entrar.

— Vance quer conversar com você. Sozinho. Ele não tem problema com a conversa ser gravada, mas quer que sejam só vocês dois.

— E o relato dele? — perguntou Carol.

— Falou que quer só o dr. Hill e ele. O que me diz, doutor? Conversa com ele?

— Não temos nada a perder, temos?

Marshall retrucou:

— Do meu ponto de vista, a gente tem muito a perder, na verdade. Francamente, quero provas pra poder acusar o Vance ou então quero o cara fora daqui amanhã mesmo. Não vou procurar nenhum magistrado pra perguntar se posso manter Jacko Vance trancafiado com base no que vocês me deram até agora.

Tony pegou seu caderninho, arrancou uma folha e rabiscou um nome e um número. Passou-o para Carol.

— É quem precisamos que venha pra cá. Pode explicar tudo a eles enquanto estou lá com o Jack Bacana?

Carol leu o que ele escrevera e seus olhos foram iluminados pela compreensão.

— É claro. — Ela esticou a o braço e apertou a mão dele. — Boa sorte.

Tony agradeceu com um gesto de cabeça e seguiu Marshall pelo corredor.

— A gente vai gravar, é claro — informou Marshall. — Temos que levar isso na maior limpeza possível. Ele já está falando em processar a detetive inspetora-chefe Jordan.

Marshall parou em frente a uma sala de interrogatório e abriu a porta. Gesticulou com a cabeça para um policial fardado no canto e o homem foi embora.

Tony entrou na sala e encarou seu adversário. Não podia acreditar que ainda não havia nenhuma deformação naquele exterior arrogante, nenhuma rachadura naquela fachada charmosa.

— Dr. Hill — disse Vance, nenhum tremor na voz profissionalmente suave. — Gostaria de dizer que é uma prazer, mas seria uma mentira muito grande para que qualquer um engolisse. Um pouco parecido com as suas acusações insanas.

— O dr. Hill concordou em conversar com você — interrompeu Marshall. — Vamos gravar a conversa. Vou deixar vocês sozinhos agora.

Ele saiu da sala e Vance gesticulou para que Tony se sentasse. O psicólogo negou com um gesto de cabeça e se apoiou na parede com os braços cruzados.

— Você me quer pra quê? — perguntou Tony. — Confessar?

— Se eu quisesse confessar teria pedido um padre. Queria te ver. Ficar cara a cara com você pra falar que, assim que eu sair daqui, vou processar você e a detetive Carol Jordan por calúnia.

Tony riu.

— Vai em frente. Nenhum de nós dois tem uma fração da sua renda anual. Você é que vai acabar desembolsando uma fortuna com custos judiciais. Eu? Eu saborearia a oportunidade de te pegar como testemunha sob juramento.

— Isso é uma coisa que nunca vai conseguir — disse Vance, recostando-se na cadeira. Seus olhos eram frios, seu sorriso, reptiliano. — Essas acusações forjadas não se sustentarão quando forem analisadas calma e friamente. O que você tem? Esse seu dossiê com fotos manipuladas e coincidências circunstanciais. "Aqui está o Jacko Vance na M1 em Leeds na noite em que a Shaz Bowman morreu." É claro, a minha segunda casa é em Northumberland e aquele é o melhor caminho pra chegar lá. — Sua sonora voz pingava sarcasmo.

— E o que me diz de "Aqui está o Jacko Vance com um cadáver no porão"? Ou "Aqui está uma foto do Jacko Vance com a menina morta no porão dele quando ainda estava viva e sorridente"? — perguntou Tony, mantendo a voz equilibrada e branda. Queria deixar que Vance se exaltasse, que fosse ele quem esticasse a coleira do autocontrole.

A resposta de Vance foi um sorriso debochado.

— Foram os seus policiais que providenciaram a resposta para isso — disse ele. — Eles que levantaram a possibilidade de um perseguidor, o que não é muito improvável. Perseguidores ficam obcecados por seus alvos. Não acho muito difícil imaginar um me seguindo até Northumberland. Todo mundo lá na região sabe que a Doreen tem um molho de chaves lá de casa e, como a maioria do pessoal, nunca tranca a porta se vai só dar um pulo na casa ao lado pra tomar um chá ou ir a um canteiro desenterrar umas batatas. Brincadeira de criança pegar as chaves e fazer cópia delas.

Confortável com a trama, seu sorriso alargou e sua linguagem corporal ficou mais relaxada.

— Também é de conhecimento geral que tenho um abrigo nuclear construído na cripta da capela. Um pouco constrangedor nestes dias de paz, mas consigo viver com isso — continuou Vance, inclinando-se para a frente, a prótese apoiada na mesa e o outro braço pendurado por trás do encosto da cadeira. — E não vamos nos esquecer da vendeta muito conhecida com a minha ex-noiva que, como você muito bem destacou, guarda uma forte semelhança com essas pobres meninas desaparecidas. Quero dizer, não achariam que me faziam um favor aniquilando a imagem dela se estivesse obcecado por mim? — Seu largo sorriso era absolutamente triunfal. — E você está, não está dr. Hill? Ou melhor, como terei grande prazer em explicar para a imprensa mundial, está obcecado pela minha mulher, creio eu. A morte trágica da Shaz Bowman te deu a oportunidade de entrar à força nas nossas vidas e, quando a querida e doce Micky concordou em jantar contigo, você criou a ideia de que, sem mim, ela cairia nos seus braços. Seu triste delírio nos trouxe até este ponto. — Confiante, abanou a cabeça compassivamente.

Tony levantou a cabeça e encarou um par de olhos que podia ter vindo de Marte tamanha a humanidade que continham.

— Você matou a Shaz Bowman. Você matou a Donna Doyle.

— Você nunca vai provar isso. Tendo em vista que é uma invenção completa, você nunca vai conseguir provar — disse Vance com um ar de indiferença. Depois, levantou um braço e cobriu primeiro os olhos, depois a boca e, finalmente, acariciou o ouvido. Para um observador distraído, era meramente o gesto de uma pessoa cansada. Tony entendeu instantaneamente que era uma provocação. Desencostou da parede e deu dois longos passos para o outro lado da sala. Apoiando-se sobre os punhos, enfiou o rosto no espaço pessoal de Vance. Contra sua vontade, o astro da TV esticou o pescoço e levou a cabeça para trás como uma tartaruga se recolhendo para dentro do casco.

— Talvez você esteja certo — disse Tony. — É inteiramente possível que não o enquadremos pela Shaz Bowman ou pela Donna Doyle. Mas vou te falar uma coisa, Jacko. Nem sempre você foi tão bom assim. Vamos te pegar por causa da Barbara Fenwick.

— Não tenho ideia do que você está falando — desdenhou Vance.

Tony se ergueu e, lentamente, começou a passear tão vagarosamente ao redor daquele espaço confinado que parecia estar no parque da região.

— Doze anos atrás, quando você matou Barbara Fenwick, havia muitas coisas que a ciência forense não conseguia fazer. As marcas de ferramentas, por exemplo. Bem rudimentares naquela época. Só que, hoje em dia, eles têm microscópios eletrônicos de varredura e de transmissão. Não me pergunta como funcionam, mas conseguem comparar uma ferida com um instrumento e dizer se os dois são compatíveis. Nos próximos dias, vão comparar os ossos do braço ferido de Donna Doyle com o torno na sua casa. — Ele olhou para o seu relógio. — Se tudo estiver correndo bem, a patologista deve estar a caminho agora mesmo. A professora Elizabeth Stewart. Não sei se já ouviu falar, mas ela tem uma reputação maravilhosa na antropologia forense bem como em patologia. Se existe alguém que consegue encontrar a compatibilidade entre o seu torno e os ferimentos de Donna, esse alguém é a Liz Stewart. Agora, acho que isso não te compromete se levarmos em consideração a fantasia que você está tecendo aqui.

Ele se virou lentamente para encarar Vance.

— Mas comprometeria se o torno usado fosse compatível com as lesões ósseas de Barbara Fenwick, não comprometeria? Com frequência, serial killers usam a mesma arma em todos os seus assassinatos. É difícil imaginar um perseguidor que te segue numa onda de assassinatos durante 12 anos sem nunca ter dado um passo em falso, você não acha?

Dessa vez, ele viu um lampejo de incerteza na máscara de confiança de Vance.

— Mas que lixo isso. Só pro bem da argumentação, mesmo que você conseguisse uma autorização de exumação, nenhum promotor vai abrir um caso que tem como base uma marca num osso que está enterrado há doze anos.

— Concordo plenamente — disse Tony. — Mas, olha só, a patologista que fez a autópsia da Barbara Fenwick nunca tinha visto lesões como aquelas. Elas a intrigaram. E ela é professora universitária. Professora Elizabeth Stewart, na verdade. Ela solicitou autorização ao Ministério do Interior para conservar o braço de Barbara Fenwick para usá-lo como ferramenta de ensino. Para exemplificar o efeito no osso e na carne da contusão muscular causada por compressão. Mais engraçado é que ela achou uma leve imperfeição na ponta inferior do instrumento que infligiu as lesões. Uma projeção de metal pequenininha que fez uma marca no osso tão singular quanto uma impressão digital. — Deixou as palavras pairarem no ar. Os olhos de Vance não se desgrudaram do rosto dele nem um momento sequer.

— Quando a professora Stewart se mudou pra Londres, não levou o braço. Durante os últimos doze anos, o braço de Barbara Fenwick foi perfeitamente preservado no departamento de anatomia da Universidade de Manchester.

Tony deu um sorriso gentil.

— Uma prova física irrefutável ligando você a uma arma usada numa vítima de assassinato. E, de repente, o circunstancial começa a ficar bem diferente, não acha?

Ele caminhou até a porta e a abriu.

— A propósito... não gosto nem um pouquinho da sua mulher. Nunca fui tão incompetente a ponto de ter que me esconder atrás de uma lésbica.

No corredor, Tony sinalizou para o policial fardado à porta para que voltasse para a sala de interrogação. Então, exausto pelo esforço de confrontar Vance, apoiou-se na parede, agachou, colocou os cotovelos nos joelhos e as mãos sobre o rosto.

Ainda estava ali dez minutos mais tarde quando Carol Jordan saiu da sala de observação de onde ela e Marshall assistiram ao confronto entre o caçador e o assassino. Agachou em frente a ele e lhe segurou a cabeça com as duas mãos. Ele olhou para o rosto dela.

— O que você acha? — perguntou, com ansiedade.

— Você convenceu o Phil Marshall — respondeu Carol. — Ele conversou com a professora Stewart. Ela não ficou muito entusiasmada ao ser acordada no meio da noite, mas depois que Marshall explicou o que estava rolando, ficou muito empolgada. Tem um trem de Londres pra cá que chega aqui às nove. Ela vem nele, com os famosos slides com a lesão. O Marshall já providenciou alguém pra ir à Universidade de Manchester pra buscar o braço da Barbara Fenwick logo de manhãzinha. Se forem compatíveis, vão acusar Vance.

Tony fechou os olhos.

— Só espero que ele esteja usando o mesmo torno.

— Ah, acho que você vai acabar vendo que está, sim — comunicou Carol, com entusiasmo. — A gente estava assistindo. Não dava pra você ver de onde estava, mas, quando você mandou o esquema da professora Stewart e o braço preservado, a perna direita dele começou a saltitar. Não conseguia controlar. Ainda está com o mesmo torno. Aposto minha vida nisso.

Tony sentiu um sorriso franzir os cantos da sua boca.

— Acho que a mulher gorda acabou de pousar.

Ele colocou os braços ao redor de Carol e levantou, trazendo-a consigo. Manteve-a à distância de um braço e lhe abriu um largo sorriso.

— Você fez um excelente trabalho lá. Tenho muito orgulho de estar na sua equipe. — O rosto dela estava solene, os olhos, sérios.

Tony baixou os braços e respirou fundo.

— Carol, eu estava fugindo de você há muito tempo — confessou ele.

— Acho que sei por quê. — Ela olhou para baixo, relutante em encontrar os olhos dele agora que finalmente estavam tendo essa conversa.

— Ahn?

Os músculos ao longo do maxilar de Carol tensionaram, em seguida ela levantou os olhos para ele.

— Eu não tinha sangue nas mãos. Por isso não conseguia entender como você se sentia. A morte de Di Earnshaw mudou isso. E o fato de que nenhum de nós dois conseguiu salvar a Donna...

Tony concordou com um gesto desolado de cabeça e disse:

— Não é algo confortável pra se ter em comum.

Carol visualizava com frequência um momento como esse entre eles. Achara que sabia o que queria que acontecesse. Mas, naquele momento, percebeu-se desconcertada por descobrir que suas reações eram muito diferentes do que imaginara. Colocou a mão no antebraço dele e disse:

— Compartilhar é mais fácil para amigos do que para os amantes, Tony.

Ele a contemplou por um longo momento, franzindo as sobrancelhas. Pensou nos corpos que Jacko Vance tinha incinerado no hospital em que dedicava seu tempo aos moribundos. Pensou na perda do que Shaz Bowman poderia ter alcançado. Pensou em todas as outras mortes que ainda estavam dispostas à frente dos dois. E pensou em redenção, não pelo trabalho, mas pela amizade. Seu rosto se iluminou e ele sorriu.

— Quer saber? Acho que você tem razão.

Epílogo

O assassinato era como mágica, ele pensou. A velocidade da sua mão sempre ludibriara o olho e continuaria a ser assim. Achavam que tinham-no aprisionado, costurado dentro de um saco e aprisionado na corrente da culpa. Achavam que estavam o enfiando num tanque das provas no qual conseguiriam afogá-lo. Mas ele era Houdini. Escaparia para a liberdade quando menos esperassem.

Jacko Vance deitou na estreita cama da cela de cadeia, o braço real dobrado atrás da cabeça. Observava o teto, lembrando de como tinha se sentido no hospital, o único outro lugar de onde não pôde arredar o pé. Houve momentos de desespero e raiva impotente e ele sabia que isso provavelmente o afligiria novamente antes que conseguisse sair daquele lugar e de outros como ele. Mas, quando esteve no hospital, sabia que estaria livre de lá um dia e focou toda a sua poderosa inteligência em moldar esse momento.

Era verdade que tivera a ajuda de Micky naquela época. Ele se perguntou se ainda poderia contar com ela. Acreditava que, enquanto pudesse manter dúvidas convincentes, ela ficaria ao lado dele. Assim que a impressão fosse a de que ele estava naufragando, ela o abandonaria. Já que não tinha a menor intenção de deixar isso acontecer, achava que poderia contar com ela.

As provas eram frágeis, mas não podia negar que Tony Hill foi impressionante na maneira como lidou com elas. Seria difícil desacreditá-lo no tribunal, mesmo que Vance fosse bem-sucedido em, com antecedência, plantar histórias na imprensa acusando o psicólogo de ser obcecado por Micky. E havia um risco nisso. Hill tinha, de alguma maneira, descoberto que Micky era lésbica. Se ele lançasse isso em resposta a uma acusação contra si, seria um estrago muito grande tanto para a credibilidade de Micky quanto para a imagem dele como homem que não precisava de nenhuma mulher a não ser sua adorável esposa.

Não, se aquilo virasse uma batalha judicial, mesmo com um júri de viciados em televisão, Vance estaria em risco. Tinha que garantir que aquilo não passaria de uma audiência preliminar. Tinha que destruir as provas contra si, para demonstrar que não havia caso a ser julgado.

A maior ameaça vinha da patologista e da leitura que faria das marcas da ferramenta. Se conseguisse desacreditar isso, só restariam detalhes circunstanciais. Juntos, tinham peso, mas individualmente podiam ser minados. O torno era uma prova sólida demais para que pudesse fazer o mesmo.

O primeiro passo era lançar dúvida sobre se o braço na universidade realmente pertencia a Barbara Fenwick. Em um departamento de patologia de universidade, ele não tinha como ficar tão seguro quanto na sala de provas da polícia. Qualquer pessoa podia ter tido acesso a ele ao longo dos anos. Podia até mesmo ter sido substituído por outro braço deliberadamente esmagado em seu torno por, digamos, um policial determinado a enquadrá-lo. Estudantes podiam tê-lo trocado numa brincadeira macabra. Isso mesmo, um pouquinho de trabalho ali poderia fazer algumas fissuras na confiabilidade do braço preservado.

O segundo passo era provar que o torno não pertencia a ele quando Barbara Fenwick morrera. Deitou no colchão duro e atormentou seu cérebro para encontrar uma resposta.

— Phyllis — murmurou ele por fim, com um sorriso ardiloso rastejando ao longo do rosto. — Phyllis Gates.

Ela tivera câncer terminal. Começara no seio esquerdo, depois se espalhou pelo sistema linfático e finalmente, de forma agonizante, para a coluna. Ele passara várias noites à beira da cama dela, às vezes conversando, outras simplesmente segurando a mão dela em silêncio. Adorava a sensação de poder que o trabalho com os praticamente mortos lhe dava. Eles iriam embora e ele continuaria ali, no topo do mundo. Phyllis Gates já tinha partido há muito tempo, mas seu irmão gêmeo, Terry, estava vivo e bem. Provavelmente ainda levava em frente o seu mercadinho.

Ele vendia ferramentas. Novas e de segunda-mão. Terry creditava a Vance a única felicidade que a irmã tivera nas últimas semanas de vida.

Ele andaria sobre carvão em brasa por Vance. Acharia que dizer ao júri que tinha vendido o torno a Vance apenas uns dois anos antes era o mínimo que poderia fazer para saldar sua dívida...

Vance se sentou com elegância, endireitando-se e abriu os braços como um herói que aceita a adulação da multidão. Tinha dado um jeito. Era praticamente um homem livre. O assassinato era mesmo como mágica. E, em breve, o próprio Tony Hill saberia disso. Vance mal podia esperar.

Impresso no Brasil pelo
Sistema Cameron da Divisão Gráfica da
DISTRIBUIDORA RECORD DE SERVIÇOS DE IMPRENSA S.A.
Rua Argentina, 171 – Rio de Janeiro, RJ – 20921-380 – Tel.: (21)2585-2000